btb

Eine massive Explosion erschüttert Stockholm. Sie durchbricht ein Wohnhaus, verursacht ein großes Feuer und versetzt die ganze Stadt in Alarmbereitschaft. Alles deutet auf einen möglichen Terroranschlag mit vielen Opfern hin. Notärztin Tekla ist eine der Ersten, die am Ort der Zerstörung ankommt, an dem sie einen Mann mit schweren Verbrennungen an Gesicht und Körper rettet. Es wird vermutet, dass er zu den Terroristen gehört, aber er hat auch etwas unheimlich Vertrautes an sich, das ihre privatesten Erinnerungen berührt. Die Explosion verursacht einen Dominoeffekt, an dem schon bald der Vorstand des Krankenhauses und die Polizei beteiligt sind – und nicht zuletzt ein mächtiger Patriarch, dessen Familienimperium durch die in Gang gesetzten Ereignisse bedroht ist …

Christian Unge, geboren 1972, ist Chefarzt für Innere Medizin und forscht am Karolinska-Krankenhaus in Stockholm. »Dominoeffekt« erscheint bei btb erstmals auf Deutsch.

Christian Unge

Dominoeffekt

Ein Medizin-Thriller

Aus dem Schwedischen von Julia Gschwilm

btb

Die schwedische Originalausgabe erschien 2019 unter dem Titel »Går genom vatten, går genom eld« bei Norstedts, Stockholm.

Sollte diese Publikation Links auf Webseiten Dritter enthalten, so übernehmen wir für deren Inhalte keine Haftung, da wir uns diese nicht zu eigen machen, sondern lediglich auf deren Stand zum Zeitpunkt der Erstveröffentlichung verweisen.

MIX
Papier | Fördert gute Waldnutzung
FSC® C014496

Penguin Random House Verlagsgruppe FSC® N001967

1. Auflage
Deutsche Erstausgabe September 2022
by btb Verlag in der Penguin Random House Verlagsgruppe GmbH,
Neumarkter Straße 28, 81673 München

Umschlaggestaltung: semper smile, München
Umschlagmotiv: © Shutterstock / milan noga / trabantos / Anansing
Satz: GGP Media GmbH, Pößneck
Druck und Einband: GGP Media GmbH, Pößneck
mb · Herstellung: sc
Printed in Germany
ISBN 978-3-442-71930-3

www.btb-verlag.de
www.facebook.com/btbverlag

Prolog

Donnerstagabend, der 6. Juni

NOBEL-KRANKENHAUS, STOCKHOLM

Monica Carlsson rückte langsam die Schüssel zu sich heran und nahm ein Stück Salzlakritz heraus. Ihr Gaumen zog sich bis in den hintersten Winkel zusammen und lenkte ihre Gedanken kurzzeitig ab. Auf dem Bildschirm vor ihr flimmerte lautlos der Online-Livebericht vorbei. Ihr Blick wanderte von dem glatten, platinblonden Haar der Moderatorin zu der einen Kilometer entfernten Rauchsäule, die sie nun seit einer halben Stunde aufmerksam betrachtete. Ihr riesiges Chefbüro war angenehm still, wenn man von Fredriks immer aufgeregterer Telefonstimme draußen vor der Tür absah.

Sie hob den Blick nur ein paar Zentimeter über ihre Füße, die überkreuzt auf dem Schreibtisch lagen, und konnte am Horizont zwei neue Erhebungen auf dem größten Angebergebäude Nordeuropas erahnen. Das Dach des Konkurrenzkrankenhauses war mit nicht weniger als zwei neuen Helikopterplattformen gekrönt worden. Zwei! Das Budget für die Erneuerung der Wasserleitungen in ihrem eigenen Krankenhaus, dem Alfred-Nobel-Krankenhaus, war dagegen halbiert worden.

Sie nahm noch ein Stück Lakritz, das sofort an ihrer oberen Zahnreihe festklebte, und konstatierte, dass die Rauchsäule nun eine hellere Farbe angenommen hatte. Dann griff sie nach dem einzigen Stift, der auf dem Tisch lag, und führte ihn zerstreut über den gelben Post-it-Zettel.

Zum dritten Mal innerhalb einer halben Stunde klopfte Fredrik und steckte seinen Kopf durch den Türspalt.

»Wird es jetzt nicht langsam Zeit?«

Monica schwang die Beine auf den Boden und steckte die Füße in die Stöckelschuhe. Legte den Goldstift neben der Tastatur zurecht.

»Habe ich vielleicht gerufen?«

Fredrik fuhr mit der Hand auf seiner beginnenden Glatze hin und her.

»Aber Göran hat schon zum dritten Mal angerufen. Es herrscht Chaos. Was soll …«

»Wie hieß die Ärztin, die sich dort unten um die Stichverletzung gekümmert hat?«, unterbrach ihn Monica in ruhigem Tonfall.

Der Sekretär verstummte. Seine Hand sackte in einer ruckartigen Bewegung herunter. Er holte einen Zettel aus seiner Hosentasche und las:

»Tekla Berg. Aber …«

Monicas Blick kehrte zum Bildschirm zurück. Die Uhr oben in der Ecke zeigte 21:43 Uhr.

Sie schaute über die Stadt. Meine Güte, was war eigentlich gerade los? Zuerst Mitglieder einer kriminellen Bande mit gezogenen Waffen in der Notaufnahme, und dann das hier. Als Chefin eines Krankenhauses ist man echt am Arsch, dachte sie.

Sie überschlug ihre Alternativen. Ließ die Finger über die Goldkette an ihrem Hals gleiten. Die neue Station für Schwerbrandverletzte hatte die Steuerzahler 120 Millionen gekostet. Trotzdem ging der staatliche Auftrag nach Uppsala. Es war, als besäße man ein Luxusrestaurant voller teurer Zutaten und rastloser Sterneköche, und dann blieben die Gäste aus. Sie wusste, was die Lösung und wer der Schlüssel dazu war, allerdings nicht, wie sie die Aufmerksamkeit der betreffenden Person auf sich lenken sollte. Aber sie hatte eine Idee.

Sie nahm noch ein Stück Lakritz und stand auf. Ihre Knie schmerzten, sie würde heute jedoch nicht noch mehr Citodon nehmen. Sie war fest entschlossen, mit Gregor Chablis zu trinken, wenn sie nach Hause kam. Monica rückte den Gürtel ihrer Hose zurecht und knöpfte das Sakko zu. Sie schlenderte zu dem hohen, ovalen Fenster hinüber. Vielleicht sah es unten von der Ringstraße aus wie ein wachendes Auge? Eines, das niemals auch nur blinzelte.

Ihr Handy zeigte 21:48 Uhr. Die verstrichenen fünf Minuten hatten ihnen hoffentlich mindestens einen neuen Patienten für die Station für Schwerbrandverletzte beschert.

Monica Carlsson wandte sich um und rief: »Jetzt kannst du den Katastrophenalarm auslösen. Und schick diese Tekla Berg hin.«

I

Donnerstagabend, der 6. Juni

NOTAUFNAHME, NOBEL-KRANKENHAUS

»Stichverletzung in Schockraum eins, Kreislauf instabil«, sagte Emil vom Türspalt aus. »Dreiundzwanzigjähriger Mann. Fünf Minuten.«

Tekla drehte sich auf ihrem Hocker um und blickte in das angespannte Gesicht des Krankenpflegers.

»Habt ihr den Anästhesisten geholt?«

»Ist auf dem Weg.«

Der Kopfschmerz schlug wie eine scheußliche kleine Handgranate zwischen den Stirnlappen ein.

Tekla legte das Skalpell ab und zog sich die Gummihandschuhe aus. Sie bat den Patienten, sich wieder anzuziehen.

»Sind Sie denn schon fertig?«, fragte der Mann erstaunt.

»Ihr Analabszess muss noch einmal debridiert werden, Sie müssen also noch einen ambulanten Termin vereinbaren.«

»Könnten Sie Schwedisch sprechen?«

»Der Pickel im Enddarm muss noch einmal ausgedrückt werden.«

Der Mann rappelte sich auf und mied Teklas Blick, doch sie konnte an seiner Körpersprache ablesen, dass seine Männlichkeit einen Knick bekommen hatte.

Tekla ging hinaus und begann in Richtung Notaufnahme zu joggen. Die Handflächen klebten, als sie das Stethoskop aus ihrer Tasche zog. Ihr Puls stieg, sie wusste sofort, was sie so stresste, und das war nicht der Patient mit der Stichverletzung in der Notaufnahme.

Sie betrat Raum eins.

Cassandra, eine energische Pflegeassistentin mit weißem, kurz geschnittenem Haar und Spinnennetz-Tattoo an der Schläfe empfing sie.

»Er hat offenbar schon ziemlich viel Blut verloren.«

Tekla merkte, dass Cassandra auf etwas wartete, und begriff dann, was es war. Sie dachte kurz nach, während sie sich eine Plastikschürze und Gummihandschuhe anzog.

»Okay, hol die Rufbereitschaft.«

»Und Hampus?«

Hampus, der Snob, der versuchte, sie auszumanövrieren, seit sie drei Jahre zuvor die erste Nachtschicht zusammen gehabt hatten.

»Nicht nötig.«

Anki, eine andere Krankenschwester, zog den Notfallwagen hervor und öffnete den Medikamentenkühlschrank. Das mentholblaue Licht strömte heraus. Der Raum fühlte sich sofort etwas kühler an.

»Soll ich schon mal irgendwas aufziehen?«, fragte sie.

»Vielleicht wäre ein bisschen Morphin angebracht?«, antwortete Tekla.

Schweigen. Tekla streckte sich.

»Zehn Milligramm Morphin, bitte.«

Tekla wurde übel vor Kopfschmerzen.

Sie holte die Labellohülle heraus, stellte sich mit dem Rücken zum Raum, zog den Deckel ab und kippte eine kleine Papierkugel heraus, kleiner als eine gefrorene Erbse, die sie schnell in den Mund warf und mit etwas Wasser hinunterspülte. Es dauerte nur ein paar Sekunden, bis die Wirkung einsetzte. Sie erschauerte bis ins Mark. Der Geschmack nach

Bittermandel war jedes Mal aufs Neue widerlich. Tekla steckte den Labello weg.

Nach ein paar Minuten trat ihre größte Sorge durch die Schwingtür. Tariq Moussawi, Rufbereitschaft, kam träge angeschlendert, er schlurfte über den Boden, als wäre ein Sandsack an seinen Füßen festgekettet. Er hatte dichtes Haar mit ein paar grauen Strähnen darin. Die Bartstoppeln lagen wie ein onyxschwarzer Knüpfteppich über seinem Gesicht. Er sagte nichts, stellte sich nur hin, die Hände hinter dem Rücken, und wartete darauf, dass Tekla das Visier anlegte. Ihre Plastikschürze flatterte lose.

»Komm«, sagte Tariq apathisch und gab ihr ein Zeichen, dass sie sich umdrehen sollte. Tekla folgte widerwillig seiner Aufforderung. Sie spürte den warmen, feuchten Atem, in dem eine Spur Knoblauch lag, im Nacken, und unterdrückte ein Würgen.

Tariq verknotete sorgfältig die Plastikschürze und trat dann einen Schritt zurück.

»Was ist?«, fragte er kurz angebunden.

Tekla wich seinem Blick aus, aus Angst, er könnte sehen, wie gestresst sie von der Situation war.

»Nichts.«

»Der Patient?«, präzisierte ihr Kollege.

»Ach so. Ein Mann mit Stichwunde in hämorrhagischem Schock.«

Tariq Moussawi nickte kaum merklich.

»Ich dachte, ich brauche vielleicht Hilfe«, fuhr Tekla fort.

»Das glaub ich nicht.«

Tekla war unsicher, was das Alphamännchen aus Bagdad damit meinte. Vermutlich, dass er nun die Verantwortung übernahm, dass Stichverletzungen selbstverständlich von erfahrenen Chirurgen behandelt werden sollten. Und am besten von Männern, da Frauen nicht in der Lage waren, dem Druck in der Notaufnahme standzuhalten. Vielleicht würde er noch etwas über die zahllosen Operationen hinzufügen, die er im Krieg ausgeführt hatte, mit nichts weiter als Taschenmesser und Stirnlampe.

»Ruf, wenn du nicht mehr weiterkommst«, fuhr Tariq fort.

Wollte er nur dastehen und sie anglotzen, in der Hoffnung, dass sie sich blamierte, damit er Göran und den anderen erzählen konnte, was für ein Trottel sie war?

»Was?«

»Fang an, dann sehen wir schon, wie es läuft.«

Sie wusste, dass Tariq sich oft so verhielt. Teile und herrsche. Nichts Ungewöhnliches unter männlichen Oberärzten. Einfach akzeptieren. Die Zähne zusammenbeißen. Ignorieren. Tekla wollte ihn bitten, den Raum zu verlassen, wurde jedoch von Emil unterbrochen.

»Noch ein Notfall.«

»Noch einer?«, fragte Tekla.

»Ein Dreijähriger mit Krampfanfällen.«

Ein ziehender Schmerz in der Magengrube. Das Einzige, was sich jetzt gerade sicher anfühlte, waren Emils freundliche Augen, die eine Sekunde auf ihr verweilten. Sie versuchte, sich den Gorilla hinten am EKG-Gerät wegzudenken.

»Wann?«

»Jetzt! Wir legen ihn in Raum zwei.«

Emil öffnete die Schiebetüren zwischen den beiden Schockräumen.

Tekla wandte sich um und sah, wie der Rettungsdienst ein kleines Kind hereinrollte.

Sie musste ganz einfach, wandte sich Tariq zu: »Kannst du …?«

Er hielt seine leeren Hände nach vorn und zuckte nonchalant mit den Schultern.

»Ich bin gar nicht hier.«

»Okay. Dann müssen wir Hampus holen«, rief sie Cassandra mit schlecht kaschierter Aggressivität in der Stimme zu. Sie konnte jetzt nicht über Tariqs unorthodoxe Pädagogik nachdenken. Er würde eingreifen, aber nur, wenn es absolut notwendig wurde.

Tekla ging mit zitternden Knien in den anderen Schockraum, sie fühlte sich wie ein kleiner Vogel, der aus dem Nest geworfen worden und direkt vor ein paar hungrigen Füchsen gelandet war.

An der Liege stand eine Rettungskrankenschwester und machte auf dem weichen Brustkorb des kleinen Kindes eine Herzdruckmassage mit drei Fingern. Der Rettungssanitäter führte die Eltern herein, in ihrem Blick lag Panik. Das Sauerstoffmessgerät, das vom Ohrläppchen des Jungen kein gutes Signal empfing, begann zu piepsen.

Der Vater, hundertzehn Kilo Testosteron mit vereinzelten Bartstoppeln, schrie: »Jetzt tut doch endlich etwas! Er stirbt ja!«

Tekla stellte fest, dass die Herzdruckmassage ordnungsgemäß durchgeführt wurde und der Tubus bereitlag. Die Finger des Kindes fühlten sich kalt und leblos an. Aus der Unterhose lief senfgelbe Kacke.

»Wie heißt er?«, fragte Tekla in ruhigem Tonfall.

»Oscar«, sagte die Mutter und trat zur Liege. Sie schluchzte ihre Worte zwischen den Tränen hervor. »Er … er hat Morbus Gaucher Typ zwei, von Geburt an schwere neurologische Schäden. Nur, damit Sie das wissen.«

Es sah aus, als würde die Mutter jeden Moment in Ohnmacht fallen.

»Setzen Sie sich«, sagte Tekla und zeigte auf einen Stuhl. Eine Pflegehelferin kam ihr zu Hilfe, doch sie winkte ab.

Der Vater deutete wie ein Offizier mit ausgestreckter Hand auf sie.

»Sie müssen ihn retten!«

Die Mutter zog den Arm ihres Mannes nach unten und umklammerte ihn wie ein Koalabär.

Teklas Blick wanderte von den verbissenen Gesichtern des Rettungspersonals an den rotgeränderten Augen der Eltern vorbei und landete auf einem gelben Poster in der Zimmerecke. Vier ausgedehnte Sekunden lang sah sie Guptas *Textbook of Pediatrics*, Seite 1364, rechte Spalte, vor sich.

»Hallo!«, schrie der Vater. »Was zum Teufel machen Sie, tun Sie doch etwas!«

Tekla wandte den Blick von der Wand ab und ließ die Hände über den kleinen Jungen gleiten. Sein ganzer Körper zuckte. Vorsichtig zog sie seine Augenlider nach oben und stellte fest, dass die Pupillen kaum auf Licht reagierten.

»Wie lange macht ihr das schon?«

»Fünfundzwanzig Minuten«, antwortete die Rettungsschwester mit zusammengebissenen Zähnen hinter ihrem Rücken.

Eine Krankenschwester beugte sich nach vorn und versuchte einen weiteren Zugang am Handgelenk des Jungen zu legen.

Aus dem anderen Schockraum war Ankis Stimme zu hören: »Stichverletzung trifft ein!«

Tekla tastete mit der Hand über den Bauch des Jungen und fand die Operationsnarbe. Sie wandte sich an die Mutter.

»Man hat die Milz entfernt, oder?«

Sie nickte erstaunt. »Warum?«

»Und hat er in letzter Zeit oft gekrampft?«

»Seit ein paar Monaten. Wir waren bestimmt zwanzigmal hier.«

Der Vater schien einen plötzlichen Anfall von Klarheit zu haben und klammerte sich an seine Frau.

»Aber Sie geben nicht auf.« Er starrte auf das Namensschild der Ärztin. »Hören Sie, Tekla … Tekla Berg! Sonst werde ich verdammt noch mal …«

»Tekla!«, rief Anki wieder aus dem anderen Raum. Die Sirenen des nächsten Krankenwagens verklangen in der Halle der Notaufnahme.

»Ich komme gleich wieder«, sagte Tekla und wies auf zwei Stühle an der einen Wand. Eine Pflegehelferin führte die Eltern weg. Und an das übrige Krankenhauspersonal gerichtet: »Macht weiter mit den Kompressionen. Und noch eine Nadel. Volles Programm.«

Tekla ging in den anderen Raum.

Der Anästhesist hatte einen polnischen Namen, ein gleichgültiges Wachsgesicht und war im ganzen Haus als wortkarger Mann bekannt. Tekla informierte ihn über die Lage.

»Ich übernehme die Atemwege. Du den Rest«, sagte er.

Tekla fragte sich, ob er Witze machte, doch es kam nichts mehr über seine fleischigen Lippen. Er nahm Schläuche und Intubationsbesteck und zog weiße Flüssigkeiten in Spritzen auf. Eine Krankenschwester mit blauer Haube half ihm. Es wirkte, als bereiteten sie eine normale Routinenarkose bei einer Operation vor. Aus dem Augenwinkel sah Tekla, dass Tariq noch immer am Aluminiumschrank herumstand. Er beobachtete jeden Schritt, den sie machte, ganz genau.

Die Türen glitten mechanisch auseinander. Sie ging zum Rettungspersonal, einem Mann und einer Frau. Die blonde Frau erklärte den Stand der Dinge.

»Dreiundzwanzigjähriger Mann mit Stichverletzung an

der linken Seite. Wir waren schon wenige Minuten nachdem es passiert war vor Ort. Er hat viel Blut verloren und steht unter Schock. Blutdruck achtzig zu vierzig. Puls hundertzwanzig. Wir haben einen Druckverband angelegt, aber der ist bei dem ganzen Blut runtergerutscht. Er hat einen provisorischen Zugang im rechten Arm.«

Der Rettungssanitäter mit dem abgemagerten Gesicht, Reza, gab Tekla eine Brieftasche.

Sie warf einen Blick auf den Führerschein. Der Name klang finnisch. Dreiundzwanzig Jahre alt.

Der Patient auf der Liege hatte kurz geschorenes blondes Haar und Tätowierungen, die an den Oberarmen unter dem dunklen T-Shirt hervorkrochen. Tekla sah, wie er vor Schmerzen keuchte und das Gesicht verzog.

»Können Sie den Mund aufmachen?«, fragte Tekla.

Der Mann war müde, öffnete aber langsam den Mund, und Tekla stellte fest, dass die Atemwege frei waren. Er atmete schnell und oberflächlich. Die Finger waren eiskalt. Die Sauerstoffsättigung auf dem Überwachungsmonitor zeigte zweiundneunzig Prozent an. Der Anästhesist hielt eine Maske bereit und drehte den Sauerstoff auf. Tekla hörte die Lunge ab. Keine Atemgeräusche auf der linken Seite.

Tekla bekam einen Tunnelblick. Sie fühlte sich zwischen den beiden Schockräumen hin und her geworfen. Versuchte sich auf den Mann vor sich zu konzentrieren. Vielleicht irgendeine Auseinandersetzung zwischen Gangs? Oder ein Raub? Eifersuchtsdrama oder Streit unter Besoffenen? Sie sah Bilder aus der Garage unten am Fluss in Östersund vor sich. Von vor einer Ewigkeit. Erinnerungen, die um verschiedene Formen von Drogenmissbrauch kreisten. Um Simon. Um ihren Vater. Ein anderes Leben, zugleich Fragmente, die nie aus ihrem Gehirn verschwinden würden.

Der Patient stöhnte vor Schmerz. Sein Bauch war angespannt. Bis auf eine Menge Tätowierungen und ein paar gut verheilte Narben am einen Unterarm war die Haut intakt. Sie hob den Verband an und sah die Wunde: ein quer verlaufender Schlitz, etwa zwei Zentimeter breit, perfekt zwischen die sechste und die siebte Rippe in den linken Brustkorb gesetzt. Das Messer hatte die Lunge perforiert, und der Pleuraspalt war nun mit Blut gefüllt, was die Sauerstoffsättigung sinken ließ. Er hatte vermutlich ein bis zwei Liter Blut verloren. Eine fragile Lage, er konnte kollabieren, sein Herz konnte jede Sekunde stehen bleiben.

Aber irgendetwas stimmte nicht. Die Verletzung befand sich hoch oben am Brustkorb, nicht im Bauch. Warum also war die Bauchdecke so angespannt? Tekla versuchte, das Skript in Traumatologie von Moore im Geist durchzublättern, doch sie wusste, dass sie gerade in diesem Kurs einzelne Vorlesungen verpasst hatte. Sie wusste auch noch, warum: die erste Überdosis ihres Bruders. Sie öffnete den Mund, um Tariq um Hilfe zu bitten, aber etwas hielt sie zurück.

Aus dem anderen Schockraum waren jetzt aufgeregte Stimmen zu hören. Tekla ging schnell hinüber und setzte sich neben die Mutter. Der Vater ging auf und ab und sprach aufgebracht in sein Handy.

»Wie heißen Sie?«, fragte Tekla.

»Sophia.«

»Hallo, Sophia. Haben Sie schon über lebensverlängernde Maßnahmen gesprochen?«

Die Mutter nickte und sah Tekla in die Augen. »Wir haben ein Formular unterschrieben, dass er nicht am Beatmungsgerät landen soll. Aber Janne ist … er hat es nicht akzeptiert. Er arbeitet permanent … er ist Feuerwehrmann, hat viele Wochenend- und Nachtschichten. Und Oscar ist schon so lange krank … wir schaffen es nicht …« Sie schloss die Augen und hielt die Hände vors Gesicht. Dann nahm sie Tekla an der Schulter und flüsterte: »Lassen Sie ihn nicht leiden.«

Ein Gedanke schoss Tekla durch den Kopf, über diese Sekunde, in der plötzlich alles stillsteht, in der die Entscheidung getroffen wird: Paul Tibbets, der die Enola Gay über Hiroshima flog – hatte er gezweifelt, ob er die Bombe abwerfen sollte?

»Zieh zehn Milligramm Stesolid auf«, sagte Tekla zur Krankenschwester und begegnete einem fragenden Blick. »Gib ihm fünf.«

»Aber dann …«

»Ich geb es ihm selbst. Und hol Claforan. Wir lassen die Blutkulturen weg, gib einfach schnell Antibiotika.«

Die Krankenschwester holte die Spritze und kam mit dem Medikament zurück.

Tekla öffnete den Deckel des kleinen Zugangs, der im Handrücken des Jungen steckte, und drückte fünf Milligramm Stesolid hinein. Sie ging zurück zu dem Patienten mit der Stichverletzung und wandte sich an ihr Team.

»Wir müssen ihn auf die Seite drehen.«

Da sah sie es: Er hatte noch eine blutende Wunde, weiter unten in der seitlichen Bauchregion, dicht über dem Becken.

»Also zwei Verletzungen«, fasste Tekla laut zusammen. »Eine im Thorax und eine über der Nierengegend auf der linken Seite. Er muss operiert werden.«

»Systole bei fünfzig«, sagte der polnische Anästhesist und hielt dem Patienten die Sauerstoffmaske aufs Gesicht. Plötzlich kamen zwei Männer in den Raum, dicht gefolgt von einer Nachtschwester, die versuchte, sie aufzuhalten.

»Hallo, Sie dürfen da nicht rein …«

Die Männer ignorierten die Krankenschwester, als wäre sie ein unruhiger Hundewelpe, der ihnen um die Füße lief.

Tekla registrierte, dass die Männer Lederwesten mit den gleichen Aufnähern anhatten. Weiße T-Shirts. Der eine trug eine schokoladenbraune Lederhose, der andere ausgewaschene Jeans. Beide waren kräftig gebaut, wie alte Gewichtheber, deren Muskeln sich in Fett verwandelt hatten. Arme und Hals mit Tätowierungen bedeckt. Einer der Männer hatte einen rasierten Schädel und einen flaumigen Ziegenbart, der zweite einen Bürstenschnitt und cremefarbenes Haar. Sie stellten sich ans Fußende der Liege. Tekla konnte im Hosenbund des einen eine Pistole erahnen.

»Überlebt er?«, fragte der etwas Größere mit starkem finnischem Akzent.

Tekla sah, wie die schockierte Krankenschwester im Hintergrund zum Telefon ging und den Hörer abnahm. Der kleinere Mann wandte sich zu ihr um und schüttelte den Kopf. Die Schwester ließ den Hörer los und wich zurück. Sie starrte die Pistole in seiner Hand an.

»Er hat viel Blut verloren und muss operiert werden.«

Der größere der beiden Männer ging zu Tekla und legte seine Hand auf ihre Schulter. Sie spürte seine Ringe an ihrem Schlüsselbein und versuchte, die Pistole im Augenwinkel zu ignorieren.

»Wir verlassen uns auf dich …« Er blickte auf ihr Namensschild. »… Tekla Berg.« Dann trat er zurück und stellte sich wieder neben seinen Kompagnon.

Aus dem anderen Schockraum kam der Vater herein und schrie.

»Er atmet nicht mehr!«

Tekla wandte sich um und nahm eine aufgezogene Spritze

vom Anästhesiewagen. Sie hielt sie an ihrer Seite versteckt und schritt auf den Vater zu.

»Oscar ist todkrank, das wissen Sie. Gaucher Typ zwei ist eigentlich unheilbar. Sie haben sich außerdem dafür entschieden, dass er nicht leiden soll. Aber es könnte eine Blutvergiftung sein, darum geben wir Antibiotika. Ich musste ihn deshalb stark betäuben, mehr kann ich im Augenblick leider nicht erklären …«

»Aber er atmet verdammt noch mal nicht!« Die Augen des Feuerwehrmannvaters sahen aus, als würden sie vor Wut aus ihren Höhlen treten.

Tekla beugte sich zu ihm vor.

»Sie müssen sich jetzt beruhigen, damit wir unsere Arbeit machen können.«

Sie stieß die Kanüle in seinen muskulösen Schenkel und drückte die ganze Flüssigkeit hinein.

Er schrie vor Schmerz auf, begriff jedoch nicht, was ihn verursachte. Er streckte die Hände nach Teklas Hals aus, aber einer der Motorradgang-Typen schob ihn einfach weg und scheuchte den unter Drogen gesetzten Vater in den anderen Raum. Der taumelte, und das Letzte, was Tekla sah, war, dass er auf einem Stuhl zusammensank.

Tekla drehte sich zu Tariq um, und es war, als bliebe die ganze Szene plötzlich stehen. In diesem Moment wusste sie, dass er alles gesehen hatte. Sie war geliefert.

Donnerstagabend, der 6. Juni

NOBEL-KRANKENHAUS

»Blutdruck nicht messbar«, rief der Narkosearzt.

Der Raum schwankte. Tekla spürte Übelkeit aufwallen und registrierte kurz den Schweiß, der ihr den Rücken hinunterlief. Sie erwog, den Raum zu verlassen oder einfach Tariq zu bitten, das Ganze zu übernehmen, als sie Emils Stimme hörte, die wie die eines Zirkusdirektors von der Tür herüberschallte: »Hampus im Anmarsch!«

Tekla atmete tief ein, schloss die Augen und versetzte sich nach Jämtland. Ins Ruderboot am Weiher. Zu Simon und Papa, die darauf warteten, dass sie ihnen aus einer dampfenden Thermoskanne Kaffee einschenkte. Safrangelbe Herbstfarben am Ufer. Simon, der zu ihr sagte, sie solle auf ihre Klavierfinger aufpassen. Tekla, die antwortete: »Klavier kannst du selber spielen, du Idiot. Ich kann die Drumsticks mit meinen Füßen halten, wenn's sein muss.« Papa, der mit der Zigarette im Mundwinkel lächelte. »Seid jetzt still, damit was anbeißt, bevor Mama zu Hause einschläft.« Als ob Mama sich überhaupt darum scheren würde, wann sie nach Hause kamen, dachte Tekla.

Peng! Anki warf die Tür des Medizinschranks zu.

Tekla öffnete die Augen. Machte drei schnelle Schritte zu dem Gangmitglied mit der Stichverletzung.

»Ich brauche eine Drainage. So dick wie möglich.«

Sie kippte die Liege mit dem Fußende nach oben.

»Ich intubiere«, hörte sie irgendwo im Hintergrund den Anästhesisten sagen. Die Stimme klang, als würde sie durch ein Metallrohr geschickt.

Die Rockertypen folgten dem Drama mit verbissenen Gesichtern. Umklammerten ihre Pistolen. Tekla hörte, wie einer von ihnen mit irgendjemandem telefonierte.

Gerade als sie sich sterile Handschuhe anziehen wollte, kam Hampus Nordensköld mit einer weiteren Krankenschwester in den Raum. Sein Haar war zerzaust.

»Was ist hier los?«

Tekla hatte ihn noch nie so exaltiert gesehen.

Der kleinere Motorradtyp mit dem rasierten Schädel hob seinen Arm hoch und hielt Hampus davon ab, zur Liege zu treten.

»Ein Arzt reicht. Sie hat die Lage unter Kontrolle.«

»Aber …«

Tekla nahm dankbar zur Kenntnis, wie die Wut in Hampus' Gesicht aufstieg.

»Kümmere dich am besten um den anderen Raum«, sagte sie. »Ein Junge mit Gaucher, der eine Sepsis hat. Organisier ihm einen Platz auf Intensiv und bring dem Vater eine Liege.« Tekla schielte über Hampus' Schulter und sah den Vater gegen die Schulter der verständnislos dreinblickenden Mutter gelehnt dasitzen. »Er wird viereinhalb Stunden schlafen.«

Als hätte Hampus auch nur die geringste Ahnung, was Morbus Gaucher ist, dachte Tekla. Aber als männlicher Arzt würde er jederzeit lieber den Leuten ins Gesicht lügen, als sein Unwissen zuzugeben.

Hampus fuhr sich gekränkt mit den Fingern durchs Haar und trottete in Richtung Schockraum zwei.

»Skalpell«, sagte Tekla, als die Einstichstelle sauber war.

»Kein Puls«, rief die Narkoseschwester mit leichter Verzweiflung in der Stimme.

»Herzstillstand«, konstatierte der polnische Anästhesist in einem etwas lakonischeren Tonfall.

Tekla wollte gerade »Kompressionen, bitte« sagen, als sie sah, wie der groß gewachsene Motorradtyp drei Schritte nach vorn trat und mit einer Herzdruckmassage begann. Perfekte Kompressionen im richtigen Rhythmus und in der richtigen Stärke.

»Machen Sie weiter, Doktor«, keuchte er.

Sie nahm das Skalpell aus Cassandras Hand und setzte einen langen Schnitt entlang einer der Rippen über dem linken Brustkorb. Dann grub sie mit ihrem Zeigefinger einen Kanal unter die Rippe und in den Brustkorb hinein. Plötzlich floss frisches Blut über die Seite des Patienten und lief auf den hellgrauen Linoleumboden hinunter.

»Blut«, sagte sie, als hätte eventuell irgendjemandem die tiefrote Fontäne entgehen können, die aus der Seite des Patienten strömte.

Wieder öffnete sich die Tür, und die Stationsleiterin kam herein.

»Es sind noch mehr Biker hier.«

Die beiden Motorradgang-Mitglieder blickten sich verwundert an. Tekla fühlte sich, als wäre sie in eine Folge der Serie *Sons of Anarchy* geraten.

»Übernimm«, brüllte der muskulösere der beiden Männer. Cassandra ließ ihre Kompressen fallen und hievte sich auf die Liege, um die Kompressionen fortzusetzen. Der kleinere Mann fuhr mit der Hand über seinen Rücken und zog seine Pistole. Er richtete sie auf den Eingang.

Vier weitere Männer kamen herein, worauf die ersten beiden sich wieder entspannten. Sie waren von derselben Gang.

Sie unterhielten sich aufgeregt, wobei Tekla nur die Worte »Albaner« und »Ratten« aufschnappte.

Sie stand da, den Finger in der warmen Brusthöhle, und spürte ein schwaches Pulsieren von der Herzdruckmassage. Sie versuchte sich zu konzentrieren, obwohl ihr der Schweiß in die Augen lief und brannte wie Essig.

»Drainieren.«

Der Geräuschpegel stieg.

Sie nahm den dicken Plastikschlauch von Anki entgegen und führte ihn mit einer Drehbewegung ein. Frisches Blut floss hindurch und landete in einem Beutel, den Anki gerade noch daran befestigen konnte.

»Ist nullnegatives Blut unterwegs?«, rief sie der Stationsschwester zu, die wie festgewachsen an der einen Wand stand.

»Ich hab es hier.«

»Häng es dran, mit Überdruck!«

Tekla blickte über ihre Schulter, Tariq Moussawi stand immer noch am selben Platz. Die Arme verschränkt. Er hatte einen anderen Gesichtsausdruck.

Nach einer weiteren Minute hörte sie den Anästhesisten zu Cassandra sagen: »Mach 'ne kurze Pause.«

Ein paar Sekunden lang war es totenstill im Raum. Die Gangmitglieder warteten.

»Schwacher Puls«, sagte der Anästhesist.

Tekla schloss für eine Sekunde die Augen. Sie sah Simons fröhliche Wolfszähne und seine verschmitzten Augen vor sich.

Auf einmal drang Geklapper aus der Halle der Notaufnahme, ein Geräusch von Metall auf Holz und Quietschen von Gummi. Dann stürmte ein Polizei-Einsatzkommando mit gezogenen Waffen herein.

Tekla sah aus den Augenwinkeln, wie die Polizisten die Gangmitglieder zu Boden rangen und ihnen Handschellen anlegten. Sie versuchte sich darauf zu konzentrieren, die dicke Drainage im Brustkorb des Patienten festzunähen, und bekam sie schließlich mit einigen groben Stichen dahin, wo sie sein sollte. Einer der Polizisten – zwei Meter groß und mit unwirklich breiten Schultern – kam auf Tekla zu und zog seine Gesichtsmaske herunter. Die Kamera, die an seinem Helm befestigt war, ließ sie an einen Snowboardfahrer denken. Der Polizist blieb bei dem Monitor stehen, der anzeigte, dass der Patient einen Herzrhythmus von hundertzwanzig Schlägen pro Minute hatte.

»Alles in Ordnung, Frau Doktor?«

Tekla zuckte erschrocken zusammen, als sie die große Automatikwaffe an seinem Körper sah, doch sein einfühlsamer Blick beruhigte sie schnell wieder. Sie versuchte zu lächeln.

»Er überlebt.«

»Gute Arbeit. Gleich seid ihr diese Raufbolde los und könnt wieder zum Alltag übergehen.«

Eine Pflegehelferin drängte sich an den SEK-Polizisten vorbei und schrie mit lauter Stimme: »Wir haben Katastrophenalarm! Der Söder Torn ist explodiert!«

Tekla legte Arterienklemme und Nadelhalter auf das blaue sterile Tuch und sah, wie die Polizisten erst in ihre Funkgeräte und dann miteinander sprachen. Die Stimmung wurde sofort hitzig. Sie hörte die Worte »Explosion« und »Brand«.

Der große Polizist kam wieder zu ihr.

»Im Söder Torn hat eine Explosion stattgefunden, mit einem heftigen Brand als Folge. Unsere Einheit ist dorthin gerufen worden.«

»Und die Gangmitglieder?«, fragte Tekla, während sie gleichzeitig einen großen Deckverband über die Drainage klebte. Der Anästhesist tauschte den Blutbeutel aus, der Druck lag nun bei stabilen achtzig zu sechzig.

»Die Streife bringt sie zur Polizeiwache an der Torkel Knutsonsgatan.«

»Tekla!«, rief Cassandra durch das Chaos. »Der Chefarzt will mit dir sprechen.« Sie hielt ein Telefon hoch.

Tekla zog sich die blutigen Handschuhe und die Plastikschürze aus. Dann vergewisserte sie sich beim Anästhesisten, dass der Patient unter Kontrolle war.

»Die Lage ist stabil. Wir bringen ihn erst zum Röntgen und dann auf Intensiv.« Im anderen Raum wurde der kleine Junge gerade von einem zweiten Anästhesieteam auf die Kinderintensivstation gefahren.

Tekla nahm das Telefon entgegen und meldete sich.

»Ich hab die Anweisung bekommen, dass du die ärztliche Erstversorgung beim Brand leiten sollst«, sagte Chefarzt Leif Törblom mit einer Teklas Eindruck nach etwas undeutlichen Stimme. »Wir richten gerade einen Stab ein, müssen aber schnell mehr Ärzte zur Unglücksstelle bringen.«

Tekla sah sich um. Ihr blieb nichts anderes übrig, als zu tun, was der Chefarzt sagte: sich die Rettungsjacke überzuziehen und zum Söder Torn zu fahren. Sie verließ den Schockraum, blieb an einem Waschbecken stehen und warf sich noch eine Bombe in den Mund, die sie mit lauwarmem Wasser hinunterspülte. Im Eingangsbereich der Notaufnahme traf sie auf die Rettungsassistenten Johan und Jessica, die wie sie für die medizinische Erstversorgung vorgesehen waren.

»Also, fahren wir«, sagte Tekla. Sie bemerkte, wie der SEK-Mensch mit den blauen Augen sich umwandte und ihren

Blick suchte, bevor er in den silberfarbenen Lieferwagen sprang und in Richtung Brand verschwand. Sie hatte ein merkwürdiges Gefühl im Bauch. Wer hatte dem Chefarzt die »Anweisung« gegeben, dass ausgerechnet Tekla die Erstversorgung leiten sollte?

Donnerstagabend, der 6. Juni

SÖDER TORN, STOCKHOLM

»Ist er tot?«, fragte Johan.

»Weiß nicht.«

»Aber müsste er doch eigentlich sein, oder?«

»Kannst du vielleicht einfach mal warten?«, fauchte Tekla. »Wie soll man denn hier ordentlich den Puls fühlen können?«

Sie wusste, sie sollte sich bei Johan entschuldigen, dass sie die Nerven verloren hatte, aber nach all den Patienten, um die sie sich gekümmert hatte, hatte sie langsam genug. Ihre Finger lagen noch auf dem Hals des Verletzten, und sie ließ den Blick ein paar notwendige Sekunden abschweifen. Die Flammen züngelten an der einen Seite des Turms empor, an der gerade eine Fassadenrenovierung durchgeführt wurde, und reichten bereits bis zur Hälfte des Gebäudes. Die schwarze Rauchsäule zeichnete sich kerzengerade vor dem zartrosa Abendhimmel ab, der der herannahenden Dunkelheit zu entrinnen versuchte. An jedes dieser Bilder würde sie sich bis ins letzte Detail erinnern, das war ihr Segen und ihr Fluch. Tekla erschauderte, als kalte Luft über ihren Nacken zog, und gleichzeitig vibrierte die Hitze des Feuers in zweihundert Metern Entfernung. Es roch nach verbranntem Plastik und versengter Haut. Das Grollen des Feuers wurde nur hier und da durch explodierende Glasscheiben und die Sirenen der Einsatzfahrzeuge übertönt.

»Wo habt ihr ihn gefunden?«, fragte sie und hörte auf, nach dem Puls zu suchen.

»Vor dem Verteilerraum. Unter einer Wendeltreppe.«

Tekla stand auf und blickte den Atemschutzgeräteträger an. Erst jetzt sah sie, wie rußverschmiert und verschwitzt er war.

»Setzen Sie sich hin und ruhen Sie sich ein bisschen aus«, sagte sie.

Der Feuerwehrmann sank auf einer Rolle von Schläuchen zusammen, öffnete seine Jacke und fuhr mit der Hand über sein schmutziges Gesicht. Dann fiel sein Kopf nach vorn, als hätten die Nackenmuskeln plötzlich nachgegeben. Tekla sah, wie er am ganzen Körper zu zittern begann. Ihr war bewusst, dass sie zu ihm gehen und ihm eine Hand auf die Schulter legen müsste, doch stattdessen blieb sie stehen und streckte ihren schmerzenden Rücken. Zum ersten Mal seit über zwei Stunden ließ sie die Schultern ein paar Zentimeter sinken.

»War er der Letzte, den ihr rausgeholt habt?«

Er nickte.

Tekla blickte zu dem brennenden Inferno hinüber. Der letzte Patient war also der Erste, der sterben würde. Die Leiche würde schwer zu identifizieren sein. Sie steckte ihre Hand in die Rettungsjacke und zog eine schwarze Plastikkarte heraus, die in den Flammen aufblitzte.

»Wie viele haben Sie versorgt?«, fragte der Atemschutzgeräteträger.

Tekla brauchte nicht nachzudenken. Sie hätte jeden Einzelnen der Verletzten beschreiben können: Farbe der Kleidung, Frisur, Gesichtsausdruck, Körpertemperatur. Alles bis ins kleinste Detail. Alles, bis auf ihren Geruch.

»Der hier ist Nummer zwölf«, sagte sie.

»Sie hätten bleiben sollen, wo sie waren. Nicht ins Treppenhaus laufen.«

»Ihr wärt mit diesen Leitern aber doch niemals achtzig Meter nach oben gekommen.«

Der Feuerwehrmann schloss seine Augen, wie als Schutz gegen die Wahrheit.

»Wie viele Tote?«, fragte er.

»Bisher nur einer. Aber vielleicht werden einige von den Schwerverletzten nicht überleben.«

Tekla blieb stehen und starrte den verbrannten Körper an. Eine Niederlage auf so vielen Ebenen. Sie drehte sich um, zur sicheren Dunkelheit in Richtung Bofills Båge, nahm die Labellohülle heraus, schüttelte eine weitere kleine Kugel in ihre Handfläche und schluckte sie schnell. Nahm den bitteren Geschmack nicht einmal wahr. Es würde nicht lange dauern, bis die Wirkung einsetzte.

Jemand hockte sich neben sie.

»Man sieht kaum noch, dass es ein Mensch ist«, sagte er. Es war der Pfleger Johan.

»Nein, wirkt eher wie ein verkohlter Tierkadaver in einer rauchenden Kriegsruine«, murmelte Tekla und wollte gerade um eine Wasserflasche bitten, als sie plötzlich sah, wie sich der Brustkorb des Brandopfers hob.

Sie beugte sich vor, ihre Knie bohrten sich in die weiche Erde. Sie legte ihr Ohr an die Stelle, wo der Mund sein musste, die jedoch nur aus großen, kupferroten Blasen bestand, die von Ruß und Blut bedeckt waren.

»Er atmet!«

Schnell zog sie eine Taschenlampe aus ihrer Brusttasche und leuchtete in das Auge, das nicht völlig von verbranntem Fleisch bedeckt war.

»Die Pupille ist klein. Wir müssen einen Zugang legen!«

John holte seine Notfalltasche, während Tekla die Armbeuge absuchte, doch die Verbrennungen hatten jedes Blutgefäß zerstört. Das Gesicht, der Rumpf, die Arme … sie schätzte, dass achtzig Prozent der Körperoberfläche Verbrennungen dritten Grades aufwiesen. Die Kleider waren weg, sogar sein Geschlechtsorgan war unkenntlich. Sie befühlte seinen Kopf mit den Fingerspitzen und ertastete eine schwammige Einbuchtung am Hinterkopf.

Johan war schnell zurück.

»Wir müssen es intraossär machen«, sagte Tekla. »Hier, an dem einen Knie ist ein relativ unbeschädigter Bereich.«

Johan nahm den Bohrer heraus und drückte eine Nadel mit gelbem Kopf hinein.

»Ich hätte an der Leiste nach dem Puls suchen sollen …«

Tekla nahm auf dem rechten Schienbein unter dem Knie Maß, griff nach dem Bohrer und zielte. Sie bohrte bis ins Mark. Der Patient zitterte nicht einmal.

Sie ließ den Blick über den Körper des Mannes schweifen. Normal gebaut. Normal groß. Wie alt? Unmöglich zu schätzen. Kein Haar mehr auf dem Kopf. Das Gesicht im Prinzip fort. Der ganze Kopf: ein rauchender, blutiger Fleischklumpen. Der Körper: eine lakritzschwarze Rüstung aus Wundschorf. In Tekla tauchten Bilder von Pompeji auf, wie die lebendig Begrabenen in ihren Positionen erstarrt waren. Viele schienen geschlafen zu haben, als der Vulkan ausbrach. Wie hatte es sich angefühlt, dort zu liegen? Wie hätte sie es selbst gewollt? Hätte sie sich gewünscht, dass jemand ihr Leben rettete … so? Oder dass man ihr stattdessen nur etwas Schmerzlinderung verschafft hätte, damit sie einschlafen konnte?

Eine Sekunde später leerte Tekla eine ganze Ampulle Narcanti in den Zugang und fuhr mit etwas Kochsalz fort.

»Und jetzt noch intubieren«, sagte sie.

Gleichzeitig hörte sie eine tiefe Stimme hinter sich.

»Lebt er?«

Sie sah aus dem Augenwinkel einen Polizisten, wandte sich jedoch erneut zu Johan.

»Zieh Ketamin auf. Und hol zwei Beutel Ringerlösung raus.«

In ihrem Gedächtnis rief sie direkt das *Textbook of Burns* ab und las auf Seite 2127 die linke Spalte. Rechnete laut vor sich hin: »Mit einem Gewicht von siebzig Kilo und achtzig Prozent Verbrennungen braucht der Patient in den nächsten zehn Stunden zwölf Liter Flüssigkeit. Wird intraossär schwer, aber wir fangen mal so an. In der Notaufnahme müssen sie dann zentrale Zugänge legen. Wenn wir es bis dahin schaffen.«

»Hat er was gesagt?«, fragte der Polizist, der sich jetzt unmittelbar neben sie gestellt hatte. Er sah aus, als hätte er schon früh im Leben begonnen, sein spärliches Haupthaar mit langen Abenden im Fitnessstudio und einem gut gepflegten Kapitän-Haddock-Bart zu kompensieren. An seiner Polizeiausrüstung saß alles perfekt.

»Sieht es so aus, als könnte er sprechen?«, fragte Tekla.

»Kann er kein Schwedisch?«

»Ich hoffe, Sie machen Witze.«

»Haben Sie irgendwelche Tätowierungen gesehen?«

»Auf den zwanzig Prozent seiner Körperoberfläche, die noch intakt sind, habe ich keine Tätowierungen gesehen, nein. Jetzt müssen Sie da weg, ich muss intubieren.«

Tekla hielt einen starken Impuls zurück, den Polizisten einfach beiseitezuschubsen.

Der Mann mit den Verbrennungen fing plötzlich an, seinen Arm leicht zu bewegen, und drehte den Kopf in Teklas Richtung.

Da beugte der Polizist sich vor und rief mit lauter Stimme: »Hören Sie mich? Nicken Sie, wenn Sie mich hören. Der Zeuge hat gesehen, wie ein grüner Lieferwagen mit vier oder fünf Männern kurz vor der Explosion von hier geflohen ist. Sie waren in die Sache verwickelt, oder? Sind die abgehauen und haben Sie zurückgelassen? Wo wolltet ihr euch treffen? Jetzt reden Sie!«

Keine Reaktion.

»Did you put a bomb in the basement?«, rief der Polizist, der anzunehmen schien, dass die Trommelfelle des Verletzten weggesprengt worden waren. »What did you do outside the … was zum Henker heißt Verteilerraum? What did you do vor dem Verteilerraum?«

Der Mann bewegte den Arm jetzt unkontrolliert, und Tekla ahnte, dass das eine Auge sich auf sie zu richten suchte. Sie schob den Polizisten zur Seite.

»Ich muss sofort intubieren, wenn er auch nur die geringste Überlebenschance haben soll.«

»Nur noch eine letzte Sache«, sagte der Polizist und beugte sich erneut über den Verletzten. »Wenn Sie dieses Haus gesprengt und diesen Menschen hier Schaden zugefügt haben, werde ich persönlich dafür sorgen, dass Sie und alle Ihre Verwandten, aus welchem verdammten Land im Mittleren Osten Sie auch kommen, bis in alle Ewigkeit leiden müssen. Kein Prophet kann Sie schützen. Und Sie können sämtliche Jungfrauen im Himmel vergessen. Hören Sie mich?«

Tekla drängte den Polizisten weg, der demonstrativ langsam zurückwich.

»Was reden Sie da?«, schrie sie. »Wie zum Teufel wollen Sie wissen, ob das hier irgendein Terroranschlag ist? Hä?! Es kann ja genauso gut ein Unglück gewesen sein, oder was auch immer!«

Die anderen Polizisten mussten ihren Chef festhalten, der so aussah, als wollte er sich auf den Schwerverletzten stürzen und mit seinen großen Stiefeln auf ihm herumtrampeln. Er starrte Tekla an und lächelte höhnisch, bevor er sich langsam von der Stelle entfernte. Auch die übrigen Polizisten vom SEK und dem nationalen Sprengstoffkommando traten ein paar Schritte zurück, und das Licht der Flammen kehrte zurück. Tekla legte ihre Hand auf die Stirn des Verletzten. Der Knochen lag offen.

Sie beugte sich vor, strich vorsichtig mit der Hand darüber und flüsterte: »Alles wird gut, Sie werden sehen. Alles wird gut ... Jetzt dürfen Sie schlafen.«

Sie nahm das Laryngoskop und wollte sich gerade seinem Kopf zuwenden, als der Mann seinen Zeigefinger auf sie richtete. Auf Teklas Gesicht. Sie beugte sich vor, versuchte zu verstehen, was er sagen wollte. Sie hörte seine kurzen, keuchenden Atemzüge. Worte, die langsam, zögernd, ausgestoßen wurden. Dann fiel der Arm wieder herunter, und er verschwand in der Bewusstlosigkeit.

»Was hat er gesagt?«, fragte Johan.

»Schwimmen«, sagte Tekla und erschauderte. »Es klang, als hätte er irgendwas von Schwimmen gesagt.«

Nacht zu Freitag, dem 7. Juni

NOBEL-KRANKENHAUS

Tekla war schon immer schlecht geworden, wenn sie in einem Auto gegen die Fahrtrichtung saß. Der Krankenwagen schwankte, doch sie biss die Zähne zusammen, atmete tief durch und konzentrierte sich auf ihre einzige Aufgabe: den Patienten mit den Verbrennungen am Leben zu erhalten. Zumindest, bis sie in die Notaufnahme kamen. Als sie vom Ringvägen den Hügel hinauffuhren, registrierte sie ein ziviles Polizeiauto direkt hinter dem Krankenwagen. Es schaltete das Blaulicht ab, als sie sich der Notaufnahme näherten.

Mithilfe des Beatmungsbeutels drückte sie vorsichtig Luft in die Lunge des Mannes. Es war nicht möglich gewesen, seinen Blutdruck zu messen, doch sie fühlte einen schwachen Puls in der Leiste. Sie wusste, dass der Mann noch lebte. Tekla sah die schmierige Pampe an, die an ihrem Gummihandschuh klebte. Konnten diese cremeweißen Fäden, die aussahen wie verkochte Spaghetti, Nerven sein, die in der Hitze geschmolzen waren?

Der Motor wurde abgestellt, und sie hörte, wie Johan die Schiebetür öffnete.

»Wie geht es?«, fragte er.

»Mir oder dem Patienten?«

»Ich deute das so, dass er immer noch am Leben ist.«

Johan sprang weiter zu den hinteren Türen. Tekla beneidete ihn um seine sorglose Einstellung zum Leben.

»Gut gefahren«, sagte Tekla und half ihm mit der Bahre. »Ausnahmsweise musste ich mich nicht übergeben.«

Gemeinsam zogen sie die Bahre heraus, während Tekla immer wieder Luft in den Mund des Patienten drückte. In der Halle der Notaufnahme standen acht andere Krankenwagen, von denen zwei gerade ausgeladen wurden.

Tekla sah den Klinikleiter auf sich zukommen. Sie hatte ihn noch nie so rot im Gesicht gesehen. Göran Collinder musste es sehr eilig gehabt haben, aus seiner Wohnung in Östermalm hierherzukommen, dachte Tekla, nachdem es das erste Mal überhaupt war, dass sie ihn ohne sein dunkelblaues Jackett mit den Goldknöpfen sah.

»Tekla Berg, nicht wahr?«

»Ich glaube nicht, dass es in Ihrer Klinik noch jemand anderen mit diesem Namen gibt.«

»Und das ist der Mann vom Söder Torn mit den schweren Verbrennungen?«

»Einer von ihnen.«

Tekla sah jetzt, dass Göran von zwei zivil gekleideten Männern begleitet wurde, möglicherweise Polizisten. Sie begegnete dem Blick des einen, richtete aber rasch wieder den Fokus auf ihren Chef.

»Wir müssen in die Notaufnahme«, sagte Tekla.

»Wir warten hier, dann reden wir, wenn ihr den Patienten übergeben habt«, antwortete Göran und sah aus, als wollte er die Anweisung bestätigt bekommen. Doch Tekla wandte sich nur um und ging in Richtung Schockraum, wo ein erwartungsvoller Arzt mit Visier und voller Kampfausrüstung bereitstand.

Es schmerzte Tekla, den armen Patienten abzugeben. Was ihn erwartete, war ein Beatmungsgerät und eine ganze Nacht Wundreinigung. Ein richtiger Knochenjob. Vielleicht wäre es besser gewesen, Johans indirekt angedeuteter Empfehlung einer schnellen, barmherzigen Sterbehilfe mittels einer ordentlichen Dosis Morphin am Unglücksort zu folgen.

Tekla trat zum Medikamentenkühlschrank, wo Johan stand und etwas auf einem Tablet notierte. Er blickte auf.

»Übrigens, was war denn das mit dem Schwimmen?«

Tekla erstarrte.

»Nichts.«

»Doch, sag.«

»Ich dachte, er hätte gesagt … schwimmen.«

»Als er dich angeschaut hat?«

Tekla sah Bilder vom Teich vor sich.

»Das Lustige ist, dass ich nicht schwimmen kann.«

Johan blickte sie an.

»Aber warum sollte er vom Schwimmen reden?«

»Ja, sehr seltsam«, antwortete Tekla und wich Johans neugierigem Blick aus. »Vielleicht hat er nur wirres Zeug geredet. Aber es wirkte tatsächlich so, als würde er mich anschauen, und es klang, als würde er etwas fragen. Ich muss mich verhört haben. Der Einzige, der weiß, dass ich nicht schwimmen kann, ist …«

»Tekla!«

Göran erschien in der Tür zum Schockraum und winkte. Die Polizisten standen neben ihm, sie sollten offenbar bei dem Verletzten bleiben. Erst jetzt nahm Tekla das Chaos wahr. Im Krankenhaus war der Ausnahmezustand ausgerufen worden, und Personal aus der ganzen Stadt war herbeigeströmt. Weit mehr, als nötig war.

Sie zog ihre blutige Einsatzjacke aus und hängte sie vor dem Schockraum auf, wusch und desinfizierte ihre Hände und schöpfte sich kaltes Wasser ins Gesicht. Dann gingen sie. Sie versuchte, Görans Körpersprache zu lesen. Bisher hatte er das vorangegangene Drama um den Kerl mit den Stichverletzungen und das krampfende Kind nicht erwähnt. Hatte er vom Personal noch nichts davon erfahren? Oder war er gedanklich einfach völlig von dem Brand eingenommen?

»Wie viele haben wir reingekriegt?«, fragte sie.

»Fünf. Aber nur zwei mit ernsthaften Verbrennungen.«

»Warum nur zwei?«

»Ja, und dann noch deinen, das ist der dritte.«

»Aber wo sind alle anderen? Es müssen mindestens zehn sein.«

»Uppsala hat fünf bekommen und Solna zwei.«

»Uppsala? Aber sind nicht wir hier im Nobel-Krankenhaus diejenigen, die eine komplett neue Station für Schwerbrandverletzte haben?«

»Doch, aber Uppsala hat ja den Auftrag vom Staat bekommen, wie du vielleicht gehört hast.« Göran versuchte zu lächeln, war aber offenbar viel zu gestresst für irgendwelche gespielten Freundlichkeitsbekundungen. »Aber jetzt kriegt die neue Einheit ordentlich zu tun. Ich kenne jemanden, der sich freuen wird.«

Tekla verließ die Notaufnahme und ging an der Kinderklinik vorbei in Richtung Eingangshalle. Göran versuchte mit ihr Schritt zu halten. Sie hatte noch nie mitten in der Nacht so viele Menschen im Krankenhaus gesehen. Sie passierten Pulks von unruhigen Angehörigen und herbeieilendem Personal am Haupteingang.

Sie nahm die linke Tür.

»Tekla, ich möchte, dass du die verantwortliche Ärztin für den Schwerbrandverletzten wirst«, sagte Göran.

»Die verantwortliche Ärztin?«

»Ich weiß, das ist etwas ungewöhnlich, aber dieser Patient ist speziell.«

»Du meinst lebensgefährlich verletzt.«

»Das auch. Ich wurde von der Einsatzleitung angerufen. Wenn der Patient überlebt, gibt es eine polizeiliche Ermittlung. Er könnte in den Brand verwickelt gewesen sein.«

»Davon betroffen, meinst du?«

»Vielleicht mehr als das.«

Sie kamen zu den Aufzügen, Tekla drückte mehrmals auf den Knopf.

»Aber warum ich? Ist nicht normalerweise jemand von der Intensivstation verantwortlicher Arzt?«

»Wie ich es verstanden habe, hat er auf Narcanti angesprochen?«

»Was hat das mit der Rolle des verantwortlichen Arztes zu tun?«

»Also müssen wir von einer Intoxikation ausgehen. Und die Notfallklinik ist verantwortlich für alle Vergiftungen, die auf der Intensivstation landen.«

Die Aufzugtüren öffneten sich. Sie ging widerwillig hinein und unterdrückte einen Würgereiz, als Görans Aftershave den kleinen Raum ausfüllte. So intim war sie seit mehreren Jahren nicht mit einem Mann gewesen. Sie drückte auf die neun.

»Vergiftung? Aber …«

»Du wirst aus zwei Gründen verantwortliche Ärztin«, fertigte Göran sie ab. »Erstens liegt eine Vergiftung vor. Zweitens ist seine Identität unbekannt, und die Polizei will eine Kontaktperson für alles, was mit dem Patienten passiert.«

Göran blickte auf seine Armbanduhr. »Schau mich nicht so an. Ich bin nicht derjenige, der entscheidet.«

»Wer dann?«

Tekla sah, dass Göran etwas sagen wollte, sich aber zurückhielt.

Endlich öffneten sich die Aufzugtüren. Tekla ging in Richtung ihres Zimmers und hörte, wie Göran hinter ihr herkam.

»Der Einsatzleiter hat gesagt, der Patient hätte dich erkannt. Stimmt das?«

Tekla blieb an ihrem Zimmer stehen und sperrte die Glastür auf. Jetzt begriff sie, warum Göran ihr den ganzen Weg bis hierher gefolgt war.

»Was meinst du?«

»War es nicht so, dass er auf dich gezeigt hat? Hat es so gewirkt, als hätte er dich erkannt?«

»Ach Quatsch. Er hat nur den Arm bewegt, als ich ihm Narcanti gegeben hab. Er hat ja kaum mitgekriegt, was um ihn herum passiert. Hast du gesehen, wie er aussah?«

Sie ging in ihr Zimmer und blieb vor dem Fenster stehen. Spürte ihr Herz heftig schlagen. Schweiß rann ihr den Rücken hinunter, und sie zitterte am ganzen Körper. Es gab doch nur eine Person, die wusste, dass sie nicht schwimmen konnte? Aber es konnten ja viele Menschen nicht schwimmen.

Sie brauchte eine Bombe. Jetzt.

Göran stellte sich neben sie. Sie sahen, wie der Söder Torn nur etwa einen Kilometer entfernt noch immer brannte. Die Dunkelheit hatte sich über die Stadt gelegt, und die Flammen hatten jetzt das ganze Gebäude in Besitz genommen, bis hin zu den obersten Stockwerken. Um den ganzen Turm standen Gerüste.

Auch Göran war von dem Anblick erschüttert.

»Oh Mann«, keuchte er.

»Hattest du es noch nicht gesehen?«

»Wie war es eigentlich da?«

»Unwirklich.«

Ihre Gedanken kreisten um all die Menschen, die sie am Söder Torn zu retten versucht hatte. Hätte sie irgendetwas anders machen müssen?

»Die Rettung für die Monsterfrau«, flüsterte Göran.

»Für wen?«

»Nichts.«

Sie standen ein paar Sekunden da und starrten. Tekla spürte jetzt, wie ihr der Schweiß auch an der Innenseite des Oberschenkels hinunterlief. Sie fror.

»Ich muss mich jetzt wirklich umziehen.«

Sie fing an, ihre Hose aufzuknöpfen.

»Hier?«

»Ich will nicht wie ein Metzger aussehen, wenn ich in die U-Bahn steige.«

»Du weißt, dass wir uns eigentlich im Keller umziehen. Ihr habt eure Umkleideräume …«

»Ernsthaft«, unterbrach ihn Tekla und begann sich die Hose herunterzustreifen. »Ich bin *wahnsinnig* müde.«

»Okay«, entschuldigte sich Göran und drehte sich um. »Aber du akzeptierst, dass du verantwortliche Ärztin wirst?«

»Hab ich eine Wahl?«

»Ich denke nicht.«

»Dann hast du ja deine Antwort.«

»Elf Uhr auf der Intensivstation. Jeden Tag zur Visite wird die Polizei auftauchen. Dann wollen sie ein Status-Update.«

»Jeden Tag?«

»Um Punkt elf.«

»Mit denselben Mitteln schneller arbeiten«, seufzte Tekla.

»Was sagst du?«

»Nichts.«

Tekla atmete tief durch und streckte eine klebrige Hand

nach dem Labello in ihrer Tasche aus. Görans Handy klingelte.

»Ja … ja … sie ist bei mir …«

Göran hielt Tekla das Telefon hin.

»Es ist für dich.«

»Wer?«, flüsterte Tekla und winkte abwehrend.

»Monica. Geh einfach ran.«

Tekla kam kaum dazu, darüber nachzudenken, welche Monica Göran meinte, ehe sie das Handy nahm.

»Tekla?«, war eine scharfe, wache Stimme zu hören.

»Ja.«

»Ich habe im Lauf dieses Abends viel von Ihnen gehört.«

»Wirklich?«

»Ich will mit Ihnen reden. Morgen früh. Da sind Sie im Dienst, oder? Sie sollen ja um elf auf Intensiv sein.«

»Ja. Aber woher wussten …?«

»Ich rufe Sie an«, sagte die Krankenhausdirektorin und legte auf.

Tekla gab das Handy zurück. Sie starrte mit leerem Blick auf Görans Rücken, als er sie endlich in ihrem Zimmer allein ließ. In Teklas Ohr fiepte ein hoher Ton, bevor es schließlich im neunten Stock des Nobel-Krankenhauses vollkommen still wurde.

Jetzt verstand sie: *die Monsterfrau.*

II

Freitagmorgen, der 7. Juni

GRÖNVIKSVÄGEN, BROMMA

Victor Umarov wachte mit einer Morgenlatte auf. Eine nahezu unbeschreibliche Freude verbreitete sich in seinem Körper. Victor fingerte einige Sekunden an seinem Schwanz herum, fühlte nach, ob er steif bleiben würde. Er vergewisserte sich, dass es nicht wieder nur ein Scheißtraum war.

Dann drehte er sich um und rückte näher an Elena heran. Sie schlief noch, in seliger Ungewissheit, was für ein wunderbares morgendliches Geschenk er ihr angedeihen lassen wollte. Er führte die Hand unter ihren Arm, zog vorsichtig das seidene Nachthemd zur Seite, griff an ihre große Brust und begann die Brustwarze zu streicheln, während er seinen Ständer gegen ihren wundervollen Hintern drückte. Als sie sich kennengelernt hatten, auf einem Fest in Moskau, hatte er sich in ihren Arsch verliebt, bevor er ihr gut geschminktes Gesicht überhaupt gesehen hatte.

Sie erwachte. Verdammt, wie sie ficken würden. Hart und schwitzend, wie sie es seit Monaten nicht mehr getan hatten. Er würde seiner Ärztin in Östermalm eine ganze Kiste Champagner bringen. Keinen russischen Wodka, den die Schweden sowieso nicht vertrugen. Und zwar persönlich. Genau wie damals, als er sich Anfang der Neunziger das staatliche russische Elektrizitätsmonopol gesichert hatte. Ein fester Handschlag und ein Gläschen. In dem Fall natürlich Wodka.

Er dachte so sehr daran, wie er der Ärztin danken würde, dass er den Fokus verlor. Er fing an zu pumpen, dass es in seinen Gesäßmuskeln zog.

Elena hatte begriffen, was passieren sollte. Sie schob ihr Höschen zur Seite. Das hier konnte schnell gehen. Sie war feucht wie die Austern im Royal Castle Hotel in Bulgarien. Wenn er nur nicht kam, bevor er ihn reingekriegt hatte. Er musste wenigstens ein paarmal stoßen. Rein und raus. Musste dieses herrlich warme Gefühl wieder spüren. Ihren Gegendruck.

Doch da merkte er, dass sich etwas veränderte. Sein Schwanz fühlte sich nicht mehr so steif an. Er spannte die Pobacken an, versuchte das Blut in seinen Spieß zu drücken, ihn mit Kraft zu füllen. Aber es war, als hätte jemand den Stecker herausgezogen. Er sah einen dieser riesigen aufblasbaren Plastikmenschen vor einem Autohändler in den USA vor sich, der plötzlich zusammenfällt, wenn das Gebläse ausgeschaltet wird.

Es hatte nicht einmal eine Minute gedauert. Sechzig Sekunden, dann war er genauso weich und leblos, wie er das ganze letzte Jahr hindurch gewesen war.

Er drehte sich um und schwang die Füße auf den zotteligen Teppichboden. Stellte sich hin, zog die Pistole aus der Schublade des Nachtkästchens, drückte das Magazin hinein und schoss zweimal hintereinander. Zwei mal ein Meter Spiegel mit Goldrahmen zersplitterte in tausend Stücke.

Die Tür flog auf, und Kamila kam hereingestürzt. Sie hatte ihren weinroten Flanellpyjama an, und das lange, schwarze Haar war zerzaust, der Teenagerblick eher wütend als erstaunt. Auch Sardor kam die Treppe hochgerannt, mit gezogener Pistole.

»Ruhig«, sagte Victor und wich den Spiegelscherben aus, als er auf seine beiden Kinder zuging. Er nahm Kamila in den

Arm und drückte sie an sich. »Nur ein kleiner Spiegel, der kaputtgegangen ist.«

»Kleiner Spiegel? Du bist doch total krank im Kopf«, rief Kamila und schob Victor von sich weg.

»Aber nicht so krank, dass ich meiner kleinen Prinzessin nicht das Paradies auf Erden schaffen könnte.«

»Ooooh«, stöhnte Kamila, stampfte demonstrativ mit den Füßen auf den Teppichboden und ging zurück in ihr Zimmer. »Du bist so verdammt bescheuert, Papa …«

Sardor wartete ab.

»Du kannst nachher saubermachen«, sagte Victor. »Lass sie schlafen.«

»Sehr witzig«, war Elenas Stimme unter der Bettdecke zu hören.

Victor verließ das Schlafzimmer und zog die Tür zu. Er war hungrig und brauchte Kaffee. Um diese verschissene, inkompetente Kuh von Ärztin würde er sich später kümmern. Gleichzeitig spürte er einen Klumpen im Magen: Er musste diese Impulshandlungen zügeln. Die Gewalt hinter sich lassen. Jedes Mal, wenn er einen Rückfall bekam, fühlte sich das Leben wie ein einziger großer Misserfolg an.

»Wusste nicht, dass du diese alte Spielzeugpistole immer noch hast«, sagte Sardor.

»Nur zur Selbstverteidigung. Ein bisschen Nostalgie.« Er steckte die Makarov von 1951 in seinen Morgenrock.

Sardor zuckte resigniert mit den Schultern.

»Wir haben ein Problem, Victor. Es gab diese Nacht Ärger in einem Krankenhaus und …«

»Warum«, unterbrach ihn Victor, »warum nennst du mich nicht Papa wie Nina und Kamila? Oder Paps. Oder Dad. Was auch immer. Du tust, als würdest du mich nicht kennen. Deinen eigenen Papa aus usbekischem Fleisch und Blut.«

Er strich sich über den Bauch und zwickte Sardor in die Wange. »Fühl mal hier, die Urkraft um den Nabel. Hast du schon ganz vergessen, früher saßt du immer …«

»Einer von den Red Bears wurde in einer Kneipe in Södermalm mit Messerstichen aufgefunden«, unterbrach ihn Sardor, wandte den Kopf ab und steckte seine Pistole ins Schulterholster. Das graue T-Shirt hatte dunkle Schweißflecken unter den Armen. »Er ist in die Notaufnahme im Nobel-Krankenhaus gebracht worden. Es wurde chaotisch. Es geht das Gerücht, dass jemand vom Netzwerk Nord ihn niedergestochen hat.«

Elena ging vorbei und seufzte lautstark. »Müsst ihr immer über die Arbeit reden?«

»Ich komme in fünf Minuten, Schatz«, sagte Victor und wartete darauf, dass Elena die Treppe hinunter verschwand.

Victor zog seinen Sohn an sich, drückte ihn an seine Brust und versuchte ihn festzuhalten. Er tätschelte ihn am Kopf, genau wie er es etwa dreißig Jahre zuvor in London getan hatte. Sardor war fünf Jahre alt gewesen, als Nina in die Schule kam. Schon damals hatten sie völlig unterschiedliche Temperamente gehabt. Sardor schlief unruhig, rief nachts oft nach seinen Eltern. Nina fand sofort Freunde und war pflegeleicht. Schon in der Mittelstufe fing Sardor an auszuflippen. Doch die Erinnerungen an diese Zeit waren lückenhaft, Victor musste einsehen, dass er oft abwesend gewesen war, ständig auf Reisen. Reisen durch das enorme, im Zusammenbruch begriffene sowjetische Imperium, zu Unternehmen, die Boris und er kauften, von denen er nicht einmal mehr die Namen wusste. Alles hatte seinen Preis. Die Bilder von damals, als die zivilen FSB-Agenten sein Büro in Moskau betreten und ihn gebeten hatten mitzukommen, hatten sich für immer in sein Gedächtnis gebrannt. Damals wurde ihm klar, dass er seinem Sohn nicht die Erziehung gegeben hatte, die er brauchte. Und dass es zu spät war.

Sardor schob seinen Vater von sich.

»Das Netzwerk Nord?«, fragte Victor.

»Das meint Eje, aber ganz sicher ist es nicht.«

»Hat Jensen nicht selbst angerufen?«

»Was spielt das für eine Rolle?«

»Hast du ihn in letzter Zeit mal getroffen? Fett wie Jelzin am Ende seines Lebens.«

»Wer?«

»Weißt du nicht, wer Boris Jelzin ist? Mein verwirrter kleiner …«

»Können wir jetzt einfach entscheiden, was wir machen?« Sardor wischte sich den Schweiß von der Stirn und strich mit der Hand über sein dichtes, kurz geschnittenes Haar.

»Was für eine Gang vom Netzwerk Nord?«, fragte Victor. »Die Lions? Die K-Men? Die Jakan Crew? No Way Out, oder wie auch immer die heißen?«

»Woher soll ich wissen, welche Gang es war? Es ist nur ein Gerücht, hab ich doch gesagt. Aber du brauchst dir keine Sorgen zu machen. Ich kümmere mich darum.«

»Erzähl, was Eje gesagt hat.«

»Einem der jungen Prospects, Jarmo, wurde in die Brust gestochen. Schlimm. Weiß nicht, ob er überlebt.«

»Aber worum ging es? Frauen? Drogen?«, fragte Victor.

»Woher soll ich das wissen?«, seufzte Sardor genervt. »Du solltest dich von den Details fernhalten, das haben wir doch so abgemacht. Je weniger du weißt …«

»Aber Jensen ist sauer?«, fuhr Victor fort.

»Ja, er ist stinksauer. Eje meint, er will jeden einzelnen Teenager im Zentrum von Skärholmen mit einer AK5 ausrüsten. Würde mich nicht wundern, wenn er das wörtlich gemeint hat. Reicht das? Konzentrier du dich mal auf deine Übersetzungen.«

Victor fuhr sich mit der Hand durch das struppige Haar und fingerte an einer verfilzten Strähne herum, die sich während der Nacht gebildet hatte. Er musste unbedingt daran denken, seine Frisur bis zum Fest am nächsten Wochenende in Ordnung zu bringen.

»Ist das Netzwerk Nord in letzter Zeit um Geld beschissen worden?«

»Unklar.«

»Wir sollten ihnen vielleicht die Hand reichen und ein bisschen was leihen? Warum nicht eine Bank gründen?«

Sardor blickte durch die Tür die Scherben auf dem Teppichboden an.

»Du weißt ja wohl, was ein zerbrochener Spiegel bedeutet?«

»Einen Spiegel kann man schnell ersetzen«, antwortete Victor. »Gangkriege können den Geschäften dauerhaft schaden.«

Victor starrte aus dem Fenster, das zum Poolbereich hinausging. Elena schlurfte mit einem Glas Saft und einer Tasse Kaffee in der Hand zur Sitzgruppe. Die drei Mastiffs spielten an der Mauer mit ihren Stoffbären.

»Scheiße!«, stieß Victor hervor.

Sardor zuckte zusammen. »Ganz ruhig, wir bringen das in Ordnung, hab ich doch gesagt. Wir haben alles unter Kontro…«

»Der Pool sieht total scheiße aus!«

Sardor schüttelte verwirrt den Kopf.

Victors Stimme beruhigte sich wieder.

»Kapierst du nicht, wie viel ich gearbeitet hab, um das Heroin in dieser Stadt unter Kontrolle zu kriegen?«

»Du hast jetzt mehr graue Haare als damals, als wir hergezogen sind.«

»Ich glaube, das ist dir gar nicht so richtig klar. Alles, was du hier siehst …«, Victor machte eine umfassende Geste mit der Hand, »… ist das Resultat einer Arbeit, die ich vor vielen Jahren in einer dreckigen russischen Gefängniszelle begonnen habe.«

»Ich dachte, du bist Übersetzer für russische Literatur. Steht das nicht so auf deiner Steuererklärung? Außerdem hat dir doch der FSB den Auftrag gegeben?«

Victor seufzte. »Die hätten mich nie rausgelassen und nach Stockholm geschickt, wenn sie nicht gewusst hätten, dass ich einen guten Job machen würde. Wie viele Tage deines Lebens warst du in sechs Quadratmetern eingeschlossen? Keinen, genau. Ich habe damals beschlossen …«, Victor wandte sich um und ergriff von hinten Sardors Kopf, »… dass ich entweder ein Imperium für meine Familie schaffe, ein Imperium, das eines Kaisers würdig ist. Oder ich kann mir genauso gut die Pistole in den Mund stecken und abdrücken.«

Sardor blickte seinen Vater mit einer Mischung aus Schrecken und Begeisterung an. Victor sah seinen Sohn an und lächelte nachsichtig. Er ließ Sardors Kopf los und kratzte an einem gereizten Ekzem über der Armbeuge.

»Netzwerk Nord, sagtest du?«

»Ja. Aber …«

»Das Lager in Tullinge ist gefüllt, oder?«

Sardor fuhr erschrocken zusammen. »Was meinst du?«

»Warum reagierst du so gestresst?«, wunderte sich Victor. »Eine einfache Frage, mein Sohn. Wir haben ausreichend Waffen, falls das Ganze eskalieren sollte?«

»Wie denn eskalieren?«

»Das bedeutet sich steigern, sich verschärfen, ausarten.«

»Ich weiß, was eskalieren heißt«, fauchte Sardor.

Victor legte seine Hand auf Sardors Wange und lächelte.

»Bei dir weiß man nie. Haben wir nun ausreichend Waffen?«

»Klar. Wir haben ja nach der Razzia Ende April alles von Haninge nach Tullinge gebracht. Aber …«

»Gut. Auch wenn ich will, dass dieser Geschäftszweig mit mir begraben wird und dass Nina die Familie in eine neue, legale Zukunft führt, kannst du dir nicht vorstellen, wie schön es ist, dich auf der Straße zu haben. Totale Kontrolle über die Drogen, die Mädchen, die Waffen, den Geldfluss …«

Sardor wusste nicht, wo er hinsehen sollte.

Victor atmete tief ein, spürte, wie er allmählich richtig aufwachte. Sogar der Pool musste heute warten. Es hatte lange gedauert, die fragile Beziehung zu der Motorradgang in Skärholmen aufzubauen. Doch das Netzwerk Nord schien stark zu sein und war im Aufstieg. Eine Konfrontation in großem Stil würde viel zu viel kosten. Die Anzugträger vom FSB in der *Zentrale* in Moskau würden nicht erfreut sein, wenn Victor die Kontrolle über das nördliche Bindeglied nach Skandinavien verlor. Victor stand an Sardors Schulter gelehnt und dachte nach.

»Wir gehen bei dieser Messerstecherei den diplomatischen Weg.«

»Glaub nicht, dass es das ist, was Jensen jetzt hören will«, sagte Sardor.

»Genau deshalb sollst du ihn davon überzeugen.«

»Ich?«

»Ja.«

»Aber …«

»Ich werde nicht mitkommen. Irgendwann muss klar sein, dass ich mich als *Vor* zurückziehe.«

Eigentlich missfiel Victor die russische Bezeichnung für Mafiaboss, *Vor*, aber es fühlte sich gut an, seinen Titel in diesem Zusammenhang zu unterstreichen.

Sardor nahm Anlauf, etwas zu sagen, doch Victor hinderte ihn daran.

»Probleme sind dazu da, gelöst zu werden. Die Frage ist nur, *wie* man das macht. Und alle Gewalt muss einmal ein Ende haben. Du musst zeigen, dass du genauso ruhig und gut verhandeln kannst wie ein Profidiplomat. Oh je, jetzt piss ich mir gleich in die Hose.«

Sardor sah peinlich berührt aus.

Victor hinkte in Richtung Badezimmer.

»Du musst jetzt ein bisschen Fingerspitzengefühl beweisen. Bloß kein unnötiger Krieg zwischen Jensen und dem Netzwerk Nord. Aus, Schluss. Halte dein Temperament zurück. Und, Sardor?«

»Ja?«

»Mach Papa glücklich.«

Sardor wandte sich um und ging. Er hatte es eilig, nach Kungsholmen zu seinem Yogakurs zu kommen. Auf der Treppe tippte er das Wort »eskalieren« bei Google ein.

Freitag, der 7. Juni

RED BEARS MOTORRADCLUB, SKÄRHOLMEN

Außer einem rosa Abschleppwagen war nur ein komplett demolierter Mazda auf der Straße zu sehen. Der hohe Stacheldrahtzaun, der das Gebäude umgab, war kein ungewöhnlicher Anblick in dem Industriegebiet, das sich in letzter Zeit als neuer Problembezirk unter den südlichen Vororten erwiesen hatte. Die ansässigen Unternehmen hatten sich zusammengeschlossen und eine Sicherheitsfirma engagiert. Sardor glaubte allerdings keine Sekunde daran, dass der Red Bears Motorradclub sich an den monatlichen Kosten beteiligte.

Ein Mann, dessen Oberkörper so groß war wie ein Getränkekühlschrank, schob ein Gittertor zur Seite.

Sardor deutete auf die aufklaffende Weste des Mannes.

»Du solltest die hier besser nicht so offen zur Schau stellen.«

Der Mann zog etwas linkisch an seiner Weste, machte aber keinen Versuch, seine Mini-Uzi zu bedecken.

»Es herrscht Krieg.«

Sardor seufzte. Er war schon jetzt genervt.

»Wird wohl schwer, vom Knast aus Krieg zu führen, wenn du wegen unerlaubtem Waffenbesitz eingelocht wirst.«

Sardor ging in Richtung Clubhaus. Etwa zehn Motorräder standen ordentlich aufgereiht davor, eines mit längerer Vordergabel als das andere. Die Chromteile glänzten in der Frühlingssonne.

An der Tür zu dem zweistöckigen Haus, das wie jedes andere Bürogebäude in der Gegend aussah – schmutzig grauer Putz, schlecht instand gehaltene Doppelglasfenster, weiße Fensterrahmen –, stand der nächste Muskelberg und hielt Wache. Auf seiner Lederweste stand »Road Captain«.

»Alles unter Kontrolle, Eje?«

»Jensen war schon mal besser gelaunt«, antwortete Erik »Eje« Johansson, während er Sardor durchsuchte.

Sardor ging weiter einen dunklen Flur entlang, bis er in einen großen Raum kam. Ein langer Bartresen erstreckte sich die eine Wand entlang. In einer Ecke stand ein wulstiges braunes Ledersofa. Ein niedriger Glastisch war vollgestellt mit Flaschen in verschiedenen Grüntönen. An der Wand hing eine große schwarz-gelb-rote Flagge, auf der ein Mann mit einem mexikanischen Hut abgebildet war. Er hielt eine Pistole in der einen und ein Schwert in der anderen Hand. In der Mitte des Raums stand ein Billardtisch und in einer anderen Ecke ein großer Esstisch mit etwa zwanzig Stühlen.

Auf einem der Stühle saß Christian Jensen und rauchte eine Zigarette. Er inhalierte den Rauch, als wäre es sein letzter Zug. Auf dem Schoß hielt er eine E-Gitarre ohne Kabel. An der anderen Seite des Tisches saßen zwei Männer. Der eine hatte langes, gut frisiertes Haar und trug eine Lederweste mit einem explodierten Totenschädel darauf. Sardor nickte Totte Lidegren zu. Der andere Mann, Penti Harju, war etwas älter und hatte aschgraues Haar im Seitenscheitel und einen Schnurrbart wie ein Walross. Am kurzen Ende saß ein weiterer Mann, etwas dünner, mit rasiertem Schädel und schwarzem Ziegenbart – vermutlich gefärbt, nachdem er so aussah, als wäre er um die sechzig – und trommelte mit den Fingern auf der Tischplatte herum. Das war Johan Holmström, genannt »der Graf«.

Sardor kannte die Geschichte, weshalb er so genannt wurde: Johan Holmström war als junger Mann glühender Fan einer norwegischen Metalband gewesen, in der ein Mitglied »der Graf« genannt wurde. Der Typ saß wohl gerade im Knast, verurteilt wegen Mordes.

Während Sardor durch den Raum ging, dachte er darüber nach, ob es irgendeine Vorlage dafür gab, wie solche Aufenthaltsräume von Motorradclubs aussehen mussten. Hatten die alle dieselbe Fernsehserie gesehen?

Er gab Christian Jensen die Hand. Der Präsident blieb sitzen, vermutlich bekäme er auch Herzbeschwerden, wenn er versuchte, seinen Hundertzwanzig-Kilo-Klumpen von Körper vom Stuhl zu erheben. Seine Beine waren dünn wie die einer Ziege. Er keuchte heftig zwischen den Worten. Der lange, flaumige rote Bart hing wie ein Lätzchen auf seinen Brustkorb herunter.

»Hoher Besuch, wie ich sehe«, sagte Jensen.

Vereinzeltes Lächeln bei den anderen Männern.

Sardors Puls stieg. Er versuchte Jensens Blick einzufangen, doch die Augen waren so tief im Fett versunken, dass es beinahe unmöglich war. Sardor sah sich um. Der Dresscode schien ein schwarzes oder weißes T-Shirt, Lederweste und dunkle Hosen zu sein. Erstaunlich viele trugen Turnschuhe. Der Einzige, der richtige Stiefel mit Silberspitzen und Absatz anhatte, war Christian Jensen selbst. Sardor vermutete, dass der Präsident sicher einen Sheriffstern tragen würde, wenn es nach ihm ginge. Aber sie mussten sich ja nach dem Mutterclub richten. Die Red Bears waren trotz allem nur ein Supporter-Club, und man war gezwungen, sich an gewisse Formalia zu halten.

Schweigen hatte sich über den Raum gelegt. Der Mann am kurzen Ende trommelte weiter mit seinen sehnigen Fingern auf den Tisch. Auf seiner Weste stand »Vice President«. Sardor fand, dass etwas Selbstzufriedenes über dem eingefallenen Gesicht lag. Vielleicht war »der Graf« von dem ganzen Klebergeschnüffel altersdement geworden?

Christian Jensen streichelte seine E-Gitarre, als wäre sie eine Katze.

»Hast du abgenommen?«, fragte Sardor schließlich und zog einen Stuhl heraus. »Es steht dir.«

»Du hast auch Gewicht verloren«, fauchte Jensen. »Was bedeutet, dass nicht viel mehr als Haut und Knochen übrig sind. Bald bist du in derselben Gewichtsklasse wie deine magersüchtige Schwester. Wie geht es Nina?«

»Sehr gut.«

»Du kommst ohne den Chef, sehe ich.«

»Er hat mich geschickt, um …«

»Das sind aber große Fußstapfen, in die du da trittst«, sagte Jensen und lachte höhnisch.

Sardor versuchte zu lächeln und legte seine Hand ruhig auf den Tisch. Er schob eine abgesägte Schrotflinte zur Seite.

»Schön, dass du immer noch sprechen kannst. Ich hab mir eine Zeit lang ein bisschen Sorgen gemacht, du könntest in deinem eigenen Fett erstickt sein. Es gab ja Gerüchte …«

»Ach so, gibt es Gerüchte über mich?« Christian Jensen beugte sich mit schlecht gespielter Neugier zu Sardor hinüber. »Warte mal … hörst du das?«

Sardor spielte mit und blickte neugierig drein. »Deinen Tinnitus?«

»Da draußen, das klingt wie … Kanonen und Trommeln. Herrscht nicht gerade Krieg?«

»In meinen Ohren ist es so still wie in der Kirche am Montagmorgen«, sagte Sardor. »Und weißt du was? Es wird weiterhin so still sein wie in der Kirche.« Sardor lehnte sich zurück und tätschelte eine AK5, die auf dem Tisch lag. »Weil diese kleinen Spielsachen hier auf dem Tisch liegen bleiben und verstauben werden.«

Christian Jensen brach plötzlich in gurgelndes Gelächter aus. Er deutete in einer Geste an, dass er etwas zum Einschenken brauchte. Ein Typ in Lederjacke ohne Abzeichen eilte zur Bar und kam rasch mit zwei Gläsern und einer Flasche Wodka zurück. Jensen schenkte ein.

»Jetzt stoßen wir an.«

Danne Pix, ein Prospect, den Sardor schon ein paarmal im Årsta-Lager getroffen hatte, reichte ihm ein Glas.

»Prost, auf unsere wunderbare Zusammenarbeit.« Christian Jensen leerte sein Glas und ermunterte Sardor, dasselbe zu tun. Er trank. »Der Usbekisch-Finnische Freundschaftsverein Stockholm Süd.«

»Aber du bist doch gar kein Finne, Christian? Du magst doch lieber Kopenhagener Gebäck?«, sagte Sardor mit amüsiertem Gesichtsausdruck. Er wusste sehr gut, dass Christian Jensen Däne war. Vor fünf Jahren war Jensen nach einem internen Streit bei den Black Angels ausgestiegen, in dem es den Gerüchten zufolge darum ging, ob die Black Angels in Dänemark ins Trafficking einsteigen sollten oder nicht. Jensen war nach Helsingborg in Schweden gezogen, aber schon bald nach Stockholm umgesiedelt, wo er in Skärholmen die Red Bears gegründet hatte. Jetzt waren sie ein Supporterclub geworden, doch sie hatten dem Mutterclub noch immer eine Menge zu beweisen.

»Und bei euch ist ja wohl ganz Osteuropa repräsentiert, besonders finnisch seid ihr also eigentlich nicht.«

Plötzlich hatte Christian Jensen offenbar keine Lust mehr auf die Scharade. Vielleicht spannte auch das Stahlseil, das seit der Bypass-Operation seinen Brustkorb zusammenhielt.

»Victor kann uns nicht daran hindern, rechtmäßige Vergeltung einzufordern. Der Junge ist erst neunzehn!«

»Wir wissen, dass Jarmo Pentis Neffe ist, und es tut uns leid, dass er verletzt wurde.«

Penti, der Mann mit dem Walross-Schnurrbart, nickte dankbar.

»Okay«, sagte Jensen. »Jarmo wurde attackiert, beinahe getötet, von einem Rotzlöffel, der sich ein Stück unseres Territoriums unter den Nagel reißen wollte. Wenn wir das auf uns sitzen lassen, denkt jede einzelne Gang der Stadt, sie kann machen, was sie will, ohne dass es Konsequenzen hat.«

»Aber wir wissen doch gar nicht, was passiert ist«, fuhr Sardor fort. »Vielleicht hat sich Jarmo auch einfach nur wie ein kleiner Scheißer benommen, vielleicht hatte er im Kvarnen die falsche Braut angebaggert.«

Penti streckte seine Hand nach einer Pistole aus, doch Christian Jensen winkte abwehrend mit seiner fetten Hand.

Sardor senkte die Stimme.

»Victor will nicht, dass ihr die Sache hochschaukelt. Wir werden den Hurensohn finden, der das getan hat. Gebt mir Eje, zusammen kriegen wir das in den Griff.«

Der Vizepräsident klopfte weiter mit den Fingern auf die Tischplatte.

Sardor merkte, wie Jensen zusammenzuckte, als Victors Name erwähnt wurde. Er war immerhin der *Vor*, jemand, den man nicht reizen sollte. Alle waren sich sehr wohl bewusst, dass der FSB ein paar Typen schicken konnte, bevor irgendeine Motorradgang oder das Netzwerk Nord auch nur die Waffen nachgeladen hatten.

»Ihr wisst also, wer der Schuldige ist?«, fragte Jensen, der die Fassung wiedererlangt hatte. »Das macht die Sache natürlich leichter. Gebt uns einfach den Namen, dann müssen wir nicht alle Lions und K-Men der Stadt ausrotten. Spart eine Menge Munition.«

»Gib uns ein paar Tage. Der Junge liegt ja im Koma. Konzentriert euch darauf, euch im Krankenhaus wie gute Angehörige zu benehmen. Schenkt dem Personal Schokolade und so was, das mögen die.«

Christian Jensens Gesicht hatte nun einen blau-lila Farbton angenommen. »Ihr Russen kapiert gar nichts. Wenn jemand einen von uns attackiert, dann wird zurückgeschlagen. Das ist ein sogenanntes Naturgesetz.«

Einige der Muskelmänner im Raum glucksten leise. Das schien ihnen jetzt erlaubt zu sein.

In weniger als einer Sekunde hatte Sardor sein zweischneidiges Messer gezogen und die Hand des Vizepräsidenten zwischen dem zweiten und dritten Mittelhandknochen perforiert. Der Schmerz fuhr ins Gehirn des Grafen, und sein ohrenbetäubender Schrei brachte Jensens Lachen zum Verstummen.

Die Gang-Mitglieder hatten nun ihre Waffen gezogen und richteten sie auf Sardor Umarov. Gleichzeitig hatte Sardor sich blitzschnell hinuntergebeugt und seine Glock aus der Innenseite des Stiefels gezogen. Er drückte die Waffe an Christian Jensens fette Schläfe.

Jensen hob schnell eine Hand, und die Szene erstarrte zu Eis.

»Ach so, der Rambo-Sohn ist zum Leben erwacht. Seine berühmte Stimmung ist gerade umgeschlagen.«

Sardor atmete tief ein und aus und versuchte, seinen Puls nach unten zu kriegen. Er hielt die Pistole absolut still.

»Also noch mal: Victor lässt ausrichten, dass wir uns darum kümmern.«

Jensen lächelte angestrengt. »Natürlich. Wir verhalten uns

in der Sache wie zivilisierte Menschen. Richte Victor das von mir aus. Nimm Eje mit.«

Johan »der Graf« Holmström keuchte durch die Nase, um seinen Schmerz zu unterdrücken.

Sardor zog das Messer heraus. Steckte die Pistole wieder ein.

Alle senkten synchron ihre Waffen.

»Aber wenn ihr in einer Woche nicht einen Namen oder einen Kopf in einer Plastiktüte präsentiert habt, dann öffnen sich die Tore zur Hölle«, schloss Jensen.

»Kleiner Tipp für die Zukunft«, sagte Sardor. »Sag niemals Russe zu einem Usbeken.«

Freitag, der 7. Juni

INTENSIVSTATION, NOBEL-KRANKENHAUS

Es war nicht schwer, den Bereich für Schwerbrandverletzte auf der Intensivstation zu finden. Er lag ganz hinten, und jeder einzelne der drei Räume war groß wie ein Klassenzimmer. Alles war so hochgradig steril, dass man dort eine Operation hätte durchführen können. Tekla zog Schutzkleidung an und ging durch die Luftschleuse. Im Raum bot sich ihr ein merkwürdiger Anblick: Eine Frau mittleren Alters beugte sich über den Schwerbrandverletzten und hob ihre Lesebrille, als würde sie in einem Museum eine ungewöhnliche Insektenart betrachten. Neben ihr stand eine Krankenschwester, die einen neuen Verband um den einen Arm des Patienten wickelte. Tekla ging zu ihnen hinüber.

»Wie steht es um ihn?«

»Er hatte am Morgen Herzrasen, und der Bereitschaftsarzt hat das so gedeutet, dass er Schmerzen hatte. Wir haben das Propofol erhöht.«

Die Frau, die über den Patienten gebeugt stand, blickte auf und streckte die Hand aus.

»Rebecka Nilsén, Kriminalkommissarin bei der NOA.«

»NOA?«

Rebecka lächelte und legte den Kopf etwas schief. »Nationale Operative Abteilung. Der nationale Teil der Polizei, ganz einfach. Wir werden eingeschaltet, wenn es sich um … ein schwereres Verbrechen handeln könnte.«

»Schwerer …?«

»Aber wer sind Sie?«, erwiderte Rebecka.

»Tekla Berg, Ärztin in der Notfallklinik und …«

»Ah! Sie sind unsere Kontaktperson«, unterbrach sie die Frau mit einem herzlichen Lächeln, nahm ihre Brille ab und ließ sie an der dünnen, neongelben Schnur über der Brust hängen. Ihr grau meliertes Haar war streng zurückgekämmt und zu einem Pferdeschwanz gebunden. Tekla registrierte den dunklen, kadmiumroten Lippenstift. Insgesamt: eine elegante Ü-Fünfzigerin. »Nicht wahr?«, fügte Rebecka hinzu.

»Mein Chef hat mich gebeten, Sie auf dem neuesten Stand zu halten.«

»Es ist schön, nur eine Handynummer einspeichern zu müssen. Also, wann können wir damit rechnen, unseren John Doe zu verhören?«

»John …?«

»Ich gebe zu, ich *liebe* amerikanische Filme«, lächelte Rebecka vergnügt. »*Seven*, haben Sie den gesehen? John Doe, Mann mit unbekannter Identität. Wir arbeiten daran, Gerichtsmediziner aus Solna hierherzuholen, aber die haben alle Hände voll zu tun, um es mal so zu sagen. Na ja, eigentlich hat es was mit Priorisierung zu tun. Alles im Leben dreht sich um Priorisierungen.«

Tekla fühlte sich eine Spur verlegen, als die Polizistin ihr zuzwinkerte, als wäre sie ein kleines Schulmädchen, das eine Belohnung bekommen sollte, wenn es seine Aufgabe erfüllte.

Rebecka Nilsén schien nicht der Typ zu sein, der auf Antworten wartete.

»Die Solnaseite liegt ja etwas näher bei der Gerichtsmedizin auf dem KI-Campus. Dass immer überall so viel Politik im Spiel sein muss … also, was denken Sie?«

»Worüber?«

Plötzlich fiel Rebecka etwas ein. »Warten Sie.« Sie holte ihr Handy heraus. »Ist es okay, wenn ich unser Gespräch aufnehme? Nur als Gedächtnisstütze. Also kein Verhör.«

»Natürlich«, antwortete Tekla, während die farbenfrohe Kriminalkommissarin an ihrem Handy herumfingerte.

»So! Wann können wir mit ihm sprechen?«

»Um das zu beantworten, bin ich nicht die richtige Person.«

Die Krankenschwester flocht ein: »Sie können ja Eva fragen.«

In diesem Moment kam Eva Elmqvist herein, die Intensivärztin, die für die Station für Schwerbrandverletzte verantwortlich war. Tekla hatte sie in einigen akuten Situationen erlebt und war sehr beeindruckt gewesen.

»Was können Sie mich fragen?«

»Wann wir mit unserem lieben Patienten hier sprechen können«, sagte Rebecka.

Eva lachte laut und zog sich die Schutzkleidung an.

»Kommt im Herbst wieder. Und Sie sollten beide ein Visier tragen. Er ist extrem infektionsanfällig.«

Sowohl Tekla als auch Rebecka legten sich Visiere an.

»Wie meinen Sie das?«, fragte Rebecka.

»Ernsthaft«, antwortete Eva und übernahm das Verbinden des Patienten. »Sieht es so aus, als wäre er in der nächsten Zeit ansprechbar?« Dann wandte sie sich zu Tekla. »Du bist aus der Notfallklinik, oder?«

»Tekla Berg.«

»Göran hat angerufen.«

Tekla kam nicht umhin zu registrieren: »Göran«, kein Nachname.

»Das denke ich mir.«

Eva wandte sich wieder an die Kriminalkommissarin.

»Wir melden uns. Oder Tekla hier meldet sich, wenn er aufwacht. Oder, Tekla?«

»Absolut.«

Tekla fragte sich, ob es sich so für Scheidungskinder anfühlte, wenn die Eltern über ihren Kopf hinweg über den Kalender diskutierten.

»Aus reiner Neugierde«, sagte Eva. »Nicht, dass es mich etwas anginge, aber was, glauben Sie, hat er getan?«

Rebecka überlegte ein paar Sekunden.

»Wir denken in alle Richtungen. Zunächst einmal müssen wir davon ausgehen, dass er irgendein Hausbewohner ist, der unten im Keller oder Waschkeller war und es nicht rechtzeitig nach oben geschafft hat, als es zu brennen anfing. Die frisch renovierte Fassade hat sich ja, wie Sie sicher gelesen oder gehört haben, sehr schnell entzündet, und brennendes Material ist zu Boden gefallen. Das Areal um das Haus hat rasch Feuer gefangen. Wie Fahrradschuppen und Müllraum. Es gibt viele Spuren, unter anderem werden wir uns natürlich dem Pfusch am Bau widmen, aber dazu ermitteln wir später.«

»Pfusch am Bau?«

»Ja, es scheint so. Momentan liegt der Fokus jedoch vor allem darauf, wer dieser Mann ist und was er im Haus gemacht hat. Und ob er etwas mit der Explosion zu tun hatte.«

»Kam die Explosion zuerst oder der Brand?«, fragte Eva.

Rebecka blickte die Ärztin, die im selben Alter zu sein schien wie sie, neugierig an. »Wir wissen es nicht.«

»Aber er wurde vor einem Maschinenraum gefunden?«, fragte Tekla.

»Vor einem Verteilerraum«, korrigierte Rebecka und

knöpfte ihre dunkelblaue Windjacke auf, die so aussah, als stammte sie aus irgendeiner exklusiven Secondhand-Boutique. »Warum?«

»War die Tür dorthin verschlossen?«

»Die Feuerwehrleute mussten die Tür zum Keller aufbrechen. Woran denken sie?«

Tekla schüttelte den Kopf.

»Nichts Besonderes.«

Rebecka warf Tekla einen schwer zu deutenden Blick zu.

»Er könnte ein Obdachloser oder Drogenabhängiger sein«, sagte Tekla.

»Oder?«

»Oder … na ja, er kann vieles sein.«

»Habt ihr ihn auf Drogen hin untersucht?«, fragte Rebecka.

Tekla sah Eva an, während sie im Kopf die Laborliste durchging. Sie hatte keine Intoxikationswerte gesehen.

»Er hatte lebensgefährliche Verbrennungen«, verteidigte sich Eva. »Wir haben uns auf schnelle Flüssigkeitszufuhr und andere lebenswichtige Maßnahmen konzentriert.«

»Aber Intoxikationsproben sind doch sicher Standard«, sagte Rebecka.

»Wir werden das überprüfen«, warf Tekla ein.

Eva sah genervt aus.

»Wie Sie vielleicht wissen«, sagte Rebecka, »nachdem es seit heute Morgen in allen Medien ist, suchen wir nach einem grünen Lieferwagen, der beim Verlassen des Unglücksorts beobachtet wurde. Fünf Männer … oder vier, die nach der Explosion geflohen sind.«

»Und er hier soll die sechste Person aus dieser Gruppe sein?«, fragte Tekla.

»Zum Beispiel.«

»Er soll also was? Eine Bombe im Keller platziert haben, oder wie?«

Rebecka lächelte.

»Wir sollten vermeiden, dass jetzt die Fantasie mit uns durchgeht. Wir wollen wie gesagt mit ihm über … mit ihm reden, wenn er aufwacht. Wir werden sehen, was die Kriminaltechniker vor Ort herausfinden. Die Löscharbeiten dauern immer noch an, sie bekommen also heute erst im Lauf des Tages Zugang zum Gebäude.«

»Sie glauben also, er ist ein Terrorist?«, rief Eva. Sie sah beinahe freudig erregt aus. Darüber, dass der Terrorismus endlich mit voller Wucht in Stockholm zugeschlagen hatte.

»Ich kann nur so viel sagen«, antwortete Rebecka. »Die NOA wird nicht eingebunden, wenn es sich um einen gewöhnlichen Fall handelt.«

»Und Sie sind immer allein, wenn Sie vor Ort Ärzte verhören?«, fragte Eva augenzwinkernd.

Rebecka lächelte und riss die Augen auf. »Sie scheinen gut informiert zu sein. Sind Sie vielleicht mit jemandem aus dem Rechtswesen verheiratet? Aber es stimmt, wir haben ein bisschen zu wenig Frauenpower, und viele unserer Teams sind gerade mit diversen Verhören beschäftigt.«

»Ist das hier ein Verhör?«, fragte Tekla.

»Nein.«

Eine Pflegehelferin kam mit einer blauen Wanne herein und fing an, den Verband vom Unterschenkel des Patienten abzunehmen.

Tekla stieg der Geruch einer Mischung aus Rauch und Desinfektionsmittel in die Nase.

Rebecka Nilsén trat ein paar Schritte näher und fragte mit fast flüsternder Stimme: »Ich habe mit dem Einsatzleiter vor Ort gesprochen. War es so, dass Sie …« Sie formulierte es um. »Haben Sie den Patienten erkannt? Von vor dem Brand, meine ich.«

Tekla sah vor sich, wie er seine Hand nach ihrem Gesicht ausgestreckt hatte.

»Wieso?«

»Seine Reaktion vor Ort.«

»Ich hab ihm ein Gegenmittel für Opioide gegeben, Narcanti, weil er kleine Pupillen hatte. Da fing er an, sich zu bewegen.«

»Er ist also für kurze Zeit aufgewacht?«

»So hab ich es gedeutet, ja.«

»Also haben Sie doch irgendeine Art von Überdosis vermutet? Auch wenn Sie vergessen haben, ihn in der Notaufnahme darauf zu testen?«

»Jetzt hören Sie aber mal auf«, seufzte Eva irritiert.

»Er könnte auch aus anderen Gründen aufgewacht sein«, fuhr Tekla fort. »Es ist überhaupt nicht sicher, dass es eine Opioidvergiftung war.«

»Aber als er aufgewacht ist … haben Sie ihn nicht erkannt, oder?«

Tekla schüttelte den Kopf, wich jedoch Rebeckas Blick aus. Die Pflegehelferin hatte inzwischen den Verband vom Bein abgenommen und wusch vorsichtig mit einem Schwamm kleine verkohlte Hautfetzen ab. Tekla sah den Fuß und spürte, wie ihr ein elektrischer Schlag durchs Steißbein direkt in den Hinterkopf hinaufschoss.

Rebecka Nilsén blickte auf ihr Handy und erhob die Stimme.

»Ich muss weiter. Wir sehen uns morgen um elf … oder arbeiten Sie samstags nicht?«

»Ich bin im Dienst«, antwortete Tekla kurz.

»Wunderbar. Noch so eine hart arbeitende Mitbürgerin

ohne ein echtes Leben außerhalb der Arbeit. Das kennen wir gut.«

Tekla fand keine Antwort. Sie konnte noch nicht einmal eine schlagfertige Miene aufsetzen. Ihre Gedanken waren woanders. Ihr Körper fühlte sich plötzlich festgegossen an, wie ein Zinnsoldat an seiner Bodenplatte.

»Falls Ihnen noch etwas einfallen sollte.« Rebecka Nilsén gab Tekla ihre Handynummer und verließ den Raum.

Tekla blieb stehen und überprüfte den Überwachungsmonitor. Der Patient hatte einen schnellen Puls. Die Sauerstoffsättigung war gut, dank des Respirators, der bis auf Weiteres die Arbeit der Lunge übernahm.

Eva legte den eingewickelten Arm ab.

»Der Arme.«

»Aber wirklich«, stimmte Tekla mit trockenem Mund zu.

»Wie du diesen Fuß anstarrst«, sagte Eva neugierig. »Ist daran etwas Besonderes?«

»Was? Nein. Nein.« Tekla trat hastig einen Schritt zurück. »Was ist mit seinem Schädel? Ich hab eine Impression getastet.«

»Ich wollte deren Verschwörungsideen nicht noch anstacheln«, sagte Eva, »aber er hat eine Fraktur am Hinterkopf, das stimmt. Mit einer kleineren Blutung, die nicht behandelt werden wird. Ich hab gerade mit dem Neurochirurgen gesprochen. Wir warten ab und röntgen morgen noch einmal. Das ist sicher nicht seine größte Sorge.« Sie fuhr zärtlich mit der Rückseite ihrer Hand über seinen Brustkorb. »Innerhalb von zwei Tagen wird er eine Sepsis und ein Lungenödem bekommen. Dann ist es, als säße man bei einem Orkan in einer kleinen Jolle mitten auf dem Atlantik. Wir bewegen uns auf dünnem Eis, was die Flüssigkeit angeht.«

»Wie großflächig sind die Verbrennungen?«

»Fünfundachtzig Prozent.«

Das stimmte ziemlich genau mit Teklas Einschätzung vor Ort überein.

»Wenn er um die dreißig ist, hat er also fünfundachtzig plus dreißig, das heißt hundertfünfzehn Prozent Sterberisiko.«

Eva lächelte. »Nach der alten Art zu rechnen. Aber du hast recht: Er hat offen gesagt eine beschissene Prognose. Die Chirurgen müssen möglichst früh loslegen, wenn er eine Chance haben soll.«

Tekla versuchte ihre Gedanken zu ordnen. Der Fuß. Was war an diesem Fuß, worauf ihr ganzer Körper reagiert hatte?

Freitag, der 7. Juni

OBERSTES STOCKWERK, NOBEL-KRANKENHAUS

»Fass dich kurz und präzise, keine Ausschweifungen«, hatte Göran vor dem Treffen mit Monica Carlsson zu Tekla gesagt.

Sonst was?, dachte sie und nahm ihr Handy. Sie rief den Sekretär der Krankenhausdirektorin, Fredrik Franck, an und bat um eine Wegbeschreibung zum Büro. Tekla hatte keine Ahnung, wo es lag. Sie verließ die chaotische Morgenbesprechung, bei der der Status der unterschiedlichen Patienten mit Brandverletzungen besprochen worden war, und fand schließlich den richtigen Aufzug. Kein Patient war während der Nacht gestorben. Ein Wunder, wenn man das Ausmaß der Verbrennungen betrachtete, die der letzte Patient hatte, der Patient, für den sie die verantwortliche Ärztin war.

Im Aufzug dachte sie über den jungen Mann mit den Stichverletzungen und den kleinen Jungen mit Morbus Gaucher vom Abend zuvor nach. Das Einzige, was sie am Morgen schon erfahren hatte, war, dass beide lebten. Der Typ aus der Gang war operiert worden, man hatte ihm die Milz entfernt, er lag auf Intensiv und bekam weitere Bluttransfusionen. Der Junge hatte eine Sepsis und Nierenversagen. Es war unklar, ob er den Tag überleben würde.

Der Aufzug blieb mit einem Ruck stehen, und die Türen glitten zur Seite. Ein langer Flur führte zur Schmalseite des Gebäudes hinüber, die in Richtung Stadt wies. Sie ging an etwa zehn leeren gläsernen Büros vorbei und traf auf einen dünnen Mann mit kornblumenblauer Brille, beginnender Glatze und gebügeltem marineblauen Anzughemd.

»Tekla Berg, nehme ich an? Fredrik Franck. Wie schön, dass Sie sich Zeit nehmen konnten. Sie wartet.«

Sie.

Der Raum war nüchtern eingerichtet, mit weißen Wänden und einem schwarzen Ledersofa in der Ecke.

»Soll ich reingehen?«

»Warten Sie kurz.«

Der Sekretär zeigte auf einen unsichtbaren Punkt auf dem grauen Teppichboden. Tekla blieb stehen. Fredrik Franck klopfte an die Tür.

»Ja!«, war ein dumpfer Ruf zu hören.

Der Sekretär wies mit einer Geste zur Tür.

»Jetzt ist es in Ordnung.«

Tekla öffnete die Tür und trat ein.

Das Erste, was ihr ins Auge stach, war das Licht. Der Raum trat aus dem Gebäude hervor, er war auf drei Seiten verglast. Die Morgensonne strömte durch das eine Seitenfenster herein und schuf ein Gefühl, als hätten sie gerade in einem aufsteigenden Flugzeug die Wolkendecke durchbrochen.

Den Blick durch das Nordfenster nach draußen gerichtet stand eine kräftige Frau in dunkellila Anzug und weißer Bluse. Hohe Absätze. Ein dicker Ring, der sogar von der Stelle aus zu sehen war, an der Tekla stand, zierte ihren Ringfinger.

»Unsere Heldin.«

Tekla sah nur das dunkle, kurz geschnittene Haar am Hinterkopf. Sie zuckte zusammen, als die Tür hinter ihr zufiel.

»Ich bin gekommen, so schnell ich konnte, aber ich musste zuerst noch die Ärzte in der Notaufnahme einweisen.«

Die Krankenhauschefin wandte sich um und blickte Tekla an.

»Den Gerüchten zufolge hatten Sie dort alles voll unter Kontrolle.«

Die Frau ging zu ihrem großen Schreibtisch und griff nach einer Glasschüssel mit etwas Schwarzem darin.

Tekla stützte sich auf eine der beiden Stuhllehnen vor dem Tisch. Offenbar sollte es keine Begrüßung per Handschlag geben.

»Es ist schwer, eine so chaotische Situation in den Griff zu kriegen.« Tekla fühlte sich etwas schummrig. »Darf ich mich setzen?«

»Und auch in der Notaufnahme haben Sie gestern Abend absolut vorbildlich gehandelt. Zwei schwere Fälle gleichzeitig. Und dann kam auch noch die Polizei hereingestürmt. Wir haben ja nicht gerade oft Waffen in der Notaufnahme.«

Monica Carlsson nahm etwas aus der Schüssel und steckte es sich in den Mund, dann wandte sie sich erneut zum Fenster.

Tekla riskierte es, sich zu setzen. Sie war noch immer geplättet von der Helligkeit im Raum. Jetzt hatte sie plötzlich eine andere Assoziation: ein offenes Boot auf einem sonnendurchfluteten Meer. Ein paar hundert Meter entfernt sah sie Rauch vom Söder Torn aufsteigen.

»Haben Sie da drüben gearbeitet?«, fragte die Krankenhausdirektorin.

»Ich war nicht mehr dort, seit wir den letzten Verletzten geholt haben …«

»Dieser Angeberbau«, unterbrach Monica Carlsson sie. »Eine sinkende Titanic. Wenn nicht schon die ganzen Beraterskandale oder die Bauschäden selbst der Eisberg waren, dann taucht bald noch was anderes auf, garantiert.«

Der Blick der Direktorin war nun auf ein Gebäude weiter hinten am Horizont gerichtet.

»Ach so, nein, gearbeitet habe ich bisher nur in …«

»Umeå. Fachärztin für Innere Medizin 2010 bis 2015 und danach weitere Facharztausbildung in Notfallmedizin. Davor Medizinstudium und allgemeine Praxisjahre in Uppsala von 2003 bis 2010, parallel dazu Doktorandin in Uppsala, 2003 bis 2008. Doktorarbeit in Neurowissenschaft. Warum gerade Neurowissenschaft?«

»Das hat sich einfach so ergeben«, log Tekla und versuchte zu verstehen, was gerade passierte. Sie sah keine Papiere auf Monica Carlssons Tisch.

»Sie waren bei der Disputation offenbar die jüngste Frau seit Hilma Strålin.«

»Da wissen Sie mehr als ich.«

»Und dann noch ein kleiner Nebenjob in der Psychiatrie.«

»Drogenhilfe«, korrigierte Tekla.

Monica Carlsson setzte sich Tekla gegenüber auf ihren Stuhl und streckte erneut die Hand nach der Schüssel aus.

»Nehmen Sie sich. Gut für Menschen mit niedrigem Blutdruck wie Sie. Ihnen wird schnell schwindelig, wie ich sehe.«

Tekla nahm ein Stück Lakritz und steckte sich das süßlich-salzige Bonbon in den Mund. Ihre Kaumuskeln zogen sich zusammen.

»Kann passieren.«

Tekla versuchte sich den Handschweiß an der Hose abzuwischen, ohne dass man es sah. Sie bemerkte eine schlohweiße Strähne in Monica Carlssons ansonsten pechschwarzem Haar, die sie an einen Dachs denken ließ. Die Krankenhausdirektorin war um die grünen Augen stark geschminkt und trug eine dicke Kette aus Bernstein um den Hals.

»Haben Sie bemerkt, dass die Anzahl an Vergiftungen letzte Woche zugenommen hat?«

»Nicht direkt, aber …«

»Irgendetwas ist passiert, das ich noch nicht ganz verstehe. Und es kommen noch mehr.«

Tekla dachte an den Brandverletzten; hatte er doch eine Überdosis irgendeines Opioids?

»Ich meinerseits werde im Leben nicht verstehen, warum jemand Drogen nehmen will«, fuhr Monica fort.

»Es ist wohl nicht immer eine Frage des Willens«, erwiderte Tekla.

Monica blickte Tekla mit fasziniertem Gesichtsausdruck an.

»Ich meinerseits ziehe ein gutes Glas Weißwein vor. Vielleicht einen Domaine Leflaive Montrachet, Grand Cru. Oder was sagen Sie?«

»Ich verstehe nicht viel von Wein.«

»Nein, sonst würden Sie wissen, dass der Leflaive bei fünfzigtausend losgeht.«

»Pro Flasche?«

Monica lächelte.

»Wovor versuchen Sie wegzulaufen?«

»Entschuldigung?«

»Entweder jagt man etwas nach, das man erreichen will, oder man läuft vor etwas weg, das man fürchtet. Sie haben in fünfzehn Jahren mehr geschafft als die meisten Ärzte in einem ganzen Leben. Also habe ich den Verdacht, dass Sie vor irgendetwas weglaufen. Was ist es?«

Monica Carlsson nahm noch ein Stück Lakritz und hielt es in einem Pinzettengriff zwischen ihren Vorderzähnen. Sie blickte wieder zum Fenster.

Tekla atmete auf, als Monica den Blick von ihr abwandte. Sie überlegte, was sie antworten sollte. Der Tod lauerte um die Ecke. Ihr ganzes Leben lang war Tekla morgens aufgewacht und aus dem Bett gesprungen, voller Angst, irgendetwas Tolles zu verpassen. Und die Angst vor dem Tod hatte dabei wie ein Damoklesschwert über ihrem Kopf gehangen. Also hatte sie sich beeilt, natürlich, war schnell gerannt, hatte mehrere Sachen gleichzeitig getan, in der Furcht, das Leben würde plötzlich zu Ende sein.

Monica ließ die Frage stehen. »Sie haben gehört, dass diese faulen Säcke vom NSK gestern nicht mehr als zwei Patienten annehmen konnten?«

»Wie ich es verstanden habe, haben sie …«

»Zwei! In einer Station für Schwerbrandverletzte, die den Steuerzahler über dreihundert Millionen Kronen gekostet hat. Was für eine Sauerei. Völlig verrückt. Wenn das in England oder den USA passiert wäre, wären schon vor einem Jahr Köpfe über die Solnabrücke gerollt. Aber nicht im sozialdemokratischen Schweden. Was für verdammte Schlappschwänze von Politikern, die sich ihre manikürten Fingernägel nicht schmutzig machen wollen!«

Tekla betrachtete Monica Carlssons perfekt gepflegte tiefrote Nägel, die so aussahen, als könnten sie jedem nur erdenklichen Tier problemlos die Augen auskratzen.

»Sie haben während Ihrer Zeit in Umeå eine beeindruckende Anzahl an Artikeln veröffentlicht. Haben Sie gern viele Bälle in der Luft?«

»Ich kann nicht sagen, dass ich es direkt schlecht finde.«

Monica Carlsson lächelte, verschränkte die Hände vor sich, lehnte ihre stattliche Brust gegen die Tischplatte und sah Tekla neugierig an.

»Typ A also. Also, bis auf den Sport. Dafür haben Sie garantiert keine Zeit.«

»Ich versuche, die Treppe zu nehmen«, sagte Tekla.

»Aber Sie vergessen zu essen. Nehmen Sie noch eins.«

Monica schob ihr die Schüssel hin und nahm selbst zwei

Lakritzstücke, die sie sich in den offenen Mund warf. Sie streckte einen Finger aus, berührte die Tastatur und blickte auf den Bildschirm neben sich.

»Aber Sie haben mittlerweile nicht mehr sehr viel Kontakt mit … Clemence Rågsjö, oder?«

Tekla erstarrte.

»Wir haben seit einer Weile nichts mehr voneinander gehört.«

»Das denke ich mir. Ihre alte Zweitbetreuerin bei der Doktorarbeit hatte gewisse Ansichten über Ihre Forschung, habe ich gehört.«

Monica wandte den Blick vom Bildschirm ab. Sie stand auf und hinkte eine Spur, als sie wieder zum Panoramafenster hinüberging.

»Tekla, es ist doch so, dass wir, die wir dieses gewisse Etwas haben, wir, die wir Dinge erreichen wollen, die andere nicht erreichen können – dass wir manchmal die Grenzen etwas ausdehnen müssen. Sie und ich sehen Möglichkeiten, wo andere Hindernisse sehen. Wir sehen deutliche Wege, wo andere nur Sumpflandschaft erkennen können.« Die Krankenhausdirektorin starrte Tekla an. »Oder nicht, Tekla, es fällt Ihnen doch schwer, sich jemandem anzuvertrauen, was Ihr Bedürfnis angeht, dorthin zu gelangen, wo Sie hinmöchten. Nicht wahr?«

Tekla wusste nicht, ob eine Antwort von ihr erwartet wurde. Sie versuchte nur, so neutral wie möglich auszusehen, um mit der bizarren Situation zurechtzukommen.

»Gewisse Menschen, wie Göran, fühlen sich zufrieden und wohl mit dem, was sie haben. Sie sind wie …«, Monica strich mit der Hand langsam über ihren Jackenaufschlag, »… Curlingsteine, die langsam vorangleiten, ohne jede Reibung. Irgendwo anders hinzukommen, die Richtung zu ändern, ist völlig gegen ihre Natur.« Sie wandte sich um und klopfte an die Fensterscheibe. »*Das* ist nun wirklich kein Ziel. Das ist die Definition von Misserfolg. Und Menschen wie Sie und ich wollen nicht versagen, wir akzeptieren keine Misserfolge.«

Tekla spürte, dass sie ihre Verwirrung nur schwer verbergen konnte.

»Was denken Sie über den Zufall?«, fragte Monica.

»Zufall?«

»Zufall.«

»Ich glaube nicht, dass ich viel über ihn nachdenke.«

»Gut. Das hat mein Vater auch nicht getan. Er war Pastor und sagte, wenn man die Welt erklären kann, dann entweder durch Gott oder durch die Wissenschaft. Dazwischen gibt es nichts. Er hat den Zufall verabscheut.«

Tekla wollte irgendetwas über das Würfelspiel sagen, ließ es aber sein.

Monica Carlsson ging zum Schreibtisch und beugte sich dicht über Tekla. Sie schien über schwierige Entscheidungen nachzudenken. Dann schlug sie auf einmal mit einem Knall die Hände zusammen.

Tekla zog instinktiv die Schultern hoch.

»Sie wissen, warum wir Ärztinnen geworden sind, oder?«

Tekla blickte auf und überlegte, welche Art von Ärztin Monica Carlsson sein konnte. Obduzentin vielleicht? Für sie selbst war es sonnenklar: um Leben zu retten. So viele wie möglich. Ohne Unterschied.

»Weil wir Helden sind. Und Helden können Geheimnisse in sich tragen wie niemand anders. Comes with the job description, sozusagen.«

Tekla saß mucksmäuschenstill da. In dieser Situation hätte es sie nicht gewundert, wenn Monica Carlsson sich einen

Umhang übergeworfen hätte und mit einem großen S auf dem Rücken gen Himmel geflogen wäre.

Monica umrundete den Tisch und setzte sich wieder auf ihren Stuhl.

»Was halten Sie davon, wenn wir in nächster Zeit mal einen Kaffee trinken gehen? Nur Sie und ich.«

»Das … können wir machen.«

»Ich habe ein Lieblingscafé, das ich allerdings nicht verraten kann. Dann müsste ich Sie hinterher töten.« Sie sah auf. »War nur Spaß.«

Monica blickte wieder auf ihren Bildschirm.

»Das Nobel-Krankenhaus wird seinen Glanz wiedererlangen. Dafür werde ich sorgen.«

Tekla hörte ihr zu. Wusste auch jetzt nicht, was sie antworten sollte.

»Sie können die Tür offen lassen, wenn Sie gehen.«

Tekla stand auf. Eigentlich wäre sie gern rückwärts hinausgegangen, um die Situation unter Kontrolle zu haben, doch dann wäre sie vermutlich über ihre eigenen Füße gestolpert.

Im Aufzug auf dem Weg nach unten dachte sie darüber nach, wessen Heldin sie eigentlich war und ob sie sich in irgendeiner Form zu weit aus dem Fenster gelehnt hatte.

Samstagmorgen, der 8. Juni
TROSA SKÄRGÅRD

Magnus versuchte, an etwas anderes zu denken, und sah Sixten Anderssons altersfleckiges, kantiges Gesicht vor sich. Er sprang ins Boot hinunter und begann es vorzubereiten. Es war ein gutes Gefühl, bald aufs Wasser hinauszukommen, er war sich sicher, dass die Nervosität ihn dann verlassen würde. Er musste mit Håkan reden, egal, was sein alter Freund über seine Panik dachte.

Sixten war ein pensionierter Fischer aus Trosa, von dem Magnus seit über zehn Jahren eine Fischerhütte mietete. Magnus ließ zum Dank meist einen Fünfhunderter und einen Cognac neben der Kaffeemaschine in der Miniküche liegen. Er durfte sich auch Sixtens Motorboot ausleihen, wenn er es im Gegenzug mit Benzin für den Zweitaktmotor auffüllte und es hinterher wieder sicher an dem baufälligen Steg festkettete. Sixten seinerseits gab Magnus Tipps für die besten Fischgründe, die nur die ältere Garde in der Umgebung kannte. Seichte Buchten, stets nach Süden ausgerichtet, bei denen die größte Chance bestand, dass die Wassertemperatur um ein paar Zehntel gestiegen war und Meerforellen angelockt hatte. Magnus kontrollierte es immer mit dem Thermometer, sieben Grad waren perfekt. Er hatte eine Handvoll Lieblingsstellen ausfindig gemacht, über denen der Südostwind wehte. »Der Wind muss ordentlich wehen«, insistierte Sixten jedes Mal, wenn er den Schlüssel abholte.

Magnus startete meist am Freitagabend, machte einen kurzen Zwischenstopp bei Sixtens Wohnung im Zentrum von Trosa und fuhr dann weiter zur Hütte, bevor die Dämmerung einsetzte. Er hatte einen Laib Brot, Wurst und leichtes Bier dabei, schürte den Kamin ein und zündete sich eine Zigarette an. Dann feilte er im Schein der Kerzen sorgfältig seine Haken, sah sich die Wetterprognose an und machte einen Plan für den nächsten Tag. Er legte sich oft angezogen ins Bett, stellte den Wecker und schlief so tief wie sonst das ganze Jahr nicht. Morgens brach er vor Sonnenaufgang auf und nahm seine drei Lieblingsangelruten mit, unter anderem eine wunderbare Neun-Fuß-Berkley. Zusammen mit der Shimano-Rolle, bespult mit achtzehn Millimeter geflochtener Schnur, war ein Direktkontakt mit Fischen garantiert. Das richtige Gefühl. An hellen Tagen nahm er auch seine Polaroid-Brille mit, sodass er die Meerforellen hinter dem Köder sehen konnte. Es kam nicht von ungefähr, dass seine Schwester Astrid ihn als Angelfanatiker bezeichnete.

Aber heute war ein Samstag Anfang Juni, eine schlechte Zeit zum Fischen. Diesmal ging es allerdings auch weniger um die Fische als um die Gesellschaft. Magnus sah auf die Uhr. Håkan war nervigerweise zu spät, er hatte gesagt, er müsse noch etwas für ein Fest heute Abend organisieren.

Magnus legte Sitzkissen ins Heck und rollte sorgfältig zwei Taue im Bug zusammen, als er Håkan mit einer Tasche über der Schulter und zwei Angelruten in der Hand über den Steg kommen sah. Braune, enge Lederjacke, Jeans, grobe Lederschuhe und, wie immer, ein dunkelblaues Polohemd.

Magnus spürte sofort, wie sein Puls eine Spur anstieg.

»Schwimmt dieser alte Kahn immer noch?«, fragte Håkan und warf Magnus die Tasche zu.

»Der ist okay. Es kann sich ja nicht jeder einen Buster XXL leisten.«

Håkan machte das Boot am Bug los und rief: »Der hat mich nichts gekostet.«

»Kann ich mir denken«, murmelte Magnus vor sich hin und legte die Angelsachen seines Freundes in den Bug.

Håkan sprang ins Boot und holte sein Handy heraus.

»Verdammt, das wird schön. Ich klinke mich jetzt aus. So.« Er schaltete das Telefon ab. »Auch ein Chef muss sich ja mal freinehmen können. Los geht's.«

»Aye, aye, Käpten!«, sagte Magnus und fing an, das Boot am Heck loszumachen. Er startete den Motor und zurrte die Schutzplane noch ein wenig fester. Dann holte er ein kaltes Lapin Kulta aus der Kühltasche und wedelte vor Håkan damit herum, der dankbar danach griff.

»Ist viel los gerade, schätze ich«, sagte Magnus.

»Ja, allerdings«, antwortete Håkan und nahm einen Schluck. »Nach der Explosion sind alle in Alarmbereitschaft.«

»Ich dachte auch an heute Abend.«

»Ja, aber das ist unter Kontrolle. Ich hab mich von den Aktivitäten tagsüber abgemeldet, Bungee-Jumping und so was.«

»Cool, dass du heute mit rauskommst.«

»Einen schönen Tag mit seinem besten Freund will man sich doch nicht entgehen lassen«, sagte Håkan und blickte übers Wasser. »Ist sowieso viel zu selten.«

Magnus setzte das Boot vom Steg zurück und steuerte es langsam aus der Bucht hinaus. Die Sonne lag nun knapp über dem Horizont, und es wehte eine schwache Brise von Süden. Relativ gute Bedingungen, dachte Magnus und gab Gas. Nach all den Jahren konnte er Håkans Körpersprache lesen. Er sah entspannt aus. Die Hand, die über das zurückgegelte dunkle Haar fuhr, und die Beine, die übereinandergeschlagen auf dem

Sitz ruhten, strahlten Kontrolle und Harmonie aus. Magnus begriff nicht, wie er sich bei so vielen Eisen im Feuer entspannen konnte. Beeindruckend. Ihm selbst gelang es kaum, seine Dreizimmerwohnung sauber zu halten, zu arbeiten und seinen Hintern regelmäßig ins Fitnessstudio zu schwingen.

»Alles gut?«, rief Håkan durch das Dröhnen des Bootsmotors.

»Wunderbar«, antwortete Magnus und prostete ihm mit erhobener Dose zu. Er überlegte, wann der richtige Zeitpunkt zum Reden war, hatte aber das Gefühl, sie sollten zuerst mit dem Fischen loslegen.

»Wollen wir nicht bald mal wieder ein Match spielen?«, rief Håkan. »Ist 'ne Weile her.«

»Auf jeden Fall!«, antwortete Magnus. »Ich kann für nächste Woche einen Termin buchen. Gehst du denn noch Joggen?«

»Du darfst ruhig sagen, dass ich fett geworden bin«, antwortete Håkan und tätschelte seinen Bierbauchansatz. »Fünf Jahre bis zum halben Jahrhundert. Da ist es schon okay, ein bisschen zuzulegen. Glück für dich, dass du dich in der Arbeit so viel bewegst.«

»Hast du schon Pläne für die Party gemacht?«

»Ich dachte, das übernimmst du.«

»Klar«, sagte Magnus und verstand die Ironie in Håkans Reaktion. Er hatte noch nie ein eigenes Fest organisiert, Håkan noch nie zu etwas anderem als Take-away-Essen eingeladen, und Kontakt pflegte er nur mit seiner Schwester Astrid, Håkan und einer Handvoll anderer Menschen. Håkan dagegen hatte das größte soziale Netzwerk von ganz Stockholm, er liebte es, auf große Feste zu gehen und selbst welche auszurichten. Außerdem war er ein guter Koch, vor allem, was Fleisch und Grillen betraf.

»Was gibt es?«, fragte Håkan und grinste. »Frikadellen mit Kartoffelsalat? Vielleicht ein paar Cocktailtomaten?«

»Und Dosenbier«, fügte Magnus hinzu. »Aber ich glaube, um die Unterhaltung musst du dich kümmern.«

»Das denk ich mir«, sagte Håkan und zwinkerte überlegen. »Du solltest heute Abend mitkommen. Apropos Unterhaltung ...«

Nach zwanzig Minuten Vollgas bog Magnus an einer Schäre ab und reduzierte das Tempo. Im Schilf an den Küstenrändern konnte man zu dieser Jahreszeit manchmal auf Forellen stoßen. Als sie in die Bucht kamen, hielt er das Boot an und schaltete in den Leerlauf. Er blickte Håkan an, leerte sein Bier in kräftigen Zügen. Eine große Portion Snus unter der Oberlippe löste sich und hinterließ schwarze Streifen zwischen den Zähnen. Sie machten sich daran, in Ruhe die Angelausrüstung herauszuholen.

Magnus trank ein paar Schluck Lapin Kulta und dachte an damals, als sie in der alten Vierzimmerwohnung von Håkans Mutter im Drakenberg-Viertel gewohnt hatten. An die Umzugskisten an der Wohnzimmerwand, die sie die ganzen drei Jahre, die sie dort verbracht hatten, nicht ausgepackt hatten. Den Balkon, den man vor lauter leeren Dosen kaum betreten konnte. Die Mädchen, die kamen und gingen. Das war während der ersten Jahre auf der Polizeihochschule gewesen, seitdem war viel passiert, vor allem in Håkans Leben. Magnus hatte im Streifendienst weitergeschuftet und dann zum SEK gewechselt, wo er jetzt einer der Ältesten und Routiniertesten war. Håkan hatte inzwischen aufgehört, ihn nach dem »nächsten Schritt« zu fragen. Gab es überhaupt einen nächsten Schritt für Magnus? Håkan hatte dafür umso mehr Karrieresprünge gemacht.

»Wie geht es Angelica?«, fragte Magnus.

»Keine Ahnung«, antwortete Håkan und nahm einen Köder.

»Aber sie fühlt sich wohl in Malmö?«

»Ich kapier nicht, was sie an diesem IT-Typen findet.«

»Als ob dich das interessieren würde.«

»Da hast du einen Punkt«, sagte Håkan und lächelte.

Das Boot lag fast bewegungslos im Windschatten der Insel. Magnus spürte, wie die Sonne sein Gesicht wärmte, und zog seine Daunenweste aus.

»Und die Kids?«

»Ich wollte mit Mattias im Sommer einen Kurzurlaub in Alaska machen. Er studiert ja jetzt in Lund, sollte sich aber eine kleine Auszeit nehmen können.« Håkan versuchte einen ersten Wurf. »Ein bisschen echtes Angeln.«

»Wow. Klingt teuer. Und Sara?«

»Äh. Die krieg ich nicht aus ihrem Teenagersumpf raus. Nachdem ich kein Facebook oder so was hab, gibt es mich in ihrer Welt ja gar nicht.«

»Du könntest versuchen, sie anzurufen.«

»Sie drückt mich weg. Schickt nur eine SMS, wenn sie will, dass ich ihr Geld überweise. Und selbst?«

»Meinst du Urlaubspläne, oder …?«

Magnus stellte sich auf die andere Seite des Bootes und warf die Angel aus.

»Ich dachte eher, ob du seit deinem letzten Misserfolg mal wieder ein Date hattest«, grinste Håkan.

Magnus justierte den Widerstand der Angelrolle.

»Wir hatten am Donnerstagabend einen Einsatz. Bewaffnete Motorradgang-Typen in der Notaufnahme des Nobel-Krankenhauses, in die einer aus dieser Gang mit Stichverletzungen gekommen war.«

Håkan blickte seinen alten Freund neugierig an.

»Was hat denn das mit deinen Dates zu tun?«

»Die Ärztin, die sich um den Verletzten gekümmert hat …«

»Ach so!«, rief Magnus. »Jetzt wird es interessanter.«

»Verdammt hübsch«, sagte Magnus.

»Sieh an. Hast du ihre Nummer?«

Magnus strich sich mit der Hand über die Bartstoppeln. »Leider nein. Ich weiß nicht mal, wie sie heißt.«

»Ja, ja, verstehe. Du kriegst sicher noch deine Chance. Alter?«

»So um die dreißig. Vielleicht fünfunddreißig.«

»Perfekt. Groß, klein?«

»Ziemlich groß und schlank. Kurzes, dunkles Haar, Seitenscheitel.«

»Klingt ein bisschen androgyn. Genau dein Typ, soweit ich das beurteilen kann.«

»Und du würdest sie nicht mal bemerken.« Magnus sah die Augen der Ärztin in der Notaufnahme vor sich. »Sie hatte irgendwie so was Samisches an sich. Irgendwas mit den Augen …«

»Du brauchst Sex, das hört man«, sagte Håkan ernst. »Warst du auch bei dem Brand im Einsatz?«

»Ja. Schrecklich.«

»Ein Glück, wenn man ein paar Stufen hochgeklettert und dem Bodendienst entflohen ist.«

»Gratuliere zum neuen Job, übrigens.«

»Danke«, erwiderte Håkan. »Kommissar klingt besser als Inspektor.«

Sie angelten schweigend. Nahmen sich jeder noch ein Bier.

Magnus sah ein, dass er nicht länger warten konnte. Er trank ein paar große Schlucke und sagte dann: »Du, was ist eigentlich mit diesem Geld aus Haninge passiert?«

Håkan schob sich eine neue Portion Snus unter die Lippe und machte einen weiten Wurf in Richtung Schilf.

»Warum fragst du?«

»Bin nur ein bisschen neugierig«, antwortete Magnus und spürte, wie seine Handflächen von einem plötzlichen Schweißausbruch zu kribbeln begannen.

»Das muss dich überhaupt nicht kümmern«, sagte Håkan leise. »Es ist alles okay. Völlig okay.«

»Aber der Ermittler, dem ich die Tasche gegeben hab …«

»Es ist okay«, fiel ihm Håkan ins Wort. »Hast du gehört? Vergiss die Sache einfach.«

»Es ist nur so, dass …«

»*Ich* hab Solvalla auch nicht erwähnt, oder?«, unterbrach ihn Håkan mit verbissener Miene und legte seine Angel ins Boot.

»Weil du versprochen hast, das Ganze zu vergessen«, antwortete Magnus und wich Håkans Blick aus.

»Also verstehst du ja wohl, dass das wirklich nichts ist, was ich wieder erwähnen *müssen* will.« Håkan beugte sich zum Führersitz.

»Dann lass es«, sagte Magnus.

»Ich glaube, ich muss es aber, wenn du jetzt anfängst, wegen Haninge herumzujammern«, erwiderte Håkan in scharfem Tonfall.

»Ich dachte, wir hätten einen Deal?«, sagte Magnus. »Ich weiß, dass ich mich in Solvalla blamiert habe, aber das ist zehn Jahre her, und ich hab aufgehört zu spielen.«

»Und ich hab diesen Eintreiber weggezaubert, oder nicht?«

Magnus nickte. Er wollte am liebsten nie mehr an dieses Ereignis denken müssen. Er fügte hinzu: »Und genau deshalb hab ich mich gezwungen gefühlt mitzumachen, als du mich um den Gefallen in Haninge gebeten hast.«

Håkan presste die Bierdose zusammen und warf sie auf den Boden.

»Kriegt man noch eins?«

Magnus beugte sich hinunter und holte noch zwei Bier aus der Box.

»Also sind wir quitt?«

»Wir sind quitt«, sagte Håkan. »Solvalla – Haninge, check, check.«

Ein paar lange Minuten standen sie schweigend da und blickten jeder in eine andere Richtung.

»Sorry.« Magnus drehte sich zu Håkan um. »Ich bin nur ein bisschen nervös geworden. Momentan werden alle Einheiten durchleuchtet. Bist du sicher, dass du mich aus dem Einsatz rausgelöscht hast?«

Håkan hob in einer resignierten Geste die Arme und lachte.

»Halte ich sonst etwa nicht, was ich verspreche?«

»Doch, aber …«

»Na dann. Du kannst dich auf mich verlassen. Dein Name steht nicht im Bericht. Du warst an dem Tag krankgeschrieben.«

»Sicher?«

»Sicher. Jetzt beruhig dich mal und genieß das Angeln.«

Håkan stellte sich breitbeinig hin, um ein paar Wellen zu parieren, die gegen das Boot schlugen.

»Also willst du heute Abend nicht mit? Das wird der Hammer.«

»Kann ich mir vorstellen«, sagte Magnus. »Aber es sind deine Leute.«

»Du kennst Petter doch auch.«

»Aber nicht aus der Schule. Außerdem sind Junggesellenabschiede nicht mein Ding. Zu viel Testosteron.«

Håkan lachte auf. »Und das von einem zwei Meter großen, hundert Kilo schweren SEK-Bullen.«

»Eins achtundneunzig«, korrigierte Magnus. »Und leider hab ich die hundert Kilo vor ein paar Monaten überschritten.« Er sah zum Himmel hinauf. Möwen hatten über dem Boot zu kreisen begonnen, und einige Wolken waren von Süden hereingezogen. Eigentlich wollte er mehr über das Geld wissen, doch ihm war klar, dass er bei Håkan nicht mehr weit kommen würde. Er bewahrte seine Geheimnisse gut. Das hatte er immer getan.

»Noch was von dem verschwundenen Van gehört?«, fragte Magnus.

»Vom Söder Torn?«

Magnus nickte und nahm sich ein weiteres Bier. Er blickte zum Horizont, als wollte er sehen, ob die Rauchsäule von Södermalm noch immer am Himmel hing.

»Nichts«, sagte Håkan. »Aber was für ein Feuer.«

»Das reinste Wunder, dass niemand gestorben ist.«

»Wäre es in Nairobi oder so gewesen, hätten wir von Hunderten von Toten gelesen.«

»Oder in London.« Magnus dachte an die Brandkatastrophe vor einigen Jahren.

»Verdammt schön, dass man in einem zivilisierten Land mit funktionierendem Rettungsdienst wohnt.«

Magnus' Gedanken schweiften ab und landeten bei der hübschen Ärztin aus der Notaufnahme am Donnerstag. Er hoffte, er würde sie wiedersehen, obwohl er natürlich wusste, dass das vermutlich nicht passieren würde.

»Woran denkst du?«, wollte Håkan wissen.

»Den Brand«, sagte Magnus und mied Håkans bohrenden Blick.

»Du lügst.«

»Ach so, tue ich das?«, fragte Magnus.

»Du konntest noch nie lügen. Bist ein viel zu guter Mensch.«

»Ein Glück, dass sich darauf nicht alle spezialisiert haben.«

»Was?«

»Du hast schon richtig gehört.«

»Was zum Teufel meinst du?«

»Nichts.«

»Doch, sag«, fauchte Håkan.

»Vergiss es.«

»Genau. Vergiss es.«

»Okay. Beruhig dich«, sagte Magnus und ließ das Ganze im Sand verlaufen. Er dachte an all die Male, als er beobachtet hatte, wie Håkan im Suff die Beherrschung verlor. All die plumpen Dinge, die er gesagt hatte. All die dummen Anmachsprüche gegenüber Frauen in der Kneipe. Eigentlich war es seltsam, dass sie immer noch Freunde waren. Er hatte Håkan nie damit konfrontiert, wenn er etwas Dummes getan hatte, hatte immer über alles hinweggesehen. Er fühlte sich feige. Rückgratlos.

Magnus nahm noch eine Dose Bier aus der Kühltasche und warf sie Håkan zu.

»Hier. Kühl dich ein bisschen ab, dann sehen wir, bei wem zuerst einer anbeißt.«

»Setzen wir einen Fünfhunderter?«, reizte ihn Håkan.

»Ich spiele nicht.«

»Ach nein?«

»Nicht mehr.«

»Ach ja, stimmt«, sagte Håkan und lachte höhnisch. »Der Teufel ist auf seine alten Tage nüchtern geworden.«

Samstagmorgen, der 8. Juni

GULLMARSPLAN, STOCKHOLM

Tekla wurde vom Hupen eines Autos auf der Straße geweckt. Als sie zur Balkontür ging, um sie zu schließen, bemerkte sie, dass sie völlig unterkühlt war. Sie hörte erst zu zittern auf, nachdem sie zwanzig Minuten unter der heißen Dusche gestanden hatte. Die Wohnung war etwas hellhörig, ansonsten mochte sie den Ort, der seit gut einem Jahr ihr Zuhause war. Sie hatte sie für dreieinhalb Millionen gekauft, genau so viel, wie die Bank ihr als Kredit gab. Damals hatte sie die Suchmaschine auf Kartenansicht eingestellt und nachgesehen, wie nah sie ans Krankenhaus herankonnte, wenn sie zwei Zimmer haben wollte. Das Resultat war Gullmarsplan, eine Gegend, von der sie noch nie gehört und zu der sie keinerlei Verbindung hatte. Aber sie fühlte sich wohl dort.

Sie ging in die Küche. Ganz unten im Päckchen mit Roibuschtee lag der Schlüssel zum Schrank über der Mikrowelle. Tekla öffnete ihn, nahm die Eisschachtel heraus, die hinter ein paar Weinflaschen stand, hob den Deckel ab und fand bestätigt, was sie eigentlich bereits wusste: nur noch zehn kleine Kugeln. Sie nahm eine, riss das lockere Klopapier auf, schüttete das weiße Pulver in ein Glas mit kaltem Kaffee von gestern, rührte mit einem Löffel um und leerte es in einem Zug. Ihr Frühstückscocktail: doppelter Kick, Amphetamin und Koffein, die Geschwister, die sich so gut ergänzten.

Der Strom unsortierter Bilder begann sich endlich in die jeweiligen Bahnen zu kanalisieren. Tekla hatte mit dem Amphetamin angefangen, um parallel studieren und arbeiten zu können. Sie brauchte Geld, einerseits für das private Pflegeheim für Demenzkranke, in dem ihre Mutter wohnte, anderseits, um Simons schwieriges Leben zu finanzieren. Tagsüber studierte sie Medizin, abends und nachts arbeitete sie in der Psychiatrie. Sie erhöhte die Dosen, um alles zu schaffen. Betrachtete es als Selbstmedikation, nicht als Sucht. Um herunterzukommen, nahm sie Schlaftabletten, manchmal sogar Benzodiazepine. Doch der größte Gewinn ihres Amphetamin-Konsums hing mit ihrem fotografischen Gedächtnis zusammen. Schon früh im Leben hatte sie bemerkt, wie die Erinnerungen des Tages in ihrem Kopf rotierten, wenn sie eigentlich schlafen sollte. Sie hielten sie wach. Als Teenagerin probierte sie Hasch und Alkohol, aber der Schlaf wurde davon nur schlechter. Von den Schlaftabletten bekam sie am nächsten Tag Kopfschmerzen, und andere Psychopharmaka bescherten ihr nur Nebenwirkungen. Erst als sie einen Artikel über einen indischen Gedächtnismeister las, der ähnliche Probleme gehabt und zum Schlafen Kokain genommen hatte, nahm sie testweise vor dem Schlafengehen Amphetamin. Sie nahm unmittelbar wahr, dass die Erinnerungsbilder sich beruhigten. Sie begannen, ihre richtigen Orte im Gehirn zu finden. Wie ein stürmischer Himmel voller umherwirbelnder Flugblätter, die plötzlich heruntersegelten und sich in kleine Kisten mit deutlichen Markierungen legten. Das verschaffte ihr Ruhe. Und mithilfe von Schlafmitteln schlief sie dann wie ein Baby.

Tekla legte sich aufs Sofa und ging die gestrigen Ereignisse durch. Bei dem Schwerbrandverletzten auf der Intensivstation hielt sie inne. Rechts: die kahle Wand, ein Fenster zum

Rest der Abteilung, geschlossene Jalousien. Sie hätte die exakte Anzahl der Lamellen an der Jalousie angeben können. Das Gewicht des Patienten leuchtete in orangefarbenen Digitalziffern: 70 Kilo. Vor ihrem inneren Auge sah sie jedes einzelne Detail des Metallrahmens, die dicke Anti-Dekubitus-Matratze, die einmal pro Stunde ihre Druckverhältnisse veränderte, um ein Wundliegen zu vermeiden. Schräg links oben: der Monitor. Puls 104. Saturation 92.

Tekla rieb sich die Schläfe. Ihr Gedächtnis funktionierte perfekt, wie eine Kamera, die unaufhörlich Fotos machte.

Aber der Fuß. Warum konnte sie den Fuß des schwerverletzten Patienten nicht sehen?

Tekla ging in den Flur, streifte sich den Mantel und ein Paar Converse über. Sie zog die Wohnungstür zu, ohne abzusperren. Es war sechs Uhr morgens. Normalerweise ging Tekla am Skanstull den Ringvägen nach links und erreichte nach einem schnellen zwanzigminütigen Spaziergang das Nobel-Krankenhaus. Doch heute bog sie hinter der Brücke stattdessen nach rechts ab, lief an den versifften Bierkneipen am Ringvägen vorbei und durchquerte den Lilla Blecktornsparken zur Katarina Bangatan. Sie verlangsamte ihre Schritte, spürte die Feuchtigkeit in der Bluse und zog sich den dünnen H&M-Mantel aus, der an den Nähten kaum noch zusammenhielt. Sie musste neue Kleider kaufen. Tekla bereute, dass sie sich keine Socken angezogen hatte, ihre Füße fühlten sich in den roten Converse schweißig an. Sie bereute auch, dass sie sich nicht für einen Rock oder dünnere Hosen entschieden hatte, dass sie immer die ausgewaschenen Jeans wählte, ohne Rücksicht auf die Jahreszeit. Sie war einfach so absolut unmotiviert, sich etwas anderes anzuziehen als ihre bequemsten Klamotten, wenn sie sowieso nur zum Krankenhaus und zurück ging und keinen Menschen traf, den es interessierte, was sie trug.

Sie zog den Haargummi aus ihrem kurzen Haar, steckte ihn in die Hosentasche und nahm eine Coladose aus ihrer Handtasche. Trank die Hälfte, warf den Rest weg. Hier, nur hundert Meter vom morgendlichen Verkehr auf dem Ringvägen entfernt, war es ruhig. In dieser Ecke von Södermalm gab es nicht so viel zu sehen oder zu erforschen. Keine hippen Bars wie auf der Skånegatan, wo das Epizentrum aller IPA-Kneipen lag.

Im ersten Stock, genau über dem Schriftzug *Restaurant & Bar*, waren die Vorhänge zugezogen. So wie immer, wenn sie in den letzten Wochen an dem Haus vorbeigegangen war. An der Wohnung, in der Simon lebte und die sie in all den Jahren bezahlt hatte. Eine beträchtliche Summe, die Tekla durch viele Sonderschichten finanziert und für die sie unzählige Bomben geschluckt hatte. Sie tippte den Türcode ein, lief in den ersten Stock hinauf und klingelte. *Simon Berg* stand auf einem handgeschriebenen Zettel über dem Briefschlitz. Niemand öffnete. Sie wartete fünf Minuten, rief bei seiner Handynummer an, aber keine Antwort. Auch kein Klingelton aus der Wohnung. Sie begann die Sinnlosigkeit ihres Tuns zu ahnen. Vermutlich war er hinausgeworfen worden. Oder er wohnte bei irgendeinem Kumpel und kiffte von morgens bis abends.

Sie trat wieder auf die Straße hinaus und kam eine Stunde vor der Übergabe an der Klinik an.

Tekla blieb vor dem Eingang des Nobel-Krankenhauses stehen. Der Fuß des Patienten nahm langsam Form an, und damit stieg ihr Puls. Sie musste auf Intensiv vorbei, bevor sie zu arbeiten begann.

Auf der Intensivstation war es ruhig. Der Nachtdienst übergab gerade an den Tagdienst. Tekla suchte die Krankenschwester, die für Raum 1 der Station für Schwerbrandverletzte zuständig war.

»Ich wollte nur eine Sache überprüfen, die ich gestern vergessen hatte.«

Die kleine Krankenschwester, Pirkko, schien völlig gleichgültig.

»Mach nur. Die Pflegehelferin ist gerade drin.«

»Danke«, antwortete Tekla und ging in Raum 1. Die Pflegehelferin las ein Buch mit buntem Umschlag.

»Hallo«, sagte sie erstaunt.

»Tekla Berg. Ich bin seine verantwortliche Ärztin. Wollte nur sehen, wie es ihm geht.«

Die Pflegehelferin wartete auf eine Fortsetzung.

Tekla stellte klar: »Sie können ruhig weiterlesen.«

»Okay«, sagte die Pflegehelferin und verschwand wieder in ihrer Liebesgeschichte.

Tekla versuchte, sich auf den Atem zu konzentrieren. Sie tat, als würde sie ins Schwanken geraten, und hielt sich am Bett fest.

Die Pflegehelferin blickte auf.

»Alles in Ordnung?«

»Ach … nur etwas unterzuckert. Ich hab noch nicht gefrühstückt.«

Das Mädchen legte sein Buch aufs Fensterbrett.

»Soll ich ein bisschen Saft holen?«

»Danke. Das wäre super.«

Die Pflegehelferin zögerte einen Moment.

»Ich bin in einer Minute zurück. Drücken Sie auf die Klingel, wenn irgendwas ist.«

Als die Pflegehelferin gegangen war, sah Tekla den Patienten im Bett an. Das Laken bedeckte ihn vollständig bis auf das Gesicht und die verbundenen Arme. Vorsichtig zog sie den Stoff am Fußende beiseite. Langsam deckte sie den Teil seines Körpers auf, wegen dem sie gekommen war.

Der halbe rechte Fuß war relativ unverletzt, und sie sah den großen Zeh unter dem Laken hervorragen. Das vordere Glied war sichtlich krumm. Tekla hatte bisher nur einen einzigen solchen Zeh gesehen: an dem Menschen, mit dem sie aufgewachsen war. Sie hatte mit ihm am Strand gespielt, hatte ihn ganz im Sand vergraben, sodass nur noch der krumme Zeh herausschaute. Und das fröhliche Gesicht natürlich. Die Wolfszähne, das strubbelige dunkle Haar. Die Grübchen, die oft zum Vorschein kamen, wenn er guter Laune war.

Tekla ließ ihren erschöpften Körper auf das Bett fallen. Komplett gegen die Hygienevorschriften, aber nun hatte die Schwerkraft die Oberhand.

Vorsichtig berührte sie den großen Zeh. Da hörte sie die Pflegehelferin in der Luftschleuse.

Schnell stand Tekla auf und zog das Laken zurecht. Jetzt war sie wirklich drauf und dran, in Ohnmacht zu fallen, und begann, die Füße zu bewegen, um den Kreislauf in Schwung zu bringen.

Die Pflegehelferin kam mit einem Glas Saft und einem Käsebrot herein.

»Hier.«

»Tausend Dank«, brachte Tekla heraus. Sie starrte den Kopf des Patienten an. In einen Verband gewickelt und völlig unmöglich zu identifizieren.

Die eine Schulter war entblößt. Sie war muskulös. Das stimmte doch nicht? Er war nie besonders kräftig gewesen.

Sie trank den Saft, stellte das belegte Brot auf den Nachttisch neben dem Patienten und verließ den Raum. Im Aufzug auf dem Weg nach unten versuchte sie sich zu sammeln. Vor dem Eingang setzte sie sich auf eine freie Bank neben dem Brunnen. Es war ein schöner Frühsommermorgen. Eigentlich absolut wunderbar.

Der Zeh, er war identisch … Tekla spürte, wie die Übelkeit ihr wie eine Faust direkt in die Magengrube schlug. Plötzlich übergab sie sich direkt vor sich auf den Boden. Zurück blieb ein saurer Geschmack nach Saft und Erbrochenem.

Konnte es wirklich Simon sein?

Konnte es wirklich ihr eigener Bruder sein, der da mit fünfundachtzig Prozent Verbrennungen auf der Intensivstation lag?

Samstagvormittag, der 8. Juni

GAMLA STAN, STOCKHOLM

Monica Carlsson saß in ihrem Lamino-Sessel, den schmerzenden Rücken zurückgelehnt und die Füße auf dem Hocker. In der Hand eine große Tasse schwarzen Kaffee und auf dem Schoß das Wochenendmagazin des Svenska Dagbladet. Vom Badezimmer her hörte sie das Geräusch von Gregors Schritten und sah ein, dass die süße Morgenstunde bald vorüber sein würde. Monica drückte zwei Gelonida aus einem Blister und spülte die Tabletten mit dem heißen Kaffee hinunter. Sie las weiter über eine neue Behandlungsmethode gegen Krampfadern. Der letzte Versuch der Akademieklinik mit ihrem Bein war nicht gerade überzeugend gewesen. Sie hatte den Klinikchef zu Hause angerufen und ihm ein Ultimatum gestellt: Entweder er zahlte ihr die Kosten für die Behandlung zurück und ließ ihr eine Gutscheinkarte über dreißigtausend zukommen, oder sie würde ihren alten Schulkameraden Torbjörn Hedenius, Stadtrat in Stockholm, anrufen und ihn bitten, seiner Klinik die Zulassung zu entziehen. Bereits am selben Nachmittag war das Geld auf ihrem Konto, und drei Tage später lag ein Kuvert in mattem Gold mit handgeschriebener Adresse auf ihrer Fußmatte.

Gregor Dabrowski sank aufs Sofa und stellte die Kaffeetasse auf den Glastisch.

»Du weißt, dass das Glas ist«, sagte Monica, ohne den Blick zu heben.

»Schlecht geschlafen?« Gregor griff nach der Wochenendbeilage der Dagens Industri.

»Wieder mal typisch«, antwortete Monica.

»Dass du schlecht schläfst, ist doch nichts Neues, Schatz. Du solltest vielleicht abends beizeiten zu trinken aufhören.«

Monica stand auf und hinkte zur offenen Küche mit der langen, rechtwinkligen Arbeitsplatte. Die Firma, die die Platte in einem Stück geliefert hatte, hatte einen Kran verwenden und sie über den Balkon hineindirigieren müssen. Der Gehsteig an der Skeppsbron war einen ganzen Tag gesperrt gewesen, um das Ungetüm in die Wohnung zu bekommen.

Sie fing an, eine Grapefruit aufzuschneiden, und schaltete den Entsafter ein.

»Typisch männliches Machobenehmen.«

»Was?«

»Nur weil ich dich bitte, auf unsere Möbel aufzupassen, behauptest du, ich hätte Schlafmangel. Muss schwer für dich sein, dass du inzwischen nicht mehr alles auf meinen Zyklus schieben kannst.«

Gregor blätterte die blassrosa Zeitung um.

»Jetzt bist du ein bisschen kleinlich, findest du nicht?«

»Jetzt machst du's schon wieder!«

»Was denn?«

»Auf emotionale Befindlichkeiten und biologische Uhren hinweisen, anstatt dich rational an Fakten zu halten.«

Monica goss den Saft in zwei große Gläser und füllte sie mit Eis aus dem Eiswürfelspender in der Kühlschranktür auf. Sie ging zu ihrem Ehemann hinüber, seines Zeichens Verleger beim größten Buchverlag Schwedens, und hielt ihm das Glas hin.

»Hier … *Schatz.*«

Gregor nahm es.

»Du brauchst nicht sarkastisch zu werden.«

»Das stimmt. Du bist zu gefühlsgetrieben, das warst du schon immer. Das ist der Grund dafür, dass dir nie der Posten als Geschäftsführer angeboten wurde.«

Gregor legte die Zeitung aufs Sofa.

»Ich meinte, dass du keine Liebesbezeugungen austeilen solltest, ohne sie zu meinen.«

»Sagt der, der seiner Frau seit fünf Jahren jeden Freitag zehn Rosen kauft. Ich frage mich, welches schlechte Gewissen die eigentlich kompensieren sollen.«

Gregor nahm zärtlich den Arm seiner Frau und klopfte mit der anderen Hand neben sich auf das Sofa.

»Komm her und umarme einen alten Mann, anstatt sauer zu sein. Was ist denn diese Woche mit meiner Süßen passiert, dass sie noch saurer ist als dieser grässliche Saft?«

Monica lächelte und schüttelte den Kopf. »Wenn du wüsstest.«

»Erzähl.«

Monica ging und setzte sich wieder in ihren Lieblingssessel.

»Warum fängst du nicht was Eigenes an?«, fragte sie.

»Zu spät.«

»Zu spät wofür?«

»Ich hab den Schwung verloren.«

»Stimmt nicht.«

»Doch, es ist wahr.«

»Du bist nur verbittert geworden. Du bist noch immer der beste Verleger der Stadt. Mit der größten Anzahl an Nobelpreisträgern im Gepäck.«

»Auch das stimmt nicht.«

»Wer hat mehr als du?«

»Das spielt keine Rolle.«

Monica zog an ihrer Goldkette.

»Außerdem frage ich mich, wer hier verbittert ist«, sagte Gregor.

»Was willst du mir unterstellen?«

»Schatz. Ich weiß, wie sehr du diesen Direktorenposten im NSK wolltest.«

»Und?«

»Du hast ihn nicht bekommen.«

»Neeein, hab ich nicht«, antwortete Monica sarkastisch.

»Siehst du.«

»Was denn?«

»Du bist immer noch verbittert.«

Monica stand rasch auf und ging zum Kühlschrank. Goss sich ein Glas Weißwein ein, das sie in einem Zug leerte.

»Etwas früh«, war Gregors sanfte Stimme zu hören.

»Warum übernimmst du nicht lieber die Kontrolle über *dein* Leben?«, fauchte sie.

»Du weichst der Frage aus: Warum bist du heute so schlecht gelaunt?«, konterte Gregor.

»Jetzt bist du derjenige, der sich herauswindet.«

»Dann muss es wohl so sein. Zwei Schlangen, die sich winden und einander ausweichen.«

Gregor trank seinen Saft aus.

»Ich hab auf die richtige Gelegenheit gewartet«, sagte Monica und setzte sich aufs Sofa.

»Wofür?«

»Um das Gewehr abzufeuern.«

»Bisschen früh für die Jagdsaison, findest du nicht?«

»Eher der perfekte Zeitpunkt.«

Monica nahm ein paar Yahtzee-Würfel und ließ sie von einer Hand in die andere gleiten. Sie betrachtete die große Nase ihres Mannes. Seine charakteristische hohe Stirn. Die schmalen Lippen, die er oft zusammenpresste, besonders wenn er irgendein ungarisches Buchmanuskript las. Ab und zu hielt er inne, starrte aus dem Fenster und nahm die Brille ab, wenn er über etwas nachdachte. Dann setzte er die Brille wieder auf und las weiter.

Monica würfelte auf der gläsernen Tischplatte. Eine Straße. Sie nahm ihr Handy und rief Fredrik Franck an, der trotz der frühen Stunde schon nach einem einzigen Klingelton abnahm.

»Guten Morgen.«

»Jetzt ist es Zeit, Kallax zu positionieren.«

»Jetzt? Es ist Samstag.«

»Schick mir eine SMS, wenn alles erledigt ist.«

»Aber …«

Monica legte auf, blätterte weiter im Magazin und fand einen Artikel darüber, wie man den besten Rinderbraten bei Niedrigtemperatur im Tontopf zubereitete.

Samstag, der 8. Juni

INTENSIVSTATION, NOBEL-KRANKENHAUS

Tekla hatte noch immer den Geschmack von Erbrochenem im Mund, aber die Übelkeit war verschwunden. Sie dachte darüber nach, was ihre Gedanken von dem Fuß auf der Intensivstation ablenken konnte. Da fiel ihr der Junge mit Morbus Gaucher ein. Sie war noch nicht dazu gekommen weiterzuverfolgen, was mit ihm passiert war, und beschloss, zur Kinderintensivstation zu gehen.

»Wo liegt der dreijährige Junge von Donnerstagabend? Der wegen eines Krampfanfalls in die Notaufnahme kam?«

Eine Pflegehelferin, die Tekla wiedererkannte, wies ihr den Weg.

»Sind Sie seinen Angehörigen begegnet?«, fragte Tekla. »Der Vater war sehr aufgebracht.«

»Väter können sehr anstrengende Angehörige sein«, konstatierte die Pflegehelferin sachlich.

»Besonders Polizisten und Feuerwehrleute. Die sehen sicher viel Scheiße auf den Straßen.«

»Wie wir.«

»Scheiße?«

Die Pflegehelferin lächelte. »Das auch. Aber die wischen wir weg.«

Tekla lächelte. »Das stimmt.«

»Sie finden bestimmt selbst hin«, sagte die Pflegehelferin und verschwand.

Tekla zog den Mantel aus und hängte ihre Tasche neben ein paar Atemschutzmasken in die Luftschleuse vor dem Raum. Sie betrat das Zimmer, setzte sich auf einen Stuhl und klappte den Seitenschutz des großen Bettes herunter. Oscar lag da und schlief, mit einem Schlauch in der Luftröhre. Das Geräusch des Respirators war angenehm einschläfernd. Tekla atmete ein paarmal tief ein und spürte, wie die Müdigkeit über sie hereinbrach. Sie nahm die Hand des Jungen. Sie fühlte sich wärmer an als neulich in der Notaufnahme. Tekla betrachtete sein ruhiges Gesicht und ließ ihre eigenen Augenlider im Takt des zischenden Beatmungsgeräts sinken.

Plötzlich hörte sie die Stimme eines Mädchens hinter sich.

»Wer bist du?«

Sie wandte sich um und sah ein aufrecht dastehendes dünnes Wesen mit langem, flachsblondem Haar bewegungslos in einem halben Meter Entfernung neben sich stehen. Tekla hatte nicht gehört, wie die Tür geöffnet wurde.

»Hallo.«

Keine Antwort. Nur große, starrende, leuchtend blaue Augen.

»Ich bin die Ärztin, die sich um Oscar gekümmert hat, als er in die Notaufnahme kam.«

»Du siehst nicht wie eine Ärztin aus.«

Tekla lächelte. Ihr Körper fühlte sich völlig betäubt an.

»Weil ich keine weiße Kleidung anhabe?«

Das Mädchen nickte stumm.

»Ich hab noch nicht angefangen.«

»Warum bist du dann hier, wenn du nicht arbeitest?«

Das Mädchen trug eine rote Jeansjacke über einem weißen T-Shirt mit einem glitzernden Text, den Tekla nicht lesen konnte. Dazu eine schwarze, weite Dreiviertelhose. Ihr ängstlicher Blick war einem etwas entschlosseneren gewichen.

»Bist du Oscars Schwester?«, fragte Tekla.

Sie nickte.

»Wie heißt du?«

»Iris.«

»Hallo Iris. Ich heiße Tekla.«

Iris legte den Kopf schief und verschränkte umständlich die Arme. Es sah aus, als würde sie irgendeinen Erwachsenen imitieren.

»Was für ein komischer Name.«

»Aber du hast gefragt, warum ich hier bin«, sagte Tekla. »Ich bin hier, weil ich sehen wollte, wie es Oscar geht.«

Iris sah Oscar, der bewegungslos im Bett lag, erschrocken an. Es war das erste Mal, dass sie den Blick von Tekla abwandte.

»Er ist sehr krank«, fuhr Tekla fort. »Aber jetzt gerade schläft er. Sie geben ihm ganz viel Medizin, damit es ihm wieder besser geht.«

Das Mädchen schien mit sich zu ringen. Die Arme fielen am Körper herunter. Sie wartete ab. Dann rieb sie sich ihr eines Auge.

»Darf ich auf deinem Schoß sitzen?«

Tekla war baff. Ihr Körper erstarrte. Sie wollte sich entschuldigen, sagen, sie müsse gehen, doch etwas an dem Mädchen bewirkte, dass sie nicht widerstehen konnte.

»Sicher.«

Iris ging vorsichtig zu Tekla hinüber und setzte sich auf ihren Schoß. Sie legte ihre kleine Hand auf Teklas, die wiederum Oscars Hand hielt.

»Er schwitzt«, flüsterte Iris.

»Vielleicht träumt er von der Wüste.«

Tekla wollte ihren Arm um das Mädchen legen, es fest umarmen, hielt jedoch den Impuls zurück.

Iris wandte sich vorsichtig um und blickte Tekla in die Augen.

»Glaubst du?«

»Ich glaube, er hat es schön und genießt es, richtig schlafen zu können. Schau, wie schön kuschelig sein Bett ist. Würdest du nicht gern in so einem großen Bett liegen?«

»Nein.«

»Und dieser Schlauch im Mund. Vielleicht geben sie ihm Cola. Mehrere Liter.«

»Ich mag lieber Fanta.«

»Wenn man krank ist, darf man haben, was man will.«

»Mein Papa sagt, Limo ist nicht gesund.«

»Und was sagt Mama?«

»Sie hat Angst vor Papa.«

Tekla zuckte zusammen.

»Aha. Angst? Aber hier im Krankenhaus darf der Patient entscheiden. Mag Oscar Cola?«

»Ja.«

»Dann darf er so viel davon trinken, wie er will.«

Iris schmiegte sich zwischen Teklas Arme und drückte ihren kleinen Kopf an ihr Brustbein. Das Haar des Mädchens verströmte einen buttrigen Duft. Tekla überlegte, ob sie die Sache, dass die Mutter Angst vor dem Vater hatte, noch einmal aufgreifen sollte, doch sie wollte die heimelige Atmosphäre nicht stören. Teklas selbstgewählte Kinderlosigkeit gründete in der Angst, sie könnte die Gene ihrer Mutter weitergeben. Die kranken Gene, die die schreckliche Demenzkrankheit Chorea Huntington auslösten. Gene, von denen Tekla nicht einmal wusste, ob sie selbst sie hatte. Sie hatte sich nie zu testen gewagt. Doch diese Gene errichteten Mauern und Wälle gegen alles, was Beziehung und eventuell eigene Kinder hieß.

»Hast du Geschwister?«, fragte Iris.

»Einen Bruder.«

»Kümmerst du dich um ihn?«

Tekla schluckte schwer. »Ich versuche es. Aber er ist …«

»Ist er auch krank?«

»Das kann man sagen.«

Tekla erlaubte sich, den einen Arm um Iris zu legen.

Sie saßen zehn Minuten schweigend da, beide in ihre Welt versunken, als eine Krankenschwester kam und den Zauber brach. Iris saß still und drückte ihre Hand noch fester an Teklas. Das Mädchen schien in einen angenehmen Zustand versetzt zu sein, den sie absolut nicht verlassen wollte. Tekla stand vorsichtig auf und zog ihre schweißnasse Hand aus den Händen der beiden Geschwister.

Sie merkte, dass Iris widerwillig war, half dem Mädchen jedoch, sich selbst auf den Stuhl zu setzen.

»Sag den Eltern nicht, dass ich hier war.«

»Nicht?«, fragte die Krankenschwester erstaunt.

»Nein, und auch niemand anderem.«

»Okay.«

Tekla verließ den Raum. Den ganzen Weg bis zur Übergabe sah sie die blauen Augen des Mädchens vor sich.

Samstag, der 8. Juni

GRÖNVIKSVÄGEN, BROMMA

Victor Umarov betrachtete den Pool unterhalb des Schlafzimmerfensters. Er weckte vielerlei Gefühle. Vor allem Hoffnungslosigkeit und eine ganze Menge Wut. Aber er hatte nicht vor aufzugeben. Die zwei Jahre im Gefängnis Anfang der Achtzigerjahre hatten Victor erstaunlich gutgetan. Schwarz und weiß. Klare Struktur. Er bekam Respekt und Zugang zu neuen sozialen Strukturen, dank der Tatsache, dass er gut zuschlagen konnte. Aber er tat es nie. Er achtete nur darauf, so viel aus der Machonummer zu machen, dass er schließlich mit Bestnote in kriminellen Kreisen aus dem Gefängnis entlassen wurde. Etwas, das sich viele Jahre später lohnen sollte, als er einen Auftrag vom russischen Geheimdienst FSB in Stockholm bekam.

Er hatte den FSB viele Jahre lang um Geld betrogen, war zum Schluss erwischt und nach einem rhapsodischen Gerichtsverfahren zum Tode verurteilt worden. Dann, nach sechs Monaten im Gefängnis, eine »letzte Chance«, wie der glatzköpfige FSB-Beamte gesagt hatte. Zwei Bedingungen. Erstens: Er sollte mit dem Heroin, das über die Oststaaten, die »nördliche Route«, aus Afghanistan kam, die Kontrolle über den Heroinmarkt in Stockholm übernehmen sowie mit voller Verantwortung für die finanzielle Sicherheit laufende Zahlungen an den vierten Dienst des FSB vornehmen. Zweitens: Das Todesurteil war nur aufgeschoben. Wenn er die

Forderungen nicht erfüllte, würden sie »jemanden schicken«, wie der Beamte trocken konstatierte, bevor er Victor den Vertrag zur Unterschrift zuschob. Bisher hatte Victor sich benommen, und die Abstimmungen mit den anderen Entsandten des FSB in den verschiedenen Irish Pubs der Stadt waren meist richtig ausgelassene Veranstaltungen. Die Russen schienen sich darauf zu verlassen, dass Victor seine Aufgabe als *Vor* in Stockholm erfüllte.

Mit dem Zeigefinger fuhr Victor über die Reihe der chemisch gereinigten Hemden. Schwarz oder weiß? Am einfachsten wäre es vielleicht, konsequent jeden Tag abzuwechseln. Oder vielleicht tagsüber schwarz und abends weiß? Schwarz im Alltag, weiß auf Festen? Nein, konsequent war er noch nie gewesen. Strukturiert? Wenn es nötig war. Darin, dass sein offizieller Titel »Übersetzer russischer Literatur« lautete, lag im Hinblick auf Victors Dyslexie eine gehörige Portion Ironie. Sein alter Freund Boris half ihm mit der einen oder anderen Übersetzung, um den Schein zu wahren. Boris war auch der Revisor der Familie.

Er knöpfte das Hemd zu, zwei Spritzer Old Spice, rein in die Hose und die schwarzen Ecco-Schuhe. Nina machte sich immer über die Wahl seiner Schuhe lustig, aber das war ihm egal. Funktion war stets sein Motto gewesen.

Victor ging die Wendeltreppe ins Wohnzimmer hinunter. Er drückte auf den Knopf, um die Holzjalousien hochzufahren, die die dreißig Meter lange Wand aus zweieinhalb Meter hohen Glasfenstern bedeckten. Wie in einem Astronautenfilm, in dem das Raumschiff erwacht und langsam das Licht der aufgehenden Sonne hereinlässt, begann nun das riesige Wohnzimmer mit all seinen verschiedenen Teilen – Sofagruppe, Bar, Billardtisch, Sitzgruppe – in Licht zu baden. Die ganze Öffnungszeremonie dauerte rund zwanzig Sekunden, die Technik hatte über zehn Jahre auf dem Buckel, doch sie funktionierte wie ein alter russischer T62-Panzer. Es war einer seiner liebsten Momente am Tag, fünfzig Meter weiter unten den Mälarsee erwachen zu sehen.

»Opa, willst du mit uns spielen?«

Er wandte sich um, war so in seiner eigenen Welt versunken gewesen, dass er gar nicht gehört hatte, wie sich die Zwillinge hinter ihm anschlichen. Auf einmal kam ihm der Gedanke, er könnte noch nackt sein, spürte aber schnell, dass er sowohl Hosen als auch Schuhe anhatte. Er entspannte sich.

»Meine kleinen Schätzchen.«

Er ging in die Hocke und zog Ninas Kinder, Emily und Kate, an sich. Sie trugen die gleichen weißen Flanellpyjamas mit rosa Bären darauf und rochen nach Himbeeren.

»Zeigt Opa die Süßigkeiten.«

Die Zwillinge blickten sich mit aufgerissenen Augen an und schüttelten den Kopf, dass die dunklen Locken nur so flogen.

»Neeein, wir haben keine Süßigkeiten.«

Victor spielte verblüfft.

»Neeein? Dann sind das wohl keine Gelee-Himbeeren, die ihr da hinter eurem Rücken in der Hand habt?«

Die Zwillinge kicherten und versuchten, die Münder geschlossen zu halten.

»Sag es nicht Mama!«

Victor legte den Zeigefinger auf seinen Mund.

»Versprochen. Ich bin so still wie die Mumie, von der ich euch gestern nach dem Abendessen erzählt habe. Wisst ihr noch?«

Sie nickten vorsichtig und erinnerten sich an das Pyramidendrama bei Luxor.

»Jetzt gibt's Frühstück. Was haltet ihr von Kakao?«

»Jaaaaa!«, schrien die Zwillinge gleichzeitig.

In der Küche war ihre Mutter Nina dabei, Frühstück zu machen. Victor küsste seine Prinzessin auf die Stirn.

»Hast du gut geschlafen, Papa?«

»Wie ein russischer Bär im Winter.«

»Wie schön, dass du aus deinem kleinen Winterschlaf aufgewacht bist«, sagte Nina und schenkte ihm ein breites Lächeln. Sie war bereits perfekt geschminkt: tiefroter Lippenstift auf den fülligen Lippen, diskrete Mascara und bronzefarbener Lidschatten, der das dunkle Haar im strammen Seitenscheitel rabenschwarz aussehen ließ.

»Man hat ja nicht jeden Samstagmorgen die ganze Familie über Nacht da.« Victor sah sich in der großen Küche um. »Wo ist Joakim?«

»Er musste schon früh los«, antwortete Nina und legte kleine dicke Pfannkuchen auf einen Teller. »Tennis mit einem Freund.«

»Du weißt, dass Coco das machen kann«, sagte Victor und deutete auf die Pfanne.

»Nicht so gut wie meine *Crumpets*«, lächelte Nina. »Weißt du noch, dass unser Kindermädchen in London immer solche gemacht hat? Sie schmecken am besten mit Honig. Setz dich, Papa, dann mache ich Kaffee. Ich hab ja so selten die Gelegenheit, mich um dich zu kümmern. Du brauchst das, ich finde, du siehst kaputt aus.«

»Vielen Dank«, sagte Victor und grinste.

Victor genoss es, seine älteste Tochter so guter Laune zu sehen. Frisch geduscht und munter, das kurze Haar perfekt frisiert, aber gleichzeitig war da etwas, das ihn beunruhigte, er konnte nur nicht richtig greifen, was es war. Etwas mit ihrer Beziehung? Victor nahm an, dass sie es genoss, einmal zu Hause zu sein. Gleichzeitig hatte er immer geahnt, dass ihr

Mann Jocke ihr vielleicht nicht die Wertschätzung gab, die sie brauchte.

Er setzte sich ins Esszimmer, das zum Garten hin wies. Die Schiebetüren standen offen, und kühle Juniluft strömte über den Steinboden herein.

Sardor kam in die Küche und stützte sich auf eine Stuhllehne. Er hatte seine Lederjacke an. Eine große Kaffeetasse in der einen Hand, ein Buch in der anderen.

»Hallo«, sagte er kurz angebunden.

»Hallo, Bruderherz«, antwortete Nina. »Ungewöhnlich, dich mit einem Buch in der Hand zu sehen.«

Sardor warf seiner Schwester einen verärgerten Blick zu.

Victor stand auf und betrachtete das bronzefarbene Wasser des Pools durch das Küchenfenster.

»Die Farbe erinnert mich an unseren Innenhof in Taschkent im Herbst. Lehm, Holzfliesen und rostige Metalleimer. Alles, wovon ich wegkommen wollte.«

»Aber Papa.« Nina legte ihre Hand auf Victors Schulter. »Das ist doch nicht so schlimm.«

»Gestern hab ich eine Schockchlorung vorgenommen, schon die zweite in dieser Woche. Aber bisher keine Wirkung. Der Typ vom Service war auch da und hat das Reinigungssystem überprüft, das angeblich funktioniert ›wie mein Audi von 2001‹, wie er es ausgedrückt hat.« Victor schnaubte. »Ich will keinen alten Audi. Der Pool soll bis zum nächsten Wochenende schön aussehen, wenn alle Nachbarn zu Elenas jährlicher Gartenparty kommen. Aber ich gebe nicht auf. Kamila und die Zwillinge werden ihren perfekten Pool schon noch kriegen.«

»Sie sind zufrieden«, sagte Nina.

»Hast du sie in letzter Zeit baden sehen?«, fragte Victor rhetorisch.

»Es ist immer noch zu kalt«, versuchte es Nina, während sie ihren Töchtern Nutellabrote servierte und den Kakao in der Mikrowelle erhitzte. Sie war schon fertig gestylt für die anstehenden Hausbesichtigungen: dunkelblauer Zegna-Hosenanzug und schwarze Bluse. Ein roter Seidenschal um den Hals.

Victor schenkte aus der Silberkanne Kaffee ein, stellte sie mitten auf den riesigen Glastisch, setzte sich neben Kate und strich ihr über die Locken. Er wandte sich an Sardor.

»Wie lief es gestern in Skärholmen mit Jensen und den Lederwesten?«

»Sie halten erst mal die Füße still.«

Nina knöpfte ihr Jackett auf und nahm am Frühstückstisch Platz.

»Ich hab mit Jensen geredet«, fuhr Sardor fort. »Zum Schluss hat er es wohl gerafft. Wir haben eine Woche, um den Kerl zu finden, der Jarmo die Messerstiche verpasst hat.«

Victor nahm sein Lederetui und sein Feuerzeug aus der Tasche des seidenen Bademantels. Er schnippte eine Zigarette heraus. Aus dem silbernen Feuerzeug schoss eine zwei Zentimeter lange Gasflamme, die er in gebührendem Abstand vor der Zigarette hin und her wandern ließ. Dann hielt er sich wie gewöhnlich die Zigarette vor den Mund und atmete ein. Auch wenn kein Rauch herauskam, konnte er das Gefühl von warmem Tabak in der Luftröhre spüren. Er schloss die Augen und legte die Zigarette auf dem Tisch ab.

»Und dann hast du eine Szene gemacht.«

Victor nahm noch einen trockenen Zug.

Sardor fingerte nervös an seinem Buch herum.

»Sie haben mich provoziert.«

»Also warst *du* derjenige, der Gewalt angewendet hat?«, fragte Victor. »Ich glaube mich zu erinnern, dass ich dich gebeten hatte, diplomatisch zu sein.«

»Ist es für dich immer eine Frage der Schuld?«, seufzte Sardor.

»Es ist immer der Fehler *einer* Person, wenn zwei sich streiten.«

Nina stand auf. »Ich muss ins Büro. Jonna ist übers Wochenende in New York, und ich muss ein Geschäft abschließen.«

Plötzlich kam Victor darauf, was verkehrt war. Nina vermied es, ihm in die Augen zu sehen. Und sie wirkte forciert, die Körpersprache war ruckartig und gestresst.

»Geht es um diese Insel?«, fragte Sardor seine Schwester.

»Kaggholmen, ja. Wieso?«

»Eine ganze Insel. Klingt teuer.«

»33 Millionen. Ein Holländer will sie kaufen. Ist das ein Problem?«

Sardor stand auf und ignorierte Nina.

»Ich muss Tatyana unterstützen«, sagte er. »Sie hat die Lage mit den Mädchen nicht unter Kontrolle.«

Victor lächelte Emily und Kate an, die Nutella im ganzen Gesicht hatten.

»Ich hab gesagt, dass ich jemanden organisieren kann, der sich um die Kolumbianerinnen kümmert. Aber sie weigert sich.«

»Ich schätze es, dass du an deine Angestellten denkst«, sagte Victor.

»Angestellten?«, fragte Sardor. »Tatyana ist ja wohl mehr als das. Sie ist bei uns, seit wir hierhergekommen sind.«

Nina blickte zu ihrem Bruder hinüber, dann zu Victor. Sie wischte die Nutella aus den Gesichtern der Zwillinge.

»Ich kann helfen, wenn es nötig ist«, bot sie an.

»Du sollst nicht in diese Sache hineingezogen werden.« Victor schüttelte den Kopf. »Das weißt du.«

»Ich sage doch nur, dass …«

»Nein!«, schrie Victor und schlug mit einem Knall seine Hand auf den Glastisch.

Die Zwillinge fuhren zusammen.

Victor nahm ein paar gehetzte Trockenzüge und drückte dann die ungerauchte Zigarette aus.

»Wie oft muss ich dir denn noch erklären, dass zwischen dem, was du tust, und dem, was Sardor tut, eine komplette chinesische Mauer steht, Nina?«

In der Küche wurde es still.

Victor hatte sich ordentlich in Rage geredet.

»Ich bin *Vor* in Stockholm, ein Übersetzer und bescheidener Geschäftsmann, der von den Zinsen eines alten Kapitals lebt. Okay? Niemand rührt mich an. Nicht die Gang. Nicht die Motorrad-Typen. Nicht die Polizei. Scheiße noch mal, ich hab sogar ein harmonisches Verhältnis zum Finanzamt! Und du, Nina, bist mein weibliches Spiegelbild. Du darfst nicht mal ein Knöllchen kriegen. Verstehst du?«

»Ja, Papa«, antwortete Nina.

»Du darfst nie, niemals in Kontakt mit etwas Illegalem kommen.«

»Du musst mich nicht anmeckern.«

»Komm her«, sagte Victor. »Schau mich an. Ist irgendwas?«

»Was soll denn sein?«, fragte Nina unruhig.

»Du erzählst es mir doch, wenn dich etwas bedrückt, oder?«

»Natürlich.«

Sardor stellte seine Tasse auf den Glastisch.

»Mach dein Ding, dann sind alle zufrieden«, sagte Sardor zu seiner Schwester.

»Niemand will dir dein Stück vom Kuchen klauen«, erwiderte Nina mit einem falschen Lächeln. »Du kannst ganz beruhigt sein.«

»Ich bin noch nicht tot«, seufzte Victor. Sein Körper fühlte sich schwer und verbraucht an, was ihn verstimmte. Genau das hatte er vermeiden wollen: zwei Kinder, die sich um sein Erbe zankten. Warum war er mit seiner Erziehung gescheitert? Warum war es nur Nina gelungen, sich von der Kriminalität fernzuhalten? Er hätte härter durchsetzen müssen, dass Sardor weiterstudierte.

»Außerdem ist alles geregelt. Ihr könnt aufhören zu nörgeln.«

»Ich hab noch keine Papiere gesehen«, sagte Sardor.

»Schluss jetzt!«, brüllte Victor.

Nina stieß ein rohes Lachen aus. »Als ob Sardor irgendwelche Papiere lesen könnte!«

Sardor ging in Richtung Tür.

»Du musst mehr schlafen«, rief Nina ihm nach. »Wenn du willst, bitte ich meine Ärztin, dir ein Schlafmittel zu verschreiben. Irgendwas, das nachts dieses ganze Testosteron dämpft.«

Ohne sich umzuwenden, antwortete Sardor: »Irgendwer muss ja die Drecksarbeit machen.«

Samstag, der 8. Juni
MARKTHALLE ÖSTERMALM

Nina parkte ihren schwarzen Cadillac Escalade vor dem Eingang der Markthalle in Östermalm. Sie erinnerte sich an Jockes Verwunderung, als sie das Auto gekauft hatte. Das Argument war Sicherheit für die Kinder gewesen. Ihr selbst hatten die Form und die großen Sitze gefallen. Und die Stille. Aber klar, es war manchmal schwer, einen ausreichend großen Parkplatz zu finden.

Sie ging in die Markthalle und weiter zu Melanders Fisch, wo alles voller Leute war. Ihr Handy klingelte: Jonna Fredén-Hansson.

»Warum gehst du nicht ran?«, fragte Jonna.

»Es ist mir absolut bewusst, dass du ungefähr vierzehnmal angerufen hast. Jetzt schalt mal einen Gang runter«, sagte Nina und zog eine Nummer. Sie nickte dem Besitzer, der ihr ein Glas Sekt hinstellte, wiedererkennend zu, nippte an dem eiskalten Cava und nahm ein Stück Käse. Manchego. Das erinnerte sie an damals, als Joakim und sie nach Oviedo an der spanischen Küste gefahren waren und *Cidera* gebechert hatten, bis sie nie mehr auch nur an einer Flasche Cider riechen konnten. Das Leben vor den Kindern.

»Komm schon, Nina. Die kleine Brandkatastrophe wird dir ja wohl nicht entgangen sein?«

Es bedurfte einiger Anstrengung, um einen ungestörten Platz zu finden. Nina wunderte sich darüber, dass die Damen, an denen sie sich vorbeidrängen musste, ihre langen Pelzmäntel noch nicht in den Speicher geräumt hatten. Es war ja schon fast Hochsommer. Sie konnte den Fetisch der Östermalmer Damen für haarige Tierkleidung nur schwer nachvollziehen. Sie selbst zog schwarzes Leder vor.

»Ich wollte jetzt eigentlich ein paar Krabben für die Familie kaufen und versuchen, schreiende Kollegen und aggressive Brüder für ein paar Stunden außen vor zu lassen.«

»Was hat Sardor angestellt?«

»Er wird mir auf jeden Fall nicht meinen Samstagabend vermiesen.«

»Habt ihr gestritten?«

»Haben wir jemals etwas anderes getan?«

»Ihr solltet euch mal aussprechen.«

Nina lächelte vor sich hin.

»Sardor ist irgendwie nicht der Typ, mit dem man sich ausspricht. Er hat keinen Kontakt zu seinem Inneren.«

»Aber du solltest es vielleicht versuchen.«

»Können wir jetzt bitte ein einziges Mal nicht meine Familie analysieren? Fühlt sich an, als hätten wir wichtigere Dinge zu besprechen.«

Nina leerte den Cava in einem Zug, suchte den Blick des Besitzers und zeigte auf ihr Glas. Abgesehen von einem Mann mit Kartoffelnase etwas weiter hinten war sie die Einzige, die trank. Die Tanten nebenan hielten krampfhaft ihre Handtaschen fest und würden sie vermutlich nicht loslassen, bevor sie in ihre Wohnungen ein paar Straßenzüge weiter kamen und sich den ersten Sherry des Tages einschenkten.

»Genießt du den Puls der Großstadt?«, fragte Nina. »Ich für meinen Teil würde lieber sterben, als in New York zu leben. Auch wenn man hier zu Hause Panik bekommen kann, weil jeder jeden kennt. Schwierig, Stockholm eine Weltstadt zu nennen. Von dem Mist mit ›Venedig des Nordens‹ gar nicht zu sprechen.«

»Könntest du dich ein bisschen fokussieren?«, rief Jonna in den Hörer.

»Du klingst wie mein Papa. Wenn es etwas gibt, das ich kann, dann ist es fokussieren.«

Nina dachte an Victor und daran, was er ihnen beigebracht hatte: immer, wenn es nötig war, alle Sinne zu schärfen. Er konnte polternd sein, geradezu großspurig und unkonzentriert rüberkommen, aber Nina hatte es unzählige Male erlebt, wie Geschäftspartner gedacht hatten, Victor hätte keine Ahnung, und versuchten, ihn mit irgendwelchen Zahlentricks zu manipulieren, was in sämtlichen Fällen für die entsprechende Person böse geendet hatte.

»Nina, wovon sprichst du?«

»Von der Kunst abzuschalten, wenn man die Gelegenheit dazu hat.«

Nina hatte ihren Vater immer um seine Fähigkeit beneidet, sich von den Geschäften abzukoppeln, wenn er frei hatte. Er beschäftigte sich mit seinem Pool oder ging zusammen mit einem Nachbarn in irgendeinem völlig unbegreiflichen Bauprojekt auf, das monatelang dauern konnte. Von Victors Besessenheit von Aktivitäten mit seinen Enkelkindern gar nicht zu sprechen.

»Soll das unsere Situation retten? Den Kopf in den Sand zu stecken?«, fragte Jonna.

»Ich habe nicht vor, an meiner Freizeit zu rütteln.«

Nina begegnete dem Blick der Kartoffelnase und erkannte den Mann. Vorstandsvorsitzender eines Kreditinstituts und frisch geschieden.

»Alles wird rauskommen. Wenn sich jemand Sorgen machen sollte, dann du.«

»Wir brauchen mehr Information«, sagte Nina.

»Wie kannst du so ruhig sein und tun, als wäre nichts passiert?«

»Wie gesagt, man kriegt die Situation nicht dadurch besser in den Griff, dass man schreit und in Panik verfällt.«

»Und du hast ihn noch nicht erreicht?«, wollte Jonna wissen.

Jetzt war Nina mit Bestellen an der Reihe. Sie stellte das Glas ab.

»Warte«, sagte sie zu Jonna. »Zwei Kilo frische Krabben.«

Sie wandte sich wieder dem Telefon zu.

»Ich hab ihn mehrmals angerufen, aber es geht immer nur die Mailbox an.«

»Könnte er abgehauen sein?«

»Schlimmer.«

»Was kann denn noch schlimmer sein?«

»Es gibt einen nicht identifizierten Mann auf der Intensivstation des Nobel-Krankenhauses«, antwortete Nina. »Mit schweren Verbrennungen.«

»Und das soll er sein, oder wie?«

»Es ist nicht ausgeschlossen. Aber ich kümmere mich darum. Wenn ich erst mal eine kleine Pause machen darf, wenigstens heute Abend.«

Nina nahm ihre Platin-Kreditkarte heraus und bekam im Gegenzug eine weiße Plastiktüte. Sie ging nach draußen zu ihrem SUV und sah, wie eine Politesse gerade einen gelben Zettel an die Windschutzscheibe klemmte.

»Ich werde versuchen abzuschalten«, seufzte Jonna.

»Das machst du nicht sonderlich gut.«

Nina ignorierte die Politesse, warf das Knöllchen auf den Boden, setzte sich ins Auto und ließ den Motor an. Dann rief sie Jocke an und teilte ihm mit, dass sie auf dem Heimweg zum Karlaplan war. An der roten Ampel am Karlavägen drehte sie die Musik leiser und starrte durchs Fenster einen älteren Mann an, der seinen Dackel Gassi führte. Sie dachte darüber nach, wie sie die nahende Katastrophe stoppen konnte. Vielleicht war es an der Zeit, einen Termin beim Zahnarzt auszumachen.

Samstag, der 8. Juni, 11 Uhr

INTENSIVSTATION, NOBEL-KRANKENHAUS

Eva Elmqvist fuhr sich mit der Hand durch das lockige Haar und kratzte sich kurz am Kopf.

»Er hat heute Nacht sein Lungenödem bekommen.«

Es kostete Tekla einige Anstrengung, Evas Information über den Schwerbrandverletzten aufzunehmen. Ihr graute vor ihrer eigenen Reaktion, wenn sie den Zeh wieder sehen würde. Es war offenbar eine Fehlkopplung, ihr Gehirn hatte sie an Simon denken lassen, was vollkommen unsinnig war.

»Genau, wie du gesagt hast«, sagte Tekla.

Sie standen vor dem Pausenraum der Intensivstation, jede mit einem Plastikbecher voll Kaffee in der Hand.

»Und er hat einen septischen Schock«, fuhr Eva fort. »Braucht hochdosierte Vasopressoren zur Unterstützung. Aber er pinkelt immer noch, was gut ist.«

»Werdet ihr operieren?«, fragte Tekla.

»Du weißt ja ganz schön viel über die Behandlung von Brandverletzten.«

»Ich kann die Fragen auch lassen.«

»Kein Problem. Die plastischen Chirurgen haben zwei Runden geschafft, bevor er das Lungenödem bekommen hat. Sie haben angefangen, Vorbereitungen für die Hauttransplantation zu treffen, aber man muss zuerst noch mehr totes Fleisch entfernen. Jetzt haben wir das Problem mit den Atemwegen. Er braucht eine Tracheotomie, aber mit den

HNO-Chirurgen ist es mühsam. *Surprise!* Ich hoffe, wir kriegen das heute noch geregelt. Ansonsten gibt es von medizinischer Seite nichts Neues. Dann übernimmst du das Gespräch mit der Polizei?«

»Nur noch eine Sache«, sagte Tekla. »Gibt es jetzt schon irgendwelche Anhaltspunkte, wer er ist?«

»Da kümmert sich die Polizei drum, aber soweit ich es verstanden habe, kann das dauern. Sie versuchen, Röntgenaufnahmen von Zahnarztpraxen in Södermalm zu bekommen, es gibt ja kein nationales Register, und man weiß ja eigentlich gar nicht, wo man suchen soll.«

»Die schwedische Bürokratie.«

Eva schüttelte den Kopf. »In einem anderen Land würde es vermutlich auch nicht schneller gehen.«

»Vielleicht wenn es finanzielle Anreize gäbe.«

»Was hier zum Glück nicht der Fall ist, worüber wir sehr froh sind.«

Eva verschwand, ohne sich zu verabschieden.

Tekla ging zum Raum, in dem der Patient mit den Brandverletzungen lag. Dort angekommen, registrierte sie die nächste Veränderung: den Geruch nach infizierter Haut. Wie die Fleischtheke im Supermarkt an einem heißen Sommertag.

Rebecka Nilsén diskutierte irgendetwas mit der verantwortlichen Krankenschwester. Ihre Miene hellte sich auf, als sie Tekla sah.

»Aha! Unsere Informantin.«

Tekla sah erstaunt aus.

Rebecka lächelte. »Erzählen Sie.«

Tekla vermied es, zu dem Patienten zu schauen, obwohl er unter einem Laken lag. Das Einzige, was man sehen konnte, war das bandagierte Gesicht.

»Ich habe gerade von der Intensivärztin gehört, dass man Probleme mit dem Flüssigkeitshaushalt hat. Die Lage ist fragil.«

Rebecka nahm ihr Handy und stellte es auf Aufnahme. Sie legte das Telefon auf einen Tisch neben dem Bett.

»Ihr haltet euch immer bedeckt, wie ich merke.«

»Inwiefern?«

»Probleme. Fragile Lage. Warum kriegt man nie mal eine deutliche Auskunft, klare Zahlen? So was in der Art wie ›es besteht ein fünfundachtzigprozentiges Risiko, dass er innerhalb von zwei Tagen stirbt‹.«

»Ich kann Sie auch anlügen, wenn Sie das wollen«, sagte Tekla.

»Das müssen Sie nicht. Es liegt in meiner Natur, Dinge zu analysieren. Menschen und Vorkommnisse.«

Tekla schielte zu den Monitoren hinüber. Der Patient hatte heute noch mehr Tachykardien.

»Aber wird er überleben?«

»Das ist wohl noch ziemlich unklar.«

»Und wann kann man diesen … Schlauch im Hals entfernen? Oder ist es denkbar, die Narkose zu reduzieren, sodass wir versuchen können, mit ihm zu sprechen?«

Tekla lächelte.

»So was macht man nur im Film. Ich denke, das wissen Sie.«

»Wo ich Filme doch so liebe«, sagte Rebecka mit träumerischem Blick.

»Sein Zustand ist heute schlechter als gestern«, erklärte Tekla.

Rebecka warf einen widerwilligen Blick auf das Beatmungsgerät, während Tekla zum Bett ging und dabei das Laken berührte, das zur Seite glitt. Sie sah den Fuß und erschrak. Ihre

Brust schnürte sich zusammen, und sie bekam Atemnot. Doch es ging so schnell vorüber, wie es gekommen war.

»Wir müssten wirklich mit ihm reden«, murmelte Rebecka vor sich hin, als versuchte sie, sich irgendeinen cleveren Weg auszudenken, um den Patienten aufzuwecken, auf den die Ärzte noch nicht gekommen waren.

Tekla bemerkte, dass Rebecka Nilsén heute beim Lippenstift einen anderen Farbton gewählt hatte, eher in Richtung bonbonrosa. Ihr Haar glänzte und war streng zurückgekämmt. Sie trug ein dünnes, bauschiges Kleid aus dunkelgrünem Stoff, das den Rand des BHs entblößte, und um die Taille ein schmales Band aus demselben Stoff. Die Arme waren nur an den Schultern bedeckt. Dazu hochhackige weiße Sandalen. Sie sah aus, als sei sie für eine Vernissage bei Liljevalchs gekleidet.

»Warum ist es so wichtig, mit ihm zu sprechen?«

»Sie unterliegen der Schweigepflicht, oder?«, fragte Rebecka.

Tekla nickte.

Rebecka Nilsén sah Tekla eindringlich an und schien einen spontanen Entschluss zu fassen.

»Die Kriminaltechniker haben Spuren von Salpetersäure, Schwefel und Ammoniumsulfid in der Garage gefunden. Das heißt, Material, mit dem man Bomben bauen kann.«

»Bomben?«, rief Tekla verblüfft.

»Wir haben den Verdacht, dass sich die Männer, die den Ort in dem Lieferwagen verlassen haben, in der Garage befanden, und können nicht ausschließen, dass unser lieber Patient hier im Bett zur selben Gruppe gehört.«

Ein Sturm von Gedanken wirbelte durch Teklas Kopf.

»Sie sollen also versucht haben, den Turm zu sprengen?«

»Das ist eine Spur, die wir verfolgen müssen. Ohne voreilige Schlüsse zu ziehen.«

Tekla nickte und fuhr fort: »Aber er hat ja auf Narcanti reagiert. Weist das nicht eher darauf hin, dass er ein Drogenabhängiger ist, der im Keller geschlafen hat? Es gibt doch ziemlich viele Abhängige in den Kellern und Garagen der Stadt.«

»Also habt ihr ihn doch auf Drogen getestet?«

Tekla seufzte. »Leider hat man das verpasst.«

»Wie lange kann man das denn im Nachhinein noch machen?«

»Mehrere Tage, aber das Problem ist, dass er schon in der Notaufnahme Morphium und eine ganze Menge andere Medikamente bekommen hat, wir können also nicht unterscheiden, was woher stammt.«

»Okay. Aber wir dürfen nichts ausschließen. Auch Bombenbastler und Terroristen können Drogen nehmen. Meine Gruppe geht allen denkbaren Spuren nach.«

»Sind viele Leute in Ihrem Ermittlerteam?«, erkundigte sich Tekla neugierig.

Rebeckas ernster Gesichtsausdruck brach unerwartet auf.

»Genug. Diese kleine Nuss werden wir schnell knacken«, antwortete sie, und Tekla schien es, als hörte sie das Geräusch einer Walnuss, die unterm Weihnachtsbaum zu Hause bei Familie Nilsén geknackt wurde.

»Und wie läuft es mit der Feststellung seiner Identität?«, fragte Tekla.

»Warum fragen Sie?«

»Reine Neugier.«

»Neugier, das kenne ich. Wir arbeiten daran.«

Rebecka Nilsén verließ Raum 1 der Intensivstation.

Tekla warf einen verstohlenen Blick auf den Fuß und versuchte, unbewegt auszusehen. Die Krankenschwester war mit dem Zugang am Hals beschäftigt, der Probleme zu machen schien.

»Ist es okay, wenn ich ihn währenddessen ein bisschen untersuche?«

»Tu, was du willst. Ich versuche nur, diesen ZVK hinzukriegen, der nur so halb funktioniert.«

Tekla zog sich Plastikkleidung und Handschuhe an. Sie tat so, als hörte sie Herz und Lunge ab, war jedoch ausschließlich darauf konzentriert, unverletzte Bereiche des Körpers zu finden, die sie untersuchen konnte. Die eine Schulter und die Partie zur Seite des Brustkorbs hinunter waren relativ intakt. Sie strich mit dem Zeigefinger über das Schlüsselbein. Hatte sich Simon das nicht gebrochen, als er klein war? Bei einem Sturz mit dem Fahrrad? Das Schlüsselbein des Patienten war nicht gebrochen. Sie rief sich ein deutliches Bild von Simon in Erinnerung, als er am Ufer des Weihers saß, im Schneidersitz. Kleine, dunkelblaue Badehose mit weißer Schnur. Er hatte eine Sandburg mit einem Graben darum gebaut. Sie verglich die handtellergroße Partie aus der Erinnerung mit dem Patienten vor sich. Sie sahen gleich aus. Aber wie viele Abweichungen gab es zwischen den Schlüsselbeinpartien zweier schlanker Männer? Ihr Blick wanderte zu seiner linken Hand hinunter. Der kleine Finger war rot, aber nicht verbrannt. Sie bog das Fingerglied ein wenig und wählte im Kopf ein Bild von damals aus, als Simon und sie mit einigen seiner Freunde in Umeå feiern gewesen waren. Sie probierten nacheinander einen Ehering an, den einer der Freunde gerade gekauft hatte. Tekla war er viel zu groß, doch Simon lächelte triumphierend und behauptete: »Der Ring passt mir am besten, also heirate ich jetzt.« Aber der Finger, den sie vor sich sah, war der Ringfinger. Den kleinen Finger konnte sie nicht sehen.

»Wie sieht es aus?«, erkundigte sich die Krankenschwester.

Tekla wurde aus ihren Erinnerungen gerissen und blickte in ein fragendes Gesicht.

»Die Frage ist, ob er es schaffen wird.«

»Dem Chirurgen zufolge, der heute früh hier war, nicht. Wie hat er es noch formuliert? So in der Art wie: ›Warum Operationszeit für einen Todgeweihten vergeuden?‹«

Tekla versuchte die Situation in den Griff zu bekommen, sie brauchte ihren Labello, um ihre Gedanken in die richtigen Fächer zu sortieren. Warum konnte sie die verrückte Vorstellung nicht loslassen, dass es ihr Bruder war, der hier vor ihr lag? Hatte es mit diesem Versprechen zu tun, das sie ihrem Vater am Totenbett gegeben hatte? Oder mit dem, was ihr Vater über die Krankheit ihrer Mutter gesagt hatte? Was Simon nie erfahren hatte. Sie betrachtete die Erinnerung an das Schlüsselbein aus einem anderen Winkel. Sah jeden einzelnen Schatten auf seiner Haut genau vor sich. Eine Sekunde lang genoss sie ihre fantastische Fähigkeit. Gleichzeitig hatte die es ihr die Jahre hindurch immer schwer gemacht: Mobbing, Ausgrenzung, Verschlossenheit, Isolation. Trotzdem: wie viel Zeit sie sich allein im Studium gespart hatte!

»Ich muss kurz noch mehr Chlorhexidin holen«, sagte die Krankenschwester. »Bist du noch ein bisschen da?«

»Ja«, antwortete Tekla und sah, wie die Krankenschwester in der Luftschleuse verschwand.

Sie beugte sich über das Gesicht des Verletzten und versuchte, etwas von seinen Augen zu sehen, aber die Augenlider waren noch immer geschwollen. Es roch nach Desinfektionsmittel und verbranntem Haar. Sie sah Bilder vor sich, als sie sich in der Sauna am Weiher Schweiß und Hautpartikel von ihren Körpern wischten und auf den Saunaofen warfen. Aber sie konnte die Gerüche nicht wahrnehmen.

»Igitt, wie das stinkt«, hatte Simon gerufen.

»Ich finde, es riecht gut«, sagte Tekla damals und peitschte noch mehr Feuchtigkeit auf die Steine.

Tekla hielt die Hand des Verletzten und flüsterte: »Simon, bist du es? Gib mir nur ein kleines Zeichen. Kannst du meine Hand drücken, wenn du mich verstehst?«

Doch alles, was sie spürte, war ihr eigener schmerzender Rücken, als sie sich vorbeugte. Das einzige Geräusch, das zu hören war, war das eigensinnige Pumpen des Respirators.

»Bitte, beweg doch wenigstens einen Finger. Simon, bist du das da drinnen? Kann ich dir helfen? Ich brauche nur ein kleines, kleines Zeichen, dass du es bist. Wie damals, als du am Esstisch mein Schmatzen nachgemacht hast, weißt du noch? Du hast es gehasst und gesagt, es klingt, als würde ich in deinem Ohr sitzen und in Lehm treten. Ich schmatze immer noch genauso. Es ist so lange her, dass wir uns gesehen haben, aber ich verspreche, dass ich so schmatzen werde, dass du einen Anfall kriegst, wenn du aufwachst. Simon, kannst du kurz schmatzen?«

Es half nichts, dass sie die Stimme erhob. Der Mann vor ihr im Bett bewegte sich nicht.

Sie legte ihre andere Hand auf die verbundene Stirn des Patienten.

»Du weißt, dass ich nicht schwimmen kann. Papa hat nicht mehr geschafft, es mir beizubringen. War es das, was du gemeint hast? Weißt du, wer dir das angetan hat? Nick doch, beweg den Kopf ein bisschen, wenn du meine Stimme hörst. Ich will dir so unglaublich gern helfen. Es ist egal, was du getan hast, niemand soll so leiden müssen. Ich weiß, dass du ein Nichtsnutz bist. Sorry, aber das bist du immer gewesen und wirst es immer bleiben. Aber ich liebe dich so, wie du bist. Weißt du noch, was Papa gesagt hat? Dass man nichts für die Eltern kann, die man geschenkt bekommen hat. Er war sich absolut bewusst, was für ein schlechter Vater er war. Ganz sicher. Aber zumindest war er sich dessen bewusst, im Gegensatz zu Mama. Simon, bitte, beweg den Kopf!«

Sie änderte ihre Position. Wartete auf eine Reaktion von dem Mann vor ihr, die nicht kam. Sie schaute auf den Monitor und sah, dass der Puls eine Spur gestiegen war. War das nur Zufall oder seine einzige Art, mit ihr zu kommunizieren?

»Wenn du stirbst, dann sterbe ich. Ich glaube nicht an Gott, also kann ich ihn oder sie nicht um Hilfe bitten. Ich kann nur dich bitten zu überleben. Denn wenn du das nicht tust, dann weiß ich nicht, wie ich …«

»Wie geht es?«

Die Krankenschwester war zurückgekommen.

Tekla tat, als würde sie den Puls des Mannes am Handgelenk fühlen. Es sah vermutlich ziemlich ungelenk aus.

»Gut. Mir, meine ich … Aber du meinst wahrscheinlich Si… ihn … den Patienten …«

Sie ließ die Hand des Verletzten los, die schwer auf den Seitenschutz fiel, wich dem erstaunten Blick der Krankenschwester aus und verließ den Raum mit einem leichten Druck auf der Brust.

Samstagabend, der 8. Juni

VASASTAN, STOCKHOLM

Der Kühlschrank war randvoll mit Bier. Håkan Nilsson nahm eines heraus, öffnete es, trank die halbe Flasche in einem Zug und rülpste laut. Sein Hemd war noch immer schweißnass vom Fechten, der letzten körperlichen Aktivität des Tages.

Oskar kam herein und lehnte seinen voluminösen Bauch gegen den Tisch, der zwischen den hohen Fenstern zur Kommendörsgatan stand.

»Coole Bude, was?«, sagte Oskar.

»Absolut«, antwortete Håkan, obwohl er nicht sonderlich beeindruckt war.

Oskar schenkte sich einen Gin Tonic ein und saugte an einer Zitronenspalte.

»Wahnsinn. Was, glaubst du, streicht er eigentlich ein?«

»Keine Ahnung«, sagte Håkan desinteressiert. »Hab aber gehört, er hat das letzte Spiel für um die zehn Millionen verkauft.«

Oskar lachte. »Das reicht nicht. Krank, dass es ausgerechnet Petter geschafft hat.«

Håkan erinnerte sich an einen großen, schlaksigen Kerl, der in den Chemie- und Physikstunden brilliert hatte, aber bei »The Killer«, der Dreißig-Kilometer-Runde im Wald, immer als Letzter angekommen war. Seit dieser Zeit hatten sich Petters und sein Leben in völlig unterschiedliche Richtungen entwickelt.

Der Junggesellenabschied hatte offenbar zu Hause bei Rasmus mit Kidnapping inklusive Sack über dem Kopf begonnen. Sanna hatte wie besprochen die Tür offen gelassen und dafür gesorgt, dass sie am Abend zuvor richtig spät ins Bett gekommen waren. Dann ging es in Mattias' Restaurant in Sollentuna zu einem erstklassigen Champagnerfrühstück. Darauf folgten Bungee-Jumping in Nacka Strand und Mittagessen in der Stadt im The Dubliner. Dort hatte sich Håkan nach dem Angelausflug mit Magnus der Gruppe angeschlossen. Im Dubliner gab es ein Quiz mit einem abgedankten ESC-Star. Rasmus meisterte die Song-Contest-Fragen mit Bravour. Sein Blick hing allerdings die meiste Zeit im Ausschnitt des Stars. Ein Glück, dass sie so mit Reden beschäftigt gewesen war. Nach dem Lunch stand Maniküre in einem Salon am Sveavägen auf dem Programm, dann Fechten und anschließend Biertrinken im Observatorielunden zwischen Hunderten von sich sonnenden Studenten, bis sie schließlich in Petters riesiger Wohnung gelandet waren. Bis hierhin waren alles klassische Zutaten eines Junggesellenabschieds gewesen. Doch jetzt sollte Håkan das Zepter übernehmen und die Latte auf die nächste Stufe heben.

Sie gingen ins Wohnzimmer. Dort saß Rasmus in seinem Iron-Man-Kostüm mit einem Bier in der Hand, vertieft in eine Diskussion mit Petter. Håkan spürte einen Stich von Eifersucht, als er ihre nach vorn gebeugten Köpfe sah, genau wie in der Schule schlossen sie alle anderen aus ihren tiefsinnigen Gesprächen aus. Während die übrigen Jungs sich vor allem über Sport, Mädchen und die Kunst, Fünfer im Zeugnis zu vermeiden, unterhalten hatten, hatten Rasmus' und Petters Gespräche immer einen intellektuelleren Charakter gehabt. Die meisten hatten damals noch keinen Schimmer, was sie einmal werden sollten, aber jetzt ließ sich zusammenfassend sagen: Es war für alle gut gelaufen. Für Petter offenbar am besten.

Er setzte sich auf das vier Meter lange, weiße Ledersofa und trommelte im Takt von Beyonces *7/11* auf seinen Oberschenkel. Petters Playlist natürlich. Das Bier floss. Die erste Whiskyflasche wurde geöffnet. Pizza bestellt. Die Musik dröhnte. Håkan dachte darüber nach, was die Nachbarn sagen würden, kam jedoch zu dem Schluss, dass Petter sie sicher mit irgendwelchen Konzerttickets bestochen hatte. Außer seiner Spielefirma hatte Petter auch ein paar Projekte in der Musikbranche. Håkan hatte keine Ahnung, worum es dabei ging. Petter war in erster Linie Rasmus' Freund, ein gutes Stück von Håkans Welt entfernt. Als sie um die zwanzig gewesen waren, hatten sie sich immer mit der ganzen Clique getroffen, wenn man einen anrief, rief man alle an. Partys, Events, Reisen. Man unternahm Dinge in der Gruppe. Mit dreißig, als manche ihre langjährigen Beziehungen beendeten, während andere beschlossen, weiterzumachen und Kinder zu kriegen, offenbarte sich, wer die echten Freunde waren. Håkan war eigentlich niemandem besonders nahe. Die Treffen wurden nach und nach spärlicher. Angelica und er waren die Ersten gewesen, die Kinder bekamen und ein Reihenhaus in Farsta kauften; das Leben wurde schnell zu einem Hamsterrad. Und es funktionierte gut, bis das zweite Kind kam. Aber er konnte nicht klagen. Körperlich war er immer noch gut in Form, er mochte seinen Job und ging gern mit Magnus auf die Jagd und zum Angeln. Außerdem war es karrieremäßig stetig aufwärtsgegangen.

Er blickte auf die Uhr. Jetzt war es bald so weit. Er schickte eine Nachricht an die Nummer, die er bekommen hatte. Dann stand er auf und schlug mit seinem Handy gegen die Bierflasche.

»Hört mal her, bald kommt eine kleine Überraschung.« Er wandte sich zu Rasmus und nahm ein Glas Champagner. »Rasmus. Du bist der Hammer. Ich hoffe, deine Ehe dauert ein ganzes Jahr, bis Sanna kapiert, was für ein Loser du bist.«

Er erhob die Stimme.

»Prost, auf Rasmus!«

»Auf Rasmus«, skandierte der Hockeychor.

Håkan merkte, wie die Spannung im Raum stieg. Alle begriffen: Das, was er sich ausgedacht hatte, war etwas Besonderes.

Niemandem war entgangen, dass es einen internen Machtkampf zwischen ihm und Petter gab, wer der größte Macher war. Petter war weit gekommen, das musste er zugeben. Der Flügel, der in der Ecke des Wohnzimmers stand, war vergoldet, er fuhr ein Ferrari-SUV, die Wochenenden wurden meist an der französischen Riviera oder in London verbracht. Aber er hatte keine Familie. Håkans Kontakt zu seinen Kindern war zwar nicht gerade optimal, aber …

Sein Handy gab einen Ton von sich.

We are here.

Er verstand nicht, warum sie auf Englisch schrieben, ging aber in den Flur hinaus.

»Haltet euch die Augen zu«, rief er über seine Schulter nach hinten.

Vor der Tür standen zwei leicht bekleidete Mädchen, die selbstsicher eintraten, an ihm vorbeischritten und im Wohnzimmer Platz nahmen. Die Männer pfiffen auf zwei Fingern und jubelten. Er kam hinterher und sagte: »Darf ich vorstellen: Anna und Petra!«

Die Mädchen sahen nicht aus wie Anna und Petra. Eher wie Valentina und Olga. Sie waren ziemlich hübsch, besonders Petra, dachte Håkan. Petra war größer als Anna. Schlank, aber ziemlich große Brüste. Håkan fand, mit ihren fülligen Lippen sah sie ein bisschen aus wie Angelina Jolie, nur sympathischer. Ein weiches, etwas schüchternes Gesicht. Sie war jünger als Anna, die eher wie die klassische Prostituierte aussah: kurze Pelzjacke, Minirock und etwas zu viel Schminke. Håkan trank große Schlucke von seinem Bier.

Petter wechselte die Musik zu *I Keep Forgettin'* von Michael McDonald und platzierte den Iron Man Rasmus auf einem Stuhl in der Mitte des Zimmers. Die Hände auf dem Rücken gefesselt. Die anderen saßen aufgereiht auf dem Ledersofa wie Kinder vor einem Zauberer. Håkan sah, wie es in ihren Augen brannte, während sie gleichzeitig offensichtlich den Blickkontakt zueinander vermieden. Alles, was sie bisher getan hatten, konnten sie später ihren Frauen erzählen. Von jetzt an würde es heißen: »Dann haben wir gegessen, waren in der Sauna und dann im Café Opera. War echt nice, aber ich war ein bisschen müde.« Eine stille, aber selbstverständliche Übereinkunft.

Anna übernahm das Kommando und fing an zu strippen. Sie trug schwarze Unterwäsche mit Stay Ups. Tanzte herausfordernd im Takt der Musik, rieb ihr Hinterteil an Rasmus, der versuchte, unberührt auszusehen, und nickte den Männern auf dem Sofa zu, die zufrieden ihre Bierflaschen erhoben. Petter war der Einzige, der aufstand. Er blickte von Zeit zu Zeit forschend in Håkans Richtung. Das Positive war, dass gerade eine gewisse Verschiebung der Machtbalance stattgefunden hatte. Die Männer wirkten zufrieden. Und sie wussten alle, wer die Mädchen organisiert hatte.

Håkan nahm ein großes Glas Whisky von einem Silbertablett, mit dem Felix herumging. Wie der reinste Oberkellner. Er sah das andere Mädchen an, die süße Petra, die hinter Rasmus' Stuhl stand und für sich selbst tanzte. Sie trug einen abgeschnittenen Jeansrock und ein schwarzes Trägerhemd mit Goldmuster. Das braune Haar war offen, und sie spitzte ihre herrlichen Lippen, sah die Männer jedoch nicht an. Schien in ihrer eigenen Welt zu sein. War sie erregt? Vielleicht. Oder vermutlich. Håkan war sehr wohl im Bilde, wie diese Mädchen lebten. Sie waren Teil einer hässlichen Industrie mit Menschenhandel, Drogen und Gewalt. Trotzdem waren seine Gedanken jetzt völlig vom Anblick ihrer schlanken, jungen Körper eingenommen. Er dachte an Angelica, die immer etwas übergewichtig gewesen war.

Er leerte das Glas. Erschauderte. Fing an, ein neues, kaltes Bier zu trinken. Spürte, wie der Rausch einsetzte, während die Mädchen sich nun über Rasmus' Kopf gegenseitig zu streicheln und zu küssen begannen. Christer, Mattias und die anderen klatschten in die Hände und pfiffen.

Nach zehn Minuten Show hatten die Mädchen nur noch Stringtangas an. Sie räkelten ihre geschmeidigen Körper in verschiedenen Fickpositionen, und Håkan wusste, dass alle im Raum jetzt am liebsten ihre Hose geöffnet und sich einen runtergeholt hätten. Stattdessen wurde frenetisch Bier getrunken.

Petter ging zu Anna und flüsterte ihr etwas ins Ohr. Sie begann, Rasmus' Fesseln zu lösen, nahm ihn bei der Hand und führte ihn in den Schlaftrakt weiter hinten in der Wohnung. Petter zeigte den Weg. Håkan wusste genau, was Petter da tat. Er versuchte, wieder die Oberhand zu gewinnen. Aber nach dieser Sache würde Håkan der ungekrönte König der Clique sein.

Die Musik wummerte weiter, Petra zog sich ein Hemd an, das Felix ihr lieh, und bat Mattias um ein wenig Champagner. Sie setzte sich auf einen Klavierstuhl, und die Männer unterhielten sich abwechselnd mit ihr. Alle versuchten, natürlich auszusehen, im vollen Bewusstsein, dass das eine Once-in-a-Lifetime-Situation war. Håkan trank gerade sein siebtes Bier, fühlte sich aber seltsamerweise gar nicht so müde. Eher klar und frisch. Voller Adrenalin. Er unterhielt sich kurz mit Oskar über irgendein Fußballspiel, schielte aber die ganze Zeit in Petras Richtung. Konnte es nicht lassen, ihr hübsches Gesicht anzustarren. Sie strahlte richtiggehend, sah so glamourös aus mit ihrem Champagner, die Beine leicht übereinandergeschlagen, und dann noch mit dem goldenen Flügel, der das Bild vollendete. Oskar ging in die Küche, um die Bar aufzufüllen, und Petras Kavalier ging auf die Toilette. Håkan trat zu ihr.

»Hallo.«

»Hallo«, sagte Petra in gebrochenem Schwedisch. Aus der Nähe war sie noch süßer. Perfekte Zähne, die in einem etwas schüchternen Lächeln strahlten. Wie alt konnte sie eigentlich sein? Nicht unter achtzehn, da war er sich ganz sicher. Zweiundzwanzig?

»Toll, wie du getanzt hast.«

»Findest du? Wie nett.«

Es fühlte sich richtig an. Der Ton war freundlich, und sie klang ehrlich. Sie redeten weiter. Sie erzählte von ihrer Familie am Rand von Sankt Petersburg, dass sie eine kranke Mutter hatte, die pflegebedürftig war. Dass sie nur ein, zwei Jahre in Schweden bleiben wollte, um das Geld für die Medikamente der Mutter zu verdienen. Dass sie professionelle Tänzerin werden wollte. Vielleicht auch Psychologie studieren.

Anna und Rasmus kamen zurück. Die Kerle klatschten in die Hände, und Rasmus leerte einen Grog. Petter sah ekelhaft zufrieden aus. Håkan begegnete Petras Blick und spürte, wie seine Wut zurückkehrte.

Sie starrte ihm in die Augen. Er konnte den Duft ihres Parfüms riechen. Sie schob ihre Hand zu seiner Jeans hinunter, streichelte seine Erektion. Sein ganzer Körper war dabei, zu explodieren.

Sie nahm ihn bei der Hand und zog ihn mit in den Flur.

Sie gingen in Petters großes Schlafzimmer, und innerhalb einer Minute waren sie nackt. Håkan lag auf dem Rücken, und Petra blies ihm einen. Oh verdammt, wie gut sie das machte. Plötzlich zog Petra ein Kondom hervor und fing an, es über Håkans Schwanz zu ziehen, der sofort schlaff wurde. Gleichzeitig war er nahe daran, zu zerspringen und hatte nur einen einzigen Gedanken im Kopf: sie von hinten zu nehmen, während sie den Rücken durchdrückte, den Kopf zu ihm drehte und sagte: »Fick mich hart. Härter!«

»Machen wir's ohne?«

»Das geht nicht«, lächelte sie zurück und fuhr fort, das Kondom abzurollen.

Er setzte sich auf.

»Ach, hör auf. Ich bin absolut gesund.«

»Pssst«, sagte sie und machte weiter.

Håkan begann auszurasten. Sie würde ihm diesen Moment nicht wegen irgendwelcher verdammter Prinzipien zerstören. Er war doch derjenige, der ein Risiko auf sich nahm, wenn er eine Hure ohne Kondom fickte. Und er war ja bereit, dieses Risiko einzugehen. Er!

»Du, wenn du nicht willst, hören wir auf«, sagte sie schließlich.

Er sah Petters schleimiges Lächeln vor sich und spürte, wie die Wut wieder in ihm aufstieg.

»Jetzt machen wir's einfach«, fauchte Håkan und schlug Petra ins Gesicht.

Sie starrte ihn erschrocken an und war schon dabei, aufzustehen, als Håkan sie zurückzog und ihren Hals auf das Bett presste. Sie kämpfte dagegen an, doch er wog fast doppelt so viel wie sie. Sie hatte keine Chance.

Mit routiniertem Griff nahm er ihre Hände und schob ihre Beine mit seinen Knien auseinander. Petra schrie, doch Håkan drückte ihren Kopf in das große Daunenkissen. Die Musik wummerte laut dort draußen.

Er wichste seinen schlaffen Schwanz wieder hoch und stieß ihn bis zur Wurzel in sie. Tief. Warm. Schon nach zwanzig Sekunden kam er. Er zitterte. Begann schnell zu frieren. Er ließ seinen schweißnassen Körper auf ihren fallen.

Sie lag still da. Völlig regungslos.

»Sorry«, brachte er heraus. »Du kriegst was extra.«

Samstagabend, der 8. Juni
SÖDERMALM, STOCKHOLM

Es war ungefähr ein Uhr nachts, als Sardor genau vor dem Evil Eye Tattoo in der Magnus Ladulåsgatan einen Parkplatz fand. Er stellte seinen Nissan Armada ab und sah gleichzeitig Tatyanas charakteristischen Lockenkopf vor der Eingangstür. Sie rauchte und wirkte gestresst.

Er sperrte das Auto ab und ging zu ihr.

»Wie schlimm ist es?«

Tatyana schnaubte und schnipste die Zigarette weg.

»Verdammt schlimm. Sie ist total verstört.«

»Muss sie ins Krankenhaus?«

»Nicht wegen körperlichen Dingen.«

»Warum bist du so aufgebracht?«, fragte Sardor.

»Wie, aufgebracht?«

»Du siehst gestresst aus.«

»Was glaubst du denn?«, fauchte Tatyana. »Dass ich auf meine Mädchen scheiße, wenn sie vergewaltigt werden?« Sie gab den Türcode ein und ging ins Haus, sie nahmen den Aufzug in den vierten Stock.

Sardor schaute Tatyana an. Sie fingerte nervös an ihrem Goldkettchen herum.

»Was glotzt du so? Ich kann auch Nina anrufen, wenn dir was nicht passt.«

»Du weißt genau, was du sagen musst, oder?«, antwortete Sardor.

Der Aufzug blieb stehen. Tatyana schloss die Tür zu einer Sechszimmerwohnung mit großer Küche auf. Vier Schlafzimmer, in denen jeweils zwei Mädchen schliefen. Momentan waren nur Jelena und Olga zu Hause. Und Kaisa natürlich. Alle drei saßen in der Küche und tranken Tee aus großen Tassen.

»Was ist passiert?«, erkundigte sich Sardor. Er musterte die Würgemale an Kaisas Hals. Dunkellila-blaue Flecken, die um den ganzen Hals herum verliefen.

»Ein Schwede. Mittleres Alter. Groß. Am Anfang völlig okay. Aber er wollte kein Kondom.«

»Und dann?«, fragte Sardor.

»Plötzlich ist er einfach durchgeknallt«, sagte Kaisa. »Ich war total unvorbereitet. Und er war stark. Hat meine Hände festgehalten, sodass ich nicht loskam. Er schien genau zu wissen, wie man das macht.«

»Wie man was macht?«

»Die Hände hinter dem Rücken festhalten.«

»Es war dieser Bulle«, sagte Tatyana und schüttelte den Kopf. Ihr aprikosenfarbenes Haar war wie elektrisiert. Trotz ihrer Policy, im Haus nicht zu rauchen, nahm sie eine Zigarette und wandte sich an die Mädchen.

»Nur ich, nur heute. Vergesst, dass ihr es gesehen habt.« Sie drehte sich zu Sardor um. »Du musst das erledigen. Mit der Sache zur Polizei zu gehen geht ja nicht.«

Sie senkte die Stimme und legte ihre Hand auf seine.

»Und sorry, dass ich das vorhin gesagt hab. Ich meinte nicht, dass Nina besser im …«

»Schon okay«, unterbrach Sardor sie. Er fühlte sich müde. Er mochte alle Mädchen, auf unterschiedliche Art. Kaisa war die Zweitjüngste und erst seit etwa einem halben Jahr in Tatyanas Stall, aber sie war beliebt bei den anderen, das merkte man. Und sie war süß. Unzerstört. Sardor glaubte nicht, dass sie oft Drogen nahm. Auf jeden Fall keine harten Sachen.

»Dieser verdammte Freier wird dafür bezahlen. Das verspreche ich.« Tatyana wandte sich Olga zu. »Habt ihr sie da unten untersucht? Ist sie verletzt?«

»Nein«, sagte Kaisa. »Alles gut. Er ist schnell gekommen.«

Sie fing an zu weinen. Die Schminke war schon lange weg, hatte jedoch ihr ganzes Gesicht leicht bläulich gefärbt.

»Komm«, sagte Jelena. »Wir gehen jetzt ins Bett.«

Sardor und Tatyana sahen die Mädchen durch den Flur in Kaisas Schlafzimmer verschwinden. Sardor schenkte sich ein Glas Wasser ein.

»Wann ist es passiert?«

»So um zehn.«

»Er hat mich im Lauf des Abends mehrmals angerufen«, sagte Sardor. »Ich hab drauf geschissen.« Sardor lachte vor sich hin. »Ich kümmere mich drum.«

»Dafür muss er büßen«, sagte Tatyana. »Auch wenn du ihn kennst.«

Sardor wurde plötzlich still. Er dachte nach.

»Die Sache hier ist gar nicht so schlecht.«

»Was zum Teufel soll daran gut sein?«, fragte Tatyana wütend.

Sardor nickte gedankenverloren.

»Wir können Nutzen daraus ziehen.«

»Aber er darf nicht ungeschoren davonkommen!«

»Nein, nein. Du kannst beruhigt sein. Håkan wird einen netten kleinen Besuch bekommen.«

Nacht zum Sonntag, den 9. Juni

STORA ESSINGEN, STOCKHOLM

Das große Einfamilienhaus in Hanglage stand mit Blick auf das Wasser am Fuße des Hügels, diskret abgeschirmt durch prachtvolle Vegetation. Es wehte ein auflandiger Wind, und die Leinen der Segelboote an den ein Stück weiter hinten gelegenen Stegen peitschten. Auf der anderen Seite des Sundes konnte man die Mietshäuser von Gröndal erahnen. Sardor kannte sogar die Aussicht vom unteren Teil des Grundstücks aus. Er war im vorigen Sommer einmal auf einem Grillfest dort gewesen und wusste, dass ein großes, neues Buster-Boot am Steg vertäut lag.

Sie parkten vor dem Gartentor. Keine Menschenseele war zu sehen, kein Hundegebell zu hören. Nur das dumpfe Rauschen des Verkehrs auf dem Essingeleden.

Sardor sah Håkans Range Rover in der Einfahrt und überlegte, ob er allein war oder ob vielleicht irgendein Kind dort sein konnte. Er hatte doch Familie? Sardor war sich nicht sicher.

Er blieb stehen, wandte den Rücken zum Wind und holte ein Tütchen aus der Jackentasche. Steckte den kleinen Finger in das weiße Pulver. Zog es die Nase hoch.

»Willst du auch?«

»Nein, danke.«

Erik »Eje« Johansson umklammerte den Baseballschläger und wartete ab. Sah sich um. Er zog seine blaue Kapuzenjacke über den rasierten Schädel. Nur der Ziegenbart ragte heraus.

Sardor öffnete das Gartentor und ging auf die Rückseite des dunklen Hauses zu. Die große Veranda auf der Vorderseite wies zum Meer hin.

»Du übernimmst die Vorderseite, falls er versucht abzuhauen. Ich klingele.«

»Und die Familie?«, fragte Eje.

»Weiß nicht, ob er eine hat.«

»Und wir kümmern uns hier um ihn, oder?«

Sardor nickte.

»Aber nur ein Denkzettel.« Sardor blickte sich ein letztes Mal um.

»Wenn du das sagst …«

Eje verschwand ums Haus. Sardor ging zur Tür und drückte die Klinke herunter. Sie war offen. Håkan hatte vergessen abzuschließen. Vielleicht war er zu betrunken gewesen, als er nach Hause gekommen war.

Sardor machte sie auf und trat ein.

Geradeaus sah er die Küche, und nach rechts erstreckte sich das riesige Wohnzimmer. Große Fenster mit Schiebetüren, Licht von Gröndals Straßenbeleuchtung auf der anderen Seite des Sundes. Links lag ein Flur mit geschlossenen Türen.

Plötzlich kam eine Frau in schwarzem Slip und zu kurzem Hemd aus einem der Zimmer. Als sie Sardor sah, stieß sie einen Schrei aus. Sardor bemerkte, dass er eine Pistole in der Hand hatte, und hielt sie von ihr weg. Direkt hinter ihr trat ein großer Mann in Boxershorts durch die Tür.

»Ganz ruhig«, sagte Håkan Nilsson und beschwichtigte die Frau. »Geh ins Bett.«

»Aber …«

»Ich kenne ihn«, erklärte Håkan. »Geh einfach ins Bett.«

Die Frau kehrte widerwillig ins Zimmer zurück und schloss die Tür hinter sich.

»Wie bist du reingekommen? War offen?«, fragte Håkan Nilsson verblüfft und ging auf Sardor zu. Als er die Pistole bemerkte, hielt er inne.

»Was zum Teufel machst du eigentlich hier?«

Sardor steckte die Pistole ins Schulterholster. Er nahm die Alkoholfahne wahr, die von Håkan ausging, als dieser an ihm vorbei in die Küche lief, um sich ein Glas Wasser zu holen.

»Das kannst du dir doch wohl denken«, antwortete Sardor und folgte ihm.

Håkan fuhr zusammen. »Verflucht, ihr könnt einen echt erschrecken.«

Auf dem Balkon vor der Küchentür tauchte die Silhouette eines Hünen mit einem Baseballschläger in der Hand auf. Sardor ließ Eje herein.

»Hört mal, verdammt …« Håkan sah plötzlich völlig nüchtern aus.

»Du hast Scheiße gebaut«, sagte Sardor ruhig. »Du hast eines der Mädchen vergewaltigt.«

»Ach, hör doch auf«, versuchte es Håkan. »Sie …«

»Ich hab sie gesehen. Würgemale am Hals.« Sardor hielt ihm sein Handy mit einem Foto von Kaisa vor die Nase. »Nicht schön. Gar nicht schön.«

»Sie war einverstanden.«

Sardor lächelte. »Okay. Ich scheiß drauf, dass du Bulle bist. Wir haben beide ein paar Dinge gegeneinander in der Hand, aber diesmal hast du Scheiße gebaut. Big time.«

Håkan ging an Eje vorbei ins Wohnzimmer. Seine nackten Füße klebten am Parkett, als er sich auf die Sitzgruppe neben dem Ziegelsteinkamin fallen ließ. Er trank von dem Wasser.

»Wer ist die Braut?«

»Ein Mädchen«, antwortete Håkan.

»Hübsch. Vielleicht ein bisschen jung.«

Håkan ignorierte den Kommentar über Isabelle Åkerlund, eine einunddreißigjährige Polizeianwärterin, die Håkan seit mehreren Monaten datete.

»Ich kann bezahlen. Ich zahle, und ihr haltet dicht. Ganz einfach. Aber jetzt geht bitte, damit ich schlafen kann.«

Sardor sah aufrichtiges Flehen in Håkans Augen. Die Schleimerei ekelte ihn an. Außerdem waren jetzt dieses eine Mal die Rollen vertauscht.

»Hast du Kaisa eine Chance gegeben, he?«

Håkan seufzte, antwortete aber nicht. Sardor winkte Eje zu sich.

»Was? Krieg ich jetzt Prügel, oder wie? Hör mal«, Håkan stellte das Glas ab, »es tut mir leid. Ich weiß nicht, was passiert ist. Mir wurde einfach schwarz vor Augen. Ich hatte viel zu viel getrunken.«

Sardor sah Kaisas Hals vor sich und spürte, wie es durch seinen Körper schoss. Die Wut. Der Hass. Die Abscheu gegen diese verdammten Feiglinge von Freiern, die die Mädchen misshandelten. Nicht, weil es letztendlich seine Mädchen waren. Hier ging es nicht um irgendein Besitzrecht, es war die blanke Wut.

»Es war keine Absicht. Wirklich nicht. Ich war so …«

»Besoffen und geil«, unterbrach ihn Sardor.

»Hundert«, sagte Håkan.

»Hunderttausend?«, fragte Sardor.

»Ja.«

Sardor lächelte. Er genoss es wirklich, Håkan unterlegen zu sehen.

»Wir scheißen drauf. Ich hab was anderes, womit du uns helfen kannst.«

»Okay.« Håkan sah erleichtert aus.

»Wir besprechen das später. Aber ich kann Tatyana nicht enttäuschen. Sie ist stinksauer.«

Håkan schüttelte den Kopf. »Und was machen wir jetzt?«

»Ich muss ein bisschen Blut vorweisen können.«

Håkan stand auf und ging auf Sardor zu.

»Zwei Schläge auf die linke Seite?«

Sardor nickte Håkan zu.

»Drei.«

»Keine Ringe«, sagte Håkan.

Sardor nickte wieder.

Während Eje die Drecksarbeit erledigte, blickte Sardor aus dem Panoramafenster. Das erste Morgenlicht durchbrach die Dunkelheit, und die Vögel begannen einen neuen Tag in Stora Essingen anzukündigen. Er freute sich auf seine Yogastunde heute Nachmittag.

»Hast du 'nen guten Whisky?«, fragte er.

Håkan stöhnte und saugte sich Blut von der aufgesprungenen Lippe.

»Klar. Single Malt. Passt das?«

Er stand auf und wankte zu dem gläsernen Barwagen.

»Perfekt«, sagte Sardor und nahm sein Handy. »Wir trinken ein Gläschen, während wir die Fotos machen.«

Samstagabend, der 8. Juni
ÅRSTAVIKEN, STOCKHOLM

Tekla zog sich ihre dunkelblaue, ausgewaschene Jogginghose, ihren bequemsten BH, den selbst gestrickten Pulli von ihrer Mutter – den sie gerade noch fertig bekommen hatte, bevor sie in den Nebel hinübergeglitten war –, die Windjacke, die sie in Umeå gekauft hatte, als sie noch die vage Hoffnung nährte, Frischluftfanatikerin zu werden, und Turnschuhe an. Sie umklammerte ihr Handy. Nicht, weil sie dachte, irgendein Typ würde sie belästigen, sie war vermutlich wie die ausgemergelten Gazellen in der Savanne, die von den Löwen gemieden wurden, aber sie wollte erreichbar sein, falls Simon anrief. Er war ein Nachtmensch, das war er immer gewesen. Ein paar Stunden nach dem Besuch auf der Intensivstation fühlte es sich wieder völlig bizarr an, dass Simon der Mann mit den Brandverletzungen sein sollte. Wahrscheinlich hatte ihr müdes Gehirn wirklich eine Fehlkopplung ausgelöst und sah und hörte Dinge, die nicht stimmten. Sie brauchte mehr Amphetamin.

Die Tür hinter ihr schlug zu. Aus dem Ziegelsteinhaus schräg gegenüber strömte laute Musik, sie sah rauchende Menschen in offenen Fenstern. Tekla ging zur Straße, ließ ein Taxi passieren und lief dann weiter auf das Kopfsteinpflaster zu, das den ganzen Platz bedeckte. Sie schloss die Augen, spürte den unregelmäßigen Belag durch ihre Gummisohlen, stellte sich vor, sie wäre an einem Platz irgendwo in Südeuropa, an einem warmen Abend mit fröhlichem Gelächter aus einer Trattoria. Endlich hatte ein bisschen Sommerwärme den Weg zu diesem abgelegenen Teil der Europakarte gefunden.

Sie öffnete die Augen. Das Blumengeschäft war geschlossen. Die Dönerbude offen, aber ohne Gäste. Ein paar Figuren, die scheinbar planlos an den Rändern des Platzes herumirrten. Vielleicht psychisch Kranke, die in ihren einsamen kleinen Wohnungen keine Ruhe fanden. Oder Drogensüchtige auf der Jagd nach dem ersten Schuss der Nacht.

Aus dem 7-Eleven schlug ihr ein schwerer Duft nach frisch gebackenem Vanilleplunder entgegen. Ein junger Typ mit Käppi, den sie schon einmal gesehen hatte, grüßte von der Kühltruhe her, aus der er Vitaminwasserflaschen nahm. Tekla grüßte zurück, zog die Kapuze über den Kopf, ohne eigentlich zu wissen, warum. Dumm und irrational. Sie kannte hier niemanden, wohnte erst seit einem Jahr in der Wohnung. Aber wenn sie nachts hinausging, war es, als wollte sie die Gestalt wechseln, am liebsten hätte sie sich mit getönten Scheiben durch die Stadt bewegt und einem Chauffeur, dem sie die Anweisung erteilen konnte, gesagt: »Fahr dorthin, da haben wir noch nicht nach Simon gesucht.« Sie kaufte einen Kaffee und ein Päckchen Lakritzkaugummi. Auf dem Weg nach draußen hielt sie einem alten Mann mit Rollator die Tür auf. Der Kaffee war heiß und verbrannte ihr den Gaumen. Sie wartete ein bisschen und blickte in Richtung Stadt. Direkt über ihr war der Himmel dunkel, doch links waren Schleier von rosa Sonnenstrahlen zu sehen, die noch immer versuchten, den Tag festzuhalten. Tekla leerte den Kaffee, spürte die Wärme in der Magengrube und ging zum Zebrastreifen hinüber. Sie überquerte die Straße und lief weiter in Richtung Wasser.

Die Kopfschmerzen knirschten wie Schotter in ihren Schläfen. Bilder drängten sich in den Kopf, pochten auf ihre Aufmerksamkeit. Das brennende Hochhaus. All die schmerzverzerrten Gesichter der Verletzten. Und was zur Hölle war da eigentlich am Donnerstagabend in der Notaufnahme passiert? Der junge Mann mit den Stichverletzungen und der Dreijährige gleichzeitig. Wie konnte sie eine solche Entscheidung treffen? Und welche Konsequenzen würde es haben? Sie war froh, dass Wochenende war und Göran somit vielleicht noch nichts davon erfahren hatte. Am Montagmorgen würde die Hölle losbrechen.

Am Jachthafen war alles genauso ausgestorben wie auf dem Kiesweg vor ihr. Noch immer lagen ein paar Boote an Land, die darauf warteten, in das kalte, schwarze Wasser der Bucht gelassen zu werden. Ihre einzige Verbindung zu Booten war das Ruderboot am See in Edsåsdalen, mit dem sie früher beim Angeln gewesen waren. Tekla sah noch die groben Hände ihres Vaters vor sich, wie sie zum Mittelpunkt des stillen Sees ruderten. Als würden alle Fische dort an seinem tiefsten Punkt verharren und nur darauf warten, gefangen zu werden. Sein zufriedenes Gesicht, wenn er die Haken mit Ködern bestückte und ihre und Simons erwartungsvolle Mienen sah. Simons offenes Lächeln, wenn er »Ladies first« sagte, worauf sie die Angel nahm und auswarf. Nie hatte er auch nur einen Anflug von Eifersucht gezeigt. Nicht einmal, als sie viele Jahre später ein eigenes Moped bekam, obwohl er sich nichts auf der ganzen Welt mehr wünschte. »Deine große Schwester kann auf sich selbst aufpassen«, war Papas rationale Begründung. Sie hatte es Simon natürlich geliehen, wenn niemand es sah. Er behandelte das ihm Anvertraute wie ein rohes Ei und polierte den Lack nach jeder Tour mit seinem alten Iron-Maiden-T-Shirt. »Wie neu.« Dann grinste er sein ehrliches Wolfsgrinsen.

Vom Wasser her wehte ein kalter Wind. Die Wirkung des Kaffees war wie weggeblasen, und sie konnte nicht aufhören, an Simon zu denken. Nach einem langen Spaziergang in der Nähe des Hellasgården vor fast drei Monaten und dem Streit, der damals entbrannt war, hatten sie nur einige wenige Male telefoniert und sich nicht mehr gesehen. So lange war zwischen ihnen noch nie Funkstille gewesen. Und sie merkte, wie schlecht es ihr ging, fühlte sich irgendwie verstümmelt.

An der senkrechten Klippe nach dem langen, bergab führenden Weg blieb sie stehen. Sie wusste, dass sie zu früh dran war und er immer zu spät kam. Ein paar Minuten lang genoss sie das herrliche Schauspiel. Hier, aus der Dunkelheit des Waldes, konnte sie ungestört auf die andere Seite blicken.

Das Nobel-Krankenhaus erhob sich mächtig am gegenüberliegenden Ufer. So voller Geschichte, Leiden und Wissen. Die meisten Fenster waren dunkel, doch sie fragte sich, was in denen, die erleuchtet waren, vor sich ging. Wurde eine geplatzte Aorta operiert? Vielleicht kämpfte jemand mit einem akuten Notkaiserschnitt, der schiefzugehen drohte? Rannte jemand an einem der Fenster der Intensivstation vorbei, mit einer Nadel in der Hand, bereit, diese Tamponade zu entfernen, die den Mann mit dem Herzinfarkt das Leben kosten konnte?

Sosehr sie es auch versuchte, es gelang ihr nicht, das Bild vom Fuß des Brandverletzten zu verdrängen. Konnte es doch Simon sein? Sie versuchte, über die schräge Idee zu lachen, spürte jedoch stattdessen einen Kloß im Hals. Sie musste abwarten und sehen, was die DNA-Tests ergaben. Denn man stelle sich vor, sie läge falsch! Dann hätte sie ihren Bruder als Drogenabhängigen hingestellt. Das war er vielleicht auch, aber er nahm kein Heroin, was der Patient wohl trotz allem getan hatte. Es gab keinen Grund, irgendetwas zu forcieren, die Polizei ermittelte, so schnell sie konnte. Und *falls* er es wider Erwarten sein sollte, was war die Verbindung zu diesem Lieferwagen? Konnte Simon etwas mit einer Bombe zu tun haben? Sie schaffte es, tatsächlich vor sich hin zu lächeln. Sah vor sich, wie ihr Vater Simon ausgelacht hatte, als er über den Rückstoß des Jagdgewehrs jammerte. Die Übungsschüsse gegen mit Sand gefüllte Flaschen. Ein Monat bis zur Elchjagd. Simon wollte nicht mehr schießen. Tekla übernahm das Gewehr. Simon konnte mit seiner Luftpistole gut zielen, aber Lego war ihm lieber, und ein paar Jahre später Mopeds.

Sie *musste* davon ausgehen, dass der intubierte Patient aus dem Krankenhaus *nicht* Simon war. Der Fuß war ein Zufall. Ein Streich, den ihr schlecht funktionierendes Gehirn ihr spielte. Tekla sollte sich stattdessen darauf konzentrieren, ihn zu finden, und ihm dann eine ordentliche Standpauke halten. Das Einzige, was sie wusste, war, dass sie alles für ihren Bruder tun würde. Egal, wo er war. Egal, in welchem Zustand. Egal, was es sie kosten würde.

Sie warf einen Blick auf ihr Handy. Noch zehn zähe Minuten.

Zwischen den Bäumen konnte sie die Brücke erahnen. Die Autos dort oben in luftiger Höhe, wie ein fernes Brausen ohne Konturen. Im Hintergrund, hinter der Brücke: mehrstöckige Häuser, die den Wald verdrängten.

Sie setzte sich auf einen der Baumstämme des Trimm-dich-Pfads. Jemand hatte eine Snusdose weggeworfen, die sie nicht aufhob, obwohl sie sie störte.

»Hi.«

Tekla blickte hoch. Sie hatte nicht gehört, dass er gekommen war.

»Da bist du ja endlich«, sagte sie.

»Gestresst?«

Er setzte sich auf einen Stamm in der Nähe, die Beine übereinandergeschlagen, die knallgelben Turnschuhe leuchteten in der Dunkelheit. Sie sahen neu aus.

»Hier bekommt man ja gleich Lust zu trainieren.«

Er streifte seinen Rucksack ab, orangefarbene Riemen, die im Wind flatterten.

»Nicht wirklich«, sagte sie ruhig. Ihr Puls sank langsam. Sie wollte nur so schnell wie möglich wieder wegkommen. Aber er wollte immer erst ein bisschen Small Talk halten, und sie hatte die Spielregeln schon lange akzeptiert. Wenn sie ein paar Minuten Konversation betrieb, so tat, als interessiere sie sich für seine Geschichten über irgendein Mädchen oder den Ärger mit irgendeinem Lieferanten oder Kunden, dann war er zufrieden und verschwand. Die Male, als sie ihre Ungeduld gezeigt hatte, benahm er sich wie ein Fünfjähriger und zog das Ganze künstlich in die Länge.

»Was tust du, um in Form zu bleiben, wenn du keinen Sport machst?«

»Gute Gene«, antwortete Tekla.

»Sind deine Eltern sportlich?«

Sie lächelte und dachte an die dünnen Oberarme ihrer Mutter, ein Sack Haut mit etwas Fett, der hin und her schlackerte, wenn sie strickte.

»Das wäre eine Übertreibung.«

»Aber du *hast* mal Sport gemacht, oder?«, beharrte er und klang aufrichtig interessiert.

Tekla dachte an Anna-Stinas tapfere Versuche, sie in Umeå mit ins Fitnessstudio zu schleifen. Wie sie es ausprobiert hatte, vielleicht dreimal, dort auf dem nach Schweiß stinkenden Turnsaalboden lag und Situps, Liegestütze und Kniebeugen machte. Ihr Körper tat davon einfach nur weh, keine

Freude, kein Kick. Ihre Gliedmaßen schienen nicht für Belastung gemacht zu sein, sie wackelten und bewegten sich ruckartig. Anna-Stinas Enttäuschung, als Tekla sagte, sie würde beim nächsten Mal nicht mehr mitkommen.

»Aus Prinzip nicht.«

Er blickte sie erstaunt von Kopf bis Fuß an.

»Unglaublich.«

Sie registrierte, wie er ihre kleinen Brüste ansah, ihren Körper in sich aufsaugte, so wie es Typen in der Kneipe manchmal taten, wenn sie dachten, es sei ein Kompliment, jemanden richtig animalisch zu bewundern. Sie wollte, dass jemand sie heimlich ansah, ein bisschen von der Seite, schüchtern, als wäre sie eine verbotene Frucht. Nicht wie ein Stück Entrecote, das man auf den Grill werfen wollte.

»Ich nehme an, das ist eine Situation, in der man sich bedanken sollte«, sagte Tekla.

Er stellte den Rucksack auf den sandigen Boden und holte eine Zigarette heraus.

»Willst du auch eine?«

»Nein, danke.«

»Du rauchst nicht, oder?«

Tekla schüttelte den Kopf.

»Ja, heutzutage rauchen wohl nur noch polnische Bauarbeiter bei der Arbeit.« Er nahm einen langen Zug. »Hast du gearbeitet, als es gebrannt hat?«

»Ja.«

»Wie war es?!«

Sie bereute sofort, wahrheitsgemäß geantwortet zu haben.

»Es hat ... heftig gebrannt.«

»Gab es viele Verletzte?«

»Du weißt, dass es so war. Und ich kann nichts weiter erzählen. Vertraulich, du weißt schon.«

»Verdammt, wie bescheuert.«

Er sah enttäuscht aus.

Ihr fiel plötzlich auf, dass sie überhaupt nichts über ihn wusste. Hatte er auch noch einen richtigen Job? Familie? War es sein richtiger Name, den er angegeben hatte? Vermutlich nicht. Aber sie hatte ja seine Handynummer. Wahrscheinlich ein eigenes »Arbeitstelefon«. Sie wurde tatsächlich ein wenig neugierig. Er wirkte nett, trotz des Jargons und seiner Besessenheit, ständig über Frauen zu reden, all die Anspielungen auf Sex. Glücklicherweise schien er heute noch mehr Verabredungen mit Kunden zu haben. Immerhin war Samstag. Er tippte auf seinem Handy, verschickte eine Nachricht.

Schließlich warf er den Zigarettenstummel auf den Fußweg.

»Wie viel brauchst du?«

»Vierzig.«

Er hielt inne, den Rucksack in einer Hand.

»Wow, du verkaufst aber nicht weiter, oder? Du weißt, das ist just for you.«

»Es ist nur für den Eigenbedarf.«

»Aber vorige Woche waren es fünfundzwanzig.«

»In der Arbeit ist gerade viel los.«

»Willst du drüber reden?«

Sie versuchte zu lächeln.

»Du kannst immer mit mir reden. Ich bin ein extrem guter Secret Keeper. Ich schwöre. Und kein Problem für mich, wenn du mehr willst. Nur gut fürs Geschäft. Aber lieber ein Kunde, der sich auf lange Sicht hält. Du weißt, dass …«

»Ich muss mich nur gerade ein bisschen öfter bombardieren.«

»Bombardieren?«, fragte er und lächelte.

»Ja?« Tekla fühlte sich ertappt und dumm.

»Du weißt, dass man die Kugeln *Bomben* nennt, ja? Aber man sagt nicht, dass man sich *bombardiert*.«

»Whatever«, sagte Tekla und wollte nur, dass er verschwand.

»Du bist lustig, Frau Doktor.«

»Klar.«

Tekla bereute, vor einiger Zeit erwähnt zu haben, dass sie als Ärztin arbeitete. Sie war schon immer zu vertrauensselig gewesen, das hatte Simon ihr oft gesagt.

Er holte eine Plastiktüte heraus und aus ihr einen Gefrierbeutel voller kleiner Papierkugeln. In einen frischen Gefrierbeutel füllte er Teklas Ration.

»Hier.«

»Danke.«

Sie hatte bereits ausgerechnet, wie viel er bekam, und reichte ihm die Scheine. Er steckte sie in seine Jackentasche.

»Willst du nicht nachzählen?«, fragte Tekla.

Er lächelte überlegen.

Tekla war sehr wohl bewusst, dass er teuer war. Aber er war auch der Einzige, den sie kannte, der die kleinen Kugeln für seine Kunden eigenhändig anfertigte. Der bloße Gedanke, sich zu Hause mit einer Waage, einem kleinen Löffel und Toilettenpapier hinzusetzen, flößte ihr Panik ein. Es würde sicher die falsche Menge werden, nicht exakt 0,2 Gramm. Und sie konnte es sich leisten. Noch.

Sie stand auf, und er ergriff ihre Hand. Seine war schweißig und warm.

»Du lässt es ruhig angehen, ja?«

»Bist du mein Vater, oder wie?«, sagte sie und zog die Hand weg.

Er zuckte mit den Schultern.

»Ruf mich einfach an. Der Kunde ist König.«

Er verschwand auf demselben Weg, den er gekommen war, in Richtung Liljeholmen, wo er vermutlich seinen größten Kundenkreis hatte. Oder Hornstull. Sie hatte ihn noch nie am Gullmarsplan gesehen.

Sie schloss die Augen und genoss die Stille.

Nach ein paar Minuten drehte sie sich um und stellte fest, dass er wirklich verschwunden war. Endlich allein. Sie riss den Plastikbeutel aus der Tasche und holte eine kleine Kugel heraus. Warf sie sich in den Mund und bemerkte erst dann, dass sie kein Wasser hatte. Scheiße. Sie hatte nichts zum Runterspülen. Ihr Mund war staubtrocken, absolut keine Chance, die Kugel einfach herunterzuschlucken. Aber sie konnte auch nicht warten, bis sie nach Hause kam. Die Kopfschmerzen hämmerten. Ihr Körper schrie vor Schmerz.

Tekla sah sich verzweifelt nach irgendeiner verlorenen Wasserflasche um.

Nichts.

Das Einzige, was blieb, war das Wasser unten in der Bucht.

Sie schleppte sich die Böschung hinunter. Balancierte auf einem glatten Stein und beugte sich hinab, schöpfte mit einer Hand Wasser. Schluckte die Papierkugel, die sich schon aufzulösen begonnen hatte.

Sie schloss die Augen. Die Wirkung würde in etwa einer Minute einsetzen. Ihr Mund schmeckte nach abgestandenem Wasser und Klopapier. Tekla holte einen Lakritzkaugummi heraus. Das war schon besser. Sie zitterte und realisierte, dass sie vermutlich richtig durchgefroren sein würde, wenn sie nach Hause kam.

Sonntagvormittag, der 9. Juni

NOTAUFNAHME, NOBEL-KRANKENHAUS

Obwohl sie eine ganze Tüte voller Kekse, Weintrauben und einen halben Liter Fanta vom Supermarkt am Gullmarsplan geleert hatte, war Tekla bereits um elf Uhr vormittags hungrig und musste den Pausenraum aufsuchen. Sie fragte eine Pflegehelferin, die gerade Essen in der Mikrowelle aufwärmte, ob es okay wäre, ein belegtes Brot aus dem Patientenkühlschrank zu nehmen.

»Ja, nehmen Sie nur, Liebes. Das machen alle hier. Öffentliche Gelder, Sie wissen schon.«

»Danke.«

Sie goss sich ein großes Glas Milch ein und spürte, wie ihre Kräfte ein bisschen zurückkehrten. Noch die halbe Tagesschicht, und sie war schon vollkommen fertig. Es spielte keine Rolle, wie schnell sie arbeitete, die ganze Zeit kamen neue Patienten. Der einzige Vorteil an der Wochenendschicht war, dass weder Göran noch ein anderer Chef im Haus war.

»Was stinkt hier eigentlich so?«, fragte Tekla.

»Das fragen wir uns alle.«

Der gestrige Besuch auf der Intensivstation hatte sie aus dem Gleichgewicht gebracht. Normalerweise fiel es ihr nicht so schwer, sich zu konzentrieren. Sie schickte die zehnte SMS des Tages an Simon. Keine Antwort. Sie dachte daran, wie technikfeindlich er als Kind gewesen war. Während seine Freunde auf ihren Ataris herumgetippt hatten, hatte er lieber

Brettspiele gespielt. Er hasste das Handyzeitalter sicher abgrundtief. Wenn sie gewusst hätte, wo er war, hätte sie ihm einen normalen handgeschriebenen Zettel mit einem liebevollen Gruß geschickt.

Tekla merkte, dass die Pflegehelferin sie ansah, und hob fragend die Augenbrauen.

»Ich wollte nur sagen, dass viele hier finden, dass Sie neulich Abend genau das Richtige getan haben. Sie waren fantastisch. Lassen Sie sich von niemandem runtermachen. Das würden die nie tun, wenn Sie ein Mann wären.«

»Meinen Sie das Messerdrama in der Notaufnahme?«

»Und gleichzeitig das kleine Kind. Und dann direkt danach zum Brand. Sie sind großartig, Tekla. Vergessen Sie das nicht.«

Die Pflegehelferin, jetzt sah Tekla, dass sie Viola hieß, kam näher und senkte vertraulich die Stimme.

»Keiner außer Ihnen hat verstanden, dass es dieser Status war …«

»Status epilepticus.«

»Und Blutvergiftung. Sie haben bei den Medikamenten alles auf eine Karte gesetzt und dem Kind das Leben gerettet.«

»Ich weiß nicht, ob das alle so sehen.«

Tekla wusste, es bestand das Risiko, dass Oscar jetzt einen Hirnschaden hatte. Also was für ein Leben hatte sie ihm gerettet? Hatte sie ihm und seiner Familie weitere sechs Monate Krankenpflegequälerei verschafft? Sie dachte daran, was seine große Schwester Iris gesagt hatte.

»Doch, doch.«

Viola strich mit der Hand über Teklas Wange. Es war unklar, ob dieses Streicheln angebracht war, aber Viola hatte offensichtlich Übung.

»Haben Sie zu Hause jemanden, mit dem Sie reden können, Liebes?«

Tekla reagierte, als hätte sie einen elektrischen Schlag bekommen, sie zuckte zusammen, und Viola nahm ihre Hand weg.

»Ich komme gut klar.«

»Da bin ich mir sicher. Aber manchmal braucht man jemanden, mit dem man sein Leben teilen kann«, sagte Viola und ging. Tekla hatte plötzlich Sehnsucht nach Edsåsdalen. Sie trank noch ein Glas Milch und drückte auf den Knopf für extrastarken Kaffee. Der knallgrüne Automat brummte und hustete eine schwarze Soße heraus. In Italien würde man das vermutlich nicht als Kaffee bezeichnen. Aber Simon liebte ihn so, er machte seinen Kaffee immer »stark wie Papas Hexengebräu im Keller«. Aber das, was sie momentan am meisten störte, war der saure Geruch, der über der Notaufnahme lag. Roch es nicht nach altem Müll?

Der schwerbrandverletzte Patient vom Söder Torn war in der Nacht ein weiteres Mal operiert worden, man hatte noch mehr tote Haut entfernt und begann die Hauttransplantation vorzubereiten. Der Mann mit den Stichverletzungen, der am Donnerstagabend eingeliefert worden war, lag auf der Post-OP. Er hatte seine Milz verloren und insgesamt elf Blutkonserven bekommen, doch er hatte überlebt. Unglaublich, wenn man die Voraussetzungen bedachte. Tekla befürchtete, dass er nach der Herzdruckmassage seines Freundes starke Schmerzen im Brustkorb hatte. Sie lächelte. Gleichzeitig merkte sie, wie sie herumlief und versuchte, die Blicke des Personals zu deuten. Sie überinterpretierte sicher alles, aber es fühlte sich an, als wären manche Kollegen kürzer angebunden als sonst. In ihrer Fantasie sah sie zwei verschiedene Knöpfe, einen grünen für und einen roten gegen Sterbehilfe.

Und sich selbst sah sie auf einem Hügel stehen und eine Brandrede darüber halten, wie schwierig das alles war, dass man es nicht so schwarz-weiß sehen konnte. Oder rot-grün.

»Das Wartezimmer ist voll«, erinnerte sie eine Krankenschwester. »Wo ist der andere Arzt?«

»Weiß nicht.«

Der andere war leider Hampus Nordensköld. Sie hatte noch nicht viel von ihm gesehen. Er war sicher sehr gut, ansonsten hätte er keinen Facharztposten in der Notaufnahme des Nobel-Krankenhauses bekommen, aber er hatte bisher sein Wissen nicht wirklich geteilt.

»Tekla?«

»Ja?«

Cassandra, die Krankenschwester mit dem Spinnennetz-Tattoo, forderte ihre Aufmerksamkeit ein.

»Bist du so lieb und schaust dir kurz Raum acht an. Ihre Sauerstoffsättigung ist auf achtundachtzig gesunken, trotz vier Liter Sauerstoff.«

Raum acht. Wie Ratte Nummer acht im Käfig links. Benutzte man diese Formulierung, um zu entmenschlichen und sich zu distanzieren, damit man die ganze Scheiße ertrug? Oder weil der Ameisenhaufen zu groß war, um den Überblick zu behalten?

Tekla kam zu einer im Irak geborenen Frau mit Herzinsuffizienz. Sie schien sich ihrer tödlichen Krankheit überhaupt nicht bewusst zu sein, hatte offensichtlich keine Ahnung, dass sie sich in einem Zustand mit höherem Sterberisiko befand als bei allen Krebsarten zusammen. Danach warteten noch neun andere Patienten. Außerdem hatten sie gerade sechzehn Patienten in der Notaufnahme, die sich noch niemand angeschaut hatte. Von Hampus war nichts zu sehen, und sie überlegte, die Krankenschwestern zu bitten, ihn zu suchen, vermutete jedoch, er war mit etwas Wichtigem beschäftigt. Ihre Kopfschmerzen hatten inzwischen eine andere Farbe angenommen. Von Kürbisorange zu Braunschwarz.

Eine halbe Stunde später, als Tekla bei einem Patienten mit Verdacht auf Thrombose im Bein saß, steckte Viola ihren Kopf durch die Tür und streckte ihr ein Telefon hin.

»Für dich, Tekla.«

Tekla hielt ihre Gummihandschuhe hoch und zeigte Viola, dass sie gerade eine Ultraschalluntersuchung machte.

»Kann das nicht warten?«

Viola schüttelte den Kopf, hielt das Mikrofon des Telefons zu und flüsterte: »Es ist die Krankenhausdirektorin. Sie klingt sehr bestimmt.«

Sonntag, der 9. Juni

MAKLERBÜRO SJÖGLIMT, STRANDVÄGEN

Nina schloss die Glastür und drückte eine bronzefarbene Nespressokapsel in die Kaffeemaschine. Sie sah Jeanette mit einem aufgeklappten Laptop in den Händen auf sich zukommen, doch Nina wies sie mit einer deutlichen Geste ab. Jeanette rollte genervt die Augen, machte aber vor der Tür kehrt und ging zurück zur Rezeption. Nina setzte sich in den Ledersessel, streifte sich die Schuhe ab und legte die Füße auf den Schemel. Sie blickte auf das Wasser hinaus. Ließ die Augen auf dem Turm von Kastellholmen ruhen. Der Himmel war kornblumenblau.

Sie holte ihr Handy heraus.

»Er ist es«, sagte sie, als Jonna abhob.

Das Rauschen des intensiven morgendlichen Verkehrs von Manhattan war im Hintergrund zu hören.

»Du verarschst mich!«, rief Jonna.

Nina leerte den heißen Espresso in einem Zug. Sie sah sich noch einmal um und vergewisserte sich, dass Jeanette nicht doch hereingeschlichen war.

»Nein, leider nicht.«

»Und jetzt?«

»Wir müssen …«

Nina richtete sich auf und öffnete den obersten Knopf ihrer Bluse. Ein unangenehmer Gedanke schoss ihr durch den Kopf: Was würde eigentlich passieren, wenn Victor alles herausfand? Die Antwort war einfach: Er durfte es eben nicht herausfinden. Das war undenkbar. Die reinste Katastrophe. Von dem, was Sardor mit diesem Wissen anstellen konnte, gar nicht zu sprechen.

»Das Einzige, was sie wissen, ist, dass Oleg da war. Sie waren im Krankenhaus und haben nachgeschaut … er ist es.«

»Soll ich direkt nach Hause kommen?«, fragte Jonna.

»Warum denn das?«

»Ich kann doch nicht …«

»Denkst du, Panik bringt uns jetzt weiter?« Nina ging zum Bartresen hinüber und legte eine neue Kapsel ein. Die Kaffeemaschine brummte. »Bist du meine Partnerin oder nicht? Und übrigens, ich hab heute Kaggholmen verkauft. Hab es auf 35 hochgetrieben.«

»Das ist super, aber …«, stöhnte Jonna in den Hörer.

»Kein Aber«, sagte Nina kurz. »Zusammenreißen.«

»Aber was machen wir jetzt?«, wollte Jonna wissen.

Nina nahm die Untertasse mit dem doppelten Espresso darauf und stellte sich vor das Wandgemälde. Sie starrte auf die dicken Pinselstriche, die Ölfarbe. Sie dachte an damals, als Victor sie und Sardor mit in die National Gallery in London genommen hatte. An die Ausführungen ihres Vaters, wo die Kunst eigentlich hingehörte. »Das einzige Museum, in das man gehen muss, ist die Eremitage in Sankt Petersburg. Das hier ist im Vergleich dazu wie ein Gartenhäuschen für Kinder.« Sardor war im Grunde nur herumgelaufen und hatte versucht, seine große Schwester zu ärgern, aber Nina hatte alles in sich aufgesogen. Besonders ein Gemälde von Malewitsch weckte ihr Interesse. »Ein schwarzes Viereck, beeindruckend«, sagte Sardor spöttisch und ging weiter. Nina blieb lange stehen, hingerissen von der einfachen Schönheit. Seitdem hatten Joakim und sie so viel Kunst gekauft, wie sie nur konnten. Doch all die Haus- und Wohnungsgeschäfte hatten ihre Finanzen erschöpft, momentan gab es also keinen Spielraum für mehr Kunst. Das sollte der Söder-Torn-Deal ändern.

»Er darf ganz einfach nicht reden«, sagte Nina.

»Aber er ist doch offenbar ernsthaft verletzt?«, fragte Jonna. »Wird er überhaupt wieder aufwachen? Was passiert, wenn er überlebt? Er weiß ja alles.«

»Er *wird* nicht reden«, sagte Nina mit beherrschter Irritation in der Stimme.

Sie trank den Kaffee aus.

»Bringe ich die Dinge normalerweise etwa nicht in Ordnung?«

Sie bemerkte sofort, dass sie wie Victor klang.

»Doch, das muss ich wohl leider zugeben«, sagte Jonna. »Auch wenn ich nicht immer wissen will, wie das zugeht.«

Noch etwas, das Nina von Victor gelernt hatte: Diskretion. Nie zu viel erzählen. Sensible Dinge für sich behalten. Sich nur sehr nahestehenden Personen anvertrauen, wenn es notwendig werden sollte. Leider gab es ein großes Geheimnis, das sie ganz allein tragen musste. Victor würde nie erfahren, warum er eigentlich in Moskau aus dem Gefängnis freigekommen war. Sie erinnerte sich, wie der glatzköpfige Mann sie im Café der Universität angesprochen hatte. Er hatte gesagt, er käme aus der Zentrale. Später hatte sie gelernt, dass das der Spitzname des FSB-Hauptquartiers war. Sie würden Victor freilassen und ihn nach Schweden schicken, aber Nina sollte ihn im Auge behalten. Und regelmäßig an eine Kontaktperson berichten. Was hätte sie sagen sollen? Dass sie sich nicht darauf einlassen würde? Dass Papas Todesurteil vollstreckt werden sollte? Sie hatte keine andere Wahl gehabt.

Sie traf den Kontaktmann des FSB normalerweise einmal im halben Jahr im Zahnarztzentrum am Humlegården.

»Du sollst nur einfach die Füße stillhalten, ich kümmere mich schon darum«, sagte Nina. »Ich hab genauso viel zu verlieren, wenn davon was rauskommt.«

»Und wie?«

»Das willst du nicht wissen.«

Nina sah, dass Jeanette zurückkam. Jetzt ließ sie sie herein und bat Jonna, am Hörer zu warten.

»Ja?«, fragte Nina.

»Zwei Dinge. Vergiss das Zentralamt für militärische Liegenschaften nicht. Deine Gäste kommen am Montag.«

»Und das andere?«

»Dein Vater hat angerufen. Er sagt, er kommt auf deinem Handy nicht durch.«

»Richte ihm aus, dass ich in einem Meeting sitze.«

»Und das Handy ausgeschaltet hast«, schlug Jeanette fachmännisch vor und verließ den Raum, ohne eine Bestätigung bekommen zu haben.

»Bist du noch dran?«, fragte Nina.

»Ich bin doch sowieso schon in diesen ganzen Mist verwickelt«, antwortete Jonna.

»Aber je weniger du weißt, desto besser.«

»Ich will nicht, dass du mich raushältst.«

Nina setzte sich an den Schreibtisch. Der Bildschirm leuchtete auf, als sie die Maus berührte.

»Okay, selber schuld. Ich habe Kontakte.«

»Irgendein Russe?«

»Mehr sage ich nicht.«

»Und wenn dieser Typ es nicht hinkriegt? Es muss dort doch Wachpersonal geben?«

»Die wissen schon, wie man reinkommt.«

»Die?«

»Wie gesagt. Vertrau mir.«

»Wenn das nur nicht nach hinten losgeht.«

Nina lachte. »Das wird es nicht. Und jetzt sieh zu, dass du an deinem letzten Tag noch ein bisschen Spaß hast, wenn du schon mal in der Großstadt bist. Wir sehen uns dann morgen.«

Nina legte auf und suchte die Nummer des Zahnarztzentrums heraus. Es war wichtig, jetzt schnell zu handeln, bevor sich das Zeitfenster schloss.

Sonntagnachmittag, der 9. Juni

NOBEL-KRANKENHAUS

»Tekla. Wie geht es Ihnen?«, fragte Monica Carlsson, nahm ein Stück Salzlakritz und steckte es sich in den Mund.

Tekla war noch immer angespannt und versuchte das Gefühl loszuwerden, dass irgendetwas Unangenehmes passieren würde. Zur Krankenhausdirektorin gerufen zu werden, an einem Sonntag, hatte Teklas Gedanken zum Rotieren gebracht. Waren weitere Details zu dem kleinen Kind herausgekommen? Sollte sie gefeuert werden? Als sie die entspannte Körperhaltung der Direktorin sah, an den Schreibtisch gelehnt und mit der Hand in der Lakritzschüssel, war sie sich nicht mehr so sicher, dass das Jüngste Gericht unmittelbar bevorstand.

»Ach ja, danke. Ganz okay.«

»Nett, dass Sie gekommen sind.«

Tekla war verwundert über die neue Tonlage. Gleichzeitig dachte sie darüber nach, was passiert wäre, wenn sie *nicht* die Notaufnahme verlassen und sich sofort ins oberste Stockwerk begeben hätte.

»Läuft es gut da unten in der Höhle?«

Tekla überlegte eine Sekunde, ob sie etwas über den versnobten Hampus und andere arbeitsscheue Ärzte sagen sollte.

»Viele Patienten heute.«

»Und tonnenweise freie Betten, auf die man diese armen Wracks verteilen kann.«

Tekla versuchte, das ironische Lächeln der Direktorin halbwegs zu erwidern.

»Oder wie?«

Monica stellte die Schüssel mit Lakritz ab und hängte ihr rotes Sakko über die Stuhllehne. Sie trug eine Bluse mit Schulterpolstern, ein Modell, das Tekla seit dem Ende der Neunzigerjahre nicht mehr gesehen hatte. Die Direktorin griff nach einem Exemplar der Zeitschrift *Connoisseur* und blätterte gedankenverloren darin.

»Hab gehört, es riecht unangenehm. Hier drin nicht.«

Tekla atmete tief ein und bemerkte, dass Monica Carlsson recht hatte. Hier war tatsächlich der einzige Ort im Krankenhaus, an dem sie den muffigen Geruch nicht wahrnahm.

Die Direktorin legte das Magazin beiseite.

»*Ist* er ein Terrorist?«

Jetzt kam es. Der Grund, warum sie hergerufen worden war. Natürlich gab es eine Agenda. Tekla hatte schon beim ersten Treffen mit der Krankenhausdirektorin begriffen, dass man nicht zufällig dorthin beordert wurde.

»Sie brauchen nämlich nicht zu glauben, dass man *mir* etwas erzählt.«

Monica Carlsson stellte sich unangenehm nahe an Tekla, die einen Geruch nach Alkohol erahnen konnte. Oder war es ein stechendes Parfüm? Ihr Blick folgte der Goldkette auf die Brust hinunter, und sie sah jetzt, was daran hing: ein dicker Würfel aus Gold.

»Es ist wie bei einer Pyramide«, sagte Monica nachdenklich. »Ich bin komplett abhängig von den beiden Steinen, die mich hier oben stützen. Manchmal kann ich noch den Kontakt zu den vier Steinen unter ihnen spüren. Aber das war's dann.«

Tekla sah das Bild vor sich. Sie dachte an Simon und seine

Faszination für große Gebäude. Wie er ständig gebaut hatte: Legotürme, Pyramiden aus Zapfen, Sandburgen.

»Sie dagegen sind da unten von einer ganzen Armee von Steinen umgeben. Umgeben von Stabilität. Und Sie können sich aussuchen, an welche Sie sich anlehnen wollen. Das kann ich nicht.«

Monica nahm zwei Lakritzstücke und begann langsam zu kauen.

»Wissen Sie, wer meine zwei Steine sind?«

»Nein«, antwortete Tekla.

»Ich auch kaum.«

Tekla bemerkte, dass sie vergessen hatte, die Plastikschürze auszuziehen. Sollte sie sie hier und jetzt herunterreißen?

»Sie haben da unten viel zu tun, wie ich sehe.«

»Eine ganze Menge.«

Tekla nahm vorsichtig das Plastik ab.

»Viele Wracks.«

»Ich weiß nicht, ob ...«

»Ich ziehe es vor, die Dinge beim Namen zu nennen. Sie sind Wracks, und wir sind ihre Rettung. Es gilt, diejenigen an Bord zu nehmen, die in der Lage sind, die Fahrt zum Festland zu überleben.«

»Viele sind sehr krank.«

»Aber nicht alle können überleben.«

»Das hängt vom Zust...«

»Der Zustand des Körpers dieser Gesellschaft ist vermodert«, sagte Monica entschlossen. »Und wir müssen tun, was wir können, um das tote Fleisch wegzuschneiden. Wie war es, in Edsåsdalen aufzuwachsen?«

Tekla hatte das Gefühl, als würde ihr jemand von hinten an den Hals fassen und gerade so fest zudrücken, dass die Luft ihr beinahe wegblieb und die Stimme versagte.

»Ein bisschen zu ruhig manchmal.«

»Kann ich verstehen. Nicht so viel Sonne.«

Tekla sah Simon am Strand spielen. Der flache See wurde im Hochsommer sehr warm, und sie badeten bis in die Nacht hinein. Tagsüber saß ihr Vater da und las Zeitung, sah hier und da nach den Kindern, die am Ufer im Kanu spielten. Tekla vergrub Simon im Sand, sodass nur noch sein Kopf herausragte.

»Der Sommer war vielleicht ein bisschen kurz.«

»Aber Sie hatten ein Gefühl der Kontrolle, oder?«

War das wirklich so?, fragte sich Tekla. Wirklich entspannt war sie eigentlich nur gewesen, wenn sie mit Papa und Simon Ausflüge in den Wald oder die Berge gemacht hatte. Weit weg von Mamas scharfer Zunge oder Simons Freunden, weg von Papas klebrigen Flaschen im Küchenschrank.

»Sie brauchen nicht zu antworten«, sagte Monica und senkte die Stimme. Tekla spürte die Wärme des Körpers der Krankenhausdirektorin. Sie versuchte, nicht zu blinzeln.

»Ich weiß, dass sie ein Kontrolltyp sind. Sehen Sie nur zu, dass Sie sie behalten. Lassen Sie sich von niemandem unterkriegen.«

Monica Carlsson fasste ihre Arbeitssituation ziemlich gut zusammen. Gleichzeitig hatte Tekla das Gefühl, es ginge eigentlich um etwas anderes.

»Halten Sie Augen und Ohren offen.«

»Okay.«

Und aus dem Nichts heraus sagte die Direktorin plötzlich: »Die beste Intensivpflege in der ganzen Region. Die zufriedensten Patienten. Die kürzesten Wartezeiten in der Notaufnahme. Und Spitzenforschung, die diese aufgeblasenen Professoren auf der anderen Seite der Solnabrücke vor Neid erblassen lässt.«

»Das klingt nicht gerade nach dem Nobel-Krankenhaus«, erwiderte Tekla und fügte hinzu. »Nicht mehr.«

Monica richtete ihren Blick auf Tekla.

»Genau.«

Tekla ahnte, dass noch mehr kommen würde.

»Aber so wird es wieder werden.«

»Klingt teuer.«

»Genau deshalb schätze ich Sie.«

»Weil?«

Monica Carlsson nahm ihre Lesebrille und ging zum Computer hinüber.

Tekla vermutete, dass sie sich jetzt lautlos entfernen sollte. Sie wartete noch ein paar Sekunden, falls noch etwas käme, doch Monica war in etwas auf dem Bildschirm vertieft. Als Tekla das Zimmer verließ, dachte sie darüber nach, wie Monica Carlsson das schaffen wollte. Und warum? Was trieb sie an? Dann kehrte sie zu ihren Erinnerungen an den Sommer mit Simon am Strand zurück. Plötzlich begriff sie, worauf ihr Gehirn sie die ganze Zeit versucht hatte aufmerksam zu machen: Simons Ohren. Das große Muttermal auf der Oberseite des rechten Ohrs. Sie musste zur Intensivstation.

Sonntag, der 9. Juni

INTENSIVSTATION, NOBEL-KRANKENHAUS

Als Tekla die Station betrat, musste sie innehalten, um wieder zu Atem zu kommen. Sie wischte sich den Schweiß von der Stirn und schlug die Richtung zur Station für Schwerbrandverletzte ein. Auf dem Weg stieß sie auf Pirkko, die Krankenschwester, die sich um den Patienten vom Söder Torn gekümmert hatte.

»Kommst du sonst nicht um elf?«, fragte Pirkko.

»Doch. Aber mir ist etwas eingefallen, das ich untersuchen muss.«

Das rechte Ohr des Patienten war unverletzt. Das hatte Teklas Gehirn registriert, aber bisher nicht signalisiert. Jetzt würde sie endlich die Antwort darauf bekommen, ob es Simon war, der dort im Bett lag.

Pirkko trug einen Berg gelbe Decken und schloss sich Tekla an.

»Wir haben gebacken, willst du ein bisschen Kuchen?«

»Nein danke.«

Tekla wischte sich erneut Schweiß von der Stirn.

»Vielleicht wenigstens ein bisschen was zu trinken?«

»Alles gut. Ich bleib nicht lange.«

Tekla bemerkte ein stechendes Gefühl in den Handflächen.

Pirkko bog zu Zimmer zwei ab und sagte: »Gib Bescheid, wenn du was brauchst.«

Tekla betrat die Luftschleuse und begann sich die Plastikkleider überzuziehen. Die Handschuhe blieben an ihren schwitzigen Händen kleben, doch schließlich war sie fertig und öffnete die Tür zum Intensivzimmer.

Zuerst begriff ihr Gehirn nicht, was ihre Augen wahrnahmen: eine Person, die ein Kissen auf das Gesicht des Patienten drückte.

Tekla lief schnell zum Bett.

»Was machen Sie da?«

Der Mann hielt inne, wandte sich jedoch nicht um.

Tekla begriff plötzlich, wie gefährlich die Situation war: Sie war allein im Raum, keine Krankenschwester oder Pflegehelferin war da. Und jemand versuchte, den Patienten umzubringen.

Der Mann, der eine schwarze Windjacke mit Kapuze trug, ließ das Kissen los, drehte sich um und ergriff den Nachttisch, stieß ihn in Teklas Richtung und bewegte sich zum Fenster.

Tekla konnte gerade noch ausweichen, als der Tisch auf sie zugeschossen kam, stolperte aber über ihren Plastikkittel. Auf irgendeiner Ebene ihres Unterbewusstseins hatte sie bereits eine stumpfe Schere entdeckt, die auf einem Stuhl neben ein paar Mullbinden lag. Sie schaffte es, um den Tisch herumzukommen, bekam die Schere zu fassen und rannte auf den Mann zu.

Gerade als er das Fenster öffnete und schon mit einem Bein auf einen Stuhl gestiegen war, gelang es Tekla, dem Mann die Schere in den Schenkel zu rammen. Sie kam von der Seite und legte ihr ganzes Gewicht in den Stoß. Die Schere drang bis zur Wurzel direkt in seine Weichteile. Tekla ließ sie los.

Der Mann stürzte zu Boden und stieß ein paar Worte in einer Sprache aus, die Tekla nicht kannte.

Als sie selbst das Gleichgewicht wiedergefunden hatte, sah sie, wie der Mann auf dem Boden die Schere herauszog und sich rasch aufrappelte. Er stolperte in Richtung Tür.

Tekla schrie, so laut sie konnte. Sie zögerte eine Sekunde. Sollte sie bleiben und nachsehen, wie es dem Patienten ging, oder dem Mann folgen?

Schnell verband sie das Beatmungsgerät wieder mit dem Schlauch und hörte, wie die Maschine begann, ihn mit Sauerstoff zu versorgen, dann rannte sie dem Mann hinterher.

Draußen vor dem Raum war alles leer.

»Jemand hat versucht, den schwerverletzten Patienten aus Zimmer eins zu töten! Ruft das Wachpersonal!«, schrie sie und sah in diesem Moment den Mann um die Ecke hinken.

Pirkko kam aus Zimmer zwei.

»Der Patient aus Zimmer eins ist angegriffen worden. Kümmer dich um ihn. Und ruf die Wachen und die Polizei.«

Dann lief Tekla dem Täter hinterher.

Der Mann erreichte die Fahrstuhlhalle und öffnete die Tür zum Treppenhaus. Tekla holte ihr Handy heraus und rannte ihm nach. Ihr erster Impuls war, 112 zu wählen, doch das tat Pirkko sicher schon. Sie kam zum Treppenhaus, zögerte eine Millisekunde und riss die Tür auf.

Ein paar Stockwerke unter ihr hallten Schritte, und sie sprintete die Stufen hinunter. Sie hörte keine Türen schlagen, also rannte sie bis in den Keller.

Unten angekommen sah sie Blutflecken auf dem Boden. Sie öffnete die Tür zu einem der unterirdischen Verbindungsgänge, aus dem ihr ein modriger Geruch entgegenschlug.

Doch dort war niemand zu sehen.

Rechts verlief ein langer, gerader Gang; bis zu dessen Ende konnte er noch nicht gekommen sein. Aber links machte der Gang direkt eine Biegung. Tekla nahm diese Richtung.

Sie blieb an der Ecke stehen und horchte. Es war totenstill. Konnte er auf der anderen Seite stehen, mit einer Pistole in der Hand?

Sie riskierte es und bog um die Ecke.

Auf dem gelb gestrichenen Zementboden vor einer großen Tür sah sie Blutflecken. Kein Schild verriet, was dahinter lag.

Tekla versuchte ihre Atmung in den Griff zu kriegen und umklammerte ihr Handy. Sie sah sich um. Kein Gegenstand, mit dem sie sich verteidigen konnte.

Weiter hinten im Gang tauchten jetzt zwei weiß gekleidete Menschen auf, nicht ahnend, was für ein Drama hier ablief.

Sie öffnete die Tür, hinter der ein weiterer Gang lag, der zur Stirnseite des Krankenhauses führte. An seinem Ende, etwa zweihundert Meter entfernt, sah sie den Mann vorwärtsstolpern.

Tekla schrie auf und rannte ihm hinterher.

Er wandte sich nicht um.

Der Ausgang, dachte Tekla. Er weiß, dass es hier einen Ausgang zum Personalparkplatz gibt.

»Stopp!«

Der Mann drehte sich noch immer nicht um.

Plötzlich klingelte Teklas Handy. Sie spürte den Druck in der Brust, als ihr die Luft ausging und sie einsah, dass sie den Mann nicht einholen konnte.

Sie blieb stehen, sah sich um. Der Gang war völlig leer. Niemand sonst hatte gesehen, was passiert war.

Es klingelte weiter. Tekla nahm ab.

»Hier ist Cassandra von der Intensivstation. Wo bist du?«

»Ich …« Tekla versuchte, ihre Atmung unter Kontrolle zu bekommen.

»Hampus will, dass du zur Notaufnahme kommst.«

»Ist es eilig?«

»Kein Herzstillstand, aber ich glaube, du wirst gebraucht.«

»Ich bin in fünf Minuten dort.«

Als sie aufgelegt hatte, piepste das Handy. Sie drehte den Bildschirm und las.

Ich brauche Hilfe!

Tekla starrte auf den Absender. Es war Simon.

III

Fünf Wochen vorher

INDUSTRIEGEBIET HANINGE

Magnus versuchte seine Übelkeit in Schach zu halten und starrte durch die getönte Scheibe des SEK-Minivans.

»Musst du fahren wie ein Verrückter?«, rief er zu Matte nach vorn. Er bekam keine Antwort. Zog sich die Sturmhaube herunter und atmete ein paarmal tief ein.

»Wie lange noch?«

»Zwei Minuten«, antwortete Stefan vom Sitz nebenan. »Rauf mit der Maske jetzt.«

Magnus streifte sich die Sturmhaube wieder über. Sie waren zwei Einheiten. Eine Einheit bestand beim SEK aus zwei Gruppen à sechs Mann pro Bus. Dahinter folgten drei Streifenwagen mit normalen Polizisten, die die Beschlagnahmung von Gütern, Festnahmen und so weiter erledigen sollten. Das SEK ging immer zuerst hinein. Organisiertes Verbrechen bedeutete schwere Waffen.

Magnus zog die Schutzweste fest und kontrollierte noch einmal seine MP5.

»Dreißig Sekunden«, rief Matte.

Alle machten sich bereit. Der Van bremste ab, bog nach rechts ab und gab wieder Gas. Nach ein paar weiteren Sekunden machte er eine Vollbremsung. Die Seitentüren öffneten sich, und sie stürmten hinaus.

Magnus war verblüfft, wie kalt die Luft war. Es musste um die null Grad haben. Typisches Walpurgiswetter. Keine Menschenseele zu sehen. Die Beobachtungsposten, die das Industriegelände ausgekundschaftet und die Nacht über bewacht hatten, hatten berichtet, dass nur zwei Männer hineingegangen und niemand herausgekommen war.

Das Gebäude lag auf einem großen, offenen Asphaltplatz mit etwa fünfzig Metern Abstand zum nächsten Haus. Das Grundstück war eingezäunt, doch das Tor stand offen, was merkwürdig war – schließlich war Walpurgisnacht und die Sonne gerade untergegangen. Die Menschen, die dort arbeiteten, mussten längst nach Hause gefahren sein, um an irgendeinem Walpurgisfeuer mit der Familie Zuckerwatte zu essen. Magnus hatte seine Automatikwaffe an der Brust, den Lauf schräg nach unten gerichtet. Die SIG Sauer saß im Holster, die Ausrüstung war vollständig. Vor ihm hatte Stefan die Führung übernommen. Magnus blickte zum zweiten Stockwerk hinauf. Auf zwei Schildern leuchtete roter Text auf weißem Hintergrund: »Luftwärmepumpen« und »PF Druck und Kopie«. Die Beschreibung der Beobachtungsposten vorhin im Polizeipräsidium stimmte mit dem überein, was Magnus vor sich sah. Sie hatten Skizzen vom Grundstücksbesitzer gezeigt. Die Räume des Motorradclubs lagen im Keller. Doch Magnus war der Einzige, der wusste, wo sich der Kühlschrank mit dem Geld befand.

Die Einheit bewegte sich rasch auf die Garageneinfahrt zu und schlug die Doppeltüren ein. Danach waren laute Explosionen im Doppelpack zu hören. Sie hatten sich für einen schnellen Angriff mit Blendgranaten entschieden. Mit hoher Wahrscheinlichkeit waren Waffen vor Ort.

Ein großer Raum mit Kopiergeräten und an den Wänden aufgestapelten Kisten öffnete sich vor ihnen, doch kein menschliches Wesen darin. Die Neonröhren waren eingeschaltet. Es sah ziemlich ordentlich aus.

Die Gruppen teilten sich auf. Jeder wusste genau, was er zu tun hatte. Magnus wandte sich um und konnte durch die Garagentüren die Polizeistreifen erahnen. Sie warteten draußen, bis Magnus und sein SEK-Trupp das Gebäude gesichert hatten. Die Hitze im Raum war beträchtlich, und Magnus schwitzte stark.

»Gesichert«, schrie Matte und ging weiter in einen Korridor.

Methodisch durchsuchten sie einen Raum nach dem anderen. Deckten einander die ganze Zeit. Sie hatten das schon so oft getan, dass es sich manchmal so anfühlte, als steckten sie in so einem chinesischen Drachen, wie man sie ab und zu auf Paraden sah. Der Drache schlängelte sich weiter, suchte eine Küche ab, die menschenleer, aber voller Pizzaschachteln, Styroporkisten und Bierdosen war. In einem anderen Raum stapelten sich die Bananenkisten.

Magnus wusste, wie der Grundriss aussah und wo das Zimmer mit dem Kühlschrank lag.

Die nächste Tür war geschlossen. Und abgesperrt. Stefan brach sie auf, und nun stießen sie auf die ersten Menschen: vier junge Männer, die aussahen, als hätten sie südamerikanische Wurzeln.

»Polizei! Runter!«, schrie jemand. Die Männer hielten die Hände hoch und gingen auf die Knie. Taschen und Hosenbünde wurden durchsucht. Magnus war genervt von den Lederhandschuhen, die es erschwerten, scharfe Gegenstände zu fühlen. Sein Albtraum war, sich an einer Nadel, der Spritze eines Drogenabhängigen, zu stechen, aber das war ihm glücklicherweise noch nie passiert. Er zog an seiner Jacke und öffnete die obersten Knöpfe, um Luft zu bekommen.

Die Männer wurden in Handschellen gelegt und dann von einem Polizisten bewacht, bis die nachfolgenden Streifenpolizisten sie übernehmen konnten. Magnus und vier andere bewegten sich weiter den Flur entlang. Ein Heizungskeller mit Sicherungskasten. Zwei Schlafräume mit einfachen Feldbetten. Der Betonboden voller Bonbonpapier, PET-Flaschen und anderem Müll. Es stank nach Urin.

»Gesichert!«, rief Matte und ging weiter.

Magnus zog sich die Maske ein wenig aus dem Gesicht. Er hatte nur ein einziges Problem mit der Ausrüstung, und das war die Hitze. Schon als Kind war er wegen seiner Schweißattacken gehänselt worden. Sein Kopf kochte. Er ließ die MP5 in ihrer Aufhängung am Brustkorb los und nahm die SIG Sauer, die leichter zu tragen war. Zog die Sturmhaube wieder an.

Im nächsten Raum fanden sie endlich das Herz des Ganzen: das Labor.

»Polizei! Runter auf den Boden!«

Fünf junge Typen standen zuerst völlig regungslos und gehorchten dann zögerlich dem Befehl. Der Aluminiumtisch war komplett überladen mit Waagen, Kisten mit Plastiktütchen, Gummihandschuhen, Löffeln, Klebeband, weißen Behältern, Schraubgläsern und Haufen von weißem Pulver.

Matte und zwei andere sicherten das Zimmer und legten den Männern Handschellen an.

Magnus lief weiter den Flur hinunter. Er sicherte noch zwei Räume und näherte sich der Treppe am Ende des Ganges. Ein letzter Raum auf der rechten Seite. Dort sollte er hin. Magnus ging hinein.

An einem Tisch saßen zwei Kerle. Sie tranken Bier und wirkten entspannt, starrten Magnus verblüfft an, als er hereinstürmte. Einer von ihnen schaltete die Musik aus.

»Polizei«, sagte Magnus und wollte gerade »Runter auf den Boden« hinzufügen, als er Stefan aus großer Entfernung »Gesichert!« rufen hörte.

Magnus wusste, dass er hier richtig war. Sein Puls stieg.

»Wo ist der Kühlschrank?«

Die Männer hatten rote Augen und sahen zugedröhnt aus. Im ganzen Raum roch es süßlich nach Hasch. Der eine Typ, der dunkles Haar und einen Totenkopfohrring hatte, deutete schließlich darauf. Magnus begann an dem Kühlschrank zu zerren, der unter der Arbeitsplatte eingeklemmt war.

»Gesichert!«, war erneut Stefans Stimme zu hören, jetzt näher.

Markus wischte sich den Schweiß aus den Augen und legte die SIG Sauer weg. Scheiße, war das heiß. Er zog an der Kühlschranktür. Endlich bewegte sich etwas.

Magnus hörte, wie sich im Flur Schritte näherten.

»Schnell. Hier rein«, flüsterte er und zeigte auf eine Tür.

Die Männer versteckten sich in der Abstellkammer.

»Alles ruhig?«, war eine Stimme hinter ihm zu hören.

Magnus wandte sich um. Innerhalb einer Millisekunde begriff er, dass er eine Entscheidung treffen musste. Hatte Stefan etwas gesehen oder gehört? Er riskierte es.

»Leer.«

»Super. Dann können wir abhauen. Alles ist gesichert. Die Streife mit den Ermittlern und der Spurensicherung kommt gleich rein.«

»Alles klar. Ich muss nur noch kurz aufs Klo.« Er wies auf ein angrenzendes Badezimmer, dessen Tür weit offen stand.

»Okay.«

Als Stefan den Raum verlassen hatte, ging Magnus zum Kühlschrank und zog ihn unter der Arbeitsplatte hervor. Riss den Stecker heraus und sah auf die Rückseite: festgeklebte Geldscheinbündel. Richtig viel Geld, genau wie Håkan gesagt hatte.

Er spürte, wie sein Puls heftiger hämmerte. Nahm eine Papiertüte und begann die Geldbündel abzulösen. Der Schweiß brannte in den Augen, und er zog die Sturmhaube wieder vom Gesicht, um besser atmen zu können.

»Brauchst du Hilfe?« Einer der Typen war aus der Abstellkammer gekommen.

»Warte«, zischte Magnus und füllte weiter die Papiertüte. Als er fertig war, ging er zur Tür und öffnete sie einen Spalt. Alles war leer, doch etwa zwanzig Meter entfernt waren Stimmen zu hören. Plötzlich begriff er, dass er die Maske nicht trug und sein Gesicht gezeigt hatte. Scheiße!

Er nahm die MP5 und richtete sie direkt auf den Kopf des Mannes. Der andere Kerl mit dem Totenschädelohrring kam heraus, gerade als sich Magnus die Maske wieder überzog.

In Magnus' überhitztem Kopf drehte sich alles. Sollte er schießen? Behaupten, es sei Notwehr gewesen? Aber sie hatten ja keine Waffen. Und sie waren zu zweit. Zwei Schüsse in die Köpfe zweier Drogenabhängiger. Das ging einfach nicht.

»Chill, Mann«, sagte der Typ, der zuerst herausgekommen war. Der andere sah erschrocken aus. Vermutlich kapierte er nicht, was sein Freund falsch gemacht hatte.

»Maul halten!« Magnus blinzelte heftig, um durch den Schweiß sehen zu können. »Fuck!«

»Ganz ruh…«

»Gebt mir eure Brieftaschen!«

Der Typ mit dem Totenschädelohrring zog vorsichtig seine alte, zerschlissene Brieftasche aus schwarzem Leder heraus. Der andere tat es ihm gleich. »Kannst du die wegdrehen?«, fragte er und zeigte auf die MP5. Magnus ließ die Waffe sinken und steckte die Brieftaschen in seine Weste.

»So weiß ich, wer ihr seid … falls ihr was ausplaudert.«

Beide Männer standen stocksteif und warteten.

»Habt ihr gehört?!«, zischte Magnus.

»Ganz ruhig«, sagte der Typ mit dem Totenschädelohrring. »Wir halten dicht.«

»Legt euch auf den Boden.«

Die Männer taten, was er sagte, und Magnus legte ihnen Handschellen an. Dann rief er in den Flur hinaus: »Ich hab noch zwei gefunden. Hier drüben!«

Drei uniformierte Polizisten kamen, um sich um die letzten Männer zu kümmern. Magnus ging aus dem Zimmer und atmete ein paarmal tief ein. Als der Flur leer und alles still war, riss er sich den Helm herunter und knöpfte sich die Jacke auf, um Luft zu bekommen. Langsam fuhr er mit der Hand über sein schweißnasses Gesicht und schloss für ein paar Sekunden die Augen.

Montagmorgen, der 10. Juni
SÖDERMALM, STOCKHOLM

Tekla blieb mitten auf der Skanstullsbron stehen und rang nach Atem. Sie hatte Blutgeschmack im Mund, und ihr war schlecht. Als sie den Blick hob, konnte sie am Horizont die Västerbron und die Essingen-Inseln erkennen. Es war erst fünf Uhr morgens, und ein schönes Licht lag über Stockholm. Sie war sich nicht sicher, ob sie in der Nacht überhaupt irgendwann geschlafen hatte. Es hatte sich eher wie ein unruhiger Dämmerzustand zwischen Durazepam-Tabletten, Kaffee, Bomben und all den Bildern von der gestrigen Jagd in den unterirdischen Verbindungsgängen des Krankenhauses angefühlt.

Die Autos auf der Skanstullsbron rauschten hinter ihr vorbei, doch sie nahm weder Notiz von ihnen noch von den morgendlichen Fahrradfahrern oder der U-Bahn ein Stück weiter hinten. Sie holte ihre Labellohülle heraus, zog den Deckel ab und schüttelte zwei Bomben heraus, die sie in den Mund steckte. Sie spülte sie mit ein paar Schluck abgestandenem Mineralwasser hinunter und ging weiter in Richtung Skanstull. Beschleunigte ihre Schritte und nahm ihr Handy. Zum hundertsten Mal starrte sie auf die SMS: *Ich brauche Hilfe!*

Es war wirklich seltsam. Und sah Simon überhaupt nicht ähnlich. Was für Hilfe? Er brauchte doch nur anzurufen. Warum nahm er nicht ab, wenn sie anrief? War er auf Drogen?

War etwas Schlimmes passiert? Wenn es etwas Akutes wäre, hätte er doch wohl die Polizei oder den Notarzt gerufen. Gleichzeitig wusste sie, dass er schon immer Angst vor der Polizei gehabt hatte. Er hatte sich immer an sie gewandt, wenn er etwas ausgefressen hatte. Schon seit der Teenagerzeit war sie sein Schutzengel, seine Retterin, diejenige, die alles wieder in Ordnung brachte … im Grunde ein weiterer Elternteil. Aber verdammt noch mal, wenn er Hilfe brauchte, musste er doch nur ans Telefon gehen. Oder zumindest auf ihre SMS antworten. Sie hatte acht Folgefragen geschickt. Jetzt schickte sie noch eine. *Brauchst du Geld?*

Am Skanstull überquerte Tekla die Götgatan und ging weiter zum Lilla Blecktornsparken. An Thai-Kiosk blieb sie stehen und holte ein paarmal tief Luft. Die Übelkeit kehrte zurück. Sie war schlau genug zu begreifen, dass sie etwas zu essen brauchte. Der Magen schmerzte und knurrte. Ihr war schwindlig von all den Pillen und Bomben. Sie würde essen, wenn sie im Krankenhaus war. Montagmorgen. Sie freute sich nicht gerade darauf, Göran zu treffen, der inzwischen bestimmt sowohl von dem Messerdrama als auch von dem kleinen Jungen in der Notaufnahme gehört hatte. Von dem Überfall auf der Intensivstation gestern ganz zu schweigen. Tekla war über eine Stunde von der Polizei verhört worden, als sie aus dem Untergeschoss nach oben kam.

Wieder blickte sie auf ihr Handy. Keine Antwort. Sie rief an, zum zehnten Mal. Dieselbe Mailbox-Ansage. »Simon hier, hinterlasst eine …« Zumindest war es sein Handy, so viel war sicher. Tekla hatte schon mehrere Nachrichten daraufgesprochen. »Wo bist du, Simon? Was ist passiert? Ruf mich zurück …« Irgendetwas stimmte nicht. Warum eine SMS schicken und dann nicht antworten?

Gerade als sie das Handy wieder einstecken wollte, kam

der Signalton. Sie starrte auf den Bildschirm und hielt den Atem an. Es war Simon: *Wir müssen uns sehen!*

Sie rief sofort an, aber wieder nur die Mailbox.

»Scheiße!«, schrie Tekla so laut, dass ein junges Mädchen mit Hund im Park sich erschrocken umwandte und sich mit schnellen Schritten von der Verrückten mit dem Handy in der Hand wegbewegte.

Tekla rief noch zweimal an, doch niemand nahm ab. Versuchte es stattdessen mit mehreren SMS: *Wie denn sehen? Wo? Wann? Was willst du, Simon? Sag, was passiert ist! Ich werde nicht sauer. Ich schwöre. Aber bitte geh ans Handy. Oder schick eine SMS und erklär es mir.*

Nach zehn langen Minuten ohne Antwort musste sie zwei Durazepam nehmen, um nicht vor Sorge verrückt zu werden. Verdammter Scheiß-Simon, dachte Tekla und ging weiter, bis sie zur Katarina Bangata 71 kam. Sie tippte den Türcode ein und stieg die Treppe hoch. Blieb vor Simons Wohnung stehen und rief ihn wieder an. Sie legte ihr Ohr an die Tür, doch von drinnen war kein Klingelton zu hören. Dann warf sie einen Blick durch den Briefschlitz, aber in der Wohnung war alles dunkel und still.

»Simon!«, rief sie, ohne eine Antwort zu bekommen. »Simon, bist du da?«

Sie versuchte zu sehen, ob Post auf dem Boden lag, doch es war zu dunkel, und der Winkel war falsch. Tekla konnte nur den alten Flickenteppich aus Edsåsdalen ein Stück weiter hinten im Flur erahnen.

Nach ein paar weiteren SMS gab sie schließlich auf. Sie trat auf die Straße hinaus und blieb eine Weile stehen, um sich zu sammeln. Sie musste versuchen, klar und rational zu denken.

Nach dem Angriff auf der Intensivstation gestern hatte sie der Polizei berichtet, dass sie einen Mann dabei überrascht hatte, wie er versuchte, den brandverletzten Patienten zu ersticken, dass sie ihm eine Schere in den Schenkel gerammt und ihn danach verfolgt hatte. »Nein, ich hab mich nicht verletzt.« »Nein, ich hab nicht daran gedacht, dass es unten in den Verbindungsgängen gefährlich sein könnte.« »Und nein, wie gesagt, ich hab nie sein Gesicht gesehen.« Sie hatte auch von Simons Nachricht erzählt, seine Nummer angegeben und gesagt, dass sie eine Weile keinen Kontakt zu ihrem Bruder gehabt hatte. Die Drogen dagegen ließ sie weg. Sie hatten gefragt, was er mit seiner SMS gemeint haben konnte, doch sie hatte keine ihrer unruhigen Gedanken zu Rauschgift oder Geld preisgegeben. Sie schienen auch nicht besonders interessiert an diesem Thema, sondern konzentrierten sich auf die Ereignisse mit dem Angreifer auf der Intensivstation. Und nein, sie wusste nicht, in welcher Sprache er geflucht hatte. Und zum zehnten Mal: Nein, sie hatte nie sein Gesicht gesehen. Zum Schluss hatte sie gebeten, in die Notaufnahme zurückkehren zu dürfen.

Im Kiosk am Skanstull kaufte sie einen Kaffee. Überlegte, was sie jetzt tun sollte. Welche von Simons Freunden konnte sie kontaktieren? Mit wem war er möglicherweise zusammen? Sie scrollte im Kopf die Kontakte in ihrem Handy durch, musste sich jedoch eingestehen, dass sie nicht sonderlich viel über sein aktuelles Leben in Stockholm wusste. Bei ihren Treffen waren sie immer zu zweit gewesen. Sie dachte sogar darüber nach, ob sie nicht sein Handy orten lassen konnte, aber sosehr sie auch überlegte, sie kannte keinen Polizisten. Sie hatte ja gar keine engen Freunde, wer also sollte ihr helfen können?

Noch knapp zwei Stunden bis Arbeitsbeginn. Sollte sie gar nicht hingehen? Stattdessen nach Simon suchen? Doch wo sollte sie suchen? Es fühlte sich nur dumm an. Wenn er wirklich Hilfe brauchte, würde er ja wohl auf ihre Nachrichten antworten. Wenn er überhaupt derjenige war, der die Nachrichten schickte. Es war so eigenartig, so *gar nicht* Simon. Er schrieb sonst nur selten SMS, rief immer an, wenn er etwas wollte. Oder tauchte einfach vor ihrer Tür auf. Und konnte sie jetzt die bizarre Vorstellung abhaken, dass Simon der Schwerbrandverletze auf der Intensivstation war?

Tekla sah ein, dass sie dringend eine Nacht mit viel Schlaf brauchte. Nicht noch mehr Bomben oder andere Dinge, die sowohl Schlaf als auch Stimmung beeinträchtigen konnten. Sie nahm einen Schluck Kaffee und holte den Labello wieder heraus. Ließ eine Bombe herauskullern, schluckte sie und lief los in Richtung Nobel-Krankenhaus. Ihr Handy klingelte, sie zog es heraus: unbekannte Nummer.

»Tekla.«

»Monica hier. Haben Sie Lust, vor der Morgenbesprechung zu mir raufzukommen?«

Monica Carlsson … Tekla fiel vor dem Kaufhaus Åhléns fast das Handy aus der Hand.

»Klar«, antwortete sie schließlich.

»Gut. Kommen Sie, wann Sie können. Ich bin hier.«

Tekla blickte auf die Uhr. Zwanzig nach sechs, Montagmorgen.

Montag, der 10. Juni

NOBEL-KRANKENHAUS

»Kommen Sie rein«, sagte Monica Carlsson in neutralem Tonfall.

Tekla hatte es gerade noch geschafft, sich umzuziehen. Nach allem, was passiert war, rechnete sie mit dem Schlimmsten.

»Wollen Sie einen Kaffee?«, fragte Monica und stand von ihrem Stuhl auf. Sie trug silbern schimmernde lange Hosen, die über den kräftigen Schenkeln spannten, eine mintgrüne Bluse und dieselbe Goldkette wie letztens.

»Nein, danke.«

Monica Carlsson sah munter aus, wenn man die frühe Morgenstunde bedachte.

»Übers Wochenende sind noch mehr Intox-Patienten reingekommen.«

»Ach so?«, sagte Tekla.

»Ich hatte Gespräche mit mehreren Chefärzten. Es ist in allen Krankenhäusern dasselbe.«

Tekla fragte sich, ob die Vergiftungen das Einzige waren, was Monica an diesem frühen Montagmorgen auf dem Herzen hatte.

»Sie sehen erschöpft aus«, fuhr Monica fort.

»Das ist eine nette Umschreibung«, antwortete Tekla und setzte sich auf einen Stuhl. Monica blieb am Tisch stehen und nahm einen Zettel in die Hand.

»Ein bissen Morgenlektüre von Göran. Ja, er hat gestern sogar angerufen und mich mitten im Aperitif gestört. Wegen der Ereignisse am Donnerstag in der Notaufnahme.«

Tekla zog die Schultern hoch. Jetzt kam es.

Monica setzte sich eine Lesebrille mit dünnem Goldrand auf. »Er schreibt: ›Bei einem Notfall mit zwei lebensgefährlich erkrankten Patienten rief sie erst nach fünfundzwanzig Minuten den anderen diensthabenden Arzt.‹«

Tekla sah den kleinen Oscar im einen Raum und das Gang-Mitglied mit den Stichverletzungen im anderen vor sich.

»Ich habe um Hilfe gebeten. Der erste diensthabende Arzt war …«

»Hampus.«

»Hampus Nordensköld war ja erster Dienst und …«

»Göran schreibt, dass Hampus mit einem schwerkranken Patienten mit Pneumonie auf Station war.«

Oder in der Kleiderkammer Sex mit einer Schwester hatte, dachte Tekla. Sie konnte nicht erkennen, ob Monica sauer oder stinksauer war. Es fühlte sich an, als stünde die Luft still.

»Aber wie ich es verstanden habe, hat es gedauert, bis er kam«, sagte Monica und blickte von der ausgedruckten E-Mail auf.

»Ich hab keine Ahnung, wie lange.«

Allerdings hatte sie das sehr wohl. Tekla wusste, dass es exakt siebenundzwanzig Minuten gedauert hatte, bis Hampus sich zur Notaufnahme bequemt hatte. Sie hatte den Uhrzeiger gesehen, als der Patient eintraf und als Hampus hereinkam. Eine Ewigkeit. Und absolut inakzeptabel.

»Aber schließlich kam er, egal, was er vorher getan hatte«, sagte Monica sachlich. »Und hat den Notfall mit dem Jungen mit Morbus Gaucher übernommen.«

»Ja«, sagte Tekla und schluckte trocken.

Monica blickte erneut auf die E-Mail. »›Nachdem sie ihm bereits eine tödliche Dosis Stesolid gegeben hatte‹, wie Göran meint. Ich hab die Verordnung gesehen, ich nehme an, sie stimmt. Die Krankenschwester aus Raum zwei sagt, sie hätte gegen die hohe Dosis protestiert, aber Sie hätten geantwortet ...« Monica las wieder: »›Zieh es einfach auf, dann geb ich es ihm selbst.‹«

Monica legte den Bericht weg und blickte Tekla neugierig an, die sich Schweiß von der Stirn wischte.

»Ich hab ihm das Stesolid selbst gegeben«, sagte Tekla. Es fiel ihr schwer, die Worte herauszubringen. Die Zunge blieb an ihrem trockenen Gaumen kleben.

»Das ist ja aktive Sterbehilfe«, erwiderte Monica mit Faszination im Blick.

Sie nahm eine Packung Kaugummi vom Tisch und hielt sie Tekla hin, die dankend ablehnte.

Tekla sah vor ihrem geistigen Auge, wie Monica den Kaugummi in die Luftröhre bekam und plötzlich lila-blau im Gesicht wurde. Sie selbst warf sich auf sie und versuchte das Heimlich-Manöver anzuwenden, während sie um Hilfe schrie. Niemand kam. Monica fiel zu Boden. Mausetot.

Tekla holte tief Luft.

»Aber er hat überlebt. Es war eine Sepsis. Und ein Status epilepticus.«

»Sie sind ein sehr großes Risiko eingegangen mit einer so hohen Dosis Stesolid. Geben Sie es einfach zu.«

Tekla schloss die Augen und las. Dann sah sie Monica mit festem Blick an.

»Meine Verordnungen werde ich treffen zu Nutz und Frommen der Kranken, nach bestem Vermögen und Urteil, ich werde sie bewahren vor Schaden und willkürlichem

Unrecht. Ich werde niemandem, auch nicht auf seine Bitte hin, ein tödliches Gift verabreichen oder auch nur dazu raten.«

»Der Eid des Hippokrates«, sagte Monica und ging um den Tisch. Sie setzte sich auf ihren Stuhl. Tekla war verwirrt. Die Krankenhausdirektorin sah so ruhig aus.

»Teile davon«, antwortete Tekla. »Ich wusste, dass der Junge an Morbus Gaucher Typ zwei litt. Eine unheilbare Krankheit, und außerdem hatte er nach fünfundzwanzig Minuten Herz-Lungen-Massage fast eine Pupillenstarre. Er hätte hirntot sein können. Die Eltern hatten außerdem ein Formular unterschrieben, in dem sie eine Behandlung mit Beatmungsgerät ablehnten. Aber er war nicht tot.«

»Aber hat jetzt vielleicht einen Hirnschaden für den Rest seines kleinen miserablen Lebens.«

Tekla sah Monica eindringlich an. »Sie und Göran können mit mir machen, was Sie wollen, aber ich werde *immer* versuchen, Leben zu retten. Egal, um welchem Preis. Aus diesem Grund bin ich Ärztin geworden.«

Monica lächelte und nickte.

»Den Vater hat offenbar eine Art Schock ereilt, und er ist im Schockraum eingeschlafen.«

Tekla dachte an die volle Ampulle Propofol, die sie in seinen Oberschenkel injiziert hatte.

»Ich hatte einen Mann mit Stichverletzungen im anderen Raum.«

»Ich weiß. Ein bedauernswertes Gang-Mitglied.«

»… den ich leicht retten konnte.«

»Sie meinen also, wenn Sie mehr Zeit für das Kind gehabt hätten, hätten Sie kein Stesolid gegeben?«

»Im Rahmen der Voraussetzungen habe ich mein Bestes getan«, sagte Tekla und fühlte sich überzeugter denn je, korrekt gehandelt zu haben, auch wenn ihr die Hände zitterten und der Schweiß den Rücken hinunterlief. Und wenn es sie den Job kosten sollte, sie würde zu sich stehen. »Ich habe mich entschieden, mich auf den Verletzten zu fokussieren, nachdem ich wusste, dass ich dem Kind gegeben hatte, was es brauchte, nämlich Antibiotika.«

Sie versuchte wirklich, selbstkritisch zu sein. Doch jedes Mal kam sie zu dem Ergebnis, dass sie das Richtige getan hatte. Sie sah den kleinen Brustkorb vor sich, wie er sich hob, als die Luft hineingepumpt wurde, aber es war viel Zeit vergangen. Sein Gehirn war einige kritische Minuten lang ohne Sauerstoff gewesen. Was den Vater betraf, so hätte sie vielleicht mit etwas mehr Feingefühl vorgehen können, aber ihre Priorisierung lag in dieser Situation darauf, Leben zu retten. Zwei Leben: das des jungen Gang-Mitglieds und das des kleinen Jungen.

Monica kaute langsam und blickte erneut auf Görans E-Mail hinunter.

Tekla senkte die Stimme. »Und ich würde es genauso machen, wenn ich noch einmal in dieser Situation wäre.«

Monica legte den Zettel ab und sah Tekla in die Augen.

»Genial.«

»Was?«, fragte Tekla verwirrt.

»Großartig. Absolut souverän«, lachte Monica. »Sie sind fantastisch. Ich hätte es selbst nicht besser machen können.«

»Aber …« Tekla blickte auf den Zettel auf dem Tisch.

»Göran kann sich das hier sonst wohin stecken. Ich für meinen Teil werde ihm sagen, dass er eine Notfallärztin von Weltklasse auf seiner Station hat. Jemanden, der sich traut, sich aus seiner Komfortzone zu bewegen und vollkommen nach dem hippokratischen Eid zu leben.«

Monica knüllte das Blatt zusammen und warf es in den Papierkorb.

Teklas erster Gedanke war, dass die Krankenhausdirektorin sie auf den Arm nehmen wollte, doch dann sah sie den Ernst in Monica Carlssons Gesicht.

»Er regt sich unnötig auf. Ich kapier nicht, wie er manchmal so falschliegen kann.«

Tekla saß da wie ein Fragezeichen und versuchte mitzukommen.

»Sie können alles vergessen, was am Donnerstag in der Notaufnahme passiert ist. Göran wird seine Beschwerden einstellen. Aber jetzt erzählen Sie mal, was gestern passiert ist«, sagte Monica und senkte die Stimme. »Wie geht es Ihnen?«

»Äh … es geht mir gut.«

Tekla war immer noch schwindelig.

»So ganz gut glaube ich nicht. Sie sehen nicht so aus, als hätten Sie heute Nacht viel geschlafen. Aber ein Glück, dass dem Patienten nichts passiert ist.«

»Ja, das war … Glück.«

»Fantastisches Timing, dass Sie in dem Moment gekommen sind. Haben Sie eine Ahnung, wer es war?«

»Nein. Wenn ich das wüsste …«

»… hätten Sie es der Polizei erzählt. Ich weiß. Ich dachte nur, die Nacht hätte vielleicht ein paar Wolken aufgelöst.«

Tekla bemerkte Monicas schwer zu deutendes Lächeln.

»Und dann sind Sie ihm in den unterirdischen Gängen nachgejagt. Mutig.«

»Ich hab nicht so viel nachgedacht.«

»Nein, Sie hatten den Autopiloten an«, sagte Monica und nickte. »Der ist manchmal gut. Ich selbst war gerade im Musslan am Vasapark und habe Moules frites gegessen. Waren Sie schon mal dort?«

»Nein.«

»Passt ganz fantastisch zu einem richtig guten belgischen Bier, vielleicht einem Tripel Karmeliet. Wir sollten mal hingehen. Und versprechen Sie mir, Bescheid zu geben, wenn Sie etwas brauchen.«

»Brauchen?«

»Ja, wenn Sie vielleicht jemanden zum Reden brauchen. Sie können zu mir raufkommen, wann immer Sie wollen.«

Tekla fühlte sich, als wäre sie gerade aus einer Achterbahn gestiegen, während gleichzeitig jemand fragte, ob sie Schach spielen und Tee trinken wolle.

»Okay. Ich sage Bescheid, wenn ich reden will.«

Völlig aufgewühlt verließ Tekla Monica Carlssons Büro. Sie blickte auf ihr Handy, doch es war genauso dunkel wie ihr Kopfschmerz. Kein Lebenszeichen von Simon. Wenn sie nur endlich die Identität dieses Mannes auf der Intensivstation feststellen würden, dann könnte sie all diese wahnsinnigen Gedanken loslassen. Sie ging in die Notaufnahme hinunter und sah, wie Tariqs große Silhouette angeschlendert kam. Tekla richtete ihren Körper auf, hob den Kopf ein paar Zentimeter höher. Sie musste sich strecken. Sie dachte darüber nach, was Monica über die vielen Vergifteten in der Stadt gesagt hatte, und fragte sich, was Simon machte. Ob er vielleicht inzwischen härtere Drogen nahm, ohne dass sie davon wusste.

Montag, der 10. Juni

NOTAUFNAHME, NOBEL-KRANKENHAUS

»Ich finde, wir sollten mit einer Schweigeminute für die Opfer des Brandes anfangen«, begann Göran Collinder. »Das haben wir am Freitag nicht geschafft.« Anita war die Letzte, die hereinschlich und sich in den Besprechungsraum setzte, der jetzt mit Ärzten und Medizinstudenten gefüllt war. Vereinzelte unbehagliche Blicke, als wären sie gerade gebeten worden, sich für eine Gruppenumarmung auszuziehen. Tekla war sich bewusst, dass ungewöhnlich viele in ihre Richtung blickten. Das Gerücht von dem Angriff auf der Intensivstation hatte sich verbreitet. Sie schickte eine neue Nachricht an Simon.

Hallo? Kannst du antworten?! Was hat deine SMS bedeutet? Ruf mich an!

»Danke«, sagte Göran und brach das unliebsame Schweigen. Der Moment der Trauer war vorbei. Das Leben in der Notaufnahme ging weiter. Konnte sie jetzt aufatmen? Göran hatte weder in Teklas Richtung geblickt noch irgendetwas zu ihr gesagt.

»Ich glaube, alle wissen, dass wir gestern Abend einen Vorfall auf der Intensivstation hatten, in den Tekla Berg verwickelt war. Wir alle sind dankbar, dass es … gut … ausgegangen ist, sowohl für Tekla als auch für den Patienten. Die Polizei wurde natürlich eingeschaltet und ermittelt in dem Fall. Ich glaube, damit wäre alles gesagt.«

Göran hatte seine Zusammenfassung abgefeuert, ohne sich dabei ein einziges Mal an Tekla zu wenden.

»Und wie habt ihr anderen das Wochenende überlebt?«, fuhr Göran fort.

Das Wochenende überlebt. So sah er ihren Auftrag: Sie waren im Krieg, der Feind waren die Patientenströme, und das Kanonenfutter hieß Hampus Nordensköld und Tekla Berg, die beiden Ärzte, die man für alles, was in den letzten Tagen passiert war, zur Verantwortung ziehen konnte.

Hampus sah so aus, als hätte er die Nacht weitgehend im Dienstzimmer verbracht. Das dunkelbraune Haar war feucht und wie gewöhnlich in einen perfekten Seitenscheitel gekämmt. Tekla versuchte zu ergründen, ob Göran vorhatte, ihr eine Standpauke zu halten oder nicht. Hatte Monica schon mit ihm gesprochen?

»Ganz okay«, sagte Hampus. »Ich hatte eine ganze Menge Einweisungen. Der interessanteste Fall war vielleicht am Samstag. Eine Vergiftung, der Typ war komplett im Arsch.«

»Kannst du das ein bisschen ausführen?«, war Anita Klein-Borgstedts klare Stimme vom Rand des Tisches zu hören. Sie wirkte wie eine Theaterregisseurin in der ersten Reihe. Jede Replik von den Assistenzärzten war verbesserungswürdig. Ragna Sigurdsdottir, die Anita aus ihrer Zeit in Solna kannte, sagte, ihre große Villa in Djursholm sei wie »eine Posh-Variante des Naturhistorischen Reichsmuseums«. Die drei Kinder waren ebenfalls exemplarisch: ein technischer Physiker mit Villa in Tullinge und vier Kindern auf der Adolf-Frederiks-Privatschule, ein Arzt im vornehmen Teil von Bromma, der gerade in Genetik disputieren sollte, und eine Juristin am staatlichen Rechnungshof. »Tja, sie hat sich noch nicht ganz entschieden, in welche Richtung sie sich weiterentwickeln will«, hatte Anita gesagt und mit den Augen gerollt.

»Ach, das war eine ganz normale Heroinüberdosis. Irgendein Penner«, sagte Hampus träge. »Aber es war schwer, ihn wieder hinzukriegen.«

Hampus lehnte sich zurück, kippelte ein bisschen mit dem Stuhl.

»Wir halten uns wie üblich an die Form, Hampus«, warf Göran höflich, aber für alle im Raum deutlich hörbar ein. »Und wir sagen ›Wohnungsloser‹, nicht ›Penner‹.«

Tekla schielte quer über den Tisch in Tariqs Richtung. Er hielt wie gewöhnlich die Hände vor sich verschränkt und den Blick kurz über Anitas Kopf gerichtet. Als könnte er von dort aus in Harrisons dicken medizinischen Lexika lesen, die zusammen mit einer Reihe anderer Bücher vier Regale an der einen Wand füllten. Hinter Tariq hingen vierunddreißig Porträts, eines von jedem Klinikchef, seit das Alfred-Nobel-Krankenhaus 1902 von König Oscar II. eingeweiht worden war. Ragna hatte mit isländischem Akzent und auf ihre etwas verschmitzte Art erzählt, dass »Göran alle Porträts umhängen ließ, damit seines auf Augenhöhe landete«. Vorher hatte es offenbar auf Kniehöhe gehangen, was ihn zur Weißglut brachte. Sie fragte sich, wie es wohl in einem Konferenzraum des Krankenhauses auf der anderen Seite der Stadt aussah, dem NSK. Dort hatten sie vermutlich alle physischen Bücher wegrationalisiert. Tekla stellte sich abstrakte Kunstwerke an weißen Wänden und gläserne Schiebetüren vor, die sich lautlos öffneten und schlossen. Ökologische Reinigungsmittel. Krankenhauskleidung mit einem coolen Logo, junge Ärzte mit goldfarbenen Stethoskopen um den Hals und dem neuesten Sneakers-Modell an den Füßen.

Sie warf weiter verstohlene Blicke auf ihr Handy, schickte noch mehr SMS, wartete auf Antworten, die nicht kamen. Ihre Gedanken kreisten die ganze Zeit um Simon, wo er sein mochte, was ihm wohl passiert war. Gleichzeitig wusste sie, dass sie nichts anderes tun konnte, als zu warten. Und es gab keinen Ort, der dafür besser geeignet war als die Notaufnahme.

Hampus ließ den Stuhl mit einem Rums zurückfallen.

»Ein neununddreißigjähriger Mann, der in Björns Trädgård gefunden worden war. Er war bewusstlos, vielleicht Glasgow Coma Scale vier mit schwachen Pupillen. Wenn man sich seine Kleider ansah, bestand kein Zweifel, dass er ein Penn... Wohnungsloser war.«

Hampus warf Göran einen flüchtigen Blick zu.

»Wir haben in seiner Innentasche einen Geldbeutel mit Ausweis gefunden. Als er in die Notaufnahme kam, war er bewusstlos, ich hab ihn intubiert und Proben genommen, dann noch ein Schädel-CT gemacht. Da war nichts. Er liegt auf Intensiv und ist noch nicht aufgewacht.«

Da war nichts. War es im Gehirn also leer gewesen?, fragte sich Tekla, behielt den Kommentar aber für sich. Alle im Raum warteten auf die Fortsetzung. Niemandem war das kleine Detail entgangen, dass Hampus selbst intubierte. Er hatte erst ein Jahr seiner Facharztausbildung zum Notfallarzt absolviert und sollte wirklich niemanden selbst intubieren. Aber wie viele junge männliche Ärzte litt er unter Hybris. Tekla war gleichzeitig beeindruckt von seiner Kühnheit.

Sie ließ den Blick um den alten, abgewetzten Tisch schweifen und dachte darüber nach, wer es wagen könnte, Hampus' Vorgehen zu analysieren. Fünfzehn Ärzte. Dazu über zwanzig Assistenzärzte und Medizinstudenten, die an den vergilbten Wänden entlang standen. Diejenigen, die um den Tisch saßen, bildeten das feste Ärzteteam. Die Elitetruppe. Alle anderen im Raum hätten getötet, um einen Platz am Tisch zu bekommen.

»Das klingt nicht wie eine normale Heroinüberdosis«, fasste Anita trocken zusammen. »Ich nehme an, du hast ein Antidot gegeben?«

Tekla liebte es, wenn Anita das Wort ergriff. Sie tat das oft wie im Vorbeigehen, leise und kurz, gleichzeitig immer konzise und auf den Punkt.

»Natürlich«, antwortete Hampus irritiert. »Ich hab ihm noch mal Naloxon gegeben, was er schon im Krankenwagen bekommen hatte.«

»Aber er liegt immer noch auf Intensiv?«, fuhr Anita fort.

»Ja. Warum?«

Hampus' Stimmlage war nicht mehr so scharf, als wäre ihm plötzlich ein weich gekochtes Ei in den Hals gerutscht.

Tariq klopfte mit den Fingerspitzen auf die Tischplatte und räusperte sich.

»Jaja, Anita. Wir müssen wohl einfach noch ein bisschen nachdenken.« Tariq zeigte mit seinem großen, haarigen Zeigefinger auf Hampus und dann auf seinen breiten Brustkorb.

»Wenn wir nicht jegliche Forschung abgeschafft hätten, wäre das Niveau nicht so katastrophal niedrig«, murmelte Anita. Alle hörten, was sie sagte.

»Bitte, Anita«, sagte Göran. »Nicht jetzt.«

Tekla reflektierte darüber, was für unterschiedliche Persönlichkeiten hier zusammensaßen. Tariq, der aussah wie einer von Saddams Generälen, gewohnt, seinen Soldaten Befehle zu geben. Der snobistische Hampus, der wohl eigentlich besser an irgendeinem Strand in Australien geblieben wäre und mit dem Surfen weitergemacht hätte. Ragna passte eher in eine isländische Seifenoper im Fernsehen. Die Perlenkettentante Anita aus Östermalm, die sich in die südlichen Teile der Stadt verirrt hatte, weil … ja, eigentlich hatte Tekla keine Ahnung, was der Grund war.

Ihre Gedanken kehrten zurück zu dem Drama am runden Tisch. Mit »wir« meinte Tariq also sich selbst und seinen Liebling, Snob-Hampus. Tariq würde niemals einen schwierigen Fall mit Tekla oder Ragna diskutieren, weil sie das falsche Geschlecht hatten.

»Ich gehe auf die Intensivstation und untersuche ihn«, erwiderte Anita.

Tekla sah, dass Anitas und Ragnas Blicke sich trafen. Anita nickte kurz. Also wer würde sich jetzt eigentlich um den Fall kümmern? Hampus fuhr fort, in Kurzversion von zwei anderen Patienten zu berichten, die er stationär aufgenommen hatte.

»Und du, Tekla?«, fuhr Göran fort.

Sie sah Tariqs höhnisches Lächeln und seinen demonstrativen Blick zur Decke. Er tat es zwar diskret, doch er wusste sehr gut, dass die Assistenzärzte jede kleinste Geste der Oberärzte aufsaugten. Wie Babys an der Mutterbrust. Würde er jetzt die Propofol-Spritze erwähnen?

»Ich hab es am Freitag nicht mehr geschafft, euch zu informieren«, begann sie und schluckte trocken. Es fühlte sich an, als hätte sie gerade eines von Hampus' weich gekochten Eiern in den Hals bekommen. »Aber wir hatten am Donnerstag einen dreiundzwanzigjährigen Mann mit Stichverletzungen, der in den OP musste. Es war etwas dramatisch.«

Göran beugte sich vor und blickte Tekla an. Sie sah vor sich, wie Monica ihm die Leviten gelesen hatte. Andererseits war wohl jetzt der Zeitpunkt, an dem sie ihren Fehler eingestehen sollte. Sie hatten nur eine große Besprechung pro Woche, und wenn sie die Dramatik von Donnerstag nicht erwähnte, bestand das Risiko, dass sich falsche Gerüchte darüber verbreiteten, was eigentlich passiert war.

»Warst du dabei, als der Chirurg sich darum gekümmert hat?«, fragte Göran und grinste.

Tekla blickte auf ihren Schoß.

»Nein, ich hab mich selbst darum gekümmert.«

Tariqs Kopf fiel hinunter.

Ein Raunen ging durch den Raum.

Rasch fügte sie hinzu: »Wir hatten diesen netten Chirurgen … Nawfal …«

»Nawfal al-Wadi«, ergänzte Anita.

»… im Haus, aber er musste gar nicht eingreifen. Ich habe eine Thoraxdrainage gelegt, bevor die Polizisten kamen.«

»Die Polizisten?«, fragte Anita, die offenbar noch gar nichts von dem Zwischenfall gehört hatte.

Tekla erzählte, wie die Einsatzkräfte den Raum gestürmt hatten, ließ jedoch den krampfenden Jungen weg.

»Meine Güte, Tekla«, sagte Ragna. »Ich bin beeindruckt. Wahnsinn, echt gut gemacht.«

Das Zimmer teilte sich wie das Rote Meer in zwei gleich große Teile. Die eine Hälfte der Ärzte um den Tisch nickte zustimmend, die andere schüttelte empört den Kopf. Tekla empfand eine verwirrende Mischung aus Stolz und Angst.

»Übrigens, wie läuft es mit dem Gestank?«, fragte Hampus plötzlich. Er wollte wohl den Spot von Tekla nehmen. Alle verstanden, worauf er hinauswollte, und wandten sich zu Göran.

»Ich hab es heute früh noch nicht geschafft, mit dem Hausmeister zu sprechen, aber so wie ich es am Freitag verstanden habe, hat eine erste Fehlersuche im Haus nichts ergeben.«

Tekla fühlte eine gewisse Erleichterung, dass das Donnerstagsdrama vom Tisch war.

»Ich will auch all denen danken, die freiwillig reingekommen sind, um am Donnerstag bei der Brandkatastrophe zu helfen«, fuhr Göran fort. »Es hätte definitiv noch schlimmer ausgehen können.« Er klopfte überdeutlich mit dem Zeigefingerknöchel auf den Tisch. »Wir hatten drei Schwerbrandverletzte auf der Intensivstation. Tekla ist verantwortliche Ärztin für den mit den schlimmsten Verletzungen, einen Mann, dessen Identität unbekannt ist.«

Tekla spürte Hampus' scharfen Blick von der Seite.

»Hat das etwas mit diesem Lieferwagen zu tun, nach dem sie suchen?«, fragte Anita.

Göran streckte sich.

»Das kann ich nicht beantworten.«

»Aber ich«, sagte Tariq. »Klar haben sie den Verdacht. Warum sollten sie sonst die ganze Zeit Polizisten auf der Intensivstation rumrennen lassen?«

Warum war Tariq selbst auf der Intensivstation gewesen?, fragte sich Tekla und versuchte zu sehen, ob Anita und Tariq irgendwelche Blicke wechselten, aber es war, als säßen sie jeder in seinem Zelt auf verschiedenen Seiten eines Schlachtfelds.

»Okay«, unterbrach Göran und hob die Hand. »Das könnt ihr in der Boulevardpresse nachlesen. Was das Medizinische angeht, kann Tekla in den nächsten Tagen mehr berichten.« Er schloss die Besprechung mit seinem üblichen Satz: »Vergesst nicht, dass wir besser sind als die anderen.«

Alle wussten, wer *die anderen* waren. Das neue Privatkrankenhaus auf der anderen Seite der Stadt: The NyX Smith & Klingman Hospital, kurz NSK. Seit den 1930er-Jahren bis heute oft einfach nur die »Solnaseite« genannt. Und sie sollten das Böse mit allen Mitteln bekämpfen. Als wäre das Krankenhaus der Todesstern selbst, weit weg am anderen Ende der Galaxis.

Die Stühle schrammten über den Boden, als alle aufstanden. Mehrere Ärzte klopften Tekla im Vorbeigehen auf die Schulter. Ragna umarmte ihre Freundin und eilte weiter. Einige Medizinstudenten blickten Tekla mit großen Augen an, als sie dem Zug der Lemminge nach draußen folgten.

»Tekla!«

Göran wedelte mit seinem überdimensionierten Smartphone.

»Ich muss jetzt gleich draußen loslegen«, sagte sie in dem aussichtslosen Versuch, das Unausweichliche aufzuschieben.

»Nur ganz kurz.« Göran senkte die Stimme. »Hab gehört, du hast dich heute früh mit Monica getroffen. Worüber habt ihr gesprochen?«

Tekla begriff die indirekte Aufforderung, exakt zu schildern, was oben bei der Krankenhausdirektorin abgehandelt worden war. Göran schien es schwerzufallen, sie anzusehen, er starrte auf sein Handy.

»Sie … wollte wohl nur sehen, ob ich okay bin, nach dem Brand und allem.«

»Allem?«

Tekla wollte Göran nicht unnötig an die Dramen erinnern, die sich in letzter Zeit in der Notaufnahme abgespielt hatten.

»Nach … dem Brand. Punkt.«

»Du brauchst nicht zu lügen.«

»Lügen?«

Göran nickte und schien für eine Sekunde wegzutreten. Tekla nahm den Duft seines schweren Aftershaves wahr und trat vorsichtig einen Schritt zurück.

»Wir haben zusammen studiert. Kannst du dir ja denken.«

»Du … ich muss jetzt wirklich los, ich …«

»Nimm dich vor ihr in Acht. Nur ein Rat. Sie ist …«

Tekla wartete mit Spannung auf das Urteil. Göran ließ den Blick auf Teklas Stirn ruhen.

»Monica Carlsson hat bei allem, was sie tut, eine Agenda. Vergiss das nicht.«

»Okay«, sagte Tekla und wollte nur raus aus der unangenehmen Situation. »Danke für den Ratschlag.«

Göran nickte. Endlich wandte er den Blick von Tekla ab und tippte weiter auf seinem Handy herum. Monica hatte ihren Schoßhund offenbar sehr erfolgreich zusammengefaltet.

Montag, der 10. Juni

NOTAUFNAHME, NOBEL-KRANKENHAUS

Tekla eilte ihren Kollegen zu den Kaffeeautomaten nach. Sie warf einen Blick auf ihr Handy und schrieb eine SMS: *Komm schon, Simon. Ruf zurück!*

»Wie geht's dir?«, fragte Anita Klein-Borgstedt mit einer Tasse Tee in der Hand.

»Danke, ganz okay. Und selbst?«, sagte Tekla und steckte ihr Handy weg.

»Ich hatte am Wochenende frei. Zur Abwechslung mal ein bisschen wohlverdiente Zeit mit der Familie.«

»Habt ihr Kinder?«

Anita lächelte.

»Ja. Drei, aber die sind erwachsen.«

Tekla bereute ihre Frage sofort, sie wusste das ja. Für Ärzte war alles, was die Familie betraf, lebenswichtig. Hätte sie es schriftlich gesehen, hätte sie es nie vergessen. Andere Dinge, die für Ärzte wichtig waren: wohin man in den Urlaub fuhr. Welche Sportarten man ausübte. Freizeitaktivitäten im Freien. Bei älteren Ärzten über fünfzig musste man auch im Kopf behalten, welchen Sportwagen sie sich kürzlich angeschafft hatten, und nach Baujahr, Marke und PS fragen.

Anita wartete, dass Tariq und Hampus vorbeigingen. Gerade als Tekla den Funk checken wollte, der zu piepsen begonnen hatte, kam Tariq auf sie zu. Er beugte sich vor und flüsterte ihr ins Ohr: »Willst du ihr nicht eine Nadel in den Arsch rammen, damit sie einschläft?«

Tekla blickte auf. Wartete auf die Fortsetzung. Aber Tariq klopfte ihr nur auf die Schulter und ging zu Hampus hinüber. Sollte sie ihn konfrontieren und herausfinden, was er im Austausch gegen sein Schweigen haben wollte? Oder wollte er nur Unruhe verbreiten? Vielleicht würde er den Vorfall gar nicht an Göran melden. Es war fast schade, dass er ihr nicht auf den Hintern geklopft hatte, dann hätte sie schreien und ihn direkt drankriegen können.

Anita hatte nichts bemerkt und fuhr fort: »Wie gut du das neulich in der Notaufnahme hinbekommen hast. Ausgehend von dem, was wir in der Besprechung gehört haben, meine ich.«

»Ich weiß nicht …« Tekla sah Tariq verschwinden. Ihre Hände zitterten.

»Du scheinst alles absolut unter Kontrolle gehabt zu haben. Genieß das ganze Lob in vollen Zügen.«

Anitas schneidende Stimme klang wie Musik in Teklas Ohren.

»Ich hab gemerkt, dass nicht alle dieser Meinung waren«, sagte Tekla.

»Scheiß doch auf Tariq und seine … Lakaien.«

»Aber auch Hampus' Vergiftung war ein spannender Fall.«

Anita warf den Teebeutel in den Mülleimer. »Zweifellos«, nickte sie nachdenklich. »Zweifellos spannend. Muss etwas anderes sein, etwas Kompliziertes, das ein bisschen Expertise erfordert. Was meinst du, sollen wir auf die Intensivstation gehen?«

»Jetzt?«, fragte Tekla.

»Ich muss mir nur rasch noch ein bisschen was anlesen. Aber warum etwas so Interessantes aufschieben?«

Tekla begriff, dass es um ein Machtspiel ging.

»Aber wollte Tariq nicht …«

Anita schob ihre Lesebrille herunter und blickte auf ihr Handy.

»Es klang *sehr* spannend, finde ich. Da braucht es ein paar *clevere* Gehirne, oder? Kommst du mit oder nicht?«

Tekla versuchte die Vor- und Nachteile abzuwägen, doch in ihrem Gehirn wurde alles zu einem einzigen großen, braunen Brei. Schließlich entschied sie nach Bauchgefühl.

»Klar.«

»Gut.«

Nachdem sie noch einiges über den Vergiftungspatienten gelesen hatten, verließen sie die Notaufnahme und nahmen den Weg außen herum zur Intensivstation. Vor dem Krankenhaus blieb Anita stehen.

»Du weißt, dass sie bei der Einweihung Elefanten dahatten, genau dort, wo du jetzt stehst?«

»Ernsthaft?«, fragte Tekla. Anita schien nicht zu scherzen. Tekla hatte nie von irgendwelchen Elefanten gehört. Überhaupt wusste sie nur sehr wenig über die Geschichte des Nobel-Krankenhauses. Der pompöse Eingang und die alten Gemälde zeugten jedoch von einem gediegenen Hintergrund. Sie blieb oft stehen und war fasziniert von all den Porträts von Männern, die innerhalb dieser Wände Karriere gemacht hatten. Die neue chirurgische Techniken entwickelt hatten. Patienten gerettet und Heldentaten vollbracht. Tekla musste an ihr Bewerbungsgespräch denken, daran, wie mächtig das Gefühl gewesen war, Teil von etwas so Großem zu werden. Ein Krankenhaus mit Ahnen. Jetzt, ein Jahr nach jenem Junitag, an dem sie den Job bekommen hatte, war ihr klar, dass die glanzvollen Tage des Nobel-Krankenhauses möglicherweise vorbei waren. Die Forschungsgelder waren versiegt.

Auch wenn die Krankenhausdirektorin – und die Angestellten im Grunde ebenfalls – alles dafür taten, das Gefühl von Größe wiederherzustellen.

»Das ist wirklich wahr«, fuhr Anita fort und lächelte ein seltsames Lächeln, das Tekla nervös machte. Anita hatte etwas Durchdringendes im Blick, sie schien alles, was sie betrachtete, zu scannen. »Direkt vor dem Eingang. Der König war anwesend. Vor der Röntgenabteilung hängen Fotos davon.«

Es war etwas wundervoll Klar-gab-es-mehr-Schnee-an-Weihnachten-als-ich-ein-Kind-war-Nostalgisches an Anita, mit dem Tekla sich identifizieren konnte. War es vielleicht sogar möglich, dass sie entfernte gemeinsame Wurzeln in Jämtland hatten? Wenn das tatsächlich der Fall war, hatte Anita hart daran gearbeitet, den Dialekt zu verbergen und das Jämtska durch ein nasales i und ein hochtrabendes o zu ersetzen.

Anita holte eine Zigarette heraus und zündete sie an. Es wirkte völlig natürlich, als sie es tat, doch Tekla dachte, für einen Patienten, der sie sah, war das im Grunde das Schlimmste, was man tun konnte. Eine rauchende Ärztin vor dem Krankenhaus.

Sie schlenderten an den Pappeln vor dem Eingang entlang. Tekla begriff, dass Tariq sich des Falls auf der Intensivstation annehmen wollte, ihm Anita nun aber zuvorgekommen war und Tekla in den Putsch involviert hatte. Auf Großmachtpolitik hatte sie sich noch nie verstanden.

»Wann war das?«, fragte Tekla. Sie blieben am Springbrunnen stehen und setzten sich auf eine Bank. Neben ihnen saßen zwei Frauen, eine von ihnen mit bandagiertem Kopf, und rauchten. Anita sah aus, als würde sie ihre Zigarette wirklich genießen.

»1902. Zwei Jahre vorher war der erste Nobelpreis verliehen worden. Da beschloss man, dass das neue Krankenhaus der Stadt hier liegen sollte, nachdem ein großer Teil der Neureichen in Richtung Saltsjöbaden rausgezogen war. Außerdem gab es bereits Roslagstull, Serafen und ein paar andere Krankenhäuser in den nördlichen und zentralen Teilen der Stadt. Der Bau hat nur zwei Jahre gedauert.«

Tekla blickte an der alten Ziegelfassade mit ihren gewölbten hohen Fenstern und Verzierungen hinauf. Dann blickte sie noch etwas höher. Es war, als wäre ein großer, schmutzig grauer Schuhkarton auf das schöne alte Gebäude gesetzt worden.

»Wann hat man angebaut?«

»Erst in den Dreißigerjahren. Der große Anbau kam Mitte der Fünfziger dazu. All das Graue, das du hier siehst.«

»Wie eine alte Schildkröte, die einen neuen Panzer bekommen hat.«

Anita nahm einen tiefen Zug, hustete kurz und nickte.

»So kann man das vielleicht sagen.«

Sie fuhr sich mit den Fingern durch das schlohweiße Haar. Anita war unnatürlich braun für die Jahreszeit, vermutlich irgendein Sonnenurlaub an der Costa del Sol im Frühling. Sie hatte eine Aura von Golf und Cava um sich. Die Lachfältchen strahlten aus den Augenwinkeln.

»Wie lange arbeitest du eigentlich schon hier?«, fragte Tekla.

»Noch nicht seit 1902, falls du das meinst.«

Tekla legte den Kopf schief und lächelte.

»Ich bin … achtundachtzig hergekommen.«

»Also dreißig Jahre.«

»Aber ich bin noch lange nicht die Dienstälteste.«

»Hast du viel geforscht?«

Tekla dachte an Anitas säuerlichen Kommentar bei der Morgenbesprechung.

»Natürlich«, sagte Anita gekränkt. »Man wird nur eine gute Krankenhausärztin, wenn man Praxis mit klinischer Forschung kombiniert. Aber leider hatte die Forschung für die Krankenhausleitung in den letzten Jahren keine Priorität.«

»Aber du hast noch eine Forschungsgruppe?«

»Man kann die armen Doktoranden nicht bis in alle Ewigkeit mit eigenen Geldern bezahlen. Egal, wie sehr man für die Forschung brennt.«

Die Sonne verschwand hinter einer Wolke, und es wurde sofort kühler. Das Juniwetter war so launisch wie immer.

Anitas Blick wanderte für kurze Zeit in die Ferne. Dann wandte sie sich ganz plötzlich Tekla zu: »Du musst dich strecken.«

Tekla richtete ihren Rücken auf.

Anita lächelte.

»Nicht wörtlich. Ich hab schon in deiner ersten Woche hier gesehen, was in dir steckt.«

Tekla spürte, wie ihr Herz schneller klopfte.

»Du behältst die richtigen Antworten für dich. Oder etwa nicht?«

Tekla wollte nicht lügen. Sie schwieg weiter. Anita wandte ihren Blick von Tekla ab und sah zu den Nobel-Flaggen hinauf, die in der leichten Brise flatterten.

»Männer müssen sich nicht halb so viel anstrengen, um die gleiche Anerkennung zu bekommen. Aber die Zeit wird uns recht geben. Die männliche Dinosaurierbastion bricht langsam, aber sicher zusammen.«

Jetzt traute sich Tekla, den Mund aufzumachen.

»Und was kommt danach?«

»Kein Nepotismus mehr. Und vor allem: ein Wechsel in der Art, wie man kommuniziert. Sachlichkeit. Fakten. Evidenzbasierte Betreuung.«

»Wir sprechen also nur von Krankenbetreuung?«

Anita lächelte in sich hinein. Ein paar Minuten saßen sie schweigend da. Tekla nutzte die Gelegenheit, ihr Handy zu checken, doch keine Antwort von Simon. Sie wechselte das Thema.

»Also, was meinst du zu dem Intox-Patienten?«

Anita stand auf und drückte ihre Zigarette aus.

»Er ist noch immer intubiert.«

»Ich hab's gesehen. Die Proben zeigen eine Mischung, sowohl Cannabis als auch Opiate.«

»Das sagt nicht viel aus. Das erste Blutgas war interessant. Ist dir das aufgefallen?«

Tekla ging rasch alles durch, was sie gelesen hatte. Der Patient war in den letzten zwei Jahren dreimal mit einer Überdosis Heroin in die Notaufnahme gekommen. Einmal hatte er dabei auf Intensiv gelegen, die anderen Male auf der normalen Station. Er hatte Hepatitis C, war aber nicht HIV-positiv. Ein paarmal hatte er auch auf der Suchtstation des Krankenhauses von Kungsholmen gelegen. Aus den letzten Aufzeichnungen ging hervor, dass er in Notunterkünften überall in der Stadt schlief, aber in der Sommerzeit auch bei Freunden oder manchmal draußen. Tekla war aufgefallen, dass er bei irgendeiner Gelegenheit die Skanstullsbron als Adresse angegeben hatte. Also waren sie im Prinzip Nachbarn. Vielleicht war sie ein paarmal an ihm vorbeigegangen, als er in seinem Schlafsack lag, vielleicht hatte sie ihn gegrüßt. Der Notarztbericht selbst hatte nicht mehr besagt, als dass man ihn bewusstlos in Björns Trädgård aufgefunden hatte. Vor Ort nicht ansprechbar, kleine Pupillen und verlangsamte Atmung. Alles wies somit auf eine Opiatintoxikation hin. Der Rettungsdienst hatte Naloxon gegeben, mit geringer Wirkung.

»Er hatte einen niedrigen Zuckerspiegel und Fieber«, sagte Tekla. »Ansonsten war es wohl eine ganz klare Heroinüberdosis: kleine Pupillen, niedriger Blutdruck, langsame Atmung. Nicht erweckbar … ich glaube, Glasgow war vier. Kalium drei Komma neun, Kreatinin hundertelf …«

Tekla ertappte sich selbst. Merkte, dass Anita sie anstarrte. Sie hatte es wieder getan: Zahlen heruntergeleiert, sodass die Umgebung Verdacht schöpfte.

»Du musst anfangen, uns andere daran teilhaben zu lassen, was in diesem fantastischen Gehirn abläuft«, sagte Anita ernst.

Tekla lächelte innerlich.

»Ich werd's versuchen.«

Montag, der 10. Juni

INTENSIVSTATION, NOBEL-KRANKENHAUS

Tekla und Anita gingen durch den Haupteingang hinein, liefen in Richtung Westflügel und nahmen den Aufzug nach oben. Ein kurzer Flur mit Verwaltungsräumen führte zu der großen, offenen Landschaft, in der die Intensivstation lag.

Anita hielt inne. Strich sich mit ihren rauen Händen über den Hals.

»Aber sind hohes Fieber und ein niedriger Blutzucker bei Heroinsüchtigen normal?«, fragte sie rhetorisch.

Tekla sah sämtliche Ergebnisse der Blutuntersuchung vor sich.

»Fieber nein. Das spricht eher für eine Infektion. Aber die Blutuntersuchung hat nichts ergeben.«

»Und der Zucker?«

»Wenn er leberkrank ist. Vielleicht im Grunde Alkoholiker mit schlechten Glykogendepots«, überlegte Tekla.

Anita sah zufrieden aus. So lief das also ab, dachte Tekla: eine Reihe Fragen, um zu sehen, ob man auf der richtigen Spur war. Sie dachte an all die losen Fäden von gestern, versuchte jedoch, Simons Gesicht fernzuhalten, das Zusammensein mit Anita ein bisschen zu genießen. In regelmäßigen Abständen warf sie einen Blick auf ihr Handy, doch weiterhin starrte sie nur ein leerer Bildschirm an.

Die Intensivstation des Nobel-Krankenhauses hatte eine lange, traditionsreiche Geschichte. Der welterste Prototyp eines Beatmungsgeräts war dort getestet worden, an einem Mann mit Bauchfellentzündung und Schock. Er starb nach drei Stunden in der Panzerkiste, doch die Ärzte bezeichneten es trotzdem als »Wunderwerk«. Vor acht Jahren wurden die Räumlichkeiten komplett saniert, Wände wurden herausgerissen, und man schuf eine offene Raumlandschaft von der Größe eines Handballfeldes. Die Patienten lagen in ihren riesigen Betten, an jeden modernen Apparat angeschlossen, den man sich auf einer Medizintechnikmesse in Frankfurt vorstellen konnte. Die Betten waren durch mobile Wände separiert. Fenster in beiden Richtungen ließen großzügig Licht herein. Eigentlich war es komplette Verschwendung, die Intensivstation im siebten Stock zu haben. Es wäre besser gewesen, die Abteilung in den Keller zu verlegen, nachdem alle Patienten ohnehin mit Schläuchen im Hals und narkotisiert im Bett lagen. Aber immerhin konnten ja die Angehörigen in der einen Richtung über die Årsta-Bucht und durch die nördliche Fensterreihe über ganz Südstockholm blicken, während sie über die Tatsache nachdachten, dass ihre Tochter, ihr Sohn, ihre Ehefrau oder ihr Ehemann eine fünfzigprozentige Überlebenschance hatte. Was Tekla an der Intensivstation am liebsten mochte, war Doktor Eva Elmqvist, verantwortliche Intensivmedizinerin, die jetzt mit Plastikschürze und blutigen Gummihandschuhen auf sie zukam. Sie hielt die Arme in einer Art bittender Geste hoch.

»Kann mir jemand ein steriles ... so ein Kondom für den Ultraschall geben?«

Eine Krankenschwester begriff, was sie meinte, und eilte zu einem gut versteckten Vorrat. Sie hatten wirklich alle Schränke und Kisten weggezaubert in dieser ultramodernen Schöpfung, die eher wie eine Raumstation wirkte denn wie eine Intensivstation.

Tekla und Anita folgten Eva, die gerade den zentralen Zugang bei ihrem Patienten wechseln wollte. Sie begann mit der Ultraschallsonde auf dem Hals des intubierten Patienten auf und ab zu fahren, auf der Suche nach Blutgefäßen.

»Der verdammte ZVK hat schon wieder geleckt.«

»Klingt nervig«, sagte Anita und streckte sich über das Ultraschallgerät. Sie achtete sorgfältig darauf, die Hände auf dem Rücken zu halten, um nichts Steriles zu berühren.

Eva versuchte eine widerspenstige Haarsträhne wegzupusten, die störend vor ihrem Gesicht hing. Tekla fand, es sah lustig aus, wie Eva sich bemühte, Konversation zu betreiben, während sie sich gleichzeitig die Haare aus dem Gesicht pustete und mit dem Gleitmittel auf dem Hals des Patienten herumpanschte. Schließlich trat Tekla vor und zog die Haarsträhne weg.

»Oh … danke.«

Eva ließ den Zugang nicht aus den Augen. Er sah aus, als wäre er einen halben Meter lang und dick wie ein Zeigefinger. Zum Schluss führte sie den Katheter ein und zog den Führungsdraht heraus.

»Wir müssen sehen, wie es läuft. Er blutet wie ein Schwein.«

Anita trat zurück und hielt sicheren Abstand. Tekla war fasziniert von dem Spiel, das sofort in Gang gesetzt wurde, wenn sich zwei ältere Kolleginnen trafen. Bald erkannte sie, dass die beiden wohl eine lange gemeinsame Geschichte hatten, dem rauen, aber herzlichen Umgangston nach zu urteilen. Tekla nahm die Gelegenheit wahr, noch eine SMS abzuschicken: *Ruf mich an!*

»Vermutlich nicht dein Fehler«, sagte Anita freundlich.

»Seine Thrombos sind jetzt schon zweimal unter fünfzig gefallen«, seufzte Eva. »Wir haben mit mindestens zwei Beuteln nachgeholfen. Vielleicht drei. Ich weiß nicht mehr.«

Tekla lächelte vor sich hin. Mit »Thrombos« meinte Eva Thrombozyten, auch Blutplättchen genannt.

»Sinkt der Zucker immer noch?«, fragte Anita.

»Ja, und die Nieren versagen langsam.«

»Wie lautet also das Urteil?«

»Armer Miguel. Neununddreißig Jahre, aber sieht aus wie sechzig. Hat sich bei dem, was er so zu sich nimmt, wohl nicht wirklich an die Ernährungspyramide gehalten. Unklar, womit er sich vergiftet hat. Aber ganz klar stand nicht nur Heroin auf dem Speisezettel.«

Eva zog sich Handschuhe und Schürze aus. »Wollen wir uns ein bisschen unterhalten?«

Tekla stellte fest, dass Eva sie nicht grüßte, jetzt, wo Anita dabei war. Sie war offensichtlich zu Luft degradiert worden.

Eva führte sie zum Mittelteil des Handballfelds, zirka zehn Meter von den Bettreihen entfernt. Dort lag das Büro, ohne Wände. Man hatte es Tekla so erklärt, dass sich in der Decke schallabsorbierende Platten befanden, die bewirkten, dass die Patienten und Angehörigen nicht hören konnten, was gesprochen wurde.

Sie setzten sich vor einen großen Mac. Aus irgendeinem unerfindlichen Grund war die Intensivstation die einzige Abteilung im Krankenhaus, die Apple-Geräte gekauft hatte.

Schweigend lasen sie Laborlisten. Hinter ihnen saßen zwei weitere Intensivmediziner mit ein paar Medizinstudenten und Krankenschwestern und diskutierten einen anderen Fall.

Eva wandte sich Anita zu. »Aber erst einmal.« Sie legte ihre Hand auf Anitas Oberschenkel, Tekla wusste nicht, wo sie hinschauen sollte, fühlte sich plötzlich genauso peinlich berührt wie damals, als sie als Siebenjährige ihre Eltern im Schlafzimmer beim Sex ertappt hatte.

»Wie geht es Walter?«

»Wirklich gut, danke«, antwortete Anita mit so vertraulicher Stimme, dass Tekla für eine Sekunde das Gefühl hatte, in einen Teesalon irgendeines schicken Landguts nördlich der Stadt versetzt worden zu sein.

»Wie schön!«

Tekla konnte nicht anders, als verstohlen zu den Freundinnen zu schielen, die jetzt wieder Thema und Tonfall wechselten.

»Akutes Nierenversagen«, sagte Anita. »Und das, obwohl ihr ihn aufgefüllt habt.«

»Stimmt«, seufzte Eva, nahm ihre Hand weg und sah wieder besorgt aus. »Wir haben insgesamt vierzehn Liter gegeben, seit er gestern hergekommen ist.«

»Und trotzdem steigt das Kreatinin«, konstatierte Anita.

»Aber keine Infektion«, warf Tekla ein und realisierte schnell, dass sie laut gedacht hatte, ohne um das Wort zu bitten.

»Dann hätte ich es gesagt«, sagte Eva, ohne den Blick vom Bildschirm abzuwenden. Sie schüttelte irritiert den Kopf.

»Aber nichts weiter in den Proben?«, fuhr Tekla fort.

»Nope.«

»Und er ist azidotisch.«

»Yes.«

»Habt ihr versucht, ihn aufzuwecken?«

Eva stöhnte und machte nicht einmal den Versuch, ihre Frustration zu verbergen; als wäre Tekla eine Reporterin von irgendeiner Wochenzeitung, die idiotische Fragen über Promis stellte.

»Das geht nicht. Seit gestern Abend hat er ungefähr einmal pro Stunde gekrampft. Wir haben das Gehirn geröntgt. Nichts. Aber glücklicherweise haben wir noch mal ein EKG gemacht, und das zeigte …«

»Einen verbreiterten QRS-Komplex«, fiel ihr Anita ins Wort und hielt ihre Lesebrille in einem stabilen Pinzettengriff, während sie den EKG-Streifen überprüfte.

»Dann muss es eine Mischvergiftung sein«, sagte Tekla.

»Hallo Einstein. Weiter kommen wir einfachen Intensivmediziner leider nicht«, konstatierte Eva und stand auf. Sie ging zu einer großen Glasschüssel mit Obst hinüber, nahm einen grünen Apfel und biss hinein, dass es krachte.

»Also haben wir beschlossen, um ein wenig Unterstützung zu bitten.«

Es fühlte sich an, als wollte sie hinzufügen: *Aber ihr kommt ja nur mit einer idiotischen Assistenzärztin, die Floskeln ausspuckt.*

»Also etwas Expertise aus der Inneren Medizin«, sagte Anita und lächelte breit, während sie die Augen schloss. Das sah ein wenig ulkig aus.

»Erst einmal will ich unseren jungen Mann untersuchen.«

Anita ging zu Miguel Vallejo hinüber. Tekla fühlte sich merkwürdig dankbar, dass Anita nicht Evas Partei ergriff.

Eine Krankenschwester ließ sie für die Untersuchung des Patienten allein, der mit EKG-Elektroden und invasiver Druckmessung an mehrere Geräte angeschlossen war. In der Armbeuge hatte er zwei Zugänge, durch die mit exakter Präzision verschiedene Medikamente aus den Infusionspumpen tropften. Der neu gelegte Venenkatheter im Hals blitzte durch die durchsichtige Hülle. Aus dem Mund des Patienten führte ein Plastikschlauch zum Respirator, der sich um die Atmung kümmerte.

»Armer Kerl«, flüsterte Anita vor sich hin. Sie hob das Laken und inspizierte Bauch, Beine und Arme, Hals und Gesicht. Tekla wusste nicht genau, wonach Anita suchte, wollte aber nicht stören und verließ sich darauf, dass hinter allem, was sie tat, ein Gedanke steckte.

Anita nahm ihren Reflexhammer und untersuchte alle Nerven in Füßen, Armen und Gesicht. Dann legte sie das Laken wieder über seinen Körper, faltete es sorgfältig über Miguels Brustkorb und strich ihm vorsichtig über die Wange. Tekla hatte plötzlich das Gefühl, dass Anita sich schon einmal in einer ähnlichen Situation befunden hatte, aber als Angehörige, vielleicht bei einem geliebten Familienmitglied. Hatte sie vielleicht ein Kind gehabt, das so dagelegen hatte, intubiert, auf den Tod wartend?

Anita wandte sich um.

»Nicht viel festzustellen. Er ist bewusstlos.«

»Ja, offenbar«, sagte Tekla.

»Aber ist nicht gerade das merkwürdig?«, fuhr Anita fort.

»Was?«

»Dass er nach achtundvierzig Stunden noch immer bewusstlos ist.«

»Ja, aber …«

»Das sollte er nicht sein. Nicht, wenn es eine normale Vergiftung wäre. Oder?«

Tekla kam nicht mit.

»Ich stimme dir zu. Aber die Proben könnten vielleicht mehr verraten.«

Anita hielt inne, den Blick auf einen Punkt bei Miguels Füßen gerichtet.

»Alles hängt an der Anamnese. Achtzig Prozent der Information liegen in der Geschichte. Ich glaube, wir sind hier fertig«, schloss Anita und senkte die Stimme. »Und wir sollten vielleicht irgendwo anders *nachdenken*, damit wir die *Intensivmediziner* nicht stören.«

Tekla nickte zustimmend, als Anita große Augen machte

und die Lippen zusammenpresste. Jetzt war sie sich sicher: Sie waren ein Team. Zumindest heute.

Sie verließen die Intensivstation und gingen zu den Aufzügen.

Tekla streckte sich und fasste die Geschehnisse der letzten Woche für sich zusammen: Ein junger Mann mit Stichverletzungen am Donnerstagabend, als zur gleichen Zeit der kleine Junge mit Sepsis und Krampfanfällen im Nebenzimmer lag. Es war ihr gelungen, beide Patienten zu stabilisieren, sie lebten noch. Und keine Repressalien von Göran wegen ihrer Behandlung. Check. Eine Stunde später stand sie am Söder Torn und versuchte sich um Patienten mit Rauchvergiftungen und Verbrennungen zu kümmern, von denen der letzte vermeintlich tot war. Sich aber dann doch als lebendig erwies. Der Patient mit den schweren Verbrennungen, der beinahe gestorben wäre, als irgendein Verrückter gestern auf der Intensivstation den Versuch unternommen hatte, ihn zu ersticken. Tekla hatte es verhindert. Check, check. Blieb der seltsame Intox-Patient auf der Intensivstation, in dessen Fall sie sich vertiefen konnte. Um ihn direkt vor Anitas und vor allem Tariqs Augen zu knacken. Hier noch kein Check, bis auf Weiteres. Dann musste sie wieder an Simons SMS denken und holte ihr Handy heraus: keine Antwort. Es war zehn Uhr. Noch eine Stunde bis zum Gespräch mit Rebecka Nilsén. Es würde ein langer Tag werden. Tekla drehte sich von Anita weg und nahm die Labellohülle aus ihrer Tasche.

Montag, der 10. Juni
KARLAPLAN, STOCKHOLM

»Schatz, ich nehme heute das große Auto«, rief Nina und trug eine letzte Schicht Lippenstift auf.

»Du musst nicht schreien«, antwortete Jocke. Er stellte sich hinter seine Frau und umarmte sie. »Und es heißt Escalade, dein kleines Spielzeug.«

Nina verließ das Badezimmer und holte einen schwarzen Blazer aus ihrem begehbaren Schrank.

Im Hintergrund war die Türglocke zu hören. Nina trat in den langen Flur hinaus und rief: »Könnt ihr aufmachen? Das ist Barbara.«

»Okay!«, antwortete eine Kinderstimme.

»Und zieht euch an. Wir fahren in fünf Minuten.«

Joakim umfasste Nina erneut. Er war einen Kopf größer, und sie war schon 1,74 Meter groß.

»Was ist, Schatz?«

Nina versuchte sich zu befreien, doch Joakim hielt sie fest und blieb stur.

»Du siehst gestresst aus.«

Sie ließ die Schultern sinken. Gab ihren Widerstand auf.

»Sind nur gerade viele Bälle gleichzeitig in der Luft.«

»Aber das liebst du doch. Jetzt mal ganz ehrlich, es würde dir beschissen gehen, wenn du nicht viel zu tun hättest. Weißt du noch, letzten Sommer, als wir den ganzen Juli das Haus …«

»Das ist es nicht«, seufzte Nina und machte sich los. Sie zog ihren Blazer zurecht. »Es dürfen einfach nicht zu viele negative Punkte auf der Tagesordnung stehen. Ich bin zum Beispiel total genervt von Carina, die über alles und jeden im Kindergarten eine Meinung hat. Wie kommt es, dass Lehrer immer die schlimmste Sorte Eltern sind?«

»Und sonst?«, insistierte Jocke. »Was hast du sonst noch auf dieser negativen Checkliste?«

»Nichts. Ich muss jetzt los. Und du hast Lippenstift an der Wange.«

Ninas Absätze klapperten über das Fischgrätparkett, als sie durch den Flur lief, um Barbara, ihrer Putzfrau, Instruktionen zu geben. Doch in der Tür stand nicht Barbara.

»Papa?«

»Guten Morgen!«, sagte Victor Umarov und hielt eine Tüte von der Bäckerei Thelins hoch.

»Kardamom. Deine Lieblingssorte.«

Nina trat zu ihrem Vater und gab ihm einen Kuss auf die Wange. Er trug ein schwarzes Hemd, ein dunkles Sakko und dünne Schuhe. In der Hand hielt er seinen Autoschlüssel, den er hochwarf und wieder auffing.

»Wie schick du bist«, sagte Nina. »Aber was machst du so früh hier?«

»Ich dachte, ihr könnt ein leckeres Frühstück gebrauchen.«

»Wie süß, Papa, aber wir müssen weg. Ich hab heute extrem viel zu tun.« Nina wandte sich um und rief: »Kate! Emily! Ihr müsst jetzt kommen!«

Die sechsjährigen Zwillinge kamen angerannt und sprangen ihrem Großvater in die Arme, als sie ihn sahen.

Victor ging in die Hocke und umarmte die Mädchen.

»Hmm. Meine kleinen Tiger. Lasst mich riechen … Mund auf! Habt ihr die Zähne geputzt?«

Beide Mädchen rissen den Mund so weit auf, wie sie konnten, und atmeten ihren Großvater an.

Victor stützte sich mit den Händen auf seinem Oberschenkel ab, um aufzustehen. Er strich den Mädchen übers Haar.

»Schuhe an. Ihr habt Mama gehört.«

Die Mädchen setzten sich auf den Boden und begannen ihre Sandalen anzuziehen.

»Können wir reden?«, fragte Victor und senkte die Stimme.

Nina hatte sich immer entlarvt gefühlt, wenn er sie mit diesem Blick bedachte. Sein plötzlicher Wechsel von irgendeinem Witz oder Scherz zu vollständiger Fokussiertheit. Da wusste sie, dass er etwas Wichtiges auf dem Herzen hatte.

»Papa, ich hab …«

Victor ergriff Ninas Unterarm.

»Nur zwei Minuten.« Er wandte sich den Mädchen zu. »Sind die Monster bereit, ins Gefängnis zu fahren?«

»Jaaa!«, riefen die Mädchen und sprangen auf. Sie setzten ihre Rucksäcke auf und öffneten die Wohnungstür.

»Wartet«, sagte Victor und steckte die Hefeteilchen in Emilys Tasche. Er zwinkerte ihr zu und flüsterte: »Falls der Löwe kommt.«

Sie rannten ins Treppenhaus hinaus.

Nina schüttelte den Kopf. »Ich frage mich, ob deine Geschichten sie irgendwann zu Kriminellen machen.«

»Nicht doch. Sie werden ja von einer völlig unkriminellen Mutter aufgezogen.«

Nina zog sich den Mantel an und spürte einen unangenehmen Klumpen im Magen.

»Schatz, ich gehe jetzt«, rief sie in die Wohnung.

»Okay!«, war weit entfernt Jockes Stimme zu hören.

Die Zwillinge nahmen die Treppe, während Nina und Victor auf den Lift warteten.

»Ist alles okay?«, fragte Victor.

Nina holte einen Lippenstift heraus, um etwas zu haben, auf das sie sich konzentrieren konnte. Sie wollte dem Röntgenblick ihres Vaters nicht begegnen.

»Absolut. Nur viel zu tun.«

»Das hast du immer«, erwiderte Victor. »Und ich habe aufgehört, es zu kommentieren.«

»Bist du deshalb am Montagmorgen um acht Uhr hergekommen?«, fragte Nina und korrigierte den Lippenstift. »Um zu sehen, wie es mir geht?«

Sie stiegen in den alten Jahrhundertwendeaufzug und schlossen das Gittertor.

»Ich würde bis nach Sibirien fahren, um zu sehen, wie es dir geht«, sagte Victor.

»Es geht mir gut, das sage ich doch.«

Victor blickte in den Spiegel.

»Weißt du noch, als wir in London gewohnt haben und Coco auf euch aufgepasst hat, und ihr wolltet Kuchen backen? Ihr habt den Zucker mit Salz vertauscht. Coco war stocksauer. Als Mama und ich nach Hause kamen, haben wir uns an den Küchentisch gesetzt, und ich hab Sardor und dich gebeten, mir in die Augen zu sehen. Erinnerst du dich?«

Nina erinnerte sich.

»Weißt du noch, was ich gefragt habe?«

»Wer den Zucker ausgetauscht hat«, antwortete Nina.

»Und wer war es?«

»Ich.«

Der Aufzug blieb stehen.

»Aber ihr musstet es gar nicht sagen, stimmt's? Ich hab es in euren Augen gesehen.«

Nina verließ den Aufzug. »Papa, ich hab jetzt nicht wirklich Zeit für deine nostalgischen Geschichten.«

Sie gingen zur Garage, und Nina sperrte das Auto auf.

»Springt rein, Mädels.«

Die Mädchen setzten sich auf den Rücksitz des großen SUV, Nina machte die Türen zu. Es wurde völlig still in der Garage.

Victor stellte sich ganz nah neben seine Tochter. Sie wusste genau, worum er sie jetzt bitten würde.

»Sieh mich an, Nina.«

»Was?«

»Schau mir in die Augen und sag, dass alles gut ist.«

Nina wappnete sich und starrte ihrem Vater ins Gesicht. Jetzt fiel ihr auf, dass er frisch rasiert war und sogar irgendeine Pomade im Haar hatte, das zurückgekämmt war, sodass die Locken in einer glänzenden Welle am Kopf lagen.

»Du musst zum Friseur«, sagte Nina.

»Ich dachte, das mache ich jetzt gleich, wenn ich schon mal in der Stadt bin.«

Victor hielt den Blick seiner Tochter fest.

»Und?«, fragte er ruhig.

»Alles gut, Papa«, antwortete sie und lächelte breit, spürte jedoch, dass ihre Wangen spannten. »Wirklich.«

Sie gab ihm einen hastigen Kuss auf die Wange und öffnete dann die Autotür.

»Genieß deinen Stadtbesuch.«

Nina startete das Auto und fuhr davon. Sie sah, wie ihr Vater noch dastand. Er folgte dem Auto mit dem Blick, als sie es die Rampe hoch und auf den Karlavägen steuerte.

Sie öffnete den obersten Knopf ihrer Bluse und gab Gas in Richtung des englischen Kindergartens.

Montag, der 10. Juni
STRANDVÄGEN, ÖSTERMALM

Als Nina die Zwillinge abgeliefert hatte, fuhr sie weiter zum Maklerbüro Sjöglimt.

»Guten Morgen«, begrüßte Jeanette sie und legte einen Stapel Papiere auf den Tisch vor Nina. »Kaggholmen. Alles fertig außer die letzten Bankangelegenheiten.«

»Danke«, sagte Nina. Die Bank. Nina fügte der To-do-Liste des Tages einen weiteren Punkt hinzu. Sie musste ihren privaten Kredit für den Hauskauf in Rio abklären. Joakim hatte wie gewöhnlich keine Ahnung, er verließ sich darauf, dass sie alle Details regelte, hatte aber keine Probleme damit, seinen Freunden den Prospekt und den Drohnenfilm zu zeigen. Inzwischen besaßen sie gemeinsam elf Immobilien. Vier waren vermietet, und drei wurden gerade renoviert. Was sollten sie eigentlich mit all den Häusern und Wohnungen? Sie kam auf keine bessere Antwort, als dass sie immer auf der Jagd nach irgendeinem neuen Objekt waren. Verbier war leicht zu erklären: Sowohl Jocke als auch sie liebten Skifahren über alles. Mindestens drei Wochen im Jahr waren sie dort. Aber die Wohnung in Palma, wann waren sie da eigentlich zuletzt gewesen? Nina erinnerte sich nicht. Kate und Emily hatten noch im Kinderwagen gesessen. Und wie oft würden sie es in den nächsten zehn Jahren schaffen, nach Rio zu fliegen?

Um Viertel vor elf verließ sie das Büro und fuhr mit dem Auto zum Kungsträdgården. Sie bog in die kleine Straße an der Synagoge ein und parkte. Wusste, dass sie vermutlich ein Knöllchen bekommen würde. Ihre Gedanken waren jedoch woanders. Sie fühlte sich genervt und gestresst von Victors kleiner Morgenvisite. Sie hatte noch nichts vom Zahnarztzentrum gehört, wusste jedoch, dass der FSB-Mann nach wie vor in der Stadt war. Er hatte gesagt, er würde »bleiben, bis alle losen Fäden unter Kontrolle waren«. Sie fragte sich, in welchem Hotel er wohnte.

In Piccolinos Café war es ziemlich ruhig. An der Wand saß Elena in einem gelben, fluffigen Pullover und trank Zitronensaft.

Nina begrüßte ihre Stiefmutter mit Wangenküssen und bestellte einen Cappuccino.

»Mit Sojamilch, bitte.«

»Alles okay?«, fragte Elena.

Nina spürte sofort, wie eine kleine Mauer in ihr wuchs. Bei den Treffen mit Elena gab es immer eine versteckte Agenda.

»Dein Vater sagt, er macht sich Sorgen um dich.«

»Ach so?«, sagte Nina und stellte sich ahnungslos.

»Er sagt, du arbeitest zu viel.«

»Das sagt der Richtige.«

»Er ist inzwischen ziemlich gut darin geworden, zu Hause zu bleiben.«

»Und sich um den Pool zu kümmern.«

»Oh ja, der stört ihn.«

Ninas Cappuccino kam. Sie versuchte, sich nicht von Elenas Art, über Victor zu sprechen, nerven zu lassen. Es war, als hätte sie das Bedürfnis zu kontrollieren, was ihre Stieftochter über das Leben ihres Mannes wusste.

»Ich finde, ihr beide solltet euch öfter mal treffen«, sagte Elena.

»Ja, das wäre wohl schön.« Nina versuchte zu lächeln.

»Bei Männern weiß man nie. Sie können …«

»Was? Knall auf Fall sterben?«

Nina dachte an Victors dicken Bauch und dass sie ihn nie beim Sport gesehen hatte. Sie hatte ihn noch nicht einmal irgendwann rennen sehen.

»Er ist ja nicht mehr der Jüngste«, erwiderte Elena.

»Er sollte sich ein bisschen besser um seine Gesundheit kümmern«, konstatierte Nina.

»Und du und Sardor?«

»Was meinst du damit?«

»Na ja, versteht ihr euch gut?«

»Warum sollten wir nicht?«

»Nur so eine Frage.«

Nina tat, als fiele ihr gerade etwas ein. Sie holte ihr Handy heraus.

»Oh je. Ich muss weiter. Aber es war schön, dich zu sehen.« Sie stand auf.

»Da siehst du es«, sagte Elena.

»Was?«

»Du bist gestresst.«

»Es ist Montag, meine Liebe. Montags ist immer viel zu tun.«

Nina stieg ins Auto und fuhr zum Humlegården. Im zweiten Stock des alten Hauses vom Ende des 19. Jahrhunderts lag das Zahnarztzentrum Humlegården. Nina grüßte Julianna am Empfangstresen.

Nach zwei Minuten kam Julianna und holte sie.

Nina ging im Flur ganz nach hinten und setzte sich wie gewöhnlich in einen Behandlungsraum. Wartete. Nach einer Weile öffnete sich die Tür, und ein Mann kam herein. Er nahm auf dem anderen Stuhl im Zimmer Platz und verschränkte die Hände in seinem Schoß. Wippte ein bisschen vor und zurück, auf seine charakteristische Art.

Ninas Puls raste. Sie versuchte, in seinem mageren Gesicht abzulesen, ob er gute oder schlechte Nachrichten hatte. Er war genauso neutral wie immer.

»Es ist uns nicht gelungen«, sagte er in seinem extrem schlechten Englisch.

»Wie, nicht gelungen?«

»Er ist noch im Krankenhaus.«

Nina schloss die Augen. Atmete tief ein.

»Wollten Sie nicht irgendeinen … Profi schicken?«

Der Mann nahm seine dünn geränderte Brille ab. Zum ersten Mal bemerkte Nina, dass er grüne Augen hatte.

»Sie haben die Bewachung verstärkt, jetzt wird es also schwer, an ihn heranzukommen.«

»Aber … das werden Sie doch wohl schaffen …«

»Ganz ruhig.« Der Mann hob seine altersfleckige Hand. »Ich informiere Sie nur über die Lage. Er lebt. Es ist nicht gelungen. Wir müssen umdenken.«

Er stand auf.

»Aber was bedeutet das?«, fragte Nina. Von nervös über gestresst wurde sie nun wütend.

»Dass wir uns wieder melden.«

»Wann?«

»Wir melden uns.«

»Scheiße«, sagte Nina. »Sie lösen die Sache nicht in der nächsten Woche, oder?«

Der Mann verließ den Raum.

Nina fühlte sich panisch. Sie musste es selbst in Ordnung bringen. Diesmal konnte sie sich nicht auf den FSB verlassen.

Ihr Handy summte. Tatyana wollte sich nach dem Mittagessen in Södermalm treffen. Nina begriff, was zu tun war.

Montag, der 10. Juni

ÖSTERMALM, STOCKHOLM

Die Skeppargatan 28 sah aus wie jede andere Adresse in Östermalm. Nina ging die Namensliste am Eingang durch und fand den Namen, nach dem sie suchte: Skeppargatan Fitness Lounge. Eine nasale Männerstimme antwortete.

»Ja?«

»Ich suche Jonna Fredén-Hansson.«

Für ein paar Sekunden war es still.

»Sind Sie Mitglied?«

»Nein, aber meine Kollegin.«

»Ich lasse Sie rein.«

Die Tür öffnete sich, Nina ging hinein und hinunter in den Keller. Als sie die Räumlichkeiten betrat, wurde sie von weißem Licht geblendet. Die Holzvertäfelung an den Wänden, der Linoleumboden, der Rezeptionstresen, die Kleidung des Mannes, der auf sie wartete, alles war weiß. Der Mann trug sogar eine weiße Brille. Nina musste an ein medizinisches Labor denken.

»Wie kann ich Ihnen helfen?«

»Ich suche Jonna Fredén-Hansson.«

»Ich werde nachsehen, ob sie verfügbar ist.«

Nina wurde zu einem weißen, lederbezogenen Stuhl neben einem winzigen Tisch gewiesen. Im Hintergrund lief leise Musik, es klang wie etwas Orientalisches. Es duftete nach Eukalyptus. Nach ein paar Minuten kam Jonna im weißen Bademantel und weißen Schlappen. Sie war rot im Gesicht.

»In der Sauna gewesen?«, fragte Nina.

»Du solltest mal 'ne Runde mitmachen. Ich habe gerade mit meinem PT geboxt.«

»Danke, aber ich boxe nur mit meinen Kindern. Und manchmal Jocke.«

Jonna wischte mit einem dicken, schneeweißen Frotteehandtuch den Schweiß aus ihrem Gesicht. Sie strich sich das feuchte Haar hinter die Ohren und wandte sich an den Rezeptionisten: »Könnte ich so einen frisch Gepressten bekommen … mit Ingwer und Zitrone?«

Der Mann mit der nasalen Stimme verschwand hinter einem Vorhang.

»Wie war New York?«, fragte Nina.

»Fantastisch. Die Stadt inspiriert mich jedes Mal wieder. Nur anstrengend, morgens so anzukommen. Ich konnte im Flieger kaum schlafen.«

»Solltest du dann nicht besser zu Hause sein und ein bisschen Schlaf nachholen? Du kannst auch erst morgen ins Büro kommen.«

»Ach was. Jetzt, wo ich ein paar Behandlungen bekommen habe, geht es mir schon besser. Wie läuft es mit allem?«

Nina fuhr sich etwas gestresst mit den Fingerspitzen durch ihr dunkles, kurz geschnittenes Haar. Dann streckte sie ihren Rücken durch.

»Es hat nicht geklappt.«

»Was?«

»Mein Plan hat nicht so funktioniert, wie ich gedacht hatte.«

Jonna beugte sich vor und senkte die Stimme. »Du meinst, der Schwerverletzte vom Brand …«

»Lebt. Mit verstärkter Bewachung. Jetzt kommen meine Kontakte also nicht an ihn ran.«

»Und was machen wir dann?«

»Ja, was machen wir«, sagte Nina. »Das ist die Frage.«

»Machst du dir Sorgen?«, fragte Jonna.

»Natürlich mache ich mir Sorgen. Das solltest du auch. Wenn Papa erfährt, was passiert ist, wird unsere Maklerfirma dichtgemacht. Und das wird dann unser geringstes Problem sein.«

»Warum? Die haben doch wir beide gegründet.«

Nina lächelte und schüttelte den Kopf. »Du bist so herrlich naiv. Genau das liebe ich an dir. So schwedisch.«

»Hör auf.«

»Es gibt so vieles, das du nicht weißt«, sagte Nina und hörte, wie hinter dem Vorhang ein Mixer gestartet wurde. »Woher, glaubst du, kam das Startkapital, als wir mit Sjöglimt angefangen haben?«

»Du hast gesagt, du hättest etwas Geld übrig.«

»Vier Millionen. Das war Papas Geld.«

»Das hast du mir nie gesagt.«

»Nein. Und es gibt noch ein paar andere Dinge, von denen du auch nichts wissen musst. Aber verlass dich auf mich. Die Polizei wird ermitteln, warum die Fassade so stark gebrannt hat. Sie werden das Baumaterial analysieren und feststellen, dass es kein Standard ist, dass es dasselbe EPS-Material ist wie beim Grenfell Tower in London.«

»Aber dann werden wir …«

»Nein, das wird alles sein«, sagte Nina verbissen. »Man kann es nicht zu uns zurückverfolgen. Offiziell ist die lettische Baufirma dafür verantwortlich.«

»Ich weiß, aber Oleg …«

»Genau«, fiel Nina ihr ins Wort. »Oleg ist die Verbindung zu uns. Und deshalb darf er nicht mit der Polizei sprechen.«

Jonna bekam ihren Saft. Sie stellte ihn auf den Tisch, ohne davon zu trinken.

»Also …?«

»Ich fürchte, dass ich meinen Bruder um Hilfe bitten muss.«

»Sardor?«

»Leider hab ich keinen anderen Bruder.« Nina trank von dem Saft. »Lecker.«

»Aber was soll er tun?«

»Das weiß ich noch nicht. Das Einzige, was ich weiß, ist, dass ich mit ihm reden muss. Aus mehreren Gründen.«

»Glaubst du, wir schaffen es, die Sache von uns fernzuhalten?«

»Es gibt kein Glauben in meiner Kalkulation«, antwortete Nina. »Ich weiß, dass wir es schaffen werden.«

»Und warum siehst du dann so gestresst aus?«, fragte Jonna.

Nina lächelte.

»Das hat mit anderen Dingen zu tun. Mit der Familie.«

Montag, der 10. Juni

INTENSIVSTATION, NOBEL-KRANKENHAUS

Vor Raum 1 der Intensivstation standen zwei Wachmänner. Tekla kam sich vor wie Frodo vor dem Toren von Mordor.

»Erhöhte Bedrohung«, sagte einer der Wachmänner freundlich. Er nahm eine Liste. »Und Sie sind?«

»Tekla Berg.«

Er fand schnell ihren Namen.

»Sie können reingehen.«

Tekla passierte mit zitternden Knien die Luftschleuse. Plötzlich fühlte sie sich einen Tag in der Zeit zurückversetzt. Vor der Nachricht von Simon. Sie machte sich noch immer Sorgen darüber, wer der Schwerverletzte sein mochte.

Im Zimmer selbst hatte sich nichts verändert. Rebecka Nilsén stand in einer Ecke und redete in ihr Handy, legte jedoch auf, sobald sie Tekla sah.

»Hallo! Schön, dass Sie gekommen sind.«

»Fühlt sich ein bisschen seltsam an mit Wachpersonal hier im Krankenhaus«, sagte Tekla.

»Die Lage hat sich mit dem gestrigen Mordversuch geändert«, sagte eine Stimme hinter Tekla. Sie fuhr herum. Ihr war völlig entgangen, dass sich noch eine weitere Person im Raum befand, ein schlanker Mann mit freundlichem Gesicht. Er trug ein lässiges, sandfarbenes Sommersakko über einem dunkelgrünen Polohemd. Der Mann streckte die Hand aus.

»Marcus Safadi. Säpo.«

»Säpo?«

Rebecka lehnte sich gegen das Fußteil des Bettes.

»Dank Ihres fantastischen Einsatzes gestern, Tekla, lebt er noch. Sehr resolutes Handeln, alle Achtung! Ein Glück, dass Sie nicht selbst zu Schaden gekommen sind.«

»Absolut«, sagte Marcus und blickte in Rebeckas Richtung.

Vor ihrem inneren Auge sah Tekla den hinkenden Mann in den Gängen des Untergeschosses verschwinden. Das Seltsame, woran auch die Polizisten, die sie verhört hatten, hängen geblieben waren, war, dass sie nicht ein einziges Mal das Gesicht des Mannes gesehen hatte. Er hatte zwar die Kapuze seiner Windjacke auf, aber nichts vor dem Gesicht. Er musste sich die ganze Zeit bewusst von ihr abgewandt haben. Dann war die SMS von Simon gekommen.

»Der Angriff gestern scheint von einem Profi ausgeführt worden zu sein«, erklärte der Mann von der Säpo.

»Einem Profi?«, fragte Tekla.

»Und um das festzustellen, brauchen wir die Säpo«, stöhnte Rebecka und fingerte genervt an ihrem Handy herum.

Marcus ignorierte den Kommentar seiner Polizeikollegin gelassen.

»Wir waren uns nicht sicher … *sind* uns immer noch nicht sicher, ob ein Verbrechen hinter dem Brand steckt.«

»Jetzt ist aber mal Schluss«, unterbrach ihn Rebecka. Sie wandte sich an Tekla. »Es ist so: Die Säpo hat eine Theorie zu der Garage, in der wir Bombenreste gefunden haben. Es herrscht schon seit einiger Zeit eine erhöhte Sicherheitsstufe für Stockholm, und es besteht ein konkreter Verdacht gegen eine Terrorzelle in der Innenstadt. Richtig?« Sie wedelte aufgebracht mit dem Finger zwischen sich und ihrem Kollegen von der Sicherheitspolizei herum. »Die Kommunikation zwischen uns ist nicht immer die beste. Wir von der NOA haben eigentlich die Verantwortung für diesen Fall und leiten die Ermittlungen, während unsere lieben Kollegen von der Säpo sich auf die Terroristenspur konzentrieren. Stimmt's?«

Marcus lächelte. Tekla konnte nicht anders, als ihn sympathisch zu finden und mit ihm zu fühlen. Es war sicher anstrengend, Rebecka Nilsén als Gegnerin im Ring zu haben.

Rebecka verschränkte die Arme vor der Brust. Zur Feier des Tages trug sie ein safrangelbes, langes Kleid und einen schwarzen Blazer mit Puffärmeln à la Madonna in ihren frühen Jahren. Sie hatte auch eine neue Brille auf, deren Gestell in diskretem Blau gehalten war.

»Und das heißt? Ihr denkt, der Schwerverletzte hier ist ein … Terrorist?«, fragte Tekla.

»Wir wissen nichts mit Sicherheit«, sagte Marcus ruhig.

»Also arbeiten wir intensiv an seiner Identifizierung«, warf Rebecka ein.

»Klingt, als wäre das eine harte Nuss«, antwortete Tekla.

»Der Hinweis ist vielleicht unnötig, aber wir gehen davon aus, dass Sie diese Informationen nicht weitergeben.«

»Selbstverständlich«, sagte Tekla und trat zu dem intubierten Patienten, dessen einziges Lebenszeichen ein etwas weniger geschwollenes Auge war, um das es hier und da zuckte. Die Zweifel, ob die SMS wirklich von Simon gekommen war, kehrten zurück, und damit die Gedanken, wer der Patient vor ihr war. Sie bemühte sich, dass ihre Hand nicht zitterte, während sie so tat, als würde sie ihn untersuchen. Eigentlich fahndete sie jedoch fieberhaft nach Erkennungszeichen. Die Größe stimmte, soweit sie das beurteilen konnte. Die körperliche Konstitution: Simon war immer schlank, aber sehnig und stark gewesen. Der Patient vor ihr war schlank, definitiv, aber muskulös? Unklar. Ihr Blick wanderte zu den Händen hinunter: Sie wiesen schwere Verbrennungen auf, doch der

Daumen der linken Hand sah relativ unverletzt aus. Zuvor war er bandagiert gewesen. Sie fuhr mit dem Finger über die Daumenwurzel. Genau wie bei Simon verlief das erste Fingerglied etwas schräg, während das vordere leicht nach innen zeigte.

Alles drehte sich, und sie bekam nur schwer Luft. Tekla atmete tief ein und trat einen Schritt zurück. Sie tat, als müsste sie husten, und wischte sich etwas Schweiß von der Oberlippe. Dann wappnete sie sich und blickte Rebecka an.

»Ja, wir werden sehen, was die DNA-Analyse ergibt.«

Rebecka Nilsén hatte etwas bemerkt, das war deutlich, sie hatte aufgehört, auf ihrem Handy herumzutippen. Tekla versuchte, den scharfen Röntgenblick abzulenken, der sie von der Seite traf.

»Und diesen Lieferwagen habt ihr noch nicht gefunden?«, erkundigte sie sich.

»Wir haben viele grüne Renault Trafics gefunden, aber nicht den richtigen.«

»Ihr habt also noch keine Ahnung, wer die Männer waren, die vom Unglücksort geflohen sind?«

Rebecka zögerte. Dann lachte sie auf.

»Sie sind wirklich neugierig. Gibt es dafür einen bestimmten Grund?«

»Überhaupt nicht«, antwortete Tekla etwas zu hastig.

»Nein, wir haben die Männer, nach denen wir suchen, noch nicht gefunden. Sie haben sicher Verschiedenes in den Medien gelesen …«

»Ich lese keine Zeitung.«

»Richtig, ihr Ärzte arbeitet ja immer nur.«

Tekla hatte keine Lust, den Subtext von Rebeckas Kommentar zu analysieren. Stattdessen tat sie so, als wäre sie plötzlich in Eile.

»Ich muss jetzt zurück in die Notaufnahme. Wir sehen uns morgen.«

»Tun wir«, antwortete Rebecka, die Teklas Rücken mit neugierigem Blick zur Tür folgte.

»Wir hören voneinander«, sagte Marcus.

Tekla trank an einem Waschbecken etwas Wasser aus dem Hahn. Sie fühlte sich völlig erschöpft. Würde dieser Scheißtag nie zu Ende gehen?

Montagnachmittag, der 10. Juni
NYTORGET, STOCKHOLM

Nach der Arbeit unternahm Tekla einen Spaziergang zum Nytorget, dem kleinen Bereich im südöstlichen Södermalm, in dem sich Stockholms erfolgreiche Mittelklasse tummelte, extreme Hipster, die mit dem längsten Bart, den teuersten Retro-Kinderwagen und den strengsten ökologischen Essensphilosophien. Sie kamen aus schwedischen Kleinstädten und hegten den Traum, in der Großstadt etwas zu werden. War sie eine von ihnen? Der Gedanke ließ sich leicht widerlegen. Nichts an ihr war hip. Und auch ihr Motiv, in die Großstadt zu ziehen, unterschied sich von dem der Bartmafia. Sie lebte in derselben Stadt, atmete dieselbe Luft, trat auf denselben Asphalt und war trotzdem keine von ihnen. Ihr Magen war leer, die Zuckerdepots erschöpft, und Tekla zitterte von all den Bomben, die sie im Lauf des Tages eingeworfen hatte. Der Gedanke, nach Hause in eine leere Wohnung zu kommen und nur auf ihr Handy zu starren, versetzte sie in Panik. Sie hatte heute sicher dreißig SMS an Simon geschickt. War es wirklich er gewesen, der die letzten beiden Kurznachrichten geschrieben hatte? Sie begann zu zweifeln. Gleichzeitig entwickelte ein anderer Teil ihres Gehirns Katastrophengedanken und malte sich aus, dass Simon in ernsthafte Schwierigkeiten geraten war. Und sie hatte auch die Idee noch nicht ganz abgehakt, dass Simon der Schwerbrandverletzte auf der Intensivstation war.

Sie landete in einer Falafel-Bar und setzte ich auf eine Holzbank, wartete gleichgültig auf ihre Bestellung. Eine Frau in ihrem Alter setzte sich mit dem Rücken zu ihr. Tekla warf einen verstohlenen Blick auf ihre Handtasche. Darin lag ein Buch. Ein richtiges, physisches Buch. Die Frau saß auch nicht, wie die restlichen Kunden des Restaurants, da und tippte auf ihrem Handy herum. Normalerweise hätte sie sie nie angesprochen. Aber vielleicht waren es die erschütternden Ereignisse der letzten Tage, die bewirkten, dass Tekla ein Stück außerhalb ihrer gewöhnlichen Grenzen agierte. Sie konnte nicht anders, als zu fragen: »Was liest du da?«

Die Frau wandte sich um und lächelte breit und herzlich.

Tekla bereute ihren Vorstoß sofort, doch es war zu spät. Sie präzisierte: »Das Buch«, und zeigte linkisch auf die Tasche.

»Ah.« Die Frau nahm es sofort heraus. »Ferrante.«

Es lag etwas Selbstverständliches in der Art, wie sie über das Buch sprach.

»Hab ich nicht gelesen. Der große Erfolg des letzten Jahres, oder? Ist es gut?«

Die Frau blickte auf das Buch, drehte es in ihrer Hand, als überlegte sie, wie viel sie überhaupt verraten sollte.

»Geht so, muss ich sagen. Irgendwie ein bisschen enttäuschend. Fühlt sich so … plauderig an. Handelt von zwei Mädchen, die in Neapel aufwachsen, beste Freundinnen, sehr unterschiedlich … wie sie sich dann im Leben entwickeln. Gleichzeitig kann ich es nicht weglegen. Etwas irritierend.«

Tekla erreichte erneut ein ansteckendes Lächeln von der Frau. Diesmal empfand sie eine Welle von Wärme. Es war ein ungewohntes Gefühl, persönlichen Kontakt zu jemandem in dieser Stadt zu haben. Sie war froh, dass sie hergekommen und nicht nach der Arbeit nach Hause gegangen war, das brauchte sie jetzt, auch mal normale Menschen zu treffen. Menschen, die lebten. Menschen, die lachten und denen es gut ging. Jedenfalls an der Oberfläche.

»Wartest du auf jemanden?«, fragte Tekla. Jetzt sah sie, wie muskulös die Frau war – durchtrainiert war vielleicht das richtige Wort, aber auf eine natürliche Art. Muskeln, wie man sie nur durch körperliche Arbeit bekommt, vielleicht bei der Feuerwehr oder beim Bau. Die Frau trug ein apartes Kleid aus limonengrünem Stoff mit einem türkis changierenden Zickzackmuster. Darüber eine schwarze Lederjacke. Die passte besser zu ihrer Ausstrahlung von … Vitalität. Sie hatte definierte Wadenmuskeln und einen Rücken, der die Türsteher am Stureplan vor Neid erblassen lassen würde.

»Auf meinen wunderbaren Bruder.« Sie zog eine gelangweilte Miene. »Aber er ist wie immer zu spät dran. Setz dich doch zu mir.«

Tekla nahm der muskulösen Frau gegenüber Platz. Es fühlte sich unglaublich spontan an. Gleichzeitig nahm sie ihr Falafel von der Kellnerin entgegen. Dann streckte sie eine Hand aus.

»Tekla.«

»Astrid. Schön, dich kennenzulernen. Kommst du oft her?«

»Ich bin noch nie hier gewesen. Wusste gar nicht, dass sie hier Falafel haben. Aber sieht lecker aus.« Sie nahm einen Bissen und wurde nicht enttäuscht. »Sogar absolut super.«

»Mein Lieblingslokal auf Söder. Leider musste ich nach meiner Scheidung nach Vasastan ziehen. Nicht ansatzweise so nice. Wohnst du in der Nähe?«

»Gullmarsplan.«

Astrid machte ein erstauntes Gesicht.

»Ist gar nicht so schäbig, wie man denkt«, erklärte Tekla.

Astrid hatte krauses Haar, das ihr vom Kopf abstand wie eine mächtige Löwenmähne. Rabenschwarz.

»So war es nicht gemeint. Ich kenne mich nur nicht so gut aus.«

Tekla aß weiter. Fühlte sich ungewöhnlich hungrig.

»Als Kind hab ich davon geträumt, mit Büchern zu arbeiten«, fuhr Astrid fort.

»Und womit arbeitest du jetzt?«

Astrid blickte für einen Moment beiseite.

»Nichts Interessantem.«

»Und was für Bücher würdest du in deinem Verlag herausgeben?«

Astrid lächelte und schielte zu dem Ferrante-Buch auf dem Tisch.

»Es ist mir etwas peinlich, es zuzugeben, aber wahrscheinlich Fantasy.«

»Warum peinlich?«

»Das wird ja nun nicht gerade als gute Literatur angesehen. Keine Nobelpreise und so.«

»Aber die Leute lesen doch Fantasy? Besonders Jugendliche.«

»Und meine Wenigkeit ...« Astrid hatte wirklich ein ansteckendes Lächeln.

»Schwierig, dich als Wenigkeit zu bezeichnen«, sagte Tekla.

»Ich bin so geboren.« Sie zog die kurze Lederjacke aus und beugte ihren Bizeps. »Ganz ohne Fitnessstudio. Ich hasse diese Geräte. Und noch mehr hasse ich diese ganzen Typen, die stöhnen und schreien, wenn sie Kniebeugen machen oder Bankdrücken trainieren.«

»Scheiße«, sagte Tekla und hielt ihren schmalen, blassen Arm hoch.

Astrid fühlte vorsichtig.

»Gar nicht so schlecht.«

»... wie es aussieht, oder wie?«, lachte Tekla.

Astrid lächelte. »Was arbeitest du denn?«

»Bin Ärztin im Nobel-Krankenhaus.«

»Ah. Habt ihr viele Verletzte von dem Brand reinbekommen?«

»Nicht so viele, es hätte schlimmer sein können.«

»Es gab nicht viele Verletzte, meinst du?«

»Doch, aber es hätte noch schlimmer kommen können, wenn man den schnellen Brandverlauf bedenkt.« Sie sah das eine Auge des nicht identifizierten Mannes vor sich und spürte, wie ein Schauer durch ihren Körper lief. »Aber auf unserer Intensivstation liegt ein Mann mit sehr schweren Brandverletzungen.«

»Wird er es schaffen?«

»Unsicher. Er hat eine Blutvergiftung und ...« Tekla war dabei, jegliche Hemmungen in ihr Falafel fallen zu lassen.

»Ich kapier schon«, sagte Astrid nach längerem Schweigen. »Du darfst nichts erzählen. Wollen wir hoffen, dass er es schafft.«

»Sie tun, was sie können«, nickte Tekla.

»Aber schrecklich, diese Sache, dass der Brand vielleicht absichtlich gelegt worden ist.«

»Ich lese keine Zeitung.«

»Das Einzige, was ich mitgekriegt habe, ist, dass sie in einer Garage Sprengstoff gefunden haben. Und dann dieser Lieferwagen, nach dem sie suchen.«

Sie saßen da und betrachteten die Flaneure im Sonnenschein.

Tekla wechselte das Thema.

»Aber jetzt erzähl mal, was arbeitest du?«

Astrid lachte und klatschte in die Hände.

»Etwas so langweiliges wie PR.«

»Aber dann schreibst du doch zumindest eine ganze Menge.«

»Ich weiß nicht, ob man das Schreiben nennen kann. Wenn du dabei an mein Interesse für Bücher denkst.«

Tekla sah sich um. Aß weiter und genoss es, ihre Gedanken für eine Weile von ihrem Handy zu lösen.

»Du sagtest, er ist wunderbar, dein Bruder. Inwiefern ist er wunderbar? Oder war das ironisch?«

Astrid schien an einem Gedanken hängen zu bleiben. »Er ist mein Held. Ich hab ein paar richtig harte Jahre gehabt, mit einem Idioten von Mann, der auch der Vater meiner zehnjährigen Tochter ist. Ich wollte in der Wohnung bleiben, aber er hatte das Geld … er ist ein erfolgreicher Musikproduzent.« Tekla registrierte den Wechsel in Astrids Tonfall. »Und man verdient nicht so gut als Assistentin in einem PR-Büro …«

»Also hat dein Bruder dir Geld geliehen.«

»Er war schon immer sparsam. Und er hatte ein bisschen was angespart, das er mir leihen konnte. Sagt er. Aber ich weiß, dass ich es nicht zurückzahlen darf. Glück für mich, dass er so viel arbeitet. Er ist sein ganzes Leben lang nicht einmal krankgeschrieben gewesen. Darauf ist er sehr stolz.«

»Klingt, als wärt ihr euch sehr nah. Wart ihr das schon immer?«

»Ja, er war immer sehr der große Bruder. Seit Mama gestorben ist. Ich weiß, dass er ihr versprochen hat, sich um mich zu kümmern.«

Tekla musste an das Versprechen denken, das sie ihrem Vater am Totenbett gegeben hatte. Sie dachte an Iris, das kleine Mädchen, das auf ihrem Schoß an dem Bett gesessen hatte, in dem ihr Bruder lag und um sein Leben kämpfte. Tekla versuchte, sich den Duft ihres Haares in Erinnerung zu rufen, doch es gelang ihr nicht.

Plötzlich setzte sich ein Mann an den Tisch, auch er Größe XXL.

»Spät wie immer.« Astrid rückte zur Seite. Tekla fühlte sich klein gegen die beiden Hünen. »Das ist Tekla. Sie ist Ärztin im Nobel-Krankenhaus.«

»Magnus«, sagte der Mann und streckte seine Hand aus, die Teklas vollständig umschloss. Sie war warm und fühlte sich gut an.

»Hallo«, erwiderte Tekla und zog ihre schwitzige Hand ein bisschen zu schnell weg.

»Wir reden gerade über Bücher«, erklärte Astrid. »Aber nicht Mankell oder Guillou, sorry, Magnus.«

»Ein bisschen Allgemeinbildung schadet mir nicht.«

»Genau!«, rief Tekla plötzlich und deutete auf Magnus.

»Was?«, fragte Astrid erstaunt.

»Du bist Polizist, oder?«

Magnus blickte Astrid an und wand unbehaglich seinen großen Oberkörper.

»Du warst einer der Polizisten, die am Donnerstag in die Notaufnahme gekommen sind, um Mitternacht. Dann musstet ihr weiter zum Brand.«

Astrid lächelte und stieß Magnus in die Seite. »Bist du, oder? Polizist … Arbeitest du beim SEK mit diesen anderen Testosteronbolzen? Oder warte, ich weiß ja, dass ihr inzwischen Verstärkte Regionale Einsatzkräfte heißt.«

Magnus sah peinlich berührt aus und fuhr sich mit seiner großen Hand durch das kurz geschnittene Haar. »Reden wir über was anderes.«

»Ich dachte nur, ich erkenne dich an deinen …«, begann Tekla, verstummte jedoch plötzlich.

»Seinen was?«, warf Astrid ein. Sie beugte sich vor und schien etwas zu wittern, das ihr gefiel.

Mist, dachte Tekla. Sie hatte es schon wieder getan.

»Seinen Augen. Oder? Das wolltest du doch sagen. Du hast ihn an seinen Augen erkannt. Das restliche Gesicht habt ihr ja unter diesen Hauben, oder, Bruderherz?«

»… Außerdem bist du ungewöhnlich groß«, versuchte es Tekla.

»Das sind die meisten Polizisten«, wandte Astrid ein und lächelte vieldeutig.

»Jetzt erkenne ich dich auch«, sagte Magnus. »Gar nicht so einfach ohne eure Arztkittel.«

»Aha!«, rief Astrid triumphierend.

»Okay, können wir jetzt bitte über was anderes reden?«, sagte Magnus.

Astrid lachte. »Ja klar, ich finde, wir sollten jetzt übers Wetter reden. Die Sonne ist heute ganz schön stark. Am besten, man schützt sich gut. Ihr beide solltet euch treffen und unter vier Augen über Blaulichtkram reden.« Astrid knuffte ihren Bruder in die Seite.

»Absolut.« Magnus lächelte. »Sag Bescheid, wenn du mal was trinken gehen willst.«

Tekla wäre am liebsten unter dem Tisch verschwunden und quittierte die Einladung mit einem angestrengten Lächeln. Aber Astrid hatte recht, die Sonne strahlte heute wirklich ungewöhnlich stark. Tekla setzte ihr schwarzes New-York-Yankees-Käppi auf und aß ein Falafelbällchen. Plötzlich fiel ihr ein, was sie auf der Intensivstation vorgehabt hatte, als sie gestern auf den Mann gestoßen war, der den Patienten ersticken wollte: nachsehen, ob der Schwerverletzte ein Muttermal am Ohr hatte. Aber jetzt war sie viel zu müde und hatte keine Lust, noch einmal zum Krankenhaus zurückzukehren. Das musste bis zum morgigen Termin mit Rebecka Nilsén warten.

Montag, der 10. Juni

MEDBORGARPLATSEN, STOCKHOLM

Sardor parkte das Auto hinter Bofills Båge in der Nähe der Bahnstation Stockholms Södra. Das Gebiet um den Söder Torn war abgesperrt. Die Löscharbeiten waren seit einigen Tagen abgeschlossen, und nun war man damit beschäftigt, sicherzustellen, dass das, was vom Skelett des Gebäudes übrig war, nicht einstürzte. Sein Handy klingelte.

»Jarmo überlebt«, sagte Eje. »Hat eine Milz weniger, aber was soll man auch damit?«

»Ich hab jetzt eine Verabredung«, erklärte Sardor. »Können wir später reden?«

»Jensen ist am Überkochen. Er hat beschlossen, dass Blut fließen muss.«

»Aber verdammt noch mal, es sind doch erst drei Tage vergangen«, erwiderte Sardor genervt. »Jensen hat gesagt, eine Woche.«

»Er ist ungeduldig«, sagte Eje.

»Hast du irgendwas von der Straße gehört?«

»Das Netzwerk Nord scheint die Füße stillzuhalten. Ich hab einen Tipp bekommen, dem ich jetzt nachgehe.«

»Du musst überall verbreiten, dass es eine Belohnung von fünfzig Lappen für Hinweise gibt, wer Jarmo im Kvarnen niedergestochen hat. Victor will, dass wir die Sache schnell und geschmeidig in Ordnung bringen. Keine Gewaltspirale.«

»Außerdem scheint es irgendwie Ärger mit dem H zu geben«, sagte Eje.

»Was für Ärger?«

»Ganz schön viele Überdosen am Wochenende.«

»Woher weißt du, dass es Heroin war?«

»Mehrere Zwischenhändler haben sich beschwert.«

»Über was? Unsere Produkte?«

»Ich weiß nicht, wir checken gerade die Lage.«

Sardor drückte Eje weg, ging an einem indischen Imbiss vorbei und überquerte den Medborgarplatsen. Spürte seine Verspannungen im Nacken. Er musste die Lage unter Kontrolle bringen. Was war das für ein Mist mit den vielen Überdosen? Konnte unmöglich mit ihrem Stoff zu tun haben. Sie hatten ein Geschäftsmodell, das sich zufriedene Kunden nannte. Und das bedeutete, nie an der Qualität zu rütteln, egal was war. Das beste und reinste Heroin auf dem Markt. Nicht wie die braune Scheiße vom Netzwerk Nord, das man mit Ascorbinsäure oder Zitronensäure reinigen musste, bevor man es erhitzte und injizierte. Das zerstörte die Adern und brannte offenbar wie Stacheldraht in den Venen.

Er ging in den Burger King. Tatyana saß in der Ecke, weit weg vom Fenster. Lichtscheu wie immer. Kaisa saß ihr gegenüber und fingerte mit ihren langen Nägeln zerstreut an dem Plastiktablett herum.

Sardor schnappte sich einen frittierten Zwiebelring und setzte sich auf einen fettigen Aluminiumstuhl neben Kaisa.

»Kauf dir dein eigenes Essen«, fauchte Tatyana und schlug Sardor auf die Hand.

»Du isst sie doch sowieso nicht auf.«

Tatyana schloss die Augen, sodass ihr türkisfarbener Lidschatten leuchtete. Sie war noch genauso süß wie damals, als Victor sie vor zehn Jahren rekrutiert hatte, um sich um die

Prostituierten zu kümmern. Eigentlich war sie Nina ziemlich ähnlich, hatte nur ein hitzigeres Temperament und ein dreckigeres Mundwerk. Sie sollte Familie und Kinder haben, dachte Sardor, und ihre Energie auf etwas Besseres lenken als russische und südamerikanische Huren.

»Bist du wirklich Usbekin?«, fragte Sardor.

Tatyana seufzte. »Du meinst, weil ich so viel hübscher bin als du?«

Kaisa nuckelte an einem Erdbeermilchshake.

Sardor zog brüsk den Reißverschluss ihrer rosa Kapuzenjacke hoch.

»Was zum Teufel machst du da?!«, stieß Kaisa hervor.

»Vergiss nicht, wer für die hier geblecht hat«, sagte Sardor und deutete mit einem Kopfnicken auf ihre Silikonbrüste. »Und man sieht immer noch die Würgemale.«

»Du willst wohl nicht, dass jemand anders einen Blick auf die verbotenen Früchte wirft?«, zog ihn Tatyana auf.

Sardor tat alles, um die Sticheleien zu ignorieren, doch jeder von Tatyanas Kommentaren kroch ihm unter die Haut und verbreitete sich wie allergischer Juckreiz.

»Deine Schwester kommt auch«, sagte Tatyana.

»Nina?«

»Hast du so viele Schwestern, oder was?«

»Wie oft trefft ihr euch eigentlich?«, fragte Sardor irritiert.

Tatyana lächelte. »Ich hab gestern mit ihr gesprochen, als irgendeine Delegation aus Karelien bei ihr war, irgendwelche Leute, die eine Kaverne kaufen wollten.« Tatyana blickte zum Eingang hinüber. »Wenn man vom Teufel spricht.«

Sardor wandte sich um und sah die schneeweiße Bluse seiner Schwester draußen auf dem Medborgarplatsen flattern.

»Damit wäre dieser Tag völlig im Eimer«, sagte Sardor.

»Ihr solltet mit diesem Hahnenkampf um die Aufmerksamkeit eures Vaters aufhören.«

»Wovon zum Teufel redest du?«

»Du kannst die Tatsache nicht ändern, dass sie die Ältere ist.«

»Was hat das mit …«

Sardor bekam eine Nachricht auf sein Handy. Von Eje. Er las hastig.

»Das reinste Familientreffen«, ertönte eine fröhliche Stimme hinter Sardor.

»Ich muss los«, sagte Sardor und ignorierte seine Schwester.

»Wolltest du nicht was essen?«, fragte Tatyana amüsiert.

Sardor warf einen verwirrten Blick auf die Warteschlange.

»Ja, bleib doch, Sardor«, sagte Nina. »Ich nehme einen Salat. Hallo«, fuhr sie fort und tauschte Wangenküsse mit Tatyana. Sie setzte sich neben Sardor, der sich demonstrativ abwandte.

»Und, was hast du heute so gemacht?«, erkundigte sich Sardor.

»Ich war beim Zahnarzt.«

»Schon wieder?« Sardor wandte sich zu seiner Schwester. »Wie oft kann man denn freiwillig zu diesem schleimigen Typen gehen?«

»Meinem Zahnarzt?« Nina hängte ihren Blazer auf. »Ich gehe eben regelmäßig zur Zahnreinigung.«

Sardor blickte Nina skeptisch an. »Man könnte ja meinen, du hast eine Affäre?«

»Mit Claes Neumann? Du bist ja verrückt. Er ist überhaupt nicht mein Typ.«

»Ich finde, du kannst mit Joakim zufrieden sein«, warf Tatyana ein. »Er sieht verdammt gut aus.«

»Danke, Süße.« Nina lächelte.

»Aber gut, dass du deinen Mädchennamen behalten hast«, sagte Tatyana. »Nina Lundblad hätte geklungen wie eine schlechte Schlagersängerin mit Silikontitten.«

Kaisa trug sich Lipgloss auf.

»Apropos Brüste, meine Lippen könnten ein bisschen mehr Fülle gebrauchen ...«

Sardor spürte einen plötzlichen Kopfschmerz. Er ergriff Kaisas schmales Handgelenk.

»Autsch!«

»Jetzt halt mal die Schnauze und hör auf mit deinen scheiß Lippen!«

»Kannst du bitte meine Hand loslassen?«

Tatyana schüttelte den Kopf und klopfte Sardor auffordernd auf die Schulter.

Er ließ Kaisas Hand los.

»Wann hörst du endlich auf, Victor zu spielen?«, fragte Nina mit amüsiertem Gesichtsausdruck. »Kapierst du nicht, dass Papa in einem rauen Klima aufgewachsen ist? Glaubst du, die Sowjetunion in den Achtzigern war ein Ponyhof?«

Sardor schob seinen Stuhl vom Tisch weg.

»Ich weiß nicht, wovon du redest. Ich muss los.« Er wappnete sich, um seiner Schwester einen letzten zornigen Blick zuzuwerfen. »Du lebst in einer rosaroten Blase und kriegst alles auf dem Silbertablett serviert. Du solltest mal mitkommen und sehen, wie die Wirklichkeit aussieht.«

Nina fuhr kopfschüttelnd fort: »Du bist in den Luxusvierteln von London aufgewachsen. Hörst du, wie das klingt? Pathetisch. Du willst dir nur eine Rolle aneignen, die du nie spielen wirst.«

»Und das kommt ausgerechnet von dir!« Sardor erhob sich.

Tatyana lächelte fasziniert und stand ebenfalls auf. »Wohin willst du?«

»Zum Lager in Årsta.«

»Ich komme mit und schau mir diese schreckliche Wirklichkeit mal ein bisschen näher an.«

»Das war nur ein Wi…«

»Warum denn nicht?« Tatyana zog ihre Lederjacke an und nahm ein paar Zwiebelringe. »Kommst du mit?«, fragte sie Nina.

»Also, ich hab nicht gemeint, dass ihr wirklich mitkommen sollt«, versuchte Sardor das Ganze noch abzuwenden, aber sie schienen sich bereits entschieden zu haben. Er drehte sich um und ging zum Ausgang.

»Studienbesuch in der Wirklichkeit«, witzelte Tatyana und winkte Nina, die nickte und aufstand.

Kaisa blieb mit dem Lipgloss in der Hand sitzen.

Nina und Tatyana folgten Sardor. Das war nicht ganz, was er sich vorgestellt oder erwartet hatte.

Tatyana holte Sardor draußen auf dem Medborgarplatsen ein und flüsterte ihm ins Ohr: »Du solltest vielleicht noch ein paar mehr Yogakurse machen, um dein berüchtigtes Temperament zu zügeln.«

Sardor beschleunigte seine Schritte, ging schnell in Richtung Auto und versuchte, das höhnische Gelächter der Frauen hinter seinem Rücken zu ignorieren.

Montag, der 10. Juni
ÅRSTAFÄLTET, STOCKHOLM

Sie fuhren an der Kachelfabrik vorbei, bogen rechts ab und arbeiteten sich im Zickzackkurs bis zu dem alten Gemüselager vor. Tatyana stieg aus und wartete auf Nina, die ihr Auto daneben parkte.

»Hier sollen wir also jemanden vermöbeln.«

»Victor dreht durch, wenn er erfährt, dass du hier warst.«

Nina strich ihrem erregten Bruder über die unrasierte Wange.

»Ich werde schweigen wie ein Grab, versprochen, mein süßer kleiner Bruder. Ich bin nur neugierig, wie es hier aussieht. Und außerdem hast du mir ja mein Kaffeedate geklaut.«

In den Lagerräumen wurden sie von Eje und zwei anderen von den Red Bears, Ben und Emre, empfangen. Sardor bemerkte, dass Testosteron in der Luft lag. Er sah, wie sein großer Freund seine Beute herbeischleppte.

»Und das ist?«

»Lorik. Lorik Xhafas«, sagte Eje und scheuchte einen jungen Typen mit kurz geschnittenem Haar, schwarzem T-Shirt, Jeans, Turnschuhen und einem zugeschwollenen rechten Auge nach vorn. Sein Gesichtsausdruck schrie: *Ihr könnt alle zur Hölle fahren!*

»Aus welchem Straßengraben habt ihr den denn geholt?«

»Loriks Braut hat ausgepackt, als sie von der Belohnung

gehört hat. Ist jetzt offenbar mit einem Kerl aus einer anderen Gang zusammen.«

Ben und Emre hielten ihre Uzis konstant auf Loriks Beine gerichtet, falls er auf die Idee kommen sollte zu türmen.

Sardor dachte über die Information nach. Eine besoffene Freundin im Kvarnen an einem späten Donnerstagabend. Was, wenn es der falsche Typ war? Auf der anderen Seite: Wenn sie nicht handelten, was für ein Signal wäre das? Er hatte keine Wahl.

Jetzt schien Ninas Neugierde richtig geweckt worden zu sein. Seine Schwester hängte ihren schwarzen Blazer über eine Stuhllehne, und Sardor fragte sich für eine Sekunde, ob sie mit ihm wetteifern wollte, wer sich Lorik vornehmen würde. Dann sah er, wie Nina sich neben Tatyana setzte, die auf einem Stuhl herumkippelte.

Sardor hatte seine Entscheidung getroffen. Er sah Victor vor sich. Hörte seine Worte in seinem Schädel rattern wie eine Motorsäge: *Bring diese Scheiße in Ordnung, bevor es zu spät ist.*

Er zog ein zehn Zentimeter langes Messer heraus und klappte die gebogene Klinge aus. Die Stille lag kompakt über dem Lager. Das eiskalte Licht der Leuchtstoffröhren an der Decke flimmerte hier und da.

Plötzlich hörte Sardor von der Schmalseite her Ninas Stimme: »Sag Bescheid, wenn du Hilfe brauchst, Bruderherz.«

Ohne sich umzuwenden, antwortete Sardor: »Du bist gar nicht hier.«

Er zog seine Lederjacke aus und richtete seine ganze Konzentration auf Lorik Xhafas. Hielt das Messer erhoben. Lorik Xhafas riss sein einziges funktionierendes Auge auf und wappnete sich.

»Du hast also im Kvarnen auf Jarmo eingestochen?«

Lorik spuckte Sardor direkt ins Gesicht, einen Schleimbatzen, den er wohl mehrere Minuten gesammelt hatte. Sardor rammte mit voller Kraft das Messer in Loriks Schenkel. Es durchschnitt den größten Muskel des Körpers und drang einen halben Zentimeter in den Knochen ein. Lorik fiel auf die Knie. Mit seiner freien Hand ergriff Sardor Loriks kurzes Haar und zog ihn in den Stand.

»Lorik, offenbar magst du Messer. Du wirst sie satthaben, noch bevor ich mit dir fertig bin.«

Lorik wimmerte mit zusammengebissenen Zähnen.

Sardor hörte Ninas Stimme hinter sich, jetzt etwas näher.

»Bist du ganz sicher, dass du den richtigen Mann hast?«

Sardor musste sich zusammennehmen, um das Messer nicht stattdessen in seine Schwester zu rammen.

»Wenn du übernehmen willst, dann meinetwegen gern. Vielleicht hast du eine Pediküreschere in der Handtasche?«

»Du meinst sicher *Maniküre*«, sagte Nina, und Sardor musste sich nicht umdrehen, um ihr höhnisches Lächeln zu sehen. »Ich sage ja nur, dass Papa die Sache vermutlich korrekt erledigt haben will.«

»Genau wie du drüben in Östermalm die Dinge erledigst, oder!?«

»Papa hat Einblick in alles, was ich tue. Natürlich. Was dachtest du denn?«

Sardor wandte sich um. »Wenn du nicht helfen willst, solltest du lieber das Maul halten. Also«, fuhr Sardor in ruhigem Tonfall an Lorik gewandt fort, »warum hast du auf Jarmo eingestochen?«

»Das hab ich nicht«, brachte Lorik schniefend heraus. »Fuck! Ich war am Donnerstag nicht mal in dieser Scheißkneipe.«

»Ach so?« Sardor spürte einen Anflug von Beunruhigung. »Wir haben eine Zeugin, die dich eindeutig identifiziert hat. Und es ist ja wohl nichts Neues, dass ihr vom Netzwerk Nord versucht, uns Territorium wegzunehmen.«

»Es ist für alle Platz«, erwiderte Lorik verbissen.

Sardor brach in ein gekünsteltes Lachen aus.

»Aha. Ein Politiker. Es ist für alle Platz. Interessant.«

Lorik nickte.

»Warum habt ihr euch nicht mit Göteborg zufriedengegeben? Oder Eskilstuna? Warum sich an einer viel zu großen Stadt wie Stockholm versuchen? Du weißt, wer in dieser Stadt der *Vor* ist?«

»Ich bin nicht derjenige, der entscheidet.«

»Natürlich. Eine Ratte auf der Straße. Aber worüber habt ihr euch denn gestritten, Jarmo und du?«

»Ich war nicht …« Lorik keuchte, schien mit der Ohnmacht zu kämpfen. Das Messer im Schenkel zitterte bedenklich.

Sardor zog das Messer rasch heraus und ergriff Loriks eine Hand. Tätowierungen bedeckten den Handrücken. Die Handfläche war schweißnass.

»Gefällt dir dann das hier?«, sagte Sardor und fuhr schnell mit der Messerspitze unter den Nagel des Mittelfingers, drehte sie um und riss den ganzen Nagel ab. Lorik zog seine Hand weg und schrie wieder.

»Schei-ße!« Er versuchte krampfhaft, den Blutfluss des pulsierenden Fingers zu stoppen.

»Was meinst du, Zeit, die Taktik zu wechseln?«, fragte Sardor.

»Fuuuuuck! Ich sag doch, ich war nicht dort!«, schrie Lorik. Er sah aus, als würde er jeden Moment umkippen.

Sardor schwieg. Wie sollte er jetzt weiterkommen? Er

durfte das Gesicht nicht verlieren. Keine Risse in der Fassade zeigen. Er nickte in Bens Richtung.

»Den Stuhl.«

Ben zog einen Stuhl heraus, auf den Lorik hinuntersank.

»Whisky, irgendjemand?«

Eje sagte etwas, worauf Emre zu dem inneren Raum hinüberging, in dem sonst die Drogen umgepackt wurden. Er kam mit einer Flasche Jim Beam zurück.

Sardor blickte sich um. Tatyana saß da und spielte mit ihrem Handy, als wäre nichts passiert, und Nina fand die Ereignisse offenbar amüsant.

»Hier«, sagte Sardor.

Lorik kippte drei große Schlucke hinunter und atmete ein paarmal tief ein.

Sardor riss ihm die Flasche aus der Hand.

»Das reicht. Jetzt rede, sonst kann ich auch gleich …«

Sardor zog seine Pistole aus dem Hosenbund und richtete die Mündung auf Loriks Schläfe.

»Zum letzten Mal, rede, oder …«

»Aber Sardor«, unterbrach ihn Nina.

Er hatte sie nicht kommen hören.

»Wie, glaubst du denn, soll er sich an irgendwas erinnern, wenn du ihm Nägel ausreißt und mit leeren Drohungen kommst?«

Sardor drehte sich zu seiner Schwester um. Sie lächelte sanft und sah ihn an, als bräuchte er Hilfe, wieder vom Töpfchen aufzustehen. Er würde nicht in ihre Falle tappen.

»Ich glaube, es ist am besten, du setzt dich wieder«, sagte er.

»Nein. Ich glaube, es ist am besten, ich greife dir ein bisschen unter die Arme. Die Sache hier scheint ja nicht so gut zu laufen.«

»Aha. Willst du vielleicht auch einen Nagel abziehen?«

Sardor streckte ihr das blutige Messer hin.

Nina verzog angeekelt die Miene.

»Ich mag kein Blut.«

Sie wandte sich zu Lorik und tätschelte ihm den Kopf.

»Könnte ich ein bisschen Wasser haben?«, fragte sie.

Eje holte ein Glas, während Nina Lorik weiter über den Kopf strich wie einem verletzten Tier.

»Hier. Trink. Man trocknet leicht aus, wenn die Luft heiß ist. Das Verhalten meines Bruders tut mir leid. Er ist in letzter Zeit nicht er selbst. Kannst du nicht ein bisschen mehr über die Hintergründe dieser traurigen Geschichte im Restaurant erzählen, bitte?«

Lorik sah langsam auf und wurde in Ninas Blick eingesaugt. Sie strich ihm über die Wange.

»Das Einzige, was ich gehört habe, ist, dass ihr Probleme mit dem Heroin habt«, antwortete Lorik leise. »Dass es nicht mehr so sauber ist wie früher.«

Sardor erstarrte, spürte, wie sich ein eisernes Band um seinen Brustkorb zuzog.

»Okay«, sagte Nina. »Komisch, weil Sardor immer stolz hervorhebt, dass wir die beste Ware der Stadt haben. Erzähl weiter.«

»Es geht das Gerücht …«, fuhr Lorik fort.

»Dass?«, fragte Nina weich.

»… irgendwas passiert ist. Unsere Ware ist zurzeit schneller ausverkauft als je zuvor.«

Nina drehte sich zu Sardor um.

»Wusstest du das, Bruderherz?«

Sardor schüttelte langsam den Kopf und blickte Eje an.

»Aber was hat das mit dem Kvarnen zu tun?«, fuhr Nina fort.

»Ich weiß nicht. Aber du … solltest vielleicht … Jarmo fragen. Es waren viele andere im Kvarnen an dem Abend. Aber nicht … ich. Nicht wir.«

»Wie sieht es aus, Sardor?«, sagte Nina. »Hast du Jarmos Geschichte überhaupt überprüft?«

Sardor ignorierte sie.

Nina wandte sich wieder an Lorik. »Und das weißt du, weil?«

»Es geht das Gerücht.«

»Es geht das Gerücht, behauptest du«, wiederholte Sardor. »Das scheint das Einzige zu sein, was du heute sagen kannst.«

Nina streckte sich und wandte sich zu Sardor.

»Es geht das Gerücht. Hörst du das, Bruderherz? Es geht das Gerücht.«

»Halt die Schnauze«, fauchte Sardor und spürte, dass er kurz vorm Explodieren war.

»Jemand streckt das Zeug«, sagte Lorik.

»Streckt?«, fragte Nina.

»Jemand streckt euer H mit einer Menge anderem Scheiß«, fuhr Lorik fort. »Jedenfalls in manchen von euren Päckchen.«

»Das müssen wir überprüfen«, sagte Sardor.

»Sonst noch was?«, erkundigte sich Nina fröhlich. »Ich muss bald zurück ins Büro.«

Sardor ging zu einem Waschbecken hinüber, um sich die Hände zu waschen.

Tatyana wandte sich an Nina: »Ich schätze, wir verschieben unseren Kaffeeklatsch auf einen anderen Tag.«

»Ich bleib noch kurz hier«, antwortete Nina.

»Kann mich jemand in die Stadt fahren?«, fragte Tatyana. Eje nickte und gab Emre Anweisungen.

»Ruf an, wenn irgendwas ist«, sagte Tatyana und verließ mit ihrem Chauffeur den Raum.

Sardor versuchte, seinen Puls nach unten zu bringen, musste aber einsehen, dass er sowohl das Gesicht als auch die Schlacht gegen Nina verloren hatte. Er ging mit Eje in eine Ecke des Raums.

»Hast du davon irgendwas gehört?«

Eje schüttelte den Kopf. Zog an seinem langen Ziegenbart.

»Nicht? Aber wir müssen doch wissen, was in der Stadt passiert.«

»Das könnte vielleicht die Überdosen erklären«, sagte Eje.

»Vielleicht«, gab Sardor zu. »Und wir müssen Jarmo ein bisschen mehr unter Druck setzen. Seine Geschichte noch mal gründlich überprüfen. Mach solange diesen Albaner kalt, wirf die Leiche in den See. Und sieh zu, dass Jensen eine Hand oder ein paar Finger zu sehen kriegt, damit er zufrieden ist.«

Eje nickte.

»Übrigens«, sagte er. »Ich hab einen von diesen Typen aufgelesen, der dir Geld schuldet.«

»Von welchen Typen?«, fragte Sardor verwirrt.

»Den Typen, die das Geld auftreiben sollten, das aus dem Lager in Haninge verschwunden ist. Ist ja schon mehr als einen Monat her.«

Sardor schluckte schwer. Schon beim bloßen Gedanken an das Gespräch, bei dem er Jonas und Simon gezwungen hatte, das Geld zu beschaffen, das bei der Razzia im Haninge-Lager verschwunden war, wurde ihm schlecht. Sie sollten das Lager bewachen, hatten aber gekifft und es vermasselt, nicht mitgekriegt, dass das SEK zuschlug. Dreihunderttausend waren verschwunden, und sie hatten einen Monat bekommen, um das Geld wiederzubeschaffen. Doch eigentlich war alles seine eigene Schuld gewesen. Es lag an seinem schlechten Führungsstil. Schließlich war er es gewesen, der in der Walpurgisnacht zwei Dealer als Wachen abgestellt hatte. Zwei verdammte Idioten. Und genau das durfte niemand erfahren. Nicht Nina. Und vor allem nicht Victor. Das wäre die komplette Katastrophe.

»Und wann wolltest du mir das erzählen?«, erwiderte Sardor.

»Dieser Albaner ist dazwischengekommen.«

»Und wo sind sie?«

»Einer. Ich hab nur den einen.«

»Und wo ist *er*?«, wiederholte Sardor.

»In der Kühlung.«

»Du meinst, hier?«

Eje deutete auf die großen Bananenkühler weiter hinten im Lager.

Montagabend, der 10. Juni

ERIKSDALSHALLEN, SÖDERMALM

Håkan konnte sich das Lachen nicht verbeißen, als er sah, was Magnus anzog.

»Dieser Kleidertauschabend muss doch schon zwanzig Jahre her sein.«

Magnus strich mit der Hand über das ausgewaschene, hellgraue T-Shirt mit *Jurassic-Park*-Logo. »Das ist doch noch tadellos.«

»Und das sind Rasmus' Schuhe, oder?«

»Sind immer noch einwandfrei«, sagte Magnus und zog seinen alten Badmintonschläger vom Ende des vorigen Jahrtausends heraus. »Wir werden ja sehen, wer gewinnt.«

»Jetzt kriegst du ordentlich den Arsch versohlt«, verkündete Håkan.

»Ich frag mich, wer hier den Arsch versohlt gekriegt hat«, erwiderte Magnus und trank ein bisschen Wasser. »Willst du erzählen, was passiert ist?«

»Nichts.«

»Sieht aus, als ob es wehtut.«

»Nicht so schlimm.« Håkan zog an seinem Kinn, sodass sich der Unterkiefer vor und zurück bewegte. »Nichts gebrochen.«

»Aber du hast ordentlich was abbekommen. Mit wem hast du dich denn angelegt? Irgendeiner Frau?«

Håkan lächelte. »Ich kenne keine Frau, die so hart zuschlagen kann. Lassen wir das.«

Sie gingen zum Feld hinüber. Håkan setzte sich auf eine Bank und schlug die Beine übereinander. Magnus kreiste mit den Armen, um die Blutzirkulation in Gang zu bringen.

»Krasser Zufall übrigens. Ich hab diese Ärztin wiedergetroffen, von der ich erzählt hatte. Am Nytorget.«

»Sieh mal einer an«, sagte Håkan und jonglierte ein bisschen mit dem Schläger. »Wie kam das denn?«

»Einfach so. Sie hat da mit meiner Schwester was gegessen.«

»Was, die kennen sich?«

»Sie hatten sich zufällig kennengelernt. Ich hätte sie beinahe nicht wiedererkannt ohne Arztklamotten, aber sie war auch ohne super.«

»Also hast du sie um ein Date gebeten?«, fragte Håkan.

Zwei junge Paare, die ihr Spiel gerade beendet hatten, umarmten einander. Magnus schielte zu den langen, muskulösen Beinen der Freundinnen hinüber und dachte daran, wie lange es her war, dass er mit jemandem ausgegangen war.

»Na ja.«

»Verdammt, du bist so ein Loser«, seufzte Håkan.

Sie standen auf. Magnus wärmte sich durch Springen auf. Håkan schlug einen Federball in die Luft, der sich genau unter dem Holzbalken des Daches wieder drehte und zu Boden fiel.

»Fangen wir an«, sagte Magnus ungeduldig.

»Wer als Erster drei Sätze gewonnen hat, ist Sieger«, rief Håkan und machte einen Aufschlag.

Magnus sprang auf und schmetterte den Ball zurück. Er landete knapp außerhalb der Seitenlinie.

»Eins zu null«, sagte Håkan und wechselte das Aufschlagfeld.

»Genieß den einzigen Punkt, den du kriegst«, scherzte Magnus und machte sich bereit.

Håkan bewegte sich seitwärts wie ein hüftoperierter Rentner, hatte jedoch ein erstaunlich gutes Gefühl in den Handgelenken. Magnus, der letzten Sommer einen Marathon gelaufen war, war körperlich besser in Form, doch es fiel ihm merklich schwer, Håkans fiese Stoppbälle direkt am Netz zu erreichen. Er musste sich strecken, über das ganze Feld rennen und sich extrem anstrengen, um mit seinem alten Kurskameraden mitzuhalten.

Er stützte sich mit den Händen auf dem Oberschenkel ab und holte Atem.

»Verdammt, du hast aber 'nen Flow heute.«

»Kommt alles aus dem Handgelenk«, antwortete Håkan.

»Du siehst aus wie Leif GW Persson, aber du spielst wie ein zwanzigjähriger Thailänder.«

»Vielen Dank.« Håkan schüttelte den Kopf. »Leif GW. Nicht gerade schmeichelhaft.«

Magnus vollführte ein paar Stretching-Übungen, während Håkan auf einem Stuhl saß und mit seinem Schläger kreiselte.

»Was ist mit dem Geld passiert?«, fragte Magnus und hörte mit dem Stretching auf.

»Welchem Geld?« Håkan sah aufrichtig verwundert aus.

»Komm schon. Wie lange kennen wir uns?«

»Du hattest einen Vokuhila und hast in der dritten Liga gespielt.«

»Exakt. Du weißt, welches Geld ich meine. Die Tüte von der Razzia in Haninge, die ich deinem Ermittler vor Ort gegeben habe.«

Håkan sah träge zu den älteren Männern hinüber, die zwei Felder weiter spielten.

»Mir ist schon klar, dass du dich in irgendeiner Form um das Geld gekümmert hast«, beharrte Magnus. »Und dass das nicht das erste Mal war.«

»Nicht so laut«, sagte Håkan und blickte sich um.

»Wie viel war es?«

»Dreihundert. Ich hatte ein paar Löcher zu stopfen. Zufrieden?«

Hinterher in der Sauna waren sie allein. Magnus goss einen großen Schöpfer Wasser auf den Ofen, der zischte. Der Dampf stieg zur dunklen Decke auf, von wo er sich wie ein heißer Schleier auf ihre Rücken legte.

Håkan sog die Luft zwischen den Zähnen ein.

»Wenn nur die Interne Ermittlung nicht irgendeine Kontrolle durchführt«, sagte Magnus.

»Das wäre maximales Pech«, erwiderte Håkan. »Aber du kannst dich entspannen. Ich hab dich wie gesagt aus der Liste der Razzia gestrichen. Du warst nicht dabei. Und der Ermittler, dem du die Tüte gegeben hast, würde nie auspacken. Wir kennen uns schon sehr lange. Du musst dir wirklich keine Sorgen machen. Jetzt sind wir quitt. Das war der letzte Gefallen, um den ich dich gebeten habe.«

Magnus zupfte sich mit den Nägeln einen abgestorbenen Hautfetzen ab und fuhr fort: »Okay, ich hör ja schon auf. Jetzt erzähl mal, warum du Prügel bezogen hast. Dein halbes Gesicht ist ja ganz blau.«

Eine Weile war es still, beide saßen da und starrten den Saunaofen an, der in der Hitze knisterte.

»Geschäfte«, antwortete Håkan schließlich. »Nur Geschäfte. Mach noch einen Aufguss, dann gehen wir ein Bier trinken. Ich hab total Durst.«

»Gut, dass ich nichts mit deinen Geschäften zu tun habe«, sagte Magnus. »Scheint gefährlich zu sein.« Er nahm den Schöpfer und goss auf. Es zischte wie ein Steak in heißem Öl.

Montagabend, der 10. Juni
WALDEMARSUDDE, STOCKHOLM

»Endlich kommt der Sommer«, sagte Gregor und öffnete den obersten Knopf seines blau-weiß karierten Hemdes.

Sie passierten linker Hand die italienische Botschaft und rechter Hand die kleine Marina. Monica nahm zur Kenntnis, dass sie nicht die Letzten waren, ein paar hundert Meter entfernt sah sie einige späte Gäste den Hügel in Richtung Museum hinaufschlendern.

»Ich wusste gar nicht, dass du eine Kunstkennerin bist«, fuhr Gregor fort.

»Man wird doch wohl neue Interessen pflegen dürfen«, antwortete Monica.

»Aber sag mal, warum macht man eine Vernissage an einem Montagabend?«

»Keine Ahnung. Vielleicht ist er an den Wochenenden nicht da? Lebt er nicht einen großen Teil des Jahres in Frankreich?«

»Du bist die Expertin«, konterte Gregor.

Monica ließ den apricotfarbenen Blazer zugeknöpft, auch wenn sie zu schwitzen begann. Die schwarze Hose war etwas zu dick für die Jahreszeit.

»Ich mag seine Kunst, nicht den Mann hinter dem Werk.«

Gregor war stehen geblieben, doch Monica zog ihren Ehemann weiter.

»Das hab ich noch nie verstanden«, sagte er.

»Was? Dass man gleichzeitig gehen und reden kann?«, erwiderte Monica säuerlich.

»Dass man das Werk von der Person trennen kann. Das ist so stark verflochten.«

Monica lächelte und strich über die bärtige Wange ihres Mannes.

»Liest du deshalb beim Friseur heimlich Frauenzeitschriften? So süß.«

Gregor ignorierte den Kommentar und trat hinter einem Rentnerehepaar durch die Schwingtüren ins Waldemarsudde.

»Knallvoll«, flüsterte Gregor. »Seltsam, dass so viele an einem Montag so wenig zu tun haben.«

»Prioritäten, Schatz.«

Sie gingen an der Garderobe vorbei direkt zu den Ausstellungsräumen. Monica zeigte dem Einlasspersonal ihre Einladung und folgte dem Zug der Lemminge nach links. Ein großer Teil der kulturellen Elite Stockholms war vor Ort. Gestylte Menschen in gepflegten Sommerkleidern und hellen Anzügen.

Monica grüßte den ehemaligen Leiter des Mittelmeermuseums, den Gründer eines der größten Architekturbüros der Stadt und stellte Gregor in aller Eile dem Chef des Filminstituts vor. Sie suchte nach ihrem alten Studienfreund, doch sie konnte ihn nicht finden.

»Woher kennt ihr euch?«, flüsterte Gregor, als sie jeder ein Glas kalten Rosé in die Hand bekommen hatten.

»Wir sitzen im selben Aufsichtsrat.«

»Welchem denn?«

»Weiß ich nicht mehr«, antwortete sie mit einem falschen Lächeln auf den Lippen. »Vielleicht dem vom Kulturhaus? Ich erinnere mich nicht.« Sie blieb vor einem Gemälde stehen.

»Ist das nicht fantastisch?«

Gregor nippte an seinem Wein.

»Zu viele Tiere. Ich mag seine abstrakten Werke lieber.«

»Bengt O Nilzon malt nicht abstrakt.«

»Du weißt, was ich meine.«

»Nein. Sprichst du vielleicht von Gemälden wie dem da drüben?«

»Genau. Keine Tiere.«

»Aber bist du nicht Experte in Worten? Du solltest etwas stringenter sein.«

»Schönes Wort.«

»Was?«

»Stringent.«

Sie folgten der Menschenmenge in Richtung Gebäudemitte.

»Apropos«, flüsterte Gregor und zog Monica am Ellenbogen.

Ein paar Meter entfernt stand Carl-Henrik Filipsson in einem knallblauen Anzug und passender azurblauer Brille und betrieb lauthals Konversation mit dem Besitzer des Auktionshauses Uppsala.

»Er übt sich nicht gerade in Zurückhaltung«, sagte Monica leise. »Willst du nicht hin und ihn begrüßen?«

»Hör auf«, antwortete Gregor und ging in die entgegengesetzte Richtung.

Monica blickte sich weiter um, konnte aber, wen sie suchte, nicht entdecken.

Im größten Raum der Ausstellung hing Bengt O Nilzons wichtigstes Werk. Auf einer kleinen Bühne stand ein einsames Mikrofon vor einem Barhocker und wartete. Lesung oder hochtrabende Rede, dachte Monica und seufzte still.

Bei Glockenschlag fünf traten zwei Personen auf die

Bühne. Die eine war die Chefin von Waldemarsudde, Siri Karén, im dunklen Hosenanzug und mit einem großen, doch farblich diskreten Schal um den Hals.

»Sie hat noch nicht begriffen, dass Sommer ist«, flüsterte Gregor.

»Sie trägt immer einen dunklen Anzug.«

Die andere Person war eine Frau im selben Alter, aber blond, mit etwas strubbeligem Haar und einem Hosenanzug in erbsengrünem Farbton. Weiße Bluse. Dünnes Goldkettchen um den Hals.

»Unternehmenschefin?«, fragte Gregor.

»Nein. Finanzreferentin, Åsa Malmborg.«

»Aber ist sie nicht die …?«

»Dritte Ehefrau von Carl-Henrik. Zwölf Jahre jünger. Raketenartige Karriere in der Politik.«

Gregor wandte sich um und blickte seiner Frau direkt ins Gesicht. Monica konzentrierte sich auf die Einweihungsrede und machte gute Miene. Sie spürte, dass Gregor ihren Arm losließ und demonstrativ die Hände in die Hosentaschen steckte.

»… und hätte nie verwirklicht werden können«, Siri Karén wandte sich an die einen Kopf größere Åsa Malmborg und lächelte angespannt, »wenn die Unterstützung aus der Politik nicht gewesen wäre. Wir in der Kulturwelt müssen einsehen, dass wir uns nicht auf die Finanzierung durch die Wirtschaft verlassen können. Die Konkurrenz in der Musikbranche, bei den Spielentwicklern und den sozialen Medien ist mörderisch. Die Institutionen müssen standhaft bleiben und die klassischen Kunstformen bewahren, sonst besteht das Risiko, dass sie aussterben. Und dafür *brauchen* wir …«, Siri machte eine Kunstpause und blickte über das höflich schweigende Publikum hinweg, »… die Unterstützung der Politiker.«

Siri Karén erhob ihr Glas, und Åsa Malmborg trat statt ihrer ans Mikrofon.

»Danke, Siri. Genau wie Sie sagen, ist …«

»Mein Gott, was für eine Schleimerin«, flüsterte Gregor.

»Aber sie hat recht«, entgegnete Monica.

»Und womit?«

»Dass das Öffentliche mit dem Privaten zusammenarbeiten muss.«

Gregor lächelte.

»Und du denkst dabei nur an die Kunstwelt?«

»Ja, woran sonst?«

»Du bist ein Wolf im Schafspelz.«

»Das hier ist Seide«, sagte Monica und strich mit ihren lila lackierten Fingernägeln über den Aufschlag ihres Blazers.

Åsa Malmborg beendete ihre kurze Rede und hob ihr Glas genauso hoch wie die Freiheitsstatue ihre Fackel. Das Publikum klatschte und prostete in die Luft.

Jetzt trat die Hauptattraktion des Abends auf die Bühne. Bengt O Nilzon setzte sich auf den Barhocker, die Beine nonchalant überkreuzt. Er senkte die Stimme, hielt ein schwarzes Notizbuch vor sich und begann zu lesen.

»Sehen Sie sich um. Es ist mein Job, andere reich zu machen …«

Bengt O Nilzon hielt eine lange Huldigungsrede an die Kunst und die kommende Generation von Künstlern. Dann klappte er sein schwarzes Notizbuch zu und steckte es in die Tasche seines Jacketts. Das Publikum applaudierte anhaltend.

»Endlich«, sagte Gregor. »Können wir jetzt nach Hause fahren?«

»Wollen wir nicht noch ein bisschen die Bilder anschauen?«

Monica grüßte den Rektor der Handelshochschule und hielt ein paar Minuten Small Talk mit einem Aufsichtsratsmitglied von einer der größten Pflegefirmen. Sie schielte die ganze Zeit zur Bühne hinüber und bewegte sich in einem geschickten Bogen an der einen Längsseite des Raumes entlang. Näherte sich unbemerkt dem Lautsprecher. Monica gab ihr leeres Glas einem Kellner, als Åsa Malmborg eine Sekunde lang in Ruhe gelassen wurde und Gregor endlich einen anderen Verleger gefunden hatte, mit dem er sich unterhalten konnte. Es sah aus, als suchte die Finanzreferentin auf der Bühne nach etwas.

Monica trat zu ihr.

»Schöne Rede.«

Åsa Malmborg wandte sich um.

»Monica Carlsson, Direktorin des Nobel-Krankenhauses.«

Åsa streckte ihre Hand aus. »Ja, richtig. Jetzt erkenne ich Sie.«

Was für ein Schwachsinn, dachte Monica, lächelte jedoch zurück.

»Mein Mann, Gregor Dabrowski, ist ein guter Freund … oder alter Freund von Carl-Henrik.«

Åsa Malmborg hielt inne und blickte Monica unsicher an.

»Sie haben viele gute Ideen, die man meiner Meinung nach auf unterschiedliche Bereiche anwenden kann«, fuhr Monica fort. »Nicht nur auf die Institutionen der Kunstwelt.«

Åsa wartete auf irgendeine Fortsetzung und sah rastlos aus. Sie war offensichtlich gerade im Aufbruch begriffen.

»Ich würde gerne eine Sache mit Ihnen besprechen«, sagte Monica. »Es geht um die Zukunft des Nobel-Krankenhauses.«

»Schön«, wies Åsa sie ab, »aber dazu müssen Sie sich bei meinem Büro melden, dann können wir einen Termin …«

»Ich finde, Sie und ich sollten uns persönlich treffen. Morgen, zum Mittagessen.«

Åsa zuckte erschrocken zusammen. »Sie müssen mein Büro …«

Monica trat näher, sodass niemand sie hörte: »Ich will mich *wirklich* mit Ihnen treffen.«

Etwas wurde in Åsa geweckt. Monica erkannte es: eine primitive Abwehr, die die Finanzreferentin nicht verbergen konnte. Eine Aura von Aggression umgab sie.

Åsa sah aus, als überlegte sie, ob sie etwas Abweisendes sagen sollte, doch sie schloss den Mund und wirkte verbissen.

»Mittagessen, morgen«, wiederholte Monica. »Es gibt jemanden, den ich Ihnen vorstellen will.«

»Okay. Aber jetzt muss ich gehen.«

»Natürlich. Ich maile Ihnen, wann und wo.«

Während Åsa Malmborg gleichsam auf die Bühne stürzte und ihre Tasche holte, entdeckte Monica endlich ihren alten Studienfreund. Er stand da und betrachtete ein buntes Bild mit einem Fuchs und zwei Hirschen in einem Wohnzimmer.

»Schön, dass du gekommen bist«, sagte Monica zu Otto Nordin, Geschäftsführer der Unternehmensberatung Newman and Weisz.

»Man wird ja schon ein bisschen neugierig, wenn die Direktorin des zweitgrößten Krankenhauses von Stockholm anruft und zu einer Vernissage einlädt. Hab schon bemerkt, dass du sie gerade noch erwischt hast.«

Monica sah Åsa Malmborgs Rücken in der Menschenmenge verschwinden.

»Ich nehme an, auch du bist ein vielbeschäftigter Mann.«

Otto Nordin öffnete sein exklusives Jackett und strich mit der Hand über seine Krawatte.

»Ich habe die besten Berater der Stadt, die halten die Stellung.«

Monica schielte in Gregors Richtung. Er war noch immer mit seinem Kollegen beschäftigt.

»Nur der Stadt?«

Otto lächelte. »Des Landes.«

»Ich komme gleich zur Sache«, sagte Monica.

»Nichts anderes hatte ich erwartet«, erwiderte Otto.

»Ich will eine umfassende Renovierung des Nobel-Krankenhauses durchsetzen.«

»Das hab ich schon verstanden.«

»Und ich brauche eine Finanzierung.«

»Ich höre.«

»Mir ist schon klar, dass es schwierig werden kann, private Gelder aufzutreiben, nach dem ganzen Geschiss mit dem NSK.«

»Nein, diese Sache ist nicht gerade elegant über die Bühne gegangen.«

»Aber ich weiß, dass du diskret bist.«

Otto nickte, und ein Lächeln erschien auf seinem sonnengebräunten Gesicht.

»Also, könntet ihr … diskret vorgehen?«, fragte Monica.

Otto nickte weiter und kostete die Frage aus.

»Selbstverständlich. Hast du schon eine Baufirma im Visier?«

»Auf jeden Fall nicht die vom NSK.«

»Sondern ihren größten Konkurrenten?«

»Yes.«

»Du warst schon die Cleverste von allen, als wir noch gebüffelt haben.«

»Ich für meinen Teil hab ja nicht besonders viel gebüffelt.«

»Nein, du hast ja parallel die Vorsitzende der Studentenschaft gespielt.«

»Gespielt?«

»Und deine erste Firma gegründet.«

»Wenn ich nicht gerade Medizin studiert habe«, warf Monica ein.

»Du warst nicht wirklich oft dort.«

»Auf der Handelshochschule?«

»Ja.«

»Es fühlte sich unnötig an.«

Otto streckte seine Hand aus. »Wir werden sicher Spaß haben.«

Monica nahm den Handschlag an. »Du bist also dabei?«

»Glaubst du, ich lasse mir so eine Chance entgehen?«

»Ich weiß nicht, wie mutig ihr seid.«

Otto lachte laut. »Nicht so mutig wie du, die rausgeschmissen wird, wenn es schiefgeht.«

»Aber nennt es bitte nicht ÖPP«, sagte Monica.

Die Sonne schien noch immer, als Monica und Gregor Waldemarsudde verließen. Aus der Entfernung waren das Tuten eines Schiffes und das Brausen von Gröna Lund zu hören. Sie gingen am Eingang des Skansen vorbei und schlenderten langsam in Richtung Hasselbacken.

»Du scheinst es nicht eilig zu haben«, sagte Gregor.

»Es ist ein schöner Abend.«

»Aber wann wolltest du es mir erzählen?«, fragte Gregor.

»Was denn?«

Gregor lächelte.

»Du bist ein Wolf. Oder eher ein Löwe in Tigerfell.«

»Ich weiß nicht, wovon du redest«, erwiderte Monica und genoss den Juniabend.

»Du überlässt nie etwas dem Zufall«, sagte Gregor. »Es gibt immer eine versteckte Agenda, oder?«

Monica nahm ihren Mann bei der Hand.

»Nicht immer.«

»Neeein, dann gib mir ein einziges Beispiel, bei dem du den Zufall in dein Leben lässt.«

»Wenn wir Yahtzee spielen«, antwortete Monica.

Dienstagmorgen, der 11. Juni
GULLMARSPLAN, STOCKHOLM

Tekla stand auf und nahm eine eiskalte Dusche. Simons Gesicht hatte sie auch diese Nacht wach gehalten. Nach drei Amphetaminkugeln, um ihre Erinnerungen zu sortieren, und danach vier Stilnox war sie eingeschlummert, aber es war nicht gerade ein Schönheitsschlaf gewesen. Sie hatte es noch nicht geschafft, die Bilder fertig zu sortieren, und die Kopfschmerzen hielten sich hartnäckig.

Zum Frühstück gab es eine »schwarze Zwillingsbombe«, Kaffee und Amphetamin. Das Problem an dieser Diät war nur die Energieaufnahme. Doch sie hatte keinen Appetit. Bereits im letzten Monat musste sie ihre Arbeitskleidung eine Größe kleiner nehmen. Inzwischen dachte sie darüber nach, mit Nahrungsergänzungsmitteln zu beginnen. Das war nur so schrecklich deprimierend. Um fünf Minuten nach sechs bekam sie eine SMS von Monica Carlsson: *Lunch im Café Wienerkonditoriet um 13 Uhr.*

Tekla sah keine Alternative, als zuzusagen. Die Kopfschmerzen schlugen wieder mit voller Kraft zu. Sie dachte an das Treffen mit den Geschwistern Astrid und Magnus am Nytorget gestern. Stellte fest, dass beide richtig nett waren.

Sie rief auf Simons Handy an und schickte eine weitere SMS. Schon seit einem ganzen Tag hatte es kein Lebenszeichen von ihm gegeben.

Tekla machte einen schnellen Spaziergang über die Skanstullsbron. Brachte ihr Haar in Ordnung, nachdem ihr kurzer Pagenschnitt durch das Käppi wie eine Bademütze am Kopf klebte. Schnupperte an ihren Händen und nahm einen buttrigen Geruch wahr. Ich muss heute Abend die Haare waschen, dachte sie. Sie wünschte, sie wäre so ein sportlicher Mensch, der in der Mittagspause ins Fitnessstudio ging, mit einer Runde Sauna abschloss und dann seine mitgebrachten Lammfrikadellen mit Bulgursalat herausholte. Eine parallele Traumwelt.

In letzter Zeit dachte sie immer öfter an ihre demente Mutter im Heim in Nyhammar. Sie sollte hinfahren und einfach neben ihr sitzen. Ihre Hand halten. War das eine Vorahnung, dass der Mutter bald etwas passieren würde? Oder hatte es etwas mit den Artikeln zu tun, die sie gelesen hatte, über die Fortschritte in der Londoner Gruppe? Noch immer waren es nur klinische Versuche, aber die Patienten hatten tatsächlich Anzeichen einer Verlangsamung des Krankheitsverlaufs der oft sehr schnell fortschreitenden Demenzkrankheit Chorea Huntington gezeigt. Aber dazu war eine Stammzellentransplantation von Verwandten in direkter Linie nötig. Ihre Gedanken flossen weiter: Würde sie es jemals wagen, sich testen zu lassen? Und es Simon überhaupt zu erzählen? Er wusste ja gar nicht, dass es sich bei der Krankheit der Mutter um Chorea Huntington handelte. Und dass er ein fünfzigprozentiges Risiko hatte, das Gen in sich zu tragen. Genau wie Tekla. Es hing alles zusammen. Wenn sie die Gene hatte, aber er nicht, dann würde sie Stammzellen aus seinem Knochenmark brauchen, um zu überleben. Und umgekehrt.

Im Krankenhaus roch es noch schlimmer als am Tag zuvor. Tekla wurde unwohl, es fühlte sich an, als bedrohte jemand die Existenz des ganzen Krankenhauses. Als sie zum

Eingang ging, um Kaugummi zu kaufen, spürte sie, wie die Hitze durch die Schwingtüren hereinströmte: Die Temperatur war in den letzten vierundzwanzig Stunden um fünf Grad gestiegen. Im Radio hatten sie gesagt, dass es gestern neunundzwanzig Grad gehabt hatte. Kein Wunder, dass man auf den Gehwegen kaum vorankam: Die Bierkneipen auf Södermalm hatten die Flächen ihrer Restaurantterrassen verdoppelt und schafften es kaum noch, die Carlsberg-Fässer auszutauschen.

Tekla setzte sich auf Station an einen Computer und sah nach, was mit dem neununddreißigjährigen Intox-Patienten auf der Intensivstation passiert war. Seine Nieren hatten nun vollständig versagt. Sie hatten um Mitternacht die Dialyse eingeleitet, nachdem er über einen Tag keine Urinproduktion gehabt hatte. Außerdem war er noch azidotischer geworden, übersäuerter. Sie mussten die ganze Zeit mit großen Mengen Natron entgegenwirken. Doch das Krampfen schien aufgehört zu haben.

Der arme Kerl. Erst neununddreißig. Einer früheren Notiz aus der Notaufnahme gemäß hatte der Mann angegeben, dass er einen Sohn mit einer Frau hatte, die als »Kindsmutter« bezeichnet wurde. Was war das für eine Geschichte, die hinter einem Mann lag, der mit einer Überdosis vor dem Kvarnen gefunden wurde? Und warum war er so übersäuert? Sie sah auch, dass in den letzten vierundzwanzig Stunden noch weitere Vergiftungen eingeliefert worden waren, sowohl im Nobel-Krankenhaus als auch in anderen Notaufnahmen. Mehrere waren schwerwiegend. Einige waren trotz Antidot gestorben. Aber sie hatte niemanden mehr entdeckt, der so azidotisch war wie der Neununddreißigjährige. Tekla blätterte in ihrem Kopf: Harrisons, 18. Auflage, Seite 1390, *Approach to the patient with metabolic acidosis.* Nichts auf der Liste passte auf den Patienten. Sie musste im Internet und in Artikeln suchen. Ein Lichtblick: Ihr Schädel schien trotz allem noch zu funktionieren, wie er sollte. Nach einer halben Stunde Recherche am Computer hatte Tekla ein paar neue Ideen zu dem Fall. Ihr Magen schrie nach Nahrung, und sie sehnte sich nach etwas anderem als Krankenhausessen, doch stattdessen ging sie auf die Toilette und nahm den Deckel ihres Labellos ab. Nach einer weiteren Viertelstunde Surfen begann ein Gedanke Form anzunehmen.

»Solltest du nicht bei der Morgenbesprechung sein?«

Tekla blickte hastig auf und sah Tariq ins Arztzimmer kommen. Ihr Puls schoss sofort bis zu den Leuchtstoffröhren hinauf.

»Verdammt.« Sie sah auf die Uhr, die fünf Minuten nach acht zeigte.

»Aha, hier ist man offenbar nicht sonderlich willkommen.«

»Ich meinte die Morgenbesprechung. Göran ist sowieso schon stinksauer auf mich.«

»Man sollte sich nicht zu viele Gedanken über Chefs machen.«

Tekla überlegte, ob sie noch zur Morgenbesprechung gehen sollte, aber es würde mehr Aufmerksamkeit erregen, zu spät zu kommen, als gar nicht aufzutauchen. Man konnte es immer auf einen Patienten in der Notaufnahme schieben.

»Sonst alles gut?«, fragte Tariq und sank auf einen Stuhl. Er drehte sich hin und her, während er lässig seinen Code in die Tastatur eintippte.

Tekla war skeptisch ob des schmeichelnden Tonfalls. Dann begriff sie: »Bist du heute hier?«

»Ich springe für Anita ein.«

»Ach so.«

Teklas Kopfschmerz nahm eine neue Farbe an.

»Irgendwas war mit ihrem Boot. Oder der Wohnung … ich weiß nicht mehr. Sie hat sich jedenfalls kurzfristig freigenommen. Erzähl doch mal von dem Fall auf der Intensivstation!«

»Dem Fall?«

»Dem Vergifteten«, sagte Tariq und tippte langsam mit dem Zeigefinger auf der Tastatur herum.

Tekla wollte vermeiden, zwischen die Fronten zweier rivalisierender Ärztekollegen zu geraten.

»Ich weiß nicht so viel darüber. Frag lieber Ani…«

»Eine ungewöhnliche Vergiftung«, unterbrach Tariq sie, und Tekla beschlich sofort das Gefühl, dass er mehr wusste, als er sich den Anschein gab.

Tekla fasste kurz die Geschichte des Patienten zusammen, und je mehr sie berichtete, desto mehr richtete sich Tariq auf dem Stuhl auf. Er las konzentriert am Computer. Nickte hier und da für sich selbst.

»Also keine gewöhnliche Heroinüberdosis.«

»Sie haben noch nichts anderes herausgefunden«, antwortete Tekla.

»Hat Anita irgendwelche Ideen?«

»Das weiß ich nicht.«

»Und was denkst *du*?«

Tekla ahnte ein Ränkespiel, erklärte aber in Kurzfassung, was sie wusste: »Er hat einen niedrigen Blutzuckerspiegel, Nierenversagen, EKG-Veränderungen, Krampfanfälle und eine schwere Azidose.«

Sie fuhr fort, die Laborergebnisse herunterzuleiern, ohne auf den Bildschirm zu blicken. Ihre Gedanken wanderten zu den Artikeln, die sie am Morgen gelesen hatte.

»Unglaublich«, sagte Tariq.

»Was?«

»Dass du dich an jedes Laborergebnis erinnern kannst.«

»Ja, aber ... ich hab ja gerade erst nachgeschaut.«

Tariq wandte sich wieder dem Computer zu.

»Trotzdem.«

Mist, dachte Tekla. Sie musste vorsichtiger sein. Sie war von diesem Fall mitgerissen worden. Plötzlich fiel ihr ein, was Monica Carlsson als ihren Lieblingsdrink erwähnt hatte: Gin Tonic. Die Engländer hatten angefangen, Gin ins Tonic Water zu mischen, um den bitteren Geschmack des Tonics zu verbessern, das die Inder schon seit Jahrhunderten gegen Malaria tranken ... Sie musste der Intensivstation einen Besuch abstatten.

»Chinin!«

»Wovon redest du?«, fragte Eva Elmqvist und rückte ihre schwarzen Stützstrümpfe unter dem Rock zurecht. Sie war die Einzige auf der Intensivstation, die einen Rock trug.

»Manchmal strecken sie das Heroin mit anderen Sachen: Mehl, Backpulver, Stärke ... und ...«

»Chinin?«, fragte Eva skeptisch.

»Chinin«, sagte Tekla und suchte eine Abhandlung von 2008 aus ihrer Kartei. »Alkaloid, das sehr basisch ist, zweiunddreißig Prozent der Patienten bekommen Hypoglykämie ... andere Nebenwirkungen sind Thrombozytopenie, Asthma, Leberinsuffizienz ...«

Sie verlor den Faden. Eva starrte sie an.

»Wo liest du das ab?«

»Äh ... ich hab mich heute Morgen ein bisschen über Chinin schlaugemacht.«

»Du bist merkwürdig, Tekla Berg.«

Tekla atmete aus.

»Aber warum Chinin? Für mich ist das völlig neues Wissen«, sagte Eva, jetzt in einem etwas neugierigeren Tonfall.

Tekla hatte drei Fallberichte über Chinin und Heroin gelesen, bevor sie Eva Elmqvist aufgesucht hatte.

»Weil es einen etwas stärkeren Kick gibt.«

»Und seine Symptome passen auf eine Chininvergiftung?«

»Das werden wir sehen, wenn ihr noch ein paar erweiterte Tests macht«, sagte Tekla selbstbewusst.

»So was ist teuer. Du musst mich zuerst noch etwas mehr überzeugen.«

Eva setzte sich an einen Computer, Tekla stand daneben und las über ihre Schulter hinweg. Es war ruhig und angenehm auf der Intensivstation, die Arbeit verlief in Stille. Nur ein paar einzelne Tropfenzähler ließen ein wohlbekanntes Piepsen vernehmen, wenn der Beutel gewechselt werden musste.

Eva fing an, bei Pubmed nachzuschlagen, der Artikeldatenbank, und fand einen Review-Artikel zu Chininüberdosen. Sie lasen zusammen und nickten zufrieden um die Wette. Alles passte.

»Ich glaube, du hast den Fall geknackt!«, rief Eva enthusiastisch. »Wir müssen ein paar erweiterte Tests machen. Die müssen in Linköping im Eilverfahren durchgeführt werden, falls diese Laborratten das Wort Eile überhaupt buchstabieren können.«

Tekla streckte sich ein wenig. Sie blickte auf die Wanduhr, die Zeiger näherten sich der Elf.

»Ich muss leider gehen. Besprechung mit der Polizei.«

»Was hat der DNA-Test ergeben?«, erkundigte sich Tekla und fühlte sich wie eine Expertin aus *CSI*.

»Gar nichts, in keiner einzigen Datenbank«, antwortete Rebecka Nilsén. »Aber wenn man ein Terrorist aus dem Mittleren Osten ist, dann ist man ja nicht unbedingt in den schwedischen Registern. Und auf Fingerabdrücke konnten wir ja nicht zurückgreifen. Jeder einzelne Finger hat schwere Verbrennungen.«

»Und der nächste Schritt?«, fragte Tekla frustriert. Sie wollte weitermachen, ihren Verdacht loslassen.

»Die forensischen Zahnmediziner, die mit ihren Zahnanalysen protzen dürfen. Ihre *Raison d'Être.*« Rebecka verdrehte die Augen. »Aber das wird dauern. Wir klappern ein paar Zahnarztpraxen in Södermalm ab, aber wir wissen ja nicht, wo er wohnt. Verstehen Sie, wie es sein kann, dass wir keine zentrale Datenbank für Zahnabdrücke haben?«

Tekla fühlte sich wohl in Rebecka Nilséns Gesellschaft. Die Kriminalkommissarin trug heute einen orangefarbenen Lippenstift und eine weiße, flattrige Bluse ohne Kragen zu einer dünnen Dreiviertelhose aus einem plüschigen Material. Tekla wurde nicht schlau aus ihrem Stil.

»Es scheint jedenfalls ausgeschlossen, dass er im Haus gewohnt hat«, schloss Rebecka ab. »Es sei denn als Untermieter, natürlich. Alle anderen aus dem Haus sind identifiziert worden, niemand ist als vermisst gemeldet.«

Tekla näherte sich vorsichtig dem Bett, während sie sprachen. Sie tat so, als lauschte sie Rebeckas Ausführungen, doch ihre ganze Aufmerksamkeit war auf das Ohr des Patienten gerichtet. Die Verletzungen und Bandagen machten den Patienten unförmig und geschwollen. Das Gesicht, oder das, was davon übrig war, sah man kaum. Verbände, Wundauflagen, Nähte, Schläuche … Es war völlig unmöglich, den Menschen darunter zu erkennen. Aber das Ohr ragte tatsächlich zwischen den Bandagen heraus. Sie musste sich über den Tubus beugen, der in die Luftröhre führte, um die Oberseite zu sehen.

Aber nein. Die Haut war auch hier so gerötet und infiziert, dass man nicht erkennen konnte, ob dort ein Muttermal war oder nicht. Simon hatte ein deutliches Muttermal am Ohr, das wusste sie.

»Sind Sie okay?«, fragte Rebecka.

»Ja, klar.«

Tekla dachte daran, wie ihr Amphetaminkonsum sich erhöht hatte, wischte jedoch den Gedanken weg. Das Amphetamin erfüllte seinen Zweck, und sie würde es wieder reduzieren, wenn alles um sie herum sich beruhigt hatte.

»Das passiert schnell, wenn man sich nur um sich selbst kümmern muss.«

Tekla zuckte zusammen.

»Woher wissen Sie, dass ich …?«

»Ich nehme an, Sie leben im Prinzip hier im Krankenhaus.«

Tekla entschuldigte sich und verließ die Intensivstation. Auf dem Weg schrieb sie eine weitere SMS an Simon. Sie schickte auch Mitteilungen über den Facebook-Messenger, WhatsApp und Instagram. Ihre Mails hatte sie schon lange nicht mehr geöffnet, sie konnte sich jetzt nicht um alles kümmern. Besser, es dann nicht zu wissen.

Dienstagnachmittag, der 11. Juni

NOTAUFNAHME, NOBEL-KRANKENHAUS

Victor legte den Kopf auf die steinharte Pritsche, spürte, wie ihm das raue Papier am Rücken klebte. Er hatte einen Druck auf dem Brustkorb, als wären die kleinen Aufkleber, die die Krankenschwester dorthin geklebt hatte, Zehn-Kilo-Hanteln. Nach dem Gespräch mit Nina am Morgen hatte er Atemnot bekommen. Es war, als stünde ein Elefant auf seinem Brustkorb. Sardors Befragung des jungen Mannes, den sie verdächtigten, auf Jarmo eingestochen zu haben, war Nina zufolge offenbar in reinste Folter ausgeartet.

Eine Ärztin kam ins Zimmer und streckte ihm die Hand hin. Victor setzte sich auf, spürte, dass der Druck auf der Brust etwas abnahm.

»Ragna Sigurdsdottir. Notfallärztin.« Sie sah keinen Tag älter aus als fünfundzwanzig, fand Victor. Blondes, glattes Haar, zu einem perfekten Pferdeschwanz gebunden.

Victor war genervt, dass Elena ihn wegen der Brustschmerzen in die Notaufnahme gefahren hatte. Sie waren ja zurückgegangen, als er sich ein bisschen aufs Sofa gelegt hatte. Er war auch genervt von seinem Nikotinbedürfnis, das er nie befriedigen durfte. Das einzig Positive an diesem Morgen war bisher gewesen, dass Elena einen Frisörtermin hatte und nicht mit hierherkommen konnte.

»Victor Umarov. Sie sind bestimmt ein aufgehender Stern am Medizinerhimmel, aber ich bin gesund.«

Victor begann sein schwarzes Hemd zuzuknöpfen und versuchte, den Sauerstoffclip vom Finger zu bekommen.

»Warten Sie kurz«, sagte die blonde Ärztin. »Ich muss Sie zuerst untersuchen.«

Er ließ die Arme fallen. Sie sah entschlossen aus.

»Habe ich es richtig verstanden, dass Sie im Lauf des Vormittags plötzlich Atemnot bekommen haben und dass die vor ungefähr einer Stunde zurückgekehrt ist? Aber keine Brustschmerzen?«

»Das stimmt«, warf Sardor ein. »Er hat gesagt, er bekommt keine Luft.«

Victor hatte nicht vor, von irgendwelchen Brustschmerzen zu erzählen. Dann dachten sie sicher, er hätte einen Herzinfarkt. Den wollte er sich für den Tag aufheben, an dem er beschloss, im Schlaf zu sterben.

»Ist irgendwas Besonderes passiert?«, fuhr die Ärztin fort.

»Ich hab in letzter Zeit ziemlich viel gearbeitet, um den Pool in Ordnung zu bringen«, antwortete Victor.

Ragna schrieb etwas auf ihren Spiralblock, sah allerdings irritiert aus.

Sardors Handy klingelte. Er nahm ab, doch der strenge Blick der Ärztin signalisierte ihm, dass er den Raum verlassen sollte.

Victor versuchte die Geräusche von außerhalb auszusperren, aber der Stress erhöhte sich immer, wenn irgendein Alarm losging, ein Patient schrie oder die Jalousietür rasselte. Er zuckte zusammen, als die Ärztin das eiskalte Stethoskop auf seine Brust setzte. Jedes Mal, wenn sie das Bruststück von seiner schwitzigen Haut löste, war ein saugendes Geräusch zu hören. Dann eine eiskalte, etwas feuchte Hand über dem Becken und ein leichtes Klopfen. Er erschrak.

»Ich klopfe nur ein bisschen.«

»Also, was meinen Sie? Eine Erkältung, sicher nur irgendein Virus, oder?«

»Sie haben in den letzten Tagen keinen Husten oder Fieber gehabt?«

»Nein.«

»Und Sie sagten, Sie haben sich in den letzten Wochen ein bisschen müder gefühlt als sonst?«

»Ja, aber das ist nicht so verwunderlich. Es ist gerade alles ein bisschen viel.« Victors Gedanken wanderten weder zum Netzwerk Nord noch zu Tatyanas Huren oder dem kommenden Jahresabschlussbericht, sondern zum moosgrünen Pool.

Die Tür öffnete sich wieder, und ein groß gewachsener Arzt trat ein.

»Lass dich nicht stören. Mach ruhig weiter«, sagte Tariq Moussawi.

Ragna verstand sofort.

»Victor Umarov, neunundsechzig Jahre, eingeliefert wegen akuter einsetzender Dyspnoe ohne Brustschmerzen. Zuvor bereits Hypertonie und Prostataprobleme. Vor ein paar Wochen einen Liter Resturin aus der Blase entfernt, aber kein Dauerkatheter. Ich höre keine Atemgeräusche auf der linken Seite und …«

»Es ist nur eine Erkältung«, unterbrach sie Victor. »Ich habe wichtigere Dinge zu tun.«

»Wir müssen …«, begann Ragna.

Tariq legte seine große Hand auf Ragnas Schulter. Sie sah aus, als würde sie zehn Zentimeter in den Linoleumboden einsinken.

»Mein Freund. Sie haben vielleicht nur eine Erkältung, und wir wollen Sie nicht länger als nötig aufhalten. Aber unsere liebe Ragna hier ist eine vielversprechende junge Ärztin. Sie hört keine Atemgeräusche an Ihrem einen Lungenflügel.« Tariq schaffte es, eine richtig besorgte Miene aufzusetzen. »Das kann natürlich daran liegen, dass sie zu viel Ohrenschmalz hat.«

Tariq trat zur Liege vor.

Victor hatte das Gefühl, im ganzen Zimmer würde das Licht gedimmt.

Tariq senkte die Stimme: »Flüssigkeit in der Lunge kann alles Mögliche bedeuten, von Erkältung über Tuberkulose und Herzinsuffizienz bis hin zu … anderen Dingen.«

Anderen Dingen.

Es war, als hätte jemand einen Gong geschlagen, und das ganze Zimmer vibrierte von dem ohrenbetäubenden Ton des Instruments. In Victors Ohren klingelte es.

Ragna Sigurdsdottir übernahm wieder die Initiative.

»Okay. Wollen wir damit anfangen, ein Röntgenbild der Lunge und ein paar Tests zu machen?« Das war eigentlich keine Frage. »Und dann müssen wir vielleicht trotz allem auch noch ein paar Milliliter entnehmen, um zu analysieren, was für eine Art von Flüssigkeit es ist.«

Victor wollte nicken, doch er war in seiner eigenen Welt gefangen. Er spürte, wie er kopfüber durch eine große Finsternis stürzte. Klippen auf beiden Seiten. Unten war ein dunkles Wasser, ein Wasserfall. Die Luft war warm, und er schloss die Augen. Er versuchte, ein paar tiefe Atemzüge zu nehmen, aber er konnte es nicht. Jemand stand auf seinem Brustkorb. Es war heiß. Stickig. Er versuchte zu sprechen: »Wa… Wasser.«

»Sie bekommen ein bisschen Wasser. Wir sind gleich zurück«, sagte Tariq und verließ mit Ragna den Raum, gerade als Sardor zurückkam.

Victor blieb eine Weile stumm. Er lag da und wartete darauf, dass das Sausen in den Ohren verschwand. Dann sagte er zu Sardor: »Hast du mit Jensen gesprochen?«

»Er schien zufrieden, dass wir den Typen gefunden haben, der Jarmo niedergestochen hat. Eje hat gerade angerufen, er hat die Leiche entsorgt.«

»Die Leiche?«, fragte Victor beunruhigt. »Damit meinst du doch wohl nicht, dass ihr ihn getötet habt?!«

Victor schloss die Augen. Lehnte den Kopf zurück und ballte die Hände zu Fäusten, sodass die Knöchel weiß hervortraten. Er begann intensiv zu husten und musste sich aufrichten, um Luft zu bekommen. Dann wankte er im Zimmer auf und ab, während Sardor besorgt zusah.

»Erinnerst du dich nicht, dass wir darüber geredet haben? Dass ich *Vor* bin, nicht irgendein Gangsterkönig, der Leute auf der Straße kaltmacht.«

»Es war nicht geplant, dass er stirbt. Ich hab nur …«

»Schweig!«

Sardor sah aus, als wollte er im Erdboden versinken.

Victor lief weiter in dem kleinen Untersuchungsraum hin und her. Wie ein Tiger im Käfig.

»Wenn du doch nur studiert hättest und … Arzt oder irgendwas geworden wärst. Verstehst du, wohin das hier führen wird? Gewalt löst Gewalt aus. Sie werden diesen Scheißtypen rächen.«

Victor blieb stehen.

»Ich kann …«, begann Sardor.

»Schweig«, unterbrach ihn Victor. »Ruf die Gang vom Netzwerk Nord zusammen. Versammle sie morgen Abend an einem neutralen Ort. Sag, dass Victor Umarov mit ihnen reden muss, bevor sie etwas Dummes tun.«

Dienstag, der 11. Juni

NOTAUFNAHME, NOBEL-KRANKENHAUS

»Tekla. Kannst du dir mal dieses EKG anschauen?«

Tekla wandte sich um und sah einen der jüngeren Ärzte mit einem Blatt Papier wedeln.

»Eine vierzigjährige Frau, die die letzten drei Tage Schmerzen in der Brust hatte. Ich hab sie untersucht und nichts gefunden.«

»Nicht einmal ihr Herz?«

Der Assistenzarzt blickte sie fragend an, begriff jedoch nach einer Sekunde, dass Tekla ihn veräppelte. Er lächelte.

»Ich meine, dass Herz und Lunge ohne Befu...«

»Ich kapier schon, sorry«, unterbrach sie und hielt den Impuls zurück, ihre Hand auf seine Schulter zu legen. »Also, was glaubst du?«

»Ich fühle mich unsicher, weil jetzt auch noch ein Schenkelblock dazugekommen ist.«

»Ich sehe es. Keine frühere Diagnose einer Herzkrankheit?«

»Überhaupt keine. Völlig gesund.«

»Merkwürdig. Wir schauen uns das zusammen an. Wo ist sie?«

»Kabine vier.«

Tekla lief in die betreffende Richtung los. Auf der Pritsche lag eine Frau, der es sichtlich schlecht ging. Das konnte Tekla bereits aus ein paar Metern Entfernung feststellen. Sie atmete eigenartig. Schnell und forciert. Tekla bekam eine düstere Vorahnung, doch sie trat näher und stellte sich neben die Patientin. Der Assistenzarzt schlich sich an ihre Seite.

»Hat sie Blut gehustet?«, fragte Tekla und dankte sich selbst dafür, dass sie kurz zuvor eine Bombe genommen hatte. Ihr Verstand fühlte sich messerscharf an. Sie wusste, dass das nicht lange anhalten würde, aber in diesem Moment funktionierte ihr Gehirn wie ein Computer im Pentagon.

»Nein.«

Die Frau blickte Tekla unruhig an, brachte aber nichts mehr heraus, sie verzog das Gesicht und fasste sich an den Brustkorb. Tekla sah auf dem Überwachungsbildschirm, dass ihr Puls auf hundertdreißig pro Minute hochgegangen war. Tachykardie.

»Wie geht es Ihnen?«

»Ich krieg … keine … Luft …«

»Hol eine Schwester«, konnte Tekla gerade noch sagen, bevor die Frau ohnmächtig wurde. Sie fühlte ihren Puls. Nichts.

»Notfall. Herzstillstand«, rief sie dem Assistenzarzt zu, der schon auf dem Weg ins Schwesternzimmer war.

Tekla begann mit Herzdruckmassagen. Nachdem sie ziemlich groß war, musste sie nur selten aufs Bett klettern, um den Brustkorb der Patienten zu erreichen. Die Frau war recht dünn, und es war einfach, das Brustbein so gegen das Rückgrat zu drücken, dass das Herz komprimiert wurde.

Eine Krankenschwester kam angerannt.

»Herzstillstand. Wahrscheinlich Lungenembolie.«

Die Krankenschwester übernahm routiniert die Kompressionen, sodass Tekla zurücktreten und den Rest der Behandlung leiten konnte. Rasch tauchte noch mehr Personal auf. Tekla bat eine Krankenschwester um Adrenalin und eine andere, um zu kontrollieren, ob der Zugang funktionierte.

»Sollen wir in den Schockraum wechseln?«, fragte eine Schwester, die neben der Frau hockte und die Blutgefäße am rechten Handrücken überprüfte. »Sie wird noch einen Zugang brauchen.«

»Nein. Wir machen hier weiter«, sagte Tekla und zog den Defibrillator heraus. Sie setzte die Elektroden auf, musste jedoch feststellen, dass das Herz der Frau elektrische Aktivität aufwies, aber keinen Puls. Ihre Arbeitsdiagnose passte noch immer.

»Ich denke, wir machen eine Thrombolyse. Ich will nur schnell im Ultraschall checken, ob sie eine vergrößerte rechte Herzkammer hat … aber es muss eine Lungenembolie sein.«

»Bist du ganz sicher?«, war eine herausfordernde Stimme zu hören. Sie sah Tariq gegenüber der Patientenkabine an einen Pfeiler gelehnt dastehen.

»Brauchst du irgendwas?«, fragte sie und tat so, als hätte sie nicht gehört, was er gesagt hatte.

»Mach du nur weiter«, erwiderte er ruhig, auch wenn er sicher zwanzig unbehandelte Patienten auf seiner Seite sitzen hatte.

Sie ignorierte ihn und arbeitete weiter mit dem Herzstillstand.

»Wo bleibt das Actilyse?«, rief Tekla und hörte, wie ihre Stimme kippte. Ihr ganzer Körper zitterte, und in ihren Ohren sauste es, ein hochfrequentes Brausen, das vielleicht von dem hohen Geräuschpegel in der Notaufnahme kam. Oder von all den chemischen Substanzen in ihrem Körper.

»Hier«, sagte eine routinierte Notfallschwester. In ihrer Hand hielt sie das Medikament, das die Blutgerinnsel in der Lunge der Frau auflösen sollte. »Alles?«

»Ja. Schnell«, sagte Tekla und wischte sich den Schweiß aus den Augen. Es war eng in der kleinen Kabine. Eine der Pflegehelferinnen hatte die Herz-Lungen-Wiederbelebung übernommen, sie kniete auf der Pritsche. Hinter ihr standen zwei Medizinstudenten, ein Mann und eine Frau, und warteten geduldig, bis sie an der Reihe waren. Der Mann war blasser als die Wand, gegen die er sich drückte. Die Frau sah aus wie ein Löwe, bereit, seine Beute zu attackieren.

Tariq stand immer noch da, ohne eine Miene zu verziehen.

Tekla holte das Ultraschallgerät heraus und machte Platz für eine Schwester, die den Dreiwegehahn des Zugangs öffnete und den Schlauch mit Ringer-Acetat-Lösung blockte, um Rückfluss zu vermeiden. Sie drückte die Spritze hinein und leerte den Inhalt innerhalb einer Minute.

Nach einer weiteren Minute sagte Tekla: »Wir machen eine Pause.«

Sie fühlte an der Leiste der Frau.

»Puls«, sagte sie und mied Tariqs Blick. Innerlich rief sie aus: *Yes!*

»Sie atmet selbst«, rief die Narkoseschwester, die die Atemwege übernommen hatte. Dann fuhr sie fort: »Aber sie hat eine große Pupille.«

Scheiße!

Tekla drängte sich zum Kopf der Patientin durch und zog ihre Taschenlampe heraus, schob die Augenlider nach oben und konnte nur zustimmen: Die eine Pupille war groß und reagierte nicht auf Licht. Das konnte nur eine verdammte Sache bedeuten: eine verschissene intrazerebrale Blutung!

Und in diesem Moment dachte Tekla nicht in erster Linie an die Patientin. Ihr ganzer Fokus richtete sich in eine einzige Richtung: auf den Feind Nummer eins, der zwei Meter hinter ihr an der Säule stand. Jetzt konnte er den letzten Nagel in ihren Sarg schlagen. Am besten, sie ging gleich selbst zu Göran und kündigte.

Fuck, fucking Fuck-Fuck!

Tekla wappnete sich und wandte den Kopf in Tariqs Richtung. Er hatte seinen Wachposten verlassen und stand jetzt dicht neben ihr. Sie konnte sein herbes Aftershave riechen. Er beugte sich leicht vor und flüsterte, sodass nur sie es hören konnte: »Du hast es völlig richtig gemacht.«

Sie musste sich verhört haben. Zwang sich selbst, ihn direkt anzusehen. Das übliche sarkastische Tariq-Lächeln war einem ernsten und ehrlichen Gesichtsausdruck gewichen.

»Ich hätte genau dasselbe getan. Das ist eine Lungenembolie, und eine Thrombolyse ist in dieser Situation völlig richtig. Gewagt und schwierig. Aber völlig richtig.«

Wollte er sie verarschen? Nein, es schien nicht so. Er hatte tatsächlich ihr Vorgehen abgesegnet.

»Wir müssen eine CT machen lassen«, sagte Tekla. »Wahrscheinlich hat sie eine Gehirnblutung.«

Alle um sie herum blickten Tekla an, doch niemand sagte etwas. Die Lage war angespannt, aber unter Kontrolle.

»Geh du und schreib die Überweisung«, schlug Tariq vor. »Ich kann in der Zeit hierbleiben. Und du … das mit diesem Idioten von Vater in der Notaufnahme vorige Woche hast du wirklich clever gelöst.«

Tekla traute ihren Ohren nicht.

»Genau mein Stil«, schloss Tariq.

»Danke«, brachte Tekla heraus. Sie wandte den Blick zur Uhr: 12:30. Noch eine halbe Stunde bis zu der Verabredung mit Monica Carlsson.

Dienstagmittag, der 11. Juni

BIBLIOTEKSGATAN, ÖSTERMALM

Tekla sah die Krankenhausdirektorin lässig aus dem riesigen, weißen Land Cruiser steigen und mit ihren hohen Absätzen auf dem frisch gefegten Gehsteig der Biblioteksgatan landen.

»Hoffe, Sie haben Lust auf was Süßes!«, rief sie durch das Brausen des Verkehrs der Birger Jarlsgatan nebenan.

Tekla war aus der Notaufnahme gerannt, hatte sich in ein Taxi geworfen und im Auto zwei Bomben aus der Labellohülle genommen. Die Wirkung begann gerade einzusetzen. Sie murmelte vor sich hin: »Kaffee kann man nie zu viel trinken.«

Das Café Wienerkonditoriet war voller Menschen. Eine Kellnerin wies sie zu einem freien Tisch neben einer Säule. Monica Carlsson blieb stehen.

»Kommt nicht infrage.«

Die Kellnerin sah verwirrt aus.

»Wir wollen einen Fensterplatz.«

»Ich werde sehen, was ich tun kann.«

»Nein, werden Sie nicht. Sie werden das regeln. Reserviert für vier, um dreizehn Uhr.«

Die arme Kellnerin blickte verdutzt auf ihr iPad, sah sich dann um und fand eine Lösung.

»Eine Minute.«

»Höchstens.«

Monica wandte sich Tekla zu.

»Konnten Sie sich erholen? Von dem Angriff?«

»Sie meinen … dem Angriff auf der Intensivstation?«

»Haben Sie in den letzten Tagen noch mehr Angriffe erlebt?«

»Alles okay bei mir.«

»Und beim Patienten?«

»Ach so. Es ist nichts passiert, weder eine Verbesserung noch eine Verschlechterung.«

Die Kellnerin zeigte auf einen Tisch am Fenster neben der Tür.

Monica machte sich auf den Weg dorthin und rief der Kellnerin im Vorbeigehen zu, dass sie einen Cappuccino wollte.

»Dasselbe für das Fräulein hier, und dann noch zwei Croissants. Frische.«

Als sie sich hingesetzt hatten, legte Monica ihr Handy auf den Tisch und rückte die Serviette gerade.

»So«, sagte die Krankenhausdirektorin laut. »Keine PTBS also? Nein. Scheint nicht so. Aus stabilem norrländischen Holz geschnitzt. Oder jämtländischem wohl eher. Wie war es eigentlich, auf dem Land aufzuwachsen? Ich selbst komme aus Göteborg. Bin in der Innenstadt aufgewachsen. Na ja, vielleicht ist das offensichtlich.«

Tekla hatte tausend Fragen, brachte jedoch nicht eine einzige heraus. Der Kaffee wurde serviert, und sie trank in großen Schlucken.

»Vielleicht nicht die richtige Situation für Familiengeschichten«, konstatierte Monica Carlsson und blickte auf die Straße hinaus. »Wir reden ein andermal darüber. Erzählen Sie mir stattdessen genauer, was passiert ist.«

»In Bezug worauf?« Tekla musste die Tasse mit beiden

Händen zum Mund führen, damit sie nicht zitterte. Sie hatte den Überblick verloren, wie viele Bomben sie schon auf nüchternen Magen eingeworfen hatte.

»Den Angriff am Sonntag.«

»Ach so.« Tekla begriff, dass sie davon ausgehen musste, dass Monica Carlsson in der Regel über die Dinge Bescheid wusste, bevor sie überhaupt eingetroffen waren. »Ja, das war seltsam.«

»Verdammte Trottel«, seufzte Monica laut.

Tekla kam auf mindestens drei Personen, auf die sich die Direktorin beziehen konnte.

»Die Intensivärzte tun sicher, was sie können.«

»Die Polizei.«

»Ach so.«

»Wie können die jemanden nicht erwischen, der in mein Krankenhaus eindringt und versucht, einen unserer Patienten zu ermorden? Außerdem wurde er wohl verletzt, wie ich das verstanden habe. Sie haben ihm eine …?«

»Schere.«

»… Schere ins Bein gerammt. Gut gemacht, Tekla. Aber unglaublich dämlich von der Polizei, ihn entwischen zu lassen.«

Tekla wagte nicht zu widersprechen.

Monicas Blick wurde nachdenklich.

»Das Nobel-Krankenhaus verfällt langsam. Haben Sie das bemerkt?«

»Nicht direkt.«

»Sie ziehen sich doch unten im Untergeschoss um.«

»Ja.«

»Dann haben Sie die Risse im Boden ja gesehen. Und der Gestank kann Ihnen auch nicht entgangen sein.«

»Den nicht zu bemerken, ist kaum möglich.«

Es sah so aus, als sammelte sich die Krankenhausdirektorin, um etwas Wichtiges zu sagen. All diese bizarren Treffen mit Monica Carlsson, Tekla war klar, dass es eine Agenda geben musste. Sie hatte viele Ideen, worum es gehen könnte, aber keine erschien wahrscheinlicher als die andere. Würde sie es jetzt vielleicht erfahren?

»Schön, dass Ihnen nichts passiert ist.«

»Ich habe vielleicht etwas übereilt reagiert.«

»Sie hätten schneller rennen sollen.«

»Wie?«

»Sie hätten diesen Mistkerl schnappen sollen. Sich in mein Haus zu schleichen und zu versuchen, einen intubierten Patienten zu ermorden. Eine Frechheit sondergleichen!«

Tekla war verwirrt. War das ein Vorwurf, dass sie nicht noch resoluter gehandelt hatte?

»Aber Sie wissen ja, alles Schlechte bringt auch etwas Gutes mit sich«, fuhr Monica fort, deren Blick jetzt schwer zu deuten war.

»Manchmal.«

»Nein, das ist ein Naturgesetz. Aber manchmal muss man sich anstrengen, in all der Dunkelheit das Licht zu sehen. Das hat mein alter Vater immer zu seiner Gemeinde gesagt.«

»Und Sie sind gut darin?«

Monica brach sofort in ein breites Lächeln aus.

»Wir haben drei Patienten mehr bekommen als das NSK.«

»Beim Brand, meinen Sie?«

Tekla wartete auf eine Fortsetzung, doch es kam keine. Das ständige Hin- und Herspringen zwischen verschiedenen Themen machte sie müde.

»Gut, dass Sie sich Zeit nehmen konnten.«

Tekla hatte keinen Nerv mehr, noch länger zu warten. Sie wagte es.

»Worüber wollten Sie denn spre…«

»Haben Sie irgendwen über Göran lästern hören?«

»Göran?«

»Hat irgendwer unter den Ärzten Kritik an ihm geäußert? In diesem Fall möchte ich, dass Sie es sofort mit mir besprechen.«

Was war das hier eigentlich? Sollte Tekla eine Art Spionin für die Krankenhausdirektorin werden?

»Nein, hab ich, glaub ich, nicht.«

»Glauben Sie?«

»Ich hab niemanden etwas Schlechtes über Göran sagen hören.«

Monica knöpfte einen Knopf an ihrer Seidenbluse auf.

»Sie unterhalten sich doch wohl mit Ihren Kollegen?«

»Wir diskutieren medizinische Fälle.«

Monica Carlsson lächelte und blickte sich um. Dann auf die Uhr.

»Fünf Minuten.«

»Was passiert denn in fünf Minuten?«, fragte Tekla beunruhigt.

»Sie haben einen Bruder, oder nicht?«

»Ja.«

»Was macht er?«

Tekla ging davon aus, dass Monica Carlsson so gut wie alles über Simon wusste. Ging es hier vielleicht in Wirklichkeit um ihn? Tekla spürte, wie sich ihr Darm krampfhaft zusammenzog.

»Da!«, sagte Monica plötzlich und stand auf.

Tekla sah zwei Personen, eine Frau und einen Mann, in das Café kommen. Beide waren um die fünfzig und trugen exklusive Anzüge. Monica Carlsson schüttelte nonchalant ihre Hände, es war offensichtlich, dass sie sich bereits kannten.

»Das ist Tekla Berg, von der ich erzählt habe. Große Heldin vom Söder Torn. Sie hat mehreren Menschen eigenhändig das Leben gerettet. Eine richtige Nobel-Ärztin.«

Die Frau ergriff ihre Hand, Tekla verfluchte sich selbst, dass sie sich nicht vorher den Handschweiß abgewischt hatte.

»Die Stadt dankt Ihnen. Wirklich.«

Die Frau sah aus, als meinte sie jeden Buchstaben.

Der Mann war etwas abwartender, doch auch er streckte die Hand aus. Er hatte eine unnatürliche Sonnenbräune, die ins Orange ging, was etwas an Donald Trump erinnerte.

Monica Carlsson winkte der Kellnerin, die die Bestellung aufnahm – einen frisch gepressten Saft für sie und einen doppelten Espresso für ihn. Tekla sah einen schwarzen BMW in der Fußgängerzone stehen, ein Chauffeur lungerte mit dem Handy in der Hand an der Tür herum.

»Åsa ist ja Finanzreferentin in Stockholm, wie Sie wissen.«

Tekla hatte noch nie von der Frau gehört. Geschweige denn, sie gesehen. Sie nickte vorsichtig.

»Otto kennen Sie vielleicht auch?«

Tekla schien einen erstaunten Gesichtsausdruck bekommen zu haben.

»Nein, du hältst dich ja eher zurück, muss man sagen. Otto ist Berater, er arbeitet unter anderem für mehrere Akteure des schwedischen Arbeitgeberverbands.«

Der Mann sah eine Spur peinlich berührt aus, hörte jedoch weiter zu.

»Tekla, haben Sie schon einmal etwas von ÖPP gehört?«

»Kann sein.«

»Öffentlich-private Partnerschaft. Ein System zur Auftragsvergabe. Ich führe … mit Åsa und Otto schon seit einer Weile Gespräche über die Zukunft des Nobel-Krankenhauses.«

Tekla hörte ihr zu und versuchte, die Zusammenhänge herzustellen. Dieser Tag wurde immer seltsamer. Åsa Malmborg sah angespannt aus. Als wäre ihr die Situation unangenehm. Tekla hatte das Gefühl, dass Monica Carlsson die Fäden in der Hand hatte und Åsa eigentlich gar nicht hier sein wollte. Åsa Malmborg hörte auf, auf ihrem Handy herumzutippen, und blickte Tekla an.

»Unglaublich gut gemacht am Donnerstag. Unglaublich. Haben Sie sich wieder erholt?«

»Von dem Brand, meinen Sie?«

»Es muss schrecklich gewesen sein.«

Die Finanzreferentin ließ jedes Wort klingen, als käme es aus ihrem Innersten.

»Es ist immer schwer, wenn Menschen leiden.«

Monica Carlsson bemerkte: »Aber das ist ja ein Teil unserer Arbeit.«

Tekla warf einen kurzen Blick auf den krawattengeschmückten Berater, der an seinem Espresso nippte. Plötzlich, als hätte sie einen Alarm gehört, den niemand anders wahrgenommen hatte, stand Åsa Malmborg auf und streckte Tekla ihre Hand hin.

»Es war wirklich schön, Sie kennenzulernen, Tekla.« Sie nickte Monica Carlsson und Otto zu und verließ das Café.

»Ich muss mich auch verabschieden«, sagte Otto und stand auf. »Wir hören voneinander, Monica. Ruf mich später an.«

Tekla blieb sitzen.

»Haben Sie bemerkt, wie Kleider Leute machen?«, fragte Monica.

»Er sah aus, als hätte er einen teuren Anzug an.«

»Die Schuhe. Alles hängt an den Details. Die kosten sicher zehntausend, und man kriegt sie nur in London.«

»Ich hab seine Schuhe nicht gesehen.«

»Aber im Krankenhaus sehen Sie Dinge, nicht wahr, Tekla?«

»Ich verstehe nicht, was Sie meinen.«

Monica Carlsson fuhr sich mit den Fingern durchs Haar und zupfte ein paar falsch liegende Haare in der weißen Strähne zurecht. Als hätte sie einen Spiegel vor sich.

»Leider gibt es andere, die auch Dinge sehen.« Monica lachte auf. »Und damit meine ich nicht den Wirrkopf Göran Collinder.«

Die Augen der Direktorin verengten sich. Dann tauchte ein steifes Lächeln in ihrem Gesicht auf.

»Jetzt müssen wir zurück zur Arbeit. Ich kann Sie leider nicht mitnehmen.«

»Das macht nichts. Danke für den Kaffee.«

Monica Carlsson rief die Kellnerin und zahlte. Draußen auf der Biblioteksgatan hielt die Krankenhausdirektorin plötzlich inne.

»Tekla, Sie haben den Unterbau gesehen, oder?«

Teklas Blick schweifte zu dem großen Auto hinüber, das auf Monica wartete. Es sah neu aus.

»Des Krankenhauses.«

»Ach so.«

»Es verfällt allmählich. Und der Provinziallandtag hat nicht genügend Muskeln für eine Renovierung. Es muss etwas Radikales passieren, bevor das Gebäude zusammenfällt. Sie kennen Anita Klein-Borgstedt, nicht wahr?«

All diese Gedankensprünge machten Tekla schwindelig.

»Wir sind Kolleginnen.«

»Anita ist die Gewerkschaftsvertreterin des Nobel-Krankenhauses und muss einer Vergabe zustimmen.«

»Vergabe?«

»Private Gelder aus der Wirtschaft. Ansonsten können wir genauso gut bis zum nächsten Jahrhundert warten. Und die

Gewerkschaft kann das Ganze stoppen. Anita Klein ist hier im Nobel-Krankenhaus die Gewerkschaft.«

Jetzt fiel der Groschen.

»Nicken Sie, wenn Sie verstehen, was Sie tun sollen?«

Tekla hatte noch nicht einmal fertig genickt, als Monica Carlsson schon in Richtung ihres Land Cruisers verschwunden war. Sie spürte, wie es in ihrer Hosentasche vibrierte, und holte ihr Handy heraus. Endlich ein Lebenszeichen, eine neue SMS von Simon!

Treffen wir uns im Ringen, stand da.

Dienstag, der 11. Juni

EINKAUFSZENTRUM RINGEN, SKANSTULL

Wo im Ringen sollten sie sich treffen? Simon war nicht ans Telefon gegangen, als sie angerufen hatte. Er hatte auch auf keine ihrer vielen SMS geantwortet. Das Einkaufszentrum war nicht groß, doch es hatte zwei Eingänge. Sie war nervös, aber auch wütend. Er würde so unglaublichen Ärger mit ihr kriegen, weil er sich nicht gemeldet hatte. Weil er ihr solche Sorgen gemacht hatte. Weil er ein völliger Nichtsnutz war. Tekla überlegte, dass sie ganz einfach hin und her laufen musste, statt sich an einen bestimmten Punkt zu stellen, dann würde sie ihn schon irgendwann finden. Es war ja schließlich nicht die Mall of Scandinavia.

Sie hielt ihr Handy in der Hand, für den Fall, dass er anrief. Das Akkusymbol zeigte sieben Prozent. Sie nahm zwei Durazepam und schluckte sie ohne Flüssigkeit. Die Tabletten blieben ihr im Rachen stecken, lösten sich dann aber doch auf.

Tekla war gerade am Zeitungsladen an der Ecke Ringvägen/Götgatan vorbeigegangen, als sie die Rücken zweier Männer sah. Der eine war dunkelhaarig und trug eine schwarze Kapuzenjacke, der andere eine weiße Sportjacke mit Kapuze. Plötzlich war es, als würde sie in weichen Sand treten, ein Bein gab nach, doch es gelang ihr, ihren Körper abzufangen und das Bein wieder durchzustrecken. Als die Kräfte zurückkehrten, versuchte sie sich zwischen den Menschen durchzudrängen. Sie war sich jetzt fast sicher, dass der eine Mann, der mit der Kapuzenjacke, Simon war.

Tekla lief gerade um einen Kinderwagen herum, als Simon sich plötzlich zu ihr umdrehte. Sie bekamen Augenkontakt. Ihr Puls stieg. Eine Mischung aus Nervosität, Wut und Energie überschwemmte sie. Sein Wolfslächeln. Die zwinkernden Augen. Eine Hand, die sich zum Gruß hob.

Gleichzeitig kam ein dunkler Van vor dem Eingang des Einkaufszentrums zum Stehen. Simon fuhr zusammen. Für einige lange Sekunden dachte Tekla, sie hätten vielleicht auf jemanden gewartet, der jetzt auftauchte. Sie steuerte weiter auf die beiden zu.

Ein Mann mit Lederweste, rasiertem Schädel und eingegipstem linken Arm sprang aus dem Van und lief ein paar schnelle Schritte auf Simon zu, der sich instinktiv umwandte und zum Haupteingang des Einkaufszentrums losrannte. Tekla begann ebenfalls zu rennen. Gleichzeitig sah sie, wie Simons Freund das Gleichgewicht verlor und wie ein anderer Mann mit langem, geflochtenem Ziegenbart, weißem T-Shirt und Lederjacke ihn einfach auffing.

Tekla hörte den Knall, als der Kopf des Freundes auf die Autotür traf. Tekla rannte durch den Haupteingang.

Simon lag vor dem Haushaltswarenladen auf dem Boden, der Gipsmann beugte sich drohend über ihn.

»Simon!«, schrie sie.

Simon blickte auf. Sie sah die Mischung aus Schrecken und Erstaunen in seinem Gesicht.

Der Gipsmann wandte sich um, und Tekla registrierte, dass er älter war, als sie zuerst gedacht hatte.

»Halt dich fern!«, brüllte er.

Tekla lief weiter, wie ein Nashorn, das die Fährte seiner Beute aufgenommen hatte.

Es war, als träfe sie auf einen Baumstamm.

Der Mann drückte sie einfach weg, während er mit seiner freien Hand Simon aufhob und davonschleppte. Es sah aus, als würde er einen Styroporblock tragen.

Die Menschen rundherum wichen zurück, und Tekla beobachtete, wie mehrere Personen ihre Handys herausholten. Um zu filmen oder um die Polizei zu rufen? Sie stürzte hinter dem Mann her, holte ihn ein und packte seine Lederweste. Er wandte sich um. Der Verblüffung in seinem Gesicht nach zu urteilen, hatte er nicht mit ihr gerechnet.

»Lass ihn los!«, schrie sie.

Der Gipsmann warf Tekla einfach um. Beim Aufprall schlug sie sich die Hüfte an, doch sie registrierte den Schmerz nur als Stoß durch den Körper. Plötzlich hörte sie, wie Menschen um sie herum wild zu schreien begannen. Dann begriff sie, weshalb: Der Mann stand direkt über ihr und richtete eine Pistole auf ihren Kopf. Simon hing unter seinem eingegipsten Arm wie ein eingeklemmter Spüllappen.

»Wie findest du das?«, zischte der Mann.

Tekla bewegte sich nicht. Sie spürte keine Angst, nur pure Wut. Gleichzeitig erwog ihr aufgeputschtes Gehirn verschiedene Alternativen.

»Am besten, du bleibst liegen, dann kommt niemand zu Schaden.«

In der Peripherie sah Tekla Menschen in Panik davonrennen.

»Braves Mädchen«, sagte der Mann und setzte sich rückwärts in Bewegung.

Sie blieb liegen, bis er auf die Straße hinaus verschwunden war. Dann stand sie schnell auf, blickte sich nach einer provisorischen Waffe um und riss eine große Bratpfanne aus einem Regal.

»Vorsicht!«, rief eine Frau mit einem kleinen Kind in der Trage. »Die Polizei ist auf dem Weg.«

Tekla rannte auf die Straße und sah den Van mit geöffneten Seitentüren vor dem Eingang stehen. Simons Freund lag auf dem Boden des Fahrzeugs und hielt sich die Hände vors Gesicht. Er blutete heftig.

Die beiden Gangmitglieder schoben Simon gemeinsam ins Auto. Tekla spurtete hin und holte hinter dem Rücken des Gipsmannes mit der Bratpfanne Schwung. Sie vermied es, ihm auf den Kopf zu schlagen, sie wusste, was dabei für Schäden entstehen konnten. Sie wollte nur das Geschehen stoppen.

Die Bratpfanne traf ihn direkt auf der Lederjacke, und das feuchte, schmatzende Geräusch, das entstand, als Eisen auf Leder prallte, hallte zwischen den Fassaden der Häuser wider.

Der Gipsmann geriet ins Schwanken, aber nicht mehr als das.

Tekla war völlig paralysiert, als er sich umdrehte. Sie hatte nicht weiter als bis hierher geplant, musste aber nicht mehr lange überlegen, als sie die Faust auf ihr Gesicht zuschießen sah. Instinktiv drehte sie den Kopf weg, und der Gips traf mit dumpfem Knall auf ihren Nacken. Es fühlte sich an, als wäre ein Baum auf sie gefallen. Ihr Körper wurde auf den Asphalt geschleudert, doch sie konnte gerade noch die Hände hochreißen und den Fall etwas dämpfen. Als ein großer Stiefel sie mitten in den Bauch traf, blieb ihr komplett die Luft weg. Ihr wurde schwarz vor Augen.

Sie hörte, wie jemand unmittelbar über ihrem Kopf lachte.

»Du hartnäckige kleine Hure. Bist du völlig bescheuert?«

Tekla rang nach Luft. Sie wandte ihr Gesicht zum Boden und kauerte sich zusammen, um sich gegen weitere Tritte und Schläge zu schützen. Da hörte sie Schritte, die sich entfernten, und als sie aufblickte, sah sie die schwarze Lederhose des Mannes vorne ums Auto verschwinden. Die Autotür schloss sich mit einem Knall.

Tekla schleppte sich Richtung Auto und schluckte das Erbrochene hinunter, das ihr im Hals aufstieg. Der Motor wurde gestartet. Sie kroch auf die Rückseite des Autos zu, als sie sah, wie sich die Seitentür öffnete und Simons Freund herausgestoßen wurde. Er landete auf den Füßen, blickte sich um und hob etwas von der Straße auf, bevor er wegrannte. Tekla schaffte es gerade noch, das Nummernschild abzuspeichern, bevor das Auto verschwand. Dann sank sie in den Straßengraben und übergab sich.

Jemand ging hinter ihr in die Hocke.

»Wie geht es Ihnen?«

Sie wischte sich den Mund mit ihrem T-Shirt ab und versuchte sich aufzusetzen, doch alles drehte sich, und ihr Nacken pochte.

»Kommen Sie. Wir helfen Ihnen«, sagte eine Stimme, und jetzt erblickte Tekla drei junge Mädchen im Teenageralter, die um sie herum hockten. Sie stützten sie, sodass sie zum Sitzen kam, und hielten sie fest.

»Danke«, sagte sie.

Nun waren die Sirenen zu hören. Tekla saß still da und betastete ihren Nacken. Er schmerzte. Doch sie konnte sowohl Arme als auch Beine bewegen. Keine Taubheitsgefühle. Keine Lähmungen.

Eine Frau beugte sich herunter und begann, Fragen zu stellen.

»Wie geht es Ihnen? Ich bin Krankenschwester. Darf ich Sie untersuchen?«

Tekla winkte abwehrend.

Ein Polizeiauto hielt direkt neben Tekla an der Straße. Im Hintergrund waren noch mehr ankommende Autos zu hören.

Eine Polizistin mit rotem Zopf trat zu ihr und legte ihre Hand auf Teklas Schulter.

»Wie geht es?«

»Sie müssen den Lieferwagen erwischen. Das Nummernschild ist BOA 110.«

»Was ist denn passiert?«

»Jetzt hören Sie doch, Sie müssen …«

»Viele Personen haben deswegen angerufen. Wir haben noch mehr Autos draußen.«

»Aber habt ihr die Autonummer?«

Ein Polizist hockte sich neben sie. Er hatte Block und Stift in der Hand.

»Sagen Sie die noch mal.«

»BOA 110.«

»Okay. Ich gebe es weiter«, sagte der Mann und stand auf. Die Frau blieb sitzen.

»Also, was ist passiert?«

»Ich wollte meinen Bruder treffen, und als ich ihn gesehen habe, ist ein Lieferwagen mit zwei Männern aufgetaucht, die haben ihn und seinen Freund mitgenommen.«

»Wie heißt Ihr Bruder?«

»Simon Berg.«

»Und Sie?«

»Tekla.«

»Berg?«

»Ja.«

Tekla wurde wieder schlecht, und sie kniete sich hin.

»Müssen Sie sich übergeben?«

»Vielleicht.«

»Der Krankenwagen ist unterwegs. Haben Sie irgendwo Schmerzen?«

»Er hat mir einen Schlag in den Nacken versetzt.«

»Vielleicht ist es besser, Sie legen sich hin.«

»Nein.«

Tekla hörte den Krankenwagen kommen.

»Aber Sie müssen das Auto finden. Sie haben Simon.«

»Und seinen Freund, oder?«

»Nein, den haben sie wieder rausgelassen. Er ist dorthin gerannt.«

Tekla zeigt in Richtung U-Bahn-Eingang am Ringvägen.

Der Polizist kam zurück, gefolgt von Rettungssanitätern mit einer großen roten Tasche.

»Könnte es sein, dass Sie das falsche Nummernschild gesehen haben?«, fragte er.

Tekla sah das Schild vor sich.

»Nein. Ganz sicher. Haben Sie was gefunden?«

»Es war kein Volvo Duett, oder?«

»Ein schwarzer Lieferwagen, hab ich doch gesagt. Marke … hab ich nicht gesehen.«

»Sie können sich also irren?«

»Nein.«

»Es könnten gestohlene Schilder gewesen sein«, warf die Polizistin ein. »Haben Sie eine Idee, warum jemand Ihren Bruder kidnappen sollte?«

»Nein.«

»Was arbeitet er?«

Tekla dachte nach.

»Ein bisschen dies und das. Er malt.«

»Bilder?«

Tekla lächelte. »Wände. Er ist Maler. Unter anderem.«

»Ist er in irgendwelche kriminellen Dinge verwickelt?«

»Soweit ich weiß, nicht.«

»Aber er könnte es sein?«

Tekla schwieg.

»Nimmt er irgendwelche Drogen?«

»Weiß nicht.«

»Aber es würde Sie nicht wundern, wenn er es täte?«

»Sie scheinen schon entschieden zu haben, was für ein Mensch mein Bruder ist.«

»Nein. Ich stelle nur ein paar Fragen.«

»Finden Sie lieber den Lieferwagen.«

Tekla sah, wie ein Polizeibus anhielt. Weitere Polizisten stiegen aus. Eine Rettungsschwester bat Tekla, sich auf die Bahre zu setzen, damit sie untersucht werden konnte.

»Danke, das ist nicht nötig«, sagte Tekla.

Da sah sie drüben beim Polizeibus ein bekanntes Gesicht. Magnus. Scheiße, dachte Tekla. Sie hatte wirklich keine Lust, ihn hier zu treffen.

»Ich muss gehen.«

»Ich glaube, es ist besser, Sie bleiben hier und lassen …«

»Zwingen Sie mich zu bleiben?«

»Nein, es ist …«

»Gut.«

Sie bewegte sich von dem Polizeibus weg, hinkte auf den U-Bahn-Eingang Skanstull zu. Ihr Nacken schmerzte, doch die Übelkeit begann langsam zu verschwinden.

Was zur Hölle war passiert? In was war Simon da hineingezogen worden? Und wer waren diese Motorradtypen? Sie versuchte sich einzureden, dass es nur Leute waren, mit denen er Geschäfte gemacht hatte. Vielleicht schuldete er ihnen Geld? Das musste ja nicht bedeuten, dass er in Gefahr war.

Allerdings: Sie hatten Waffen und entführten mitten am

Tag einen Menschen, in einem Einkaufszentrum in Södermalm. Wer tat so etwas?

Tekla holte eine Bombe und zwei Zehn-Milligramm-Tabletten Praxiten aus der Tasche. Es war ihr egal, ob sie jemand sah. Sie lehnte ihre Stirn gegen die kühlen Kacheln an den Absperrungen und schloss die Augen. Bemühte sich, an nichts zu denken, sah jedoch ständig Simons Gestalt vor sich, wie sie in den Lieferwagen gestoßen wurde. Sein strubbeliges Haar. Seinen flehenden Blick. Die Angst. Den Schrecken. Die Panik.

IV

Vierundzwanzig Jahre vorher
KRANKENHAUS ÖSTERSUND

Simon durchsuchte die weiße Schublade neben dem Bett seines Vaters. Schließlich fand er das Zippo-Feuerzeug, steckte es in seine Hosentasche und warf Tekla einen strengen, aber auch etwas beunruhigten Blick zu. Wartete ab, ob sie petzen würde, doch sie war viel zu sehr damit beschäftigt, zu weinen und die Hand des Vaters zu halten. Tekla sah sich um, sie war in diesem Jahr sehr oft in diesem Zimmer gewesen. Hatte die blassgelbe Farbe an der Wand betrachtet, die aussah, als würde eine dünne Wasserschicht von der Decke laufen. Den Schrank in der Ecke, der vor schmutziger Wäsche überquoll. Den Nachttisch auf ruckelnden Rädern mit stapelweise Zeichnungen von Simon.

Tekla konnte jeden einzelnen Millimeter des Raums visualisieren. Aber sie konnte sich nicht im Geringsten den Geruch vergegenwärtigen, und das frustrierte sie. Simon sagte, es hätte streng gerochen, »wie eine Mischung aus Durchfall und Motoröl«. Tekla konnte den Gestank von Motoröl nicht heraufbeschwören. Nicht einmal den von Scheiße. Es war, als sähe sie das ganze Orchester vor sich, ohne einen einzigen Ton zu hören.

Lebertests. Nicht, dass sie jemals seine Ergebnisse zu Gesicht bekommen hätte, doch sie sah noch den Blick ihrer Mutter vor sich, als sie den Brief aus dem Krankenhaus in Östersund zerriss. Dann der Kommentar: »Nein. Kein weiteres Unglück mehr in dieser Familie. Was wollen wir zu Mittag essen, Tekla?«

Der Vater hatte seine Testergebnisse vermutlich nie gesehen. Er wollte nicht sehen. Er nahm es wahr, aber warum sollte er es wissen wollen? Sicher spürte er, woher der Wind wehte. Und er hatte nicht vor, seine Zeit mit Sorgen zu vergeuden. Er musste ja mit dem neuen Schuppen fertig werden. Und bald stand der Höhepunkt des Jahres bevor: die Elchjagd. Was war an dieser Elchjagd eigentlich so großartig? Tekla hatte schon viele Male teilgenommen, war aber doch nie richtig dabei. Nicht so wie ihr Vater und seine Freunde. Sie bekamen einen besonderen Blick, eine Freude, die sie bei ihrem Vater sonst nur sah, wenn er in bestimmten Momenten mit seinen traurigen Augen ihre Mutter anblickte. Sie war sein Ein und Alles. Doch sie erwiderte seine Liebe auf eine merkwürdige Weise. Erst nach seinem Tod begriff Tekla, was für ein Leben ihre Mutter geführt hatte. Ein Leben mit einem Alkoholiker. Einem Menschen, der zielstrebig seinen Körper von innen zerstörte, jeden Tag, egal, wie sehr sie ihn auch anflehte und bat, damit aufzuhören. Jetzt verstand Tekla: Ihre Mutter hatte schon seit vielen Jahren gewusst, wo die Reise hinging.

Tekla wanderte im Gedächtnis ein paar Tage weiter. Konnte es sein, dass er gerade Stuhlgang gehabt hatte? Dass sie ihm starke Abführmittel gegeben hatten, um das System von Giftstoffen zu reinigen, mit denen die Leber nicht mehr zurechtkam? Oder hatten sie ihm irgendein Medikament verabreicht, das bewirkte, dass er für kurze Zeit plötzlich wacher geworden war? Vielleicht war es auch nur Zufall gewesen.

Tekla war damals mit ihrem Vater allein, im Zimmer war es still, bis auf das Ticken einer Uhr an der Wand. Die Morphinpumpe am Ständer neben dem Bett arbeitete leise. Das Tropfen des Antibiotikabeutels völlig geräuschlos. Nicht einmal die hochentwickelte Matratze unter seinem Körper gab irgendein Geräusch von sich, obwohl sie sich ab und zu bewegte, um Wundliegen zu vermeiden. Tekla hatte selbst gespürt, wie die faszinierende Vorrichtung funktionierte, als sie neben dem regungslosen Körper ihres Vaters lag und mit den Fingern durch sein fettiges Haar fuhr. Es war innerhalb weniger Wochen grau geworden.

Aber was spielte Dekubitus noch für eine Rolle? Sogar Tekla hatte darüber nachgedacht, wie dumm das war. So unnötig, diese teure Matratze, vermutlich völlige Ressourcenverschwendung. Er würde ja sowieso sterben. Das hatten die Ärzte ihr im Prinzip versprochen. Es war das einzige Versprechen, das sie ihr mit Sicherheit hatten geben können.

Trotzdem, ein kurzer Moment der Klarheit und einer ganz wundervoll lebendigen Anwesenheit.

»Hallo, meine Süße.«

»Tut das weh?«

»Die Drainage?« Er lächelte und strich ihr über die Wange. »Nein. Ich kriege ja Hammermedizin.« Er zeigte auf die Morphinpumpe. »Du musst dir keine Sorgen machen. Ich hab keine Schmerzen.«

»Gut.«

»Schau dich an. So groß bist du geworden. Es fühlt sich an, als hätte ich geschlafen, wie Dornröschen … und dann wache ich auf und sehe mein kleines Mädchen … über Nacht groß werden.«

Tekla saß schweigend da. Wusste nicht, wie man mit einem sterbenden Menschen sprechen sollte. Alles, was sie in den letzten Wochen hatte sagen wollen, als er weg gewesen war … Sie wünschte, sie hätte es sich aufgeschrieben.

»Nicht weinen, mein Schatz. Du hast doch Mama und Simon.«

»Ich will nicht bei Mama sein. Das weißt du.«

»Sag so was nicht. Sie liebt dich.«

»Sie liebt ihre Zigaretten.«

Ihr Vater lachte. »Ja, vielleicht tut sie das. Sie sollte wirklich weniger rauchen. Aber du weißt ja, Oma ist jetzt achtundachtzig und hat ihr ganzes Leben lang eine Schachtel am Tag geraucht.«

»Nicht, als sie noch klein war.«

»Vielleicht hat sie erst mit acht angefangen.«

Tekla lächelte und wischte sich die Tränen ab.

»Komm her«, sagte ihr Vater.

Tekla beugte sich über seinen großen, aufgequollenen Bauch und umarmte ihn. Sie versuchte, nicht zu atmen, fand, dass er ekelhaft roch. An seiner Haut war etwas Süßliches, das ihr Übelkeit bereitete. Tekla erinnerte sich an die Übelkeit, aber sie konnte sich den Geruch nicht vergegenwärtigen.

Der Vater hielt sie fest und strich ihr über das kurze Haar.

»Aber du hast Simon. Ihn wirst du immer haben.«

»Er ärgert mich immer nur.«

»Ärgert dich? Aber er ist doch schon zehn. Macht man das da noch?«

»Er wird nie damit aufhören.«

»Du wirst deinen Bruder immer haben. Denk daran.«

»Nicht immer. Er wird auch irgendwann sterben.«

»Das stimmt. Aber du auch. Ich glaube, ihr werdet richtig, richtig alt zusammen.«

»Ich versuch's. Ich werde nie Alkohol trinken.«

Sie bereute es schon im selben Atemzug. Was brachte es, jetzt noch Salz in die Wunde zu streuen? Ein sterbender

Mensch, der sich das angetan hatte. Bewusst oder unbewusst. Süchtig oder nicht. Es war seine eigene Hand, die an all den Abenden die Flasche zum Mund geführt hatte. Es war sein Mund, der sich geöffnet und die unzähligen Liter Bier hinuntergeschluckt hatte. Es waren diese dünnen Beine, die zum Alkoholladen geschlendert waren, um die Flaschen zu kaufen. Dieses Gehirn, das beschlossen hatte weiterzukämpfen, in der Fabrik zu arbeiten, sich zu schinden, bis der Körper nicht mehr konnte. Gleichzeitig hatte Tekla nie irgendwelche Briefe vom Gerichtsvollzieher gesehen. Die Eltern nie über Geld streiten hören, das am Monatsende fehlte. Auf irgendeine magische, tragische Weise hatten sie es trotz allem geschafft, dass Papas suchtbeladenes Rad sich all die Jahre weiterdrehte.

Der Vater ließ sie los und ergriff Teklas Gesicht mit seinen kalten Händen. Blickte ihr in die verweinten Augen.

»Wenn ich das Band zurückspulen könnte, würde ich es anders machen.«

»Dann mach es doch.«

»Das Band zurückspulen?«

»Ja.«

»Leider hab ich keinen Apparat dafür.«

»Schade.«

Der Vater strich seiner Tochter übers Haar. »Du musst mir was versprechen.«

»Was denn?«

»Dass du dich um ihn kümmerst.«

»Um Simon?«

»Er wird deine Hilfe brauchen.«

»Was meinst du damit?«

»Du weißt, was ich meine. Er ist nicht so stark wie du. Lässt sich leichter davon beeinflussen, was andere sagen. Du musst ein Auge auf ihn haben. Nicht nur jetzt, auch später, wenn ihr erwachsen seid.«

»Er braucht meine Hilfe nicht.«

»Du weißt, dass er das tut. Immer getan hat.«

»Vielleicht. Aber bald ist er erwachsen.«

Der Vater lächelte. »Er wird nie erwachsen werden.«

»Vermutlich nicht.«

»Also versprich es mir.«

»Ich verspreche es.«

»Was versprichst du?«

»Mich um Simon zu kümmern. Ihn vor allem Bösen zu beschützen. Ihn …«

»Das reicht. So ist es gut, meine tapfere kleine Ritterin.«

Sie blieb lange auf dem Brustkorb des Vaters liegen. Sein Atem wurde immer rasselnder.

»Papa?«

Er atmete tief ein. Sie geriet in Panik. »Papa?!«

Er blickte auf.

»Du darfst nicht sterben.«

»Mach einfach alles so, wie du es immer gemacht hast.«

»Wie meinst du das?«

»Sei du selbst.«

»Aber ich komm nicht ohne dich klar. Was ist mit dem Boot? Und den Netzen?«

»Du kannst doch selbst rudern.«

»Das schaffe ich nicht.«

»Mit Simons Hilfe schaffst du es.«

Ihre Augen brannten vor lauter Tränen. »Nein.«

»Du wirst weit rudern können. Weiter, als du denkst.«

»Aber wenn das Boot kentert. Dann kann ich nicht schwimmen.«

»Mach dir keine Sorgen.«

»Doch, mach ich.«

Tekla würde niemals seine letzten Worte vergessen: »Nächsten Sommer bringe ich dir das Schwimmen bei.«

Mittwoch, der 12. Juni

GULLMARSPLAN, STOCKHOLM

Tekla schlief in Embryonalstellung auf dem Sofa ein, während die ersten Sonnenstrahlen ein paar hundert Meter von ihrer Wohnung entfernt auf das Dach des Globen trafen. Als sie vom Wecker erwachte, schaltete sie den Fernseher ein, und ihre Gedanken wurden für eine Weile von Simon abgelenkt: Es hatte sich herausgestellt, dass das Baumaterial der Fassade des Söder Torn eine Art Plastik war, das brannte wie Zunder. Eine Ermittlung war eingeleitet worden, um die Verantwortlichen hinter dem Pfusch am Bau zu finden. Alle suchten nach den Schuldigen an dem Brand. Den Lieferwagen hatte man noch nicht gefunden. »Die Polizei geht verschiedenen Spuren nach …«

Tekla schaltete den Fernseher aus und sank in ihr Ecksofa. Sie rief auf Simons Handy an, landete aber nur bei der Mailbox. Was glaubte sie eigentlich? Dass diese Motorradtypen ihn freigelassen hatten, nachdem sie sich »ein wenig mit ihm unterhalten« hatten? Warum sollten sie ihn dann mitten am helllichten Tag kidnappen? Das passte nicht zusammen. Oder war alles ganz einfach ausgeartet, weil Tekla dort gewesen und eine Szene gemacht hatte? Wen versuchte sie zu täuschen, abgesehen von sich selbst? Sollte der Teufel ihn holen.

Sie ließ die Ereignisse in ihrem Kopf ablaufen wie einen Film: Simons Rücken, als er in den Van geschoben wurde.

Der eingegipste Arm, der auf ihren Kopf zugeschossen kam. Die Polizei, mit der sie vorhin gesprochen hatte, hatte »nichts Neues hinzuzufügen« gehabt. Sie würden nicht unbedingt nationale Einsatzkräfte mobilisieren, um nach Simon zu suchen, so viel war klar. Die Polizei war sachlich und freundlich gewesen. Doch in ihrer Welt war Simon vermutlich nur ein Drogenabhängiger, der selbst an seiner Misere schuld war. Wie sollte sie ihn also finden?

Wieder spielte sie den Film von gestern ab. Betrachtete die Männer eingehend. Der mit dem geflochtenen Ziegenbart war jünger. Auf der Jacke ein goldenes Emblem, aber Tekla konnte nicht erkennen, was es darstellte. Vielleicht einen großen Hut? Nein, sie war sich nicht sicher. Der andere Mann, der mit dem Gips, der sie geschlagen hatte, war älter und wirkte heruntergekommener. Seine hellblauen Augen sahen kalt und leer aus. Er trug eine schwarze Lederweste und einen Gürtel mit einem großen Totenkopfsymbol aus Silber. Die Stiefel waren grob, sie kannte die Marke nicht, auf jeden Fall waren es keine Docs. Aber wenn das Nummernschild gestohlen war, wie sollte sie sie dann identifizieren können? Gab es irgendetwas, das herausstach? Sie ging die unterschiedlichen Anhaltspunkte durch. Erstens: Simons halb kriminelle Vergangenheit. Soweit sie wusste, war er nur einmal erwischt worden, Bußgeld für geringe Drogendelikte in Form von Haschischverkauf. Sie hatte jedoch seit einiger Zeit das Gefühl, dass er vielleicht inzwischen härtere und teurere Sachen nahm als Hasch. Hatte er Schulden? Zweitens: Der Mann mit dem Gipsarm. Wenn sie ihn identifizieren konnte, konnte sie dann auch Simon finden? Sobald sie im Krankenhaus wäre, würde sie damit anfangen.

Sie starrte auf die Uhr und begriff, dass sie zu spät zur Arbeit kommen würde. Sich krankschreiben zu lassen war keine Alternative. Sie würde verrückt werden, wenn sie nur in der Wohnung herumlief und auf einen Anruf der Polizei wartete. Sie zog sich dieselben Kleider an wie gestern und brach ins Krankenhaus auf.

Schon als sie das Nobel-Krankenhaus durch den östlichen Eingang betrat, bemerkte Tekla, dass der Gestank zugenommen hatte, und im Untergeschoss wurde es noch schlimmer. Auch wenn sie wichtigere Dinge im Kopf hatte, wurde sie das ungute Gefühl einer drohenden Gefahr für die Existenz der Klinik nicht los.

In der Notaufnahme war es beinahe angenehm, den Geruch von E.-coli-Diarrhö aus den Toiletten drüben bei den Isolationsräumen wahrzunehmen. Auch mehrere Patienten mit Brustschmerzen waren aufgetaucht. Die armen alten Menschen schafften es bei der Hitze nicht mehr, genügend zu trinken, doch sie nahmen ihre Blutdruckmedikamente und Herzinsuffizienztabletten ganz genau so, wie der Doktor sie verschrieben hatte. Die Folge war, dass sie immer mehr austrockneten, die Nierenwerte stiegen und sie begannen ihre Brustenge zu spüren. Zum Schluss kam der Herzinfarkt, so sicher wie das Amen in der Kirche. Fünfundzwanzig Patienten warteten in der Notaufnahme. Tekla sah ein, dass sie eine Kugel aus der Labellohülle nehmen musste. Ihr Körper schmerzte, und es fiel ihr schwer, die Gedanken unter Kontrolle zu halten. Ihre Augenlider waren wie Blei. Der hohe Geräuschpegel am Empfang bohrte sich in ihre Gehörgänge, und sie spürte eine herannahende dunkle Migräne. Die Toiletten waren besetzt, also ging sie in Schockraum zwei und ließ die Jalousien herunter. Sie beeilte sich, nahm ein Glas Wasser, öffnete schnell den Deckel der Hülle und schüttelte eine kleine Bombe heraus, die sie mit ein paar Schluck Wasser hinunterspülte. Nachdem die kleinen Päckchen aus normalem Toilettenpapier bestanden und so zusammengezurrt waren, dass der Inhalt nicht herausrieselte, hatte sie immer überlegt, ob derjenige, der die Kugeln machte, ganz einfach am Papier leckte und es an einem Ende zusammendrehte. Sie entschied sich dafür, zu glauben, dass er stattdessen etwas Wasser verwendete. Als sie sich umwandte, bemerkte sie, dass man durch die Jalousien hindurchsehen konnte, sie hatte sie nicht richtig eingestellt. Niemand war draußen. Sie verließ das Zimmer.

Die Wirkung des Amphetamins war jedes Mal wieder beeindruckend. Nach ein paar Minuten kümmerte es sie nicht einmal, Hampus Nordenskölds Kotelettenfrisur für die Übergabe auftauchen zu sehen. Tekla begrüßte drei Medizinstudenten und winkte sie träge zu sich. Sie hatte ihnen offenbar grünes Licht gegeben, den Tag mit ihr in der Notaufnahme zu verbringen. Sie musste an Anita denken und daran, dass sie mit ihr über die Ausschreibung sprechen sollte.

Tekla stellte fest, dass sie die Tagesdosis in der letzten Woche von maximal vier auf inzwischen fünf Bomben angehoben hatte. Sie musste versuchen, diese Entwicklung zu bremsen. Ihre Gedanken wanderten ständig zu Simon. Die Polizei schien seine Entführung nicht ernst zu nehmen. Wer also konnte ihr helfen? Sie musste an Astrids Bruder Magnus und seine Einladung denken, »mal was trinken zu gehen«. Eigentlich widerstrebte es ihr, in solchen Situationen die Initiative zu ergreifen, doch gleichzeitig war sie neugierig, ihn wiederzusehen. War er genauso nett, wie er schien, als sie sich am Nytorget getroffen hatten? Auf jeden Fall war er der einzige Polizist, den sie kannte. Und jetzt brauchte sie einen Polizisten. Tekla schrieb eine SMS an Astrid und bat um Magnus' Nummer.

Zunächst einmal würde sie anfangen, Nachforschungen über den Mann mit dem Gips anzustellen. Tekla setzte sich an einen Computer und begann alle Patienten durchzugehen, die in den letzten drei Wochen wegen Verletzungen am linken Hand- oder Armknochen in der Notaufnahme gewesen waren. Nur sehr wenige Verletzungen erforderten eine längere Zeit in Gips. Sie ging den Ordner durch, Tag für Tag, kontrollierte jeden Fall. Sie war sich bewusst, dass sie nicht in die Krankenakten schauen durfte, aber sie wusste auch, wie gering das Risiko war, entdeckt zu werden. Sie konnte immer behaupten, versehentlich auf den falschen Patienten geklickt zu haben. Sie fand achtunddreißig Radiusfrakturen, die gegipst worden waren, doch alle Patienten bis auf drei waren über siebzig Jahre alt. Von den jüngeren waren zwei weiblich, und der Mann war ein Skateboardfahrer um die zwanzig. Niemand passte auf den Kerl vor dem Ringen. Sie musste den Suchradius auf andere Krankenhäuser der Stadt erweitern, doch zuerst musste sie nachsehen, wie es dem Vergifteten auf der Intensivstation ging.

In dem langen Flur hinter der Eingangshalle begegnete Tekla Menschen, die sich die Nase zuhielten, einige Kinder verkündeten im Beisein ihrer erschöpften Eltern lautstark: »Hier stinkt's!« Auf der Intensivstation war es kühler und weniger stickig. Tekla hatte einen trockenen Mund, weil sie aufgehört hatte, durch die Nase zu atmen. Sie entdeckte Eva Elmqvist in einem knallblauen Kleid und schwarzen Stützstrümpfen und dachte, dass sie selbst wie ein zusammengeklappter Regenschirm aussehen würde, wenn sie in der Arbeit ein Kleid anhätte.

Sie setzte sich neben die Intensivmedizinerin auf einen glänzenden, orangefarbenen Hocker.

»Kommt ihr klar?«

Eva blickte sich um.

»Na ja, wir haben unsere Vergiftungen, von denen immer mehr reinkommen.«

»Was ist eure Theorie?«, fragte Tekla.

»Dass die Drogensüchtigen angefangen haben, mit Fentanyl zu strecken.«

»Das sich schlecht mit dem Heroin vermischen lässt«, warf Tekla ein. »Kann brutale Vergiftungen ergeben.«

»Genau«, sagte Eva.

»Wie geht es Miguel?«

Eva schob die Lesebrille in ihr dichtes Haar hinauf. »Ich dachte, du wüsstest es.«

»Was?«

»Er ist diese Nacht gestorben.«

»Was ist passiert?«

»Er hat gestern wieder angefangen zu krampfen. Die Dialyse hatte gut funktioniert, und die Azidose hatten wir seit mehreren Tagen im Griff. Das war es also nicht.«

»Und ich hab gehört, es war tatsächlich Chinin.«

Eva hielt inne. Sie warf Tekla durch eine große Haarlocke hindurch, die ihr halbes Gesicht verdeckte, einen merkwürdigen Blick zu. »Und ich weiß, wer den Fall gelöst hat. Aber Linköping hat es bestätigt, ja. Wir mussten unsere Chefin einbinden, um sie dazu zu bringen, die Proben so schnell zu untersuchen. Ansonsten kann so was mehrere Wochen dauern. Manchmal Monate.«

»Noch was anderes gefunden?«, fragte Tekla und zog an ihrem Krankenhauskittel, um ihrem schwitzenden Brustkorb etwas Luft zu verschaffen.

»Nur Fentanyl und Diphenhydramin. Fentanyl ist ja ungefähr hundertmal potenter als Morphin und hat denselben Wirkmechanismus wie Heroin.«

»Opioid hoch zwei.«

»Genau.«

»Aber das andere, Diphen…« Tekla tat ein bisschen unwissend. Eigentlich kannte sie den einzigen Review-Artikel, den es über Diphenhydramin im Netz gab, aus dem Effeff. Sie verglich ihn mit dem, was Eva erzählte.

»Diphenhydramin, ein Antihistamin. Dasselbe Ding. Füllmaterial, um …«

»… die Heroinmenge gering zu halten, die das Teuerste an dem Ganzen ist«, unterbrach sie Tekla. »Und das Antihistamin hat eine angenehm betäubende Wirkung.« Tekla blickte in den Saal hinaus, jede einzelne Box war belegt. Als sie erneut Evas Blick suchte, sah sie die Verblüffung im Gesicht der Ärztin und realisierte ihren Fehler.

»Exakt«, sagte Eva. »Aber du wusstest …«

»Nein. Oder doch, ich wusste ein bisschen was über das mit dem Antihistamin.«

»Du bist eine sehr besondere Ärztin, Tekla.«

»Das weiß ich nicht. Aber was für eine Mischung!«

»Eine richtige Hexe.«

Es klang seltsam, das Wort »Hexe« aus dem Mund von Eva Elmqvist zu hören, der immer korrekten und fleißig Artikel produzierenden Dozentin. Hatte auch sie in ihrer Jugend Reste aus dem Barschrank ihrer Eltern stibitzt?

»Und das Krampfen?«, fragte Tekla.

Eva zuckte resigniert mit den Schultern.

»Vielleicht Spätfolgen des Diphenhydramins. Oder bleibende Schäden am Erregungsleitungssystem des Herzens, nach all dem Mist, den er sich reingezogen hat. Oder Herzinfarkt als Folge der Belastung des gesamten Systems. Spielt jetzt keine so große Rolle mehr, wo er acht Stockwerke weiter unten im Leichenkühlraum liegt.«

»Neun.«

»Was?«

»Neun Stockwerke weiter unten.«

Tekla wusste das, weil sie ab und zu gern Bill und Bull, die Obduktionstechniker unten in der Pathologie, besuchte.

Eva stand auf und entblößte die dunklen Schweißflecken unter ihren großen Brüsten. »Du musst mich entschuldigen, aber ich hab noch neun andere Vergiftungen, um die ich mich kümmern muss. Und wir haben heute Nacht schon drei in das schicke Krankenhaus im Norden der Stadt und einen nach Södertälje weitergeschickt. Aber alle sind voll. Mehr als voll. Verdammte Junkies. Können die nicht auf ihren Kram aufpassen? Und der Rettungsdienst hat kein Naloxon mehr.«

Sie fuhr sich ruckartig mit der Hand durchs Haar.

»Ich nehme an, du kannst mir nicht mit ein paar Intensivbetten helfen?«

»Leider nein«, sagte Tekla und dachte daran, wie viel freundlicher Eva jetzt zu ihr war, wo Anita nicht anwesend war.

»Wollen wir hoffen, dass die Polizei die Idioten zu fassen kriegt, die das Rattengift verkaufen.«

»Übrigens, habt ihr es auch mit Physostigmin versucht?«, fragte Tekla.

Eva blickte ihre jüngere Kollegin aus der in der Nahrungskette niedriger angesiedelten Notfallklinik misstrauisch an.

»Hab ich erwähnt, dass er auch ein anticholinerges Syndrom hatte?«

»Äh … nein, aber ich dachte …«

»Na jedenfalls, ja, das haben wir, gestern, nachdem jemand angerufen und einer unserer Krankenschwestern einen Tipp gegeben hatte. Ohne seinen Namen zu nennen. Und es hat funktioniert.«

Eva schüttelte den Kopf, und mit einem Schulterzucken machte sie klar, dass sie nicht herausfinden wollte, wie Tekla all das wissen konnte.

»Bis bald«, sagte Tekla und verließ die Intensivstation. Sie dachte an die vielen Heroinvergiftungen. Ihr graute davor, eines Tages in der Notaufnahme zu stehen und zu sehen, wie Simons kalter Körper hereingeschoben wurde. Tod durch Überdosis. Bevor sie zurück in der Notaufnahme war, kam ein Signalton von ihrem Handy. Eine SMS von Astrid.

Ich schick dir die Nummer meines Brüderchens. Cool. Wusste doch, ihr passt gut zusammen ;)

Tekla schrieb Magnus widerwillig ihre Frage. Sofort spürte sie einen Klumpen im Magen. Wann hatte sie sich zuletzt mit einem Typen getroffen? Sie wischte den Gedanken weg. Dachte stattdessen an das Treffen mit Intensiv-Eva. Sie musste besser darin werden, ihre Überlegungen und Schlussfolgerungen zu verbergen. Warum funktionierte ihr Gehirn nicht, wie es sollte? Letzte Woche war es ihr nicht gelungen, ihre Bilder zu sortieren, bevor sie ins Bett ging. Die Kartei war in Unordnung, und es flimmerte, wenn sie die Augen schloss. Doch Tekla hatte nicht vor aufzugeben. Einige quälende Sekunden überlegte sie, was es bedeuten würde, dabei ertappt zu werden, wie sie sich durch die Patienten der halben Stadt in den letzten drei Wochen klickte. Ein wahrer Leckerbissen für Hampus. Er würde nicht zögern, zu Göran zu gehen und alles auszuplaudern, wenn er es entdeckte. Oder Tariq. Oder hatte sie jetzt seinen »Segen«? Sie war sich nicht ganz sicher. Aber er hatte sich zweifelsohne von einer anderen Seite gezeigt, nachdem Tekla diese Lungenembolie-Patientin behandelt hatte, die eine Gehirnblutung bekam.

Noch eine Stunde bis zum täglichen Treffen mit Rebecka Nilsén. Ragna schien die Lage in der Notaufnahme unter

Kontrolle zu haben, also suchte Tekla sich einen Computer, atmete tief ein und klickte auf »andere Kliniken«. Sie bekam sämtliche Krankenhäuser in Stockholm angezeigt und fing an, die Notaufnahmepatienten der letzten Zeit in den chirurgischen und orthopädischen Kliniken durchzugehen. Ein Gedanke schoss ihr durch den Kopf: Nachdem Monica alles so genau im Auge hatte, was sie tat, sah sie dann auch ihr Eindringen in die Akten? Tekla hatte jetzt nicht die Nerven, sich darüber Sorgen zu machen. Es würde sich ohnehin zeigen, wenn sie die Krankenhausdirektorin das nächste Mal traf.

Mittwoch, der 12. Juni

INTENSIVSTATION, NOBEL-KRANKENHAUS

»Wie … läuft … es?«, fragte Tekla, als hätte sie gerade fünfzig Meter in neuer Weltrekordzeit gekrault.

»Vielleicht sollten Sie zuerst ein bisschen durchatmen?«, schlug Rebecka Nilsén mit zuckersüßer Stimme vor.

Tekla versuchte ihren Puls zu drosseln. Sie hatte Säpo-Marcus und Polizei-Rebecka mitten in einer intensiven Diskussion unterbrochen. In derselben Sekunde begriff sie, dass der Stress, der sie hier in der Abteilung für Schwerbrandverletzte immer befallen hatte, jetzt vorbei war, sie wusste ja, dass der Patient nicht Simon war.

»Sie verstehen sicher, dass Sie nicht nur in medizinischer Hinsicht eine Schweigepflicht haben«, leitete Rebecka ein und zog ihren mintgrünen Blazer aus. Ihre sehnigen Schultern sahen unter dem Kleid aus wie kleine Orangen.

Tekla nickte. Atmete.

»Die Zahnuntersuchung hat nichts ergeben. Wir haben mehrere Zahnarztpraxen in Södermalm durchforstet.«

»Also weiß man noch immer nicht, wer er ist?« Jetzt sah sie, dass der Patient extubiert war, der Plastikschlauch in seiner Luftröhre war entfernt worden, und er atmete selbst. »Reagiert er?«

»Sie wollen heute Nachmittag den Schädel noch mal untersuchen«, sagte Rebecka. »Um seine Hirnfunktion zu beurteilen.«

»Ob er Gemüse ist oder nicht«, warf Marcus Safadi aus seiner Ecke des Zimmers ein.

»So können Sie es auch ausdrücken, wenn Sie sich gut dabei fühlen«, sagte Tekla, ohne ihn anzusehen. Rebeckas Lächeln entging ihr jedoch nicht. »Aber Sie haben die Terroristenspur noch immer nicht verworfen?«

»Eher im Gegenteil«, sagte Marcus.

»Was meinen Sie damit?«

Marcus schien zu überlegen, wie viel er offenlegen durfte.

»Wir haben die Blutanalyse des Mannes bekommen, den Sie unten in den unterirdischen Gängen verfolgt haben.«

»Und?«

»Kein Treffer. Aber Bilder von einer Überwachungskamera haben einen Hinweis ergeben …«

»Dass du immer so umständlich sein musst«, unterbrach Rebecka ihren Kollegen von der Säpo. »Er hatte Tätowierungen auf der Hand, die ganz klar eine Verbindung nach Russland zeigen, vielleicht zum ehemaligen FSB, und er hat professionell reagiert, als er merkte, dass sein Plan, über das Fenster auf einen Balkon zu kommen, misslungen war. Außerdem kannte er offensichtlich den Ausgang durch die Gänge zum Personalparkplatz.«

»FSB?«, fragte Tekla.

»Der russische Geheimdienst.«

»Aber wie sollte die Verbindung zu unserem Patienten aussehen?«, wollte Tekla wissen.

Marcus tat, als wäre er mit Tekla allein im Raum. »Wir arbeiten ganz einfach weiter daran.«

Rebecka Nilsén schien ungeheuer genervt von der Wortkargheit ihres Säpo-Kollegen zu sein.

»Sie steuern einen großen Teil der Kriminalität in der Stadt.«

»Wer, der FSB?«, fragte Tekla.

»Indirekt ja. Es gibt einen sogenannten *Vor* in Stockholm, oder *Vor v zakone*, Dieb im Gesetz, der alles als einen einzigen großen Geschäftsbetrieb leitet. Wir kommen nicht an ihn ran, er benimmt sich beispielhaft. Kommt nie in die Nähe von Waffen oder Drogen. Macht seine Steuererklärung tadellos.« Rebecka lächelte vor sich hin. »Ich glaube, sein offizieller Job ist Übersetzer von russischer Literatur. Aber er steuert im Prinzip den ganzen Heroin- und einen großen Teil des Amphetaminmarktes durch mehr oder weniger lose zusammengewürfelte Gangs unter sich.«

»Und die Verbindung zum FSB?«

»Die russische organisierte Kriminalität kontrolliert ein Drittel des Heroinmarkts in ganz Europa«, warf Marcus ein.

»Und einen großen Teil des Waffenschmuggels«, fuhr Rebecka fort. »Und des Menschenhandels und Währungsschmuggels.«

»Unglaublich«, sagte Tekla, vollkommen geplättet von der neuen Information. »Und der FSB ...«

»Diese ganzen kriminellen Machenschaften sind die größte Einkunftsquelle des FSB«, sagte Marcus.

»Und Putin?« Tekla ließ ihre Gedanken wandern.

»Alles von höchster Stelle sanktioniert«, antwortete Rebecka mit einem Lächeln.

»Und das sind keine Geheimnisse«, bestätigte Marcus. »Steht alles in öffentlichen Dokumenten.«

»Was der Säpo-Beamte jetzt sagen musste«, stichelte Rebecka.

Tekla blickte wieder den Patienten mit den Verbrennungen an.

»Hoffen wir also, dass er aufwacht«, konstatierte sie und

starrte das Loch im Verband an, unter dem sich ein Mund versteckte.

Marcus senkte die Stimme effektvoll. »Wir wollen ihn gern befragen.«

»Mit *wir* meint Marcus natürlich die NOA. Die Säpo ist nur als Beobachter hier.«

Als Tekla Rebecka und ihre bunten Kleider auf der Intensivstation verlassen hatte, überprüfte sie ihr Handy und sah, dass Magnus geantwortet hatte: *Gern! Komm doch heute Abend auf ein Glas vorbei.*

Mittwoch, der 12. Juni

BESPRECHUNGSRAUM DER NOTAUFNAHME,
NOBEL-KRANKENHAUS

»Kannst du nach der Personalversammlung noch kurz bleiben?«, fragte Göran. Tekla fand, es klang mehr wie ein Befehl denn wie eine Frage, und Göran sah richtig erzürnt aus. »Wir haben eine Anzeige bekommen, dass du in Patientenakten geschaut hast, für die du keine Befugnis hast.«

»Ich …«

»Nicht jetzt«, unterbrach Göran sie. »Nach der Besprechung. Aber das sieht nicht gut aus, Tekla. Gar nicht gut.«

Mehrere Ärzte kamen in den Konferenzraum geschlendert und setzten sich. Viele hatten ihr Mittagessen dabei. Tekla sank auf einen Stuhl an der Wand. Die Medizinstudenten bemerkten ihr abweichendes Verhalten und starrten den leeren Stuhl am großen Tisch an.

»Willkommen. Dann fangen wir mal mit …«

»Entschuldigung«, sagte eine wohlbekannte Stimme von der Tür aus.

Göran blickte von seinen Papieren auf.

»Aha, hoher Besuch hier zur Mittagszeit«, sagte Göran steif. Es war nicht zu übersehen, dass er plötzlich um zehn Zentimeter schrumpfte.

»Lass dich nicht stören«, sagte Monica Carlsson und schloss die Tür. Sie stellte sich an die Wand und ließ den Blick über den Tisch schweifen. Tekla sah zu Boden.

»Okay, dann machen wir das jetzt im Schnelldurchgang«, fuhr Göran fort. Tekla hatte noch nie zuvor erlebt, dass er die geplanten Ausbildungen der Klinik in so kurzer Zeit durchgegangen war. Er beendete die Versammlung, und die Ärzte räumten den Saal.

Tekla sah aus dem Augenwinkel, wie Monica zu Göran trat und etwas sagte, worauf er hastig nickte, wütend in Teklas Richtung starrte und dann den Ärzten nach draußen folgte. Tekla war verwirrt.

»Ich war gerade zufällig in der Nähe«, sagte Monica und setzte sich auf den Stuhl an der Stirnseite, auf dem Göran gesessen hatte. Sie sah sich mit angeekelter Miene um. »Du meine Güte, ihr habt ja gar keine Luft hier unten. Wie haltet ihr das nur aus?«

»Vielleicht sind die Personalversammlungen deshalb so kurz«, antwortete Tekla und setzte sich in gebührendem Abstand zwei Stühle weiter. Sie registrierte den knallgelben Rock und die schwarzen Schuhe der Krankenhausdirektorin. Wenn es etwas gab, das sie über Monica Carlsson gelernt hatte, dann, dass sie niemals »gerade zufällig in der Nähe« war.

»Wird er überleben?«

»Wer?«, fragte Tekla und spürte sofort, wie ihr ein kalter Schauer den Rücken hinunterlief.

»Der Brandverletzte auf der Intensivstation«, sagte Monica. Sie holte etwas aus der Tasche ihres Blazers und steckte es in den Mund.

»Ach so.«

»Was dachten Sie denn, wen ich gemeint habe?« Monica warf Tekla einen listigen Blick zu.

»Ich treffe so viele Patienten, dass …«

»Überlebt er?«

»Das ist schwer zu sagen. Vor allem die Nieren sind durch die weitreichenden Verletzungen schwer geschä…«

»Stinkt es auf der Intensivstation auch so? Es ist eine Weile her, seit ich zuletzt in unserer Vorzeigeabteilung war.«

Tekla sah die modernen Räumlichkeiten der Intensivstation vor sich.

»Ich hab nicht darüber nachgedacht.«

»Aber der Gestank hier unten im Kochtopf ist Ihnen schon aufgefallen?«

Tekla konnte nicht anders, als zu lächeln.

»Was?«, fragte Monica, und jetzt bemerkte Tekla, dass die Direktorin des Nobel-Krankenhauses sich zu Mittag Lakritzschnuller einverleibte.

»Sie haben Kochtopf gesagt.«

»Nennt ihr sie denn nicht so, die Notaufnahme?«

»Doch.«

»Aber Sie sind erstaunt, dass ich das weiß.«

»So ungefähr.«

Tekla hatte die plötzliche Eingebung, Monica zu fragen, ob sie Lakritz wegen ihres niedrigen Blutdrucks aß, vielleicht sogar Nebennierenrindeninsuffizienz hatte, doch sie wagte es nicht, so persönlich zu werden.

Monica fuhr sich langsam mit den Fingern durch ihren Pony.

»Deshalb müssen wir eine gute Übereinkunft treffen. Und es eilt.«

»Sie meinen ÖPP?«

»Das Haus verrottet ja von innen. Spüren Sie das nicht, als Ärztin?«

»Ich hab meinen Fokus auf den Menschen.«

»Wie ich das verstanden haben, verstehen Sie sich gut mit Tariq.«

»Wieso?«

Monica sah Tekla scharf an.

»Doktor Berg. Noch bin ich diejenige, die in unserer kleinen Beziehung die Fragen stellt.«

»Ich meinte nur, ich hab nicht so viel darüber nachgedacht, warum es so ekelhaft riecht«, sagte Tekla. »Ich bin davon ausgegangen, dass die Krankenhausleitung die Lage unter Kontrolle hat.«

Monica stand von ihrem Stuhl auf.

Jetzt kommt es, dachte Tekla. Jetzt hab ich die Grenze überschritten.

Monica ging leicht hinkend zur Wand und stellte sich vor ein Ölgemälde, das den früheren Klinikchef Ralf Bergström, geboren 1902, darstellte.

»All diese Männer«, seufzte Monica.

»Da kann ich Ihnen nur zustimmen.«

»Und warum hängen Sie dann mit Tariq herum?«

Tekla hätte viel darum gegeben zu erfahren, woher Monica ihre Informationen bezog, sah jedoch ein, dass es sinnlos war zu fragen.

»Er ist sozusagen schwer zu umgehen.«

»Ein bisschen wie der Gestank im Haus«, murmelte Monica vor sich hin. »Nasenstöpsel reichen nicht aus.«

Tekla lächelte über den Vergleich.

»Aber Sie haben noch nicht mit Anita gesprochen, wie ich höre?«

»Hab ich das gesagt?«

Monica wandte sich um. »Nein, eben.«

Tekla spürte, wie ihre Kopfschmerzen wiederkamen. »Ich kümmere mich in den nächsten Tagen darum.«

»Es ist eiliger.«

»Ich rede heute mit ihr.«

»Gut«, sagte Monica und rückte ihre dunkelgrüne Seidenbluse unter dem Blazer zurecht. Tekla nahm an, dass Monica bei der Hitze genauso schwitzte wie alle anderen.

»Tekla?«

»Ja?«

»Haben Sie gefunden, wonach Sie heute früh gesucht haben?«

»Was meinen Sie?«

»In der Datenbank des Krankenhauses auf Kungsholmen. In die man nicht hineindarf, wenn man keinen speziellen Patienten hat, dessen Krankengeschichte man nachverfolgen muss.«

Tekla erstarrte zu Eis. Aber es gab keinen Grund zu lügen.

»Nein, ich bin nicht reingekommen.«

»War es dieser Mann, den Sie gesucht haben?«

Tekla nahm den Post-it-Zettel, den ihr Monica reichte, und las. Dort standen ein Name und eine Personennummer. Sie fragte sich, ob Monica Carlsson jemals aufhören würde, sie zu verblüffen.

Monica trat näher und wischte Tekla mit dem Handrücken ein wenig Schweiß von der Stirn.

»Und vergessen Sie Göran. Es wird keine Anzeige geben.«

Monica holte einen Lakritzschnuller aus ihrer Tasche.

»Wollen Sie?«

»Nein … danke«, brachte Tekla heraus.

Monica steckte sich den Schnuller in den Mund und ging zur Tür.

»Rufen Sie mich an, wenn Sie mit Anita gesprochen haben.«

Mittwoch, der 12. Juni
GRÖNVIKSVÄGEN, BROMMA

Victor nahm die schwarze Tasche mit den pH-Tests und ging zu dem Pool-Monster hinaus. Auf einem Stuhl unter dem Vordach neben dem Pool saß Victors vierundneunzigjährige rüstige Mutter Marina und blickte übers Wasser, das jetzt eine goldene bis rostbraune Farbe angenommen hatte. Victor beschlich ein Gefühl von Traurigkeit. Als starrte seine Mutter auf längst vergangene Zeiten hinaus. Aus der Entfernung sah es aus, als schliefe sie, doch als er vor ihr stand, erkannte er, dass sie Kopfhörer trug und in eine andere Welt versunken war. Als sie ihn bemerkte, kehrte sie ins Hier und Jetzt zurück und zog sich umständlich die Kopfhörer ab.

»Victor! Mein *Malysch*. Ich will mit dir über Sache reden.«

Er lächelte. Küsste sie oben auf den Kopf. Schloss die Augen. Das graue Haar lag glatt gebürstet über der Strickjacke, die mit ihrem rotweißen Muster an einen chinesischen Drachen erinnerte.

»*Mamuschka*. Was kann ich tun?«

»Die neue Philippinerin, sie nicht verwenden das starke Waschmittel. Es riecht chemisch. Zerstören Laken.«

»Ich werde mit Coco sprechen.«

»Dann ich bin zufrieden.«

Die alte Frau nickte ihrem einzigen Sohn zu und setzte sich die Kopfhörer wieder auf. Victor schätzte, dass es klassische Musik war. Eigentlich wollte sie gern Hörbücher hören, hatte sie gesagt. Es war ihm jedoch nicht gelungen, welche auf Russisch zu organisieren. Und usbekische Hörbücher konnte man vergessen. Bis auf Weiteres musste sie sich mit Schostakowitsch zufriedengeben.

»Victor! Wie geht es Nina?«, schrie die alte Dame.

Victor hob die Kopfhörer an.

»Nina? Warum fragst du, Mama?«

»Ihr nicht geht gut, ich kann sehen.«

Victor blickte über den Pool hinaus. Er musste seiner alten Mutter recht geben. Irgendetwas stimmte mit Nina nicht. Sie war in letzter Zeit nicht sie selbst gewesen.

»Es ist sicher nichts, *Mamuschka*. Ich glaube, sie hat nur zu viel zu tun.«

»Dann sag ihr, sie weniger tun soll«, sagte Marina, setzte sich entschlossen die Kopfhörer wieder auf und starrte zur Steinmauer hinüber.

Victor holte ein pH-Teststäbchen heraus und tauchte es in den Pool. Auf dem Grund sah er den schweineteuren Schlammsaugroboter, der vierundzwanzig Stunden am Tag Schmutz entfernte. Das Stäbchen zeigte einen pH-Wert von 7,9, also drei Punkte zu hoch. Warum bekam er etwas so Einfaches wie einen Pool nicht in den Griff?

Unten von der Straße her hörte er Sardor hupen. Es war Zeit, sich um das Netzwerk Nord zu kümmern. Keine Gewaltspirale. Nicht noch mehr tote Albaner.

»Jetzt hab ich Softcare gekauft, aktiven Sauerstoff«, seufzte Victor auf dem Beifahrersitz. »Ich hab einen von Ninas Kontakten gefragt, der den gepflegtesten Pool in ganz Djursholm haben soll. Dieser Typ, wie auch immer er hieß, hat jedenfalls gesagt, ich soll es mit Softcare versuchen, also hab ich jetzt die Vorräte aufgestockt.«

»Dann kannst du ja zufrieden sein.«

»Ich bin zufrieden.«

»Wem willst du hier eigentlich was vormachen?«

Auf dem Alviksvägen gab Sardor Gas in Richtung Grundschule.

Victor blickte zwei Müttern hinterher, die mit ihren sportlichen Kinderwagen vorbeijoggten.

»Sardor.«

»Ja?«

»Wie geht es eigentlich deiner Schwester?«

»Keine Ahnung.«

»Aber was glaubst du?«

»Wir sprechen nicht miteinander, wie soll ich da wissen, wie es ihr geht? Es stresst sie wahrscheinlich ziemlich, teure Häuser in den Schären zu verhökern und sich um ihren verwöhnten Mann zu kümmern. Von den Immobilien, die sie in der ganzen Welt kaufen, ganz zu schweigen.«

»Haben sie was Neues gekauft? Außer diesem Haus in Rio?«

»Ich weiß nicht. Aber wie viele Häuser kann man denn brauchen?«

Sardor fuhr durch Äppelviken und musste alle zwei Minuten bremsen, um Kinderwagen und müde Schulkinder über einen Zebrastreifen zu lassen.

»Egal was du sagst, sie wird diejenige sein, die übernimmt, wenn ich nicht mehr bin«, sagte Victor.

Sardor hielt am Alléparken an, fuhr an den Straßenrand und drehte sich zu seinem Vater.

»Was redest du da vom Sterben?«

»Du musst dir keine Sorgen machen.«

»Ich mach mir keine Sorgen.«

»Aber es ist wichtig, dass du das hörst«, erwiderte Victor. »Nina ist clean. Sie hat nie etwas mit unseren Geschäften zu tun gehabt, steht in keinem Register, und so soll es auch bleiben. Sie wird den Betrieb auf Dauer legal machen. Dieser ganze Mist soll mit mir aufhören.«

»Ich frage mich, was die Zentrale davon hält.« Sardor lächelte spöttisch.

»Überlass die Zentrale mir.«

»Dann ist es ja schön für dich, dass ich keine Kinder habe«, sagte Sardor.

»Wie meinst du das?«

»So werden meine kriminellen Gene nicht weitervererbt.«

»Jetzt bist du unfair.«

»Aber das ist es doch, was du sagst.«

»Das sage ich nicht.« Victor sah richtig resigniert aus.

»Aber so *fühle* ich mich«, erwiderte Sardor und musste sich räuspern.

Victor brach es fast das Herz. Er legte seine Hand auf Sardors Arm.

»Sardor. Hör mir zu. Deine Unzulänglichkeiten als Sohn sind Folge meines Versagens als Vater.«

»Es liegt in den Genen.«

»Nein«, unterbrach ihn Victor. »Ich weiß, dass du es mir recht machen willst. Und du warst immer so unglaublich pflichtbewusst. Ich weiß auch, dass du das Heroin, das Amphetamin, die Huren und die Waffen unter Kontrolle hast. Aber genau das ist ja der Punkt.«

»Was ist der Punkt?«, fragte Sardor.

»Das ist das Einzige, was du kannst. Du weißt ja kaum, was eskalieren bedeutet. Wie willst du denn in der normalen Gesellschaft zurechtkommen? Und erst recht eine richtige Firma führen?«

»Dann lass mich das machen, was ich am besten kann«, sagte Sardor.

»In einer anderen Welt«, antwortete Victor und griff sich an die Stirn. »In einer anderen Welt, mein Sohn. Diese ganze Gewalt muss ein Ende haben. Kamila, Emily und Kate sollen sich nicht ängstlich über die Schulter blicken müssen, wenn sie erwachsen sind. Ich habe viel zu viele getötet oder verletzt. Menschen elternlos gemacht. Auf den Straßen Anarchie walten lassen. Wenn man älter wird, sieht man im Rückspiegel deutlicher, was man hätte anders machen sollen. Und du bist mein größter Misserfolg. Aber das ist nicht deine Schuld.«

Sardor starrte mit leerem Blick vor sich hin. Seine Knöchel am Lenkrad wurden weiß.

»Aber du wirst natürlich deinen Teil des Erbes bekommen«, fügte Victor hinzu.

»Aber Nina wird übernehmen?«

»Ja. Und das musst du schlucken.«

Sie saßen eine Weile schweigend da. Dann sagte Victor: »Und du weißt, dass ich von noch mehr Enkelkindern träume. Es ist nie zu spät.«

Sardor trat aufs Gas, scherte auf den Alviksvägen ein und fuhr aggressiv auf einen Volvo V90 auf.

»Das wird nicht passieren.«

Sardor kam dem Volvo gefährlich nahe.

»Man kann noch spät Kinder bekommen. Du musst nur die richtige …«

»Hör auf!«, unterbrach ihn Sardor.

»Man könnte fast meinen, du stehst nicht auf Frauen«, lachte Victor.

Sardor überholte den Volvo und stieß beinahe frontal mit einem entgegenkommenden Auto zusammen.

»Beruhige dich!«, sagte Victor.

»Nina wird mir alles nehmen!«, schrie Sardor.

Victor legte seine schwielige Hand auf Sardors Handrücken.

»Nein. Und du tust, was ich sage. Ich weiß, dass du zu deinem Wort stehst.«

Sardor wusste, dass er keine Wahl hatte. Er hielt an der roten Ampel vor dem Kreisverkehr in Alvik. Atmete schwer.

»Nicht wahr?«, wiederholte Victor. »Du tust, was ich sage.«

»Ich verspreche es.«

»Was versprichst du?«

»Dass wir die Drogen und die Huren in Zukunft langsam auslaufen lassen und Nina mit ihrem legalen Geschäft übernehmen wird. Immobilien und so weiter. Weiß wie Schnee.«

»Du schwörst also.«

»Ja.«

»Auf?«

»Urgroßmutters Grab.« Sardor fuhr durch den Kreisverkehr in Richtung Industriegebiet Ulvsunda.

»So ist es gut«, sagte Victor.

Mittwoch, der 12. Juni

BLUE OYSTER THAI, INDUSTRIEGEBIET ULVSUNDA

»Willkommen!«, sagte Victor und hielt Zog Bibas Hand ganz besonders lange fest. Der Anführer der Lions grinste Sardor, der danebenstand und die Waffen aller Anwesenden entgegennahm, höhnisch an.

»Damit ihr uns bei ausgeschalteten Kameras niedermähen könnt. Nein danke.«

Victor ließ seine Hand los und begrüßte stattdessen Tony Nordström von der Jakan Crew samt zwei Begleitpersonen.

»Wenn wir euch töten wollten, wärt ihr heute Morgen nicht aufgewacht. Betrachtet das hier als normales Weihnachtsessen mit der Familie. Ihr nehmt doch wohl eure Waffen nicht mit nach Hause zu Mama?«, sagte Victor.

Tony Nordström zog demonstrativ vor Zog Biba seine Lederjacke aus und schob sein schwarzes T-Shirt nach oben, um Sardor zu zeigen, dass er keine Waffe im Hosenbund stecken hatte.

»Komm schon, Biba«, sagte Tony und schlug sich auf den tätowierten Bauch. »Ich bin hungrig wie ein Löwe.«

Der albanische Anführer nickte schließlich seinen schwarz gekleideten Männern zu, ihre Waffen abzugeben. Sie hoben ihre Sakkos an und ließen sich durchsuchen. Sardor reihte Pistolen, Magazine, Messer und Mini-Uzis sorgfältig nebeneinander auf und wies den Weg in den Speisesaal des Blue Oyster Thai. Sie hatten das ganze Restaurant gemietet.

»Um diese Zeit finden sowieso nicht allzu viele Gäste den Weg hierher«, hatte der Besitzer am Tag zuvor gesagt, während er ein Bündel Scheine entgegennahm. »Vor allem, wenn gerade Hitzewelle ist und alle in der Stadt ein Bier trinken wollen.«

Eine Gang nach der anderen fand sich unter verbissenen Grüßen und skeptischen Blicken im Lokal ein.

Der lange Tisch in der Mitte des düster eingerichteten Thai-Restaurants war jetzt voll besetzt. Die Stimmung angespannt und schweißtreibend, aber erwartungsvoll.

»So«, sagte Victor. Er öffnete den Knopf seines Sakkos, strich über sein weißes Hemd und hob ein Glas kühlen Rotwein. »Wir heißen auch Jimmy Chu von No Way Out, Rickard Jakobsson von den K-Men und Christian Jensen von den Red Bears herzlich willkommen. Schön, dass ihr es so kurzfristig einrichten konntet. Ich weiß, ihr seid alle vielbeschäftigte Geschäftsleute.«

Christian Jensen und der Vizepräsident der Red Bears, »Der Graf« Holmström, kippten Bier aus Flaschen hinunter, während Zog Biba sich an Wasser hielt. Der lange Tisch war hübsch gedeckt, mit zu Schwänen gefalteten Servietten, rosa Blumen zwischen den Tellern und Saucen in kleinen Schüsseln an jedem Platz. Rickard Jakobsson und seine beiden Männer von den K-Men schielten skeptisch zur Jakan Crew auf der anderen Seite des Tisches hinüber und warteten auf die Fortsetzung.

»Ihr kommt direkt von der Arbeit, nehme ich an.« Victor blickte jedem Einzelnen in die Augen, während er sprach. »Also denke ich, wir fangen am besten mit dem Essen an. Der Versailler Vertrag ist auch nicht mit leerem Magen geschlossen worden.« Rickard Jakobsson kratzte sich verwirrt an seinem roten Bart, seine Augenlider hingen genauso schwer herunter wie immer.

»Heute laden wir zum Thaibuffet ein«, fuhr Victor in fröhlichem Tonfall fort. »Es gibt Bier und Wein, sagt einfach dem Personal Bescheid. Wollen die Lions anfangen?«

Zog Biba starrte Victor drohend an, doch dann stand der Albaner auf und hängte sein Sakko über die gepolsterte Stuhllehne. Er ging langsam zum Büfett, gefolgt von zwei Männern in schwarzen Hemden.

Victor atmete tief ein und ließ die Luft langsam durch die Nase wieder ausströmen. Er fuhr fort, in unterschiedliche Richtungen um den Tisch zu nicken, an dem zwölf der führenden Personen des Netzwerks Nord mit den drei Repräsentanten der Red Bears aus Skärholmen zusammensaßen. Sardor lief hin und her und half dem Personal, Bier- und Weinflaschen bereitzustellen.

Eine Gang nach der anderen ging zu dem überbordenden Büfett hinüber. Tony Nordströms Männer aus der Jakan Crew setzten sich mit jeweils zwei voll beladenen Tellern hin und begannen, abwechselnd Frühlingsrollen und grünes Curry mit Bambussprossen in sich hineinzuschaufeln. Tony nickte zu Victor hinüber und sah zufrieden aus. Er hob sein Glas und prostete seinen Leuten zu.

»Nicht gerade ein Sternerestaurant«, sagte der weniger zufriedene Jimmy Chu und rückte seine Sonnenbrille mit blauen Gläsern zurecht, als er an Victor vorbeiging. Jimmy war genauso sonnengebräunt wie immer, sein schneeweißes T-Shirt spannte über den sehnigen Muskeln.

»Tut mir leid, aber wir mussten ungestört sein«, erwiderte Victor und klopfte dem Gangleader von No Way Out auf die Schulter. »Das Grand Hotel war schon ausgebucht mit dem Jahrestreffen der schwedischen Polizei.«

Tony Nordström lachte laut, und sogar Christian Jensen schien zum Leben zu erwachen.

Schließlich setzte sich Victor ans Kopfende des Tisches und bat Sardor, ihm eine Portion zu holen. Sardor blickte verstohlen um den Tisch, um zu sehen, ob jemand die herablassende Instruktion mitbekommen hatte.

»Zuerst möchte ich damit beginnen, mein tiefstes Bedauern über Loriks Tod zum Ausdruck zu bringen«, sagte Victor mit zusammengebissenen Zähnen und blickte zur anderen Schmalseite hinüber. Zog Biba legte seine Gabel weg und verschränkte die Arme über der Brust. Er starrte drohend auf einen Blumenstrauß in der Mitte des Tisches.

»Das war …«

»Verflucht unnötig«, unterbrach ihn der albanische Anführer und ergriff mit beiden Händen die Tischplatte. Victor fragte sich für eine Sekunde, ob er den Tisch umwerfen wollte.

Nur die Männer der Jakan Crew aßen schweigend weiter. Alle anderen saßen still da und warteten gespannt darauf, was passieren würde. Sardor stellte Victor den Teller hin und trat dann vor die bunte Wandmalerei eines goldenen Tempels zurück.

»Da muss ich dir absolut recht geben.« Victor schüttelte den Kopf. »Aber das waren nur Geschäfte. Wirklich nur Geschäfte. Es ist wichtig, keine Gefühle mit ins Spiel zu bringen, wenn …«

»Du hast leicht reden«, fiel ihm Biba ins Wort. »Du hast ja kein Familienmitglied verloren.«

»*Pusho ne paqe*«, sagte Victor mit der Hand auf dem Herzen und sah, wie Zog Biba zusammenzuckte. »Ruhe er in Frieden. Es war allein unsere Schuld. Die Verantwortung liegt bei mir, und ich bereue es, meinen Sohn nicht besser erzogen zu haben. Er ist ein Heißsporn, das ist nicht immer eine schlechte Eigenschaft. Aber dieses Mal ist er zu weit gegangen.«

Der Einzige, der nicht in Sardors Richtung blickte, war Rickard Jakobsson, der gerade einen Hühnchenspieß gefunden hatte, den er in Erdnusssauce tunkte.

Zog Biba und seine schwarz gekleideten Lions sahen aus, als wollten sie jeden Moment aufstehen. Zog ergriff das Wort: »Ihr habt den falschen Kerl umgebracht. Lorik war nicht mal im Kvarnen.«

»Das wisst ihr nicht sicher …«, begann Sardor, verstummte jedoch sofort, als Victor die Hand hob.

»Es tut mir schrecklich leid«, sagte Victor und lächelte in Zogs Richtung. »Ich sehe, du hast deine Söhne besser im Griff. *Pune e mire*, gute Arbeit.«

»Und was zum Teufel macht ihr mit eurem H?«, fauchte plötzlich Rickard Jakobsson von den K-Men. Er brach einen Krabbenchip in zwei Teile. »Es ist mit irgendeinem Scheiß gestreckt. Die Junkies sterben wie die Fliegen in der Stadt.«

»Danke, dass du das Thema angesprochen hast.« Victor streckte die Hand zur einen Längsseite des Tisches hin aus. »Wir sind uns des Problems bewusst und suchen nach den Schuldigen.«

»Dann müsst ihr besser suchen«, sagte Rickard und nahm einen Bissen vom Hühnchenspieß.

»Absolut«, antwortete Victor. »Eje und Sardor werden in den nächsten Tagen rund um die Uhr arbeiten, um in der Stadt aufzuräumen. Und nachdem du diese sensible Frage aufgebracht hast, gehe ich davon aus, dass ihr alle aufhört, eure Preise zu drücken, nur weil unser Produkt momentan Schlagseite hat.«

Tony Nordström lehnte sich zurück und rollte mit seinen muskulösen Schultern. Dann sagte er mit einem Lächeln: »Oder hat Rickard etwa vor, sich Territorien unter den Nagel zu reißen, wie damals, als uns voriges Jahr das Koks ausgegangen ist?«

Zwei von Rickard Jakobssons Kerlen standen hastig auf. Sie sahen aus, als wollten sie hier und jetzt abrechnen, doch der Leader der K-Men war nicht so weggetreten, wie er aussah. Er lächelte ein wenig und machte eine beruhigende Geste zu seinen Männern hin, die sich wieder setzten.

»Wir werden uns nicht verhalten wie irgendwelche korrupten Politiker«, sagte Victor. »Wir alle sind Männer, die fest zu ihrem Wort stehen. Wenn ihr versprecht, mit dem Preis-Dumping aufzuhören, dann versprechen wir, die Umarovs, unsere Territorien nicht nördlich des Järva Krog auszuweiten.«

»Wir erhöhen die H-Preise schon heute Abend«, verkündete Rickard Jakobsson und zuckte mit den muskulösen Schultern.

»Dann machen wir das auch«, warf Jimmy Chu ein. »Auch wenn das Essen hier scheiße ist.«

Vereinzeltes Gelächter.

Victor blickte zu Zog Bibas Tischende hinüber. Der Albaner hatte die Konversation mit verkniffenem Gesichtsausdruck verfolgt. Victor stand langsam auf und ging um den Tisch. Er stellte sich einen Meter vor den albanischen Gangleader.

»*Miku im*, mein Freund. Ich habe drei Kinder, für die ich alles tue. Manchmal vielleicht ein bisschen zu viel.« Victor wandte sich zu Sardor und schüttelte den Kopf. Das Schweigen lag jetzt kompakt über dem gedämpft beleuchteten Restaurant. Alle verfolgten Victor Umarovs kleinste Bewegungen. »Also weiß ich, was Familie bedeutet. Wenn jemand meine Kinder anrühren würde, würde ich … Ja, ihr versteht. Von meinem ganzen usbekischen Herzen bitte ich dich, meinem Sohn für seinen Fehler zu verzeihen. Wir haben alle unsere Fehler gemacht, das Wichtige ist, sie zuzugeben, um Entschuldigung zu bitten und dann weiterzugehen. Ich biete dir hundert Prozent des Kokainmarkts in Stockholm als Kompensation, wenn du die Sache auf sich beruhen und die Gewalt nicht eskalieren lässt. Niemand von uns hat etwas von noch mehr Blutvergießen.«

Der Anführer der Lions stand auf, trat zu Victor und umarmte den Usbeken.

Die anderen um den Tisch applaudierten.

Victor hielt eine Hand hoch, worauf die Versammlung verstummte. Er blickte Sardor an. »Und wir werden Loriks Leiche herausfischen, damit ihr ihn ordentlich begraben könnt. Nicht wahr?«

Sardor nickte.

»Sardor kümmert sich darum«, sagte Victor und reichte Zog Biba die Hand.

Victor ging zurück zu seinem Platz und setzte sich, nahm seinen ersten Bissen vom Essen und bemerkte, dass er extrem hungrig war.

Als alle das Restaurant verlassen hatten, traten Sardor und Victor auf den Parkplatz hinaus. Es war ein warmer, schöner Juniabend. Die Sonne war untergegangen, doch es war immer noch hell.

»Wie fühlst du dich?«, fragte Victor.

»Ganz okay.«

»Sicher?«

Sardor machte eine abwehrende Geste. »Hör auf damit.«

»Ich musste ihnen etwas geben, damit die Gewalt nicht ausartet. Wir haben Wichtigeres zu tun.«

»Eje wird mit allen Zwischenhändlern sprechen«, sagte Sardor und mied Victors Blick.

»Gut.«

Victor atmete schwer. Er war müde.

»Wie geht es dir?«, wollte Sardor wissen.

»Es ist nicht so schlimm.«

»Vielleicht.«

»Glaubst du?«, fragte Victor.

»Ich weiß nicht, aber es ist besser, wenn du dich noch mal durchchecken lässt.«

»Werd ich machen. Und, Sardor?«

»Ja?«

»Ich werde die Zentrale kontaktieren und sie bitten, uns mehr Waffen zu schicken.«

Sardor blickte Victor erstaunt an.

»Warum das denn?«

Victor lächelte.

»Glaubst du ernsthaft, dass Zob Biba sich mit einer aufgequollenen Leiche und ein bisschen Kokain zufriedengeben wird?«

Mittwochabend, der 12. Juni

BJURHOLMSPLAN, SÖDERMALM

»Das hier ist wirklich eine versteckte Perle auf Södermalm«, sagte Magnus und blickte durchs Fenster auf den Bjurholmsplan. »Niemand kennt diesen Park, weil es hier keine Restaurants oder Bars gibt. Nur Familien, die mit ihren Kindern spielen, und Singles, die auf einer Decke liegen und lesen. Willst du Rotwein oder Cognac? Ich hab's nicht zum Alkoholladen geschafft, deshalb hab ich nichts anderes.«

»Cognac«, antwortete Tekla, die drei Praxiten genommen und eine schwarze Bluse herausgekramt hatte, die selten zum Einsatz kam.

Magnus füllte Tekla ein halbes Trinkglas mit dem bernsteinfarbenen Getränk und schenkte sich selbst ein Glas Rotwein ein.

»Entschuldige, dass ich nicht mehr gesagt habe, als wir uns am Nytorget getroffen haben. Das war doof. Manchmal will ich einfach nur vergessen, dass ich Polizist bin.«

Tekla lächelte und schüttelte den Kopf. »Warum denn?«

»Als wir uns mit meiner Schwester getroffen haben, hatte ich ein paar verdammt anstrengende Schichten hinter mir und wollte einfach nur ich selbst sein, nicht der Polizist Magnus. Oder Dolph, wie sie mich beim SEK nennen.«

Tekla verschluckte sich am Cognac und hustete heftig.

Magnus brach in lautes Gelächter aus, und für eine Sekunde verschwand die Angst aus Teklas Magengrube. Nach allem, was passiert war, fühlte es sich befreiend an, ein herzliches Lachen zu hören.

»Ist es okay, wenn ich dich nicht Dolph nenne?«

»Gerne. Ich hasse es.«

Tekla fühlte sich bereits betrunken und merkte, wie der Alkohol und die Tabletten sich in der Wirkung gegenseitig verstärkten.

»Bist du aus Stockholm?«, fragte Magnus.

»Ganz und gar nicht.«

»Dann weiß ich ja, wen ich *nicht* fragen muss, wenn ich einen guten Tipp für ein Restaurant brauche.«

»Auch wenn ich jetzt schon ein Jahr hier wohne, kenne ich mich außerhalb von Södermalm überhaupt nicht aus«, sagte Tekla.

»Was anderes brauchst du auch nicht zu kennen.«

»Ist es so schlimm?«

»So gut«, korrigierte Magnus und nahm ein paar große Schlucke von seinem Wein. »Söder hat alles, was man braucht. Ich hab schon überall in der Stadt gewohnt, aber in Söder ist's einfach am besten.«

»Wo bist du aufgewachsen?«

Magnus schien zu zögern. »Im Norden der Stadt.«

»Da kenne ich mich noch weniger aus. Nördlich vom Norrtull ist für mich Arlanda.«

»Und woher kommst du dann?«, wollte Magnus wissen.

»Jämtland. Edsåsdalen, mitten auf dem Land.«

»Dann will ich alles über Elchjagd und Surströmming-Feste hören.«

»Du weißt, wie wir Leute nennen, die sich ducken, wenn ein Auspuff knallt?«

Magnus schüttelte den Kopf.

»Stockholmer auf Elchjagd.«

Magnus bekam beinahe den Wein in den falschen Hals, als er erneut laut lachen musste. »Ich würde mich wahrscheinlich auf den Boden werfen!«

Tekla erzählte weiter. Von Edsåsdalen. Von der Arbeit ihres Vaters in der Fabrik. Von ihrer Mutter, die zwar zu Hause war, aber trotzdem nicht anwesend. Dass sie sich eigentlich gewünscht hätte, die Mutter würde arbeiten und sie dürfte die ganze Zeit mit ihrem Vater zusammen sein. Dass sie es geliebt hatte, mit ihm zu den Almhütten zu gehen und das Gras zu sensen, die Elchjagd vorzubereiten, das Boot am See neu zu streichen, für den Winter Holz zu hacken. Jeder kleine Moment mit dem Vater war harmonisch. Seine gute Laune, die lustigen Geschichten und die Liebe zur Natur waren ansteckend. Dass er zu viel trank, sah sie eigentlich gar nicht. Sie bemerkte es nur indirekt. Tekla erzählte, wie ihre Mutter immer an ihrem Vater herumgemeckert hatte, wie sie beim Frühstück keifte, beim Abendessen. Ihr Gejammer, dass sie kein Geld hatten, sich nicht einmal einen Urlaub leisten konnten »wie alle anderen«. Die Sehnsucht der Mutter, zu verreisen und die Welt zu sehen, hatte sie nie verstanden. Sie hatten doch alles, was sie brauchten: die Seen mit Fischen, den Wald mit Beeren und Pilzen, die Wiesen zum Fußball und Fangen spielen, die Bäume zum Klettern.

»Du und deine Mutter, ihr hattet also kein gutes Verhältnis, wie es klingt«, stellte Magnus fest und lächelte.

Tekla lächelte zurück. »Kann man nicht behaupten.«

»Und ihr seid nie gereist?«

Wenn sie zurückdachte, konnte sie sich nur an eine einzige Reise erinnern. Und da war die Mutter noch nicht einmal dabei gewesen. Tekla trank von ihrem Cognac.

»Einmal. Wir waren in Portugal. Frag mich nicht, wie Papa das Geld für die Reise zusammengekratzt hat. Vielleicht hatte er es geliehen. Jedenfalls waren Papa, mein kleiner Bruder und ich dort. Papa hatte seine Gitarre dabei, und ich weiß noch, dass er meistens am Poolrand saß und Songs von Cornelis Vreeswijk gespielt hat. ›Ist es hier nicht wunderbar?‹, sagte er immer. Wir haben auf der Terrasse unter einer Pergola mit Weinranken gefrühstückt, frisch gepressten Orangensaft und frisch gebackene Brötchen, die Papa gekauft hatte, bevor wir aufgewacht sind. Man konnte sie essen, wie sie waren, ohne was drauf, aber Papa hat darauf bestanden, dass wir Nutella draufschmieren, obwohl wir gar nicht wollten. ›Es ist doch verdammt noch mal Urlaub‹, lachte er, und ich weiß noch, wie es war, den Rauch der Zigarette einzuatmen, die er im Mundwinkel hatte. Da war auch noch ein anderer Geruch, saurer, ein Schweißgeruch, aber um den zu vermeiden, hab ich einfach durch den Mund geatmet.«

Eigentlich konnte Tekla sich überhaupt nicht an die Gerüche erinnern. Das hatte sie schon immer unglaublich frustriert, die Bilder waren glasklar, aber die Gerüche fehlten völlig. Gerade deshalb war sie eine notorische Geruchssammlerin. Papas cremeweißes Hemd lag zusammengefaltet in einem Schuhkarton im Schrank. Zusammen mit Hunderten von anderen Dingen aus ihrer Kindheit. Alles, um die Gerüche der wichtigen Erinnerungen zu bewahren. Und wenn sie von Erlebnissen erzählte, fügte sie immer kleine, genaue Geruchserinnerungen hinzu, von denen sie meinte, sie könnten ins Bild passen.

Sie blickte Magnus an, der aufmerksam zuhörte. Er hatte ein leichtes, schelmisches Lächeln auf den weinroten Lippen.

»Was?«

»Nichts. Mach weiter, du bist so eine gute Geschichtenerzählerin. Was für ein Gedächtnis!«

Tekla blickte durchs Fenster hinaus und blieb an dem riesigen Baum mitten auf dem Bjurholmsplan hängen. Sie fühlte sich bloßgestellt und entlarvt. Nackt. Doch gleichzeitig war es unerwartet leicht, mit Magnus über ihre Kindheit zu reden.

Sie trank durstige Schlucke von ihrem Cognac.

»Papa hat Makrelenfilets in Tomatensauce auf seinem Brötchen gegessen. Ich hatte einen solchen Sonnenbrand auf dem Rücken, dass ich große Hautfetzen von meinen Schultern abziehen konnte, und ich hab Cola getrunken, die Papa gekauft hatte. Wir haben normalerweise nie Limo oder so was gekriegt, aber jetzt durften wir prassen. Alles war wie ein einziger, langer Traum. Jedenfalls, bis er die Flasche Whisky herausgeholt hat. Ich hab den Schraubverschluss gehört, das gluckernde Eingießen ins Glas und dann die Stille. Sein ›ah‹ setzte dem herrlichen Tag ein Ende. Ich hab mich nach dem Abendessen immer schnell entschuldigt und gesagt, dass ich müde bin. Dann bin ich ins Bett gegangen, mit dem Kissen über dem Kopf. Meine Fantasien konnten beginnen. Ich weiß tatsächlich gar nicht mehr, warum Mama nicht dabei war.«

»Vielleicht hat sie gearbeitet«, schlug Magnus vor.

»Das glaub ich nicht.«

»Und dein Bruder, steht ihr euch nahe?«

Tekla schloss die Augen. Blickte direkt in Simons Gesicht. Er sah ein wenig bekümmert aus. Die großen Augen aufgerissen. Eine Kippe im Mund. Dreitagebart und ein großer silberner Totenschädel im einen Ohr. Sie spürte, wie sich ihr Hals zuschnürte.

»Wir waren immer supereng. Pseudozwillinge, nennt man das nicht so, wenn weniger als ein Jahr zwischen Geschwistern liegt?«

»Vielleicht. Ich weiß nicht.«

Tekla wusste es. Sie sah die Website vor sich. Das Internetforum einer Elternzeitschrift, ein Diskussions-Thread vom 26. Dezember 2008.

»Aber wir haben uns seit einer Weile nicht mehr gesehen. Wir haben uns im Frühjahr gestritten …«

»Es ist schwierig mit der Familie. Je näher man sich steht, desto härter kann der Ton werden. Und Scheiße noch mal, was können wir streiten, Astrid und ich. Darin sind wir Weltklasse.« Magnus lachte und schüttelte den Kopf. »Aber oft kann man sich ja hinterher wieder aussprechen.«

Tekla überlegte lange, ob jetzt ein guter Zeitpunkt war, von der Entführung zu erzählen.

»Aber er ist schwierig. Nimmt Drogen.«

»Oh je. Schon lange?«

»Seit der Teenagerzeit.«

Tekla spürte, wie Magnus sie anstarrte, er schien abzuwägen, wie viel er fragen durfte. Vielleicht war er feinfühliger, als er auf den ersten Blick aussah. Als Polizist war ihm ja völlig klar, dass viele Abhängige auch dealten.

»Man sieht dir an, dass etwas passiert ist«, sagte Magnus.

Tekla nickte. Magnus musste es nicht sagen, sie sah, was er dachte: *Dein Bruder ist ein Dealer, der sich sein Leben versaut hat.*

»Willst du's erzählen?«

Tekla war übel. Sie fühlte sich betrunken. »Vielleicht ein andermal.«

Sie wollte den schönen Abend nicht zerstören, indem sie über die Ereignisse vor dem Ringen sprach. Der Grund, warum sie Magnus hatte treffen wollen, war jetzt etwas anderem gewichen. Im Übrigen, was konnte Magnus schon tun, was die Polizei nicht bereits tat?

»Hast du jemanden, mit dem du reden kannst?«, fragte Magnus. »Einen Partner?«

Tekla steckte in ihren Gedanken fest.

Magnus sagte entschuldigend: »Jetzt bin ich viel zu persönlich geworden. Ein Aussetzer. So typisch ich. Einfach drauflos trampeln wie ein Büffel. Es war schon immer mein Problem, dass …«

»Das macht nichts. Aber nein, ich hab niemanden. Das ist nicht mein Ding.«

»Dein Ding?«

»Beziehungen.«

»Nie?«

Sie sah, wie Magnus kämpfte, um nichts Plumpes zu sagen.

»Partner. Da muss ich eher an Polizisten denken, die auf den Vordersitzen eines Autos sitzen, schwarzen Kaffee aus Pappbechern trinken und im strömenden Regen eine Wohnung beschatten.«

»Klingt nach den typischen Filmen, die man so kennt, ja«, lächelte Magnus.

»Ich versuche nur zu sagen, dass es lange her ist, dass ich eine Beziehung hatte. Also, ich meine … sie kommen und gehen.«

»Du sprichst mit einem Experten. Im Verkacken von Beziehungen«, sagte Magnus und ließ die Schultern ein wenig sinken. »Die einzige Frau, mit der ich gut kann, ist meine Schwester.«

»Sie wirkt supernett.«

Tekla fühlte, wie ihre Knie sich berührten.

»Es ist auch schwierig, Zeit dafür zu haben.« Tekla spürte, dass sie der Wahrheit ein wenig näher kam. »Arbeit, Forschung, Karriere.«

»Und dann auch noch mit dem eigenen körperlichen Verfall Schritt halten.« Magnus kniff sich selbst in den Bauch.

»Du scheinst keine Probleme mit der Form zu haben«, erwiderte Tekla.

»Du hast mich nicht nackt gesehen.«

Tekla blickte den großen Mann erstaunt an.

»Ganz ruhig«, lächelte Magnus und schien zu bereuen, was er gesagt hatte. »Ich werd dich nicht vernaschen.«

Tekla zögerte: »Ist es okay, wenn ich das hier mache?« Sie nahm ihr Halstuch und tauchte es in den Bodensatz des Cognacglases.

Magnus lachte.

»Brauchst du Parfüm, oder wie?«

»Eine kleine Erinnerung.«

Magnus' Lächeln sank eine Spur zusammen. Er blickte Tekla fasziniert an.

»Du bist wirklich toll. Bei deiner Persönlichkeit ist, wie mein alter Kickbox-Trainer sagen würde, ›ordentlich Druck dahinter‹.«

Tekla steckte das Halstuch in die Tasche. Es würde in einem Schuhkarton in ihrem Schrank landen.

Beide saßen eine Minute schweigend da. Tekla genoss das Abendlicht, das zum Fenster hereinströmte und die Wände der Wohnung in schönen gelb-roten Farbtönen leuchten ließ. Magnus holte zwei Gläser Wasser und eine Schüssel Erdnüsse.

»Hast du dich mit deinem Bruder ausgesprochen?«, brach er das Schweigen. »Ihr hattet gestritten, sagtest du.«

»Nein«, sagte Tekla und trank von dem Wasser.

»Wie heißt er?«

»Simon.«

»Wohnt er in Stockholm?«

»Ja. Bis er …«

Tekla zögerte.

»Bis er was?«, fragte Magnus.

Sie nahm Anlauf. Überlegte, dass sie nichts zu verlieren hatte, wenn sie es erzählte.

»Er ist gestern verschwunden. Entführt worden.«

Magnus stellte sein Glas ab.

»Was meinst du damit?«

»Weiß nicht. Nehme an, er ist in irgendeinen Mist verwickelt. Vielleicht dealt er.«

»Hat er … weißt du, ob er härtere Drogen nimmt?«

»Nicht direkt. Aber einiges deutet darauf hin.«

»Auch wenn du ihn seit einer Weile nicht gesehen hast?«

»Gerade deshalb. Wenn es von seiner Seite her still ist, hat er immer irgendwas gemacht, wofür er sich schämt.«

»Vor der großen Schwester.«

»Die ziemlich streng sein kann, ja«, sagte Tekla und spürte einen Klumpen im Magen.

»Was sagt die Polizei?«

»Dass sie nach dem Lieferwagen suchen, in dem er verschwunden ist.« Tekla sah den Kerl mit dem Gips vor sich. Sie hatte noch keine Zeit gehabt, weitere Nachforschungen über den Mann anzustellen, dessen Namen Monica ihr gegeben hatte: Johan Holmström.

»Kidnapping ist nicht so ganz mein Bereich«, sagte Magnus, »aber grob gesagt setzt man schnell ein Team ein, das dem Fall nachgeht, das ist ein bisschen abhängig von den Umständen. Und er hat nichts von sich hören lassen? Keine SMS?«

»Nichts«, seufzte Tekla. »Aber man kann doch ein Handy orten, oder?«

»Das ist nicht ganz einfach. Ziemlich streng reguliert, das mit der Handyortung. Das Ermittlerteam darf das.«

Tekla wollte das Ganze nicht weiter ausbreiten.

»Ich kann mich gern ein bisschen umhören, wie es läuft, wenn du willst?«

»Gern.«

»Dann brauche ich seine Daten.«

Tekla schrieb Simons Namen und Personennummer auf eine Serviette. Sie bemerkte, dass Magnus zusammenzuckte, als er Simons Namen sah.

Sie schwiegen eine Weile, jeder in seine Welt versunken.

»Wir werden es sicher irgendwie schaffen, deinen Bruder zu finden«, sagte Magnus und starrte mit zusammengebissenen Zähnen vor sich hin. »Die Polizei weiß wahrscheinlich, dass er Drogen genommen hat, das muss ja im Register stehen. Aber glaubst du, er dealt selbst?«

»Vielleicht«, seufzte Tekla.

»Aber du weißt nicht, ob er zu irgendeiner Gang gehört?«

»Nein.«

»Keine Ahnung?«

Tekla überlegte, ob sie Johan Holmström erwähnen sollte.

»Nein.«

»Also hat er jetzt vermutlich Probleme mit irgendwelchen Zwischenhändlern.«

»Zwischenhändlern?«, fragte Tekla.

»Das vorletzte Glied in der Kette«, antwortete Magnus. »Leute, die so ungefähr ein Kilo oder ein paar Hundert Gramm zu Hause haben und es an die Dealer auf der Straße verteilen. Um die Distribution selbst kümmern sich oft Gangs. Über ihnen haben andere das Sagen. An der Spitze steht eine usbekische Familie. Der Boss heißt Victor Umarov, aber an den kommt niemand heran. Dann hat die Gang noch eine Menge Unterhändler, also Zwischenhändler, Einzeltypen oder kleine Gangs, die wiederum Päckchen an die

Ticker verteilen, die das Zeug auf der Straße verkaufen. Dein Bruder könnte Zwischenhändler oder Straßendealer sein.«

»Und ich nehme an, die Polizei denkt, er ist selbst schuld.«

»Vielleicht nicht ganz so zynisch, aber klar. Ich werd meinen Kontakt bei der Drogenpolizei fragen. Aber wir können ja auch unsere eigenen Nachforschungen betreiben, ich weiß, wo die Straßendealer sich aufhalten.« Magnus kippte den Rest seines Glases hinunter und stand auf.

»Was machst du?«, fragte Tekla.

»Wir müssen arbeiten.«

»Jetzt?!«

»Worauf sollen wir warten? Außerdem muss ich pinkeln.«

Alles drehte sich, als Tekla aufstand. Sie brauchte eine Bombe, wenn sie es schaffen wollte, diesen Abend durchzuhalten.

»Bist du immer so impulsiv?«, fragte sie Magnus, als er von der Toilette zurückkam.

»Das Leben ist kurz«, antwortete er. »Wir nehmen mein Auto.«

Tekla fragte sich, ob es angemessen war, dass ein Polizist fuhr, obwohl er etwas getrunken hatte, sagte aber nichts. Sie folgte Magnus zu seinem Wagen, der am Ringvägen parkte, und stieg ein.

Mittwochabend, der 12. Juni

HÖGDALEN ZENTRUM

Es war bereits zehn Uhr, als sie an der Würstchenbude in Högdalen parkten. Sie hatten einen Junkie in Björns Trädgård am Medborgarplatsen ausgequetscht, bei dem Magnus »was guthatte«.

Danach hatten sie sich mit zwei Zivilpolizisten von der Drogenfahndung getroffen, die für Straßendealer zuständig waren. Die beiden aßen gerade in einem Burgerladen in der Vasagatan zu Abend. Sie kannten keinen Simon Berg. Aber wie sie sagten: »Diese Typen benutzen doch nie ihre eigenen Namen.« Sie lachten roh. Tekla atmete auf, als sie wieder in Magnus' BMW stiegen.

In der Fußgängerzone im Zentrum von Högdalen blickte sich Magnus um und suchte nach jemandem.

»Kennen die dich hier?«, fragte Tekla.

Magnus lächelte. »Ich bin ja nicht direkt jemand, der in der Menge verschwindet, oder?« Sein Blick blieb an etwas hinten am U-Bahn-Eingang hängen. »Da.«

Als sie am Blumengeschäft vorbeiliefen, begann Magnus plötzlich zu rennen. Tekla rannte hinterher. Jetzt sah sie, dass sie einen kleinen Kerl mit Bomberjacke jagten.

Magnus holte ihn am Eingang zum Supermarkt ein und stieß ihm in den Rücken, sodass er vornüberfiel und auf der Seite landete. Magnus warf seinen großen Körper über ihn und drückte dem Typen, der nun wie ein Käfer auf dem Asphalt klebte, das Knie in den Rücken. Jetzt lag er da wie ein X, Arme und Beine von sich gestreckt.

»Kommst du jetzt mal runter?«, fragte Magnus, während er gleichzeitig einer kleinen Gruppe Menschen beruhigend zuwinkte, die in gebührendem Abstand stehen geblieben waren, um die Actionszene zu beobachten. »Ich bin Polizist.«

Tekla nickte bekräftigend, was die beabsichtigte Wirkung auf das Publikum zu haben schien, das sich langsam auflöste. Nicht das erste Mal, dass es in ihrer Fußgängerzone zu Gewalt kam.

»Okay, Bullseye. Wollen wir uns unterhalten oder miteinander ringen?«

Der Kerl schien sich ein bisschen beruhigt zu haben. Er setzte sich auf, als Magnus den Druck verringerte.

»Chill, du scheiß …«

»Hey«, unterbrach ihn Magnus. »Du weißt, dass du keine hässlichen Wörter benutzen sollst.« Er winkte Tekla zu sich.

Der junge Mann war nicht älter als zwanzig. Rasierter Schädel und ein hübsches Gesicht. Blaue Augen, die sie skeptisch anblickten. Goldohrring in einem Ohr. Tekla empfand eine Mischung aus Faszination und Mitleid.

»Bullseye hier dealt für die Motorrad-Gang Red Bears in Skärholmen. Und er raucht selbst ziemlich viel Hasch. Aber nimmt keine härteren Sachen. Oder?«

»Was zum Teufel willst du?«

»Und nachdem ich bisher immer nett zu dir gewesen bin, wirst du uns eine Sache sagen.«

»Ich bin dir einen Dreck schuldig.« Der Typ klopfte sich Staub von seiner schwarzen Jeans. Er sah weder heruntergekommen noch gezeichnet aus. Tekla hatte den Eindruck, dass er sogar ziemlich sportlich war. Vielleicht dealte er, um die

Haushaltskasse aufzubessern und seiner Familie zu helfen. Wunschdenken konnte man ja immerhin.

»Oh doch. Letztes Mal hab ich dich sogar ein paar kleine Beutel von dem weißen Mistzeug behalten lassen. Oder nicht?«

Bullseye wandte den Kopf ab. Entblößte ein paar Tätowierungen, die aus dem weißen T-Shirt ragten.

»Kennst du einen Simon Berg?«

Tekla erschauderte, als sie den Namen ihres Bruders in diesem Zusammenhang hörte.

»Komm schon, Bull. Simon? Er ist vielleicht Zwischenhändler, oder er dealt.«

»Der Typ mit den großen Eckzähnen?«, fragte Bullseye.

Tekla hielt den Atem an.

»Der ist meistens irgendwo an der U-Bahn-Linie nach Farsta.«

»Wann hast du ihn zuletzt gesehen?«

Der junge Mann zuckte mit den Schultern. »Letzte Woche oder so.«

»Wo?«

»Slussen. Wir sollten Nachschub kriegen.«

»Du meinst, euren Zwischenhändler treffen.«

»So ungefähr.«

»Wie heißt der Zwischenhändler? Wie heißt euer Typ? Gib mir seine Nummer.«

Jetzt wand sich Bullseye und hielt die Hand an seinen Körper.

»Willst du mich verarschen? Raffst du eigentlich, was …«

»Ich kapier schon, dass es so nicht abläuft. Ihr hinterlasst eine Nachricht auf einem Handy, jemand ruft an … So ungefähr?«

Sie waren eine Weile still. Dann flüsterte Bullseye: »Was ich gehört hab, hat er Scheiße gebaut.«

»Simon?«, fragte Magnus.

»Ja.«

»Inwiefern?«

Tekla ging in die Hocke. Das Herz schlug ihr bis zum Hals.

»Er hat solche Scheiße gebaut, dass sie sich ihn gestern am Ringen geschnappt haben.« Bullseye begann sich aufzurichten. »Ich muss los.«

Magnus ließ ihn gehen. Der junge Mann verschwand rasch um die Ecke.

»Bist du okay?«, fragte Magnus.

»Ein bisschen beunruhigt.«

»Aber nicht erstaunt.«

»Eigentlich nicht. Ganz schön geschickt, wie du ihn unter Druck gesetzt hast.«

»Ich weiß, wie diese Typen ticken. Man gibt und nimmt. Aber sie geben nur wenig, damit sie auf der Straße überleben.«

Tekla dachte über das nach, was sie gesehen und gehört hatte.

Scheiße gebaut.

Magnus fuhr fort: »Aber jetzt wissen wir, für wen er arbeitet.«

»Die Usbeken.«

»Aber die Usbeken sind nicht die, die dein Bruder trifft«, sagte Magnus. »Es gibt massenweise Zwischenglieder. Man nennt sie auch Middlemen. Typen, die weiter oben in der Hierarchie stehen und größere Mengen haben. Eine Motorrad-Gang in Skärholmen, die Red Bears, kümmert sich ums grobe Geschäft. Er hat also vermutlich irgendeinen Kontaktmann im Club. Wenn er selbst Zwischenhändler ist. Oder nur Dealer von kleineren Mengen. Wir wissen es ja nicht.«

Tekla überlegte, was sie tun konnte. Sollte sie einfach nach Skärholmen fahren und anklopfen?

»Woher weißt du das alles?«

»Das ist ja unser Job. Ich kenne Leute aus der Drogenfahndung. Wir reden miteinander.«

»Welche sind die wichtigsten Gangs, die in Stockholm mit Drogen dealen?«

»Es gibt alle Varianten. Von einzelnen Kerlen bis zu Gangs von über zwanzig Leuten. Oft sehr jung. Manche organisieren sich, andere importieren direkt von irgendeinem Onkel in Afghanistan oder Kolumbien. Es gibt ständig Konkurrenz um die Kunden. Preise werden gedrückt, vielleicht lokal von irgendeinem einsamen Wolf in Rågsved, irgendeine andere Gang hatte das Gebiet unter Kontrolle, also müssen sie ihr Revier markieren. Sie bedrohen die Schwester des einsamen Wolfs im Friseursalon in Skärholmen, der einsame Wolf heuert ein paar Georgier an, die irgendeinen aus der Gang in seinem Auto auf dem Weg ins Fitnessstudio erschießen. Und so verbreitet sich die Gewalt in dieser bestimmten Drogenkette. Verdammt schwer, alle im Auge zu behalten, aber die Gangs in Hjulsta, Akalla, Tensta und drum herum haben sich wohl vereinigt und scheinen zusammenzuarbeiten.«

»Ist das gut oder schlecht?«

»Kommt drauf an, wen du fragst. Für die Usbeken ist es nicht gut. Sie denken, sie haben die Kontrolle über die ganze Stadt, aber wir haben die Information bekommen, dass mehrere Waffengeschäfte im Gange sind.«

»Glaubst du, es wird zu Gewalt kommen?«

Magnus machte eine resignierte Geste. »Wer weiß.«

»Aber wenn wir jetzt wissen, dass er für die Usbeken dealt, die mit dieser Gang in Skärholmen zusammenarbeiten, sollten wir dann nicht die Polizei anrufen und ihnen das sagen, sodass sie nachschauen können, ob er dort ist? Eine Razzia machen oder wie auch immer das heißt.«

»Ich kümmere mich darum. Aber mach dir nicht allzu viele Hoffnungen«, sagte Magnus. »Die Chance, dass sie ihn in ihren Räumlichkeiten in Skärholmen festhalten, ist ziemlich gering. Und vielleicht ist er auch schon zurück auf der Straße und dealt. Du hast ja schon gesagt, dass er unverbesserlich ist.«

Tekla nickte.

»Und schwer zu erreichen.«

Tekla nickte wieder.

»Ich werde sehen, ob ich irgendwas rausfinden kann«, fuhr Magnus fort. »Aber jetzt ist es schon spät, also sollten wir vielleicht morgen weitermachen?«

»Ich bin dankbar für jede Hilfe, die ich kriegen kann«, antwortete Tekla und sah ein, dass auch sie schlafen musste, um den nächsten Arbeitstag zu überstehen. »Ich versuche weiter, ihn anzurufen.«

»Bist du okay?«, fragte Magnus.

»Nein.«

»Versteh ich. Tut mir schrecklich leid, dass …«

»Ich hab das alles schon gespürt.«

»Und jetzt weißt du es.«

»Ja«, sagte Tekla resigniert.

Sie gingen los, jeder in seine Gedanken vertieft.

Scheiße gebaut.

Tekla bekam eine Gänsehaut.

Donnerstagvormittag, der 13. Juni
HUMLEGÅRDEN, ÖSTERMALM

Sardor schwitzte in seiner Lederjacke. Die Schweden um den Stureplan waren in seinen Augen fast nackt. Mädchen in knallengen weißen Jeans, Trägerhemdchen, die nicht viel verbargen.

Nina tauchte in ihrem riesigen schwarzen Cadillac-SUV auf.

»Wir sehen uns drüben beim Park. Muss nur noch parken.«

Nina klappte ihre Sonnenbrille herunter und fuhr davon.

Die Geschwister spazierten planlos durch den Humlegården. Um sie herum saßen Grüppchen von Leuten beim Picknick. Die Östermalmer führten ihre Pudel und Dackel aus, ein einsamer Jogger mit überdimensioniertem Kinderwagen in Sportposition lief vorbei.

Sardor stellte fest, dass Nina gut hierherpasste, jedenfalls, was den Dresscode betraf: legerer dunkelblauer Leinenanzug mit weißer Bluse und schwarzen, hochhackigen Schuhen.

Sie gingen am Springbrunnen vorbei und weiter in Richtung Spielplatz.

Sardor merkte, dass Nina Schwierigkeiten hatte, sich zu entscheiden, ob die Sonnenbrille oben in ihrem kurz geschnittenen Haar sitzen sollte oder nicht. Hoch und runter. Auf und ab.

»Muss man sich Sorgen um Papa machen?«, fragte Nina.

Sardor dachte daran, wie Victor gestern im Restaurant mit den Repräsentanten des Netzwerks Nord umgegangen war. Wie geschickt er das ganze Testosteron eingedämmt hatte. Und wie unmöglich es für Sardor selbst gewesen wäre, etwas Ähnliches zu tun. Aber zumindest konnte er jetzt ein bisschen entspannen. Victor schien nicht mehr wütend zu sein, dass Sardor und Eje diesem Albaner das Licht ausgeknipst hatten.

»Er ist älter geworden.«

»Er schnauft inzwischen so, wenn er sich bewegt.«

»Er war neulich im Nobel-Krankenhaus. Sie haben ein paar Proben genommen, glaub ich«, sagte Sardor.

Nina fingerte nervös an ihrem Handy herum.

»Jetzt komm schon«, platzte Sardor heraus. »Worüber wolltest du eigentlich mit mir reden?«

»Ich hab eine kleine Beichte abzulegen. Eine Sache, die ich erzählen muss ...«

Sie schob weiter ihre Sonnenbrille auf und ab. In einem anderen Leben hätte sie Sardor leidgetan.

»Etwas, das unter uns bleiben muss.«

»Wenn du nicht willst, dass ich einfach wieder gehe, wäre es am besten, du fängst jetzt an zu reden.«

»Versprich's mir.«

»Sicher.«

Nina nahm die Sonnenbrille ab und hängte sie in die Brusttasche ihres Jacketts.

»Auf der Intensivstation des Nobel-Krankenhauses liegt ein Mann mit schweren Verbrennungen.«

»Okay.«

»Es ist Oleg.«

»Was für ein fucking Oleg?«

»Oleg S... irgendwas.«

Sardor kannte den Namen, konnte ihn aber nicht einordnen.

Nina verdeutlichte: »Ein Russe … einer der Typen von der Fassadenrenovierung, der bei mehreren Projekten in den Schären für uns arbeitet. Er war auch beim Militär wegen …«

»Welche Fassadenrenovierung?«

»Söder Torn.«

»Söder Torn? Ich kapier nicht, wovon du redest, Nina.«

»Er wurde im Keller gefunden. Mit wahnsinnigen Verbrennungen.«

»Nina!«, fauchte Sardor. »Erzähl's mir von Anfang an!«

»Um es kurz zu machen, Jonna und ich haben … als wir die Möglichkeit bekommen haben, bei der Renovierung des Söder Torn mitzumischen, sind wir aufs Ganze gegangen. Wir haben den Auftrag für die komplette Fassade gekriegt und … ja, scheißegal, wie das zuging, aber du kapierst ja wohl, über welche Summen wir sprechen.«

»Und Victor weiß demnach nichts davon?«, unterbrach sie Sardor und begann die Katastrophe zu ahnen.

Nina wich dem Blick ihres Bruders aus.

»Verdammt noch mal, Nina, was hast du gemacht?«

Nina richtete sich ruckartig auf. »Du hättest die Chance auch wahrgenommen, wenn du sie bekommen hättest, aber du hast ja keine Ahnung, wie man Geld macht!«

»Don't go there«, sagte Sardor drohend. »Was zum Teufel ist mit diesem Oleg passiert?«

»Er hat sich da um alles gekümmert, und … als es zu brennen anfing, wusste ich sofort, dass es die Fassade war … wir haben ein Material verwendet, das Reynobond heißt … billiger, aber es wird seit dem Brand in London 2017 nicht mehr verwendet …«

»Aber ihr habt es unter einem anderen Namen verwendet?«

Nina nickte.

»Erzähl jetzt den ganzen Mist! Keinen Bullshit.«

»Beruhig dich«, sagte Nina und wedelte mit dem Handy, um sich Luft zuzufächeln. »Oleg wusste alles. Er war der Einzige, außer Jonna und mir. Als er dann da im Nobel-Krankenhaus lag, hab ich begriffen, dass er reden könnte. Er ist ja Russe, nicht einer von uns. Egal was, jedenfalls konnte ich das Risiko nicht eingehen, dass er mit der Polizei spricht. *Falls* er aufwachen sollte. Das durfte einfach nicht passieren.«

»Herrgott, du klingst ja wie der reinste Gangster«, sagte Sardor und konnte sich das Lächeln nicht verkneifen.

»Streu noch Salz in die Wunde, na los!«

Sardor genoss es, seine Schwester leiden zu sehen.

»Also hab ich versucht aufzuräumen. Der FSB sollte sich darum kümmern, aber …«

»FSB?«, rief Sardor. »Aber verdammt noch mal, Nina …«

»Könntest du deine Stimme im Zaum halten? Ja, ich habe sie um Hilfe gebeten.«

»Aber wie zum Teufel bist du in Kontakt mit … Victor ist doch der Einzige, der sich mit ihnen trifft?«

»Vergiss es.« Nina senkte den Blick.

Sardor dachte darüber nach, was er gehört hatte. Wog verschiedene Alternativen gegeneinander ab.

»Aber es ist ihnen offenbar nicht gelungen«, sagte er.

»Mein Problem besteht weiter«, seufzte Nina.

»Oleg lebt.«

»Die Polizei kann nicht herausfinden, dass er es ist«, sagte Nina.

»Hör auf, du hast viel mehr Angst vor Victor als vor den Bullen.«

Nina wand sich und setzte ihre Sonnenbrille wieder auf.

»Es wäre nicht gut, wenn Papa von der Sache erfahren würde, nein. Und ich glaube, da sind wir uns einig.«

Sardor fing an zu lachen. Ihm fiel plötzlich auf, dass sie endlich etwas gemeinsam hatten: Sie hatten beide auf ihre Weise Mist gebaut und fürchteten nichts mehr, als von ihrem eigenen Vater ertappt zu werden.

»Du willst also, dass ich … was, ihn töte?«

»Natürlich nicht«, schnaubte Nina. »Und selbst wenn ich dich darum bitten würde, du würdest es nicht schaffen, weil die Polizei die Bewachung nach dem Mordversuch verschärft hat. Sie glauben, er ist so was wie ein Terrorist mit Verbindungen nach Russland. Aber vielleicht hast du eine andere Idee, dachte ich. Man hat seine Identität nicht feststellen können. Kann man es nicht so hinbiegen, dass sie glauben, er wäre jemand anders? Ich bezweifle, dass er überhaupt überleben wird. Und wenn er es tut, wird er wohl nicht reden. Wäre am besten so.«

Sardor musste an etwas denken, das Eje gesagt hatte. Was dieser Jonas im Bananenkühler erzählt hatte. Dass er versucht hatte, Simon dazu zu bringen, sich Geld von seiner Schwester zu leihen, die Ärztin im Nobel-Krankenhaus war. Aber dass Simon sich geweigert hatte. Vielleicht hat sie gar keins, dachte Sardor. Allerdings war sie ja offenbar Ärztin in dem Krankenhaus, in dem Oleg lag.

»Und warum kann Papas kleines Mädchen das nicht selbst in Ordnung bringen?«

»Ganz einfach, weil ich weiß, dass du gut in solchen Dingen bist.«

»Welchen Dingen?«

»Dingen, die man … in Ordnung bringt.«

»Also, was kriege ich?«

»Wie, kriege?«

»Wenn ich dir helfe. Du hast ja in letzter Zeit nicht gerade meine Interessen vertreten.«

»Komm schon. Begreifst du überhaupt, wie erniedrigend es ist, dich um Hilfe bitten zu müssen?«

»Und warum sollte das so schlimm sein?«

»Fahr zur Hölle.«

»Das wollte ich doch nur haben. Ein bisschen ehrliche Dankbarkeit von deiner Seite.«

»Also hilfst du mir?«

Sardor schüttelte den Kopf.

»Nicht?«, rief Nina.

»Das ist es nicht«, sagte Sardor. »Es ist nur so typisch. Victor will nach und nach das Geschäft mit den Drogen und den Huren auslaufen lassen. Will, dass wir ein legales Familienunternehmen unter deiner Leitung werden. Aber jetzt passt es dir gerade in den Kram, anzukommen und den kriminellen kleinen Bruder um Hilfe zu bitten. Weil es praktisch ist.«

»Hör auf«, sagte Nina. »Hilfst du mir oder nicht?«

Sardor nickte.

»Ganz ruhig, Nina. Alles für die Familie.«

Donnerstagvormittag, der 13. Juni
KUNGSTRÄDGÅRDEN

Tekla hatte ihren ersten freien Tag seit über drei Wochen. Sie saß mit Magnus in einem Café mitten in dem Meer von Menschen, die die Vormittagssonne im Kungsträdgården genossen. Die Stockholmer hatten wie so oft einen langen und zähen Winterfrühling mit Schnee bis in den April hinein durchlitten, doch jetzt zeigte sich die Stadt von ihrer besten Seite. Tekla rückte ihren Stuhl ein Stück näher an Magnus heran, um ein wenig Schatten abzubekommen. Sie dachte an die Nachrichten vom Morgen. Die Polizei hatte nicht mehr über den Lieferwagen herausgefunden, und Magnus' Nachforschungen hatten ebenfalls kein Resultat ergeben.

Tekla schaute auf ihr Handy. Stellte den Flugmodus ein und aus, das Gerät hatte Ärger gemacht, schaltete sich manchmal plötzlich in der Tasche ab, was sie stresste. Sie schickte eine SMS an sich selbst. Das funktionierte. Dann checkte sie die sozialen Medien und zuckte zusammen. Ihre Mitteilung im Messenger war morgens gelesen worden. Irgendjemand musste in Simons Konto eingeloggt gewesen sein! Sie rief auf Simons Handy an, landete aber wieder nur auf der Mailbox.

»Tekla?« Magnus weckte sie aus der Versunkenheit in ihr Handy. »Bist du okay?«

»Heute früh bin ich mit dem Kissen auf dem Kopf aufgewacht«, sagte Tekla. »Ich hatte so ein Pulsieren im Ohr. Du weißt schon, wenn es bei jedem Herzschlag so rauscht.

Gleichzeitig lag mein Daumen unterm Hintern, und auch da hab ich gespürt, wie es pulsiert. Plötzlich sah ich das ganze Blutgefäßsystem vor mir. Jede kleinste Verästelung, von der Körperschlagader ausgehend über die groben Arterien in Beinen, Armen, Hals, wie sie sich verzweigen, kleiner und kleiner werden, dünner und dünner. Ich bin einem Gefäß bis ganz nach oben ins Zwischenhirn gefolgt. Und ich hab vor meinem inneren Auge gesehen, wie es sich ausbeult. Eine Schwäche in der Gefäßwand – ein Bruch – stand wie ein Pilz aus dem Gefäß heraus und drohte zu platzen. Mein Gehirn würde sich innerhalb rund einer Minute mit warmem, wirbelndem Blut füllen. Der Tod würde eintreten, ohne dass ich mit etwas anderem als einem blitzschnellen Kopfschmerz reagieren könnte.«

»Ich wollte gerade fragen, ob du von deinem eigenen Blutgefäß sprichst.«

»Ich bin gestorben. Heute Morgen bin ich dort in meinem unbequemen IKEA-Bett gestorben.«

Magnus lachte auf.

»Wenn das so ist, dann hast du mindestens zwei Leben. Oder einen Hirnchirurgen im Kleiderschrank, der dir das Leben gerettet hat.«

Tekla schüttelte den Kopf. »Du verstehst es nicht.«

»Nein.«

»Es hat sich angefühlt, als hätte ich plötzlich den Tod überwunden. Als würde ich ein Extraleben kriegen, als Bonus.«

»Das klingt herrlich. Was für eine Droge hast du ausprobiert?«

Tekla dachte an den Labello in ihrer Hosentasche.

»Mir ist klar geworden, wie zerbrechlich das Leben ist. Und dass Simon schon seit Langem tot sein könnte. Wenn irgendjemand mehrere Extraleben bekommen hat, dann er.

Wir kriechen in der Arbeit auf dem Zahnfleisch. Jeder einzelne Platz auf der Intensivstation ist belegt. Wer das Nachsehen hat, sind alle frisch Operierten, die auf eine normale Station gelegt werden müssen. Alle Intensivbetten sind mit Vergifteten belegt.«

»Aber warum sind die Vergiftungen so schwerwiegend und so viele?«

»Weil die Drogen mit irgendeinem Mist gestreckt worden sind. Mehrere Organe sind betroffen.«

»Scheiße.«

»Ja, im Grunde muss ich dich wohl fragen, was die Polizei eigentlich macht«, sagte Tekla. »Warum kriegt man die Dealer nicht?«

»Ich arbeite nicht in der Drogenfahndung, hab nicht so super viel Ahnung, aber ich weiß, dass man unglaublich viele Extraressourcen eingesetzt hat. Wir haben gerade erfahren, dass wir unseren Urlaub dieses Jahr knicken können.«

»Haben sie sich so ausgedrückt?«

»Nicht wörtlich. Dann würden sie es mit der Gewerkschaft zu tun kriegen.«

»Meine Nachricht ist jedenfalls an ihn durchgegangen.«

»An wen?«

»Simon.«

»Woher weißt du das?«, fragte Magnus.

»Messenger. Ich hab gesehen, dass sie gelesen wurde. Jemand hat sich auf jeden Fall in seinem Konto eingeloggt. Vermutlich auf dem Handy.«

»Aber hast du angerufen?«

»Klar. Nur die Mailbox.«

»Warum hast du nichts gesagt?«

Tekla legte den Kopf schief. »Ich sag es ja jetzt.«

»Und keine SMS?«

»Nein.«

»Wie hältst du es mit der Moral?«, fragte Magnus.

»Jetzt machst du's schon wieder.«

»Was?«

»Einfach mitten in einem Gedankengang anfangen«, erklärte Tekla. »Das machst du ziemlich oft, muss ich sagen.«

Magnus runzelte die Stirn. »Stört dich das?«

»Nicht im Geringsten. Aber was meinst du mit … Moral?«

Magnus holte sein Handy und einen Stift heraus. Er streckte sich nach einer Serviette aus und legte Stift und Serviette vor Tekla hin. »Du hast gesagt, dass die Mailbox drangeht und dass die Nachricht im Messenger durchgegangen ist. Vielleicht haben wir ein Fenster, wenn das Handy eingeschaltet ist. Schreib die Nummer von deinem Bruder auf.«

Tekla tat, was Magnus sagte.

»Und bist du bereit? Es kann jetzt schnell gehen.« Magnus blickte auf den Boden. »Du hast auf jeden Fall bessere Schuhe an als ich.«

Tekla begriff gar nichts. Aber sie fühlte sich mit Magnus sicher und wäre in die Niagarafälle gesprungen, wenn er sie darum gebeten hätte.

Magnus nahm sein Handy und suchte eine Nummer heraus.

»Hallo, ich bin's. Kannst du uns abholen? Kungsträdgården. Du hältst am besten am …« Magnus wandte sich um. »Wir sitzen am Karl XII:s Torg. Gut.«

Er führte ein weiteres Telefonat und gab Simons Nummer durch. Tekla kam nicht mit, aber dieses eine Mal genoss sie die Ungewissheit.

»Jetzt bist du dran. Ruf Simon an.«

»Aber er geht nicht dran.«

»Das ist egal. Ruf ihn einfach an. Lass die Mailbox übernehmen.«

Tekla tat, was ihr gesagt wurde. Sie spürte, wie der Schweiß an ihrem Haaransatz herausperlte. Legte das Handy auf den Tisch.

»Fertig.«

»Okay. Dann warten wir.« Magnus zog sich seine schwarze Lederjacke über das geblümte Hemd. Nach fünf Minuten sah Tekla, wie fünfzig Meter entfernt ein schwarzes Auto an der Bushaltestelle anhielt.

Plötzlich klingelte Magnus' Handy. »Årsta Torg. Gut.« Er stand auf und ging zu dem Auto. Tekla lief hinterher.

Auf den Vordersitzen saßen zwei zivil gekleidete Männer.

»Årsta Torg«, sagte Magnus und schnallte sich an. »Und mit ein bisschen Blaulicht, bitte.«

Der Fahrer drückte auf einen Knopf und trat aufs Gas. Tekla war unvorbereitet und wurde nach links geschleudert, als das Auto scharf nach rechts abbog. Von der Windschutzscheibe her heulte und blinkte es.

»Der am Steuer ist Jensa. Der andere Örjan.«

Örjan drehte sich um.

»Hallo.«

»Hi«, sagte Tekla.

In weniger als drei Minuten waren sie über jede rote Ampel auf dem Weg nach Årsta gefahren.

Als sie ein paar Hundert Meter von ihrem Ziel entfernt waren, bat Magnus Örjan, das Blaulicht abzuschalten.

»Lass uns raus.« Er zeigte. »Da, bei Palmyras Kebab.«

Das Auto hielt am Årstavägen an.

»Jetzt brauchen wir dich, um ihn zu finden«, sagte Magnus zu Tekla.

Tekla öffnete die Tür und folgte den drei anderen, die rasch in Richtung Marktplatz gingen.

Sobald sie an einem Friseursalon vorbei durch einen kurzen Gang gelaufen waren, sah Tekla die charakteristische Lederjacke ihres Bruders mit Darth Vader auf dem Rücken. Er stand am Eingang zum Folkets Hus.

»Da!«, rief sie.

Sie deutete auf ihn, und bevor sie begriff, was passierte, sprinteten Örjan und Jensa los, mit Magnus auf den Fersen. Simon bemerkte die Zivilpolizisten nicht, bis sie nur noch dreißig Meter von ihm entfernt waren.

Er wandte sich um, verlor zuerst den Halt auf dem Kies, gewann jedoch schnell das Gleichgewicht zurück und fing an zu rennen.

Tekla rannte hinterher. Sie kam gerade auf den Hjälmarsvägen hinaus, als sie Örjan und Jensa Simon niederringen sah. Sie überquerte die Straße und erreichte den Schauplatz des Ringkampfs, von dem sie wusste, dass ihr Bruder ihn schon verloren hatte, ehe er überhaupt begann. Sie erinnerte sich an die ungleichen Ringkämpfe auf dem Rasen. Er war schon immer schwach gewesen.

Magnus zog Simon hoch und hielt ihn von hinten in festem Griff.

»Beruhig dich«, sagte Tekla.

Der Mann erstarrte.

»Aber …«, stammelte Tekla. »Das ist ja gar nicht Simon. Wer zum Teufel bist du, und warum hast du die Jacke und das Handy meines Bruders?«

Jetzt erkannte sie ihn. Es war Simons Freund aus dem Ringen.

Der Mann starrte Tekla an.

»Wie heißt du?«, fragte sie ruhig.

»Jonas.«

Er versuchte sich loszureißen, mühte sich ab, saß aber wie in einem eisernen Griff fest.

»Ganz ruhig.« Tekla wies auf Magnus hinter ihm. »Das ist mein Freund. Er ist auch Polizist, also komm mal ein bisschen runter. Aber du musst alles erzählen, was du über Simon weißt und über das, was am Ringen passiert ist.«

»Ich denke mal, du willst nicht, dass wir dich durchsuchen«, sagte Magnus in ruhigem Tonfall. »Du willst nicht, dass wir das finden, was du in den Schuhen hast oder im Hosenbund. Richtig?«

Jonas zuckte zusammen. Er schien zu überlegen, ob er protestieren sollte. »Okay. Ich bin ruhig.«

»Gut«, sagte Magnus.

Tekla blickte die schwarze Jeans an, die fleckig und abgewetzt war. Erst jetzt bemerkte sie, dass er nach Urin und Erde roch.

»Die haben mich grün und blau geschlagen. Dann haben sie mich freigelassen, und am selben Tag sollte ich Simon im Ringen treffen. Sie müssen mir gefolgt sein. Wir konnten uns kaum begrüßen, da sind sie schon aufgetaucht.«

»Warum haben sie Simon mitgenommen?«

»Ich weiß nicht.«

»Komm schon, Jonas. Ich war dort.«

Er wischte sich langsam Schmutz von der Hand.

»Was habt ihr gemacht?«, fuhr Tekla fort. »Irgendjemanden um Geld betrogen?«

»Ich hatte mir 'nen kleinen Schnitzer geleistet. Aber das ist wieder okay.«

Tekla strich vorsichtig über Jonas' hässliche Wunde an der Schläfe. Er hatte überall blaue Flecken, das eine Auge war zugeschwollen und die Lippe war aufgesprungen.

»Sie haben dich also nur zum Spaß misshandelt?«

Jonas versuchte wieder loszukommen, doch Magnus war zu stark.

»Wir wissen, dass ihr auf der Straße arbeitet, Simon und du«, sagte Tekla. »Für die Usbeken.«

Jonas nickte kaum sichtbar. Tekla bekam einen Kloß im Hals, als ihr auffiel, wie ausgezehrt er aussah. Die Wangen waren eingesunken. Der Dreitagebart war licht und verstärkte den Eindruck eines Obdachlosen.

»Weißt du, wo Simon ist?«

»Nein.«

»Aber wohin haben sie dich denn gebracht, als sie dich verprügelt haben?«, fragte Magnus.

»Weiß nicht. Ich hatte was über dem Kopf.«

»Was hattet ihr getan, das sie so gereizt hat?«, wollte Tekla wissen.

Jonas schwieg.

»Und warum hast du Simons Telefon?«, fragte Tekla.

Er schwieg weiter.

»Hast du mir die Nachrichten geschrieben?«

Jonas wich Teklas Blick aus.

Sie sah die SMS von der Unterführung vor sich: *Ich brauche Hilfe!*

»Was für Hilfe habt ihr gebraucht?«

Magnus schüttelte Jonas und sagte: »Jetzt komm schon.«

»Wir haben ein bisschen Geld gebraucht.«

»Und Simon wollte mich nicht fragen, oder wie?«, sagte Tekla. Sie spürte, wie sich ihr Hals zuschnürte.

»So in der Art«, flüsterte Jonas.

»Du hast also sein Handy geklaut und mir die SMS geschickt. Dachtest, ihr könntet mich vielleicht überreden, wenn wir uns am Ringen treffen.«

Jonas nickte.

»Aber Simon kannte deinen Plan nicht?«

»Nein.«

Tekla schüttelte den Kopf. Sie sah Jonas an, dass er Todesängste ausstand.

»Ihr seid gute Freunde, oder?«

Sie betrachtete Simons alte Lederjacke. Nur ein enger Freund würde sie sich ausleihen dürfen.

»Hast du irgendeine andere Nummer von Simon?«

»Ja.«

Er sah fast ein bisschen erleichtert aus, helfen zu können.

»Gib sie mir«, sagte Tekla.

Jonas las die neue Nummer vor, und Tekla tippte sie in ihr Handy.

»Ich muss jetzt los«, sagte er mit Verzweiflung in der Stimme. Er versuchte sich loszuwinden, und Magnus ließ einen Arm los. Jonas drehte sich um und blickte Magnus zum ersten Mal ins Gesicht.

Tekla sah den Schrecken in Jonas' Augen. Sie bemerkte auch, wie erstaunt Magnus war. Dann riss Jonas den anderen Arm an sich und rannte davon.

»Warte!«, rief Tekla und begann Jonas nachzulaufen. Doch plötzlich spürte sie, wie Magnus nach ihr griff.

»Lass mich los«, schrie sie. »Wir müssen …«

»Lass ihn abhauen«, sagte Magnus kurz und hielt Tekla fest.

»Lass los!«, schrie sie und sah gleichzeitig, dass Jonas schon bis zur Schule gekommen war. Er verschwand in einem Wohngebiet.

»Was soll das?!« Tekla starrte Magnus an, der leichenblass war. »Warum hast du ihn gehen lassen?«

»Er wusste nicht mehr.«

Tekla blickte Jensa und Örjan an, die passiv dagestanden und zugesehen hatten. Magnus zog Tekla beiseite.

»Jetzt beruhige dich mal«, versuchte er es, aber Tekla zitterte vor Frustration.

Sie sah Magnus an.

»Du hast ihn auch erkannt, oder?«

»Wer, ich? Nein.«

Tekla schlug Magnus' Hand weg und ging zurück Richtung Polizeiauto. Sie wandte sich zu Örjan und sagte, mehr auffordernd als fragend: »Kannst du mich am Gullmarsplan absetzen?«

Freitagmorgen, der 14. Juni

STORA ESSINGEN, STOCKHOLM

Magnus warf die Autotür zu. Er hörte den schweren Trommelrhythmus, der aus dem Hanghaus am äußersten Rand von Stora Essingen drang. *Africa* von Toto. Er hängte seine Sonnenbrille in die Öffnung seines kurzärmeligen Hemds und ging an Håkans Supermotorrad vorbei, das in der Garageneinfahrt in der Sonne glänzte. An der Haustür angelangt, drückte er die Klinke hinunter. Verschlossen. Die Musik war so laut, dass die Fenster an der Rückseite des Hauses vibrierten. Genervt presste Magnus seinen Finger auf die Klingel, doch das Signal ertrank in Bobby Kimballs heller Stimme. Hätte das Haus nicht so isoliert gelegen, umgeben von großen Bäumen und Büschen, hätten sich schon längst empörte Nachbarn gemeldet.

Magnus umrundete das Haus. An der Schmalseite standen Gartenmöbel aus Teakholz und der größte Gasgrill, den Magnus je gesehen hatte. Als er zum letzten Mal hier gewesen war, hatte Håkan eine Sangriaparty für um die dreißig geladene Gäste veranstaltet und ein ganzes Schwein gegrillt. Magnus lief die von blühenden Fliederbüschen gesäumte Treppe zu dem großen Altan hinauf, der an der gesamten Vorderseite des Hauses entlangführte. Eine der großen gläsernen Schiebetüren stand offen. Die Musik strömte hinaus in Richtung Mälarsee und war bestimmt bis nach Gröndal zu hören, dachte Magnus, als er das Wohnzimmer betrat. Der grüne Marmorboden sah frisch geputzt aus, hier und da waren ein paar feuchte Flecken.

»Hallo! Håkan! Wo zum Henker bist du?«

Keine Antwort. Es war auch nirgends eine Putzfrau zu sehen. Die Musik wechselte zu Earth, Wind & Fires *Boogie Wonderland.* Magnus ging in die Küche, doch sie war leer. Ein Teller mit Joghurtresten stand in der Spüle. Er schaute sich um. Blickte über die lang gestreckte Rasenfläche, die zu einem kleinen Bootshaus und Håkans Steg hinabführte. Dort entdeckte er ihn. Håkan war mit dem Boot beschäftigt.

Magnus ging zum Steg hinunter.

»Ein Glück, dass du tolerante Nachbarn hast.«

»Magnus!«, sagte Håkan und sah auf.

Er stand im Boot und schraubte am Motor herum. Håkan trug Jeansshorts und ein weißes T-Shirt. »Das ist ja super, ich brauche …«

»Was zum Teufel war das eigentlich für ein Deal, den wir da hatten?«, unterbrach ihn Magnus. Er stand mit der Morgensonne im Rücken, und Håkan zog sein Baseball-Cap nach unten, um das Gesicht seines Freundes sehen zu können.

»Ganz ruhig. Wovon redest du?«

»Haninge. Ich hoffe wirklich, du hast nicht gelogen.«

Håkan hielt mit einer Hand den großen Motor und versuchte mit der anderen, etwas festzuschrauben.

»Kannst du mir kurz helfen?«

»Später«, sagte Magnus genervt.

Håkan blickte ihn an und lächelte. Er wischte sich mit dem nackten Unterarm den Schweiß ab. »Schön, aber ich stehe gerade ein bisschen blöd da. Hab gerade dieses Dreihundert-PS-Teil anmontiert, aber ich krieg diese letzte Schraube nicht rein. Kannst du einfach kurz hier ein bisschen halten, dann bin ich gleich fertig.«

Widerwillig sprang Magnus neben Håkan ins Boot und hielt den Motor fest.

»Scheiße, ist der schwer«, stöhnte Magnus. »Du musstest den größten kaufen, den es gab, nehme ich an.«

»Es gibt noch größere.« Håkan zog die Schraube mit beiden Händen an. »Worüber wolltest du reden?«

Magnus wischte sich Schweiß von der Stirn und blinzelte in die Sonne.

»Was für eine Hitze.«

»Und das so früh morgens«, konstatierte Håkan.

»Muss der Klimawandel sein«, sagte Magnus und blickte den Motor an. »Sehr passend, jetzt so einen zu kaufen.«

Håkan rieb sich das Motoröl von den Händen.

»Wann fängst du eigentlich an?«

»Zehn. Und du?«

»Homeoffice-Tag«, antwortete Håkan.

Das Boot schaukelte ein wenig im Kielwasser eines vorüberfahrenden Motorboots.

»Also, was wolltest du?«

Magnus fühlte sich etwas ruhiger nach der körperlichen Anstrengung mit dem Motor.

»Ich hoffe für dich, dass du nach dieser Razzia in Haninge wirklich alles in trockenen Tüchern hast.«

»Mann, das wird bei dir aber langsam zur fixen Idee«, sagte Håkan und tat so, als schlüge er Magnus auf den Oberarm. »Du hast das Geld doch wohl dem Ermittler gegeben, so wie ich gesagt hab?«

»Ja, das war kein Problem. Er kam mit den Technikern, direkt nachdem die Streife sich um die Typen gekümmert hat.«

»Und was ist dann das Problem?«

»Ich hab gestern einen dieser Dealer gesehen«, sagte Magnus.

»Was für Dealer?«

»Einen der Kerle, die dort waren, als ich in Haninge das Geld an mich genommen habe.«

»Aha«, sagte Håkan kurz. »Wo denn?«

»In Årsta. Als ich versucht habe, Tekla zu helfen, ihren Bruder zu finden. Du weißt schon, die Ärztin.«

Håkan griff nach einem Fender und begann ihn zwischen dem Boot und dem Steg festzubinden.

»Wir sind jetzt zwei Tage zusammen rumgehangen. Sie ist super«, fuhr Magnus fort.

»Rumgehangen?«, sagte Håkan und machte Anführungszeichen in die Luft.

»Wir hatten keinen Sex, falls du das meinst. Aber sie war vorgestern bei mir. Es ist nichts passiert.«

»Was für eine Zeitverschwendung«, erwiderte Håkan. Dann lachte er roh. »Ach, ich mach nur Spaß. Wie schön für dich.«

»Ihr Bruder dealt offensichtlich für die Usbeken, und jetzt haben sie ihn irgendwo eingesperrt. Wir haben versucht rauszufinden, wo er sein könnte.«

Håkan legte die Hände auf seine Oberschenkel und blickte seinen Freund an.

»Die Usbeken?«

»Wir glauben schon. Wieso? Du denkst doch an irgendwas?«

»Nein, nichts.«

Magnus bemerkte den Wechsel in Håkans Laune.

»Wir haben einen Typen namens Jonas aufgespürt. Und der war zufällig einer dieser Kerle aus Haninge. Er hat mich wiedererkannt.«

»Wovon zum Teufel redest du da?« Håkan richtete sich auf. Er holte seine Snusdose heraus und rollte eine große Kugel.

»Er hat mich von der Razzia in Haninge wiedererkannt.«

»Aber du hattest doch eine Sturmhaube auf?«, rief Håkan.

»Die war runtergerutscht.«

»Verdammt noch mal, Magnus«, sagte Håkan und schüttelte den Kopf. »Ist das dein Ernst?«

»Ja, leider. Was sollte ich machen? Ihm eine Kugel in den Kopf jagen?«

Håkan wurde still. Ließ die Frage in der warmen Morgenluft hängen. Er dachte nach. Steckte sich die Snuskugel unter die Lippe und sagte:

»Ist schon okay.«

»Wie, okay …?«

»Okay«, sagte Håkan. »Ich krieg das hin.« Er sprang auf den Steg und zog eine große Kette mit Vorhängeschloss heraus. Sperrte das Boot am Bug an.

»Wie denn?«, wollte Magnus wissen. Er stieg aus dem Boot und setzte sich auf die Bank neben dem Bootshaus. Fingerte an einer Angel herum, die an die falunrot gestrichene Wand gelehnt stand. Håkan setzte sich daneben. Die Bank bog sich unter seinem Gewicht.

»Wie, sagtest du, heißt die Frau? Deine Arztbraut?«

»Tekla.«

»Und weiter?«

»Tekla Berg. Wieso?«, fragte Magnus.

»Und dieser Jonas ist ihr Bruder?«

»Nein. Ein Kumpel von ihrem Bruder.«

»Und wie heißt der Bruder?«

»Simon.«

Håkan dachte nach. »Hast du seine Nummer?«

»Sicher«, sagte Magnus und holte zwei Brieftaschen aus seiner Hosentasche. »Ich hab bei der Razzia vorsichtshalber auch ihre Brieftaschen mitgenommen. Falls …«

Håkan brach in Gelächter aus und klatschte Magnus auf den Oberschenkel.

»Gut gemacht, Magnus. Du bist gar nicht so dämlich, wie man manchmal meinen könnte.«

Magnus hielt ihm die Brieftaschen hin. »Tekla hat gestern Simons neue Nummer bekommen. Dieser Freund hatte sein altes Telefon geklaut.«

Håkan machte eine erstaunte Miene. »Netter Freund.«

»Das Einzige ist …«, sagte Magnus zögernd.

»Was?«

»Ach, so verdammt ungeschickt. Ich hab meine SIG Sauer in Haninge vergessen.«

»Was hast du?«

»Meine Pistole vergessen.«

Håkan sprang auf und wippte vor und zurück.

»Ich nehme alles zurück. Du bist verflucht noch mal komplett bescheuert.«

»Hör auf«, sagte Magnus.

»Aber wie dumm kann man denn sein?«

»Glaubst du, ich hab das mit Absicht gemacht, oder wie?«

Håkan dachte eine Weile nach. Rückte den Snus wieder zurecht, der über die Zähne heruntergerutscht war.

»Aber …«

»Ich hab sie als verloren gemeldet, ja«, erklärte Magnus. »Aber ich hab geschrieben, dass sie bei einer anderen Razzia weggekommen ist.«

Håkan atmete auf. »Ja, das war ja auf jeden Fall schon mal gut.«

»Ich muss jetzt zur Arbeit.« Magnus stand auf. Sie gingen in Richtung Haus. Aus den Lautsprechern schallte *Purple Rain* von Prince.

»Haben deine blauen Flecken im Gesicht etwas mit der Sache zu tun?«, fragte Magnus.

»Was meinst du?«

»Das Geld aus Haninge. Gehörte es …«

»Nein, nein«, unterbrach ihn Håkan. »Da mach dir mal keine Sorgen. Das hatte was mit Weibern zu tun.« Håkan strich sich mit der Hand über die gelbgrüne Wange. »Ehrlich. Weiber können manchmal verdammt gefährlich sein.«

Freitagvormittag, der 14. Juni

NOTAUFNAHME, NOBEL-KRANKENHAUS

Tekla war erschüttert von den Ereignissen des gestrigen Tages. Jetzt wusste sie, dass Simon für irgendwelche usbekischen Typen mit Verbindungen zu einer Motorrad-Gang in Skärholmen mit Heroin dealte. Sie wusste auch, dass Simons Freund Jonas Simons Handy geklaut hatte, um den Versuch zu unternehmen, sie hereinzulegen, damit sie ihnen Geld lieh. Wie viel, war unklar, aber vermutlich eine große Summe. Und dann noch Magnus' seltsame Reaktion, als er Jonas' Gesicht gesehen hatte. Es war deutlich, dass sie einander erkannt hatten. Und Magnus hatte Jonas entkommen lassen. Tekla hatte vergeblich versucht, auf Simons neuem Handy anzurufen, es war ausgeschaltet. Sie wollte Jonas finden.

Der Morgen in der Notaufnahme hatte sich zäh angefühlt. Magnus hatte mehrere Nachrichten geschickt, sowohl im Lauf des gestrigen Abends als auch heute Morgen. Er wollte sich wieder mit ihr treffen, schrieb, dass er ihr wirklich helfen wollte, ihren Bruder zu finden. Tekla hatte nicht geantwortet. Sie war genervt von Magnus. Jetzt war es Zeit für ihr tägliches Treffen mit der Polizei auf der Intensivstation.

Das Erste, was Tekla bemerkte, war, dass keine Wachleute vor dem Raum in der Station für Schwerbrandverletzte standen. Dafür saß Rebecka Nilsén auf einem Stuhl im Gang und wartete, in einem schwarz-weiß gestreiften Kleid und silbrigen Turnschuhen mit dicker Sohle.

Rebecka stand auf. »Hallo, Frau Doktor. Ich wollte die Sache nur auf eine anständige Art beenden.«

»Beenden?«

»Den Fall. Wir haben die Täter gefunden.«

»Jetzt komm ich nicht mehr mit.« Tekla setzte sich auf einen niedrigen Kiefernholztisch.

»Wir konnten den Lieferwagen zu einer Autovermietung in Malmö nachverfolgen. Danach war es nicht mehr so schwer, diejenigen zu identifizieren, die ihn gemietet hatten: vier Fußballfans, die zum Spiel Hammarby gegen Malmö FF wollten. Sie waren dabei, in der Garage bengalisches Feuer und ein bisschen anderes Feuerwerkszeug vorzubereiten. Aber das Ganze ist außer Kontrolle geraten, und irgendwelche Abfälle haben angefangen zu brennen. Da sind sie einfach in den Mietwagen gesprungen und abgehauen. Dann ist das Ganze explodiert.«

»Sie machen Witze.«

»Nein, zum Glück nicht.«

»Zum Glück?«

Rebecka nahm ihre Lederjacke mit Puffärmeln und legte sie sich elegant über den Arm.

»Dann müssen wir nicht rumrennen und nach irgendwelchen Terroristen suchen.«

»Aber was ist explodiert?«

»Noch etwas unklar. Eventuell der Benzintank eines Autos. Sie arbeiten noch daran.«

»Es hatte also nichts mit dem FSB zu tun?«

Rebecka lächelte. »Nichts. Sie können das Ganze vergessen.«

Tekla zeigte auf den Raum, in dem der schwerverletzte Patient lag.

»Aber was ist mit ihm? Warum wollte ihn jemand töten?«

»Sie denken an den Angriff am Samstag?«

»Ja.«

Tekla fragte sich, was an dem Mann mit den Verbrennungen, von dem sie lange gedacht hatte, es sei Simon, so besonders war. Wer war er eigentlich?

»Wir wissen es nicht. Und wir werden auch nicht weiter in der Sache ermitteln«, sagte Rebecka.

»Was meinen Sie damit?«

»Ach so, Sie haben es noch nicht gehört?«

»Was?«

»Er ist tot. Jetzt wird gerade …«

»Was?«, rief Tekla.

»Es tut mir leid.«

Rebecka Nilsén legte eine Hand auf Teklas Arm.

»Aber wer war er?«

»Tja … Obdachloser. Junkie. Versteckter Flüchtling … Ist doch eigentlich egal, oder?«

»Mir nicht.«

»Wie schön. Dann hatte er zumindest einen Menschen auf dieser Welt, dem er nicht egal war.« Rebecka nahm ihre Tasche und machte sich zum Gehen bereit. »Ich wollte Ihnen eigentlich nur persönlich für Ihre Hilfe danken.«

Tekla starrte mit leerem Blick in den Gang hinaus.

»Machen Sie's gut, Frau Doktor Berg. Vielleicht sehen wir uns mal wieder.«

Tekla ging langsam zurück zur Notaufnahme. Fühlte sich leer und wütend zugleich. Sie versuchte sich zu beruhigen. Schließlich gelang es ihr, ihren Dealer per SMS um Nachschub zu bitten. Der Vorrat zu Hause in der Küche war leer, und sie hatte nur noch um die zehn Bomben. Das würde bei ihrem derzeitigen Verbrauch kaum einen Tag reichen.

Sie wollte gerade einen neuen Patienten aufrufen, als die

Stationsschwester sie auf zwei Männer aufmerksam machte, die ein Stück entfernt standen und warteten.

»Sie sind gerade gekommen und haben nach dir gefragt. Soll ich die Wachleute rufen?«

»Nach mir persönlich?«

»Tekla Berg. Sie sagten, es sei privat.«

Tekla sah die Männer an. Der eine war ein etwas kleinerer Typ um die vierzig mit schwarzem Haar und geradem Pony. Er trug ein weißes T-Shirt, eine zu große Lederjacke und Jeans. Schwarze Schuhe mit dicken Sohlen. Der andere war mindestens einen Kopf größer und hatte eine Lederhose und eine Lederjacke an, die mit Motorrad-Emblemen bedeckt war.

»Tu das, ruf die Wachleute. Dann rede ich jetzt erst mal mit ihnen.«

Auch Tariq schien auf die Männer aufmerksam geworden zu sein. Tekla machte eine beruhigende Geste in Richtung ihres neu gewonnenen Beschützers.

»Ich bin Tekla Berg.«

»Sardor Umarov«, sagte der kleinere Mann. Er streckte die Hand aus, doch Tekla nahm sie nicht. Sie war selbst ein wenig verwundert über ihre eiskalte Reaktion.

»Hygieneregeln.«

»Apropos Hygiene, ihr scheint ganz klar ein Problem mit dem Abfluss zu haben.« Sardor blickte sich um. »Frau Doktor, können wir hier irgendwo ungestört reden?«

Tekla deutete auf eine Tür direkt hinter ihm.

»Angehörigenraum.«

Sie setzten sich einander gegenüber jeweils auf ein Sofa. Auf dem runden, niedrigen Kiefernholztisch vor ihnen stand eine flache Glasschüssel mit Wasser und ein paar Steinen auf dem Boden. Daneben ein gläserner Kerzenständer mit einer unbenutzten Kerze und eine überdimensionierte hellblaue Schachtel mit dünnen Papiertüchern. An den Wänden hingen große Schwarz-Weiß-Fotos mit ruhigen Naturmotiven: ein leerer, mit Schilf bewachsener Strand im Herbst, ein wogendes Getreidefeld mit einem verfallenen Schuppen, norrländische Berge im Frühjahr bei der Schneeschmelze.

»Du kennst Simon, oder?«, sagte Sardor.

Tekla spürte, wie ihr Puls bis zur Decke schnellte.

»Wo *ist* Simon?«

»Du bist seine Schwester?«

»Habt ihr ihn gekidnappt?«

Sardor musterte Tekla von oben bis unten. »Ich glaube, du verstehst. Clevere Ärztin, die du bist. Die analysiert und, wie heißt das … diagnostiziert.« Er beugte sich vor. Betrachtete ihr Gesicht. Tekla blieb sitzen.

»Er hat ziemlichen Mist gebaut. Schuldet uns Geld.«

»Wo ist er?«, wiederholte Tekla und spürte, wie sie innerlich zitterte, beschloss jedoch, noch ein paar Minuten durchzuhalten.

Sardor grinste und schlug die Zähne mit einem Knall aufeinander, der Tekla beinahe dazu brachte, den Blick zu senken.

»Es geht ihm gut. Noch. Wenn man bedenkt, was für ein kleiner Scheißer er ist und wie sehr er sich selbst in die Scheiße geritten hat …«

»Wenn ihr meinem Bruder etwas tut, dann …«

»Dann was?«, fragte Sardor ruhig.

Tekla versuchte, ihre Atmung unter Kontrolle zu bringen. In ihrem Kopf drehte sich alles. Sie biss die Zähne zusammen.

»Wenn du uns hilfst, dann lassen wir Simon laufen.«

»Euch helfen?«, sagte Tekla.

Nur über ihre Leiche gedachte sie ihre kriminelle Laufbahn damit einzuleiten, ein Verbrechen für diesen selbstzufriedenen Gangster zu begehen.

»Kennst du einen Patienten mit schweren Brandverletzungen auf der Intensivstation?«

»Wieso?«

»Wir wollen, dass du ihm eine neue Identität verpasst«, erklärte Sardor.

»Was?«

»Er ist noch immer nicht identifiziert, oder?«

»Das kann ich nicht sagen.«

Tekla hatte nicht die Absicht, ihm zu erzählen, dass der Mann mit den Verbrennungen verstorben war.

»Aber ich weiß es«, erwiderte Sardor.

»Woher … ist er Usbeke?«, rief Tekla erstaunt.

Sardor sah aus, als bereute er, was er gesagt hatte. Diese Ärztin wurde langsam frech.

»Du hast keine Ahnung.«

»Also ist er Usbeke«, sagte Tekla triumphierend.

»Wir wollen, dass er eine andere Identität kriegt. Nimm die Personennummer von irgendeinem … Penner oder sonst wem.«

Tekla nickte vorsichtig. Spielte mit. Sie verstand den Auftrag.

»Und wer garantiert mir, dass ihr mich und meinen Bruder danach wirklich in Ruhe lasst?«

»Ich schwöre es auf das Grab meiner Urgroßmutter. In unserer Kultur ist das ein heiliger Schwur.«

»Und ihr lasst Simon frei?«

Sardor nickte.

»Ich werde sehen, was ich tun kann«, sagte Tekla.

»Du hast Zeit bis Montag.«

»Ich nehme an, ich sollte jetzt fragen: Und sonst?«

»Komm schon, Frau Doktor. Jetzt enttäuschst du mich. Du hattest keine Einwände, als ich gesagt habe, dass du clever bist.« Er fuhr sich in einer deutlichen Geste schnell mit der Hand über den Hals. Sardor lächelte schweigend und gab Tekla einen Zettel mit einer Nummer.

»Hier kannst du mich erreichen. Nur diese eine Sache. Dann verspreche ich, dass wir dich nicht mehr stören.«

»Stören. Schöner Euphemismus für erpressen.«

»Nenn es, wie du willst.«

Tekla starrte in das vernarbte Gesicht des Mannes.

Sardor lächelte.

»Du begreifst schnell. Wir lassen deinen Bruder laufen, wenn du dem Verbrannten eine neue Identität besorgt hast.«

Tekla nickte kurz.

»Und ruf nicht die Polizei. Sonst kriegst du deinen Bruder nie wieder lebend zu Gesicht.«

Die beiden Männer verließen den Raum. Tekla blieb sitzen und blickte den Zettel an, knüllte ihn dann zusammen und warf ihn in einen Mülleimer. Sie spürte, dass all das nie aufhören würde. Diese Hölle würde einfach weitergehen. Sobald sie etwas Kriminelles tat, würden sie es gegen sie verwenden. Um etwas anderes bitten, sie vielleicht dazu bringen, Medikamente zu stehlen. Nein, sie würde sich nicht mit diesen Typen einlassen. Außerdem war der Patient mit den Brandverletzungen ja jetzt tot, was sie schnell herausfinden würden. Und damit würde auch ihr »Angebot« verschwinden. Sie musste einen anderen Weg finden, Simon freizubekommen.

Freitagvormittag, der 14. Juni

INTENSIVSTATION, NOBEL-KRANKENHAUS

Als Tekla den Angehörigenraum verließ, begegnete sie Tariqs Blick.

»Was war das denn gerade?«, fragte er.

»Eine Drohung«, sagte Tekla mit leiser Stimme.

Tariq drehte sich noch einmal um, um sicherzugehen, dass die Männer verschwunden waren.

»Eine Drohung?«

»Ja.«

»Erzähl.«

Tekla überlegte. Die Männer meinten es ohne Zweifel ernst. Wenn sie nicht tat, was sie verlangten, würden sie zurückkommen. Gleichzeitig wollte sie nichts Kriminelles tun.

»Ja, warum nicht.«

Ihr Bauchgefühl sagte ihr aus irgendeinem unerfindlichen Grund, dass sie es Tariq erzählen sollte. Wenn jemand ihr Dilemma verstehen konnte, dann war er es, das spürte sie. Sie berichtete von Jonas in Årsta, von Simon, der entführt worden war, und was die Männer von ihr wollten.

»Umarov, meintest du?«

»Wieso?«, fragte Tekla.

»Ich helfe dir«, sagte Tariq.

Tekla sah den Mann, der sie schikanierte, seit sie im Nobel-Krankenhaus arbeitete, und für den sie bisher vor allem Abscheu empfunden hatte, verblüfft an. Irgendetwas war im

Lauf der letzten Wochen passiert. Er hatte sich um hundertachtzig Grad gedreht.

»Ich brauche keine Hilfe.«

»Doch, tust du. Weißt du, warum?«

»Sag's mir.«

»Du hast es nicht in dir.«

Tekla zögerte eine Weile.

»Ich gehe zur Polizei«, sagte sie.

»Ja, dann mach das. Hol dein Handy raus.« Tariq sah ihr Zögern und fuhr fort: »Aber du wirst es nicht tun. Weil du weißt, dass dein Bruder dann vielleicht nicht lebendig zurückkommt.«

Tekla blieb bei einem Gedanken hängen.

»Tekla«, fuhr Tariq fort. »Hab ich dir mal erzählt, was ich zu Hause im Irak getan habe? Weißt du, dass ich in den Achtzigerjahren im Krieg gegen den Iran dabei war? Dass ich fünf Jahre lang Soldat in einer Elitetruppe war, deren Aufgabe es war, nachts die Grenze zu überqueren und in den Dörfern kurzen Prozess zu machen? Was wir getan haben, wiederholt sich noch jetzt jede Nacht in meinen Träumen. Und das wird so bleiben, bis ich für immer einschlafe. Irgendwann hatte ich genug und machte eine Ausbildung zum Arzt. Den Rest des Krieges hab ich mich um die Verletzten gekümmert.«

»Nein, davon hatte ich keine Ahnung.«

»Aber begreifst du, was für Dinge ich getan habe?«

»Ich will es mir gar nicht vorstellen.«

Tariq schlug sich mit der Faust gegen den Brustkorb. »Ich habe eine eiserne Moral. Meine Moral. Ich habe einen ausgezeichneten inneren Kompass dafür, was richtig und falsch ist. Aber mein Recht stimmt nicht immer mit dem Willen des Gesetzes überein.«

»Aber das hier ist kriminell.«

»Du willst deinen Bruder retten?«

»Ja, aber …«

»Dann machen wir das, und dann kannst du diese Typen vergessen.«

Tekla wusste nicht, was sie sagen sollte. Doch sie begriff, dass sie Tariq brauchte, um eine falsche Identität für den Schwerbrandverletzten zu organisieren.

»Ich könnte nie jemanden töten«, sagte Tekla.

»Glaub mir, das könntest du, wenn die Umstände es verlangen würden.«

»Niemals«, erwiderte Tekla bestimmt. »Ich verurteile dich nicht für das, was du in deinem Leben getan hast. Ich kann nur für mich sprechen. Das Leben steht an erster Stelle.«

Tariq ging neben Tekla den langen Korridor entlang zur Eingangshalle. Für einen Außenstehenden sah es wohl so aus, als diskutierten sie einen schwierigen Patientenfall.

»Schaffst du das?«, fragte Tariq. »Du siehst nicht direkt … frisch und munter aus. Vielleicht solltest du dich einen Tag krankschreiben lassen.«

»Alles gut. Ich kann mich später ausruhen. Außerdem habe ich keine Zeit, in mich hineinzuspüren.«

»Alles für die Familie.«

Tekla zuckte zusammen und dachte nach. Vor ihrem inneren Auge tauchten Bilder von ihrer Mutter im Heim für Demenzkranke auf.

»Alles für die Familie. Aber wie, denkst du, können wir einem verstorbenen Patienten eine neue Identität verpassen?«

»Das werden wir nicht.«

Tekla war verwirrt. Tariq drückte auf den Aufzugknopf. Das Gewicht gleichmäßig auf seine großen Füße verteilt stand er da und wartete in aller Ruhe auf den Aufzug. In Teklas Körper war es alles andere als ruhig.

»Irgendwas sagt mir, dass sie deinen Bruder trotzdem behalten würden. Du musst das Machtgleichgewicht verschieben.«

»Und du hast eine Idee, wie das gehen könnte?«

»Vielleicht.«

»Erzähl.«

»Ich brauche einen Computer.«

Oben im neunten Stock ging Tariq in sein Zimmer und zog einen Stuhl für Tekla heraus. Er loggte sich im Computer ein.

»Hier«, sagte er und zeigte auf den Bildschirm. »Ich dachte, ich bestelle ihn zu einem akuten Gesprächstermin ein. Heute Nachmittag. Ich hatte wohl plötzlich eine Lücke im Terminplan, jemand hat abgesagt. Dann kannst du auch da sein. Und … ein bisschen mit ihm reden. Eine kleine Spezialbehandlung.«

Tekla las die Patientenakte. Ein Mann, der am Dienstag wegen Atemnot in die Notaufnahme gekommen war. Ragna hatte etwas Flüssigkeit aus der Lunge entnommen, und jetzt war das zytologische Ergebnis gekommen: adenosquamöses Karzinom. Eine sehr ungewöhnliche Form von Lungenkrebs. Der Patient musste so bald wie möglich einbestellt werden, damit sie ihm das Ergebnis übermitteln und die weitere Behandlung mit ihm besprechen konnten.

Tekla erschauderte, als sie begriff, wer der Patient war.

Sie starrte noch einmal auf den Namen: *Victor Umarov*.

V

Freitagmittag, der 14. Juni
NOBEL-KRANKENHAUS

Tekla überquerte den Parkplatz auf der Rückseite des Krankenhauses. Sie wollte sich etwas zum Mittagessen kaufen und bei der Gelegenheit auch ihren Dealer für Nachschub treffen.

»Tekla!«, hörte sie plötzlich jemanden rufen. Sie blickte auf und sah Monica Carlsson mit dem Autoschlüssel in der Hand dastehen. »Wie geht's?«

»Hallo. Ja … es ist … ein bisschen anstrengend.«

Monica schloss die Autotür. »Ich hab von dem Brandverletzten in der Notaufnahme gehört.«

Tekla nickte.

»Tragisch. Ich weiß, dass Sie sich für den Fall engagiert haben. Und apropos Engagement«, fuhr Monica fort, »die Aufsichtsbehörde des Gesundheitswesens kommt heute Nachmittag zusammen mit Leuten vom Bauamt hierher. Sie wollen unsere Räumlichkeiten inspizieren.«

Tekla fiel es wie gewöhnlich schwer, bei Monicas Gedankensprüngen mitzukommen.

»Die Aufsichtsbehörde des Gesundheitswesens …«

»Genau«, sagte Monica zufrieden. »Und währenddessen wird es ganz besonders stinken.«

»Okay …?«

»Aber dann wäre es wunderbar, etwas Positives von unserer für die Gewerkschaft verantwortlichen Kollegin zu hören.«

Teklas Blick flackerte. »Ach ja. Ich habe mit Anita gesprochen. Und sie hat … einen Vorschlag.«

Monica sah Tekla aufmerksam an.

»Bevor Sie weiterreden: Ist es Anitas Vorschlag, oder stammt er von Ihnen, und sie hat ihn für gut befunden?«

»Ersteres.«

»Ich schätze Ihre Ehrlichkeit.«

Tekla sammelte sich. »Anita schlägt vor, dass ihre Forschungsgruppe in den nächsten zwei Jahren eine Million an Zuschüssen bekommt. Die Forschung hier im Krankenhaus war …«

»Ja«, unterbrach sie Monica.

»Was, ja?«

»Das ist okay. Richten Sie ihr das von mir aus. Ich muss nur noch den Papierkram organisieren, das kann ein paar Tage dauern, aber sie hat mein Wort, dass sie ihre Forschungsgelder bekommt.«

»Einfach so?«

Monica trat einen Schritt vor, und Tekla dachte für eine Sekunde, die Krankenhausdirektorin wolle ihr die Wange tätscheln wie einem kleinen Schulmädchen. Doch Monica streckte nur die Hand für einen Handschlag aus.

»Es ist nicht nur einfach so. An einer ÖPP verdienen viele.«

»Meinen Sie wirtschaftlich?«

Monica lächelte.

»Sie müssen noch lernen, in welchen Situationen Sie *nicht* alle Fragen stellen sollten, die in diesem fantastischen Kopf auftauchen.«

»Entschuldigung.«

»Keine Ursache, außerdem bin ich diejenige, die sich bei Ihnen bedanken muss, Tekla«, sagte Monica und sperrte ihre

Autotür auf. »Dass Sie mich in Ihr Universum hineinlassen.« Die Direktorin hielt inne und blickte zur Dachsilhouette des Rosenlund-Krankenhauses hinüber. »Ist heute nicht ein guter Abend, um ein bisschen zu feiern? Mit Gregor ins Theater zu gehen … oder vielleicht ein Abendessen im Wedholms Fisk? Da war ich schon lange nicht mehr.«

»Ich weiß nicht.« Feiern war das Letzte, woran Tekla dachte.

»Ich sehe den Bericht der Inspektion schon vor mir«, fuhr Monica fort und wedelte mit einem fiktiven Blatt Papier.

»Sie denken an …«

»Sie werden vor allem den Geruch beanstanden.«

»Vermutlich.«

»Was bedeutet, dass wir unser Druckmittel haben. Zeitdruck für eine Renovierung. Und zum Renovieren braucht man …?«

»Geld.«

»Das im derzeitigen Budget der Finanzreferentin nicht vorhanden ist«, sagte Monica entzückt.

»Also …?«

Tekla glaubte zu wissen, was die Krankenhausdirektorin dachte, doch sie hatte gelernt, wie das Gespräch funktionierte: abwarten, Monica das letzte Wort überlassen.

»Wenn der öffentliche Brunnen versiegt, müssen wir zum privaten gehen.«

»ÖPP«, fasste Tekla zusammen.

»Die Firma Kallax hat geliefert.«

Tekla sah sie fragend an.

»Sie mögen keinen Surströmming, oder?«, fragte Monica.

»Ich komme zwar aus Jämtland, bin aber kein besonders großer Fan von verfaultem Fisch.«

»Und ich bin mit frischen Krabben von der Westküste

großgezogen worden, und trotzdem hab ich manchmal einen richtigen Jieper auf Surströmming mit Brot und Kartoffeln. Ist es nicht seltsam, dass der Geschmack sich im Erwachsenenalter noch so entwickeln kann?«

Monica nahm eine Tüte Salmiaklakritz aus dem Seitenfach in der Autotür und riss sie auf. Steckte sich zwei Lakritzstücke in den Mund. Hielt Tekla die Tüte hin, die den Kopf schüttelte.

»Jetzt geht es in die zweite Phase«, sagte Monica.

»ÖPP braucht mitunter viel Zeit«, erwiderte Tekla. »Sagt zumindest das wenige, das ich gelesen habe.«

»Also *haben* Sie etwas über ÖPP gelesen.« Monica blickte Tekla mit schmalen Augen an.

»Nur ein …«

»Glauben Sie, man hat so gedacht, als das Empire State Building gebaut wurde?«

Monica schaute über den Parkplatz.

»Wie denn?«

»Man hat die Zeit als größten Feind betrachtet. Dreitausendfünfhundert Bauarbeiter haben sich den Arsch aufgerissen. Der Wolkenkratzer wurde fünfundvierzig Tage vor dem geplanten Termin eingeweiht. Alles eine Frage der Einstellung.«

Tekla stand schweigend da und dachte darüber nach, was Monica gesagt hatte. Sie spürte, wie es in ihrem Körper kribbelte. Bald war das Treffen mit ihrem Dealer, sie war schon spät dran.

»Sie haben also *nicht* vor, den normalen Prozess abzuwarten?«, fragte Tekla.

»Wir haben ja auch noch die Forschung, die wir jetzt ernsthaft anschieben müssen. Und die Intensivpflege. Wir werden sie schon zum Glänzen bringen.«

»Sie?«

»Die Bude.«

Monica warf sich ein Stück Lakritz ein und drehte sich zum Nobel-Krankenhaus um.

»Schön, dass wir Mitarbeiter wie Sie haben, Tekla. Sie waren mir bereits eine große Hilfe. Und ich habe so im Gefühl, dass Sie das in Zukunft auch sein können.«

»Ich helfe gerne, wenn ich kann«, sagte Tekla, ohne eine Ahnung zu haben, was Monica im Sinn hatte.

»Normale Prozesse … denken Sie, das ist etwas für mich?«, fragte Monica.

»Ich kenne Sie nicht so gut.«

Gleichzeitig wurde Tekla klar, dass sie mit Monica Carlsson schon mehr und tiefergehende Diskussionen geführt hatte als mit irgendjemand anderem im ganzen letzten Jahr.

»Aber wird es am Ende gut, glauben Sie?«, wollte Monica wissen. »Wenn ich so weitermache wie jetzt, meine ich.«

»Es scheint so.«

Monica rümpfte die Nase.

»Das klang nicht sehr überzeugend.« Sie atmete tief ein. »Ich habe mich entschieden.«

»Wofür?«, fragte Tekla unruhig.

»Ich werde heute Abend mit Gregor eine richtig gute Flasche Chablis im Wedholms Fisk trinken.«

Monica öffnete die Autotür, und Tekla wollte gerade gehen, als sie erneut die Stimme der Krankenhausdirektorin vernahm: »Sagen Sie Anita auch, dass der Forschungsrat die Direktive erhalten hat, die nächsten fünf Jahre Einsparungen vorzunehmen. Sagen Sie, Sie hätten das von Göran, nicht von mir.«

Monica stieg ins Auto und fuhr davon.

Tekla lief los in Richtung Tanto, während ihr bewusst

wurde, was sie getan hatte. Scheiße. Monica Carlsson anzulügen war ein großes Risiko. Jetzt konnte sie es nicht länger vor sich herschieben. Nachdem Anita freihatte, musste sie sie anrufen. Zehn Minuten später war es Tekla gelungen, Anita zu überzeugen, die Pläne der Krankenhausleitung zu einem ÖPP-Abkommen gewerkschaftlich zu unterstützen. Eine Million an Forschungsmitteln über zwei Jahre hinweg war mehr, als Anita sich jemals erträumt hatte.

Freitagnachmittag, der 14. Juni
NOBEL-KRANKENHAUS

Victor fand auf dem harten Ledersofa keine Position, die sich bequem anfühlte. Zum dritten Mal ging er zum Empfang und klopfte mit seinem Siegelring ans Glas. Die genervten Blicke der übrigen Patienten in seinem Rücken berührten ihn nicht.

»Ist die Lüftung hier drinnen kaputt, oder was?«

»Ich glaube, es ist am besten, Sie setzen sich hin, damit Sie nicht umkippen. Doktor Moussawi kommt gleich«, erklärte die Krankenschwester an der Rezeption.

»Das haben Sie vor einer Viertelstunde auch schon gesagt.«

»Wir haben hier ein volles Wartezimmer. Die Ärzte arbeiten, so schnell sie können, aber wie Sie wissen, haben wir …«

»Moussawi, das klingt wie ein griechischer Auflauf. Ich hoffe für ihn, dass er seinen Job beherrscht.«

»Doktor Moussawi ist einer unser absolut besten …«

»Ja, ja.«

Victor lief im Wartezimmer hin und her. Er wünschte, Elena hätte mitkommen können, aber es war zu kurzfristig gewesen. Der Termin, den er bekommen hatte, war »aufgrund einer Absage möglich geworden«, und man hatte ihm dringend empfohlen, ihn wahrzunehmen.

Als die Krankenschwester schließlich seinen Namen aufrief, machte er eine abwehrende Geste zu einem seiner Bodyguards.

»Sardor hat gesagt …«

»Scheiß auf Sardor. Ich will nicht auch noch jemanden dabeihaben, wenn ich einen Finger in den Arsch gesteckt kriege.«

Victor folgte der Krankenschwester durch einen Flur mit orangefarbenen Türen und wurde zu Tariq Moussawi hineingeführt. Der groß gewachsene Mann, den Victor von neulich in der Notaufnahme kannte, stand auf und schüttelte ihm die Hand.

»Willkommen. Nehmen Sie Platz.«

Victor setzte sich auf einen harten Stuhl mit rotem Stoffbezug und Metallrahmen und landete mindestens zehn Zentimeter tiefer als der Arzt auf der anderen Seite des Schreibtischs.

»Umarov«, sagte Tariq. »Usbekistan?«

»Schön, dass ich so schnell einen Termin kriegen konnte«, antwortete Victor. »Nur schade, dass man so lange warten muss, wenn man einmal hier ist.«

Tariq strich sich über die rasierte Wange und schaute den Patienten an, der ihm gegenübersaß.

»*Palov* heißt es, oder? Erinnert an viele irakische Gerichte. Ich hatte einen kurdischen Freund im Bataillon der, glaube ich, eine usbekische Mutter hatte. Oder war es seine Großmutter? Vielleicht auch eine Schwester …« Tariq blickte träumerisch zur Decke. »Auf jeden Fall war es sehr lecker. Lamm mit Reis.«

Victor zog an seinem glänzend schwarzen Hemd und sog durstig Luft ein.

»Sie *sind* aus Usbekistan, oder nicht?«

»Ursprünglich ja, aber …«

»Heißt es *Palov*?«

»Haben Sie die Ergebnisse der Proben bekommen?«

Tariq tippte zerstreut auf dem Computer neben ihm herum.

»Ich meinerseits komme aus einer richtigen Pferdefamilie. Mein Onkel zu Hause in Bardarash hatte Pferde. Keine Rennpferde wie Ihre fantastischen Tiere, es waren vor allem Zugpferde, aber dieses Gefühl eines großen, muskulösen, dampfenden Tieres im Winter, das bleibt einem gewissermaßen im Blut. Oder nicht? Man vergisst das Gefühl nie.«

Victor sah sich in dem sterilen Zimmer um. Ein Waschbecken und ein Spiegel. Eine Pritsche mit Papier darauf. Zwei Fenster mit heruntergelassenen Jalousien. Ein schwarzer Müllsack in einem weißen Gestell.

Er streckte sich und blickte auf das Namensschild des Arztes. Das einzige Geräusch im Raum kam von dem Ventilator der Festplatte im Computer.

»Sie … Tariq, ich habe keine Beziehung zu Pferden, Tiere interessieren mich nicht. Das Einzige, was mich interessiert, ist, ob ich irgendeine gefährliche Krankheit habe und ob Sie diese Flüssigkeit in der Lunge entfernen können, sodass ich morgen zweihundert Gäste zu einer kleinen Feierlichkeit empfangen kann. Glauben Sie, das kriegen Sie hin? Ich weiß nicht, wo Sie Ihre Ausbildung gemacht haben, aber dafür wird es ja wohl reichen.«

Tariq erhob sich und knöpfte seinen weißen Mantel auf. Im Gegensatz zu den meisten anderen Ärzten war er unter dem Mantel immer gut gekleidet, Hemd mit Schlips, dazu schwarze Hosen mit Aufschlag. Er ging um den Schreibtisch herum und blickte auf die Uhr über der Tür.

»Royal College of Medicine. London.«

Victor sah verwirrt aus.

»Meine Approbation, falls es Sie interessiert.«

»Wenn Sie das sagen.«

»Ich sage nichts. Es ist so.«

»Können wir zum Thema kommen, dem …«

»Lungenfell.«

»Was?«, fragte Victor, jetzt aufmerksamer, nachdem es endlich nach einem Krankheitsbild zu klingen begann.

»Die Flüssigkeit befindet sich zwischen Pleura visceralis und parietalis, den beiden Lungenblättern. Man kann sie mit zwei Ballons vergleichen, die normalerweise aneinanderliegen, aber die jetzt, in Ihrem Fall, Flüssigkeit zwischen sich haben.«

»Okay. Perfekt. Können wir diese Flüssigkeit wegzaubern?«

Tariq ging zum Spiegel über dem Waschbecken, beugte sich vor und riss ein dickes, silbergraues Haar aus seinem üppigen Schopf. Dann schlenderte er langsam zu einem Hocker aus glänzendem Metall hinüber, der neben der Pritsche an der einen Wand stand, und setzte sich.

»Absolut. Wir können ein bisschen *zaubern.*« Tariq klopfte auf die Pritsche. »Sie dürfen sich hierherlegen.«

Victor hievte sich aus dem engen Stuhl und setzte sich auf die Pritsche.

»Legen«, korrigierte Tariq sachlich und zog gleichzeitig einen Wagen heran. Er nahm ein grünes Stück Stoff weg, das eine Menge medizinische Gerätschaften und Medikamente verborgen hatte.

Victor legte sich auf den Rücken und blickte dabei beunruhigt auf den Wagen. Er spürte, wie das Atmen sofort schwieriger wurde.

»Was passiert jetzt?«

Tariq nahm systematisch verschiedene Flaschen und Packungen heraus.

»Aber eines haben wir gemeinsam: Wir waren beide im

Lauf der Jahrhunderte zwischen die mächtigen Schilde eingeklemmt.«

Victor schielte zum Kopf des großen Mannes hinauf. Er war viereckig, wie hastig aus einem großen Steinblock gehauen. Die Stimme war leise, doch gleichzeitig rau und eine Spur drohend.

»Sowjets, Mongolen, Chinesen, Engländer … Eine Geißel, so viele Grenzen verteidigen zu müssen, finden Sie nicht auch, mein Freund? Aber ihr Usbeken wart schon immer stolze Krieger. Sie können Ihr Hemd ausziehen, dann wird es nicht blutig.«

Blutig. Victor wand sich mit Mühe aus dem Hemd. Er fror.

»Kämpfen können wir, absolut.«

Tariqs Miene hellte sich auf, er schlug sich auf die Brust.

»Eher rohe Kräfte als Finesse, oder?«

Victor versuchte zu lächeln, bis er die große Nadel sah, eine Spritze mit Flüssigkeit darin, die sich näherte.

»Zuerst ein bisschen Beruhigungsmittel.«

»Das ist nicht nötig …«

»Doch, doch. Liegen Sie einfach still.«

Victor spürte einen Stich im Oberarm. Es spannte ein bisschen im Muskel.

Tariq begann methodisch die eine Seite des Brustkorbs zu desinfizieren. Die Flüssigkeit fühlte sich auf der Haut wie Trockeneis an. Victor begann am ganzen Körper zu zittern.

»Vertragen Sie Zahnarztbetäubungen?«, fragte Tariq.

»Was haben Sie mit meinen Zähnen vor?«

Tariq legte seine große Hand auf Victors Brustkorb, es fühlte sich an, als würde jegliche Luft entweichen. Sein Herz galoppierte davon.

»Betäubungsmittel, hatten Sie schon einmal eine allergische Reaktion darauf?«

»N…ein.«

»Gut. Dann sticht es jetzt kurz.«

Victor spürte wieder einen Stich, diesmal tat es mehr weh. Er dachte an Elena und an seinen Schwanz, dem er hoch und heilig versprochen hatte, dass er seinen harten Zustand noch einmal erleben würde. Er fühlte sein Herz immer heftiger schlagen, als wäre es in einem Metallkäfig und wollte heraus.

Tariq zog sich ein paar neue Handschuhe an und legte ein Tuch über die sterile Fläche.

»Jetzt sticht es noch mal.«

Victor spürte, wie seine Augen zu tränen begannen, als der Arzt ihm etwas Spitzes in die Seite rammte. Der Schmerz schoss ihm bis ins Rückgrat. Das Herz sprang ihm beinahe aus dem Brustkorb, und er überlegte, ob er um mehr Betäubungsmittel bitten sollte, biss jedoch die Zähne zusammen. Seine Hände waren eiskalt und zitterten, als wäre er bis auf minus zwanzig Grad eingefroren worden.

»Fertig«, sagte Tariq. »Es läuft. Jetzt müssen Sie ganz stillliegen.«

»Wie sieht es aus?«, brachte Victor zwischen den Zitteranfällen heraus.

»Wie es soll.«

»Und was ist die Ursache für die Flüssigkeit? Klartext, bitte, wie lange hab ich noch?«

In Victors Ohren begann es zu sausen, er hörte den Arzt mit irgendetwas herumfingern.

»Einseitige Pleuraflüssigkeit ist selten gut. Wenn es Prostatakrebs ist, der metastasiert hat, haben Sie noch irgendetwas zwischen sechs Monaten und zehn Jahren zu leben, je nach Behandlung. Aber es kann ja auch etwas anderes sein …«

Plötzlich stand ein Elefant auf Victors Brust. Sechs Monate. Das konnte nicht wahr sein. Es fühlte sich an, als müsste er vor Schmerzen in Ohnmacht fallen. Er registrierte kaum, dass der Arzt aufstand und zu einer Tür hinüberging, die er öffnete.

Die raue Stimme kam zurück, jetzt intensiver.

»Wir hatten sicher zwei Monate lang an der Front gelegen und waren auf dem Heimweg, als es passierte. Ich will es nicht auf meinen Zugführer schieben, seine Seele möge in Frieden ruhen, aber er war ein inkompetenter Idiot, der an diesem Tag beschloss, eine Abkürzung über einen Bergpass zu nehmen. Er war wohl genauso müde und hungrig wie wir anderen, aber verdammt noch mal, auf dem Feld improvisiert man nicht einfach so. Sie wissen das sicher, haben schon einiges erlebt, kann ich mir vorstellen …«

In Victors Kopf drehte sich alles. Seine Hände zitterten und verkrampften sich abwechselnd. War noch jemand anders im Raum?

Tariq fuhr mit der Märchenstunde fort: »Es war am Nachmittag, kurz bevor wir eine Pause einlegen wollten, als es knallte. Die Teufel waren uns nachgegangen und hatten die passende Situation abgewartet, sie schlugen zu, als wir besonders müde und verletzlich waren. Sie schossen von einem Bergkamm aus mit Granatwerfern. Ich hatte mich ein Stück entfernt, um mich hinter einem Felsen zu erleichtern, also waren ich und ein anderer Soldat die einzigen Überlebenden. Ich zog mich zurück, hatte nur meine Pistole und ein Messer. Es gelang mir, den Kamm zu umrunden, an dem sie lagen und auf uns schossen. Sie haben mich nicht kommen sehen, es waren nur vier. Zwei hab ich abgeknallt, der eine starb sofort, bei dem anderen musste ich es später zu Ende bringen … und dem …«

»Hallo, Victor«, war plötzlich eine Frauenstimme zu hören.

Victor blickte auf und sah eine Ärztin, die sich über ihn beugte.

»Was …«

»Liegen Sie still«, sagte Tariq weich, ganz nah an Victors Gesicht. »Wenn Sie sich bewegen, werden Sie verbluten. Ich hab die Drainage direkt neben die Körperschlagader gesetzt, und *leider* hab ich vergessen, den scharfen Mandrin herauszuziehen, nur ein winziger Millimeter, dann durchdringt die scharfe Kanüle die Gefäßwand, und Sie sterben in …«

»Etwa einer Minute«, warf Tekla ein. Sie blickte die Flaschen auf dem Wagen an. »Ich sehe, du hast Ventolin statt Morphin gegeben. Haben Sie ein bisschen Herzklopfen, Victor?«

Victor starrte sie entsetzt an und versuchte, seine Atmung unter Kontrolle zu bekommen.

»Ich sehe schon«, sagte Tekla, »das ist der Nebeneffekt einer ordentlichen Dosis Asthmamedizin. Und Kochsalzlösung anstelle von Betäubungsmittel! Eieiei, Tariq.«

»Was zur Hölle macht ihr …«

»Ganz ruhig, Victor«, lächelte Tekla und setzte sich an das Fußende der Pritsche. »Denken Sie an die Nadel neben der Aorta.«

Victor atmete tief ein und bereute, dass er die Bodyguards draußen gelassen hatte.

Tariq fuhr fort: »Der, der den Granatwerfer gehalten hatte, lag auf dem Boden, aber der vierte Kerl stand auf und konnte noch ein paar Schüsse abfeuern. Einer hat mich im Schenkel getroffen, aber das hab ich erst später gemerkt. Meine Munition war alle, also zog ich mein Messer heraus, warf mich auf den Typen mit der Pistole und schaffte es, ihm die Klinge in den Hals zu rammen. Er lag da und verblutete, während ich und der Granatwerfertyp uns im Matsch wälzten. Er konnte ein paar Schläge platzieren, aber ich sah rot, er sollte nur sterben, du weißt schon, dieses dumpfe Gefühl, dass es egal ist, wie es für einen selbst läuft, dieser Typ muss einfach sterben, und ich werd es mit meinen eigenen Händen tun. Er wurde bewusstlos, als ich seinen Schädel gegen einen Stein schlug. Dann hab ich ihn gefesselt und seine Jacke ausgezogen. Das Einzige, woran ich mich danach noch erinnere, ist, wie meine Hand ruhig und methodisch immer wieder in seinen Körper hackte, überall, bis ich schließlich das Messer in seinen Brustkorb grub und es darin drehte, bis alles herausfloss, diese warme, schöne, pulsierende …«

»Ihr verdammten Irren, wisst ihr eigentlich, wer ich bin?«, fauchte Victor.

»Sollen wir ein bisschen an dieser Drainage drehen?«, fragte Tariq.

Victor spürte einen neuen, explosiven Schmerz durch seinen ganzen Brustkorb fahren, als seine Rippen auseinandergedrückt wurden. Gerade als er den Mund öffnete, um in ein abgrundtiefes Gebrüll auszubrechen, verschwand der Schmerz plötzlich.

»Wissen Sie«, sagte Tariq, »auf dieser Welt gibt es zwei Typen von Menschen: die, die eine Waffe in der Hand haben, und die, denen sie an die Schläfe gedrückt wird. Was mir klar wurde, während sein Blut zu sprudeln aufhörte, war, dass ich in diesen Minuten überhaupt nicht mehr an meine toten Freunde unten in der Schlucht gedacht hatte.«

Victor schloss die Augen. Er hörte wieder die Stimme der Ärztin.

»Jetzt werde ich Sie mal richtig untersuchen.«

Tekla bat Tariq, ihr zu helfen, Victor auf die Seite zu legen. Sie zog seine Hose herunter.

»Das wird sich jetzt ein bisschen unangenehm anfühlen, aber es wird nicht wehtun.«

Victor spürte, wie etwas seinen Anus berührte. Wie ein leichter Windzug am Hintern. Dann spürte er umso mehr. Die Ärztin wühlte mit ihrem knochigen kleinen Finger herum, als würde ein Seil voller Knoten in seinem Darm auf und ab fahren.

Nach ein paar Sekunden hörte er eine zufriedene Frauenstimme:

»Aha.«

»Was?«

Sie zog den Finger heraus und nahm mit einem Knall die Handschuhe ab.

Tariq drehte den Patienten wieder auf den Rücken.

»Ich heiße Tekla Berg. Ihr habt meinen Bruder Simon entführt, aber ihr werdet ihn freilassen, und dann werdet ihr ihn nie wieder auch nur berühren.«

Victor brachte ein höhnisches Lächeln zustande. »Sie sind lustig.«

»Es ist nicht besonders lustig. Nicht, wenn man bedenkt, woran Sie leiden.«

»Woran leide ich?«, fragte Victor mit zugeschnürtem Hals.

»Lassen Sie meinen Bruder frei, dann werde ich Sie behandeln.«

»Ich kenne keinen Simon«, sagte Victor.

»Ihr Sohn Sardor und seine Motorradtypen haben meinen Bruder auf jeden Fall gekidnappt und misshandelt. Sie sollten mal mit Ihrem Sohn reden und ihn anweisen, Simon freizulassen.«

Victor verstummte.

»Und warum sollte ich nicht einfach meine Bodyguards da draußen rufen? Die knipsen euch und allen anderen Idioten hier in der Abteilung in einer Sekunde die Lichter aus.«

Tekla riskierte es. Sie hatte eine Idee. »Weil ich die Einzige bin, die weiß, was Sie haben. Trauen Sie sich, das Risiko einzugehen, dass irgendjemand anders hier das herausfinden muss?«

»Es gibt hier hundert andere Ärzte, die sich mit der Prostata auskennen.«

»Ihr Hauptproblem ist nicht die Prostata. Sie haben einen langsam wachsenden Prostatakrebs«, fuhr Tekla fort. »Aber daran sterben Sie nicht. Die Flüssigkeit in der Lunge kommt von etwas anderem.«

»Von was denn?«

Tariq beugte sich über die Pritsche.

»Ich weiß auch nicht, was sie im Sinn hat. Aber eines weiß ich: Diese Ärztin, die dich gerade untersucht hat, hat ein Gehirn wie niemand sonst in der Stadt. Und wenn sie eins und eins zusammengezählt hat, würde ich ihr lieber vertrauen.«

»Es gibt andere Ärzte«, entgegnete Victor, jetzt unsicherer.

»Aber keinen, der weiß, was das Ergebnis der Flüssigkeitsprobe aus dem Lungenfell war«, fuhr Tekla fort. »Ich habe es aus der Akte genommen. Außerdem hab ich herausgefunden, welche außergewöhnliche Therapie Sie retten kann.«

Victor keuchte schwer.

»Rufen Sie Sardor an«, sagte Tekla. »Sagen Sie ihm, er soll Simon freigeben. Wir warten hier, bis Simon zurückruft und bestätigt, dass er frei ist.«

Victor lächelte. »Haben Sie keine Patienten, um die Sie sich kümmern müssen?«

Tariq lächelte breiter. »Der Termin ist abgesagt worden.«

»Ihr seid verpflichtet, mich als euren Patienten zu behandeln. Ihr könnt mir nicht einfach eine Behandlung vorenthalten, wenn ihr eine wisst.«

»Haben Sie irgendwelche Beweise?«, fragte Tekla. »Du hast doch nichts in die Akte geschrieben, Tariq?«

»Nein.«

»Seid ihr euch überhaupt darüber im Klaren, was ihr da tut?«, schrie Victor. »Seid ihr lebensmüde?« Victor schloss die Augen. »Ihr spielt mit dem Tod.«

Tekla flüsterte Victor ins Ohr: »Die Stärke des Teufels liegt darin, dass er immer dann auftaucht, wenn man es am wenigsten ahnt. Sieht es so aus, als würden mich Ihre Drohungen interessieren? Das Einzige, das für mich eine Rolle spielt, ist, dass ich meinen Bruder lebend wiedersehe.«

Victor sah Tekla in die Augen, ihr Blick war völlig ausdruckslos. Es war, als würde man durch die Linsen hindurch in eine große Dunkelheit starren. Er nickte langsam.

Mit zusammengebissenen Zähnen nahm Victor das Handy entgegen. Er versuchte es zuerst bei Sardor, doch als der nicht antwortete, rief er Eje an und gab ihm die Anweisung, Simon freizulassen.

»Ich scheiß drauf, dass Sardor gesagt hat, er schuldet uns Geld. Lass ihn einfach frei.« Eje versuchte noch etwas einzuwenden, doch Victor war nicht empfänglich: »Weil ich es sage! Tu einfach ein einziges Mal, was ich sage, ohne zu meckern.«

Dann drückte er Eje weg.

»Können wir jetzt aufhören, dieses Spiel zu spielen?«

Tariq zog den Mandrin heraus und ließ die Drainage stecken.

»Es dauert noch rund eine Stunde, bis sämtliche Flüssigkeit draußen ist. Währenddessen lassen wir uns bestätigen, dass Teklas Bruder frei ist. Wollen Sie ein bisschen Morphin?«

Freitag, der 14. Juni

RED BEARS MOTORRADCLUB, SKÄRHOLMEN

Victor Umarov wand sich unter einem Schwall von Flüchen und heftigen Bewegungen aus dem SUV. Er hatte völlig fertig ausgesehen, als Sardor ihn vor dem Eingang des Nobel-Krankenhauses eingesammelt hatte. Aber er wollte nichts von seinem Arztbesuch erzählen. Wenn Victors Leben sich dem Ende zuneigte, wie würde das Dasein dann für Sardor und Nina aussehen?

Sardor nahm einen großen Golfschirm und führte Victor an den beiden schwer bewaffneten Muskelmännern am Zaun vorbei. Ein dritter Wachmann setzte den schwarzen Humvee zurück und ließ die beiden zum Clubhaus der Red Bears passieren.

»Du weißt, dass du nicht hier sein solltest?«, sagte Sardor.

»Aber jetzt bin ich hier.«

»Als *Vor* riskierst du …«

»Schweig«, unterbrach ihn Victor. »Es ist jetzt zu spät, etwas zu bereuen.«

»Die werden nicht glücklich sein in der Zentrale.«

An dem großen Holztisch saß Christian Jensen und atmete schwer durch seinen roten Bart. Neben ihm lungerte der Vizepräsident mit eingegipstem Arm herum.

»Wie geht es der Hand?«, fragte Sardor den »Grafen« mit schlecht gespieltem Mitleid, bevor er sich setzte.

Neben Erik »Eje« Johansson saß Jarmo, der das Krankenhaus nach der Stichverletzung wieder hatte verlassen dürfen. Er nickte seinen usbekischen Gästen steif zu.

»Danke, dass du kommen konntest«, sagte Christian Jensen und richtete seinen ganzen Charme auf Victor Umarov.

»Wie ich das verstanden habe, gibt es etwas, das ich nicht verpassen sollte.«

Sardor spürte, wie die Luft im Raum sich verdichtete.

Eje deutete mit einer Bewegung an, dass Jarmo das Wort hatte.

Der junge Mann sah aus, als hätte er während des Krankenhausaufenthalts jeden einzelnen Muskel im Körper verloren. Das weiße T-Shirt hing schlaff über den dünnen Schultern, und die Tätowierungen wirkten fehl am Platz. Dass er sich den Schädel rasiert hatte, weckte eher die Assoziation einer Chemotherapie als einer kriminellen Gang.

Sardor bemerkte die Verletzungen an Jarmos rechter Gesichtshälfte und begriff, dass sie frisch waren. Er hatte zuerst gedacht, sie seien von dem Angriff im Kvarnen, aber dann hätten sie ja inzwischen verheilt sein müssen. Jemand aus dem Club hatte »ein ernstes Wörtchen mit ihm geredet«.

»Er hat uns angelogen, weil er Angst hatte«, erklärte Eje. »Nicht wahr?«

»Er hat gedroht, mich zu töten …«

»Wer?«, fragte Victor verwirrt.

»Simon Berg«, sagte Eje. »Der Dealer, der …«

Victor saß da wie versteinert. Er starrte den übel zugerichteten jungen Mann an. Jarmo hatte diese Information viel zu lange für sich behalten.

Jarmo atmete tief ein, blickte sich unruhig um und fuhr fort: »Er hat ein Päckchen H von euch geklaut und es unter der Hand verkauft. Dann hat er im Netz Carfentanyl bestellt … aus China, chemisches Morphin, ungefähr zehntausendmal stärker als Morphin, und hat angefangen, das Horse damit zu strecken. Da ging das mit den Vergiftungen in der Stadt los. Es ist komplett unmöglich, dieses synthetische Dynamit richtig zu dosieren, und ein paar Körnchen reichen, um einen Elefanten einzuschläfern …«

Als würden alle am Tisch sich sofort dieselbe Frage stellen, fuhr Jarmo fort: »… was ich nicht wusste, also das mit dem Carfentanyl, mit dem er das Zeug gestreckt hat. Ich schwöre. Jonas hat mir gestern alles erzählt. Er wollte sein Gewissen erleichtern, wie er sagte. Aber das ist ja totaler Mist, er wollte nur alles, was passiert ist, auf Simon schieben … Wie auch immer, gleichzeitig hat Simon angefangen, nebenher zu verkaufen und in die eigene Tasche zu wirtschaften. Er nimmt das Zeug ja selbst …«

»Der Dreckskerl …«

Jensens Gesicht war jetzt Coca-Cola-rot.

Jarmo klang weniger nervös, er spürte wohl, dass die Wut aller Anwesenden sich jetzt auf Simon richtete.

»… und ich hab ihn dabei erwischt, wie er im Kvarnen verkauft hat. Es war reiner Zufall, ich war mit ein paar Kumpels dort, als ich gesehen habe, dass er auf dem Klo dealt. Das ist ja meine Kneipe, mein Territorium, also hab ich ihn konfrontiert, aber wir waren beide verdammt dicht … Dann hab ich ihn ungefähr eine Stunde nicht mehr gesehen, aber als wir unsere Jacken an der Garderobe holen wollten, stand er plötzlich hinter mir. Er hat angefangen, mir zu drohen, sagte, er würde mich umbringen, wenn ich erzähle, dass ich ihn im Kvarnen beim Dealen gesehen hab. Ich bin ausgerastet und hab zugeschlagen. Ich wollte mich gerade umdrehen und gehen, da kam er von hinten und hat mir ein Messer in die Seite gerammt. Als ich da auf dem Boden lag, hat er sich runtergebeugt und mir ins Ohr geflüstert, ich soll mein Maul halten und sagen, es wäre irgendein Albaner vom Netzwerk Nord gewesen, der mich niedergestochen hat. Wenn ich ihn verraten würde, würde er mich das nächste Mal töten. Scheiße, ich hatte Todesangst. Der Typ ist verdammt nochmal völlig irre.«

»Warte mal, versteh ich das richtig, dass alles, was passiert ist … die Messerstecherei im Kvarnen, die Überdosen, Loriks Tod und der Konflikt mit dem Netzwerk Nord …«, Victor sah sich um, wanderte von einem verbissenen Blick zum nächsten, »das alles ist die Schuld von diesem … Simon? Eine Geschichte, die sich ein feiger Junkie ausgedacht hat, hat zu dem ganzen Mist geführt?«

Victors Blick ließ seinen Blick auf die Tischplatte fallen und lachte leise. Dann sah er Jensen an.

»Wie lange weißt du das schon?«

»Zwei Stunden. Ich schwöre es. Eje hat mich angerufen.«

»Verdammte Scheiße. Es ist fast schon komisch«, murmelte Victor vor sich hin. Dann hob er den Blick zu Sardor. »Schadensbegrenzung. Wir müssen die vom Netzwerk Nord erreichen.« Er stand hastig auf.

»Ruhig«, sagte Sardor. »Jetzt komm bitte erst mal runter und lass mich …«

»Vergiss es«, schrie Victor. »Jetzt ist mir der Geduldsfaden gerissen.«

»Denk an die Zentrale«, erwiderte Sardor. »Denk daran, was …«

»Ich scheiß auf die Konsequenzen«, unterbrach ihn Victor und blickte sich um.

Jarmo sah aus, als erwarte er, eine Kugel in den Kopf zu kriegen. Eje legte seine große Hand auf seine Schulter, für den Fall, dass er versuchen sollte abzuhauen.

Jensen lächelte sein Schweinelächeln. »Simon Berg bleiben

nicht mehr viele Stunden von seinem elenden Leben. Die Frage ist nur, wer von uns die Ehre bekommen soll.«

Sardor änderte den Griff um seine Glock. Er wandte sich an Eje. »Ist er immer noch im Schlachthof?«

Eje drehte sich zu Sardor um, blickte dann Victor an und wieder zu Sardor zurück.

»Aber … Victor hat doch heute Nachmittag angerufen und gesagt, dass wir ihn freilassen sollen. Ich dachte, du wüsstest das …«

Sardor sah Victor erstaunt an, der stocksteif dastand und ins Leere starrte.

Freitagnachmittag, der 14. Juni

NOTAUFNAHME, NOBEL-KRANKENHAUS

Tekla hatte gerade eine Schulterluxation reponiert, eine Aszites-Drainage gelegt und mit einer malignen Hypertonie gekämpft, als Anita anrief.

»Monica hat uns von den Forschungsgeldern berichtet! Du hattest recht.«

»Wie schön«, sagte Tekla und kontrollierte zerstreut, wie viele Patienten noch warteten. Es schien ein ganz normaler Freitagnachmittag zu sein. Und als Tüpfelchen auf dem i war der Gestank in der Notaufnahme weg. Aber es fiel ihr schwer, sich über Forschungsgelder oder saubere Luft zu freuen. Sie war immer noch völlig aufgewühlt von der Begegnung mit Victor Umarov. Simon hatte nach einer halben Stunde angerufen, aus einem Taxi, auf dem Weg irgendwohin. Sie hatten ihn freigelassen, und er versprach, sich wieder zu melden. »Wenn ich da bin.« Tekla hatte es eine halbe Stunde später bei ihm probiert, doch ohne Erfolg. Sie wollte ihn treffen und sehen, wie es ihm ging. Es waren nur noch sechzig Minuten bis zum Ende ihrer Schicht, aber es fühlte sich an wie eine Ewigkeit.

»Ist das nicht fantastisch?«, zwitscherte Anita. »Eine Million. Hörst du das, Tekla, ich habe für fünf Jahre eine Million pro Jahr bekommen! Das hätte ich nie zu träumen gewagt. Und das, obwohl Göran Einsparungen auferlegt bekommen hat. Wie wunderbar!«

»Pro Jahr … für fünf Jahre?«, sagte Tekla verdutzt und sah Monicas verschlagenes Gesicht vor sich. War das mit dem Sparzwang überhaupt wahr? Sie würde es wohl nie erfahren.

»Gratuliere«, brachte Tekla heraus. Sie begann zu begreifen, wie Monica Carlssons Gehirn funktionierte. Zuerst Erwartungen aufbauen. Dann die Erwartungen übertreffen.

»Zeit, die Ausschreibung des Krankenhauses zu unterstützen«, konstatierte Anita und dämpfte sich etwas. Vielleicht wurde ihr klar, dass sie auf eine Art ihre Seele dem Mammon verkauft hatte. Aber andererseits war es ja für die Forschung.

Anita legte auf, und Tekla sah Göran in einwandfrei gebügelten Chinohosen, hellblauem Hemd und dunkelblauem Sakko auftauchen.

»Ihr riecht es«, sagte Göran, der aus irgendeinem Grund durch die Notaufnahme ging. Er nahm einen tiefen Atemzug und schloss die Augen. »Wie mein Rosengarten in Österlen.« Er strahlte vor Glück und blickte seine Mitarbeiter an. »Jetzt können wir endlich wieder atmen.«

Eine Krankenschwester fragte: »Aber was hat denn nun eigentlich so gestunken?«

»Wir wissen es nicht«, antwortete Göran und zuckte mit den Schultern. Es wirkte ehrlich. Konnte es wirklich so bizarr sein, dass sie keine Ahnung hatten? Jetzt roch es wieder wie immer: guter alter muffiger Krankenhausgeruch.

Tekla kämpfte weiter, um den Tag zu überleben. Um vier Uhr saß sie am Empfang und starrte apathisch auf ein paar Laborergebnisse, als sie plötzlich eine wohlbekannte Stimme hinter sich hörte.

»Hallo Schwesterlein.«

Sie blickte auf, und ihr Herz blieb fast stehen. Vor ihr stand ihr knapp ein Jahr jüngerer Bruder. Er war schon immer schlank gewesen, aber so dünn und blass hatte sie ihn noch nie gesehen. Das strähnige Haar stand in alle Richtungen, seine Haltung war etwas vornübergebeugt, und vor allem: überall Wunden. Blaue Flecken unterschiedlichen Datums über dem halben Gesicht.

»Simon …« Tekla versuchte ihren Schreck zu verbergen.

Simon blickte sich um. Wirkte gestresst und nervös. Tekla wollte aufspringen und ihn umarmen, doch sie beherrschte sich. Sie deutete auf einen Angehörigenraum, der gerade leer war. Die Tür stand offen. Sie verließ die Rezeption und ging zu Simon hinüber. Ein paar Sekunden standen sie in der Türöffnung und schienen zu zögern, wer das Zimmer zuerst betreten sollte. Tekla beschlich dasselbe Gefühl wie damals, als sie zum ersten Mal einen aidskranken Patienten getroffen hatte. Eine unberechtigte Angst vor Körperkontakt. Schließlich ging Tekla hinein und setzte sich auf ein Sofa. Zeigte auf einen Stuhl gegenüber.

Simon folgte ihr. Sein Blick flatterte wie ein Schmetterling, den sie nicht richtig zu fassen bekam. Sie sah zu Boden. Zu große Nike-Turnschuhe ohne Schnürsenkel, die aussahen, als hätte er sie irgendwo in der Nähe aus einer Mülltonne gezogen. Er stank nach Rauch und etwas anderem, das sie nicht richtig einordnen konnte, süßlich und etwas muffig.

»Willst du irgendwas?«, fragte sie.

»Danke, alles gut«, flüsterte Simon.

Tekla hatte bereits dreitausend Kronen auf sein Konto überwiesen. Sie hatte auch ihren Onkel in Edsåsdalen angerufen und gefragt, ob Simon für ein paar Wochen in seiner Wohnung in Spanien wohnen konnte. Sie hatte gesagt, er sei ausgebrannt und brauche eine Pause von der Stadt. Es war kein Problem gewesen, der Onkel hatte noch nicht einmal irgendwelche anstrengenden Folgefragen gestellt.

»Wie geht es dir?«, wollte sie wissen. »Was haben sie mit dir gemacht? Wenn du Geld gebraucht hast, hättest du doch einfach zu mir kommen können.«

Simon blickte zum Fenster, das zum Personalinnenhof wies. Die Jalousien waren heruntergelassen.

»Ist okay. Es regelt sich.«

Regelt sich. Bei Simon regelte es sich nie. Nichts regelte sich jemals. Alles lief immer nur in eine Richtung. Und das Schmerzhafte war, dass er der Einzige auf der Welt war, der das *nicht* sah. Oder vielleicht akzeptierte er es einfach. Der unverbesserliche Optimist. Tekla konnte sich an jedes Lächeln, jedes Lachen erinnern, seit er sieben Jahre alt war.

Sie musste die Sache in Ordnung bringen. Gleichzeitig durfte sie ihn nicht wieder verlieren. Sie musste behutsam vorgehen. Sie wusste, wie leicht er in Panik geraten konnte.

»Simon …«

»Ja?«

»Was ich da gesagt habe … was im Frühling im Hellasgården passiert ist …«

»Ach, vergiss es. Ich weiß gar nicht mehr, worum es ging.«

Simon lächelte, sodass man seine Wolfszähne sah. Der lichte Bart, der immer kohlschwarz gewesen war, war jetzt mit ein paar grauen Streifen durchzogen. Aber die Augenbrauen und die langen Wimpern um seine großen blauen Augen waren noch immer schwarz.

»Man darf hier drinnen nicht rauchen, nehm ich mal an?« Sie versuchte zu lächeln.

Er fummelte ein Päckchen weiße Marlboro aus seiner Hosentasche, holte eine krumme Zigarette heraus und fingerte ein bisschen daran herum. Nahm auch sein Zippo und spielte nervös damit. Tekla erkannte Papas Feuerzeug wieder.

Eigentlich sollte sie es lassen. Sie wusste, dass er nicht gern über Gefühle sprach. Aber sie hatte so oft an diesen schrecklichen Tag vor ein paar Monaten im Hellasgården gedacht. Als sie ihm gesagt hatte, was sie von seiner Drogensucht hielt, von seinem liederlichen Leben, davon, immer alles für ihren Nichtsnutz von Bruder in Ordnung bringen zu müssen. Sie erinnerte sich exakt an seine Worte: »Dann scheiß doch drauf. Du musst mich nie wieder sehen. Ich werde mich fernhalten.« Dann war er gegangen. Tekla war geblieben. Zu müde, um ihm nachzulaufen. Erschöpft und leer, ohne eine Ahnung, wie sie ihn wieder froh machen konnte. Sie hatte damals aufgegeben. Spürte, dass sie es nicht mehr schaffte.

Eine Woche verging. Dann begann sie erneut anzurufen. Vermisste ihn so, dass es körperlich wehtat. Aber er drückte sie weg. Markierte deutlich, dass er in Ruhe gelassen werden wollte. Selbst klarkommen. Es jedenfalls versuchen.

»Ich wollte nur sagen, dass ich es damals nicht so gemeint habe«, sagte Tekla. »Natürlich will ich dich sehen. Du bist mein Bruder. Der Einzige, den ich habe, außer Mama, aber die ist ja völlig weg. Verstehst du das?«

»Ist okay. Vergiss es.«

Tekla dachte an den Brandverletzten auf der Intensivstation, wie sie sich mehrere Tage lang Sorgen gemacht hatte, dass es Simon war. Und wie albern sich das jetzt anfühlte. Plötzlich registrierten ihre Augen etwas, das sie zuerst nicht gesehen hatte: Wie er sich an den Armen kratzte. Wie sein Körper zuckte. Er war fahrig.

»Willst du diese Wunden im Gesicht nicht mal anschauen lassen?«

Simon sah Tekla mit schief gelegtem Kopf an. »Aber du bist doch Ärztin.«

»Ich weiß, dass du dich von mir nicht untersuchen lässt.«

»Das stimmt.«

»Kann ich dann einen Kollegen holen, der einen Blick darauf wirft?«

»Das sind nur ein paar blaue Flecken.«

Er ließ ein paarmal die Flamme aus dem Zippo schnellen und steckte dann die Zigarette in seine Hemdtasche.

Eine gute Minute saßen sie schweigend da. Lauschten den Geräuschen aus der Notaufnahme. Tekla wusste, dass um diese Zeit, freitags nach der Arbeit, immer mehr Patienten eintrudelten.

»Du weißt, dass du aus der Stadt wegmusst, oder?«, sagte sie.

Simon war in seiner eigenen Welt. Er kratzte sich heftig am Ellenbogen.

»Hängst du noch mit deinen alten Freunden rum? Micke? Rakel? Paul?«

Simon blickte auf seine schwer mitgenommenen Handrücken und zupfte den Schorf von einer Wunde.

»Die sind nicht mehr meine Freunde.«

»Aber irgendwen triffst du doch wohl?«

Simon nickte.

»Einen alten Freund, der letztes Jahr wegen eines Mädchens hergezogen ist, das er geschwängert hatte. Jetzt hat sie ihn rausgeschmissen, aber er hatte ein bisschen was geerbt und ein Sommerhaus außerhalb der Stadt gekauft. Wir waren ein paarmal da und haben geangelt.«

Tekla sah, dass Simons Miene sich aufhellte. Angeln war schon immer seine große Leidenschaft gewesen.

»Und was hast du für diese Usbeken gemacht?«

Simon verstummte. Wand sich. Tekla hatte das Gefühl, er würde gleich aufstehen und gehen. *Vorsicht. Verschreck ihn nicht.*

»Sie waren heute früh hier«, sagte sie leise.

»Was?« Simon blickte seine Schwester beunruhigt an.

»Dieser Sardor und irgendein Muskelpaket waren heute früh hier und haben mit mir geredet.«

»Was wollten sie?«, fragte Simon.

»Das ist egal.«

»Doch, sag!«, rief Simon heftig.

Tekla dachte daran, wie Simon sie in der Teenagerzeit immer bearbeitet hatte, wenn er sie dazu bringen wollte, ihm irgendein Geheimnis zu verraten. Seine unverstellte Neugierde.

»Sie wollten, dass ich etwas mache, das ich nicht tun konnte.«

»Scheiße, Tekla. Ich wusste nicht, dass sie …«

»Das macht nichts, Simon. Ich werde sie nie wieder sehen. Jetzt haben sie dich freigelassen, und das ist das Einzige, was wichtig ist.«

»Ich war total verblüfft. Ganz plötzlich durfte ich einfach gehen. Ohne jede Erklärung.«

Tekla dachte daran, dass Sardor gesagt hatte, Simon sei ihnen Geld schuldig. Das war er immer noch. Sie würden dieses Geld von Simon einfordern, früher oder später.

»Also, was hast du für sie gemacht?«, fragte Tekla.

»Ich helfe ein bisschen mit diesem und jenem.«

»Was denn?«

»Dies und das. Ich bin ihr … so was wie ein Berater.«

»Berater?« Tekla unterdrückte ein Lachen. »Das klingt ja toll. Wirst du bezahlt?«

»Klar. Sie bezahlen pünktlich. Nach Leistung.«

»Also, je nachdem, was du machst, bezahlen sie dich?«

»Korrekt.«

»Simon, jetzt erzähl schon«, sagte Tekla und versuchte, ihn nicht zu stark unter Druck zu setzen, auch wenn sie ihn am liebsten geohrfeigt und seine Lügen weggebrüllt hätte. »Was sind das genau für Dinge, die du machst?«

Simon setzte eine erstaunte Miene auf.

»Seriöse Dinge. Komm schon, Tekla, warum siehst du so misstrauisch aus? Warum musst du immer so sein?«

»Wie denn so?«

»So anstrengend großeschwestermäßig. Du denkst immer nur das Schlechteste von mir.«

»Das tu ich gar nicht.«

»Ach komm, hör doch auf. So warst du schon, als wir noch zur Schule gegangen sind.«

Tekla wurde still. In diese Falle würde sie nicht tappen. Viel zu oft hatten sie sich am Ende gegenseitig die Tür vor der Nase zugeknallt. Sie wusste, dass er es nicht so meinte. Sie wusste, dass sie eine enge Beziehung hatten. Sie war immer für ihn da gewesen. Kannte viele seiner Freunde, einige hatten sie gemeinsam. Sie vertrauten sich ihr an, erzählten ihr, wenn sie sich Sorgen um Simon machten. Und sie kümmerte sich um ihn. Kümmerte sich um seine Probleme. Klaubte die kaputten Dinge auf, die er um sich verstreute. Reparierte sie und legte sie zurück, während er schlief. Half Mama, Simons Kleider zu waschen, wenn sie es nicht mehr schaffte. Faltete sie zusammen und legte sie in seine Schubladen. Stand mitten in der Nacht auf, wenn seine Freunde ans Fenster klopften und sie baten, ihnen zu helfen, ihn nach Hause zu bringen. Stützte seinen stinkenden Körper bis zum Auto. Duschte ihn mit dem Gartenschlauch hinter der Garage und half ihm ins Bett, nachdem sie ihm eine Kopfschmerztablette gegeben hatte.

»Simon. Ich bin nicht dumm. Ich weiß, dass es was mit Drogen zu tun hat. Und dass du was gemacht hast, was sie aufgebracht hat. Deshalb haben sie dich vor dem Ringen geschnappt. Und deshalb haben sie dich misshandelt. Ich hab dir schon ein bisschen Geld überwiesen, sodass du ein paar Tage klarkommst. Und ich kann wieder einen Dauerauftrag einrichten.«

Simon sah seine große Schwester mit seinen cyanblauen Augen an und klopfte liebevoll mit drei Fingern an ihre Schläfe.

»Wie läuft es so mit diesem überquellenden Kopf? Wie geht es *dir*, Schwesterchen?«

Tekla blickte auf die hölzerne Tischplatte hinunter.

»Es knarzt mehr als normal.«

Die Gedanken an die Stammzellenbehandlung in London ploppten auf. Vielleicht müsste sie ihm jetzt von der Demenzkrankheit der Mutter erzählen, von Chorea Huntington. Dass er sich testen lassen sollte. Dass sie sich zusammen testen lassen konnten. Und wenn einer von ihnen das Gen hatte, konnte der andere Stammzellen aus seinem Knochenmark spenden. Vielleicht. Wenn sich die positiven Ergebnisse der Londoner Forschergruppe aufrechterhalten ließen.

»Du brauchst Hilfe«, sagte Simon.

»Es gibt dafür keine Hilfe, das weißt du. Ich brauche nur Zeit, um all die Bilder zu sortieren.«

»Zeit, die du nicht hast.«

»Oder mir selbst verschaffe.«

»Und ich nehme an, du hast keinem von deinen Freunden oder Kollegen von deinem … *Zustand* erzählt?«

Tekla schüttelte langsam den Kopf.

»Das klingt nicht gut, Stöckchen.«

So hatte sie schon lange niemand mehr genannt. Als Kind war Tekla nur Haut und Knochen gewesen und von Simon und seinen Freunden Stöckchen genannt worden. Damals eine Beleidigung, heute ein nostalgischer Hauch von etwas, das sie nur mit ihrem Bruder teilte.

»Gib nächstes Mal Bescheid, wenn du Geld brauchst, bevor du etwas Dummes machst.«

Er schüttelte den Kopf. »Das regelt sich schon.«

Dann lächelte er so breit, dass die silbernen Totenschädel in den Ohren schaukelten. Es waren jetzt zwei.

»Ich hab mehrere Sachen am Laufen. Es kommt schon in Ordnung.«

»Du kannst nicht in Stockholm bleiben, Simon. Kapierst du das nicht?« Sie hatte einen Kloß im Hals. »Bitte, du musst besser auf dich aufpassen. Du musst essen.«

Er lachte. »Ich muss los.«

Tekla erhob die Stimme. »Nein.«

»Wie, nein?«, fragte Simon.

»Ich hoffe, das ist nicht dein Ernst. Nach allem, was du durchgemacht hast. Du musst raus aus der Stadt.«

Simon lachte, doch Tekla sah ihm an, wie die Wunden in seinem Gesicht schmerzten.

»Das geht nicht.«

»Weil du ihnen gehörst, oder wie?«

»Wem?«

»Hör auf, Simon. Ich hab Sardor und Victor Umarov kennengelernt.«

Simon sah aus, als hätte Tekla gerade den Teufel selbst beim Namen genannt.

»Victor Umarov ist extrem gefährlich«, sagte Tekla.

»So gefährlich sind die nicht«, erwiderte Simon, aber Tekla sah, wie sein Körper kurz zitterte.

»Hast du dich selbst mal im Spiegel angeschaut? Hm? Hast du das? Sieht es so aus, als hätten sie nur mit dir *geredet*? Glaubst du, ich bin bescheuert?«

Simon stand auf. Tekla folgte ihm. Jetzt hatte sie offenbar eine Grenze überschritten. Simon war auf dem Weg zur Tür.

Tekla ergriff seinen mageren Arm, doch er riss sich los und ging weiter auf die Tür zu.

Rauch und ungewaschene Kleider. Jetzt kam sie darauf, was dieser dritte Geruch war: Pseudomonas. Er hatte irgendeine Infektion an der Haut, vielleicht einen Abszess, der voller fieser, resistenter Bakterien war.

»Simon!«

Er wandte sich um. Zum ersten Mal während des kurzen Besuches sah sie ihren alten Bruder aufblitzen. Die Nähe. Den Lebensfunken in diesen schönen Augen. Die Neugierde.

»Wir müssen dich aus der Stadt bringen. Ich kaufe ein Ticket nach Spanien. Du kannst im Haus unseres Onkels wohnen. Nur eine Weile, bis sich alles beruhigt hat.«

»Ich kann nicht, Schwesterchen.«

»Ich kann mir ein paar Tage freinehmen und mitkommen.«

»Nein.«

Tekla spürte Panik in sich aufsteigen. Sie musste ihn aufhalten. Jede Zelle in ihrem Körper schrie, dass sie ihn jetzt auf keinen Fall gehen lassen durfte.

Sie drängte sich an Simon vorbei, stellte sich mit dem Rücken in die Tür. Sollte sie ihm jetzt von der Huntington-Krankheit erzählen? Nein, er würde nur Angst bekommen, wegrennen und den Kopf in den Sand stecken.

»Geh aus dem Weg!«, sagte er.

»Simon, hör mir zu. Sie haben dich freigelassen, weil ich … etwas gemacht hab.«

Simon zuckte zusammen.

»Es war nichts Besonderes«, fuhr Tekla fort. »Aber du siehst ja, wozu sie fähig sind. Du musst weg von ihnen. Das Band durchschneiden.«

Simon lächelte. »Ich hab nichts anderes.«

»Natürlich hast du das!«, schrie sie. »Es gibt massenhaft Jobs. Und ich verspreche, ich werde dir helfen.«

In diesem Moment klingelte Simons Handy. Er zog es heraus, blickte darauf, erstarrte. Tekla konnte den Schrecken in dem kleinen Raum fast körperlich spüren.

»Was?«, fragte sie.

Simon drückte das Gespräch weg. »Nichts.«

Er sah panisch aus.

»Aber wer war das? Sag!«

»Ich muss los …«

»Nein, nein, nein, Simon! Das wirst du nicht!«

Plötzlich sah er aus, als wäre ihm schwindelig.

»Scheiße. Scheiße.«

Als hätte er einen Schlaganfall und könnte das Gleichgewicht nicht mehr halten. Dann ging er zurück zum Stuhl und setzte sich hin.

Tekla atmete auf.

Es klopfte an die Tür, und eine Krankenschwester steckte ihren Kopf herein.

»Hier sind zwei Leute, die dich sprechen wollen, Tekla.«

»Patienten?«

»Nein. Privat.«

»Kannst du sie bitten zu warten?«

»Ich glaub nicht«, sagte die Krankenschwester und sah Simon mit einem entsetzten Blick an. Dann winkte sie Tekla zu sich.

»Es sind dieselben Typen wie heute Morgen«, flüsterte sie.

Teklas Herz blieb stehen. Sie wandte sich zu Simon um, der auf seinem Handy herumtippte.

»Soll ich sie bitten zu gehen?«

»Nein, ist der Pausenraum hier nebenan frei?«, fragte Tekla. Ihr Herz drehte sich wie eine Zentrifuge.

»Ich glaube, ja.«

»Bitte sie, kurz zu warten«, sagte Tekla und sah die Krankenschwester nicken. »Und du … kannst du mir einen Riesengefallen tun und niemanden hier zu meinem … Bruder reinlassen? Es dauert nur ein paar Minuten.«

Die Krankenschwester nickte und legte ihre Hand auf Teklas Unterarm. »Klar. Du weißt, dass alle hier hinter dir stehen.«

»Nicht alle«, entgegnete Tekla.

»Fast alle«, sagte die Krankenschwester und verschwand.

Tekla atmete tief ein und versuchte, entspannt auszusehen. Jetzt galt es, ihre Panik nicht zu zeigen. Dann drehte sie sich zu Simon um.

»Ich komm gleich wieder.«

Simon war völlig in seiner eigenen Welt.

»Simon?«

»Ja?« Er blickte auf.

»Bleib hier. Versprich mir das.«

»Sicher.«

Tekla ging hinaus, schloss die Tür und versuchte, ihre zitternden Hände zur Ruhe zu bringen.

Freitagnachmittag, der 14. Juni

NOTAUFNAHME, NOBEL-KRANKENHAUS

Sardor und Eje gingen an der Apotheke des Nobel-Krankenhauses vorbei in Richtung Notaufnahme. Seit Jarmos Geständnis in Skärholmen lag alles offen zutage. Sardors schlechter Führungsstil, die Razzia in Haninge. Auf eine Art war alles seine Schuld. Wenn er nicht diese beiden Junkies beauftragt hätte, das Geld zu bewachen, wenn er sie nicht hinterher erpresst hätte … Victor hatte ihn auf dem Rückweg vom Motorradclub völlig ignoriert. Das Einzige, was er gesagt hatte, war: »Bring das jetzt in Ordnung. Sieh zu, dass du diesen Dealer findest und der Sache ein Ende setzt.«

Am Empfang fragte Sardor eine Krankenschwester nach Tekla Berg. Nach ein paar Minuten kam die Ärztin aus einem Angehörigenraum. Als sie Sardor sah, verengten sich ihre Augen.

»Was macht ihr hier?«

»Wir müssen reden.«

»Wir sind fertig miteinander«, sagte Tekla.

»Noch nicht ganz.«

»Was zum Teufel wollt ihr?«

»Nicht hier«, sagte Sardor ruhig.

Tekla überlegte kurz, dann sagte sie: »Kommt mit.«

Sardor und Eje folgten Tekla zu der kleinen Personalküche, die Wand an Wand mit dem Angehörigenraum lag. Sie schloss die Tür und lehnte sich gegen einen Küchentisch.

Man hatte es geschafft, in die gut zwanzig Quadratmeter ein Ecksofa aus Leder, einen niedrigen Kiefernholztisch, zwei Küchentische und zwölf klobige Kiefernholzstühle zu quetschen. Eine schmale Glastür führte zu einem kleinen Innenhof hinaus, in den das Personal zum Rauchen ging und im Sommer auf den schmutzigen Plastikmöbeln sein mitgebrachtes Essen aß. Momentan wärmte niemand sein Essen in einer der drei Mikrowellen, die an der Wand über der winzigen Spüle hingen. An der Kühlschranktür stand »Nur für Personal«, und an die Spülmaschine hatte jemand ein Schild geklebt: »Deine Mutter arbeitet nicht hier.«

Sardor setzte sich auf einen Stuhl. Eje stellte sich vor die Tür, falls jemand hereinwollte. Oder hinaus.

Tekla ging zum Kaffeeautomaten und drückte auf den Knopf für einen doppelten Espresso.

»Nur eine kleine Frage«, sagte Sardor. »Wo ist dein Bruder jetzt? Wenn du es mir sagst, verspreche ich, dich in Ruhe zu lassen.«

Tekla schnaubte.

»Nicht hier jedenfalls«, antwortete sie und nahm die Kaffeetasse mit beiden Händen.

»Das wissen wir schon.« Sardor sah, wie Teklas sämtliche Barrieren sich in kürzester Zeit aufbauten. Er ließ die Schultern sinken und versuchte zu lächeln. »Wir wollen nur noch rasch ein letztes Mal mit ihm reden. Ein paar Fragezeichen beseitigen.«

»Diese Fragezeichen kannst du dir in den …«

Eje gluckste. »Wow.«

Sardor war nicht ganz so beeindruckt. Innerhalb einer Sekunde war er aufgesprungen, hatte Teklas Hals ergriffen und sie nach hinten geworfen, sodass sie auf das Sofa in ihrem Rücken fiel. Die Kaffeetasse prallte vom Linoleumboden ab, und der Kaffee spritzte die Wand hinauf. Sardor drückte Teklas Kopf zurück, zog rasch sein Messer und legte es an ihre Kehle.

Die Lippen an ihr Ohr gepresst sagte er: »Jetzt hör mal zu, du verdammte Irre. Du hast nicht sonderlich viel Angst um dein eigenes Leben, scheint es.«

Tekla fing seinen Blick ein und hielt ihn fest.

»Ich höre.«

»Du und dein Bruder, ihr steht euch nahe, oder?«

Tekla biss die Lippen zusammen.

Sardor drückte das Messer fest gegen Teklas Hals. »Oder?«

»Ich würde alles für ihn tun.«

Sardor wandte sich zu Eje um und nickte.

»Also: Wo ist Simon?«

»Keine Ahnung.«

»Versuchst du, einen auf smart zu machen?«

Sardor presste die Schneide an ihre Haut, sodass sie zu bluten begann.

»Wo?«

»Du kannst mir Schnittwunden zufügen, so viel du willst. Ich hab keine Ahnung, wo er ist. Ich hab mehrmals versucht ihn anzurufen, aber er geht nicht ran. Du kannst es ja selbst probieren.«

Sardor nahm das Messer weg und erhob sich.

Tekla richtete sich langsam auf und lehnte sich im Ledersofa zurück. Strecke sich nach einer Papierserviette aus und wischte sich das Blut vom Hals. Es waren nur ein paar Tropfen. Eine oberflächliche Schramme.

»Hat dein Vater nicht dafür gesorgt, dass Simon freigelassen wurde?«, fragte sie.

Sardor starrte die Ärztin an.

»Ich weiß nicht, was zum Teufel du mit Victor gemacht

hast, um ihn zu so einer idiotischen Entscheidung zu bringen.«

»Das ist vertraulich«, erwiderte Tekla.

»Aber seitdem ist noch mehr Scheiße über deinen Bruder ans Licht gekommen.« Sardor sah, dass die Ärztin aufmerksam zuhörte.

»Ich finde, du solltest auf deinen Papa hören«, sagte Tekla.

»Fuck!«, schrie Sardor und rammte das Messer in die Tischplatte. »Hörst du nicht, was ich sage? Egal, wozu du Victor gebracht hast, das gilt nicht mehr! Dein Bruder hat sich total in die Scheiße geritten!«

Tekla saß unbeweglich da.

»Also wollt ihr mit ihm *reden*.«

»Du hast jetzt die Chance, sein verschissenes Leben zu retten«, zischte Sardor. »Sag, wo er ist, dann verzichte ich vielleicht darauf, ihm die Kehle durchzuschneiden.«

»Bist du fertig?«, fragte Tekla ruhig.

Sardor antwortete nicht.

Tekla stand auf und ging zur Tür. Sie stellte sich vor den in Leder gekleideten Mann, der sie gleichgültig anblickte und sich keinen Millimeter bewegte.

»Würdest du mich bitte rauslassen?«

»Lass sie gehen«, sagte Sardor. Eje trat zur Seite.

Draußen standen zwei Securitas-Wachleute. Eje hörte, wie sie Tekla fragten, was passiert sei.

»Lass uns abhauen«, raunte er Sardor zu, der langsam nickte und aus seinen Gedanken erwachte.

Tekla atmete auf, als sie Sardor und den Riesen in Richtung Ausgang verschwinden sah. Die Notaufnahme war randvoll mit wartenden Patienten. Krankenschwestern liefen hin und her und versuchten, die Lage in den Griff zu kriegen. Tekla ging zurück zum Angehörigenraum, in dem Simon wartete.

Sie öffnete die Tür. Der Raum war leer. Kein Simon. Sie rannte hinaus und suchte ihn, doch er war verschwunden. Sie rief auf seinem Handy an, landete aber nur bei der Mailbox.

Die Krankenschwester, die Simon bewachen sollte, kam auf Tekla zu.

»Tut mir leid, aber er ist abgehauen. Ich hab ihm gesagt, er soll auf dich warten, aber er hat sich an mir vorbeigedrängt und ist weggerannt. Er sah aus, als hätte er totale Panik.«

Tekla schrie direkt in die überfüllte Notaufnahme hinaus.

Es war offensichtlich, dass Tariqs und ihr Deal mit Victor Umarov vom Tisch war. Er galt nicht mehr. Irgendetwas war passiert. Etwas, das bedeutete, dass die Usbeken ihn absolut nicht finden durften. Sie begriff, dass die Lage ernst war. Sie begriff, dass sie die Einzige war, die Simon würde retten können.

Freitagabend, der 14. Juni
GULLMARSPLAN, STOCKHOLM

Die Luft in der Wohnung stand still. Tekla öffnete Fenster und Balkontür, doch sie wusste nicht, was schlimmer war: die Hitze oder der Verkehrslärm vom Gullmarsplan. Der Platzregen des Nachmittags war von einer intensiven Hitzewelle weggewischt worden. Sie nahm eine eiskalte Dusche, trank zwei Gläser Grapefruitsaft und aß drei Haferknäcke mit Himbeermarmelade. Spürte weder Hunger noch Sättigung. Nur einen mahlenden Sog in der Magengrube und ein zunehmendes Sausen in den Ohren. Sie schloss das Fenster und die Balkontür, zog die Vorhänge zu und legte sich auf das ungemachte Bett. Zwanzig Minuten lag sie schwitzend da und versuchte herunterzukommen, doch Bilder vom Tag tauchten immer schneller in ihrem Kopf auf, bis ihr ganz schlecht wurde und sie sich aufsetzen musste. Im Badezimmer holte sie eine Schachtel Durazepam heraus. Sie schluckte direkt achtzig Milligramm. Bisher hatte sie meistens fünfzig genommen. Tekla legte sich wieder aufs Bett, doch die Tabletten hätten genauso gut Hustenbonbons sein können. Völlig wirkungslos.

Um neun stand sie auf, nahm eine weitere Dusche, diesmal warm, und schlüpfte in eine dünne Leinenhose und bequeme Sneakers. Obwohl es draußen sicher fünfundzwanzig Grad hatte, zog sie einen dünnen Kapuzenpulli unter das lila Samtsakko und ließ ihr Haar offen. Sie hatte es bis zum Äußersten hinausgeschoben, doch schließlich musste sie einsehen, dass es nur einen Menschen gab, der ihr helfen konnte. Sie nahm ihr Handy.

Wir müssen uns treffen! Babylon neben Björns Trädgård in einer halben Stunde?

Sie schluckte drei Bomben und füllte den Labello mit weiteren fünf. Sie hatte Lust auf Rotwein, doch sie wusste, dass sie zusammenklappen konnte, wenn sie Alkohol mit den ganzen Benzodiazepinen mischte. Stattdessen musste sie sich mit ein bisschen Amphetamin aufputschen.

Die Tür schlug zu, und sie joggte die Treppen hinunter in den Sommerabend hinaus. Zwanzig Minuten später stand sie im Gedränge der feierwütigen Södermalm-Hipsters an der Bar. Nach einer Weile tauchte Magnus auf.

»Ich hab mal auf Bier getippt«, sagte Tekla.

»Du hast richtig getippt.« Magnus zog seine Lederjacke aus. Er trank die halbe Flasche in einem Zug.

»Wie schön, dass du dich gemeldet hast«, sagte er. »Ich hab schon befürchtet, du hast mich aus deinen Kontakten gelöscht.«

»Ich kenne nur einen Polizisten«, erwiderte Tekla kurz.

»Das ist also der Grund, warum ich hier bin?« Magnus fuhr sich mit der Hand über die unrasierte Wange.

Tekla blickte ihn an. »Du hast mich angelogen. Du hast Jonas in Årsta wiedererkannt.«

»Ich kann das erkl…«

»Scheiß drauf«, unterbrach ihn Tekla. »Ich hab Simon getroffen.«

Sie ertrug jetzt keine Lügen mehr. Jetzt war nur eines wichtig: Simon zu retten.

»Das ist ja super!«, rief Magnus. Er sah erleichtert aus und leerte sein Bier.

»Nein, das ist nicht wirklich super. Er sah aus wie eine wandelnde Leiche.«

»Was haben sie mit ihm gemacht?«

»Ihm die Seele aus dem Leib geprügelt.«

Tekla sah Simons grün und blau geschlagenes Gesicht vor sich und erschauderte. Sie nahm einen großen Schluck von dem kühlen Rotwein und spürte Magnus' Hand auf ihrer.

»Was ist passiert?«, fragte er. »Du zitterst.«

»Sardor Umarov und irgendein Gorilla sind wieder zu mir in die Notaufnahme gekommen und wollten wissen, wo Simon ist. Obwohl Victor Umarov mir versprochen hatte, ihn in Ruhe zu lassen.«

»Victor Umarov?«, rief Magnus. »Der *Vor* selbst. Der Mann, der im Grunde den ganzen Drogenmarkt unter seiner Fuchtel hat. Aber ich kapier das nicht, wie konntest du mit Victor Umarov sprechen?«

Tekla trank von ihrem Wein. Sie sah den bebenden Körper des Gangsterbosses vor sich, als sie ihm den Finger in den Enddarm geschoben hatte.

»Ich kann nicht mehr dazu sagen. Aber er hat versprochen, Simon in Ruhe zu lassen.«

Magnus starrte sie immer noch an. »Du spielst mit dem Tod, Tekla.«

»Also, was mache ich jetzt?«, fragte Tekla.

»Du …«

»Warte«, sagte sie, ging zur Bar und bestellte noch eine Runde. Fünf Minuten später kam sie mit einem Bier und einem Glas Wein zurück. Ihr war schwindelig, und sie begann doppelt zu sehen.

»Was soll ich machen, sagtest du?«

»Nichts«, seufzte Magnus. »Du bleibst ruhig sitzen und lässt die Polizei die …«

»Niemals«, fiel ihm Tekla ins Wort. »Dafür hab ich keine Zeit. Sie werden Simon töten. Ich muss ihn finden und ins Ausland schicken.«

»Du hast noch immer nicht verstanden, mit was für Leuten du es zu tun hast?«

»Da scheiß ich drauf.«

Magnus lächelte und legte seine Hand auf Teklas.

»Aber ich nicht. Lass mich das für dich übernehmen. Das ist mein Job.«

Tekla spürte, wie ihr Puls eine Spur sank. Sie trank große Schlucke von ihrem Wein und ließ Magnus' Hand auf ihrer liegen. Jetzt setzten auch ihre Kopfschmerzen wieder ein, und die optischen Halluzinationen nahmen zu. Jede Lampe, die sie ansah, war wie ein Strich auf ihrer Linse.

Draußen war es noch hell, aber inzwischen deutlich kühler. Das Personal teilte weiße Fleecedecken an die Kunden aus.

Magnus blickte Tekla beunruhigt an.

»Hast du was gegessen?«

»Nichts Substanzielles.«

»Soll ich was bestellen?«

»Ich hab keinen Hunger.«

»Denk daran, dass du hier die Ärztin bist. Wer soll sich um dich kümmern, wenn du in Ohnmacht fällst?«

Tekla lächelte.

»Vielleicht brauche ich nur ein bisschen Luft.«

»Sicher.«

Tekla atmete ein paarmal tief ein und aus. Doch die Lichter der Bar jagten sie weiterhin. Ihr war klar, was da gerade passierte, doch sie konnte nichts dagegen tun. Sie hatte kein Durazepam dabei.

»Wir setzen uns auf die Treppe«, sagte Magnus und führte Tekla ein paar Meter nach vorn. Sie ließen sich auf den Stufen nieder. »Warum darf ich dir die Sache mit Jonas nicht erzählen? Ich würd es dir gern erklären.«

»Vergiss es«, antwortete Tekla. Sie war viel zu müde. Außerdem würde Magnus nur irgendwelche Halbwahrheiten vorbringen, die sie durchschauen würde. In diesem Moment war sie einfach nur froh, ihn wiederzusehen.

»Ich möchte gern …«, begann Magnus, wurde jedoch von Teklas Handy unterbrochen. Sie zog es heraus und starrte auf den Bildschirm.

»Es ist Simon.«

»Worauf wartest du? Nimm ab!«

Tekla nahm ab.

»Hallo?«

Sie stellte auf Lautsprecher, sodass Magnus mithören konnte.

»Hi, Tekla.«

»Wo bist du?«, wollte Tekla wissen. Im Hintergrund war Verkehr zu hören.

»Ich hänge mit Jonas ab.«

»Warum bist du aus der Notaufnahme abgehauen?«

Simon wurde still.

»Simon?«

»Ach. Wegen nichts Besonderem …«

»Aber wir waren noch nicht fertig.«

Simon verstummte erneut.

»Können wir uns nicht treffen?«, fragte Tekla vorsichtig. Sie wusste, wie leicht er Angst bekam. Wie einfach er sie wegdrücken und verschwinden konnte, wie er es schon so oft getan hatte.

Ihre Hand zitterte. Magnus hielt sie mit seiner warmen Hand.

»Simon?«, wiederholte sie.

»Du, Tekla, jetzt flipp nicht aus, aber … auf mich ist ein Kopfgeld ausgesetzt.«

Tekla musste ihre Position ändern, um das Handy nicht fallen zu lassen.

»Was …?«

»Aber«, unterbrach Simon sie ruhig, »ich hab einen Plan. Das wird schon.«

Tekla spürte Magnus' warme Hand an ihren Schultern, schlug sie jedoch weg.

»Wovon redest du, Simon? Du hast noch nie einen Plan gehabt!«

Simon lachte. »Aber diesmal hab ich einen.« Er klang noch immer ruhig und fröhlich.

»Und was ist der Plan?«

»Ganz ruhig jetzt«, sagte Simon.

Tekla spürte, wie es in ihren Schläfen pulsierte. »Verdammt, Simon, irgendwelche Verrückten kommen zu mir in die Arbeit und fragen nach dir. Du hast irgendwas vermasselt, so viel hab ich kapiert. Aber du kannst diese Sache nicht selbst in Ordnung bringen. Genau wie du dein ganzes Leben nichts selbst in Ordnung gebracht hast. Aber *ich* werd mir einen Plan für dich ausdenken.«

Simon lachte. »Ich muss jetzt auflegen, aber …«

»Nein, leg nicht auf. Wir müssen …«

»Entschuldige. Entschuldige, Tekla.«

»Wovon redest du? Wieso entsch…«

»Ich hab dich lieb. Entschuldige.«

Das Gespräch wurde unterbrochen.

»Simon! Simon!«

Tekla rief zurück, doch die Mailbox schaltete sich ein.

Sie schloss die Augen und sah Simons Wolfslächeln vor sich.

Freitagabend, der 14. Juni

STORA ESSINGEN, STOCKHOLM

Håkan schaltete gerade den Gasgrill ein, als er eine Stimme hinter sich hörte: »Ist Grillen mit Gas nicht Pfusch?«

Er überlegte, ob er an das Messer herankommen würde, das er immer am Fußgelenk festgeschnallt hatte, doch irgendetwas an der Stimme kam ihm bekannt vor. Als er sich umwandte, sah er einen höhnisch grinsenden Sardor Umarov.

»Scheiße, weißt du nicht, wie eine Türklingel aussieht?«

Sardor blickte über den Sund hinaus. Zwei Segelboote mit eingeholten Segeln tuckerten vorbei. Das Wasser lag spiegelblank da, die Luft stand still, und an dem rosa Abendhimmel waren mehrere knallgelbe Fesselballons mit großen Werbeslogans darauf zu sehen.

»Wie zum Teufel kannst du dir das alles leisten? So viel verdient man als Polizist doch sicher nicht?«, fragte Sardor.

Håkan nahm das Entrecote aus der Vakuumverpackung und tupfte den Fleischsaft mit Küchenpapier ab.

»Verglichen mit Victors Haus in Bromma ist das ein Gartenhäuschen.«

Sardor trat auf den Altan hinaus und lehnte sich ans Geländer.

»Dann aber das größte Gartenhäuschen der Welt.«

Håkan verrührte in einer Schüssel Sojasauce mit Knoblauchsalz, Pfeffer und ein paar Tropfen Worcestersauce. Dann legte er das Fleisch in die Marinade, ging in die Küche und holte ein eiskaltes Brooklyn Lager.

»Kommst du ohne Bodyguard?«

»Nicht nötig, wenn man ungefährliche Menschen besucht«, erklärte Sardor. »Und du, keine Freundin heute Abend?«

»Sie hat Albträume, nachdem hier letzten Samstag irgendwelche zwielichtigen Typen aufgetaucht sind.«

»Ah«, sagte Sardor. »Sie mag keine nächtlichen Besucher.«

»Nicht, wenn sie im Wohnzimmer ihren Freund misshandeln.«

Sardor ging hinüber und roch an der Marinade.

»Was wird das?«

»Steak mit Pommes und Béarnaise. Was sonst?«, antwortete Håkan. Wo hatte er seine Pistole? Im fiel ein, dass sie im Badezimmerschrank lag und dass er niemals rechtzeitig dorthin kommen würde. »Und Gas funktioniert ganz wunderbar. Kohle ist so verdammt mühsam.«

Sardor zog seine Lederjacke aus, quälte sich aus dem Schulterholster und steckte die Pistole in den Hosenbund.

»Was für ein Wetter.«

»Heute Abend wird es noch regnen«, meinte Håkan.

Sardor blickte zum Himmel hinauf und lachte. »Auf keinen Fall.«

»Wollen wir wetten?«

»Ich spiele nicht«, sagte Sardor. »Das kann schiefgehen. Gerade du müsstest das doch wissen.«

Håkan legte das Fleisch auf den Grill, das auf dem heißen Rost zischte. Dann ging er in die Küche und sah in den Ofen, doch die Pommes frites waren noch nicht richtig braun. Er stellte Lallerstedts fertige Sauce Béarnaise in die Mikrowelle und öffnete den obersten Knopf seines kurzärmeligen Hemdes. Sein Rücken war schweißnass.

»Hast du ein Glas von diesem guten Whisky, den du mir neulich Nacht serviert hast?«, fragte Sardor.

»Serviert …«, schnaubte Håkan.

»Bist du sauer?«

»Ich? Sauer?«, sagte Håkan. »Das war doch rein geschäftlich, wie du so schön sagtest.«

»Ganz genau.«

»Und heute bist du zu einem Freundschaftsbesuch hier, oder was?«

»Ganz genau«, antwortete Sardor. »Der Whisky?«

Håkan trat durch die offene Schiebetür. Im Wohnzimmer war es noch heißer als draußen, nachdem die Sonne den ganzen Nachmittag durch die Fenster geschienen hatte. Er füllte ein großes Kristallglas mit Whisky und reichte es Sardor, bevor er zum Grill ging und das Fleisch wendete.

»Wenn ich gewusst hätte, dass du zu Besuch kommst, hätte ich mehr Essen gemacht.«

»Danke, aber ich werd nicht lange bleiben.«

»Gut.« Håkan holte einen Teller mit Pommes frites und Sauce Béarnaise. Er nahm das Fleisch vom Grill und drehte das Gas ab. Dann schaltete er sein Sonos-System ein und ließ Phil Collins' *One More Night* laufen.

Sie setzten sich ins Wohnzimmer. Håkan aß mit dem Teller auf dem Schoß.

»Ich hab da einen Typen, den ich finden muss«, sagte Sardor. »Du bist doch gut in so was?«

»So was?«, fragte Håkan. Er nahm ein großes Stück von dem roten Fleisch.

»Einen von unseren Dealern. Simon Berg«, erklärte Sardor.

Håkan lächelte und trank aus seiner Flasche.

»Was ist denn so lustig daran?«, wollte Sardor wissen.

»Warum sollte ich dir dabei helfen?«

»Muss ich dich daran erinnern, dass du voriges Wochenende eines unserer Mädchen vergewaltigt hast?«

»Das war wohl kaum das erste Mal«, sagte Håkan.

»Du meinst, dass du eines unserer Mädchen vergewaltigt hast?«

»Dass sie vergewaltigt wurde.«

Sardor umklammerte die Armlehne des Sessels und blickte zum Steg hinunter.

»Gewalt ist selten gut fürs Geschäft.«

»Aber letztes Wochenende war sie gut, als du mich in meinem eigenen Haus vermöbelt hast?« Håkan schmatzte laut.

Sardor senkte theatralisch die Stimme. »Ein kluger Mann hat mir einmal von einem Typen erzählt, den er kriegen musste. Er hat im Dorf gesucht, in dem er wohnte, aber niemand hatte den Kerl gesehen. Jedenfalls haben das alle gesagt. Aber er wusste, dass sie Angst vor dem Typen hatten, nach all dem, was er auf dem Kerbholz hatte. Also beschloss er, ein Exempel zu statuieren. Er stand mitten in der Nacht auf und holte ein Schaf von einem der Nachbarn. Er schnitt dem Schaf die Kehle durch und schlitzte ihm den Bauch auf. Dann hängte er das Schaf mitten auf den Marktplatz, sodass es am nächsten Morgen alle sehen konnten. Um die Mittagszeit hatten einige Männer im Dorf den Kerl gefunden und ihn dem Mann ausgeliefert, der sich für ihre Hilfe bedankte.«

Håkan trank sein Bier aus und stand auf, um sich noch eins zu holen.

»Und?«, rief er aus der Küche.

»Nichts.«

Håkan kam zurück. Dann begann er plötzlich laut zu lachen.

»Du erinnerst dich nicht an das Ende der Geschichte? Dein Papa hat sie dir erzählt, oder?«

Sardor trank von seinem Whisky. Knackte links und rechts mit seinem Nacken. Schließlich sagte er: »Du wirst uns mit diesem Simon helfen.«

Håkan stand auf, und Sardor machte eine Bewegung zu seiner Pistole hin.

»Wo willst du hin?«

»Chill«, sagte Håkan. »Ich will nur was im Flur holen.«

Sardor stand auf und ging hinterher. Håkan kam mit zwei Brieftaschen zurück. Er zog einen Führerschein heraus.

»Ist das dieser Simon?«

Sardor beugte sich vor.

»Perfekt. Wie …«

»Wenn ich ihn dir liefere, will ich, dass du den hier auch erledigst.«

Håkan hielt ihm einen anderen Führerschein hin.

»Jonas« sagte Sardor. »Seinen Freund?«

Håkan nickte.

»Warum?«, fragte Sardor.

»Träumst du manchmal?«

»Träumen?«

»Träumst du manchmal?«, wiederholte Håkan.

»Was ist das für eine verdammte Frage?«

»Ich träume immer am Wochenende. Keine Ahnung, warum, aber unter der Woche träume ich nie. Am Wochenende wache ich oft morgens auf und erinnere mich an meine Träume. Aber heute ist Freitag. Und als ich nachmittags ein Nickerchen gemacht habe und wieder aufgewacht bin, hatte ich von diesem Typen geträumt.«

»Jonas?«

»Es war also kein Wochenende.«

»Worauf willst du hinaus?«

»Ich hab geträumt, ich würde ihm eine Kugel in den Kopf jagen.«

»Dann mach das doch. Ich werde dich nicht aufhalten«, sagte Sardor und schüttelte den Kopf. Er leerte den Whisky. »Oder weißt du was? Ich finde, du solltest diese beiden Typen selbst erledigen.«

»Ich?« Håkan stellte den Teller ab, auf dem nur noch die Fettschwarte lag. »Ich dachte, wir hätten gerade darüber gesprochen, dass du diesen Simon kriegen willst. Also finde ich, du kannst dich um beide kümmern, wenn du schon mal dabei bist.«

Sardor lächelte.

»Ich glaube nicht. Jetzt, wo ich so darüber nachdenke, ist Tatyana nicht zufrieden damit, dass du nur drei Schläge abgekriegt hast. Sie wollte gern deinen Finger, oder, noch besser, deinen Schwanz in einer Schachtel sehen. Sie ist total ausgerastet, als sie begriffen hat, dass ich dir keine Kugel in deinen Pimmelkopf gejagt hab.«

»Richte ihr aus, dass sie zu oft *Der Pate* gesehen hat.«

»Nein«, erwiderte Sardor mit zusammengebissenen Zähnen. »Du wirst die Sache erledigen, dann denke ich, dass Tatyana zufrieden ist.«

»Was zum Teufel kümmert dich Tatyana?«

Sardor starrte zum Fenster hinaus.

»Übrigens«, Håkan beugte sich vor und flüsterte, »du stehst doch gar nicht auf Mädchen, Sardor?«

Sardor schloss die Augen und knackte wieder mit dem Nacken.

Die Musik wechselte zu Billy Joels *Just the Way You Are.*

Håkan holte noch ein Bier und schlug den Kronkorken an der Arbeitsplatte in der Küche ab.

»Ihr habt eine interessante Logik, ihr Usbeken.«

»Findest du?« Sardor fingerte an seiner Pistole herum.

»Das mit dem Machtgleichgewicht.«

Håkan setzte sich.

»Machtgleichgewicht?«, fragte Sardor.

»Ja, zwischen dir und mir. Du findest, ich schulde dir was. Ich behaupte das Gegenteil. Ich hatte es eigentlich nicht ansprechen wollen, aber ich habe Informationen über dich und deinen Vater, von denen ich nicht gedacht hätte, dass ich sie verwenden muss, außer im Notfall. Ein abgehörtes Telefonat zwischen dir und Victors Revisor, Boris … heißt er so? Ich bin der Einzige, der die Aufnahme hat. Buchführungsgeschichten, die, wenn sie dem richtigen Staatsanwalt übergeben werden, dazu führen könnten, dass sich die Büchse der Pandora öffnet. Lust zu testen, ob ich bluffe?«

Sardor wollte etwas sagen, besann sich aber.

»Dachte ich's mir doch«, sagte Håkan. »Und ich bin nicht nachtragend. Das, was voriges Wochenende passiert ist, war dumm. Es wird nicht wieder vorkommen.«

»Ich glaub nicht, dass du noch viele Mädchen von uns kriegst.«

»Doch, doch. Das glaub ich schon«, erwiderte Håkan. »Aber wie gesagt, das war dumm. Und du hast es mir heimgezahlt. Also sind wir da quitt. Aber jetzt kommst du hierher und sprichst davon, dass ein armer Dealer ausgeschaltet werden soll, der Scheiße gebaut hat. Und klar, ich kann dir helfen. Aber dann kümmerst du dich um seinen Freund. Machtgleichgewicht …«, fuhr er fort und kippte sein Brooklyn Lager hinunter. *I'm So Excited* von den Pointer Sisters dröhnte aus den Lautsprechern.

Sardor sah den Führerschein an, der vor ihm auf dem Tisch lag.

Håkan räusperte sich: »Und … es existieren zwei Aufnahmen. Eine mit dir und eine andere mit deinem Vater.«

Sardor blickte auf.

»Victor und Christian Jensen, die diskutieren, wo sie am besten die Leichen von denen loswerden, die ihr erledigt. Nicht, dass mich das kümmern würde. Ihr dürft die Stadt gern von Gesindel befreien. Aber gewisse Staatsanwälte würden wohl eine Mordanklage darauf aufbauen. Beide würden für richtig lange Zeit einfahren.«

Sardor starrte immer noch auf den Führerschein, als er sagte: »Mit der letzten Aufnahme kannst du machen, was du willst.«

Håkan stellte die Flasche ab. »Ach so? Na dann.«

»Er hat das ganze Ding langsam nicht mehr im Griff«, brummte Sardor. »Denkt, meine Schwester soll übernehmen.«

»Die Maklerschwester?«

»Er hat die fixe Idee, dass wir den ganzen Betrieb auf der Straße abwickeln sollen. Dass wir legal werden sollen.«

»Ach je«, sagte Håkan. Es klang fast betrübt. »Dann interpretiere ich das so, dass du nichts dagegen hättest, wenn dein Vater … vom Thron steigt.«

»Vielleicht. Ich melde mich.«

Sie saßen schweigend da, als Sting sein *Roxanne* ausspuckte und gleichzeitig ein paar Meter entfernt die ersten Regentropfen auf den Altan fielen. Eine kühlere Brise wehte ins Wohnzimmer.

»Dann haben wir also einen Deal?«, fragte Håkan.

Sardor nickte.

»Ich hatte übrigens recht«, sagte Håkan.

»Was?«

»Es regnet.«

Freitagabend, der 14. Juni
BJÖRNS TRÄDGÅRD, SÖDERMALM

»Du bist ein Wrack«, stellte Magnus fest. »Und es ist nicht nur der Alkohol, oder?«

Tekla schüttelte langsam den Kopf, hielt jedoch die Augen geschlossen. Sie wollte die Bilder von Simon am Strand behalten. Ein Fußball. Simons Freunde. Ein warmer Sommertag.

»Du brauchst Hilfe.«

»Du meinst, mit …?«

»Dem Kokain, dem Amphetamin … oder was auch immer du dir einwirfst.«

Es fühlte sich erlösend an, dass Magnus eine klare Diagnose stellte. Bis jetzt war er feinfühlig gewesen, hatte nichts dazu gesagt. Schließlich war er trotz allem Polizist und sah eine ganze Menge Abhängige. Und wenn es Magnus aufgefallen war, wie viele andere gab es dann noch in ihrer Umgebung, die begriffen, dass sie etwas nahm?

»Aber zuerst müssen wir Simon finden«, fuhr Magnus fort. »Darf ich versuchen, ihn noch mal anzurufen?«

Tekla spürte, wie ihr Körper langsam zu Boden sank. Sie spürte die Wärme von Magnus' Schenkel an ihrer Wange. Er roch nach Waschmittel, aber auch nach etwas anderem. Der distinkte Geruch zwischen seinen Beinen machte sie noch ruhiger. Es war so lange her … Sie sah Bilder vor sich. Magnus nackt unter der Decke, lange, gestreckte Muskeln. Sie wollte hierbleiben. In dieser Position.

Sie gab Magnus ihr Handy.

Magnus versuchte anzurufen, doch die Mailbox sprang sofort an.

»Es ist ausgeschaltet.«

Tekla öffnete die Augen und richtete sich langsam auf. »Wir müssen ihn vor den Usbeken kriegen.«

»Ich weiß«, antwortete Magnus. »Wir können damit anfangen, seine Personenbeschreibung an alle Streifenwagen rauszuschicken.«

»Das wird nicht reichen. Er ist gut darin, sich zu verstecken.«

»Vielleicht. Aber du denkst, er ist noch in der Stadt, oder?«

»Er kann es noch nicht geschafft haben, irgendwohin abzuhauen. Außerdem ist er viel zu bescheuert, um zu kapieren, dass er eigentlich so weit weg wie möglich flüchten müsste.«

Tekla dachte an das Gespräch mit Simon. Irgendetwas hatte nicht gestimmt.

Magnus hielt seinen großen Arm um Tekla. Sie redete sich ein, dass das eine freundschaftliche Geste war. Man konnte einander umarmen, ohne dass es etwas bedeutete.

Sie saßen da und blickten über Björns Trädgård hinaus, mit der Würstchenbude auf der rechten Seite, erleuchtet von Neonschildern.

»Kann man sein Handy orten?«, fragte Tekla. »So, wie du es bei Jonas gemacht hast?«

»Eigentlich braucht man eine Genehmigung, aber … ich hab Kontakte, wie du weißt.«

»Wen?«

»Einen Kollegen in der Ermittlungseinheit. Eigentlich ortet nur die Fahndungsgruppe Handys.«

»Ihr müsst enge Freunde sein.«

Magnus fuhr mit der Ferse durch den Kies. »Er hat früher bei der Fahndung gearbeitet und hat noch ein paar Kontakte dort.«

Magnus erhob sich. »Schaffst du es, aufzustehen?«

»Aber warum sollte dein Kollege uns helfen? Es ist doch ein ziemliches Risiko für ihn?«

Magnus wich Teklas Blick aus. »Wir haben eine lange, gemeinsame Geschichte.«

Tekla stand langsam auf. Magnus stützte sie, als sie zum Medborgarplatsen hinübergingen. Es fing an zu regnen. Sie merkte, dass ihr Gehirn die ganze Zeit zu etwas im Gespräch mit Simon zurückkehrte. Etwas, das nicht stimmte.

»Ich frage meinen Kollegen, ob er uns helfen kann. Melde mich, sobald ich was weiß«, sagte Magnus. Er bekam Blickkontakt zu einem Taxifahrer, der zeigte, dass er frei war. »Aber du musst schlafen.«

Teklas Blick blieb auf Magnus gerichtet.

»Was?«, fragte er. »Hab ich was Dummes gesagt?«

»Simon war viel zu ruhig. Ist dir das aufgefallen?«

»Nein.«

»Hast du es nicht gehört? Er war völlig cool, klang sogar fröhlich. Er hätte doch panisch klingen müssen, wenn man bedenkt, dass ein Kopfgeld auf ihn ausgesetzt wurde.«

»Du denkst …?«

»Ich dachte, er hätte sich entschuldigt, weil er so schwierig ist und sich nicht gemeldet hat.«

»Ja?«

»Aber raffst du's denn nicht?«, stöhnte Tekla.

»Nein.«

Tekla atmete schwer. Versuchte sich zu beruhigen, doch ihr Körper hatte zu reagieren begonnen und wurde mit Adrenalin vollgepumpt.

»Verstehst du nicht, warum er so ruhig und fröhlich war?«

»Sag schon«, forderte Magnus sie auf.

»Er hat sich entschieden.«

»Wofür?«

Es fühlte sich an, als würde Tekla ohnmächtig werden. Sie sank auf den Gehsteig hinunter. »Er will alles auf sich nehmen. Die Schuld für alles auf sich nehmen, was passiert ist. Er will nicht abhauen. Im Gegenteil: Er will sich von ihnen umbringen lassen!«

Magnus hockte sich neben Tekla und nahm ihren Arm.

»Das weißt du doch nicht.«

»Ich kenne meinen Bruder.«

Magnus zog Tekla hoch.

»Es tut mir leid, das zu sagen, aber du siehst …«

»Beschissen aus.«

»Fahr jetzt nach Hause und schlaf dich aus«, sagte Magnus. »Lade deine Akkus auf, dann machen wir morgen weiter.«

Er half Tekla ins Taxi und gab dem Chauffeur Anweisungen. Tekla war nicht in der Lage zu protestieren. Sie begriff, dass sie nahe an einem Zusammenbruch war. Sie musste sich für Simon zusammenreißen.

Freitagabend, der 14. Juni
GRÖNVIKSVÄGEN, BROMMA

Der Himmel über der Villa der Familie Umarov war dunkel und verhangen, doch zumindest hatte es aufgehört zu regnen. Sardor fuhr hinter einem Lastwagen her, der im Schritttempo den Grönviksvägen entlangtuckerte, um die großen, glänzenden SUVs nicht zu zerkratzen, die am Straßenrand geparkt waren. Auf dem Sitz neben ihm lag leider nicht Simon Bergs Skalp, und er wusste, dass Victor verlangte, dass sie den Kerl fanden. Vor dem ein paar hundert Meter entfernten Haus herrschte Hochbetrieb, Sardor parkte vor einer der drei Garageneinfahrten der Nachbarn.

Am Pool wurden gerade ein Partyzelt und eine lange Tafel aufgebaut. Zwei Philippinerinnen dekorierten die Steinmauer mit Blumenarrangements, die vermutlich genauso viel kosteten wie Elenas Golf. Die Wolken rissen auf, ein schönes Abendlicht fiel auf das Grundstück und ließ die Blumen in einer feurigen Farbskala leuchten.

»Sardor!«, rief Elena vom Wohnzimmer her. »Ich komme gleich. Will nur noch schnell Coco mit dem Porzellan für morgen helfen.«

Sardor winkte seiner Stiefmutter zu und suchte in dem Gewimmel von Dienstboten weiter nach dem Patriarchen selbst. Er fand Victor beim Poolhaus. Sardor wollten ihn gerade begrüßen, als er zu seinem Erstaunen seine Schwester Nina auf Knien graue Flüssigkeit in ein Rohr gießen sah. Er überlegte, ob er umkehren und etwas später wiederkommen sollte, doch Victor hatte ihn schon gesehen.

»Fantastisch«, rief Victor und sah zum ersten Mal seit Langem richtig glücklich aus.

»Was?«, fragte Sardor verwundert. Er hatte eine Strafpredigt erwartet.

Victor stand auf und wischte die Hände an seiner schwarzen Anzughose ab. Am Oberkörper klebte das gestreifte Hemd schweißnass an dem großen Bauch. Die Frisur war einwandfrei.

»Nina hat gezaubert. Ich weiß nicht, wie sie das macht. Offenbar hatte ein Freund von ihr das gleiche Problem, also ist sie bis nach Rönninge rausgefahren, um diese Flüssigkeiten zu holen. Und schau mal …« Victor trat an den Pool. Sardor konnte ihm nur zustimmen. Er hatte eine sehr viel blauere Farbe angenommen als bisher. Das Wasser war noch nicht völlig klar, sah aber deutlich besser aus.

Victor blickte zum Himmel hinauf, an dem die Wolken gerade von dem flammenden Licht verdrängt wurden. Der Wind zerrte an den drei Fahnenstangen drüben an der Treppe zum Haus. »Jetzt fehlt morgen nur noch Sonne, aber zumindest regnet es nicht.« Er fasste Sardor am Ohr und zog irritierend fest daran. »Unglaublich, was? Dass du eine so begabte Schwester hast.«

»Unglaublich«, sagte Sardor bedächtig und begegnete Ninas selbstgerechtem Blick.

Victor strich Nina über den blanken Seitenscheitel. »Wenn du doch nur als Mann geboren wärst. Dann wärst du vollkommen.«

Sardor schnaubte. Wie zum Teufel konnte Victor hier stehen und so unberührt aussehen? Über seine perfekte Tochter plaudern? Es war, als wäre der ganze Mist mit Simon Berg, dem Geld, dem gestreckten Heroin und dem Netzwerk Nord nur ein schlechter Scherz.

»Wie läuft's? Ist er noch am Leben?« Victor wandte sich Sardor zu. Er hatte seine Tonlage geändert, als hätte jemand plötzlich auf den Subwooferknopf gedrückt.

»Wir finden ihn jeden Moment.«

»Ihr habt also keine Ahnung, wo er ist«, warf Nina ein.

»Wir suchen überall«, konterte Sardor und musste sich zusammenreißen, seiner Schwester keine Ohrfeige zu geben. Das Machtgleichgewicht hatte sich verschoben.

»Jetzt beruhigt euch mal ein bisschen«, versuchte es Victor. »Ihr findet ihn sicher. Und dann will ich seinen Kopf auf einem Silbertablett. Nichts anderes.«

Sardor wusste nicht, was er sagen sollte.

»Aber es ist schon faszinierend, was dieser Kerl angestellt hat, findest du nicht auch?«, fuhr Nina fort.

Sardor bemerkte den Sarkasmus in ihrer Stimme, war sich aber nicht sicher, ob Victor das tat. Er schien viel zu aufgeräumt wegen des Erfolgs mit dem Pool und der Vorbereitungen für das morgige Fest.

»Es ist nicht meine Schuld …«, begann Sardor.

Ninas Augen funkelten unter dem lilafarbenen Lidschatten.

»Ich sag ja nur … wenn eines meiner Mädchen im Büro Scheiße gebaut hätte, wäre mir das früher aufgefallen.«

Sardors Hand schnellte hoch und war schon auf halbem Weg zu seiner Schwester, als Victor sie abfing. Er drückte Sardors Handgelenk, dass es knackte.

»Schlag nie eine Frau, hörst du!«

Sardor kam nicht umhin, den Farbwechsel im Gesicht seines Vaters zu bemerken.

Victor ließ ihn los. »Halt dich an die Maklerei«, zischte Sardor und starrte Nina wütend an.

»Sprich nicht so herablassend über Ninas Geschäfte. Sie sind ein Eckpfeiler unserer Tätigkeit und unserer legalen Zukunft. Und ich will, dass wir schon jetzt damit beginnen, uns aus dem Heroingeschäft zurückzuziehen.«

Sardor verlor fast das Gleichgewicht. »Ist das dein Ernst?«

»Genauso wie meine Angst um den Pool mein Ernst war, aber das war dir ja offenbar egal.«

Sardor schluckte und versuchte, seinen Puls zum Sinken zu bringen. Darauf war er absolut nicht vorbereitet gewesen. Und er begriff, dass das, was er hier und jetzt sagen würde, von großer Bedeutung für seine Zukunft war. Er war davon ausgegangen, der Kampf würde sich länger hinziehen. Dass all das Gerede vom Ausstieg noch Zukunftsmusik war.

»Ich verstehe.«

»Tust du das?«, fragte Victor skeptisch.

»Aber darf ich fragen, warum es plötzlich so eilig ist? Ich dachte …«

»Ich bin krank, Sardor. Siehst du das nicht?«

Sardor fand, Victor sah genauso aus wie immer. Das grau melierte Haar. Der Dreitagebart in dem etwas schwammigen Gesicht. Der dicke Bauch.

»Du siehst frisch und munter aus.«

»Du lügst«, rief Victor. »Genau wie du es in letzter Zeit bei dem Carfentanyl-Skandal getan hast, den wir am Hals haben.«

»Ich hab nicht gelogen …«

»Mit der Wahrheit hinterm Berg zu halten ist in meiner Welt das Gleiche wie lügen«, sagte Victor mit zusammengebissenen Zähnen. Elena rief vom Haus aus nach Victor, doch er winkte abwehrend und fuhr fort: »Es ist Zeit, dass Nina übernimmt und ich zurücktrete.«

Sardor versuchte, Nina nicht anzusehen, um nicht zu explodieren. Er wählte seine Worte mit Sorgfalt.

»Ich finde, das klingt gut.«

In derselben Sekunde, in der er die Worte aussprach, hatte er zwei Dinge beschlossen. Das eine würde er mit Victor direkt besprechen. Es würde keine bessere Situation dafür geben als hier und jetzt.

»Gut«, erwiderte Victor, nun in einem neutraleren Tonfall. Er setzte sich in Bewegung, um zu der großen überdachten Terrasse hinüberzugehen. Sardor folgte ihm.

»Es gibt etwas, das ich dir erzählen muss«, sagte Sardor leise. »Es hat mit dem Brand des Söder Torns zu tun.«

Victor blieb stehen.

Sardor sah, dass Nina weit genug entfernt stand und dass Elena drüben an der langen Tafel vollauf damit beschäftigt war, zusammen mit Coco und dem übrigen Personal weitere Vorbereitungen zu treffen.

Jetzt waren sie allein. Vater und Sohn. Er hatte die volle Aufmerksamkeit seines Vaters.

Er atmete tief ein. »Nina steckt dahinter.«

Victors Gesicht leuchtete rot in dem warmen Abendlicht, das vom Horizont her auf die Szenerie fiel.

»Was meinst du damit?«

Sardor bekam einen Kloß im Hals, doch er schluckte und fuhr fort: »Nina und ihre Kollegin haben Pfuschmaterial gekauft und es für die Fassadenrenovierung am Söder Torn verhökert.«

Victor schüttelte den Kopf und blickte hastig zu seiner Tochter hinüber. »Nein.«

»Doch. Leider«, sagte Sardor und trat noch näher an Victor heran. »Das Material war scheiße. Das war der Grund dafür, dass es so schnell gebrannt hat. Dafür, dass so viele verletzt wurden. Die Polizei wird …«

»Das reicht«, unterbrach ihn Victor. Er starrte in den Pool

hinunter. »Das … reicht. Ein anderes Mal. Wir reden ein anderes Mal darüber. Nichts wird Elenas Fest zerstören. Nichts!«

»Es tut mir leid, dass …«

»Stopp.« Victor starrte in Sardors angespanntes Gesicht. »Es tut dir nicht leid. Ich kann mir vorstellen, was du fühlst.«

Victor wandte sich um und ging zu Elena hinüber.

Sardor blieb stehen. Er holte sein Handy heraus, um die zweite Sache zu Ende zu bringen, für die er sich entschieden hatte. Er schickte eine SMS an Håkan: *Bring das andere in Gang, über das wir geredet haben.*

Samstagmorgen, der 15. Juni
GULLMARSPLAN, STOCKHOLM

Erst nach sieben Klingelzeichen begriff Tekla, dass es die Türglocke war. Sie stand hastig auf und musste sich an der Wand abstützen, um nicht umzukippen. Sie zog eine Jogginghose und ein College-Sweatshirt an und öffnete die Tür. Es war Magnus.

»Wie spät ist es?«, fragte sie.

»Neun.« Magnus trat ein. »Entschuldige, wenn ich dich geweckt habe.«

»Ich hab seit Monaten nicht mehr bis neun geschlafen.«

»Wir sind dabei, Simons Handy zu lokalisieren.«

»Wo ist er?«

»Ich weiß nicht, aber mein Kollege wollte gleich anrufen, meinte er.«

Tekla brauchte Bomben und richtig viel Kaffee, um aufzuwachen.

»Entschuldige das Chaos«, sagte Tekla und begann in der Küche Kaffee zu machen.

Magnus ging ins Wohnzimmer. »Schöne Wohnung. Leicht sauber zu halten.«

Tekla kam aus der Küche. »Weil ich nicht so viele Sachen habe?«

»Einfacher zu pflegen.«

Tekla setzte sich an den Sofatisch. Durchs Fenster sah man die Einfahrt zum Söderledstunnel.

»Ich hab das Gefühl, dass Simon tot ist.«

Magnus setzte sich ihr gegenüber. »Das können wir nicht wissen.«

Da klingelte sein Handy.

»Ja. Ja? Wo? Okay.«

Magnus hielt mit der Hand den Lautsprecher zu.

»Das ist Håkan, mein Kollege. Er hat Simons Handy geortet.«

»Wo ist er?«, rief Tekla, die jetzt hellwach war. Die Kaffeemaschine gurgelte aus der Küche, und Tekla stürzte ins Schlafzimmer, um sich eine anständige Hose anzuziehen.

»Muskö.«

»Muskö?«

»Ja. Kennst du da jemanden?«, fragte Magnus.

Tekla sah Bilder vor sich. Versuchte zu verstehen, was ihr Unterbewusstsein ihr sagen wollte. Im Lauf des letzten Tages hatte sie konstant darüber nachgedacht, wo Simon sich verstecken konnte. Wo er sich sicher fühlte. Wohin würde sie selbst sich verziehen, wenn sie ein Todesurteil über ihrem Kopf schweben hätte? Edsåsdalen? Dalarna? Vielleicht. Aber dort würden sie suchen. Gleichzeitig war Simon gestern so ruhig gewesen. Tekla war überzeugt davon, dass er nur dasaß und auf seine Henker wartete. Und seine Schwester wollte er heraushalten. Er wusste, dass sie versuchen würde, ihn zu retten.

»Woran denkst du?« Magnus ging in die Küche, um sich Kaffee einzuschenken. Er kam mit zwei großen Tassen zurück.

»Ich suche etwas.«

»Du stehst mit geschlossenen Augen da«, sagte Magnus und hielt ihr eine Tasse hin. »So wird es schwierig, etwas zu fin…«

»Gib mir nur eine Minute«, sagte Tekla, öffnete die Augen und nahm die Kaffeetasse entgegen. Sie ging in der kleinen Wohnung hin und her. Suchte weiter. Schloss die Augen und ließ die Bilder kommen. Ihr war schwindelig, doch sie wusste, dass es irgendwo ein Bild gab, das sie finden musste. Irgendetwas, das sie im Lauf des letzten Tages gesucht hatte, aber nicht greifen konnte. Es war, als wäre ihr Gehirn beleidigt, dass sie ihm vorher nicht zugehört hatte, und machte ihr jetzt das Leben schwer. Sie bemühte sich, ihren Puls zu senken. Konzentrierte sich auf die Atmung. Etwas begann, Form anzunehmen. Am linken Rand ihres Sichtfelds wirbelte etwas herum, kehrte zurück, wie in einem Loop. Ein Name. Ein Klassenfoto.

Sie öffnete die Augen. »Schlag im Telefonbuch nach.«

Magnus nahm sein Handy. »Aber Håkan hat mir die Koordinaten gegeben. Wir müssen nur …«

»Mach einfach, was ich sage.«

»Klar. Was soll ich machen?«

»Such Daniel Sundström.«

»Wer ist das?«

»Simon hat erwähnt, dass ein alter Klassenkamerad aus Edsåsdalen hierhergezogen ist und ein Häuschen außerhalb der Stadt gekauft hat. Er war schon mit ihm zum Angeln dort. Ich …«, Tekla ertappte sich selbst, beschloss aber, einfach fortzufahren, »… bin Simons Klassenfoto aus der Sechsten durchgegangen.«

»Wie, durchgegangen?« Magnus sah sich um, als suchte er nach einem alten Jahresbericht.

Tekla richtete den Zeigefinger auf ihren Kopf.

»Hier drin.«

Magnus sah verwirrt aus. »Du meinst, du kannst dich an alle Jungs erinnern, die in der Sechsten mit deinem Bruder in die Klasse gegangen sind?«

»Nicht erinnern. Sie *sind* hier.«

Sie rieb sich die Schläfe.

»Du machst mir Angst, Tekla. Was faselst du da?«

»Ich sehe das Klassenfoto vor mir, wenn ich die Augen schließe. In der Klasse waren nur vier Jungs.«

Magnus schüttelte beunruhigt den Kopf. »Das ist doch …«

»Später. Schau einfach im Telefonbuch nach.«

Magnus wandte widerwillig den Blick von Teklas Gesicht ab und tippte Daniel Sundströms Namen ein.

»Niemand in Stockholm. Einer in Nacka.«

»Probier's mit Svante Nilsson.«

Magnus suchte weiter.

»Da gibt's ziemlich viele. Aber keiner passt so richtig.«

»Tobias Almén.«

Nach ein paar Sekunden hellte sich Magnus' Miene auf.

»Yes. Treffer. Muskö.«

»Da muss er sein!«, rief Tekla und lief zur Tür.

Magnus folgte Tekla auf die Straße hinaus. Sie sprangen in Magnus' rostigen BMW, fuhren durch den Kreisverkehr und bogen in den Nynäsvägen ein. Am Globen trat Magnus aufs Gas, sie rasten auf der linken Spur durch Enskede und weiter in Richtung Farsta.

Tekla hielt den Blick auf die Straße gerichtet und versuchte, die Übelkeit zu unterdrücken. Ihr wurde bewusst, dass sie vergessen hatte, zum Kaffee ein paar Bomben zu nehmen.

»Hoffe, er ist dort«, sagte Tekla.

Als Magnus an Länna vorbeifuhr, zeigte der Tacho über hundertsechzig Stundenkilometer.

Sie saßen schweigend da. Tekla spürte die Spannung.

Håkan rief an, Magnus antwortete über den Lautsprecher.

»Seid ihr auf dem Weg?«, war Håkans Stimme zu hören.

»Yes. Gerade an Haninge vorbei.«

»Okay. Ich bin zehn Minuten hinter euch.«

»Dann sehen wir uns dort.« Magnus begegnete Teklas besorgtem Blick. »Hoffe nur, wir schaffen es als Erste.«

»Wie meinst du das?«, fragte Håkan.

»Die Umarovs suchen nach ihm.«

Ein paar Sekunden lang war es still.

»Magnus«, sagte Håkan.

»Ja.«

»Willst du was haben, das Victor Umarov für immer hinter Gitter bringt?«

Magnus wandte sich Tekla zu, die blass aussah.

»Was meinst du damit?«

»Willst du?«, wiederholte Håkan.

»Was sind das für Infos, auf denen du da sitzt?«, wollte Magnus wissen. Tekla kam nicht umhin, die Aggressivität in seiner Stimme zu registrieren.

»Wenn du willst, dass das SEK innerhalb einer halben Stunde auf dem Weg zu ihm ist, dann … Ich verspreche, sie sperren ihn ein und werfen den Schlüssel weg.«

Magnus blickte Tekla an. Sie nickte und lehnte sich im Sitz zurück. Sie wusste, was sie brauchte, um diesen Tag durchzustehen.

»Ja, mach«, sagte Magnus und beendete das Gespräch.

Samstagmorgen, der 15. Juni
GRÖNVIKSVÄGEN, BROMMA

In seinem schwarzen Seidenmorgenmantel und Pantoffeln schlich Victor über den Teppichboden, so vorsichtig, als hielte er ein neugeborenes Baby an seiner haarigen Brust und wollte es nicht fallen lassen. Er stellte sich vor das Bett, in dem Elena lag. Vergewisserte sich, dass er ihre Aufmerksamkeit hatte. Dann zog er den Morgenmantel aus. Sein erigiertes Glied stand aufrecht ab, wie ein Wimpel am königlichen Schloss.

Elena hob die Bettdecke und begann, ihr Nachthemdchen aufzuknöpfen.

»Schnell«, sagte Victor und kroch auf allen vieren ins Bett. »Bevor er wieder schlaff wird.«

»Und bevor die Gäste kommen«, fügte Elena hinzu. Es waren nur noch ein paar Stunden, und sie hatten noch viel zu erledigen.

Er schüttelte seine Lederpantoffeln ab und begann, Elenas Brüste zu küssen. Sie ergriff seinen Haarschopf und zog den Kopf entschlossen zurück.

»Ruhig, mein kleiner Hengst.«

Victor hielt inne.

»Kleiner?«

Elena drehte ihn auf den Rücken und glitt gleichzeitig geschmeidig aus ihrem Slip. Dann bestieg sie ihren Mann. Begann ihn rhythmisch zu reiten, vor und zurück, die Fingernägel tief in seine Brustmuskeln versenkt.

Victor genoss. Elenas Augen waren geschlossen, und Victor ließ den Blick zur Seite fallen. Als er das Bild in dem reparierten Spiegel sah, dachte er, dass das Leben fantastisch war.

Nachdem Victor geduscht und seinen Leinenanzug angezogen hatte, stand er da und blickte auf den strahlend blauen Pool hinaus, der im Sonnenschein richtiggehend funkelte. Nur eine einzige einsame Wolke kam langsam von der pulsierenden Västerbron am Horizont her auf sie zugeglitten. Er hatte den Morgenfick genossen, doch es fiel ihm schwer, sich zu entscheiden, was ihn glücklicher machte. Das klare Wasser des Pools fühlte sich vielleicht trotz allem wie das größere Wunder an. Er hatte nicht vor, sich diesen Tag von den Problemen mit diesem Dealer oder den Hinterhältigkeiten und Intrigen der Kinder verderben zu lassen. All das musste warten.

»Was hab ich gesagt?« Elena legte vorsichtig den Kopf an die Schulter ihres Mannes und gab acht, ihre perfekt geföhnten Locken nicht plattzudrücken. Zudem wollte sie seinen weißen Anzug nicht mit Schminke beflecken.

Sie standen oben am steinernen Absatz über dem großen Pool. Hinter sich hatten sie die rosenumrankte Mauer zum Nachbarn. Daneben rauchte der russische Wachmann eine Zigarette und checkte gelangweilt sein Handy. Bald würden die zirka dreihundert Gäste, die allermeisten aus Bromma, nach und nach eintrudeln.

Victor und Elena beobachteten, wie Coco und das übrige philippinische Servicepersonal schnurgerade Reihen von Champagnerflaschen aufstellten, die Kristallgläser neben den silbernen Platten mit Austern, frischen Krabben und Kaisergranaten platzierten und zum Schluss die großen Kristallschalen mit russischem Kaviar füllten. Elena hatte versucht, den Fischrogen abzuwenden, doch Victor wollte »an nichts sparen, gerade an diesem Tag«. Elena nahm seine Hand und drückte sie in einer vertraulichen Geste.

»Wie fühlst du dich?«, fragte sie.

»Der Brustkorb tut nicht mehr so weh wie gestern.«

Elena winkte Kamila zu, die nach drei Stunden Kleiderwechsel und Schminken endlich aus ihrem Zimmer gekommen war. Sie war in Gesellschaft ihrer besten Freundin Filippa, die bei ihr übernachtet hatte.

»Mein Gott, wie hübsch sie ist.«

Victor fand, seine Tochter hatte sich aufgetakelt wie eine von Tatyanas Huren, aber zur Feier des Tages wollte er ihr keine Szene machen. Sein Augenstern war die Schönste von allen, egal, wie sie sich kleidete.

Kamila blickte zu ihren Eltern hinauf, und zu Victors großer Freude erschien endlich dieses fantastische Lächeln auf ihrem Gesicht, während sie den Kopf etwas schief legte. Sie war glücklich, das konnte er sehen. Er beugte sich zu Elena vor und flüsterte ihr ins Ohr: »Das, was ich jetzt sage, sollst du in deinem Herzen behalten, für immer.«

»Was? Was ist passiert, Liebling?«

»Sag nichts. Bewahre einfach diesen Moment für mich. Für uns. Für die Zukunft.«

»Es *ist* etwas passiert?«

»Was passiert, ist hier und jetzt. Der glücklichste Augenblick meines Lebens. Siehst du, wie schön sie ist, von innen wie von außen?«

»Das hab ich doch gesagt.«

»Nichts wird euch jemals passieren. Das verspreche ich. Sieh mich an.«

»Was?«

»Ich schwöre, euch mit meinem Leben zu beschützen.«

Victor griff nach Elenas Hand.

Sie schaute ihre Tochter an und wischte sich den Augenwinkel trocken.

»Du machst mir Angst.«

Victor ließ ihre Hand los und legte den Arm um ihre Schultern. Er lachte.

»Das wollte ich nicht. Ich wollte nur den Augenblick ein bisschen einfangen, die Zeit stillstehen lassen.«

Kamila und Filippa trippelten in ihren viel zu hohen Absätzen die Steintreppe herauf und stellten sich neben Victor und Elena.

»Du siehst fantastisch aus, Liebling«, sagte Elena und gab Kamila einen Kuss.

»Pass auf die Schminke auf«, stieß die Tochter genervt hervor und richtete ihr Kleid. Es war hellgrün und endete auf der Hälfte des Oberschenkels, länger als gewöhnlich.

Filippa grüßte Victor mit einem leichten Knicks. Sie trug ein kurzes weißes Kleid, das nichts der Fantasie überließ. Ihr Haar sah aus, als wäre es mit einer Druckerpresse behandelt worden. Die Goldohrringe reichten bis zu den hervorstehenden Schlüsselbeinen hinunter.

»Wann kommen die Gäste?«, fragte Kamila ungeduldig.

»Ab ein Uhr, steht auf der Einladung.«

Ein leises, etwas quengelndes Hupen war von der Straße zu hören.

»Wer ist das?«, fragte Elena erstaunt. Ein grüner Militärjeep mit weißem Stern auf der Motorhaube fuhr die Einfahrt hinauf.

»Was glaubst du?«, seufzte Victor, stieß jedoch kurz darauf ein röchelndes kleines Lachen aus. »Joakims Spielzeug aus dem Zweiten Weltkrieg.«

»Ist der echt?«, erkundigte sich Filippa mit einem beeindruckten Ausdruck im Gesicht.

»Echter amerikanischer Rost.«

»Wow! Dürfen wir damit fahren?«

»Fragt ihn.«

Die ganze Gesellschaft ging die Steintreppe hinunter und traf am Pool auf Nina und Joakim. Joakim trug einen knallroten Anzug mit weißem Hemd und rosa Schal in perfektem Knoten. Das blonde Haar glänzte in der Sommersonne. Die Sonnenbrille war lässig hinaufgeschoben. Nina hatte einen weißen Anzug und eine mintgrüne Seidenbluse an.

Filippa und Kamila gingen weiter zum Jeep und begannen für ihre Instagram-Updates zu posieren.

»Du siehst glänzend aus, Papa!«, rief Nina und umarmte Victor. Er begrüßte seine Erstgeborene mit einem Glas Champagner.

»Du lügst schlecht. Aber heute vergessen wir alle Probleme.«

»Was denn für Probleme?« Nina leerte das Glas, als wäre es Wasser, dann winkte sie einen Keller zu sich, der es sofort auffüllte. »Und was für ein Wetter ihr bestellt habt! Hätte nicht besser gemanagt werden können.« Sie blickte zum fast wolkenlos blauen Himmel hinauf und dann zur Mauer hinüber. Nina senkte die Stimme.

»Hast du noch mehr Leute eingestellt?«

»Wonach sieht es denn aus?«

»Nach einem gut bewachten Präsidentenpalast. Ganz im Escobar-Stil.«

»Kostbarkeiten müssen sorgfältig bewacht werden.«

Kurz darauf trafen die ersten Gäste ein. Alle hatten zur Feier des Tages ihre schicksten Sommerkleider aus dem Schrank geholt. Viele kamen zu Fuß, doch innerhalb einer

Stunde war die Straße mit großen, teuren Autos zugeparkt. Vor allem deutsche Marken, die Farben Schwarz und Grau dominierten.

Victor und Elena begrüßten die eingetroffenen Gäste mit Umarmungen, Schulterklopfen und Komplimenten. Viele davon waren Nachbarn und andere Bekannte aus Bromma. Auch um die zehn Personen aus Ninas Maklerfirma waren eingeladen, genauso wie ein paar gut situierte russische Kontakte. Die Freunde von den Red Bears glänzten mit Abwesenheit. Sardor hatte nicht einmal gefragt, ob sie kommen durften.

Als der Altan, die Umgebung des Pools und der Rasen neben den weit offenen Glastüren vor dem Wohnzimmer voller Gäste und der Geräuschpegel bereits enorm war, trat Nina zu Victor.

»Wann kommt Sardor?«

»Ich hab ihm gesagt, er soll kommen, aber sie jagen diesen Junkie. Er meinte, er gibt nicht auf, bevor sie ihn gefunden und erledigt …«

»Willst du, dass ich ihn anrufe und herbitte? Wenn es dir viel bedeutet, dann …«

»Pfeif drauf. Er würde sich sowieso nicht wohlfühlen. Lass ihn das machen, worin er gut ist. Dann geht es ihm am besten.«

Ninas Gesicht leuchtete auf, als ein Makler von einer konkurrierenden Firma aus Östermalm auftauchte.

»Äppelviken. Was für ein herrliches Fest. *Sun is shining in the sky … there ain't a cloud in sight …*«

Nina blickte zum Himmel hinauf und musste leider feststellen, dass ein paar größere dunkle Wolken am Horizont aufgetaucht waren.

»Da ist Sardor«, sagte Nina.

Victor registrierte, dass Sardor wie gewöhnlich seine Lederjacke trug.

»Hat er denn keinen Anzug?«

»Vielleicht einen aus Leder«, erwiderte Nina höhnisch und verschwand ins Haus.

Victor nahm sich etwas Lachs und wollte gerade eine Flasche Mineralwasser öffnen, als er die Sirenen hörte. Gleichzeitig sah er, wie Sardor seine Schritte beschleunigte. Keiner der Gäste schien von den Polizeisirenen im Hintergrund Notiz genommen zu haben.

»Sind sie auf dem Weg hierher?«, fragte Victor und ließ Elena los.

»Leider«, sagte Sardor.

»Was zum Teufel ist passiert?«, zischte Victor. »Schnell.«

Sardor blickte zum Himmel hinauf. Verfluchte sich selbst, dass er nicht bis nach dem Fest gewartet hatte.

»Håkan Nilsson.«

Victor erstarrte. Jetzt waren noch mehr Sirenen zu hören, und sie kamen näher.

»Wann hattest du Kontakt mit ihm?«

»Gestern«, log Sardor.

Victor sah seinen Sohn an. »Was zur Hölle hast du getan?«

»Nichts«, sagte Sardor. »Ich hab ihn um einen Gefallen gebeten, er sollte mir helfen, Simon Berg zu finden. Er hatte sich bei einer von Tatyanas Mädchen danebenbenommen, also hatte ich was gut …«

»Okay«, unterbrach in Victor.

»Was ist denn?«, fragte Elena beunruhigt. Die Polizeiautos hatten sich an allen Autos am Grönviksvägen vorbeigedrängt und blieben auf der Straße vor dem Haus stehen.

»Sie werden mich einsperren«, antwortete Victor, ohne seine Frau anzusehen.

»Was sagst du da …?«

»Hör jetzt zu«, sagte Victor. »Nimm Kamila und geh rein. Bleib ganz ruhig. Ruf Boris an und sag, dass sie mich festgenommen haben. Er weiß, was zu tun ist.«

»Aber …«

Victor ergriff Elenas Arm. »Tu einfach, was ich sage.«

Elena ging zu Kamila hinüber, die sich am Pool befand. Die Gäste standen noch immer mit ihren Gläsern in den Händen da. Von der Straße waren Stimmen zu hören.

Victor wandte sich zu Sardor und Nina.

»Ihr beide habt euch blamiert«, sagt Victor. »Ihr wisst, dass es auf der ganzen Welt nur eines gibt, das wichtig ist. Was?«

Sardor machte eine resignierte Geste.

»Was?«, wiederholte Victor geduldig.

»Die Familie?«, versuchte es Sardor.

»Dein Wort«, sagte Victor und hielt seinen Zeigefinger hoch.

»Genau, Sardor. Wort, das ist genau dein Ding, was?«, sagte Nina.

»Du verdammte, falsche Schlange«, zischte Sardor mit zusammengepressten Lippen.

»Ich frage mich, wer hier falsch ist.« Ninas Stimme vermischte sich mit den Rufen der Polizisten auf der anderen Seite des Geländes. »Du bist komplett daran gescheitert, deine Geschäfte und diesen verdammten Drogendealer im Griff zu behalten, oder?«

»Und *vielleicht*, Nina, ist es so, dass du vor uns allen ein riskantes Spiel gespielt hast«, fuhr Victor fort. »Ich verstehe sehr wohl, dass du versucht hast, deinen Bruder auszumanövrieren. Ich bin vielleicht krank, aber nicht blind.«

»Ich …«

»Es reicht!«, schrie Victor und senkte dann die Stimme wieder. »Du hast deinen eigenen Chef hintergangen. Mich! Deinen Vater. Wie dumm kann man sein? Nebenbei einen Verkauf von Baumaterial aufzuziehen? Das außerdem noch eine Brandkatastrophe verursacht! Begreifst du, was du getan hast? Und wofür zur Hölle hast du noch mehr Geld gebraucht? Du hättest mich auch einfach darum bitten können. Du solltest dich doch von jeglichen kriminellen Machenschaften fernhalten. Das ist das Einzige, was ich konsequent immer wiederholt habe. Unsere ganze Zukunft war auf dir und deiner legalen Karriere mit den Immobilien aufgebaut. Ich bin schwer enttäuscht.«

Victor bemerkte, dass das Einsatzkommando sich nun um den Pool verteilt hatte.

»Hört jetzt zu. Das, was ich sage, ist wichtig. Ich habe von den Ärzten Bescheid bekommen, dass ich noch achtzehn Monate zu leben habe.«

Nina und Sardor traten näher.

»Was meinst du damit?«, rief Nina verzweifelt.

»Du hast gehört, was ich gesagt habe.«

»Aber … Wie lange weißt du das schon?«

»Ihr habt euch beide blamiert. Auf unterschiedliche Art und in unterschiedlicher Tragweite. Aber das Schlimmste ist, dass ihr nicht ehrlich zu mir gewesen seid. Eurem Vater. Gleichzeitig seid ihr meine Kinder. Mein Fleisch und Blut. Ihr seid alles, was ich habe.«

»Runter auf den Boden«, schrie der Einsatzleiter ein paar Meter entfernt. Sie waren jetzt von Polizisten umringt.

Victor fuhr fort, als stünden sie an einem Sonntagabend nach einem langen, gemütlichen Familienabendessen im Wohnzimmer.

»Also gebe ich euch eine Chance, es wiedergutzumachen.«

»Runter! Sonst schießen wir!«, brüllte der Einsatzleiter.

Victor verzog keine Miene. »Ihr habt sechs Monate, um diesen Mist in den Griff zu kriegen. Zuerst müsst ihr euch zusammenraufen. Dann, auf *legalem* Weg, das Geschäft aufbauen.«

»Was heißt *ihr*?«, fragte Nina.

»Ihr beide«, sagte Victor. »Sardor soll seine Chance bekommen. Er hat eigentlich nie eine gehabt. Du wurdest mit einem Silberlöffel im Mund geboren. Sardor mit einer geladenen Pistole.«

»Das wird wohl schwierig vom Knast aus«, schnaubte Sardor.

»Sie werden nur mich einlochen. Dafür wird mein Anwalt sorgen«, erklärte Victor mit einem Lächeln. »Es gibt einen Plan für derartige Situationen. Immer schon.« Ruhig fuhr er fort: »Ihr habt sechs Monate, um mein Vertrauen zurückzugewinnen und zu beweisen, dass ihr es schafft zusammenzuarbeiten.«

»Wie kannst du dir so sicher sein, dass du wieder rauskommst?«, fragte Sardor. Er dachte daran, dass Victor früher gesagt hatte, er würde sich die Kugel geben, wenn er jemals wieder einfahren würde. Das konnte er nicht wörtlich gemeint haben. Vielleicht reichte ein guter Anwalt.

»Runter!«, schrie der Polizist.

Victor lächelte. »Vertraut mir. Aber ich werde euch überwachen. Und das Erste, was ihr zu tun habt, ist, euch miteinander anzufreunden. Ihr werdet euch sowohl bei mir als auch beieinander entschuldigen.«

Plötzlich knallten ein paar Schüsse. Der Einsatzleiter hatte dicht neben der Stelle, an der sie am Pool standen, in die Erde gezielt. Mehrere Gäste warfen sich schreiend zu Boden.

Victor beugte sich zu seinen Kindern vor.

»Aber ihr behaltet meine Krankheit für euch. Wenn ich jemals irgendwen außerhalb des engsten Kreises erwähnen höre, dass Victor Umarov krank ist, dann weiß ich, dass ihr nicht dichtgehalten habt, und dann vererbe ich alles Kamila. Oder Eje. Oder wem zum Teufel auch immer. Coco …«

Eine weitere Salve ertönte.

Victor strecke langsam die Hände hoch. Er lächelte. Wandte sich noch einmal zu Sardor und Nina.

»Jetzt gehe ich ganz brav mit dem Onkel Polizisten hier, und dann kommt schon alles in Ordnung, ihr werdet sehen.«

Sardor und Nina sahen zu, wie ihr Vater die Hände hinter seinen Kopf hielt und von ein paar testosteronstrotzenden Einsatzpolizisten in Handschellen gelegt wurde. Einige erste Regentropfen landeten in dem strahlend blauen Pool.

Samstag, der 15. Juni

MUSKÖ, STOCKHOLMER SCHÄREN

Tekla stieg aus dem Auto und atmete ein paarmal tief ein und aus. Als sie die Labellohülle herausholte, musste sie feststellen, dass sie leer war. Sie hatte vergessen, sie aufzufüllen. Sie schwankte, stützte sich auf das glatte Autodach. Es hatte begonnen zu regnen, große Tropfen fielen aus der dichter werdenden Wolkendecke. Sie hörte Magnus' Stimme im Hintergrund, doch es klang, als riefe er durch einen Tunnel.

Tekla blickte zu Tobias Alméns rotem Sommerhäuschen hinauf, das in den lichten Nadelwald eingebettet lag. Keine Menschenseele war zu sehen. Simons Klassenfoto flimmerte vorbei, sie sah Tobbe, Simon und all die anderen Gesichter auf dem Schwarz-Weiß-Foto. Dann begann das Album von selbst die Seiten umzublättern. Klasse um Klasse. Das Lehrerkollegium mit dem Rektor in der Mitte. Das Küchenpersonal mit hellen Mützen und Schürzen. Bilder aus der Kindheit nahmen in ihrem Kopf Form an, der Schulbus, die rot gesprenkelte Nase und barsche Miene des Fahrers, die Küche im Elternhaus, als Simon und sie die Plastiktüte um den Brotlaib aufrissen und in großen Trinkgläsern Kakao anrührten.

Tekla löste sich von den Bildern und ging zum Haus hinauf. Ihre Beine fühlten sich so schwer an, als hätte sie gestern ein brutales Krafttraining im Fitnessstudio absolviert. Noch mehr Erinnerungen und Bilder begannen sie zu attackieren.

Golgatha, wo Jesus mit dem Kreuz kämpfte. Ihre Stirn brannte, hinter dem Schädelknochen saß ein bohrender Schmerz. Was sie jetzt brauchte, war eine große Morphinspritze. Am Hügel, auf dem das Haus lag, kam sie an zwei kleineren Hütten vorbei, vielleicht Gästehäuschen oder Geräteschuppen. Plötzlich sah es aus, als läge das Haus mehrere hundert Meter entfernt. Sie versuchte die Bilder zum Stillstand zu bringen, die vor ihren Augen herumflatterten, doch es war, als hätte der Himmel sich geöffnet und die ganze Kartei der Erinnerungen würde zwischen den Regentropfen auf sie herabgegossen. Sie klatschte sich selbst ins Gesicht, versuchte, etwas Adrenalin freizusetzen, um das Gehirn zu reinigen. Nahm tiefe, tiefe Atemzüge, um die Übelkeit unter Kontrolle zu halten.

Die Stufen zur Hütte hinauf waren glatt, sie hielt sich an den roten Paneelen fest und nahm den Geruch von Malerfarbe und Sommerregen wahr, einen Geruch, den sie seit der Grundschulzeit an der Garage zu Hause im Dorf nicht mehr wahrgenommen hatte. Tekla drückte die Türklinke herunter, sie war eiskalt. Die Tür ließ sich problemlos öffnen. Als sie die Hütte betrat, identifizierte sie rasch den nächsten Geruch: Harz von den Holzpaneelen und eine distinkte Ledernote von dem wulstigen Sofa. Sie war hin- und hergerissen zwischen der Faszination, sich wieder an Gerüche erinnern zu können, die sie schon vergessen hatte, und dem Entsetzen darüber, was in ihrem Gehirn vor sich ging. Es fühlte sich an, als wäre sie dabei, in eine Psychose zu schlittern.

»Hallo!«, rief sie, doch es klang, als hielte ihr jemand den Mund zu. Die Hütte schien leer zu sein. Was konnte sie anstelle von Amphetamin nehmen? Ihr Gehirn explodierte beinahe vor Erinnerungsbildern. Sie attackierten sie von allen Seiten. Sie sah einen offenen Kamin in einer Ecke, ihre Gedanken wanderten zu der Hitchcock-Szene, in der die Vögel ins Zimmer eindringen. Tekla konnte die Asche unter dem Rost riechen. Noch mehr Bilder aus ihrer Kindheit tauchten auf, die Hütte an der Landenge, der Vater, wie er dahockte und mit einem langen Schürhaken in der Feuerstelle herumstocherte.

Sie stolperte weiter in die Küche. Schmutzige Teller, ein ekelhafter Geruch nach Ketchup und Röstzwiebeln. Tekla riss einen Schrank auf und fand ein Päckchen löslichen Kaffee. Der Geruch schwebte empor wie aus einer Wunderlampe. Sie schüttete sich etwas von dem Pulver in den Mund. Füllte einen Topf aus der Spüle mit lauwarmem Wasser und schluckte den Kaffee damit. Der schokoladige und säuerliche Geruch des löslichen Kaffees war intensiv. Der Geschmack der Nudelstärke aus dem Topf. Sie zwang sich das halbe Kaffeepäckchen hinein, trank Unmengen von Wasser und unterdrückte einen Brechreiz nach dem anderen. Sie würde sich jetzt nicht übergeben. Das durfte einfach nicht passieren. Der Sturm von Bildern nahm für eine Weile ab, zog sich zurück und legte sich wie eine Wolke über ihren Kopf. Bereit, jederzeit wieder über sie herzufallen.

Tekla kramte in der düsteren Hütte herum, war fasziniert von all den Gerüchen, die sie wahrnahm: die Feuchtigkeit des Linoleums im Badezimmer, Lavendel aus Duftkissen im Schlafzimmer, die sie nicht sah, Kork von einem selbstgeschnitzten Schlüsselanhänger im Flur.

Sie trat auf die Terrasse hinaus. Der Regen hatte zugenommen, und weit unten am Hügel entdeckte sie Magnus, der sich ruckartig bewegte. Sie rieb sich Schweiß aus den Augen, sah jedoch immer noch verschwommen. Vorsichtig ging Tekla die Treppe hinunter und weiter in Richtung Auto. Von unten auf dem Kiesweg hörte sie Magnus, es klang, als riefe er durch ein Kissen: »Niemand da?«

»Das Handy liegt auf dem Tisch, und die Tür ist unverschlossen«, antwortete sie. Die Worte stockten in ihrem trockenen Mund.

»Dann ist er in der Nähe«, rief Magnus.

Tekla spürte, wie die Panik sie fast paralysierte. Die Umarovs waren sicher nur wenige Minuten entfernt. Sie würden ihnen zuvorkommen. Und diesmal würden sie ihrem Bruder den Garaus machen.

»Simon!«, schrie sie und musste sofort husten, ihre Brust spannte, und sie zog an dem T-Shirt, das ihr an der Haut klebte.

Sie beobachtete, wie Magnus einen Schuppen, ein Klohäuschen und eine Holzlege durchsuchte.

»Nichts«, sagte er und checkte sein Handy. »Håkan ist im Anmarsch.«

»Simon ist in der Nähe«, hörte Tekla sich selbst sagen. In ihrer Stimme lag eine Verzweiflung, die ihr nicht gefiel.

Tekla blickte zum Himmel hinauf. Der Regen kam und ging, nahm wieder an Stärke zu. Die Fichtenspitzen zwanzig Meter über ihrem Kopf schwankten, ein sausendes Geräusch, als die letzten Reste des Frühlings sich sträubten, die Insel ergriffen und den Sommer zurückdrängen wollten. Tekla zitterte von dem Kaffeeschock, vor Kälte, vor Angst. Die Erinnerungen begannen sie erneut zu attackieren. Krankenhausszenen: Eva von der Intensivstation, die mit einem Ultraschallgerät auf einem intubierten Patienten herumfuhr, Tariq, der im Zeitraffer in die Notaufnahme kam, Górans Mund, nur ein paar Zentimeter von ihrem Gesicht entfernt, doch sie hörte nichts, begriff nur, dass er versuchte, ihr etwas zuzuschreien.

»Wie geht's dir?«, fragte Magnus. Sie stand nur einen Meter von ihm entfernt, doch seine Stimme klang wie ein Rauschen.

»Simon …« Tekla rang nach Luft. Sie überlegte, ob Nikotin, vielleicht Snus, eine amphetaminartige Wirkung haben konnte, sah jedoch das Risiko: Sie würde sich übergeben. Musste die Bilder fernhalten. Musste stark sein. Musste Simon retten.

Magnus ging zum Auto, um etwas zu holen. Teklas Mund schmeckte nach Blut. Sie sah überall Magnus' Rücken. An mehreren Stellen gleichzeitig. Als ob das Auge ihn registrierte, das Gehirn jedoch nichts verarbeiten konnte. Die Maschinerie stotterte.

»Er ist nicht hier«, sagte Magnus.

»Doch«, keuchte Tekla. »Ich weiß, dass er hier ist.«

Plötzlich war sie am Ufer des Sees in Edsåsdalen. Der Regen nahm zu. Ihre Mutter rief im Hintergrund etwas, doch Tekla verstand nicht, was sie sagte. Sie stand auf der Joggingstrecke vor dem Krankenhaus in Umeå. Es schneite. Magnus war da, sie sah seinen Rücken zwischen den Bäumen. Dann war er weg. Der Vater, der Holz hackte. Simon, der ins Gras fiel.

»Er muss … unten am Wasser natürlich. Sie angeln«, brachte sie schließlich heraus.

»Wir schauen nach«, hörte sie Magnus wie durch einen Filter sagen.

Aus dem Augenwinkel sah sie, wie er sich in Richtung Waldweg in Bewegung setzte. Im Zeitraffer. Oder ihr Gehirn fuhr jetzt wirklich herunter. Sie verspürte keine Angst. War viel zu konzentriert darauf, ihren Körper aufrecht zu halten und dazu zu bringen, sich vorwärtszubewegen.

Sie rannten auf einem Pfad. Die Gerüche stürzten auf sie ein: feuchte Farne, faulige Bananen aus irgendwelchen Mülltonnen, das Salz des Meeres, dem sie sich näherten, Blaubeersträucher und überall Rinde von Kiefern und Fichten.

Ihr Sehvermögen wurde dagegen mit jeder Sekunde schlechter. Sie sah zunehmend doppelt. Die Farben verblassten und wurden zu Graustufen. Die Nase war nun ihr einziges funktionierendes Sinnesorgan. Tekla wischte sich erneut Schweiß aus den Augen.

Sie liefen an zwei Häusern mit weißen Ecken und einem alten rostbraunen Schuppen vorbei. Magnus' Rücken warf sich vor ihr hin und her. Sie konnte jetzt das Meer erahnen. Der Wald lichtete sich und ging in Stein und Kies über, als sie sich dem Strand näherten.

Tekla blickte zum Wasser hinunter, links stand ein Bootshaus an einem Steg. Rechts war die Küstenlinie offen, einige umgedrehte Boote lagen am Ufer. Magnus bog rechts ab. Tekla in die andere Richtung. Plötzlich sah sie einen Mann aus dem Bootshaus kommen. Ihr Körper reagierte instinktiv, sie wusste, dass es Simon war, obwohl sie aus dieser Entfernung sein Gesicht nicht erkennen konnte. Sie rief seinen Namen. Hörte Magnus gedämpft schreien, sie solle auf ihn warten.

Tekla spürte, dass sie nahe daran war, das Gleichgewicht zu verlieren, die Schuhe sanken in den feuchten Sand ein. Es war weiter, als sie dachte. Sie rief verzweifelt Simons Namen, doch der Mann reagierte nicht. Die Stimme hatte sie verlassen. Sie spürte, wie die Panik zuschlug, eine Wand von Erinnerungen stürzte über ihr zusammen, und sie schlug sich aufs Gesicht. Dann kamen die Farben zurück.

Im Hintergrund war ein Fahrzeug zu hören. Ein dumpfes Geräusch von etwas, das Gas gab, vielleicht, um eine Steigung hinaufzufahren. Tekla wandte sich um, sah, wie sich Magnus' großer Schatten näherte, und dahinter, weit oben am Waldrand, ein Auto. Sie drehte sich rasch wieder um, um nicht aus der Balance zu kommen, hatte nur ein Ziel, und das war, als

Erste bei Simon anzukommen. Gerade als sie den Steg erreichte, wandte sich Simon zu ihr um. Er sah erstaunt aus. Einen Augenblick dachte sie, jetzt würde alles schwarz werden. Die Wolken würden über sie hereinbrechen. Doch es gelang ihr, sich aufrecht zu halten und einen Sturz zu verhindern, ihre Turnschuhe landeten auf den glatten Holzplanken.

»Das ist Håkan«, hörte sie Magnus rufen und sah, wie ein groß gewachsener Mann am Bootshaus vorbeirannte.

Tekla umarmte Simon, zuckte jedoch zurück, als sie seine knochigen Schultern und Rippen unter der Jacke spürte. Das strähnige Haar stand in alle Richtungen, die Haltung war leicht vornübergebeugt.

»Simon. Hör mir zu, nur dieses eine Mal. Du musst hier weg.«

Simon starrte ihr direkt in die Augen. Er war mager und bleich, doch sein Blick war klar, und er wirkte völlig ruhig. Ein Orkan von Gerüchen überspülte sie: Tabak, Magensäure, vermischt mit billigem Bier, Schweiß, ungewaschenes Haar.

»Wir müssen weg, aber wir können nicht denselben Weg zurück nehmen. Sie sind schon unterwegs«, fuhr Tekla fort. Sie musste sich anstrengen, um die Worte zu formulieren.

Simon sah sie an und lächelte. »Nein, Tekla. Ich gehe nirgendwohin.«

»Simon!«, schrie Tekla. Ihre Worte klingelten in den Ohren. Irgendetwas war mit ihrer ganzen Wahrnehmung nicht in Ordnung. »Simon. Bitte. Wir müssen abhauen. Jetzt.«

»Nein.«

Sie umarmte ihn. Flüsterte in sein Ohr: »Entschuldige. Dass ich eine schlechte Schwester war. Ich will dich nie mehr verlieren.«

Simon blickte ihr direkt in die Augen. Für eine Sekunde

sah es so aus, als würde irgendetwas in ihm geweckt, als würde er in der Zeit zurückversetzt. Sie war fast zu ihm vorgedrungen, das sah sie, aber es reichte nicht.

»Es ist zu spät«, sagte Simon.

Im Hintergrund hörte sie Stimmen. Die von Magnus und einem anderen Mann, doch sie drehte sich nicht um.

»Nein, ist es nicht«, schrie Tekla. »Ich weiß, was du vorhast. Du willst die ganze Schuld auf dich nehmen. Aber so funktioniert das nicht. Es ist nicht deine Schuld, dass du in diese Sache reingezogen wurdest.«

Simon lächelte, sodass seine Wolfszähne sichtbar wurden.

»Wessen Schuld ist es denn dann?«

»Scheißegal. Jetzt müssen wir jedenfalls hier weg.« Tekla blickte sich um. »Das Boot da. Wem gehört das?«

»Tobbe.«

»Wo ist er?«

»In der Stadt.«

Der Regen hatte an Stärke zugenommen. Das Wasser drang durch Teklas Kleidung und rann ihr den Rücken hinunter. Sie konnte nicht unterscheiden, ob es brannte oder eiskalt war.

»Kriegst du es in Gang?«

Simon nickte.

Tekla stieß ihren Bruder fast ins Boot und riss am Seil. Der Tampen saß fest. Schließlich brachte sie ihn los und sprang an Bord. Ihre Fingerspitzen schmerzten.

Plötzlich hörte sie, wie Simon schrie. Er zeigte auf Magnus.

»Was macht er hier?«

»Was meinst du?«, fragte sie.

»Das war er! Alles ist seine Schuld! Er hat das Geld in Haninge genommen. Er hat mich bedroht, hat mir eine Pistole an den Kopf gehalten.«

Tekla parierte eine Welle und hielt sich an der Gummireling fest. Sie blickte zu Magnus hinauf, kniff die Augen zusammen, um nicht doppelt zu sehen. Sie rief seinen Namen durch den immer stärker werdenden Regen. Die Wellen schlugen gegen das Boot, sie verlor die Orientierung.

Magnus schüttelte den Kopf, doch Tekla sah ihm an, dass es wahr war. Er versuchte nach dem Bug zu greifen. Tekla bekam ein Paddel zu fassen, das auf dem Boden des Bootes lag, und stieß das Boot vom Steg, sodass Magnus nicht an Bord springen konnte. Sie wollte ihn anschreien, ihn schlagen, doch sie musste all ihre Kraft für den Versuch aufwenden, vom Steg und den Bojen an den Seiten wegzupaddeln. Simon war dabei, den Benzinschlauch mit dem Motor zu verbinden.

Tekla blickte erneut zum Steg hinüber und sah, dass Magnus' Blick nicht mehr auf sie, sondern auf etwas schräg hinter ihr gerichtet war. Sie drehte sich um und sah, wie Håkan eine Pistole an Simons Kopf hielt. Er war auf die Metallschranke geklettert und ins Boot gesprungen.

»Stoß das Boot weiter ab«, schrie Håkan durch den prasselnden Regen. »Dann tauschen wir beide Platz. Du startest den Motor.«

Tekla tat, was er sagte. Sie hörte Magnus durch den Lärm, konnte jedoch seine Worte nicht verstehen. Sie schielte zu Simon hinüber, der mit den Händen zwischen den Beinen dasaß. Er sah nicht einmal ängstlich aus. Es war, als hätte er bereits aufgegeben.

Samstag, der 15. Juni

MUSKÖ, STOCKHOLMER SCHÄREN

Der Wind über Mysingen war stärker geworden. Die Wellen weit draußen in der Bucht wurden immer höher. Es waren nicht viele Boote auf dem Wasser, doch ein einsamer Küstenjäger der Marine war auf seinem Weg hinunter zum Monument von Älvsnabben am Horizont zu sehen.

Magnus hielt die Pistole in der einen Hand, während er mit der anderen versuchte, sein Gesicht vor dem Regen zu schützen. Er kniff die Augen zusammen und bemühte sich zu sehen, was in dem kleinen Boot passierte, das sich gute zwanzig Meter entfernt im Sund aus den Wellen erhob. Er hörte das dumpfe Grollen des Küstenjägers weit hinten auf dem Meer, doch seine Gedanken kreisten nur darum, was passiert war. Simon hatte ihn von Haninge wiedererkannt, und es war unmöglich, Tekla vom Steg aus zu erklären, wie sich alles verhielt. Das bisschen Vertrauen, das er wieder hatte aufbauen können, war jetzt zerstört.

Er blickte sich um. Keine anderen Boote am Steg. Kein Mensch war zu sehen. Er strengte sich an, klar zu denken. Schnell zu analysieren und zu handeln. Aber er konnte sich nicht erklären, warum Håkan Simon töten wollte. Warum war er ins Boot gesprungen und hatte seine Pistole auf Simon gerichtet? Magnus hob die Pistole und zielte, doch das Boot schwankte auf und nieder. Es war ausgeschlossen, auf Håkan zu schießen, ohne dabei zu riskieren, die anderen zu treffen.

Sein ganzer Körper schrie: Tu etwas! Handle! Rette Tekla! Und Simon! Auf eine Art war alles seine Schuld. Er hatte sich darauf eingelassen, das Geld in Haninge zu nehmen, und danach war alles außer Kontrolle geraten.

Magnus ließ die Pistole sinken, sprang vom Steg und machte ein paar Schritte in das kalte Wasser hinaus. Die Wellen schlugen ihm bis an die Oberschenkel, und er sah ein, dass er nicht würde hinausschwimmen können. Es würde zu lang dauern, und Håkan konnte ihn leicht erschießen, wenn er sich näherte. Verdammter Håkan! Er musste richtig Scheiße gebaut haben. Seine Seele verkauft, vielleicht hatte er das schon lange. Hatte er sich mit den Usbeken zusammengetan? Oder den Red Bears? Magnus begriff jetzt, dass Håkan ihn ausgenutzt hatte, vielleicht schon seit ihrer Zeit auf der Polizeihochschule. Er fühlte sich dumm, naiv und betrogen.

Er blickte sich noch einmal um und sah ein Surfbrett, das an einem Baum lehnte. Doch würde es die Wellen bewältigen? Da lag auch noch ein umgedrehtes altes Ruderboot, aber es sah verrottet aus. Etwas weiter entfernt: ein Kajak. Magnus rannte hin, zog es zum Wasser und drehte es um. Scheiße, kein Paddel. Das Bootshaus. Vielleicht waren dort Paddel? Aber sollte er hinüberrennen und Zeit verlieren? Oder mit den Händen paddeln?

Vom Boot war ein Schuss zu hören.

Magnus warf sich instinktiv auf den Boden, versuchte zu erkennen, was dort draußen passierte, doch das Boot war jetzt vielleicht fünfzig Meter weit entfernt, und es schüttete in Strömen. Die Wellen schlugen ins Kajak, als Magnus es hinausschob. Er legte sich auf den Bauch und paddelte mit den Händen. Die Pistole steckte er am Rücken in seine Jeans. Sie war entsichert. Wie viele Schüsse? Das Magazin war voll, das hatte er überprüft, als er zum Steg hinuntergerannt war.

Diese Handgriffe waren ihm in Fleisch und Blut übergegangen, auch wenn dieser Einsatz hier persönlich war. All die SEK-Einsätze, alles körperliche Training und die mentalen Übungen bewirkten, dass er jetzt auf Autopilot schalten konnte. Håkan sollte kein allzu schwerer Gegner sein, er hatte nicht dieselbe Physis wie Magnus. Er musste es nur schaffen, ins Boot zu kommen, ohne erschossen zu werden.

Das Kajak begann sich rasch mit Wasser zu füllen. Håkan würde Schwierigkeiten haben, ihn liegend von einem schaukelnden Boot aus zu treffen. Aber wie es auch laufen würde, er hatte sich entschieden: Er würde sich selbst opfern, um Tekla zu retten. Sie durfte nicht wegen seiner falschen Entscheidungen sterben.

Als er bis zur Hälfte gekommen war, sah er die Umrisse zweier Personen, die im Boot standen. Er hörte die Zündung an- und ausgehen, doch der Motor wollte nicht starten. Es dauerte gefühlt eine Ewigkeit voranzukommen. Das Wasser spritzte Magnus ins Gesicht, es schmeckte nach Salz. Er paddelte schneller. Was für eine Pistole hatte Håkan? Eine SIG Sauer, genau wie er selbst. Die gleiche wie die, die er bei der Razzia in Haninge verloren hatte. Hatte Håkan noch mehr Waffen? Soweit er wusste, nicht.

Magnus war jetzt nur noch gute zehn Meter vom Boot entfernt. Zwei Gestalten standen aufrecht und rangen miteinander, die eine war Håkan, doch er konnte nicht ausmachen, wer die andere war. Er vernahm Stimmen und identifizierte Tekla. War Simon erschossen worden?

Als er das Boot erreichte, hörte er, wie auf der anderen Seite jemand ins Wasser geworfen wurde. Oder hineinsprang. Dann noch jemand. Das Boot schaukelte heftig hin und her, aber Magnus schaffte es, die Reling zu ergreifen. Er stabilisierte das Kajak am Boot, spürte jedoch, wie ihm das Kajak entglitt, es war schwer, voller Wasser und im Begriff zu kentern.

Magnus verlor den Halt und blieb zwischen dem wegrutschenden Kajak und dem Boot hängen, mit großer Kraftanstrengung gelang es ihm, sich über die Reling zu hieven.

Er sah, dass jemand hinten im Boot auf dem Boden lag. Es war Simon. Magnus kroch zu ihm hinüber und sah, dass er eine Schusswunde am Arm hatte. Er stand unter Schock, war vor Schreck wie gelähmt.

»Du …!«

»Alles gut«, sagte Magnus. »Ich will euch helfen.«

Er schälte sich aus seinem Hemd und drehte es rasch zusammen, band es als Druckverband um Simons Arm und versuchte gleichzeitig, die Wasseroberfläche zu scannen, um Tekla und Håkan zu finden.

»Tekla!«, schrie Simon zwischen den Schmerzattacken. »Sie kann nicht schwimmen!«

Magnus ließ Simons verletzten Arm los und stand auf. Da sah er Håkan zu Tekla hinüberschwimmen. Sie schlug wild mit den Armen und befand sich mehr unter als über Wasser.

Magnus zog seine Pistole heraus und zielte, doch das Boot schaukelte, und der Regen verschleierte die Sicht. Bevor er eine gute Schussposition fand, hatte Håkan Tekla bereits erreicht und nach unten gedrückt.

Magnus sprang ins Meer und begann zu schwimmen. Das kalte Wasser erfasste ihn, und seine Kleidung fühlte sich auf einmal schwer wie Blei an. Er mobilisierte alle seine Kräfte und schwamm unter Wasser direkt auf die Stelle zu, an der er Håkan und Tekla vermutete. In dem dunklen Wasser konnte er nicht viel sehen, bekam jedoch ein Bein zu fassen. Er spürte sofort, dass es Håkans war.

Magnus versuchte Håkan hinunterzuziehen, doch der gewann schnell die Oberhand. Irgendwie gelang es Magnus, sich an die Oberfläche zu kämpfen, er nahm einen Atemzug, spürte zugleich, wie Håkan mit seiner großen Hand nach seinem Kopf griff. Die Wellen rissen und zerrten an ihnen, warfen sie hin und her. Die Kälte lähmte die Muskulatur, aber es war ein Kampf ums Überleben, die physikalischen Gesetze schienen außer Kraft gesetzt.

Magnus schaffte es, noch einmal Atem zu holen, bevor er erneut in die Tiefe gedrückt wurde. Mit Mühe schob er Håkan weg, spürte, wie seine Kräfte langsam schwanden. Magnus wusste kaum noch, wo oben und unten war. Er sah, wie Håkan sich nach etwas ausstreckte, die eine Hand am Fuß. Hatte Håkan ein Messer?

Magnus bekam Håkans Jacke zu fassen und zog sich Zentimeter für Zentimeter zur Oberfläche hin. Håkan kämpfte dagegen an, doch er war schon länger im Wasser als Magnus. Auch ihm begann die Kraft auszugehen.

Schließlich brachte Magnus die Hände zu Håkans Hals hinauf, er drückte fest zu und spürte, wie das Leben allmählich aus Håkan wich. Magnus zögerte, doch er hielt den Griff. Zusammen sanken sie unter die Oberfläche. Alles wurde still.

Am Ende gab Håkan auf, sein Körper wurde schlaff.

Da packte Magnus mit einem Mal die Reue, er ließ Håkan nach oben kommen. Hörte das Geräusch der Wellen. Håkan rang nach Atem, versuchte zu schwimmen, zu entkommen.

»Wie kannst du nur so bescheuert sein? Alles für zwei missratene Junkies zu opfern«, stieß er keuchend aus.

Magnus blickte seinen alten Freund an. Sah sein höhnisches Grinsen, das er schon so oft gesehen hatte. Fühlte, wie die blanke Wut in ihm aufstieg, als er begriff, wie zerbrechlich ihre Freundschaft immer gewesen war. Wie groß der Verrat war.

Håkan streckte sich zu seinem Fuß und zog das Messer heraus, das er schon vorher zu erreichen versucht hatte. Magnus gelang es gerade noch, Håkans Hand zu fassen, bevor er ihm das Messer in die Weichteile rammte. Er spürte, wie die Messerspitze seine Haut durchschnitt und dann immer weiter in seinen Bauch eindrang. Die Muskelfasern, die zertrennt wurden, die zähe Oberfläche des Bindegewebes, die durchbohrt wurde, das empfindliche Bauchfell, das schmerzhaft aufbrach. Trotz des eisigen Wassers fühlte sich das Messer noch kälter an, der Schmerz schoss ihm bis in die Wirbelsäule.

Magnus versuchte mit aller Kraft, das Messer aus seinem Körper zu bekommen, während er gleichzeitig registrierte, dass er sank, dass er seine Beine kaum mehr bewegen konnte. Er entschloss sich zu einer letzten verzweifelten Handlung, stoppte die Schwimmbewegungen auch mit dem anderen Arm, ergriff Håkans Hand, die das Messer hielt, mit beiden Händen und bog sie weg. Stück für Stück gelang es ihm, das Messer aus Håkans Hand zu winden. Ihre Gesichter waren nur noch ein paar Zentimeter voneinander entfernt.

Dann stieß er zu. Direkt in Håkans Herz.

Håkans Körper bebte.

Magnus hielt inne. Er schrie »Verzeih mir!«, doch das Leben sickerte bereits aus Håkan. Dessen Gehirn hatte verstanden, was passiert war, und für einige quälende Sekunden war er herztot, aber noch nicht hirntot.

Magnus wandte den Blick ab und schob Håkans Körper von sich.

Dann schaute er hinüber zum Boot, in dem Simon stand und mit seinem gesunden Arm auf eine Stelle im Wasser zeigte. Doch Magnus konnte Tekla nirgends sehen. Sie war weg.

Er atmete tief ein und tauchte. Spürte einen stechenden Schmerz im Bauch, der ihn jedoch nicht lähmte. Es war dunkel dort unten, und Magnus konnte kaum etwas sehen. Er stieg wieder an die Oberfläche und atmete heftig ein und aus. Sein Körper war steif vor Kälte und Erschöpfung. Magnus ging erneut unter Wasser, aber er schaffte es nicht mehr so lange. Die Wellen überspülten seinen müden Kopf, als er auftauchte, um Sauerstoff zu bekommen. Er nahm noch einen Atemzug und tauchte zurück in die Tiefe, schwamm so weit hinunter, wie er konnte, und als er gerade umkehren wollte, bekam er einen Arm zu fassen. Er sammelte seine letzten Kräfte und zog den Körper an die Oberfläche. Tekla war leblos. Magnus hielt sie mit einem Arm vor seine Brust und schwamm rückwärts auf das Boot zu. Stück für Stück. Der Schmerz im Bauch wurde intensiver. Als er das Boot erreichte, half Simon ihm, Tekla hinaufzuziehen. Er rief ihren Namen, während er sah, wie Simon seine Schwester Mund zu Mund beatmete. Magnus hievte seinen Körper über die Reling und brach neben Tekla zusammen.

»Tekla!«, schrie er wieder, setzte sich auf und drückte rhythmisch auf ihren Brustkorb. Magnus nahm wahr, wie das Blut aus seinem Bauch quoll. Er konnte gerade noch denken, dass er jetzt tot wäre, wenn Håkan seine Pulsader getroffen hätte. Nach ein paar Sekunden begann Tekla den Arm zu bewegen. Magnus beendete die Herzdruckmassage, Simon die Mund-zu-Mund-Beatmung.

Sie fing an zu husten. Wasser kam aus ihrer Lunge herauf, und Tekla rollte langsam zur Seite. Sie hustete. Zitterte. Aber sie lebte.

Epilog

Freitag, der 28. Juni

KREMATORIUM, FRIEDHOF LIDINGÖ

Der Sarg war aus hellem Holz. Einfach, aber trotzdem schön, dachte Tekla. Sie folgte der ruhigen, methodischen Arbeit des Kremationstechnikers Jan Nilsson mit den Augen. Er fuhr den Sarg auf einem Wagen aus der Kühlung zum Ofen. Der Raum war kalt, doch Tekla konnte die Hitze der Flammen des Ofens spüren. Jan blickte auf ein Messgerät und drehte an etwas. Er war erstaunlich entgegenkommend gewesen, als sie den Wunsch geäußert hatte, dabei zu sein. Als »seine verantwortliche Ärztin«, hatte sie gesagt.

Vom Ofen her war ein lautes Rauschen zu hören. Wie ein Wasserfall. Jan erklärte, wie viele Kubikmeter Öl bei jeder Einäscherung verbraucht wurden. An der gelb gekachelten Wand hing ein roter Feuerlöscher. Ein Metalleimer auf dem Boden war voller alter Prothesen.

Tekla stand auf der roten Treppe, die zum Krematorium hinunterführte. Sie lehnte sich gegen die Wand. Sie fröstelte ein bisschen und sehnte sich hinauf in den warmen Sommertag.

Jan ließ den Sarg auf die Höhe der Ofenöffnung fahren. Langsam bewegte er sich auf die Flammen zu.

Tekla dachte an Simon. Fragte sich, ob er so lange leben würde, dass er ein neues Knie oder eine neue Hüfte brauchte. Die Chancen waren sehr gering. Doch für den Moment konnte sie sich entspannen. Er hatte am Ende eingewilligt, für eine Weile in die Wohnung ihres Onkels in Malaga zu ziehen. Um die Umgebung zu wechseln. Um von allem wegzukommen. Und damit Tekla sich keine Sorgen mehr machen musste. Er hatte sich für ein Rehabilitationsprogramm eingeschrieben. Klang sogar richtig munter, als er vor ein paar Tagen angerufen hatte. Wie lange würde die Frist dauern? Ein paar Wochen? Monate? Tekla bemühte sich, nicht so weit zu denken. Auf jeden Fall bekam sie eine wohlverdiente Pause. Sie wollte versuchen, im Hier und Jetzt zu leben.

Der Sarg war jetzt im Ofen. Jan drückte auf einen Knopf. Eine spiegelblanke Stahltür glitt nach unten.

Plötzlich hörte Tekla ein Rascheln hinter sich und eine wohlbekannte Stimme: »Möchten Sie eines?«

Monica Carlssons Spiegelbild tauchte in der Tür auf, sowie der Ofen geschlossen war. Tekla wandte sich um. Sah die ausgestreckte Tüte Lakritz.

»Was machen Sie hier?«, fragte sie verwundert.

»Nehmen Sie eins«, beharrte Monica und schüttelte die Tüte.

»Danke, aber … ja, warum nicht.« Tekla nahm ein Stück Lakritz.

»Schön, dass Sie hergekommen sind«, sagte Monica.

Tekla hatte die Krankenhausdirektorin noch nie so leger gekleidet gesehen. Weiße lange Hosen und ein schwarzes Seidenhemd. Flache Schuhe aus grünem Stoff.

»Wie lange dauert es?«, rief Monica Jan zu.

»Jetzt sind wir bei tausend Grad«, antwortete Jan durch das Brausen.

»Nein, wie lange es *dauert*!«

Jan trat zu ihr. »Ach so. Ungefähr eineinhalb Stunden.«

»Wollen wir einen Kaffee trinken?«, fragte Monica.

»Okay.«

Gemeinsam stiegen sie die Treppe hinauf und verließen das Krematorium.

»Ich kenne ein Lokal in der Nähe«, sagte Monica.

Sie gingen zum Wasser hinunter und auf ein kleines, altes, rotes Haus zu, das sich als Café entpuppte.

»Waren Sie schon einmal hier?«, erkundigte sich Tekla und bestellte einen Kaffee und ein Mazarin-Törtchen.

»Falsche Frage. Sie müsste eigentlich lauten: Warum wurde er gerade hier kremiert?«

»Das wäre meine nächste Frage gewesen.«

»Ich finde, es liegt schön«, sagte Monica. »Am Wasser.« Sie bestellte eine Orangenlimo und ein Mille-feuille. »Außerdem haben wir hier draußen ein Familiengrab. Deshalb kenne ich den Pastor gut.«

»Das erklärt die Sache.«

Sie setzten sich ans Fenster. Die Stühle waren ein bisschen klein für Monica, die Mühe hatte, an dem alten Tisch Platz zu finden.

»Wie geht es Ihnen?«, fragte Monica.

»Gut.«

»Sie sind eine schlechte Lügnerin.«

Tekla überlegte. »Alles ist relativ.«

»Wie wahr.« Monica schnitt mit dem Löffel durch den rosa Zuckerguss auf dem Gebäck.

Als sie die Urne abgeholt und die Papiere unterschrieben hatten, fragte Monica: »Also, wo soll er liegen?«

Tekla hielt die sandfarbene Urne und dachte nach.

»Ich hab eine Idee. Aber ich weiß nicht, ob es so gut ist, wenn meine Chefin sieht, was ich tue.«

»Finden Sie, ich wirke wie ein Mensch, der immer alle Regeln einhält?«

Tekla lächelte. »Das kann ich nicht kommentieren.«

»Kommen Sie«, sagte Monica und ging in die warme Junisonne hinaus. Blickte zum Himmel. »Der Sommer ist hier, um zu bleiben.«

Tekla lief über den Kies in Richtung Parkplatz. »Wollen Sie mitkommen?«

Monica nickte.

Sie schlugen den Weg zum Wasser ein. Gingen am Café vorbei und ein paar hundert Meter weiter auf die Landzunge hinaus. Der Flieder blühte. Ein Rasenmäher brummte in der Ferne. Boote fuhren ruhig durch den Sund, bevor sie weiter draußen in der Bucht Gas geben konnten. Tekla fühlte sich neben der imposanten Krankenhausdirektorin klein. Gleichzeitig gab deren Anwesenheit ihr Sicherheit. Es war ein schönes Gefühl, diese Strecke nicht allein zurücklegen zu müssen.

Ein paar Möwen fegten die Straße hinunter.

Monica sagte: »Wenn du durchs Wasser gehst, ich bin bei dir, und durch Ströme, sie werden dich nicht überfluten; wenn du durchs Feuer gehst, wirst du nicht versengt werden, und die Flamme wird dich nicht verbrennen.« Sie blickte übers Wasser hinaus. »Matthäus 14, Vers 22.«

»Eher Jesaja 43, Vers 2«, entgegnete Tekla.

Monica blieb stehen, wandte sich zu ihr und lächelte.

»Ich hätte nicht gedacht, dass Sie die Bibel lesen.«

»Nein, tue ich auch nicht«, sagte Tekla, ohne nachzudenken.

»Aber Sie haben die Seiten irgendwann mal *gesehen*?«

Tekla wurde klar, dass sie in die Falle getappt war. Monica wusste von ihrem fotografischen Gedächtnis.

Zuerst war sie verärgert. Fühlte sich bloßgestellt. Nackt. Doch es ging schnell vorüber. Nach allem, was passiert war, hatten sie ein Gleichgewicht zwischen sich hergestellt. Tekla wusste genauso viel über Monica wie umgekehrt.

Sie gingen weiter auf die Landzunge hinaus. Wichen vom Weg ab, nahmen einen kleinen Pfad durch den Birkenwald und kamen zu den Klippen. Die Meerenge lag vor ihnen. Häuser am Ufer auf der anderen Seite. Doch keine Menschen in der Nähe.

Beide standen schweigend da und blickten über die Wellen hinaus. Es wehte ein ablandiger Wind.

Tekla nahm den Deckel der Urne ab.

»Aber wer war er?«, fragte Tekla.

»Niemand«, antwortete Monica.

»Doch, für mich war er jemand. War er Russe? Usbeke? Hatte er Familie? Einen Namen?«

»Oleg Shvimeyev.«

Tekla drehte sich zu Monica um.

»Wie …?«

Jetzt begriff sie, warum sie gemeint hatte, er würde sie fragen, ob sie schwimmen konnte.

»Verstreuen Sie seine Asche«, sagte Monica. »Befreien Sie sich von einem Teil dieser Unrast. Dann können wir weitergehen. Sie müssen doch noch einen Polizisten im Krankenhaus besuchen.«

Tekla trat ein paar Schritte auf die feuchte Klippe hinaus und schüttete die Asche in den Wind.

Jens Lapidus

SCHWEIGEPFLICHT

Thriller

640 Seiten, btb 71819
Aus dem Schwedischen von Susanne Dahmann

Der erste Fall ihres Lebens. Ein Klient im Koma. Und der Einzige, der ihr zur Seite steht, ist kriminell.

Emelie Jansson ist frisch gebackene Anwältin – und hoffnungsvoller Nachwuchs einer der angesehensten Anwaltsfirmen des Landes. Teddy ist ein Ex-Knacki, der für diese Firma Spezialnachforschungen betreibt und sich fortan auf der anständigen Seite des Lebens bewegen will. Doch dann wird in einem Sommerhaus auf den Stockholmer Schären ein schrecklich zugerichteter Toter gefunden, ein bewusstloser Mann wegen dieser Tat in U-Haft genommen, und ein Karussell setzt sich in Fahrt, das alles in Frage stellt, wofür Emelie und Teddie angetreten sind: Karriere, Freiheit, eine Zukunft. Wird es den beiden gelingen, die richtigen Entscheidungen zu treffen?

»Lapidus spielt in einer ganz eigenen Liga. Das ist nicht nur spannend, sondern auch sprachlich genial, das ist einzigartig.«
Sydsvenskan

Cilla & Rolf Börjlind

Der gute Samariter

Kriminalroman

448 Seiten, btb 75853
Aus dem Schwedischen von
Susanne Dahmann, Julia Gschwilm

NEU – Der 7. Fall für Olivia Rönning und Tom Stilton!

Olivia Rönning ist verschwunden. Ihre Kollegin Lisa Hedqvist ist sich sicher, dass sie entführt wurde. Als Tom Stilton von der Sache erfährt, kehrt er aus seiner selbstgewählten Corona-Isolation in den Stockholmer Schären in die Stadt zurück. Er und Lisa folgen der Spur zu einer einsamen Hütte. Doch als sie sie erreichen, steht das Haus bereits in Flammen. Eine tote Frau wird gefunden. Ist es Olivia?
Zur gleichen Zeit koordiniert ihre frühere Chefin Mette Olsäter die Sicherheit der landesweiten Corona-Impfstofflieferungen, doch es gibt Hinweise, dass der Transport sabotiert wurde …

Rivière maudite

DES MÊMES AUTEURS
AUX ÉDITIONS J'AI LU

Douglas Preston & Lincoln Child

Série Pendergast

La chambre des curiosités, 2005
Les croassements de la nuit, 2005
Le violon du Diable, 2008
Le livre des Trépassés, 2009
Danse de mort, 2009
Croisière maudite, 2010
Relic, 2010
Valse macabre, 2011
Le Grenier des Enfers, 2011
Fièvre mutante, 2012
Vengeance à froid, 2013
Descente en enfer, 2014
Tempête blanche, 2015
Labyrinthe fatal, 2016
Mortel sabbat, 2017
Noir sanctuaire, 2018
Nuit sans fin, 2019
Offrande funèbre, 2020

Série Giddeon Crew

R pour revanche, 2013
C comme cadavre, 2014
S comme survivre, 2015
A comme apocalypse, 2017
T comme tombeau, 2020

Hors série

Ice limit, 2007
Le piège de l'architecte, 2012
Cauchemar génétique, 2014
Les sortilèges de la cité perdue, 2015
Rivière maudite, 2021
Tombes oubliées, 2021
Le dard du scorpion, 2022

Douglas Preston

Le codex, 2008
T-Rex, 2009
Credo, 2010
Impact, 2012
Le projet K, 2016
Jennie, 2018
La Cité perdue du dieu singe, 2020

Douglas Preston & Mario Spezi

Le monstre de Florence, 2011

Lincoln Child

Deep Storm, 2010
La troisième porte, 2014
Projet Sin, 2016
La bête d'Alaska, 2017
Sang de lune, 2019

DOUGLAS PRESTON
&
LINCOLN CHILD

Rivière maudite

Traduit de l'anglais (États-Unis)
par Sebastian Danchin

J'AI LU

TITRE ORIGINAL
Crooked River

ÉDITEUR ORIGINAL
Grand Central Publishing, New York, 2020

1

Ward Persall arpentait lentement l'étroite bande de sable que venaient lécher les vagues sous un ciel sans nuages. Il aimait la sensation de ses tongs qui s'enfonçaient dans le sol humide en soulevant un peu de sable à chaque pas.

— Hé, Ward ! le héla son père, tranquillement installé sur un fauteuil de plage à quelques mètres de l'eau, une casquette des Nationals sur la tête et une serviette enroulée autour des jambes, l'épais carnet qui ne le quittait jamais ouvert sur ses genoux. Jette un œil sur ta sœur, OK ?

— Oui, d'accord.

Comme s'il ne passait pas son temps à ça depuis près d'une semaine qu'ils étaient là. Amanda ramassait des coquillages un peu plus loin. Du coin de l'œil, Ward vit son père retourner à ses équations mystérieuses. Il travaillait pour le compte d'un sous-traitant de l'armée et ne se privait jamais de seriner à table, à l'heure du dîner, qu'il n'avait pas le droit de raconter sa journée. Cette culture du secret-défense avait contribué à creuser un fossé entre lui et les siens depuis longtemps, mais Ward avait seulement pris conscience de tous ces détails à l'adolescence : la sempiternelle casquette de baseball destinée à cacher la calvitie paternelle, la manie de son père de protéger ses jambes blêmes à l'aide d'une serviette pour éviter le cancer de la peau qui courait dans la famille, d'autres obsessions, encore, qui avaient poussé sa mère à divorcer trois ans plus tôt.

La petite sœur de Ward se précipita à sa rencontre, une pelle dans une main et un seau dans l'autre.

— Regarde, un cavalier de Floride ! s'écria-t-elle en brandissant un énorme coquillage.

— Il est magnifique, approuva Ward.

La fillette remit le précieux coquillage dans son seau.

— Au début, j'ai pensé qu'il s'agissait d'un cantharus, mais il avait pas vraiment la bonne forme.

Sans laisser à son frère le temps de répondre, elle retourna à sa mission de toute la vitesse de ses petites jambes.

Ward la suivit des yeux avant de laisser courir son regard sur la bande de sable humide, au cas où la marée aurait déposé de nouveaux trésors pendant sa discussion avec Amanda. Ce secteur de l'île de Captiva, au bord du golfe du Mexique, était relativement peu fréquenté. Une dizaine de personnes seulement avançaient courbées en deux, dans la même position que sa sœur et lui.

Ward avait été déçu à leur arrivée cinq jours auparavant. À l'inverse de Virginia Beach et de Kitty Hawk, où il avait passé ses vacances précédentes, les plages de Captiva et de Sanibel étaient dépourvues de boutiques. Pire, le coin disposait d'une connexion Internet exécrable. Il avait pourtant fini par s'habituer au calme de ce lieu isolé, heureux d'avoir pensé à télécharger suffisamment de films et de bouquins pour tenir la semaine. Depuis le divorce, entre la pension et le reste, son père n'avait plus les moyens de les emmener en vacances aussi souvent qu'avant. Quand un collègue avait proposé de lui prêter sa petite maison sur la plage de Sanibel, il ne s'était pas fait prier. Ward, conscient que ce séjour coûtait tout de même un bras à son père, entre les billets d'avion et les restaurants, avait évité de se plaindre.

La découverte de tous ces coquillages l'avait consolé.

Les îles de Sanibel et Captiva, situées le long de la côte occidentale de la Floride, étaient connues dans le monde entier pour la richesse de leur patrimoine marin. Alors que toutes sortes de mollusques venaient s'échouer sur les plages locales en temps normal, la tempête qui avait soufflé sur le golfe avant leur arrivée avait amplifié le phénomène. Dès le premier jour, Ward et Amanda s'étaient pris au jeu en découvrant un nombre inouï de spécimens rares. Rien à voir avec les pinces de crabe et autres coquilles Saint-Jacques ébréchées que l'on trouvait sur les plages ordinaires. La petite fille était devenue une véritable spécialiste, capable d'identifier cauris, bulots et bigorneaux sans se tromper. Quant à Ward, son regard s'était aiguisé et seuls l'intéressaient désormais les spécimens les plus rares. Leur père ne les avait autorisés à remporter dans l'avion qu'un sac de coquillages chacun et Ward savait déjà que sa sœur pousserait les hauts cris le lendemain soir lorsqu'il lui faudrait opérer un tri.

La mer remontait, le vent avait forci et les vagues déferlaient sur la grève avec davantage de force. L'une d'elles déposa aux pieds de Ward un coquillage en spirale rose qu'il ramassa aussitôt. Un autre amateur, attiré par les couleurs de la coquille, s'approcha en soufflant bruyamment.

— Une tellina rose ? demanda-t-il, tout excité.

Ward releva la tête et découvrit un quinquagénaire épais coiffé d'une casquette Ron Jon, des lunettes de soleil bon marché sur le nez, les avant-bras brûlés par le soleil.

— Non, répondit Ward. Un cône alphabet ordinaire.

Sa sœur, guidée par son instinct, les rejoignit et Ward lui confia sa trouvaille. Elle l'examina d'un coup d'œil, hésita à la rejeter à l'eau et finit par la glisser dans son seau.

Le touriste à casquette s'éloigna et Ward poursuivit ses recherches dans le crissement des éclats de coquillage sous ses semelles. Il se souvint soudain que les vacances touchaient à leur fin, qu'il reprendrait bientôt sa vie de lycéen avec les examens et les dossiers d'entrée à l'université qui l'attendaient. Il n'avait pas la moindre envie de finir comme son père, à bosser comme un dingue en peinant à joindre les deux bouts face à la concurrence de collègues plus jeunes et mieux formés.

Une autre vague lui lécha les pieds et il examina la moisson de l'océan. Une masse de petites conques et de terebridae. Il en avait ramassé assez pour tenir un siège.

La vague suivante se fracassa sur le sable à côté de lui et il releva la tête. La houle se levait et c'était aussi bien. Peut-être auraient-ils la chance qu'une autre tempête fasse déferler sur la plage une nouvelle cargaison de coquillages.

Il crut distinguer un éclat verdâtre dans les eaux turquoise. Un objet de grande taille roula en arrière avec le ressac. Un strombe combattant, peut-être ? Non, la couleur ne correspondait pas. Ce n'était pas non plus un bulot géant.

En l'espace d'un instant, son instinct de collectionneur prit le dessus et il lança un regard discret en direction de sa sœur et du type à casquette. Ils n'avaient rien remarqué. Tant mieux. La prochaine vague se chargerait de rapporter le coquillage mystérieux.

Il l'aperçut à nouveau, à moins de deux mètres du bord, à moitié submergé, et identifia cette fois une chaussure vert pâle. Une basket, probablement.

Sans avoir les moyens de s'en acheter, il connaissait la valeur marchande de certaines chaussures de sport auprès des amateurs du genre. Une paire de Balenciaga Triple S ou de Yeezy se négociait facilement trois ou quatre cents dollars. Avec beaucoup de chance, trouver un modèle rare du type Air Jordan 11 Blackout pouvait lui rapporter un paquet de fric sur eBay.

Le coquillage le plus rare ramassé par Amanda cette semaine-là devait coûter dix dollars tout au plus.

Sauf qu'il n'y avait qu'une seule chaussure, d'un vert uniforme, que Ward aurait été bien en peine d'identifier. Il lui suffisait d'attendre qu'elle s'échoue pour en avoir le cœur net.

L'eau lui emprisonna les chevilles avec un chuintement sourd et il saisit la chaussure au vol d'un geste habile. Putain, il ne s'attendait pas à ce qu'elle soit aussi lourde, sûrement parce qu'elle était gorgée d'eau. La basket était pourtant en bon état et il la retourna, à la recherche d'un sigle ou d'une marque.

Davantage qu'il ne les vit, il sentit Amanda et le gros type à casquette s'approcher, mais il les ignora, plongé dans l'examen de la semelle. Rien. Peut-être s'agissait-il d'un prototype. Génial, il n'en tirerait que plus de fric. Il observa machinalement la plage, histoire de s'assurer que la basket jumelle ne s'était pas échouée un peu plus loin.

Ward sursauta en entendant sa sœur pousser un hurlement. Il pivota sur lui-même, le front barré d'un pli. Elle laissa échapper un cri encore plus strident, hypnotisée par la chaussure qu'il tenait à la main. Intrigué, il la retourna et constata qu'elle contenait une masse informe de couleur rose saumoné dont s'échappait une barre blanche à l'extrémité ébréchée. Il se tétanisa, son esprit refusait de comprendre ce que voyaient ses yeux.

Son père, attiré par les cris d'Amanda, accourut à toutes jambes. La voix du type à casquette parvint à Ward comme assourdie et Amanda émit des cris aigus avant de vomir sur le sable. Ward se débarrassa de la chaussure d'un mouvement brusque et tomba en arrière. Tout en pataugeant dans l'eau, son regard se posa instinctivement sur les vagues qui entraînaient inexorablement vers le rivage plusieurs dizaines de souliers de toile similaires.

2

P. B. Perelman gara son Ford Explorer sur le parking de Turner Beach moins de cinq minutes après avoir reçu l'appel radio. Il est vrai que sa maison, située sur Coconut Drive, se trouvait à moins de deux kilomètres. Il aperçut au loin Robinson et Laroux, deux de ses hommes. Le premier tentait d'évacuer la plage en repoussant les touristes vers leurs voitures de façon à pouvoir circonscrire la scène à l'aide de ruban jaune. Un peu plus loin, Laroux était en grande conversation avec un petit groupe d'individus. Perelman le vit soudain se jeter au milieu des vagues et récupérer dans l'eau un objet qu'il posa précautionneusement sur le sable.

À quoi rimait ce cirque ? Le central lui avait parlé d'un « incident de plage ». À Sanibel et Captiva, l'expression désignait aussi bien une virée nocturne dans un hors-bord piloté par des touristes soûls que les cérémonies d'équinoxe organisées par la colonie nudiste de North Naples.

Perelman descendit de l'Explorer, franchit la ligne de dunes et traversa la plage. Il croisa en chemin Robinson qui escortait jusqu'au parking deux familles munies de sièges pliants, de planches de surf, de serviettes et de glacières.

— Vous feriez bien d'appeler la cavalerie, chef, murmura-t-il au passage à Perelman.

Perelman se dirigea d'un pas vif vers le petit groupe tandis que Laroux continuait d'extraire de l'eau des objets dont il comprit en s'approchant qu'il s'agissait de chaussures de couleur verte. Perelman rejoignit Laroux qui lui montra son étrange trophée sans un mot avant de le poser délicatement sur le sable.

Perelman resta sans réaction, hypnotisé par la chaussure dans son écrin de sable.

— Bonjour, finit-il par dire en se tournant vers son adjoint. Ça t'ennuie de me mettre au jus ?

Le policier lui opposa un visage étrangement dénué d'expression.

— On patrouillait dans le coin avec Robinson quand on a remarqué un attroupement sur la plage. Je l'ai signalé tout de suite au central, on s'est arrêtés et...

— Je ne te demande pas de me raconter ta journée, mais de m'expliquer *ça*, le coupa Perelman en désignant la chaussure.

Laroux, perplexe, lui montra par-dessus son épaule les dizaines de souliers semblables échoués sur la grève. Tous semblaient contenir un pied et Perelman, d'un coup œil interloqué, constata que la mer continuait d'en apporter de nouveaux. Des mouettes commençaient à tournoyer autour des étranges épaves en piaillant.

Perelman comprit pourquoi ses hommes, sous l'effet de la surprise, s'étaient contentés de passer un appel au central sans fournir de détails. Cette vision de cauchemar était tout simplement ahurissante. Il ferma les yeux, prit une longue respiration, puis désigna le petit groupe rassemblé au pied des dunes.

— Ce sont eux qui ont trouvé le... le premier pied ?

Laroux hocha la tête.

Perelman jeta autour de lui un regard circulaire. Eu égard aux circonstances, Laroux avait eu raison de remonter sur le sable sec les pieds mutilés apportés par la marée.

— Tu as pu recueillir leur témoignage ?

— Ils n'avaient quasiment rien à dire, à part décrire le spectacle que vous venez de découvrir.

— Bon boulot, réagit Perelman. En attendant la suite, continue de récupérer tous les pieds échoués. Mais n'oublie pas qu'il s'agit de restes humains.

Tandis que Laroux retournait au milieu des vagues, son chef sortit sa radio.

— Allô le central ? Ici Perelman.

— Ici le central. Je vous écoute, P. B.

Il reconnut la voix aigre de Priscilla. Qui d'autre aurait osé l'appeler par ses initiales ? Il n'avait jamais avoué à personne à quoi elles correspondaient et Priscilla ne manquait jamais une occasion de le chambrer à ce sujet. Au fil des ans, elle l'avait affublé d'une longue liste de surnoms fantaisistes – Pauvre Branquignolle, Pénis Bourgeonnant, Pain Beurré –, sans jamais approcher de la vérité.

Il se racla la gorge.

— Priscilla, je mets le service en alerte rouge. Ordre à toutes les unités de venir à Turner Beach en quatrième vitesse.

— Bien, chef, fit Priscilla avec gravité.

— Mettez-moi les deux lieutenants de permanence et tous les sergents en alerte maximale, au cas où il faudrait imposer un couvre-feu. Ils connaissent la musique. Dites-leur d'opérer discrètement, inutile de paniquer les touristes. J'ordonne la fermeture jusqu'à nouvel ordre de toute la côte ouest de Captiva. Dites-leur de procéder aux préparatifs nécessaires en cas d'évacuation de l'île. Sans oublier d'alerter la maire, si elle n'est pas déjà au courant.

— Oui, chef.

Le temps que Perelman transmette ses instructions, Laroux avait repêché une demi-douzaine de chaussures supplémentaires. À vue de nez, Perelman en comptait déjà plus d'une vingtaine, mais chaque vague en apportait de nouvelles, au point que l'adjoint était obligé de chasser les mouettes qui tentaient de les emporter dans leur bec. Robinson, après avoir chassé les derniers baigneurs et autres collectionneurs de coquillages, fermait tous les accès à la plage avec du ruban jaune.

— Établissez un barrage à l'entrée du viaduc de Sanibel et un autre au niveau du pont de Blind Pass. Ne laissez passer que les résidents de Captiva et les occupants de locations de vacances. Prévenez immédiatement le médecin légiste du District 21 en lui précisant de prendre de quoi récupérer de nombreux restes humains.

— Oui, chef, répéta Priscilla.

— Alertez le commandant des garde-côtes de Fort Myers en lui demandant d'envoyer un bateau d'urgence. Il me semble que le *Pompano* mouille actuellement à Station Cortez. Notifiez à la régulation aérienne d'interdire le survol de Captiva à tous les appareils privés. Pas question de laisser passer les hélicos de la presse. Vous avez bien tout noté ?

Perelman reconnut à l'autre bout du fil le crissement caractéristique d'un stylo sur le papier.

— Oui.

— Bien. Une fois les barrages établis, demandez à tous les hommes disponibles de me rejoindre à Blind Pass. Terminé.

Il raccrocha sa radio et lança un coup d'œil en direction de Laroux qui volait d'une chaussure à l'autre en moulinant des bras afin d'éloigner les mouettes. Il ne tarderait pas à être débordé. Tout en ayant conscience que le contrôle de la situation était primordial, Perelman ne put s'empêcher de trouver la situation surréaliste. Pas moins de vingt-cinq souliers en toile contenant chacun un pied s'étaient échoués sur sa plage, et tout indiquait que la marée en apportait d'autres. Le mieux aurait été de les empiler, mais il était essentiel d'y toucher le moins possible en attendant les équipes de l'identité judiciaire.

Il tira de sa poche l'appareil photo du service et mitrailla la scène.

Les premiers témoins s'étaient regroupés derrière une longueur de ruban jaune. Perelman brûlait du désir de les interroger, mais il lui fallait surveiller la zone en attendant l'arrivée des renforts.

Les mouettes, toujours plus nombreuses, faisaient un vacarme assourdissant. L'une d'elles se posa à côté de l'une des chaussures vertes.

— Henry ! N'hésite pas à tirer sur ces bestioles.

— Comment ?

— Tire sur les mouettes !

— Il y en a bien trop, jamais…

— Contente-toi de les effrayer.

Laroux sortit le Glock de son étui et fit feu en direction de la mer. Un nuage de mouettes s'éleva dans le ciel. D'autres chaussures continuaient de s'échouer sur le sable et Perelman comprit qu'il allait devoir fermer la plage sur toute sa longueur.

Des silhouettes de badauds apparurent au sommet de la dune et la gorge de Perelman se noua en reconnaissant certains propriétaires de villas situées sur Captiva Drive, leur plage brusquement polluée par l'horrible marée. Il connaissait par leur nom une bonne moitié d'entre eux.

La mort est une triste alouette… les montagnes de la pierre morte[1]…

---

1. Ces deux vers sont tirés du poème *Wise Men in Their Bad Hours* de Robinson Jeffers (1887-1962). (*Toutes les notes sont du traducteur.*)

Un cri retentit, suivi d'un aboiement furieux. Un instant désorienté, Perelman vit une boule couleur de feu traverser son champ de vision et un chien passa tout près de lui en courant, une chaussure dans la gueule.

Saloperie !

— Sligo ! hurla-t-il à l'adresse du retriever. Sligo, reviens ici tout de suite !

Loin de s'arrêter, l'animal poursuivit sa course en emportant un pied humain. Si jamais l'animal s'échappait du secteur protégé, il était peu probable que Perelman récupère ce qui avait valeur de pièce à conviction.

— Sligo !

Le chien, son instinct de chasseur aiguisé par les événements, restait sourd aux appels.

— *Sligo !*

Perelman entendit dans sa tête la voix de son instructeur à l'époque où il apprenait le métier. *Toujours veiller à protéger les indices, à respecter les restes humains.*

Il sortit son arme de service.

— Mais... qu'est-ce que vous faites ? l'apostropha une voix derrière le ruban jaune.

— Non ! Pas ça ! hurla quelqu'un d'autre.

Perelman visa, retint son souffle et appuya sur la détente juste avant que le chien ne disparaisse au milieu des broussailles.

L'animal roula sur lui-même sans un cri et atterrit sur le dos en lâchant sa proie. Le temps donna l'impression de s'arrêter et un grondement sourd s'éleva de la foule massée sur les dunes.

— Mon Dieu ! hoqueta un badaud. Il a abattu le chien !

Perelman rengaina son arme. *Putain de merde.*

Plusieurs détonations trouèrent l'air derrière lui. Laroux, tout en continuant de récupérer de nouvelles chaussures, s'efforçait de chasser les mouettes. Robinson le rejoignit en courant. Le bruit d'un hélicoptère s'éleva dans le lointain et le vrombissement d'un moteur de bateau se répercuta sur l'eau.

— Hé, vous ! fit une voix sur un ton accusateur.

Perelman se retourna vers les badauds.

— Vous avez tué ce chien !

Une femme d'une cinquantaine d'années tendait dans sa direction un index accusateur. Perelman ne la connaissait pas, peut-être une vacancière.

Il ne répondit pas.

La femme s'avança jusqu'au ruban jaune.

— Comment peut-on tuer un animal de la sorte ?

— Je ne pouvais pas le laisser s'échapper en emportant un élément d'enquête primordial.

— *Un élément d'enquête primordial ?* répéta la femme en embrassant la plage d'un geste ample. Parce que vous n'en avez pas assez, des éléments d'enquête primordiaux ?

Sans doute parce que la femme pointait du doigt d'un air méprisant les morceaux de chair alignés le long de la plage, Perelman partit d'un rire amer.

— Et ça le fait rire, en plus ! s'écria la femme. Je serais curieuse de savoir ce qu'en pensera le propriétaire du chien !

— Non, ça ne me fait pas rire, se défendit Perelman. D'autant que c'était son anniversaire hier.

— Vous connaissez cette pauvre bête, en plus ? s'étrangla la femme.

— Et pour cause, rétorqua le chef de la police. C'était mon chien.

3

L'hélicoptère du FBI, après avoir décollé de Miami, survola à basse altitude les eaux turquoise de la baie de Biscayne en direction du sud, puis bifurqua vers l'ouest à hauteur des Keys de Floride. Le directeur adjoint Walter Pickett, sanglé sur le siège du copilote du Bell 429, suivait le trajet à l'aide de la carte étalée sur ses genoux. Il n'était pas encore 14 heures et les reflets du soleil sur la mer étaient aveuglants, en dépit des vitres teintées du cockpit. Les plantes aquatiques et les récifs coralliens cédèrent bientôt la place à une fine ligne d'îlots tropicaux reliés entre eux par une autoroute, tel un collier de perles. Bientôt apparurent des villas et des yachts auxquels succéda ce qui ressemblait à un ancien village de pêcheurs. De longues rangées d'immeubles prirent le relais en attendant le retour de l'océan. Quelques minutes plus tard, un autre îlot rompait la monotonie du paysage, puis un autre dont Pickett devina qu'il s'agissait de Plantation Key.

L'appareil vira brusquement vers l'est en s'éloignant de la chaîne des Keys et survola l'eau pendant une bonne dizaine de minutes sans qu'aucune terre ne se détache de l'autre côté de la vitre, au point que Pickett se demanda si le pilote ne faisait pas fausse route.

Il distingua soudain un minuscule point vert qui se matérialisait et s'évanouissait au gré des vagues. Il saisit une paire de jumelles et le point se transforma instantanément en une oasis de verdure perdue en plein océan.

— C'est là ? s'enquit-il en baissant les jumelles.

Le pilote opina.

— Cet îlot n'apparaît pas sur ma carte.

— Je serais curieux de savoir combien a pu coûter ce petit bout de terre, sourit le pilote.

L'hélicoptère survola une barrière de corail et l'eau, moins profonde, prit une teinte émeraude. Ce qui ressemblait de loin à une jungle se transforma bientôt en une série de palmiers alignés à la façon de soldats à la parade. Des constructions blanches apparurent au milieu de la verdure et Pickett reconnut des tours armées de mitrailleuses. Un hangar à bateaux, habilement dissimulé sous la frondaison, dessina sa longue silhouette le long d'un ponton.

L'hélicoptère ralentit, vira sur le côté en contournant le hangar et parvint en vue de deux hélistations posées sur l'eau. Le pilote acheva sa descente et atterrit délicatement sur l'une d'elles. Pickett, son attaché-case à la main, ouvrit sa portière et mit pied à terre. Deux individus au teint cannelle se précipitèrent à sa rencontre. Vêtus de chemisettes et de shorts kaki soigneusement repassés, ils étaient coiffés de bérets noirs et Pickett se crut un instant transporté aux Indes à l'époque de l'Empire britannique.

Les deux hommes lui serrèrent la main en souriant et l'entraînèrent vers le ponton à l'entrée duquel s'étalait une allée d'éclats de coquillages, rythmée par des bancs de marbre, qui serpentait entre des massifs de fleurs tropicales. Ils grimpèrent une première volée de marches, puis une autre. En dépit des assauts implacables du soleil, une légère brise parfumée apportait une fraîcheur bienvenue sous les palmiers derrière lesquels on devinait ici et là des bâtiments de marbre. Des paons déambulaient paresseusement le long de l'allée, sous le regard impassible de gros perroquets perchés sur des buissons de callistemon.

Pickett gravit les marches d'un ultime escalier, plus haut et plus large que les précédents, contourna une statue de Poséidon et découvrit un passage couvert dans lequel les deux hommes l'invitèrent à s'engager seul. Il les remercia, marqua une courte pause, et franchit le portique qui s'ouvrait devant lui.

De part et d'autre s'alignaient des colonnes corinthiennes que Pickett longea, guidé par le murmure d'une conversation noyée dans le chant des oiseaux. La colonnade s'ouvrait sur un péristyle entourant une cour garnie de plantes en pot au centre de laquelle les chérubins délicatement sculptés d'une fontaine s'arrosaient mutuellement.

Plusieurs sièges étaient disposés à l'ombre d'une treille. Pickett reconnut l'inspecteur Pendergast, confortablement installé dans l'un des fauteuils. Il portait un costume de lin blanc similaire à celui que lui avait vu Pickett lors de leur rencontre à l'hôtel Fontainebleau de Miami Beach, un mois plus tôt[1]. Une jambe nonchalamment passée pardessus l'autre, il arborait de somptueux mocassins de cuir beurre frais.

Pickett s'étonna de découvrir une femme dans le siège voisin de celui de Pendergast. Entre vingt et vingt-cinq ans, elle était d'une grande beauté avec ses yeux violets et ses cheveux noirs coiffés à la

1. Voir *Offrande funèbre*, L'Archipel, 2019 ; J'ai lu 2020.

garçonne. Vêtue d'une robe en organdi de couleur claire, elle tenait à la main un ouvrage en français intitulé *À rebours*. Elle considéra le visiteur de la tête aux pieds avec un détachement qui mit Pickett mal à l'aise. À l'évidence, il s'agissait de Constance Greene, la pupille de Pendergast. Il n'avait pu réunir que de rares informations à son sujet, les bases de données du Bureau étant d'une discrétion surprenante. Il sentait chez elle une étrangeté qu'il aurait été bien en peine d'expliquer. Peut-être cela tenait-il à son regard. On aurait pu croire que ces yeux froids et calmes avaient tout vu, au point de ne s'étonner de rien.

Pickett, de peur qu'elle ne remarque avec quel intérêt il la dévisageait, tourna la tête.

— Regardez, monseigneur, le voilà, dit-elle d'une voix soyeuse de contralto à laquelle le visiteur ne s'attendait pas.

— Anges et ministres de grâce, défendez-nous[1], murmura Pendergast en retour.

— Je vous demande pardon ? finit par interroger Pickett en s'avançant.

— Ne tenez pas rigueur à Constance de cette petite plaisanterie, dit Pendergast en se tournant vers sa compagne. Ma chère, je crains fort que le directeur adjoint Pickett ne partage pas votre penchant pour les allusions littéraires.

Elle hocha la tête.

— Peut-être est-ce aussi bien ainsi.

Pendergast fit signe à Pickett de prendre un siège.

— Asseyez-vous, je vous en prie. Si vous m'y autorisez, je procéderai à des présentations en bonne et due forme : Walter Pickett, directeur adjoint au FBI, et Constance Greene, ma pupille.

---

1. Ce court dialogue, tiré de *Hamlet* (acte 1, scène 4), accompagne l'arrivée du spectre qui vient hanter le héros de la pièce de Shakespeare.

Pickett saisit la main que lui tendait la jeune femme et s'installa face à ses hôtes en posant son attaché-case à côté de lui. Un silence s'installa, qu'il mit à profit pour admirer la colonnade à l'extrémité de laquelle on devinait le jade de l'océan. Le lieu était magnifique, d'une tranquillité et d'une intimité rares. Sans doute aussi d'un coût rare.

Pickett n'aimait guère l'opulence inutile, mais il ne put s'empêcher d'être séduit par ce lieu à l'élégance aussi fragile que celle d'un arc-en-ciel au-dessus d'une chute d'eau. Pour un peu, il aurait pu s'y habituer.

— Puis-je vous proposer à boire ? reprit Pendergast en levant son verre, rempli d'un liquide trouble de couleur rubis.

— De quoi s'agit-il ?

— Je n'en ai pas la plus petite idée. Nos hôtes affirment qu'il s'agit d'une décoction locale, excellente pour la digestion.

— Je ne vous conseille pas d'essayer, s'interposa Constance. J'ai trempé mes lèvres dans cette « décoction locale », je lui ai trouvé un fort goût de formol.

Elle montra Pendergast d'un geste.

— Il en boit depuis notre arrivée, sans doute aurez-vous remarqué que le volume de sa tête commençait à se réduire.

Pendergast s'empressa de boire une gorgée du breuvage.

— Constance, ne m'obligez pas à vous envoyer vous coucher sans souper.

— Puis-je vous demander ce que vous buvez ? s'enquit Pickett en s'adressant à la jeune femme.

— Du Lillet blanc, agrémenté d'une rondelle de citron vert.

Pickett opta pour la sécurité en commandant un daïquiri à un homme en uniforme qui s'était approché sur un signe de Pendergast. Le majordome revint presque aussitôt avec la commande.

— Je ne sais pas comment vous avez fait pour dégoter un endroit pareil, commenta Pickett. Ce lieu me fait penser à l'Atlantide.

— Tel l'Atlantide, répliqua Pendergast avec son onctueux accent sudiste, la nature veillera à ce qu'il soit prochainement englouti par les flots. J'ai estimé qu'il était temps d'en profiter.

— Je ne m'attendais pas à revenir si rapidement en Floride, se lança Pickett, mais il m'a fallu témoigner hier après-midi devant un grand jury dans le cadre de l'affaire Cœur-Brisé.

Pendergast hocha la tête.

— On m'a également convoqué. J'ai témoigné au début de cette semaine.

Pickett, apprenant que Pendergast était resté en Floride, avait consacré beaucoup de temps et d'énergie pour trouver sa retraite.

— C'est fort aimable à vous de nous rendre visite pendant nos vacances, déclara l'inspecteur. J'imagine que vous retournez à New York ?

Ce type n'en finirait donc jamais de lui casser les burnes ? Il savait pertinemment qu'il ne s'agissait pas d'une visite amicale.

— À vrai dire, je ne repars pas immédiatement dans le nord, je fais un crochet par l'île de Captiva.

— Ah, se contenta de répondre Pendergast en portant son verre à ses lèvres.

— Nous avons sur les bras une affaire très curieuse. Un grand nombre de pieds humains, tous enfermés dans des chaussures vertes, se sont échoués sur une plage ce matin.

Pendergast haussa les sourcils.

— Combien exactement ?

— La marée continue d'en déverser sur la grève. Aux dernières nouvelles, on en dénombrait plus de quarante.

Comme Pendergast et Constance ne disaient rien, Pickett ouvrit son attaché-case. Tout en se sentant gêné de confier des informations aussi confidentielles à Pendergast en présence de la jeune femme, il avait cru comprendre que Mlle Greene était autant l'assistante de l'inspecteur que sa pupille. De toute façon, il n'avait pas le choix, exiger qu'elle s'éloigne aurait froissé Pendergast.

— Nul ne sait d'où proviennent ces pieds, ni à qui ils appartiennent, poursuivit Pickett, qui sortit des photos de sa mallette et les tendit à Pendergast. Le FBI participe à l'enquête aux côtés des garde-côtes et de la police locale, avec lesquels nous avons monté une force opérationnelle.

— A-t-on noté des points communs entre les individus concernés ? s'enquit Pendergast en feuilletant les photos. L'âge, le sexe, l'origine ethnique ?

— Il est trop tôt pour le savoir. Les enquêteurs viennent d'arriver sur la scène de crime et les restes humains ont été confiés au bureau du médecin légiste de Fort Myers. Nous en saurons davantage dans les heures à venir.

Constance Green se redressa sur son siège.

— Vous parlez de scène de crime. Comment pouvez-vous savoir qu'il s'agit de crimes ?

Pickett hésita. La question était complètement idiote, ou alors très avisée. De quoi pouvait-il être question, sinon d'un massacre ?

— Les pieds témoignent de blessures traumatiques : chairs déchirées, os grossièrement déchiquetés. Ce n'est pas le résultat d'un simple accident.

— Vous dites n'avoir retrouvé que des pieds ? Aucune autre partie du corps ?

— Aucune. Il nous reste à découvrir les cadavres correspondants.

— Vous parlez de cadavres. Comment savoir si ces gens sont bien morts ?

Pickett médita la question.

— Nous n'en savons rien. Je le disais, nous sommes en présence d'une affaire *unique*.

— Je vous le concède. Merci, monsieur Pickett.

Constance reprit sa position initiale au fond du fauteuil, tel un avocat ayant fini d'interroger un témoin. Pendergast lui tendit les photos et Pickett grimaça intérieurement.

— Fascinant, commenta Pendergast en vidant son verre. J'imagine que vous n'avez pas fait tant de chemin à seule fin d'échanger des aménités.

— En effet, répondit Pickett qui commençait à retrouver ses marques dans ce cadre inhabituel. Cela dit, je n'ai pas fait un grand détour puisque je me rends tout à l'heure à Captiva. Je vous demande de m'accompagner.

— Je vois, réagit Pendergast après un moment de silence. Puis-je vous demander pour quelle raison ?

— Tout indique que nous sommes en présence d'une affaire aussi inhabituelle que compliquée. Votre expérience serait... d'un grand secours.

— Je vous sais gré de me reconnaître cette qualité. Cela dit, il ne vous aura pas échappé que nous sommes en congé.

Pickett, qui observait Constance du coin de l'œil, nota l'intérêt avec lequel elle examinait les photos.

— De tous les agents dont j'ai la responsabilité, j'ai pensé que vous seriez celui qui se montrerait le plus intrigué par ce mystère.

— En d'autres circonstances, sans doute, mais Constance et moi n'avons pas terminé nos vacances.

Pickett prit longuement sa respiration.

— J'aimerais néanmoins que vous acceptiez de vous rendre sur place, le temps de jeter un coup d'œil.

Il aurait pu obliger Pendergast à interrompre ses congés, mais il n'obtiendrait rien par la force avec un tel individu.

— M'autorisez-vous à vous parler sans ambages, monsieur le directeur adjoint ?

Pickett lui donna son feu vert d'un geste.

— Vous m'avez récemment contraint à quitter New York afin d'enquêter sur une autre affaire en Floride. Aujourd'hui, vous me demandez de « jeter un coup d'œil » à cette enquête. En toute franchise, l'idée de rester loin de chez moi ne me séduit que modérément. Je préfère de beaucoup regagner mon port d'attache professionnel, à New York. En outre, à la lueur des éléments que vous avez bien voulu me communiquer, le problème qui vous préoccupe ne me semble pas relever de mes compétences. Je ne crois pas à l'œuvre d'un tueur en série. Les circonstances sont intéressantes, sans nul doute, mais il y manque la déviance psychologique qui pourrait me concerner. Sans compter qu'il serait bien cavalier de ma part d'abandonner Constance seule ici.

— Ne vous souciez pas de moi, Aloysius, intervint la jeune femme en rendant le paquet de photos à Pickett. On ne peut pas dire que je sois « seule » ici. J'ai Huysmans pour me tenir compagnie.

D'un léger mouvement de menton, elle montra le livre posé près d'elle.

Pickett avait beau se creuser la cervelle, il ne voyait pas d'autre solution. Il aurait pu s'adresser à Gibbons, Fowler ou Singh, mais son intuition lui soufflait que Pendergast était de loin son meilleur atout face à un cas si... particulier. Les prouesses qu'il avait réalisées lors de l'affaire Cœur-Brisé en témoignaient. Il hésita un instant à user de son autorité. Après tout, il avait pris la peine de venir jusque-là. Lui aussi aurait aimé rentrer à New York. Sa décision prise, il se leva.

— Écoutez-moi, Pendergast. Je vous demande de m'accompagner. Un hélicoptère nous attend. Un simple coup d'œil, pour l'amour du ciel. Il sera toujours temps de nous disputer sur les détails par la suite. Autour d'un plat de crabes.

Pendergast, qui contemplait distraitement son verre vide, releva lentement la tête.

— Un plat de crabes ?

4

L'hélicoptère se posa au niveau du quatorzième trou du terrain de golf situé à la pointe septentrionale de l'île de Sanibel. Pendergast détacha son harnais et descendit de l'appareil en balayant du regard le paysage. Tout indiquait que leur arrivée était prévue car une vedette amarrée à un ponton au pied du golf les attendait. À peine eurent-ils pris place à bord que le pilote enclencha la marche arrière et s'engagea dans le chenal de Wulfert avant d'exécuter un demi-tour et de passer sous le pont enjambant Blind Pass, le détroit séparant Sanibel de Captiva. Pickett avait profité du survol des marais de Floride pour fournir à son compagnon quelques informations utiles. À l'inverse de Palm Beach ou de Miami, ces deux îlots étaient connus pour leur atmosphère détendue, la richesse de leur patrimoine naturel et leur refus de céder aux sirènes du tourisme de masse, sans parler de l'abondance et de la diversité des coquillages que l'on trouvait sur leurs plages.

Le détroit franchi, le tableau qu'offrait Turner Beach était bien différent de ce portrait idyllique. Trois bateaux des garde-côtes, une vedette et deux patrouilleurs, y avaient jeté l'ancre. La vedette veillait à maintenir à l'écart les plaisanciers un peu trop curieux tandis que les patrouilleurs, tels des chiens de chasse, multipliaient les allers-retours à quelques dizaines de mètres du rivage.

D'autres bâtiments de la police et des secours embouteillaient le détroit et une activité fébrile régnait sur la plage. Des officiels discutaient avec animation par petits groupes au milieu du ballet incessant des équipes de la police scientifique, occupées à prendre des notes ou à collecter des indices sur le sable, le tout rythmé par le grésillement des radios. Un barrage avait été installé à l'entrée de la route et des agents vérifiaient les papiers des conducteurs dont les véhicules formaient une file interminable. La plage elle-même était bloquée par du ruban jaune sur près de deux kilomètres. Plusieurs dizaines de sachets en plastique étaient alignés sur la grève, à l'endroit où la marée avait déposé ses tristes trophées.

— Regardez-moi cette vacherie de fourmilière, remarqua Pickett en posant le pied sur le sable en compagnie de Pendergast.

Des centaines de badauds s'agglutinaient derrière le cordon de police le long de la route, pour la plupart dressés sur la pointe des pieds, portable tendu à bout de bras. Des silhouettes se dessinaient derrière les fenêtres des villas et des appartements, et l'on apercevait même des télescopes. Les journalistes avaient tous été parqués derrière le barrage installé à la sortie du pont. Soucieux de cacher la plage à la vue du public et de la presse, des policiers déroulaient un mur amovible de bâche plastique blanche.

Pickett s'approcha des officiels et distribua sa carte à la ronde. Il s'apprêtait à présenter Pendergast lorsqu'il s'aperçut que ce dernier, traversant la mêlée, se dirigeait vers une dune d'où il pourrait dominer la scène. Un homme de grande taille au teint hâlé, vêtu d'un short et d'un polo, avait déjà pris possession de ce poste d'observation. La cinquantaine, le visage buriné et les cheveux blondis par le soleil, il portait à la ceinture une arme et une radio qui trahissaient son appartenance à la police. Il s'était installé sous un bosquet de palmiers et observait l'étrange spectacle d'un air mélancolique, les bras croisés.

Il adressa un signe de tête à Pendergast et sourit en détaillant le costume de l'inspecteur.

— Je vous souhaite le bonjour, le salua ce dernier avec une légère courbette, un doigt posé sur le rebord de son panama.

— Je peine à voir ce que ce jour a de bon, répliqua le policier.

— Vous avez raison, concéda Pendergast, mais chacun d'entre nous se doit de préserver un minimum de convenances, même en présence du grotesque.

— Ce n'est pas moi qui vous contredirais, fit l'homme en tendant la main. Perelman, chef de la police de Sanibel.

— Inspecteur Pendergast, FBI.

— Je m'en doutais, dit Perelman en montrant de la tête le petit groupe auquel s'était joint Pickett. Je vous ai vu arriver avec ce monsieur.

— Ah. Vous étiez donc au courant de sa venue ?

— Il a tout fait pour ça. Je vous conseillerais volontiers de porter votre badge autour du cou si vous ne voulez pas qu'on vous embête à tout moment.

— Je trouve infiniment plus intéressant, et éclairant, de me promener incognito. Mais je constate que vous êtes vous-même en civil.

Perelman posa les yeux sur son polo.

— À vrai dire, il s'agit de mon uniforme. Tout le monde me connaît ici. Sanibel n'est pas une station balnéaire ordinaire, inspecteur. Nous comptons huit auteurs de best-sellers, trois peintres de renommée mondiale, un prix Nobel, un poète couronné par le prix Pulitzer, et deux anciens directeurs des services secrets parmi nos résidents. Ce n'est pas l'argent qui manque dans le coin, mais il ne se montre pas. Si vous souhaitez voir l'opulence s'afficher à grande échelle, je vous conseille de vous rendre à Naples, un peu plus au sud. Nous aimons les rues calmes, les plages propres et les touristes civilisés.

Perelman avait prononcé ces dernières paroles avec un brin d'ironie.

Plusieurs cris retentirent près des vagues, des flics en uniforme et des garde-côtes se précipitèrent aussitôt. Pendergast et Perelman, attirés par cette agitation, tournèrent la tête. Deux nouveaux pieds venaient apparemment de s'échouer.

— Nous en sommes à cinquante-sept, remarqua Perelman.

— A-t-on pu remarquer une certaine régularité dans le rythme de leur arrivée ? demanda Pendergast.

Le chef de la police secoua la tête.

— La plupart sont venus en deux vagues successives, mais vous voyez que la récolte n'est pas terminée. La mer ne nous avait pas livré de nouveau cadeau depuis près d'une heure, peut-être s'agit-il d'une troisième vague.

— La zone d'échouage se limite-t-elle à cette île ?

Perelman acquiesça.

— Jusqu'à présent.

— N'est-ce pas surprenant ?

— Pas vraiment. Les épaves charriées par la marée ont tendance à rester groupées. Ces deux îles jouissent d'une situation géographique unique par rapport aux courants océaniques, ce qui explique la profusion de coquillages sur nos plages.

La radio de Perelman grésilla. Il la décrocha de sa ceinture, écouta son correspondant, donna quelques ordres et raccrocha l'appareil à l'aide de son mousqueton. Sur la plage, les agents déposaient les nouveaux pieds sur le sable avec beaucoup de précaution, en marquant leur emplacement avec de petits drapeaux.

— M'autorisez-vous à vous poser une question indiscrète ? demanda Pendergast. Pourquoi avoir choisi ce poste d'observation plutôt que de diriger vos troupes sur le terrain ?

— Vous voyez ces gens qui entourent le directeur adjoint Pickett ? Notamment ce type avec des épaulettes dorées ? Il s'agit du commandant en chef adjoint de la section locale des garde-côtes. Sa voisine est la maire de Sanibel et Captiva. Quant au type chauve à moustache, c'est le responsable de la police de Fort Myers. En présence d'un incident de cette importance dans le comté, les équipes de Fort Myers prennent la direction des opérations. Je me contente de veiller à ce que les résidents et les touristes gardent leur calme, avec l'aide de mes hommes. *Non omnia possumus omnes.*

Pendergast lui adressa un coup d'œil amusé.

— Seriez-vous latiniste, parallèlement à vos fonctions policières ?

Perelman haussa les épaules.

— Les formules de Virgile sont éternelles.

— Je vous le concède. À présent, si vous voulez bien m'excuser ?

Pendergast adressa une nouvelle courbette à son interlocuteur et s'éloigna nonchalamment en direction de l'eau. Il s'approcha de l'un des petits drapeaux enfoncés dans le sable à côté d'une chaussure verte d'où s'échappait une cheville amputée.

Il s'agenouilla et constata qu'il ne s'agissait pas d'une basket, ou d'un chausson. Le soulier, dépourvu de lacet, était maintenu autour de la cheville par un élastique. Des motifs ondulés ornaient la semelle. Tout indiquait une chaussure bon marché telle qu'en portent les personnels hospitaliers ou les ouvriers dans certaines usines aseptisées.

Il tira de sa poche une paire de gants en caoutchouc et un masque, les enfila, puis ramassa la chaussure et l'examina attentivement en la tournant dans tous les sens. Au-delà du modèle, le tissu lui-même était inhabituel.

Il tâtait d'un doigt la chair du pied enfermé dans la chaussure lorsqu'une voix l'interpella.

— Hé ! Vous !

Pendergast se retourna et reconnut le commandant des garde-côtes avec son uniforme doré. Il affichait une mine courroucée.

Pickett s'interposa.

— Inspecteur, si vous voulez bien nous rejoindre un instant ?

Pendergast posa le soulier et s'approcha du petit groupe en retirant son masque et ses gants.

Le commandant des garde-côtes le fusilla du regard.

— Vous n'êtes pas autorisé à manipuler les pièces à conviction sans…

Pickett le coupa avec une note d'impatience dans la voix.

— Inspecteur, je vous présente le commandant Baugh, de la section locale des garde-côtes.

Il poursuivit les présentations avec la maire de Sanibel et le chef de la police de Fort Myers, tous deux intimidés par l'autoritarisme de Baugh.

— Le commandant a été chargé de diriger l'enquête, précisa Pickett.

— Absolument, insista Baugh. Personne ne touchera aux éléments de preuve en dehors des spécialistes désignés. Pour la fluidité des opérations, il est impératif que chacun reste à sa place, en temps et en heure.

— En parlant de temps et d'heure, répliqua Pendergast, tout indique que ces pieds séjournent dans l'eau depuis approximativement trois semaines.

Je serais curieux de savoir de quelle façon ce point influencera votre enquête.

La phrase fut accueillie par un grand silence. Le commandant posa sur Pendergast un regard ennuyé et perplexe.

— Trois semaines ? Comment pouvez-vous le savoir ?

— Trois semaines, quatre tout au plus. Les tests pratiqués en laboratoire pourront l'établir avec davantage de précision. Voyez-vous, commandant, le cycle de vie de la balane commune est fort utile à quiconque s'intéresse à la biologie marine dans le cadre d'une enquête criminelle. Ce crustacé se développe conformément à un schéma précis, et j'ai remarqué la présence d'un spécimen sessile accroché à la semelle de cette chaussure. Je ne saurais trop vous conseiller de vous intéresser au plus vite à cet arthropode.

Baugh se tourna aussitôt vers le chef de la police de Fort Myers en lui demandant de justifier la raison pour laquelle ce détail n'avait pas été porté à son attention. Pickett en profita pour prendre Pendergast à part sans masquer son agacement.

— Vous aurez compris que les imbéciles étaient de sortie. L'étrangeté même de cette enquête plonge les autorités locales dans la plus grande confusion. Le commandant Baugh entend exercer sa juridiction puisque ces satanés pieds ont été apportés par l'océan, mais il est essentiel que le FBI soit représenté.

— Naturellement.

— Une force opérationnelle a été mise sur pied et je suis prêt à vous parier des dollars contre des donuts que le commandant Baugh en obtiendra la direction. Il vous faudra lui laisser croire que vous êtes sous ses ordres. Je vous prie de m'envoyer régulièrement des rapports.

Pendergast se remplit longuement les poumons.

— Monsieur le directeur adjoint, vous semblez avoir oublié ce que je vous ai expliqué tout à l'heure.

— Je m'en souviens très bien, mais j'ai une question à vous poser : avez-vous déjà connu une affaire pareille ?

— Non.

— Jamais, de toute votre carrière ? Rien qui s'en approche ?

Pendergast laissa s'écouler un battement avant de répondre.

— Non.

— Pourriez-vous me donner l'ombre d'une raison susceptible d'expliquer la présence d'une bonne soixantaine de pieds humains, voire davantage, sur la plage d'une station balnéaire de Floride ?

— Pas la moindre.

— Et ce phénomène n'éveille pas votre curiosité ?

Pendergast ne répondit pas à la question.

— Vous voyez bien, reprit Pickett en manifestant une satisfaction non dissimulée. C'est *précisément* la raison pour laquelle vous devez prendre en main cette enquête. Parce que ce mystère dépasse tout ce que vous avez déjà connu. Vous avez *besoin* de comprendre.

— Je ne prise pas particulièrement les bateaux, ni même l'océan.

— Je vous conseille d'acheter de la Dramamine, dit Pickett. Je me disais également que vous auriez besoin d'aide. Je pensais vous adjoindre un coéquipier.

Pendergast se tétanisa en face de son supérieur.

— Vous serez intéressé d'apprendre que l'inspecteur Coldmoon se trouve dans la région. Il a posé sa candidature à un poste dans le Colorado, mais le temps que sa demande soit acceptée, ce qui ne manquera pas d'être le cas, il est à la disposition du service pendant quelques semaines.

Pickett chassa nonchalamment des grains de sable collés à la manche de sa veste.

— N'oublions pas les prouesses que vous avez réalisées ensemble.

Pendergast veilla à ne pas se départir de son calme.

— Je me suis montré particulièrement arrangeant à l'endroit de l'inspecteur Coldmoon. Suggéreriez-vous que j'aurais été incapable de résoudre l'affaire Cœur-Brisé tout seul ?

Pickett lui répondit par un long silence.

— La situation est très différente dans le cas présent, finit-il par se justifier. Et tout aussi déroutante. Coldmoon possède des qualités parfaitement complémentaires des vôtres.

— Si ma mémoire ne me fait pas défaut, rétorqua sèchement Pendergast, par son impétuosité et sa précipitation, l'inspecteur Coldmoon est tombé dans une fosse dont j'ai été contraint de le tirer.

Pickett leva les mains en signe de reddition.

— Très bien, très bien, oublions Coldmoon. Vous le savez, je suis un ardent défenseur du travail en équipe, mais laissons. Si je vous accorde toute liberté d'enquêter à votre guise, en usant de vos propres méthodes, bien évidemment dans le cadre de la force opérationnelle, mais avec ma bénédiction inconditionnelle, accepterez-vous cette affaire ?

À mesure qu'il déployait sa phrase, Pickett vit se métamorphoser lentement l'expression de Pendergast. Il affichait la mine satisfaite du joueur d'échecs à l'approche de la victoire.

— Si tels sont vos ordres, monsieur le directeur adjoint, je n'émets aucune objection à l'idée de rester quelques jours ici, dans le seul but de satisfaire ma curiosité.

— J'en informe de ce pas le commandant Baugh.

Sur ces mots, Pickett passa un bras autour des épaules de Pendergast et l'entraîna vers le petit groupe en pleine discussion, à quelques mètres de là.

5

Roger Smithback, grand reporter attaché à la rédaction du *Miami Herald*, n'avait pas attendu le feu vert de son rédacteur en chef pour prendre les devants. À peine le scanner radio installé dans son bureau diffusait-il les premiers rapports de police signalant l'échouage de pieds humains sur une plage de l'île de Captiva qu'il sautait dans sa Subaru et traversait la péninsule de Floride à vive allure en se fiant aux indications de son détecteur de radar pour éviter les contrôles routiers. Ayant passé de longues vacances à Sanibel en compagnie d'une ancienne petite amie (que le diable l'emporte), Smithback savait combien l'île était difficile d'accès. Le trajet lui laissa tout le temps de trouver un moyen d'accéder à la scène de crime et de coiffer au poteau tous ses confrères, sachant qu'ils avaient une sérieuse avance sur lui. Les journaux, les télés et les radios de la région ne manqueraient pas d'envoyer des équipes sur place. Les gratte-papier du *Fort Myers News-Press* se trouveraient à pied d'œuvre deux bonnes heures avant lui, sans parler des journalistes du *Tampa Bay Times*, du *Sarasota Herald-Tribune* et du *Charlotte Sun*.

L'autre difficulté consistait à se rendre sur l'île de Captiva, sachant que les flics n'auraient pas manqué d'établir des barrages. Il trouverait bien le moyen de franchir le viaduc reliant le continent à Sanibel en racontant un bobard quelconque, mais il serait nettement moins aisé de prendre pied sur Captiva. Un seul pont enjambait le détroit reliant Sanibel à Captiva. Smithback croyait se souvenir qu'il débouchait sur la plage le long de laquelle s'étaient échoués les pieds, il était donc probable que les autorités locales en bloqueraient l'accès.

Roger Smithback, l'une des grandes figures du *Herald*, n'entendait pas ronger son frein derrière des barrières de sécurité en compagnie de ses tristes confrères, dans l'espoir d'obtenir des miettes. Il réussirait à atteindre l'île de Captiva, quel qu'en soit le prix. Le mieux était encore d'y arriver par la mer. Tout en conduisant, il passa quelques coups de fil et acheva de fourbir son plan d'attaque. Au lieu de se rendre à Sanibel, il allait passer par Pine Island, poursuivre sa route jusqu'à St. James City où il louerait un bateau pour traverser la baie jusqu'au yacht-club de Captiva. Ce dernier mettait à la disposition des plaisanciers un véhicule qui lui permettrait de se rendre où il voulait à Captiva. Il lui suffirait de se faire passer pour un yachtman plein de fric en distribuant les billets de vingt dollars à la pelle.

Smithback rédigea ensuite un texto à l'attention de Kraski, son rédac chef, en lui signalant qu'il était sur le coup, histoire de s'assurer qu'on ne confie pas le reportage à un autre. Rien à foutre de la voie hiérarchique, cette enquête lui appartenait. Des dizaines de pieds humains échoués sur une plage ? Il en frissonna d'aise.

Trois heures et demie après avoir quitté Miami, ravi que son plan ait aussi bien fonctionné, Smithback adressait un signe amical de la main au charmant type du yacht-club qui venait de le déposer à l'entrée sud de Captiva Drive. L'îlot, tout en longueur, ne comportait qu'une seule route d'accès bordée de riches villas donnant sur l'océan. Le journaliste commença par étudier les lieux avant de comprendre que le meilleur moyen de gagner la plage était encore de passer discrètement par le jardin de l'une de ces propriétés. Nul doute que le parking public grouillerait de flics.

Il choisit une villa dont tout indiquait qu'elle était inoccupée. Il remonta discrètement l'allée, contourna la maison, traversa le jardin et emprunta le sentier menant à la plage au milieu des buissons tropicaux. Il s'arrêta le temps de retirer ses chaussures et ses chaussettes, les fourra dans son sac, remonta ses jambes de pantalon, et s'aventura nonchalamment sur la grève en adoptant la posture d'un chasseur de coquillages.

L'accès à la grève, à hauteur du petit sentier, était barré par une longueur de ruban jaune. La plage était inaccessible sur toute sa longueur et Smithback fut frappé par l'ampleur du dispositif mis en place. Plusieurs navires des garde-côtes patrouillaient au large et leurs occupants fouillaient l'océan à l'aide d'épuisettes. Des nuées d'agents en uniforme déambulaient le long de l'eau sous la surveillance de collègues au volant de buggys. Toutes les polices de la région étaient représentées, à commencer par celles de Sanibel et de Fort Myers, et Smithback reconnut même des auxiliaires du service des garde-côtes à leur combinaison bleue. Deux hélicoptères tournoyaient dans le ciel, mais on n'apercevait nulle part ceux des équipes de télévision. Tant mieux.

Attroupés derrière les rubans jaunes, des badauds observaient le ballet des enquêteurs en prenant des photos et des selfies, mais Smithback eut beau observer la foule à l'aide de ses jumelles, il ne reconnut aucun confrère. Tous ces rigolos devaient être parqués comme des moutons à l'entrée du pont surplombant Blind Pass. Tout indiquait qu'il était le seul reporter sur place.

Un poste de commandement provisoire avait été installé à l'entrée de la plage, partiellement dissimulé à la vue à l'aide de bâches blanches en plastique. Il devait impérativement trouver le moyen d'y accéder.

Il s'élança d'un pas décidé en se réservant le droit d'interroger les curieux plus tard, quitte à sélectionner les témoins les plus hystériques. L'urgence était ailleurs et il mit moins de dix minutes à s'approcher du poste de commandement, protégé par sa cloison éphémère. En suivant les allées et venues des enquêteurs à l'aide de ses jumelles, il comprit que l'on avait réuni là les curieuses chaussures vertes afin de les observer et de les étiqueter avant de les enfermer dans des récipients réfrigérés. Ceux-ci, une fois pleins, étaient chargés à leur tour à l'arrière d'une ambulance. À l'idée de leur contenu, Smithback sentit son estomac menacer de déborder.

Il se trouvait trop loin pour entendre les conversations des enquêteurs, le mieux était encore de s'approcher. Il observa les alentours et découvrit une barrière de toile plastique à hauteur des voitures de patrouilles garées sur le sable. À condition de se glisser discrètement par là, il pouvait espérer passer inaperçu et se mêler aux équipes de l'identité judiciaire et aux inspecteurs en civil. Quasiment tous portaient un badge autour du cou. Il tira de la poche sa carte de presse, elle aussi retenue par un cordon et accrocha à la place la carte de membre du club de plongée auquel il était affilié. De loin, le document pouvait faire illusion et quand bien même quelqu'un aurait pensé à vérifier, il pouvait prétendre être un plongeur appelé par les autorités.

Il redescendit ses jambes de pantalon, remit chaussettes et chaussures, se passa la main dans les cheveux pour se recoiffer et mit le cordon autour de son cou. Le sac qui ne le quittait jamais lui donnait même l'apparence d'un enquêteur.

Le soleil avait entamé sa descente au-dessus du golfe du Mexique et les voitures de patrouilles projetaient des ombres interminables. Il se faufila entre deux véhicules afin de ne pas être vu, sortit un canif de sa poche, découpa un trou dans le plastique et franchit l'obstacle sans que personne ne remarque son manège. Jusque-là, tout allait bien. Affichant un air décidé, il se dirigea d'un pas vif vers le poste de commandement improvisé.

Aucune des personnes dont il croisa la route ne lui prêtait la moindre attention et la chance continua de lui sourire lorsqu'il avisa sur une table une boîte de gants, des masques et des filets à cheveux.

Il s'empressa de s'équiper, le cœur battant, tout excité à l'idée que son stratagème soit sur le point de porter ses fruits. Muni de son téléphone dont il feignait de consulter l'écran, il prit plusieurs dizaines de photos des caisses renfermant les pieds, des enquêteurs et des techniciens de la police scientifique, du poste de commandement improvisé.

Il se rapprocha d'un air innocent des enquêteurs occupés à ranger les pieds dans des glacières et mitrailla la scène en toute discrétion. Il parvint même à tourner une courte vidéo. Kraski allait être aux anges, lui qui se plaignait constamment de ne pas avoir assez de films à poster sur le site du journal.

Il se retourna brusquement en entendant un cri. Un officier des garde-côtes, rouge de colère, l'emprisonna dans ses bras puissants alors qu'un collègue se précipitait à sa rescousse. On aurait pu les croire jumeaux tant ils se ressemblaient, à l'exception de leur chevelure, rousse pour le premier et noire pour son frère d'armes.

— À quoi jouez-vous ? l'apostropha le roux.

— C'est un journaliste, je l'ai surpris en train de prendre des photos, s'exclama son collègue en arrachant le masque et le filet à cheveux de Smithback.

— Rendez-moi mon téléphone ! exigea ce dernier.

Il aurait aimé s'exprimer sur un ton autoritaire, sans y parvenir. Quel détail avait donc bien pu le trahir ?

Le roux saisit le badge qu'il portait autour du cou.

— C'est quoi ces conneries ? Une carte de plongée ! Je vais prendre un malin plaisir à effacer vos photos.

— Non, pas ça ! Le grand public a le droit d'être informé !

— Écoute, mon petit vieux, tu devrais t'estimer heureux que je ne te colle pas au trou. On a suffisamment d'emmerdements comme ça.

Les deux garde-côtes l'empoignèrent chacun par un bras et ils entraînaient le journaliste vers la route de la plage lorsqu'une voix melliflue les arrêta.

— Par tous les saints, mais ne s'agit-il pas de mon vieux camarade Roger Smithback ?

L'intéressé pivota sur lui-même et se trouva nez à nez avec l'inspecteur Pendergast. Il en resta sans voix.

Les deux garde-côtes relâchèrent machinalement leur étreinte sans savoir quelle attitude adopter.

— Ne le laissez pas échapper, messieurs, leur recommanda Pendergast en exhibant son badge. Ce n'est pas la première fois que j'ai affaire à cet individu, il est aussi fuyant qu'une anguille.

— On l'a surpris en train de prendre des photos de tout, même des pieds.

— Quelle honte, déclara Pendergast en tendant la main afin qu'on lui remette le téléphone. Si cela ne vous ennuie pas, je vais effacer ces clichés.

— Avec plaisir.

Pendergast s'empara du smartphone dont il fit défiler les photos d'un air amusé.

— Je constate que vous avez de multiples talents, monsieur Smithback. Vous maîtrisez à merveille la profondeur de champ. Quel dommage que vous ne puissiez pas conserver ces instantanés !

Smithback voulut plaider sa cause.

— Je vous en supplie, inspecteur ! Au nom de notre vieille amitié !

— Je ne vois pas à quelle amitié vous faites allusion. Quoi qu'il en soit, je suis au regret de vous informer que vous avez pénétré illégalement sur une scène de crime et que nous allons devoir vous en chasser. Après avoir détruit ces photographies, évidemment.

— Je faisais mon boulot, rien de plus !

— Tout comme nous faisons le nôtre.

L'inspecteur procéda à l'effacement des photos sous le regard approbateur des garde-côtes.

— Moi qui croyais que nous étions amis ! geignit Smithback. Ne faites pas ça !

— C'est fait, rétorqua Pendergast en brandissant le portable. Ces messieurs vous rendront votre téléphone lorsque vous aurez franchi les barrières en toute sécurité.

Saloperie, pensa Smithback. Mais peut-être était-il encore temps de se rattraper en obtenant une déclaration officielle de son interlocuteur.

— Inspecteur, dites-moi au moins de quoi il retourne. Comment la police explique-t-elle les événements ?

Pendergast adressa un geste aux garde-côtes.

— Raccompagnez-le jusqu'à la sortie.

Les deux hommes empoignèrent brutalement le journaliste et l'entraînèrent vers les barrières, Pendergast dans leur sillage.

— Vous avez une hypothèse ? Une petite déclaration me suffirait !

Pendergast ne daigna pas répondre.

— Combien avez-vous découvert de pieds ? Pour l'amour du ciel, Pendergast, donnez-moi un nombre !

Pas de réponse.

Ils venaient d'atteindre l'entrée de la plage. Pendergast souleva le ruban jaune et les garde-côtes poussèrent Smithback de l'autre côté sans ménagement. Il se retourna et Pendergast lui rendit son téléphone.

— La prochaine fois, l'avertit le roux en lui enfonçant un doigt dans le sternum, on te coffre. C'est compris ?

L'instant d'après, les trois hommes s'éloignaient sans un regard pour Smithback qui jura entre ses dents. Dépité, il fit machinalement défiler les photos de son téléphone et constata que les dernières avaient été effacées. À sa grande surprise, il vit alors s'afficher un message sur son application de notes : « Allez dans la poubelle. Ça va pour cette fois. »

Il s'exécuta d'une main fébrile et découvrit dans la poubelle une sélection de photos limitée, mais savamment choisie.

6

— On se croirait à la criée aux poissons, grommela l'un des assistants en déballant les pieds contenus dans l'une des glacières que venait de déposer l'ambulance.

Il disposa les reliques sur une civière où des collègues s'employèrent à les répertorier et les photographier à la chaîne.

La remarque n'avait pas échappé à Moira Crossley, médecin légiste en chef du District 21. Elle croyait avoir tout vu ou presque au cours de sa carrière. Ce n'était pas la première fois qu'elle se trouvait en présence de restes humains apportés par la marée, mais cette histoire tenait le pompon. Plus d'une soixantaine de pieds, ce qui représentait une bonne trentaine de crimes, à condition qu'ils aillent par paire. Auquel cas il s'agirait de l'un des massacres les pires de l'histoire de la Floride. Toutefois, rien ne prouvait que les propriétaires des pieds concernés étaient morts. Comment expliquer un tel mystère ? Cela dépassait l'entendement.

Le laboratoire de Crossley, habituellement calme, ressemblait à une ruche. Son assistant n'avait pas tort, il flottait dans l'air une forte odeur de poisson. De poisson avarié. Des traînées d'eau de mer s'écoulaient sur le sol en direction des grilles d'évacuation, dans lesquelles on distinguait des crevettes et autres bestioles que la manipulation des pieds avait dérangées dans leur festin.

Une autre ambulance venait d'arriver, qui apportait deux nouvelles glacières. Le total des pieds chaussés de souliers verts se montait désormais à plus de quatre-vingt-dix. Seigneur Jésus. Crossley avait fait appel à toutes ses équipes afin de gérer la masse des restes à examiner, il y avait là quatre techniciens et deux assistants. P. B. Perelman, le chef de la police de Sanibel, était arrivé en même temps que les derniers récipients, en compagnie de deux adjoints. La brigade criminelle de Fort Myers était également sur le coup, ainsi que plusieurs garde-côtes en uniforme qui se demandaient visiblement ce qu'ils fichaient là, à en juger par leur besoin de paraître occupés alors qu'ils restaient les bras ballants.

L'un des enquêteurs se démarquait toutefois du reste de la troupe. Un homme svelte au teint d'albâtre, vêtu d'un costume de lin blanc, d'une chemise blanche sans un faux pli et d'une cravate sombre. Il se tenait à l'écart, aussi immobile qu'une statue grecque, mais rien n'échappait à ses yeux argentés, perdus au milieu d'un visage aux traits d'une grande finesse.

Crossley se tourna vers Paul Rameau, son assistant.

— Rien ne vaut l'instant présent, déclara-t-elle.

— De quoi parlez-vous ? s'enquit-il d'un air perplexe.

Rameau était un gros nounours à la barbe fournie dont la silhouette géante de Viking débordait généreusement de sa blouse. C'était un garçon travailleur, tout disposé à rendre service, mais elle devait bien reconnaître qu'il ne brillait pas par sa finesse.

— Attrapez-moi un de ces machins et déposez-le sur la table n° 1 pour qu'on procède à sa dissection.

— Tout de suite ?

— Non, dans quinze jours.

— Ah OK, désolé.

Rameau saisit un pied d'un air dégoûté, le déposa dans une cuvette qu'il porta jusqu'à la table de dissection où Crossley s'en empara. Le géant en profita pour tester la caméra vidéo.

— Mes instruments.

Rameau approcha une table roulante et la légiste préleva une pince à épiler après avoir enfilé un masque.

— Je vous demande pardon, s'éleva dans son dos une voix aussi caressante que du satin.

Elle se retourna et découvrit l'étrange personnage en costume blanc.

— Oui ?

— J'aimerais pouvoir observer, si cela vous était possible.

Crossley n'avait aucune idée de ce qu'il fabriquait là. Il n'avait pas l'air d'un flic, ni d'un médecin.

— Qui êtes-vous ? demanda-t-elle.

L'inconnu glissa une main à l'intérieur de sa veste. Il en tira un portefeuille en cuir qu'il déplia, révélant un badge bleu et or accompagné d'une carte professionnelle.

— Ah, le FBI, nota Crossley.

À l'évidence, il s'agissait d'un ponte quelconque, à en juger par son autorité naturelle.

— Je suis l'inspecteur Pendergast, se présenta-t-il avec un léger hochement de tête.

Il s'exprimait avec un accent sudiste bien particulier. Pour y avoir grandi, la légiste reconnut immédiatement l'intonation précieuse des familles patriciennes de La Nouvelle Orléans. Pendergast… ce nom lui était vaguement familier, mais avec une connotation déplaisante.

— Médecin légiste en chef Moira Crossley, répondit-elle sèchement. Libre à vous de me regarder opérer, mais je vous prie d'enfiler la tenue réglementaire et de ne pas me déranger.

— Bien évidemment.

Elle reporta son attention sur le pied posé devant elle, commença par le décrire pour la vidéo puis passa à un examen superficiel. La vue de l'extrémité osseuse lui confirma une amputation particulièrement sommaire, exécutée à l'aide d'un outil tranchant mal affûté qui avait entaillé l'os grossièrement. La personne qui avait procédé à l'opération s'y était reprise à six fois, à en juger par les traces visibles sur le tibia et le péroné, cinq centimètres au-dessus de la cheville. L'eau salée s'était chargée de dégager les chairs autour des os, mais celles qui se trouvaient à l'intérieur de la chaussure avaient enflé au point de s'échapper de la toile verte en révélant la présence de nombreuses créatures marines : des vers, des amphipodes, des cypris, des poux de mer. La chair du pied, partiellement mangée, laissait apparaître des cavités abritant de plus gros prédateurs.

— Paul, apportez-moi un flacon d'éthanol.

L'assistant s'exécuta et la légiste s'employa à dégager le plus grand nombre possible de spécimens à l'aide de la pince.

— Puis-je poser une question ? fit la voix suave derrière elle.

Crossley sentit naître en elle une pointe d'agacement.

— Oui ?

— Dans quelle direction précise les coups ont-ils été portés ?

Excellente question. Elle se pencha sur le pied.

— Les coups ont été portés d'en haut au niveau de la face antérieure droite de la jambe, à un angle d'approximativement quarante à soixante degrés par rapport à l'horizontale.

— Je vous remercie.

Crossley se réjouit de constater que Perelman, également vêtu d'une blouse, observait la scène. Elle avait toujours aimé travailler avec lui, elle espérait surtout qu'il la protégerait des autres enquêteurs, sans parler de la presse.

Elle poursuivit son examen en procédant à des observations à voix haute pour le bénéfice de la caméra. Cette première phase achevée, il ne lui restait plus qu'à retirer la chaussure, disséquer le pied et prélever des échantillons en prévision des analyses toxicologiques et histologiques.

— Une autre question, l'interrompit la voix douce.

— Quoi ?

— Auriez-vous le moyen de déterminer si la chair a été congelée avant son séjour dans l'eau ?

Crossley fut désarçonnée par la question. Elle n'y aurait jamais pensé d'elle-même, mais à la réflexion, une telle analyse se justifiait pleinement.

— Oui, il est possible de réaliser un test dans ce sens. J'en ferai la demande auprès du laboratoire d'histologie. Ciseaux, ajouta-t-elle à l'adresse de Paul Rameau.

Ce dernier lui tendit l'outil à l'aide duquel elle commença à découper la chaussure de toile.

— Je vous demande pardon, s'interposa une nouvelle fois la voix, mais puis-je récupérer les restes de ce soulier aux fins d'analyse, une fois la dissection achevée ?

— Non, répondit la légiste sans se laisser détourner de sa tâche.

Sous ses doigts, les chairs comprimées par la chaussure ressemblaient à un ballon trop gonflé.

Cric, cric, grinçaient les ciseaux. La peau d'un rose grisé enflait de façon inquiétante, on aurait pu la croire vivante.

Cric, cric...

Soudain, éclatant tel un furoncle, une créature jaillit de l'ouverture. Pendergast reconnut une myxine, un animal nécrophage cauchemardesque. Sous l'effet de la pression, le mucus de l'animal aquatique explosa en arrosant copieusement le torse de la légiste et le visage barbu de son assistant. Ce dernier recula vivement et se frotta le visage en laissant échapper un cri strident tandis que la myxine atterrissait sur le sol carrelé de la pièce où elle se tortilla dans tous les sens en crachant l'épais mucus produit par ses glandes défensives.

— Mon Dieu, non ! s'écria Crossley alors que Rameau, aveuglé par la substance visqueuse, se cognait contre la civière sur laquelle étaient alignés les pieds, envoyant voltiger le tout dans un grand fracas métallique. Les pieds exécutèrent un vol plané avant de s'écraser sur le sol dans un déluge de myxines, de crabes et d'anguilles qui rampaient et s'agitaient dans une folle débandade au milieu des restes de chair exhalant une odeur pestilentielle. Tout le monde recula précipitamment en poussant des cris d'orfraie, créant une bousculade indescriptible.

Crossley se pétrifia devant ce spectacle. Ce qui avait débuté comme une séance de dissection soigneusement contrôlée se métamorphosait soudain en une farce digne des films burlesques de l'ère du muet.

Son regard s'arrêta sur l'inspecteur Pendergast. À l'écart de ce remue-ménage, il observait la scène d'un air amusé.

— La nature est une source inépuisable de merveilleux, remarqua-t-il en voyant la blouse de la légiste constellée de mucus.

— Vous trouvez ça merveilleux, vous ? s'étrangla Crossley.

Perelman étouffa un rire.

— Aristote se serait amusé d'un tel incident, gloussa-t-il.

— Peut-être, concéda Crossley avec le plus grand agacement, mais me voilà avec un beau chantier sur les bras. La dissection est terminée, et je vous prie à tous les deux de quitter mon laboratoire.

Elle-même allait sortir lorsqu'elle se ravisa.

— Inspecteur Pendergast ? Je vous abandonne volontiers cette fichue chaussure.

7

Au grand soulagement de Perelman, la force opérationnelle n'avait pas élu domicile dans les modestes locaux de la police de Sanibel, derrière la bibliothèque municipale, mais dans ceux de ses collègues de Fort Myers, situés sur Widman Way dans un vaste bâtiment. Il gara son Explorer sur l'emplacement qui lui était réservé. L'écriteau tout neuf portant la mention « Chef de la police de Sanibel » lui apporta la preuve d'une organisation sans faille. Il descendit du véhicule, imité par ses deux passagers, les lieutenants Towne et Morris. Perelman aimait conduire lui-même dans la mesure du possible, même lorsqu'il se déplaçait avec ses subordonnés.

Cette réunion initiale devait débuter à 11 heures ce matin-là, mais il avait choisi d'arriver avec une demi-heure d'avance afin d'éviter les embouteillages éventuels, plus encore dans le but d'observer la façon dont le commandant Baugh allait gérer la situation. Perelman n'avait jamais participé à une telle opération et si Baugh ne lui avait guère fait bonne impression la veille, il n'était pas homme à le juger sans lui accorder une seconde chance.

— « Honneur, Intégrité, Responsabilité, Respect, Esprit d'équipe », lut Towne en observant la façade du bâtiment sur laquelle s'affichait fièrement en gros caractères la devise du service. J'ose espérer que ce ne sont pas de vaines paroles.

— Nous partirons de ce point de vue, voulut le rassurer Perelman.

Les trois hommes pénétrèrent dans le bâtiment où une secrétaire d'allure austère les dirigea vers la grande salle de réunion attribuée à la force opérationnelle. Ils découvrirent peu après un vaste plateau, aménagé en open space, fourmillant d'employés et de techniciens affairés autour d'une nuée d'ordinateurs, de grands écrans et de tableaux blancs. Tout indiquait une opération bien organisée dont l'efficacité rassura Perelman. Une table avait été dressée dans le couloir voisin, sur laquelle étaient mis à disposition du café, du thé et une fontaine à eau.

Perelman se versa un café auquel il mélangea trois dosettes de lait demi-écrémé et autant de sachets de sucre. Towne et Morris se servirent à leur tour et les trois représentants de la police de Sanibel, un gobelet brûlant à la main, entrèrent dans la salle de réunion et prirent place au premier rang. Ils furent rapidement rejoints par un capitaine et deux lieutenants de la police de Fort Myers qui saluèrent Perelman. Un petit groupe d'hommes en uniforme les accompagnait. Caspar, leur chef, ne figurait pas au nombre des nouveaux arrivants, ce qui ne surprit pas Perelman outre mesure. À quelques mois de la retraite et victime d'une mauvaise crise de goutte, il n'était que trop heureux de laisser ses adjoints et ses collègues de Sanibel se salir les mains. En cas de succès de l'enquête, il ne manquerait pas de reprendre la tête de ses troupes afin de s'en glorifier.

Kyra Markson, la maire de Sanibel, s'avança à son tour dans la pièce, vêtue de sa sempiternelle tenue blanche en dépit de la gravité des événements. Elle arborait une expression maussade, mais son visage se détendit quelque peu lorsqu'elle vit Perelman. Ce dernier lui rendit son hochement de tête. Dans une vie précédente, Markson avait occupé une fonction importante au sein d'une entreprise de relations publiques, ce qui avait fait d'elle une candidate idéale au poste de maire, d'autant que sa famille possédait une résidence à Sanibel bien avant la construction du pont, à l'époque où l'on accédait à l'île en ferry. Nul doute qu'elle avait à son tour trouvé des qualités à Perelman puisqu'elle avait joué un rôle de premier plan dans sa nomination. Leur tandem fonctionnait bien car chacun veillait à ne jamais empiéter sur le territoire de l'autre. Tandis que Markson se chargeait du bonheur de ses administrés, Perelman veillait sur leur sécurité. Il savait d'avance qu'elle n'entraverait pas son enquête et qu'il pourrait compter sur son soutien en cas de besoin.

Moira Crossley, la légiste en chef, arriva à son tour, accompagnée de deux assistants. Elle avait les traits tirés et Perelman se demanda si elle n'avait pas connu d'autres déboires après la débâcle de la veille.

Il chercha des yeux Pendergast, curieux de savoir s'il assisterait à la réunion, en vain.

Au même instant se présenta un impressionnant contingent de garde-côtes dirigé par le commandant Baugh. Tous en uniforme bleu, ils formaient un tableau impressionnant. Baugh monta sur l'estrade où un technicien l'équipa d'un micro-cravate pendant que ses troupes s'installaient dans la salle. Il posa ses notes sur le pupitre et les conversations se turent. À 11 heures précises, Pendergast fit son entrée, mais au lieu de trouver un siège, il s'adossa au mur du fond et croisa les bras. Il avait troqué sa tenue en lin contre un costume de soie très légèrement teintée de rose. Ou bien était-ce un effet dû à l'éclairage de la pièce ? Toujours est-il que jamais Perelman n'avait croisé la route d'un agent du FBI attifé de la sorte.

— Je vous souhaite la bienvenue, se lança Baugh en faisant courir son regard sur l'assistance. Je suis Stephen Baugh, commandant en chef adjoint du 7e Secteur des garde-côtes des États-Unis. On m'a chargé de prendre la direction de la force opérationnelle Captiva. Cette unité d'enquête, outre les garde-côtes, regroupe la police de Fort Myers, la police de Sanibel, le FBI, le service de médecine légale du District 21…

Perelman perdit rapidement le fil de la chaîne de commandement telle que la détaillait longuement Baugh. Sa fastidieuse énumération terminée, le commandant observa une pause théâtrale en prenant le temps de dévisager chacun des présents. Agrippé aux bords de la tribune, il se lança dans un long descriptif de l'état de l'enquête.

— À cette heure, quatre-vingt-dix-neuf chaussures vertes se sont échouées sur près de deux kilomètres de plage le long de la côte ouest de l'île de Captiva. Chacune d'elles contenait un pied grossièrement amputé au niveau de la cheville. Je vous fais grâce des détails que vous connaissez. Dans l'attente des résultats des tests et autres analyses, ces éléments sont peu nombreux. Il est toutefois bon de rappeler que ces pieds ont effectué un séjour dans l'eau d'une durée approximative de vingt-cinq jours. Cette précieuse information nous a été fournie par les organismes marins retrouvés sur les restes humains. Je souhaiterais maintenant procéder à un tour de salle en demandant à chacune et chacun d'entre vous de répondre à une question simple : quelles hypothèses vous inspire cette affaire ? Je vous laisse quelques instants afin d'en discuter avec vos équipes.

Perelman se tourna vers ses lieutenants.

— Des idées ?

— J'ai bien pensé à une secte quelconque, suggéra Towne. Dans le genre de celle de Jim Jones et du massacre des membres du Temple du Peuple, ou des adeptes du mouvement Heaven's Gate qui se sont suicidés pour rejoindre un vaisseau spatial peuplé d'extraterrestres.

— C'est une théorie intéressante. Et vous, Morris ?

— Je suis perplexe, mais j'avoue que l'idée d'un culte tient la route.

Perelman hocha la tête.

— Et vous, qu'en pensez-vous, chef ?

— Faute d'idée, je souscris à celle d'une secte.

Le commandant Baugh éleva la voix.

— Nous sommes prêts. Madame Smith, adjointe du chef de la police de Fort Myers ? déclara-t-il à l'adresse d'une Afro-Américaine d'une cinquantaine d'années.

— Nous nous demandions si ces pieds ne pouvaient pas être le résultat d'une expérimentation médicale pratiquée en Amérique centrale. Les courants les auraient conduits jusque sur nos côtes. Je dis ça parce que ces chaussures vertes font penser à celles que portent les infirmières dans certains hôpitaux. Je précise qu'il s'agit de simples spéculations.

— Je vous remercie. Monsieur Perelman ?

— Avec la même réserve quant à l'aspect spéculatif de notre hypothèse, nous avons pensé à une secte apocalyptique dont le grand prêtre ou le gourou exigerait l'amputation d'un membre en guise d'initiation.

— Je vous remercie. Inspecteur Pendergast ?

Tous les regards se tournèrent vers la silhouette en costume blanc adossée au mur du fond. L'intéressé, après un silence interminable, décroisa les bras.

— J'aime autant ne pas me lancer dans des spéculations, déclara-t-il.

— Personne ne vous en tiendrait rigueur. Au contraire, j'invite chacun ici à émettre des hypothèses.

— C'est précisément un exercice auquel je ne souhaite *pas* sacrifier, commandant.

La phrase fut accueillie par un silence pesant tandis que Baugh levait les yeux au ciel.

— Je vous laisse libre de votre opinion. À présent, j'entends répondre à mon tour à la question.

Perelman comprit que le commandant avait monté tout ce cinéma pour en arriver là.

— Je voudrais attirer votre attention sur la brutalité avec laquelle ont été pratiquées ces amputations, se lança Baugh. J'insiste également sur la présence de chaussures du même modèle, et sur le fait que les pieds ont tous été déversés dans l'océan au même moment.

Baugh marqua une pause dramatique.

— Réfléchissez bien : quel pays voisin est capable de commettre un acte d'une telle barbarie ? Quel pays possède le taux d'incarcération le plus élevé de la planète ? Quel pays se trouve à cent cinquante kilomètres de nos côtes ?

On aurait entendu une mouche voler.

— La réponse est : Cuba.

Il laissa l'assistance méditer cette conclusion avant de poursuivre.

— Plusieurs prisons cubaines sont situées le long des côtes. Certaines d'entre elles, à l'image du Combinado del Oeste, font partie des plus redoutables de la planète. C'est là que sont incarcérés, torturés et exécutés les prisonniers politiques.

Il se pencha en avant.

— Bien que nous ne disposions d'aucune preuve directe, la conclusion la plus probable à mes yeux est que ces pieds sont le résultat de séances de torture perpétrées par le régime cubain.

Perelman se fit la réflexion que si l'explication se tenait, l'assurance de Baugh le mettait mal à l'aise. Il était flic depuis trop longtemps pour avancer une théorie avec autant d'aplomb en l'absence de preuves.

Baugh descendit de l'estrade et se dirigea vers une grande table sur laquelle étaient étalés des ouvrages de navigation et des cartes, sous la surveillance d'un lieutenant des garde-côtes au visage peu avenant. Baugh leva les mains afin de faire taire le murmure des conversations.

— Je vous propose de nous répartir les tâches. Le service des garde-côtes aura la charge de l'enquête et des opérations en mer, décida-t-il en brandissant la première carte. Notre priorité sera d'étudier les courants, les dérives, les marées et les vents afin de localiser l'endroit *précis* de la côte cubaine où ont été largués ces pieds. Nous solliciterons la Sécurité intérieure pour obtenir des images satellitaires classifiées des sites les plus intéressants.

Il se racla la gorge.

— La police de Sanibel aura pour mission de veiller à ce que personne n'interfère avec la scène de crime en patrouillant régulièrement sur la plage, quitte à ramasser les chaussures qui pourraient encore venir s'y échouer. Le bureau de médecine légale du District 21 poursuivra l'examen et l'analyse des restes humains déjà ramassés. La police de Fort Myers réunira les témoignages des personnes impliquées dans l'affaire, gérera la presse et coordonnera les efforts de la force opérationnelle. Quant au FBI, ajouta-t-il en s'adressant directement à Pendergast, il écumera les bases de données du Centre national d'analyse des crimes violents et procédera à l'étude poussée des chaussures afin de déterminer leur lieu de fabrication.

Perelman vit Pendergast lever le doigt.

— Oui, inspecteur ?

— Commandant Baugh, puis-je vous demander de quand datent ces cartes ?

— Que voulez-vous savoir ? À quel moment elles ont été établies ?

— Exactement.

— Je ne vois pas en quoi cette information est pertinente. Ce sont les cartes les plus précises actuellement disponibles. Tous les officiers de la marine marchande et des garde-côtes s'en servent quotidiennement. Les marées et les courants ne changent guère avec le temps.

— Sans doute, mais je vous serais reconnaissant si vous pouviez me préciser quand ces cartes ont été établies.

— Je possède à mon actif plus de dix mille heures de navigation en qualité de capitaine ou de responsable d'un bateau. J'utilise personnellement ces cartes tous les jours, en toute confiance.

Baugh ponctua sa phrase d'un petit sourire avant de continuer :

— Inspecteur, à quoi se résume votre expérience en mer ?

— Je suis ce que vous surnommez un terrien. Il n'en reste pas moins que j'aimerais beaucoup savoir de *quand* datent ces cartes.

Baugh se tourna vers son lieutenant.

— Darby ?

Ce dernier examina les chiffres imprimés dans le coin inférieur de la première carte.

— 1961, lut-il avant de passer aux suivantes : 1965… et 1959.

— Je vous remercie, lieutenant, approuva Baugh en se tournant vers Pendergast. Êtes-vous satisfait, inspecteur ?

À en juger par la mine renfrognée de l'inspecteur, c'était loin d'être le cas.

— Inspecteur Pendergast, vous venez de nous avouer votre mauvaise connaissance du monde marin. Puis-je vous suggérer de vous intéresser aux banques de données et aux fabricants de chaussures, et vous reposer sur nous pour tout ce qui concerne l'océanographie ? À moins qu'un détail précis de votre mission ne vous échappe encore ?

— Tout est clair.

— Je vous remercie. Très bien, mesdames et messieurs, bonne chance à tous.

Perelman se mit en quête de Pendergast en voyant les participants à la réunion se diriger vers la sortie, mais il avait disparu. Baugh s'était montré inutilement dur avec lui, et il ne faisait pas de doute aux yeux du chef de la police de Sanibel que l'inspecteur n'était pas homme à rester sans réaction lorsqu'on le malmenait.

8

Alors qu'il avait cherché en vain Pendergast à la fin de la réunion, Perelman s'étonna de le trouver peu après sur le parking, adossé à son propre véhicule banalisé.

— Vous me cherchiez ? s'enquit-il en arrivant à l'Explorer.

— Tout à fait, confessa Pendergast. Je me demandais si vous accepteriez d'avoir avec moi une petite discussion.

— Volontiers. On peut déjeuner ensemble, si vous voulez ?

— Je préférerais faire une petite promenade en votre compagnie du côté de Turner Beach.

Perelman crut un instant à une plaisanterie avant de comprendre que le sourire de Pendergast n'avait rien d'humoristique. Coiffé d'un panama à larges bords, il avait chaussé à sa sortie des locaux de la police une paire de lunettes de soleil Persol qui devait coûter une fortune et l'éloignait plus encore de l'apparence habituelle d'un représentant de la loi. On aurait dit un membre d'un club de polo, voire un parrain de la drogue stylé.

Perelman avait croisé la route de bien des excentriques au cours de sa carrière. Sans se l'expliquer vraiment, il était curieux de voir quelle serait la prochaine manœuvre de Pendergast. Les hommes de

Perelman veillaient déjà « à ce que personne n'interfère avec la scène de crime en patrouillant régulièrement sur la plage », ainsi que l'avait préconisé Baugh, ce qui lui laissait toute latitude de prendre un peu de distance par rapport à l'enquête. Towne et Morris n'auraient qu'à demander à quelqu'un de Sanibel de les ramener.

— Bien sûr, accepta-t-il en haussant les épaules. Voulez-vous m'accompagner ?

— Si cela ne vous dérange pas.

Pendergast n'avait donc pas de véhicule. Perelman déverrouilla les portes du 4 × 4 et prit place derrière le volant tandis que l'inspecteur montait du côté passager. Il démarra et prit la direction du viaduc de Sanibel.

— Cela vous ennuie si j'ouvre les fenêtres ? demanda Perelman à son passager.

La température dépassait les trente degrés et le taux d'humidité était de 100 %, mais Perelman n'appréciait guère l'air conditionné.

— Au contraire, merci.

Pendergast, les yeux perdus dans le paysage, n'avait pas l'air pressé de s'exprimer, si bien que Perelman finit par se décider à entamer la conversation.

— Comment avez-vous deviné qu'il s'agissait de ma voiture ?

— Je pourrais vous dresser une longue liste d'indices révélateurs, au nombre desquels je citerai vos projecteurs discrets, le système de fermeture de l'habitacle arrière, la présence d'un râtelier susceptible d'accueillir un fusil, ou encore les accessoires habituels dont sont dotés les véhicules de police Ford, mais j'avoue que le badge de parking doré au nom de la police de Sanibel collé au parc-brise m'a grandement facilité la tâche.

Perelman gloussa en secouant la tête. Il conduisait à vive allure depuis leur départ de Fort Myers, si bien qu'ils avaient déjà dépassé Cape Coral et que le viaduc était en vue. L'Explorer zigzagua entre les cônes et les panneaux de signalisation annonçant le barrage routier. Quelques minutes plus tard, ils remontaient Sanibel Captiva Road en direction de Blind Pass. Le choc initial de la veille, amplifié par l'abondance de gyrophares, de sirènes et de véhicules de secours, commençait à s'atténuer. Aux yeux de quiconque ne connaissait pas bien l'île, la bourgade aurait donné l'impression d'une vie ordinaire, mais Perelman dut s'arrêter à trois reprises en voyant des résidents lui adresser un signe. Tous posaient les mêmes questions et il s'employa à leur répondre aimablement tout en se montrant évasif.

— Charmant village, remarqua Pendergast.

— Je vous remercie.

— Comment en êtes-vous arrivé à diriger la police locale ?

— Vous trouvez que ça cadre mal avec mon personnage, c'est ça ?

— Vous êtes le premier responsable d'une police municipale que j'entends citer Virgile.

Perelman afficha un air perplexe avant de se souvenir de leur rencontre initiale.

Il haussa les épaules.

— J'ai toujours eu un faible pour Virgile.

— Je vous comprends, mais vous êtes également le premier responsable d'une police municipale qui a quitté le Hebrew Union College quelques mois seulement avant de soutenir son mastère d'Études rabbiniques.

Perelman ne savait pas s'il devait se montrer flatté ou étonné que l'inspecteur ait pris le temps de s'intéresser à son passé.

— J'ai été victime de ce qu'on appelle couramment une « crise existentielle » tard dans mes études. Je n'étais pas certain de savoir si je voulais étudier le Talmud ou devenir un troubadour errant. L'idée de me transformer en Wisigoth ne manquait pas non plus de charme. J'aurais fait un tabac lors du sac de Rome, mais il faut croire que je suis né trop tard. Cela dit, vous avez raison, j'ai quitté la côte Est et traversé le pays avant d'atterrir dans le nord de la Californie. J'étais dans le comté de Humboldt, au cœur d'une forêt de séquoias, quand je me suis retrouvé confronté à une émeute entre un groupe de bûcherons et un parti d'écologistes qui avaient élu domicile dans les arbres. Ne me demandez pas pourquoi, mais j'ai eu une révélation. Coincé entre la police d'un côté et les défenseurs de l'environnement de l'autre, je ne savais pas quel camp choisir.

— De quel côté a fini par pencher la balance ?

— Aucun. Je leur ai servi d'intermédiaire en dialoguant avec les uns et les autres. Il me semblait que les deux clans avaient raison. Il n'est pas normal d'enfreindre la loi, mais il n'est pas acceptable non plus que les hommes détruisent la nature pour de l'argent. Résultat des courses, je suis entré au Service des forêts. C'était encore le plus sûr moyen de négocier une solution pacifique. De fil en aiguille, j'ai fait mon chemin jusqu'à la police.

— J'imagine que vous y aurez pris la mesure des besoins en médiation.

La remarque fit sourire Perelman.

— Certaines lois sont parfaitement imbéciles. Certains individus le sont tout autant. Mon travail consiste à montrer aux gens que la cohabitation pacifique est préférable à la violence ou à la prison.

— Vous êtes devenu un maître zen muni d'un badge.

— Il m'arrive d'être contraint d'élever la voix.

— Sanibel correspond-il à vos attentes ?

— Je n'avais pas prévu de venir ici, mais pour être tout à fait franc, je suis né pour vivre dans un endroit tel que celui-ci.

Ils franchirent le contrôle de police installé à l'entrée du pont de Blind Pass et se garèrent sur le parking du centre de commandement improvisé de Turner Beach. La plage restait inaccessible au public, mais le plus gros du travail était terminé. Il ne restait plus guère qu'une poignée de membres de la police scientifique occupés à prélever les derniers indices sur le sable, sous la protection de la flotte des garde-côtes qui repoussaient inlassablement les plaisanciers.

Les deux hommes descendirent de l'Explorer et Pendergast s'arrêta un instant pour observer la scène de son regard bleu argenté si particulier.

Plusieurs employés de la voirie se trouvaient dans le QG de campagne, à côté de quelques-uns des adjoints de Perelman, dont un sergent nommé Cranfield. Ils buvaient du café, assis autour de la table lorsque Pendergast et Perelman pénétrèrent dans la tente. À leur vue, tous se levèrent.

Perelman leur fit signe de se rasseoir.

— Je vous présente l'inspecteur Pendergast du FBI. Certains d'entre vous l'ont peut-être déjà croisé hier.

Il se tourna vers Cranfield.

— Pas de nouvelles épaves sanglantes ?

— Un pied seulement au cours des huit dernières heures.

— À part ça ?

— La routine : les problèmes de circulation, les curieux, quelques journalistes.

Perelman acquiesça.

— Restons pour l'instant en vigilance orange. On verra dans douze heures si on peut redescendre au stade inférieur.

Il se tourna vers Pendergast.

— Vous êtes toujours décidé à vous balader ?

L'instant suivant, les deux hommes quittaient l'abri de la tente et retrouvaient un soleil impitoyable. Ils se glissèrent sous le ruban jaune et prirent pied sur la plage. Pendergast s'immobilisa afin d'observer les alentours.

— Quel dommage de voir tant de détritus dans un lieu aussi beau, se lamenta-t-il.

— Les engins de nettoyage ne sont pas passés depuis le début de cette histoire. Nous ne pouvons pas nous permettre de nettoyer la plage tant qu'elle reste considérée comme une scène de crime.

— Tout indique pourtant que les indices importants ont été prélevés. Cela ne dérangerait personne si vous demandiez à vos équipes de ramasser tous ces déchets.

Ramasser les déchets ? L'idée fit tilt dans la tête de Perelman qui décrocha sa radio en veillant à garder un visage neutre.

— Cranfield ?

— Oui, chef ?

— Envoyez-moi Dixon et Ramirez. Dites-leur d'apporter des sacs-poubelles.

— Bien, chef, répondit le sergent, interloqué.

Une minute plus tard, deux des agents sortaient de la tente, équipés de gros sacs noirs en plastique, et rejoignaient les policiers. Les quatre hommes se mirent en marche en longeant lentement l'océan, Pendergast chaussé de ses précieux souliers. Ramirez se baissa pour récupérer une assiette en plastique.

— Pas celle-là, remarqua Pendergast. Si cela ne vous dérange pas, je procéderai moi-même au ramassage des détritus.

Ils poursuivirent leur promenade en s'arrêtant régulièrement chaque fois que Pendergast avisait un objet digne d'intérêt à ses yeux – un sachet de chips vide, les restes d'une plante, un morceau de bois flotté, un couvercle de gobelet en plastique. L'inspecteur observait toujours le même rituel : il commençait par sélectionner soigneusement les détritus sans raison apparente avant de le déposer dans le sac-poubelle de l'un des deux employés municipaux. Jamais Perelman n'avait effectué de « petite promenade » dans des conditions aussi étranges.

— Auriez-vous la carte que je vous ai demandée hier en quittant la morgue ? s'enquit Pendergast en examinant un joint de caoutchouc qu'il finit par rejeter dans le sable.

Perelman lui tendit un croquis de la plage, exécuté à la main, sur lequel figuraient les emplacements où la marée avait déposé les pieds, avec l'heure approximative, sous forme de points rouges.

Pendergast se pencha longuement sur le document.

— Voilà qui est excellent, je vous remercie.

— C'est Laroux, l'un de mes hommes, qui a réalisé ce dessin. Il a quelques prétentions artistiques.

Pendergast, carte en main, poursuivit son tour de plage en avançant conformément à une logique qui échappait à Perelman. Lorsqu'il ne ramassait pas un déchet qu'il observait avant de se décider à le rejeter ou à le confier aux employés, il s'intéressait aux petits drapeaux laissés par les équipes de police scientifique. Tout en marchant, il mitraillait Perelman de questions. En particulier, il se montra curieux de savoir si un phénomène d'échouage aussi massif s'était déjà produit, pas avec des pieds, évidemment. Si son interlocuteur estimait qu'interroger les pêcheurs du cru pouvait être utile. Si la présence de bancs d'algues était fréquente sur cette plage. Si des détritus se mêlaient souvent aux coquillages. À quelle fréquence la plage était nettoyée... Autant de questions auxquelles Perelman s'efforça de répondre de son mieux.

Ils atteignaient l'extrémité de la longue étendue de sable lorsque Pendergast pointa du doigt une ancienne villa perchée sur une dune.

— Quel bel exemple d'architecture balnéaire victorienne !

— Il s'agit de Mortlach House, lui expliqua Perelman.

— Cette bâtisse jouit d'un emplacement idéal, en dépit de son exposition aux vents, remarqua l'inspecteur en marquant un temps d'arrêt. Elle détonne quelque peu dans le paysage, comparée aux édifices voisins. Puis-je vous demander qui y réside ?

— À vrai dire, personne. Sa destruction est même programmée pour bientôt.

— Quel dommage, regretta Pendergast en ramassant une étiquette en plastique qu'il déposa dans l'un des deux sacs-poubelles, désormais bien remplis, avant de se redresser. Je vous propose de rentrer, je crois avoir tous les déchets dont j'ai besoin.

— Pas de souci.

Le petit groupe repartit en sens inverse, Ramirez et Dixon traînant derrière eux les sacs.

— Je serais curieux de recueillir votre opinion, monsieur Perelman. Que pensez-vous de la théorie du commandant Baugh ?

— C'est un marin expérimenté. Il nous l'a expliqué tout à l'heure, il a plus de dix mille heures de navigation aux commandes d'un bateau et je me vois mal remettre en cause ses compétences en la matière.

Tout en répondant à la question de l'inspecteur, Perelman avait bien conscience de botter en touche. Après une courte hésitation, il estima pouvoir accorder sa confiance à Pendergast.

— C'est un homme de la vieille école, un peu trop habitué à donner des ordres sans être toujours capable d'écouter les autres, mais j'ai eu plusieurs fois l'occasion de travailler avec lui et je respecte son expérience, sachant qu'il a passé sa vie en mer. Sa théorie tient la route. À mes yeux, tout du moins. La situation à Cuba est en train de changer, mais il faut bien reconnaître que le régime continue d'emprisonner les dissidents.

Pendergast hocha la tête.

— D'un autre côté… nous ne sommes pas en présence d'un navire de quatre cents tonneaux comme ceux des garde-côtes, mais de simples chaussures apportées par les courants. Je ne suis pas certain que l'expérience du commandant l'autorise à émettre un avis aussi catégorique.

Tout en parlant, Perelman remarqua du coin de l'œil l'arrivée d'une berline noire sur le parking de la plage. Il fronça les sourcils en se demandant quel bureaucrate en quête de publicité allait encore lui tomber dessus. Il pensait pourtant en avoir fini avec les huiles locales, persuadé d'avoir vu défiler tous les fonctionnaires et autres élus disposant d'un minimum de pouvoir.

Il comprit son erreur en voyant la portière arrière s'écarter et une femme descendre de l'auto. Elle était coiffée d'un élégant chapeau à larges bords et portait une robe en organdi qui mettait en valeur sa fine silhouette. Elle quitta l'ombre des palmiers et Perelman découvrit une jeune femme extrêmement séduisante, âgée tout au plus de vingt-trois ou vingt-quatre ans. Perelman, cinéphile convaincu, pensa en la voyant à l'actrice Claudette Colbert dont l'inconnue avait les sourcils arrondis et les cheveux acajou coupés à la garçonne. Non, à bien y réfléchir, elle ressemblait plus encore à Olive Thomas, une starlette du muet à la beauté légendaire disparue en 1920.

Perelman sortit de sa rêverie nostalgique en voyant la jeune femme se glisser avec grâce sous la bande jaune.

— Une petite minute ! l'arrêta-t-il aussitôt, alors que deux de ses hommes se précipitaient au pas de course.

Il se retourna en sentant une main sur son bras.

— Tout va bien, le rassura Pendergast. Cette personne m'accompagne.

La jeune femme s'était arrêtée d'elle-même à l'entrée de la plage, peu désireuse d'avancer dans le sable avec des chaussures à talon. Perelman fit signe à ses hommes de retourner à leur poste et le petit groupe qu'il formait avec l'inspecteur et les deux employés encombrés par leurs sacs-poubelles prit la direction du parking.

— Ma chère Constance, déclara Pendergast en s'approchant de la visiteuse. Laissez-moi vous présenter M. Perelman, chef de la police de Sanibel. Monsieur Perelman, je vous présente ma pupille et assistante Constance Greene.

La jeune femme retira ses lunettes de soleil et posa sur Perelman un regard violet.

— Enchantée de faire votre connaissance.

Elle s'exprimait d'une voix profonde de contralto avec un accent étrangement désuet.

— Je m'étonne de vous voir ici, mais vous m'en voyez ravi, dit Pendergast. Pourquoi avoir quitté le jardin d'Éden ?

— Il faut croire que j'y ai découvert l'arbre de la connaissance.

— Tout est sujet à érosion dans l'existence, même les charmes du paradis.

— La lecture d'*À rebours* achevée, et après avoir incité le chef de la sécurité à m'initier au fonctionnement de sa mitrailleuse M60, je me suis aperçue qu'il était égoïste de ma part de continuer à me vautrer dans le luxe en vous laissant suer sang et eau sur cette enquête. À défaut de savoir si mon aide peut vous être d'une quelconque utilité, du moins ai-je la possibilité de vous tenir compagnie.

— Je vous en sais gré.

— On m'avait expliqué que vous aviez élu résidence au motel Flamingo View, poursuivit Constance en prononçant le nom de l'établissement comme s'il s'agissait d'une insulte. À mon arrivée sur place, j'ai compris qu'il s'agissait d'un quiproquo et je ne me suis même pas aventurée jusqu'à la réception.

— Ce n'est malheureusement pas un quiproquo. Je ne doute pas que le directeur adjoint Pickett ait initialement eu l'intention de me réserver une chambre dans un établissement plus adéquat. Je compte bien m'en occuper prochainement.

— Ne changez rien pour moi, surtout. J'ai entendu dire que dormir dans un taudis formait le caractère.

Pendergast se tourna vers Perelman qui avait suivi cet échange avec curiosité.

— Merci d'avoir accepté de jouer le jeu en me permettant de collecter tous ces déchets. Notre conversation s'est révélée tout à fait intéressante. Je ne doute pas d'avoir le plaisir de vous revoir prochainement.

— Passez me voir ce soir, si vous êtes libre. Quand je ne bricole pas mon bateau, je joue de la guitare sur ma véranda en buvant de la tequila, ou alors je feins de lire de la poésie. Mademoiselle Greene, c'était un plaisir de vous rencontrer.

Perelman se dirigea vers le QG de campagne en compagnie des deux employés municipaux.

— Un instant, je vous prie ! les arrêta Pendergast en désignant les gros sacs-poubelles. Laissez-moi vous débarrasser de ceci.

Perelman fronça les sourcils.

— Je vous demande pardon ?

— Vous avez eu l'extrême gentillesse de me conduire jusqu'à cette plage et vos gens ont eu l'amabilité de porter ces sacs pendant que je les remplissais. À tout le moins, je tiens à leur éviter d'avoir à s'en débarrasser.

— Mais pourquoi… ?

Perelman n'acheva pas sa phrase, conscient qu'il n'obtiendrait jamais de réponse directe à la question qu'il s'apprêtait à poser. Il fit un signe aux employés qui suivirent l'inspecteur et sa pupille jusqu'à la berline dont Pendergast ouvrit le coffre. Quelques instants plus tard, l'élégante voiture noire exécutait un demi-tour sur le parking et s'éloignait en direction du motel Flamingo View sous le regard interloqué de Perelman et des deux employés.

9

Roger Smithback s'engagea dans l'escalier extérieur conduisant à l'étage de la bicoque en s'efforçant de ne pas réveiller l'occupant de l'appartement du rez-de-chaussée. Il peinait à gravir les marches, jamais il n'aurait dû commander un cinquième Johnny Walker Black.

Il s'arrêta sur le palier en titubant légèrement, prit longuement sa respiration et contempla le paysage, avec ses pavillons alignés le long du canal. La rumeur de la nuit lui parvenait dans toute sa diversité, entre le ronronnement des voitures, une voix qui chantait, le grondement lointain des vagues et la sarabande ininterrompue des insectes.

Il ouvrit la porte, chercha des doigts l'interrupteur et s'affala sur un fauteuil. Il sortit de sa poche son portable et chercha les photos prises subrepticement plus tôt dans la soirée. Dieu merci, sa moisson était intacte. Et parfaitement lisible, ce qui n'était pas gagné dans un bar aussi sombre.

Son téléphone lui échappa des mains et il ferma les yeux. La pièce se mit aussitôt à tourner. Il souleva péniblement les paupières et regarda sa montre. 9 heures passées de quelques minutes, Kraski serait encore dans son bureau.

Après s'être fait chasser comme un malpropre de la scène de crime, Smithback avait regagné le continent, où se trouvait sa Subaru. Peu après, il retournait à Sanibel avec l'intention de prendre une chambre dans un motel. Les établissements de l'île étaient tous pris d'assaut à cause de l'afflux de journalistes, même les plus minables affichaient complet, si bien qu'il avait été contraint de louer à un prix prohibitif une « suite d'étage » chez un particulier, retraité de la poste. La suite en question était composée d'une chambre équipée d'une salle de bains, et le propriétaire lui tenait le crachoir pendant des heures chaque fois qu'il avait le malheur de le croiser. Plus gênant encore, le logement de Smithback se trouvait à Gumbo Limbo, un quartier peu reluisant de Sanibel situé près du viaduc, à des kilomètres de Turner Beach. Tous ces inconvénients se trouvaient largement compensés par le fait que la « suite » lui donnait droit au titre de résident, une qualité qui lui permettait de se déplacer en toute liberté dans les îles. C'est vrai, les résidents n'avaient pas davantage accès à Turner Beach que les touristes, mais son autorisation de classe A lui permettait de franchir les barrages de police à sa guise.

Restait à découvrir des informations dignes de ce nom. C'est tout juste si Kraski ne s'était pas pissé dessus en découvrant les photos qui illustraient l'article de Smithback, et il avait félicité ce dernier pour ce scoop. Le rédacteur en chef du *Herald* était pourtant avare en compliments et Smithback avait savouré son fait d'armes. En attendant, cet exploit datait de la veille et Kraski lui réclamait de nouveaux articles à cor et à cri.

Contrairement à Bill, son jumeau mort qui exerçait la même profession que lui, Roger Smithback privilégiait la discrétion dans son travail. À force d'arpenter les rues de Miami, il avait appris à cataloguer les cafés et les restaurants : ceux que fréquentaient les touristes et ceux qui accueillaient les autochtones. Il avait ainsi passé son début de soirée à errer d'un troquet à un autre sur Periwinkle Way en buvant de l'eau gazeuse, les oreilles grandes ouvertes. Cette stratégie avait fini par payer en le conduisant jusqu'au Reef Bar où il avait fait la connaissance d'un certain Paul Rameau. Ce dernier, un géant débonnaire, occupait les fonctions d'assistant à l'Institut médico-légal et il avait été confronté à suffisamment d'horreur au cours des dernières trente-six heures pour éprouver le besoin de noyer son spleen en buvant des bières fortement alcoolisées. Smithback s'était arrangé pour préempter le tabouret voisin du sien et, à défaut d'être amis, ils étaient devenus compagnons de beuverie.

Rameau avait une descente proportionnelle à son gabarit, ce qui avait obligé Smithback à oublier l'eau minérale au profit du scotch, par souci de crédibilité.

Le journaliste s'ébroua dans son fauteuil. Autant passer ce putain de coup de fil avant de s'endormir. Il fit défiler une dernière fois les photos sur son écran et composa le numéro de son rédacteur en chef.

— Kraski, répondit celui-ci à la première sonnerie.

— 'Soir, patron.

— Ah, Smithback. J'attendais votre appel. Vous avez du neuf ?

Un vrai oisillon, le bec grand ouvert, tenaillé par la faim. Le scoop de la veille était déjà de l'histoire ancienne. Smithback, adepte des jeux de stratégie, estima que le meilleur moyen de tenir Kraski en haleine consistait encore à le laisser mariner un peu dans son jus.

— C'est dur ici, répondit-il. Très dur.

— Ouais, vraiment ?

— Cette affaire ne ressemble à rien de connu, les autorités fonctionnent à l'instinct. Elles font surtout le blocus des infos.

— Vous avez la voix pâteuse. Vous avez bu ?

— Uniquement pour suivre une piste, je peux vous l'assurer.

— Très bien, continuez.

Smithback ne répondit pas tout de suite, occupé à compter dans sa tête le nombre de bières qu'il avait payées à Rameau en espérant arriver à les mettre sur son compte de frais.

— Roger ? Vous êtes là ? s'impatienta Kraski.

— Oui, patron.

— Alors, qu'est-ce que vous m'avez dégoté ?

— Les gens du cru ne savent rien, j'ai vérifié, mais j'ai loué une chambre chez l'habitant et je suis bien placé s'il arrive quelque chose.

— Ce n'est pas le tout d'être sur place, il est temps de *creuser*.

— Je vous assure qu'ils lâchent les informations avec des élastiques.

À l'autre bout du fil, Kraski poussa un soupir d'exaspération.

— Smithback, vous avez sauté sur cette affaire de façon magistrale, mais vous ne serez pas longtemps mon meilleur grand reporter si vous rentrez les mains vides. J'ai besoin de biscuit *tous les jours*, pas uniquement le dimanche. Vous avez fait preuve de beaucoup d'initiative hier, où en êtes-vous ce soir ?

Mon meilleur grand reporter. Voilà qui était prometteur. Smithback comprit qu'il était temps d'arrêter de geindre, il avait fait poireauter Kraski suffisamment longtemps.

— J'allais y venir. J'ai du biscuit.

— Ah ouais ? réagit Kraski au quart de tour. Comme quoi, par exemple ?

— Comme le nombre exact de pieds qui se sont échoués ici. Il y en a plus de cent, et ça fait près d'un mois qu'ils séjournent dans l'eau.

— Saloperie. Et d'où ils viennent ?

— Personne n'en sait rien. Les types du labo sont en train de procéder à des tests ADN et à tout un tas d'autres analyses.

Smithback reconnut le grincement des roues du fauteuil de Kraski.

— Quoi d'autre ?

— C'est déjà plus que tous les autres.

— *Quand je pense que j'ai passé ma soirée à payer des coups à un technicien traumatisé de l'Institut médico-légal pour en arriver là.* Smithback croyait tenir un scoop, mais il lui fallait procéder à des vérifications avant d'en parler à son rédac chef.

— D'accord, concéda Kraski qui connaissait trop Smithback pour lui demander d'où il tenait ses informations. Rédigez-moi votre papier et envoyez-le-moi illico presto.

— Je m'y mets à l'instant.

— Beau boulot, Roger. Continuez sur cette voie, conclut Kraski en raccrochant.

Smithback s'enfonça confortablement dans son fauteuil. Et comment, que c'était du beau boulot !

Et ce n'était que le début. Profitant de l'état d'ébriété avancé de Paul Rameau, Smithback lui avait proposé d'échanger leurs numéros. Rameau avait aussitôt indiqué le sien au journaliste qui lui avait alors proposé de l'appeler pour qu'il puisse l'intégrer automatiquement dans ses contacts.

Rameau avait réagi exactement comme il l'espérait en sortant son portable. Smithback s'était empressé d'admirer la coque du smartphone et Rameau avait enchaîné en lui expliquant que dans un métier tel que le sien où il manipulait des produits corrosifs à longueur de journée, une coque solide était indispensable.

Rameau avait alors reposé son portable machinalement sur le bar. À tout coup, il contenait une mine de trésors, mais comment s'en assurer ? Smithback avait donné la mesure de son talent en se lançant dans une longue série de plaisanteries urologiques. Il avait notamment expliqué à son interlocuteur que la bière le faisait pisser comme un cheval de course, d'où son penchant pour le scotch. Quelques minutes plus tard, l'opération provoquait l'effet désiré et Rameau se levait péniblement pour se rendre aux toilettes.

Smithback, qui avait veillé tout au long de la conversation à tapoter discrètement l'écran du portable afin qu'il ne s'éteigne pas, s'était rué sur l'appareil en voyant disparaître Rameau. Il disposait d'une minute pour trouver ce qu'il cherchait. Lire les e-mails prendrait trop de temps, tout comme consulter la messagerie ou les textos. Restait à savoir si le technicien documentait son travail en prenant des photos. Smithback ouvrit l'application concernée et poussa intérieurement un cri de joie en découvrant des dizaines de clichés terrifiants de pieds à divers stades de dissection, de l'incision initiale jusqu'au moment où les os étaient entièrement mis à nu. Par chance, Rameau était excellent photographe, ses instantanés étaient nets et parfaitement cadrés.

Si tous ces clichés étaient répugnants, aucun ne révélait *a priori* de détails dignes d'intérêt. Au moment où il se décourageait, le journaliste avait touché le jackpot en découvrant une série de trois photos du même pied. Il s'était empressé de mitrailler l'écran de Rameau à l'aide de son propre téléphone : un, deux, trois.

Affalé dans son fauteuil, il sourit en repensant à ce coup de maître et fit défiler sur son smartphone les trois photos concernées. Toutes représentaient en gros plan la face externe supérieure d'un pied, de la cheville à l'endroit où la jambe avait été amputée. La peau autour de la plaie était recroquevillée sur elle-même et l'os qui sortait des chairs blafardes était immonde, mais on distinguait clairement, au niveau de la cheville, un tatouage presque complet figurant une croix entourée d'éclairs et de plusieurs lettres. Ces dernières étaient trop floues pour être lisibles, mais ce genre de défaut pouvait aisément se corriger à l'aide d'un logiciel adéquat.

Smithback n'avait pas l'intention de fournir un tel détail à Kraski avant d'avoir étudié cette piste de plus près. Le mieux était encore de télécharger les photos sur son ordinateur et de les améliorer de façon à pouvoir déchiffrer les lettres. Il lui suffirait ensuite de poser discrètement quelques questions autour de lui dans l'espoir de savoir à quoi correspondait ce sigle. Avec un peu de chance, peut-être même pourrait-il obtenir les coordonnées du tatoueur, d'autant que ce dessin lui était familier. Si tout se passait bien, il tenait le scoop de sa carrière. Kraski atteindrait bientôt l'âge de la retraite et « Roger Smithback – Rédacteur en chef » sonnait diantrement bien…

Il s'extirpa du fauteuil, éteignit son portable et se dirigea vers l'unique table de la pièce où l'attendait son ordinateur. Il lui fallait encore rédiger l'article promis à Kraski pour le *Herald*.

10

Pamela Gladstone, les mains serrées autour de la barre du *Leucothéa*, quitta les eaux du fleuve Caloosahatchee et pénétra dans la marina de l'hôtel Legacy Harbour. La manœuvre, difficile en temps ordinaire, se trouvait compliquée par une brise de vingt nœuds en provenance du large. Elle ne tarda pas à apercevoir à tribord les High Point Towers dont les ombres longilignes dessinaient de longues traînées sombres sur l'eau, au soleil de cette fin d'après-midi. Elle ralentit et engagea la proue du bateau confortablement entre les bouées du ponton avant de réduire encore sa vitesse et de pivoter lentement vers tribord.

— Tu peux lancer l'amarre avant, ordonna-t-elle à Wallace Lam, son assistant et second de circonstance, posté le long du plat-bord.

Pour une fois, il exécuta le geste sans faute et l'employé de la marina attacha la bride.

— Attention de ne pas trop tendre la corde pendant que j'achève la manœuvre, cria Gladstone en amenant délicatement la coque du navire océanographique le long du ponton avant de couper les moteurs.

Tandis que l'employé de la marina et Lam achevaient de fixer les amarres, elle poussa un soupir de soulagement. La manœuvre s'était déroulée sans anicroche et elle ne s'était pas ridiculisée, contrairement à la dernière fois où elle avait accroché l'une des piles du ponton avec la poupe du bateau. Une faute d'inattention idiote, mais tout le monde l'avait vue, bien sûr, et il lui avait fallu remplir un constat d'accident alors que ni le ponton ni le bateau n'en avaient souffert, à l'exception d'une traînée de caoutchouc noire sur le plastique blanc de la coque.

La sortie en mer s'était révélée profitable puisqu'ils avaient réussi à repêcher leurs deux courantomètres à effet Doppler. Chacune de ces petites bêtes coûtait la modique somme de vingt mille dollars, en perdre ne serait-ce qu'une aurait été une catastrophe. Elle était impatiente de télécharger les données enregistrées afin de voir si celles-ci confirmaient ses modèles mathématiques.

Elle venait de positionner le gouvernail sur zéro et procédait à l'extinction de toutes les commandes lorsqu'elle remarqua la présence sur le ponton d'un grand inconnu au teint blafard vêtu d'un costume blanc malmené par le vent. Avec son panama, il avait l'allure d'un baron de la drogue albinos surveillant le débarquement de sa marchandise. Il s'intéressait visiblement à son bateau et l'observait à travers la baie vitrée de la passerelle. Elle se demanda comment cet olibrius avait pu accéder à ce ponton privé.

Une fois la cabine en ordre, le journal de bord électronique rempli et les disjoncteurs coupés, elle quitta la timonerie. De son côté, Lam avait quasiment fini de ranger les courantomètres dans leurs boîtiers en attendant de les transférer sur la remorque qui les attendait sur le ponton. Voyant s'approcher l'homme en blanc, elle lui tourna le dos et dénoua une écoute pleine de boue dans l'espoir qu'il s'en aille.

— Madame Gladstone ? fit une voix doucereuse.

Elle se retourna.

— Oui ?

— Je suis l'inspecteur Pendergast, se présenta-t-il, la main tendue.

Au lieu de la lui serrer, elle lui montra ses doigts couverts de vase à cause de l'écoute.

— Désolée.

L'inconnu retira sa main et posa sur elle deux yeux étincelants.

— Je souhaiterais avoir avec vous une petite conversation.

— Je vous écoute, dit-elle sans bouger.

Inspecteur. Ce type-là était flic ?

— Excusez-moi, mais vous auriez un badge à me montrer ?

Il glissa la main à l'intérieur de sa veste et lui présenta sa carte d'identité du FBI avant de la ranger.

— Accepteriez-vous de m'accueillir dans votre laboratoire afin que nous puissions nous entretenir à l'abri des oreilles indiscrètes ?

— De quoi s'agit-il ?

— De Captiva.

— Pas question, désolée.

Elle ramassa son sac, le balança sur son épaule et remonta le ponton d'un air décidé. Lam, gêné par la remorque, avait toutes les peines du monde à la suivre. Elle accéléra le pas dans l'espoir d'échapper à l'homme en blanc, mais celui-ci refusait de se laisser distancer.

— J'ai cru comprendre que vous étudiiez les courants marins du golfe du Mexique depuis cinq ans, remarqua-t-il.

— Je vous ai dit non. Je suis actuellement occupée par mes recherches, j'arrive au bout de mes subventions, le contrat de location de mon bateau expire la semaine prochaine, mon loyer vient d'augmenter, mon petit ami m'a larguée… et surtout, je ne veux pas entendre parler de ces pieds apportés par la marée.

— Pour quelle raison, si vous m'autorisez cette question ?

— Parce que cette histoire est un désastre annoncé sur le plan politique et que la science en fera une fois de plus les frais. Croyez-moi, je connais la chanson.

Elle marchait de plus en plus vite, mais son interlocuteur la suivait comme son ombre, sans même donner l'impression d'accélérer le pas. Gladstone, habituée à marcher plus vite que tout le monde, ne pouvait qu'en prendre ombrage.

— Je suis heureux que vous évoquiez votre navire océanographique, madame Gladstone. Malgré cette vilaine tache noire au niveau de la poupe, c'est une fort belle embarcation.

Ils atteignaient l'entrée du ponton. Derrière eux, Lam était quasiment obligé de courir pour ne pas se laisser distancer. La Kia Soul de Gladstone était garée tout près, Dieu soit loué. Elle tira la clé de sa poche et appuya sur la télécommande, les portières se déverrouillèrent dans un léger bip, elle ouvrit celle du conducteur et prit place derrière le volant. Elle refermait sa portière lorsque l'importun la saisit au vol et se pencha vers elle.

— Veuillez retirer votre main de ma voiture.

Elle tira la portière à elle, mais il la maintenait ouverte avec une force étonnante. Il accueillit son ordre avec un petit sourire.

— Madame Gladstone, croyez bien que je compatis à vos ennuis. À défaut de pouvoir les régler tous, du moins ai-je la possibilité de vous ôter un souci concernant la location de votre bateau.

Elle se figea, interloquée.

— Que voulez-vous dire ?

— J'ai pris langue avec la société de location Caloosahatchee Marine afin de prolonger votre contrat. Ce sont eux qui m'ont indiqué où vous trouver.

— Attendez une minute… mais pourquoi ?

— Voyez-vous, madame Gladstone, le FBI va avoir besoin de votre bateau. Et de *vous*, bien sûr.

11

P. B. Perelman, assis au fond de la salle de réunion avec ses adjoints Towne et Morris, commençait à s'impatienter en écoutant l'océanographe attitré des garde-côtes, un certain McBean ou McBoon, commenter de façon interminable une présentation PowerPoint en faisant courir dans tous les sens le point vert de son stylo laser sur l'écran. Image après image, carte après carte, il proposait à son auditoire une tournée complète du golfe du Mexique et de la Caraïbe en s'attardant plus particulièrement sur Cuba.

Le commandant Baugh en grand uniforme, les bras croisés à côté de l'océanographe, écoutait attentivement les explications de ce dernier, le front plissé.

À l'enchaînement des images succéda, en guise de conclusion, une animation vidéo des circonvolutions du Loop Current, le courant chaud venu du sud qui rejoignait le Gulf Stream dans l'Atlantique.

Perelman n'avait presque rien retenu de cette présentation, sinon que les pieds avaient fort bien pu partir de Cuba et s'échouer sur l'île de Captiva, poussés par une conjonction de courants, de vents et de marées. Alors que le Loop Current longeait la côte du Yucatán avant de rejoindre le golfe, un affluent connu sous le nom de Mariel Stream s'en détachait et venait toucher les côtes nord-ouest de Cuba, entre le port de Mariel et Playa Carenero. Un objet placé dans l'eau à marée basse sur cette côte longue d'une trentaine de kilomètres pouvait fort bien atteindre la côte occidentale de la Floride où il ne manquerait pas de s'échouer sur l'une des plages de Sanibel ou de Captiva. L'océanographe conclut son intervention en précisant qu'un tel déplacement prendrait approximativement trois semaines, ce qui correspondait aux vingt-cinq jours pendant lesquels les pieds avaient séjourné dans l'océan.

Son exposé achevé, le scientifique descendit de l'estrade en laissant le commandant prendre le relais, le visage grave. Baugh s'agrippa au pupitre des deux mains et laissa errer son regard sur l'auditoire.

— Merci au lieutenant McBath, dit-il d'une voix rocailleuse.

Il attendit que le silence se fasse dans la salle pour continuer.

— Nous avons tous conservé le souvenir de l'exode de Mariel qui a vu plus de cent mille Cubains, fraîchement libérés des prisons et des asiles psychiatriques castristes, s'embarquer pour les côtes de Floride. Comme l'indique cette appellation, ils venaient du port de Mariel.

Il observa longuement l'assistance.

— Ils ne sont pas partis de là sans raison. À l'entrée de la baie de Mariel se trouve une prison tristement célèbre, connue sous le nom d'El Duende, où sont détenus et torturés de longue date les ennemis du régime. Cet établissement pénitentiaire abritait de nombreux prisonniers politiques qui ont pris part à cet exode.

Une photo satellite estampillée SECRET s'afficha sur l'écran. On y voyait un vaste complexe carcéral ceint de murs et de grillages à l'entrée du port de Mariel.

— El Duende, qui s'était quasiment vidé à cette occasion, n'a pas tardé à se remplir à nouveau sur ordre des communistes cubains.

Le commandant lança un nouveau diaporama dont la première image était celle d'un vaste établissement en bord de côte.

— Ceci est une photographie récente d'El Duende, prise par les spécialistes de la Sécurité intérieure. Cette prison est particulièrement prospère, si je puis dire, puisqu'elle abrite douze mille détenus.

Il fit défiler toute une série d'images satellite montrant des bus chargés de prisonniers, des cours de promenade surpeuplées, et ainsi de suite, avant de détailler les horreurs attribuées aux autorités d'El Duende.

— Nous privilégions l'hypothèse que ces pieds sont le résultat des séances de torture et des exécutions de masse qui se déroulent dans l'enfer d'El Duende. Que ces membres amputés aient été rejetés à la mer de façon intentionnelle ou accidentelle n'est pas notre préoccupation première, même si nous sommes en droit de nous poser la question. D'une façon ou d'une autre, ces pieds ont échoué sur nos plages et il est de notre devoir d'expliquer leur provenance. Des questions ?

Plusieurs mains se levèrent aussitôt et Towne se pencha vers Perelman.

— Sa théorie tient la route, si vous voulez mon avis.

— Elle est aussi valable qu'une autre, reconnut le chef de la police de Sanibel, tout en trouvant que Baugh évacuait un peu vite les autres possibilités.

Il chercha des yeux Pendergast, curieux de savoir s'il allait poser des questions dérangeantes, comme à son habitude, mais l'inspecteur n'était pas là.

Le commandant attendit que les questions se tarissent pour reprendre la main.

— Reste à déterminer la prochaine étape. Nous avons demandé à la Sécurité intérieure de nous fournir un dossier détaillé sur El Duende en s'intéressant tout particulièrement à la période au cours de laquelle les pieds auraient été jetés à l'eau. La SI va également éplucher les communications interceptées par le ROEM sur cette même période, ainsi que les renseignements obtenus par l'ONI et le ROHUM.

Il dévisagea longuement les présents.

— Les informations que je vais vous confier sont classifiées.

Un silence de mort accueillit cette annonce.

— Au cours des quelques jours à venir, le service des garde-côtes compte envoyer une vedette placée sous mon commandement au large de la baie de Mariel dans le cadre d'une opération de surveillance. À l'heure où je vous parle, un patrouilleur de classe Sentinel basé à Port Charlotte est prêt à appareiller. Il est pourvu de matériel SCIF sophistiqué, de sondes SEI, de systèmes AIS et autres équipements de pointe, mais aussi d'un pont d'envol capable d'accueillir un hélicoptère DoD HH-60. Ce bâtiment relève du programme NDRM qui…

Perelman cessa de prêter attention au laïus du commandant. Pourquoi fallait-il toujours que les militaires abusent d'acronymes incompréhensibles ? Il était de notoriété publique que l'US Navy surveillait les côtes cubaines de façon quasi permanente, aussi cette opération n'avait-elle en réalité rien d'exceptionnel. Le fait que Baugh la dirige était nettement plus inhabituel, mais le commandant était bien du genre à donner de sa personne pour la gloire. Après tout, tant mieux si ça pouvait servir les besoins de l'enquête.

Baugh mit un terme à la réunion et Perelman se leva, imité par Towne et Morris.

— Je me demande où est Pendergast, s'étonna-t-il.

Towne pouffa.

— Drôle de paroissien. Moi, je me demande à quoi peuvent lui servir tous ces déchets récupérés sur la plage. J'aurais voulu voir la tête du gérant du Flamingo View quand il a rapporté dans sa chambre toute cette puanteur.

— Il est descendu au Flamingo View ? demanda Morris. Je pensais que les fédéraux avaient plus de fric que ça.

— Si ça se trouve, poursuivit Towne, il espère mettre la main sur la carte au trésor du capitaine Kidd.

Perelman resta songeur. Il s'était longuement posé la question en voyant Pendergast et sa pupille emporter dans le coffre de leur berline les deux sacs-poubelles. Il avait sa petite idée et se demandait même pourquoi Baugh n'avait pas eu le même éclair. Pendergast était un drôle de paroissien, aucun doute là-dessus, mais c'était surtout un petit malin.

12

Pamela Gladstone poussa la porte de son laboratoire et invita l'inspecteur à entrer. L'endroit, minuscule, débordait d'équipements électroniques : des ordinateurs, des écrans, et même un terminal de la NOAA, l'Agence nationale d'observation atmosphérique et océanique.

— Vous n'avez qu'à poser par terre tous les bouquins entassés sur ce tabouret, conseilla-t-elle à son visiteur.

Pendergast s'exécuta sans s'asseoir pour autant, préférant observer le décor qui l'entourait. Lam, ses éternels Keds rouges aux pieds, se glissa dans la niche exiguë qui lui servait de poste de travail. Gladstone s'installa confortablement dans son fauteuil de bureau et croisa les mains en se tournant vers Pendergast.

— Très bien. Vous vouliez me parler ? Je vous écoute.

— Après avoir consulté diverses sources, je crois comprendre que vous professez un certain nombre de théories peu orthodoxes au sujet des courants maritimes.

Gladstone éclata de rire.

— Peu orthodoxes ? La formule conviendrait mieux à mes opinions politiques.

— Je déteste la politique, aujourd'hui plus que jamais. Seules m'intéressent vos théories océanographiques.

Elle chassa de la main une longue mèche de cheveux blonds collés par l'air marin.

— Mes théories, dites-vous ? Très bien. Pour commencer, elles s'appuient sur le chaos, dans son acception mathématique. Vous avez sans doute entendu parler de l'effet papillon, selon lequel un battement d'ailes de papillon en Afrique est capable de provoquer une tornade en Floride ?

— Cette idée fantaisiste m'est familière, en effet.

— Fantaisiste, répéta Lam en pouffant, ce qui lui valut un regard mauvais de la jeune femme.

— Il s'agit d'une théorie exagérée, c'est vrai, mais il n'en demeure pas moins qu'un changement minime des conditions initiales d'un système peut entraîner à terme un effet boule de neige dramatique. Wallace et moi avons choisi d'appliquer ce concept mathématique aux courants océaniques. C'est sans doute regrettable, mais la plupart de mes collègues estiment que nous avons tort.

— Avez-vous tort ?

Elle ne s'attendait pas à une telle question.

— Tout dépend du sens que vous donnez au mot *tort*. J'ai la certitude que nous sommes sur la bonne voie, sans avoir pu obtenir les résultats escomptés jusqu'à présent. Le problème est ardu, j'ai besoin de temps. Et de données plus nombreuses. Quant à ceux qui pensent que nous sommes sur la mauvaise voie, ils manquent d'imagination. Disons qu'ils sont… eh bien… un peu bêtes.

Pendergast afficha un sourire furtif.

— L'expérience m'a montré que la plupart des individus sont un peu bêtes. Et même parfois très bêtes.

La formule provoqua l'hilarité de Gladstone et de Wallace. Malgré son allure austère, leur visiteur ne manquait pas d'humour.

— En apparence, poursuivit la jeune femme, les courants océaniques sont animés par des mouvements relativement logiques. La mer monte et descend au rythme des marées. Le Loop Current emprunte tel et tel trajet de façon prévisible, les cartes nous le confirment. Mais lorsque vous déposez de petits flotteurs équipés d'un GPS dans un océan, vous vous apercevez qu'il est impossible de prévoir leur trajectoire. Ils ont beau être tous déposés au même endroit, ils s'éloignent rapidement les uns des autres. À l'inverse, vous pouvez retrouver sur une même plage des flotteurs déposés très loin les uns des autres. Avec l'aide de Wallace, je tente de mettre au point un modèle mathématique fractal capable d'expliquer ce phénomène.

— C'est *moi* qui l'ai mis au point, intervint Lam. Moi seul.

Le visiteur hocha lentement la tête et Gladstone se demanda dans quelle mesure il comprenait de quoi il était question. Son visage de marbre était indéchiffrable.

— Comment fonctionne le modèle en question ? s'enquit-il.

— Wallace ? Je te laisse répondre, puisque tu es si malin.

Lam se racla la gorge de façon appuyée.

— Hummm ! Nous commençons par convertir la surface de la mer en millions de vecteurs que nous soumettons à une analyse matricielle, ce qui nous permet de voir l'évolution dans le temps de chaque vecteur. Le tout en fonction de la température de l'air et de l'eau, de la direction du vent, des marées, des vagues, des courants, des apports solaires, et d'autres facteurs. Ça revient en gros à réaliser un demi-plan de Poincaré multidimensionnel de la surface de l'océan. Nous réalisons nos calculs sur le superordinateur de l'université Florida Atlantic.

Lam inclina la tête.

— Ça vous parle ?

Pendergast imita son geste.

— Un demi-plan Poincaré ? C'est tout ? Pourquoi diable ne pas avoir utilisé un attracteur matriciel Ramanujan à onze dimensions ?

Lam se figea sur son siège, sidéré.

— Euh... quoi ?

— Je crois que notre visiteur plaisante, le rassura Gladstone.

— Oh, réagit Lam d'une petite voix, pour avoir longtemps été persuadé d'avoir le monopole de l'ironie au sein du laboratoire.

— Non, je n'ai pas de questions, reprit Pendergast, pour la bonne raison que je n'ai pas la moindre idée de ce dont vous parlez.

— J'essayais pourtant de rester simple, ricana Lam en retrouvant son humour.

— Aucune importance, fit l'inspecteur en se tournant vers Gladstone. Vos modèles sont-ils efficaces ?

Gladstone lui sourit.

— Jusqu'à présent, mon système merde royalement.

Pendergast esquissa une grimace et elle constata avec amusement que sa grossièreté le choquait.

— Cela dit, j'ai la conviction qu'il finira par fonctionner. J'aimerais vous exposer l'ampleur du problème. Wallace, tu peux nous montrer la vidéo des flotteurs, s'il te plaît ?

— Pourquoi pas ? répliqua Lam en s'activant sur son clavier.

Une carte de la partie orientale du golfe du Mexique, le long des côtes de Floride, apparut à l'écran.

— Vous verrez sur cette animation les trajets respectifs de tous les flotteurs dont nous avons pu obtenir les données. On en dénombre plusieurs milliers, sur une période d'une vingtaine d'années.

Des traits noirs apparurent sur la carte, qui partaient dans tous les sens jusqu'à dessiner une toile d'araignée géante.

— Vous pouvez constater combien c'est aléatoire.

Elle pointa du doigt un écheveau de lignes qui trouvait son origine dans la Caraïbe et longeait les côtes du Yucatán avant de s'enrouler dans le golfe du Mexique jusqu'à la partie occidentale de la Floride. Le faisceau glissait le long des Keys et s'échappait dans les eaux de l'Atlantique après avoir formé de nombreux remous à l'intérieur du golfe.

— Il s'agit du célèbre Loop Current, expliqua l'océanographe. Comme vous pouvez le constater, plusieurs centaines de lignes s'écartent de son parcours traditionnel. Ce sont précisément ces exceptions que je m'efforce d'intégrer à notre modèle mathématique. Wallace est un génie en la matière, vous avez pu vous rendre compte que personne ne comprenait rien à ses équations.

— Mais on progresse, affirma Lam. Je ne peux décemment pas dire que nos résultats sont de la « merde ». Ils ne sont qu'à moitié foireux.

Gladstone ne put se retenir de rire.

— Les résultats obtenus à l'aide de nos modèles sont en outre contraires aux idées reçues des générations entières de vieux loups de mer qui fréquentent les eaux du golfe. Une jeune femme comme moi et un geek d'origine chinoise comme Wallace, vous imaginez bien qu'ils nous prennent pour des cinglés. Nous ne faisons pas l'unanimité, c'est le moins qu'on puisse dire. À présent, inspecteur, expliquez-nous un peu ce que vous attendez de nous.

— J'aimerais remonter en arrière de façon à déterminer le trajet effectué par ces pieds avant de s'échouer sur l'île de Captiva. Est-ce possible ?

C'était bien ce qu'elle soupçonnait.

— Je peux essayer.

— Est-il envisageable de garder confidentielles les informations que je partagerai avec vous ?

— Pour avoir prolongé la location de mon bateau, j'accepterais de vous signer un accord de confidentialité avec mon propre sang.

— Ce ne sera pas nécessaire. Dites-moi plutôt de quoi vous avez besoin pour procéder à ces analyses.

— Tout d'abord, j'aurai besoin de la localisation la plus précise possible de tous les pieds qui se sont échoués, ainsi que de l'heure d'arrivée de chacun d'eux. Si vous avez des photos ou des vidéos des pieds au moment où ils sont apportés par la marée, c'est encore mieux. D'autres déchets se sont-ils échoués sur la plage au même moment ?

— Les épaves flottantes habituelles : des algues, des morceaux de bois flotté, divers détritus.

— Quelqu'un a-t-il pensé à les ramasser ?

— Je l'ai fait.

— Apportez-les-moi.

— J'en ai deux sacs-poubelles.

— Génial. J'adore les détritus apportés par la mer, chacun d'eux me raconte son histoire.

— Fort bien.

La jeune femme fronça les sourcils.

— Les garde-côtes ne procèdent pas aux mêmes analyses, j'espère ? Je n'ai aucune envie de les contrarier. Ils nous détestent déjà suffisamment comme ça.

Pendergast ne répondit pas immédiatement.

— Disons que *tout le monde* devrait procéder à ces analyses, dans la mesure où il s'agit de la méthode d'enquête la plus sûre. Il se trouve que les garde-côtes, du moins ceux qui sont concernés par cette affaire, relèvent de la « vieille école », pour reprendre une expression consacrée. Tout en disposant de technologies dernier cri, ils estiment préférable de s'appuyer sur leur expérience de la mer. Notamment en utilisant des cartes marines vieilles d'un demi-siècle. Je suis convaincu qu'ils sous-estiment la complexité du problème, et de beaucoup. Je suis suffisamment versé en météorologie pour savoir que les écosystèmes de notre planète ne fonctionnent pas toujours de façon prévisible. Pour cette raison, je préfère travailler avec des personnes disposées à s'appuyer sur des théories et des outils actuels, capables d'accepter certains résultats même s'ils ne sont pas conformes aux schémas couramment reconnus. Quoi qu'il en soit, votre rôle restera confidentiel.

— Ça me va. Cela dit… quelle est la position des garde-côtes ?

— Ils sont convaincus que ces pieds proviennent d'une prison cubaine.

— Une telle supposition ne me paraît pas absurde.

— Le problème est qu'il s'agit précisément d'une *supposition*. À présent qu'ils l'ont émise, ils s'efforcent d'y plaquer les données dont nous disposons.

— Vous estimez qu'ils mettent la charrue avant les bœufs ?

— C'est une erreur cardinale dans toute enquête policière.

La jeune femme opina. Pendergast ne se trompait pas en affirmant que le problème était complexe, mais comment aurait-elle pu opposer un refus au FBI ? Sans compter que cet homme au teint blafard dans son costume blanc avait sur elle un étrange pouvoir magnétique. Intellectuellement parlant, tout du moins.

13

Maître Loren Mayfield lisait les dernières dispositions d'un trust irrévocable particulièrement complexe lorsque l'on frappa à la porte de son bureau. Heureux du répit que lui accordait le destin, il reposa le document avec soulagement.

— Entrez.

Le battant s'écarta et Evelyn, sa secrétaire, passa la tête par l'entrebâillement.

— La femme qui vous a appelé ce matin pour un rendez-vous est arrivée, maître.

— Bien. Faites-la entrer.

Mayfield rajusta machinalement sa cravate. Sa visiteuse avait refusé de lui exposer le but de sa visite lorsqu'il s'était entretenu avec elle au téléphone, mais Mayfield, en avocat digne de ce nom, ne dédaignait pas les mystères. Plus ceux-ci étaient troubles, plus se profilait l'éventualité d'honoraires élevés.

L'homme de loi oublia brièvement ses préoccupations pécuniaires en voyant entrer dans la pièce une jeune femme d'une beauté extraordinaire. Elle était vêtue d'une robe austère qui n'en mettait pas moins sa silhouette en valeur.

Il se leva précipitamment.

— Maître Loren Mayfield, enchanté de vous rencontrer. Asseyez-vous, je vous en prie.

Il s'interdit à regret de complimenter sa visiteuse sur son apparence. Le temps avait fait son œuvre et il ne pouvait plus guère se payer le luxe d'afficher une galanterie de mauvais aloi.

— Je m'appelle Constance Greene. Merci de me recevoir au débotté.

— Tout le plaisir est pour moi.

La surprise initiale passée, Mayfield s'aperçut que la tenue de sa visiteuse n'était pas seulement austère, mais aussi désuète. Personne ne portait de robe atteignant la cheville à Sanibel où enfiler une simple paire de tongs n'était jamais considéré comme une faute de goût. Qui sait si cette jeune femme n'appartenait pas à la communauté Amish, ou à quelque autre secte chrétienne traditionaliste. Un coup d'œil par la fenêtre lui indiqua qu'aucun cycle à trois roues, comme ceux prisés par les Amish, n'était garé dans la rue. Aucune importance, elle ne tarderait pas à satisfaire sa curiosité. Il planta les coudes sur son bureau et croisa les doigts en accordant toute son attention à la jeune femme.

— En quoi puis-je vous aider, mademoiselle Greene ?

— Je souhaiterais vous consulter au sujet de Mortlach House.

— Ah.

Voilà sans doute qui expliquait la robe. Elle avait jeté son dévolu sur cette vieille bicoque dans le but de réaliser un reportage photographique, probablement. Si c'était le cas, le temps lui était compté.

— On m'a dirigé vers votre cabinet, ajouta-t-elle.

— Je représente les intérêts des propriétaires actuels, c'est exact.

— Excellent. Nous serions désireux de vous louer la maison.

— Nous ?

— Mon tuteur et moi-même.

— Dans quel but ?

Afin d'y organiser un bal masqué, peut-être ? se demanda Mayfield. *Voire des rendez-vous coquins ?*

— Dans le but d'y résider, naturellement. Elle dispose d'une vue imprenable.

L'avocat ne put retenir un léger gloussement.

— Je suis désolé, mademoiselle Greene, mais je crains fort que ce soit impossible.

— Pourquoi donc ? La maison aurait-elle un vice caché ?

— Pas le moins du monde, elle a toujours été parfaitement entretenue.

— Quelqu'un d'autre y vit, peut-être ? Ou alors elle n'est pas meublée, ou pleine de poussière ?

— Je me dois malheureusement de décliner votre offre. Mortlach House ne peut vous être louée pour la bonne raison qu'elle doit être démolie prochainement.

La jeune femme ne parut nullement surprise, à voir la façon dont elle lissa posément sa robe.

— C'est ce que l'on m'a expliqué, en effet, mais je ne doute pas qu'il soit possible de trouver un terrain d'entente.

Mayfield répondit par la négative d'un mouvement de tête.

— Je regrette que vous ne soyez pas venue me trouver il y a cinq ans, mademoiselle Greene.

— Il y a cinq ans, je n'aurais pas été en mesure de vous louer cette maison.

— Ce n'est pas ce que je voulais dire. Il y a cinq ans, une offre telle que la vôtre aurait été un don du ciel. Aujourd'hui, il est malheureusement trop tard.

La jeune femme posa sur lui un regard interrogateur. Tout en étant tenu par le secret professionnel, il céda à l'envie de fournir quelques détails à sa visiteuse, histoire de passer quelques instants de plus en sa compagnie, loin du projet de trust irrévocable qui l'attendait.

— Mon client a fait l'acquisition de Mortlach House il y a un peu moins de dix ans, à l'époque où le bâtiment était vieillissant, expliqua-t-il. Le propriétaire vit dans la région de New York, il s'imaginait à l'époque réaliser un bon investissement en achetant une propriété qu'il pourrait louer les mois d'hiver. Il a fait réparer le toit ainsi qu'une partie de la charpente avant de repeindre et de meubler l'intérieur. Malheureusement pour lui, les locataires ne se sont pas bousculés.

Il se pencha vers sa visiteuse.

— Vous savez comment circulent les rumeurs dans les petites villes.

— J'imagine que vous faites allusion au meurtre.

Mayfield eut un mouvement de recul.

— Absolument. Le drame est survenu en 2009. Je n'en connais pas tous les détails, au-delà du fait que l'occupant des lieux a été assassiné, apparemment avec une hache, à en juger par les... indices retrouvés sur place. L'assassin a échappé à la justice et la disparition du corps a fait jaser, naturellement.

Mayfield retroussa les lèvres.

— L'ancien propriétaire aurait pu alerter son acheteur, poursuivit l'avocat. Il a préféré attendre que l'affaire se tasse avant de vendre la maison à quelqu'un qui en ignorait l'histoire tragique.

— L'acheteur était en droit d'engager des poursuites contre lui.

— Vous me voyez au regret de ne pouvoir vous en révéler davantage, d'autant que j'ai pris en main les intérêts du nouveau propriétaire une fois la vente conclue. Disons que mon client s'imaginait tout arranger en remettant la maison à neuf. Cela n'a malheureusement pas été le cas, à cause des ragots colportés par les habitants de l'île.

— Votre secrétaire affirme qu'on a eu beau repeindre les murs, du sang continuait à en suinter. Il se dit aussi que les rares personnes ayant dormi sur place ont entendu des coups sourds, et même un cliquetis de chaîne dont l'écho troublait le silence pendant la nuit.

Mayfield se promit de rappeler à Evelyn qu'elle serait mieux inspirée de tenir sa langue une prochaine fois.

— Toutes ces fariboles sont ridicules, vous ne trouvez pas ? Toujours est-il que mon client a continué d'entretenir la maison pendant des années. Quand il a compris que la légende refusait de s'éteindre et que son investissement était en réalité un gouffre financier, il a décidé de vendre. Les promoteurs s'intéressaient depuis longtemps à la propriété et mon client a accepté leur offre.

Avec une jolie plus-value à la clé, ajouta-t-il en son for intérieur.

— Cette maison est un boulet, poursuivit l'homme de loi.

— Je vous le disais tout à l'heure, nous souhaitons la louer.

Mayfield secoua tristement la tête.

— Je crains fort qu'il soit trop tard.

Le silence retomba dans la pièce, que Mlle Greene finit par rompre.

— Quel dommage de raser une aussi belle bâtisse. Je m'étonne que la société d'histoire locale n'ait pas cherché à mettre son grain de sel.

— Oh, mais ils ont tout tenté ! Ils ont organisé des manifestations, créé plusieurs fonds de soutien, mais mon client avait pris sa décision et les plans d'urbanisme l'autorisaient à vendre. Les défenseurs de la maison n'ont jamais réussi à réunir la somme nécessaire. La situation aurait peut-être été différente si le meurtre avait été élucidé, mais le mystère reste entier, de sorte que...

Il écarta les bras en signe d'impuissance.

Tout en l'écoutant, sa visiteuse sortit un stylo.

— De mon point de vue, le mystère qui entoure ce meurtre ajoute encore au charme de Mortlach House. Vous veillerez à ce que la maison soit nettoyée et aérée, nous emménageons demain.

— Mais enfin, mademoiselle Greene, ainsi que je vous l'ai expliqué...

La jeune femme détacha le chèque qu'elle venait de rédiger d'une écriture démodée et le tendit à son interlocuteur. Mayfield ouvrit de grands yeux en découvrant le montant, dix mille dollars, plus encore à la lecture des quelques mots tracés sur le talon : « Première semaine. »

Première semaine !

— Puis-je m'assurer que cette somme fera reculer, fût-ce temporairement, les bulldozers des démolisseurs, maître Mayfield ?

— Je... je..., bredouilla l'avocat.

Estimant que cet embryon de réponse valait assentiment, Mlle Greene se leva.

— Merci infiniment de votre amabilité. Nous passerons prendre les clés demain après-midi. 16 heures vous conviendrait-il ?

Comme l'avocat restait sans voix, elle inclina très légèrement la tête avec un sourire et quitta la pièce.

14

L'inspecteur Pendergast gagna le bureau mis à sa disposition par le Dr Crossley dans les locaux de l'Institut médico-légal du comté de Lee. Un homme fluet proche de la cinquantaine, les cheveux aussi luisants que ceux d'un collégien d'Eton, se leva en le voyant entrer dans la pièce. Sur une table roulante à côté de lui étaient alignés quatre sachets transparents.

— Monsieur Quarles, si je ne m'abuse ? demanda Pendergast. Je vous suis très reconnaissant d'avoir accepté de travailler pour nous.

— C'est un plaisir, inspecteur, répondit aimablement l'homme en serrant la main qui lui était tendue. Peter Quarles, expert médico-légal, SCP.

— SCP… ?

— Service des chaussures et pneus.

— Bien évidemment.

— J'ai tout laissé en plan en recevant le paquet par courrier spécial à Huntsville hier matin afin d'analyser ces spécimens. Cette enquête est considérée comme prioritaire par le Bureau.

— Excellent. Je suis impatient de connaître les résultats, s'écria Pendergast en faisant signe à son interlocuteur de s'asseoir. Parlez-moi un peu du Service des chaussures et pneus. Je n'ai malheureusement jamais eu l'occasion de travailler avec ce département.

— Les analyses de pneu les plus complexes sont effectuées à Quantico, mais les plus courantes sont prises en charge par l'antenne de Huntsville. L'appellation « chaussures et pneus » est trompeuse, à la vérité. Notre domaine est si étendu que chaque membre du service possède son propre domaine d'expertise. En plus des chaussures, je m'occupe des chapeaux, des cravates, et des sous-vêtements masculins.

— Je vois.

— Les caleçons uniquement. Les slips sont traités à Quantico.

— Je ne m'en serais jamais douté.

Quarles hocha la tête d'un air satisfait.

— Vous avez une bien jolie paire.

— Je vous demande pardon ?

— Vos chaussures. Une paire de John Lobb, si je ne m'abuse. Un très bel exemple de souliers sur mesure.

— Vous êtes trop aimable.

Pendergast passa une jambe par-dessus l'autre et lança un regard appuyé en direction des sachets en plastique.

— Voilà que je vous fais perdre votre temps ! s'excusa Quarles en se levant afin d'approcher la table roulante dont il régla la hauteur de sorte qu'elle dépasse de quelques centimètres le plateau de la table.

Les quatre sachets contenaient des chaussures échouées sur la plage de Captiva : deux souliers droits et deux gauches, de tailles différentes, au nombre desquels figurait celui que la médecin légiste avait découpé le premier jour et que Pendergast avait réussi à soustraire, à l'insu du commandant Baugh.

— J'ai procédé à l'examen poussé de ces quatre spécimens. Il ne fait aucun doute qu'ils possèdent tous la même origine et vous ne m'en voudrez pas si je m'intéresse à une seule de ces chaussures aujourd'hui, annonça Quarles en enfilant des gants de caoutchouc avant de s'emparer de l'un des sacs hermétiques et d'en sortir une chaussure.

Celle-ci, découpée à plusieurs endroits afin de prélever des échantillons, ressemblait davantage à un animal écorché qu'à un soulier. Quarles la déposa devant Pendergast qui sentit flotter jusqu'à lui une légère odeur d'iode et de poisson pourri.

— Comme vous appréciez visiblement les belles chaussures, je vous ferai grâce du processus de fabrication qui consiste à créer une forme, l'habiller, ajouter la doublure, les œillets, la languette, et cetera.

Quarles brandit la chaussure verte sous le nez de son interlocuteur.

— Dans le cas de celle-ci, poursuivit le spécialiste, il n'est pas question d'un procédé de fabrication aussi élaboré. Il s'agit d'un modèle bon marché, très certainement produit en Chine, conçu pour un usage spécifique et non une utilisation quotidienne dans la rue. Aucun critère de mode n'entre en ligne de compte ici, nous sommes en présence d'une chaussure purement utilitaire dont je ne trouve aucune trace dans nos bases de données.

— Vous parlez d'un usage spécifique. Lequel ?

— Il existe de nombreux environnements nécessitant des chaussures particulières. Je pense aux chaussons en tissu-éponge que l'on trouve par exemple dans les hôtels et les spas, ou bien, dans un registre très différent, les chaussures renforcées recouvertes de polyéthylène destinées aux pièces stériles. Il ne s'agit ni de l'un, ni de l'autre dans le cas présent.

Pendergast manifesta son intérêt en adressant un mouvement de tête à son interlocuteur.

— Lorsqu'il n'est pas évident d'emblée de déterminer l'usage d'une chaussure, on se rabat sur les éléments qui la composent.

Quarles préleva un outil métallique ressemblant à un explorateur dentaire afin d'appuyer sa démonstration.

— Cette chaussure – et j'utilise volontairement ici le mot « chaussure » dans son sens le plus large – est composée de matériaux bon marché de mauvaise qualité. Elle est également dépourvue de doublure. La partie supérieure est composée d'une couche de Spunbond de polypropylène prise en sandwich entre deux épaisseurs d'un textile non tissé obtenu par un procédé de fusion soufflage. En temps ordinaire, les souliers de ce type sont constitués de trois ou quatre épaisseurs de matériaux différents, alors que nous en trouvons seulement deux ici, preuve supplémentaire de leur fabrication bon marché. Le textile extérieur non tissé est un matériau non respirant, ce qui augmente la résistance aux fluides, au détriment du confort.

— La résistance aux fluides ?

— Oui. Les chaussures de ce type sont conçues pour des personnes amenées à se déplacer sur des sols humides. Je pense aux hôpitaux, aux maisons de retraite, aux cuisines, aux ateliers, aux prisons, aux usines. Sans être des chaussures jetables, elles ne sont pas conçues pour un usage intensif. Elles présentent surtout deux caractéristiques étranges.

— Lesquelles ?

— La partie toilée supérieure est fixée sur une semelle antidérapante à l'aide de colle contact. On parle donc d'un procédé extrêmement bon marché. Vous remarquerez que le point de collage est dissimulé par ce petit boudin.

Quarles posa l'extrémité de son outil métallique sur un mince ruban, d'un vert légèrement plus sombre que celui du chausson, qui courait le long de la semelle.

— Sur une chaussure moins bon marché, il aurait un usage décoratif, mais dans le cas présent, le contraste entre les deux verts est involontaire. L'analyse montre qu'il s'agit d'un simple polyester, très sommairement collé.

Il désigna plusieurs endroits où le boudin était décollé, ou arraché.

Pendergast hocha la tête.

— Intéressant. Mais vous parliez d'une seconde caractéristique inhabituelle ?

— Elle est plus curieuse encore. En faisant analyser le tissu, j'ai constaté qu'il avait reçu un traitement anti-bactérien. C'est courant dans le cas de chaussures de sécurité conçues pour être utilisées dans les blocs opératoires, les laboratoires, les pièces stériles, voire les cuisines d'hôtel. Mais toutes les chaussures en question sont réalisées en EAV, une matière coûteuse.

— Par EAV, j'imagine que vous faites allusion à un copolymère thermoplastique constitué d'éthylène-acétate de vinyle ?

— Absolument, inspecteur. Je vois que vous avez étudié la chimie. Il s'agit d'un matériau à la fois flexible et résistant, capable de résister à l'eau. Or, ce chausson est de piètre qualité, comme vous pouvez le constater, ce que confirme sa légèreté. Les chaussures que vous m'avez confiées pèsent entre 40 et 44 grammes. Et elles ne sont pas réalisées en EAV.

— En clair, vous vous demandez pourquoi soumettre à un traitement antibactérien un produit d'aussi mauvaise qualité ?

— Exactement.

— Voilà qui est très intéressant, monsieur Quarles.

— C'est à peu près tout ce que je pouvais vous dire. Avez-vous des questions ?

Pendergast, perdu dans ses pensées, laissa s'écouler un long silence.

— J'imagine que vous connaissez les détails de cette affaire ? finit-il par demander.

— J'ai consulté le dossier, bien évidemment.

— Et vous dites n'avoir trouvé aucune chaussure approchante dans nos bases de données ?

Quarles acquiesça.

— Vous me disiez tout à l'heure qu'il s'agissait probablement de chaussures de fabrication chinoise. Pouvez-vous m'en dire davantage ?

— Avec plaisir. Il y a, en Chine, trois grandes villes dans lesquelles on fabrique des chaussures. Toutes sont plus ou moins spécialisées dans un type de souliers. Je pense à Jinjiang, dans la province du Fujian, considérée comme la capitale de la chaussure, qui dispose d'usines très avancées sur le plan technologique. Il y a aussi Wenzhou, où l'on trouve le plus grand nombre de fabricants, mais ceux-ci sont essentiellement tournés vers le marché chinois. Enfin, je pense à Dongguan, dans la province du Guangdong, dont les ateliers, beaucoup plus modestes, sont spécialisés dans les marchés de niche.

— Je vois. J'imagine que vous vous êtes déjà rendu sur place ?

— Avant d'entrer au FBI, j'ai travaillé comme intermédiaire pendant trois ans. Je m'étais spécialisé dans le négoce des produits périmés et l'écoulement des invendus.

— Excellent. Votre familiarité avec les régions concernées, tout comme le savoir remarquable qui est le vôtre dans le domaine de la chaussure, font de vous un candidat tout trouvé.

— Un candidat tout trouvé ? s'étonna Quarles. Vous ne comptez tout de même pas m'envoyer en Chine afin de localiser le fabricant concerné ?

— À qui d'autre pourrais-je confier une telle mission ? Il nous faut impérativement découvrir l'origine de ces chaussures.

— Mais c'est impossible ! L'industrie de la chaussure chinoise génère chaque année soixante-dix milliards de dollars. À elle seule, la ville de Dongguan compte mille cinq cents ateliers de fabrication, pour beaucoup de la taille d'un restaurant !

— Il nous faut tenter notre chance. Prenez ces échantillons avec vous et montrez-les autour de vous. Mettez à profit vos contacts locaux, sans leur communiquer le moindre détail, bien évidemment. *Nǐ huì shuō zhōngwén ma ?*

— *Pǔtōnghuà*, répondit machinalement Quarles.

Il sursauta en s'apercevant qu'il avait inconsciemment changé de langue.

— Vous parlez le mandarin, inspecteur ?

— Tout comme vous, me semble-t-il. Vraiment excellent ! Vous partez tout de suite.

Les lèvres de Quarles s'agitèrent muettement.

— Vous… vous me prenez de court…, bredouilla-t-il.

— J'ai le feu vert du directeur adjoint Pickett, le coupa Pendergast. Je ne vous propose pas de voyager dans des conditions dérisoires, considérez plutôt qu'il s'agit de vacances aux frais de la princesse. Je veillerai à vous procurer un billet d'avion de première classe, vous séjournerez dans les établissements de votre choix et disposerez de frais de mission élevés. Il est essentiel pour l'enquête de dénicher la société qui a fabriqué ces chaussures.

Les yeux perdus dans le vague, Quarles s'imaginait déjà tous les avantages qu'il pourrait tirer d'une telle opération. À commencer par une promotion et une augmentation substantielle.

— Je vais devoir retourner à Huntsville pour préparer le nécessaire.

— Naturellement. Faites l'aller-retour, je vous propose de nous retrouver à la même heure demain afin de discuter ensemble des détails de votre enquête. Vous n'aurez plus qu'à prendre l'avion à Miami. En attendant, veuillez accepter tous mes remerciements pour votre aide présente… et à venir.

Pendergast se leva sur ces mots. Il allait quitter la pièce lorsqu'il se retourna.

— J'oubliais, monsieur Quarles.

L'intéressé, occupé à réunir les sachets contenant les échantillons, releva la tête.

— Oui ?

— N'oubliez pas d'emporter… des caleçons.

15

Le commandant Baugh, solidement planté sur la passerelle de la vedette *Chickering*, observait dans ses jumelles la côte nord de Cuba. Le pilote, après avoir réduit la vitesse du bateau à quatre nœuds, longeait l'île à la limite des eaux territoriales.

— Descendez à deux nœuds en maintenant le cap, monsieur Peterman, lui ordonna Baugh.

La trépidation des moteurs baissa légèrement d'intensité, sans permettre au commandant d'assurer une bonne stabilité aux jumelles qui continuaient de tressauter entre ses mains. Il les reposa et s'approcha du commandant en second, entouré d'écrans radar, de cartes électroniques et d'appareils sophistiqués.

— Monsieur Rama, j'aimerais observer la prison à l'aide du télescope électronique.

— À vos ordres, commandant.

Le second s'activa sur le tableau de bord et une image incertaine de la côte s'afficha sur un écran. La brume de beau temps empêchait d'observer convenablement le complexe pénitentiaire d'El Duende dont on devinait l'énorme masse à bâbord. La baie de Mariel s'ouvrait un peu plus loin, sillonnée par des bateaux de pêche. Un bâtiment de la marine cubaine se glissa dans la baie avant de disparaître derrière une langue de terre.

Baugh se pencha sur l'écran. Un groupe s'activait devant le mur de la prison. Des détenus, à en juger par leurs combinaisons orange, surveillés par des gardiens en uniforme vert. Il était difficile de distinguer quelque chose à la lumière vaporeuse du soleil de l'après-midi, les silhouettes se détachaient et se mélangeaient indistinctement, tels des fantômes.

— Monsieur Rama, est-il possible d'améliorer l'image ?

— Oui, commandant.

L'image tressauta sur l'écran. Sans que l'on puisse deviner à quoi s'employaient ces prisonniers encerclés par des gardiens, il était clair qu'il régnait une activité anormale.

— Seigneur, monsieur Rama ! Vous avez vu ? s'écria Baugh, incrédule.

— Oui, commandant.

— Repassez-moi ces images au ralenti sur l'écran n° 2.

Les images défilèrent en arrière à toute vitesse et la même scène s'afficha sur le nouvel écran.

— Là ! Arrêtez l'image !

Seigneur Jésus, on dirait une décapitation. Non… impossible…

— Monsieur Rama, que voyez-vous ?

— Je ne sais pas, commandant. On aurait dit… une scène de violence.

— Une décapitation, peut-être ? Repassez-moi la scène.

Le second diffusa cette fois l'enregistrement image par image. Devant la prison, les hommes couraient dans tous les sens. L'un d'eux s'approchait de ce qui ressemblait à un mur et sa tête donnait l'impression de se séparer brutalement de ses épaules sous l'effet d'un coup porté par un autre. L'image était trop floue pour qu'on puisse identifier l'arme que tenait ce dernier, mais la tête volait en l'air avant de retomber sur le sol.

— On dirait bien une décapitation, commandant.

— Vous avez vu sauter la tête comme moi, non ?

— Difficile à dire, mais c'est l'impression que ça donnait, commandant.

Le sang de Baugh ne fit qu'un tour. Qu'est-ce que c'était que cette histoire ? Les Cubains avaient l'habitude de torturer leurs prisonniers, c'était de notoriété publique, mais de là à les décapiter comme les gens de Daech… Pouvait-il s'agir d'une alliance terroriste, à cent cinquante kilomètres des côtes américaines ? Il était urgent d'alerter les services de renseignement afin qu'ils établissent une surveillance par satellite ou autre. Dieu du ciel, cette histoire était capable de déclencher une nouvelle crise des missiles.

Baugh poussa un long soupir.

— Il n'y a donc *aucun* moyen d'améliorer l'image ?

— Je fais tout mon possible, commandant, répondit Rama en s'escrimant sur ses appareils.

Il fit appel à un autre des officiers présents sur la passerelle, mais l'image continuait de tressauter, plus floue que jamais, sous l'effet de la brume de chaleur. Le seul moyen de savoir était de s'approcher des côtes.

— Doublez les effectifs sur la passerelle, ordonna Baugh. Appelez-moi tout de suite l'officier de transmissions Atcitty, et le lieutenant de vaisseau Darby.

Les subordonnés du commandant donnèrent les ordres nécessaires.

— Monsieur Rama, débranchez le SIA et les transpondeurs. À compter de cet instant, silence radio absolu.

— Oui, commandant.

— Bien. Dirigez le radar imageur sur l'objectif.

Rama fut pris d'une hésitation.

— Ils risquent de considérer ça comme une provocation, commandant.

— Je vous ai donné un ordre.

Sur l'écran du radar imageur apparut une tache verte que la distance et les ondes de chaleur rendaient illisible.

Atcitty, la femme officier de transmissions, poussa l'écoutille de la passerelle et salua le commandant, imitée quelques instants plus tard par le lieutenant de vaisseau Darby.

— Que voyez-vous, monsieur Darby ?

L'officier d'allure austère se pencha au-dessus de l'écran.

— Que font-ils ?

— Je vous pose la question, monsieur Darby.

— On dirait qu'ils sont nombreux, collés les uns aux autres. Ils se déplacent dans tous les sens. On voit des détenus en orange et des gardiens en vert, mais l'image est trop floue pour qu'on puisse les distinguer individuellement.

— Pourrait-il s'agir... d'un lieu d'exécution ?

Darby ouvrit les yeux plus grand encore.

— C'est possible, commandant. À moins qu'il s'agisse d'une émeute. On dirait qu'ils se battent.

Baugh se tourna vers le timonier.

— Monsieur Peterman, la barre dix degrés à bâbord, maintenez la vitesse actuelle.

— Commandant, une telle manœuvre nous ferait pénétrer dans leurs eaux territoriales.

— Obéissez, monsieur Peterman.

— Oui, commandant.

Le plus grand silence régnait sur la passerelle. Baugh se tourna vers le second en voyant que celui-ci l'observait d'un air soucieux. Il lui adressa un sourire rassurant.

— Pas de quoi vous inquiéter, monsieur Rama. S'ils n'ont pas réagi quand nous avons dirigé sur eux notre radar imageur, c'est clairement qu'ils dorment. Ils ne remarqueront rien.

— Oui, commandant.

Garder la barre à un angle de dix degrés faisait exécuter à la vedette un cercle de trois kilomètres de rayon qui la conduirait à treize kilomètres des côtes cubaines. Baugh se tourna vers l'officier de transmissions.

— Madame Atcitty, préparez-vous au lancement d'un drone de surveillance. Monsieur Peterman, ne changez rien. Accélérez à quarante nœuds et quittez les eaux cubaines dès que nous aurons retrouvé le cap 000.

La décision du commandant fut suivie d'un silence consterné.

— J'ai donné des ordres !

— Oui, commandant.

La vedette continuait de pivoter sur elle-même. Le commandant comprenait les réticences de ses hommes, mais ils ne possédaient pas son expérience. Un officier digne de ce nom savait s'affranchir des procédures ordinaires en période de crise, quitte à prendre des mesures extrêmes, voire héroïques. Un drame abominable se déroulait devant la prison, auquel le hasard leur avait permis d'assister. Peut-être s'agissait-il d'une opération militaire complexe dont ces pieds étaient un signe annonciateur. Auquel cas, il fallait alerter Washington au plus vite. Pas question d'attendre les résultats des satellites espions, qui pourraient prendre des heures, voire des jours. Il fallait obtenir des preuves au plus vite. Quand bien même les Cubains leur auraient donné la chasse, cette vedette ultrarapide était capable de semer n'importe quel bâtiment de guerre cubain.

Le *Chickering* continuait de tracer un cercle dans l'eau. Sur la plage, les activités suspectes se poursuivaient et Baugh crut voir une nouvelle décapitation sans qu'il puisse en avoir la certitude tant les images étaient floues. Celles-ci commençaient toutefois à s'améliorer à mesure que la vedette approchait de l'île. Baugh attendit que le bâtiment se trouve en position parallèle avec la côte pour donner l'ordre qu'attendait l'officier des transmissions.

— Madame Atcitty, lancez le drone.

— Oui, commandant, dit-elle en s'exécutant. Drone lancé.

Un bourdonnement se fit entendre à l'extérieur et un drone fila vers la terre en volant au ras de l'eau. À cet instant précis, la proue de la vedette retrouva le nord.

— Commandant, déclara l'officier de transmissions. Si nous accélérons à quarante nœuds, nous ne serons plus à portée du drone. Il ne sera pas en mesure de regagner le bord.

— Détruisez-le au-dessus de l'eau une fois qu'il nous aura transmis les images vidéo.

— Oui, commandant.

— Accélérez à quarante nœuds, décida Baugh alors que la vedette atteignait le cap voulu.

Le bâtiment bondit en avant sous la poussée de ses puissants diesels de 4 800 chevaux. Au même instant, un klaxon retentit.

— Commandant ! s'écria le second. Navire cubain au cap 209 à treize milles. Sa vitesse est de vingt nœuds, il accélère afin de nous intercepter.

— C'est quoi ce bordel ?

— J'imagine qu'il rentrait au port de Mariel après une patrouille de routine. Nous avons joué de malchance.

— Gardez le cap, vitesse maximale. Nous quitterons leurs eaux territoriales dans quatre minutes.

— Commandant, il nous vise avec son radar de tir.

— Aux postes de combat ! aboya Baugh. Entamez les manœuvres de diversion. Lancement des leurres à mon commandement !

Une pagaille parfaitement orchestrée s'était emparée de la passerelle. Une sirène se déclencha et Baugh vit apparaître le navire cubain à 290 degrés arrière. Curieusement, sa présence avait échappé aux radars de la vedette, peut-être était-il équipé des nouvelles technologies furtives russes ?

Le *Chickering* filait sur l'océan à une vitesse de quarante-cinq nœuds. Il retrouverait les eaux internationales moins de deux minutes plus tard, ce salopard n'allait tout de même pas leur tirer dessus ?

— Il s'agit d'un navire lance-missiles rapide de classe Komar, expliqua le second, l'œil rivé au télescope.

— Quelle vitesse ?

— Vitesse de pointe estimée à quarante-quatre nœuds, mais il navigue à trente nœuds.

— Armement ?

— Deux canons de 25, deux lance-missiles Styx antinavires.

Le lieutenant de vaisseau faillit s'étouffer à côté de Baugh.

Le *Chickering* glissait sur l'eau en zigzaguant afin d'échapper à son adversaire. Baugh s'agrippa des deux mains au tableau de bord. Le bateau cubain était beaucoup plus petit que la vedette, mais il était armé de missiles Styx. Un seul d'entre eux aurait suffi à réduire en miettes le *Chickering* dont les leurres semblaient parfaitement inefficaces. Baugh, coincé dans les eaux cubaines, ne pouvait pas se payer le luxe de tirer le premier.

— Nous sommes toujours sous le feu de ses radars de tir, commandant.

Plus qu'une minute. Si les Cubains avaient décidé de lancer un missile, c'était le moment ou jamais. Le mieux était de prier le ciel que ce soit du bluff.

Baugh fit un bond de plusieurs centimètres en entendant une explosion dans le sillage de la vedette. Il se retourna et vit un petit nuage de fumée loin derrière.

— Qu'est-ce que c'était que ça ?

— Le drone qui explosait, commandant, le rassura l'officier de transmissions.

— Nous avons quitté les eaux cubaines, annonça le second. Nous naviguons dans les eaux internationales, mais leur radar nous vise toujours.

— Poursuivez les mesures de diversion.

Le bâtiment cubain, abandonnant la poursuite, ralentit et changea de cap pour regagner le port de Mariel.

— Fin d'illumination radar, commandant.

Ces salopards avaient uniquement voulu l'effrayer. C'était donc du bluff. Après tout, il aurait peut-être dû tirer sur ce petit malin pour en faire des allumettes. Baugh ne se faisait pas d'illusion, sa petite incursion dans les eaux cubaines allait provoquer des remous. Il laisserait le soin à Darby de gérer la crise. Le lieutenant de vaisseau était passé maître dans l'art des écrans de fumée. Surtout, Baugh rapportait les images prises par le drone, ce que les Cubains ne pouvaient ignorer.

— Stoppez les manœuvres de diversion, décréta le commandant. Maintenez le cap 000 à trente nœuds.

La sirène se tut alors que cessait l'alerte et la passerelle retrouva une activité ordinaire. Baugh s'aperçut qu'il transpirait comme un cochon. Il se tourna vers l'officier de transmissions.

— Madame Atcitty, avez-vous pu récupérer les images filmées par le drone ?

— Oui, commandant.

— Que voit-on exactement ? À quoi jouent ces salopards ?

La question fut suivie d'un silence gêné.

— C'est-à-dire, commandant… tout indique que les détenus et leurs gardiens jouaient au volley-ball sur la plage.

16

Sur le grand écran s'affichait une carte détaillée de l'océan Indien, des côtes australiennes à l'île de la Réunion, bordé au nord par Bornéo et Sumatra, au sud par l'immensité de l'Antarctique. En son centre, la carte n'était qu'un gribouillis de lignes roses, vermillon et bordeaux, un écheveau semblable à un tampon de laine d'acier rejoignant une ligne noire qui longeait les côtes de Java avant de se perdre au milieu de l'océan plusieurs milliers de kilomètres plus loin.

Gladstone, debout derrière Wallace Lam, observait l'écran d'un air perplexe.

— En quoi penses-tu que ça puisse nous aider ? demanda-t-elle.

— Il s'agit de l'analyse de courants la plus sophistiquée jamais réalisée, se justifia son assistant.

— Peut-être, mais elle n'a donné aucun résultat.

Lam poussa un soupir.

— Dieu me préserve des imbéciles et des demeurés.

— Tu ferais mieux de réfléchir deux fois à ce que tu dis avant que je supprime ton poste.

— Ce n'est pas avec le salaire que tu me verses, persifla-t-il. Cette foutue analyse n'a pas abouti parce que les chercheurs l'ont mal *interprétée*. J'ai repris leurs calculs et j'obtiens un résultat différent.

— Tu veux dire que tu as découvert où s'était abîmé le vol MH370 ?

— Ils ont dépensé cent cinquante millions de dollars à chercher l'avion ici, ici et là, mais ils se sont gourés à chaque fois.

Gladstone fronça les sourcils.

— D'accord, mais je te rappelle qu'on ne cherche pas le vol 370. On essaye de savoir à quel endroit ont été jetés à la mer une centaine de pieds humains.

— Le problème est strictement le même, rétorqua Lam, exaspéré. Laisse-moi t'expliquer.

— Si ce n'est pas trop te demander.

— Il faut croire que j'aime m'imposer des punitions. Quoi qu'il en soit, tu te souviens de ce qui est arrivé à cet avion ? Le vol 370 de la Malaysia Airlines a décollé de Kuala Lumpur le 8 mars 2014 à destination de Pékin. Arrivé au-dessus du golfe de Thaïlande, il a brusquement changé de cap et s'est dirigé vers le sud-ouest avant de disparaître au-dessus de l'océan Indien. Sept heures et demie après le décollage, le dernier contact avec l'avion a montré qu'il se trouvait quelque part dans le sud de l'océan Indien avant de disparaître. Bam !

Gladstone hocha la tête. Elle connaissait parfaitement les circonstances du drame.

— Les enquêteurs ont calculé la distance qu'il aurait pu parcourir avec le carburant qui lui restait, en tenant compte de sa vitesse et de son altitude, et ils en ont déduit qu'il s'était abîmé en mer quelque part le long de cet arc de cercle.

Il parcourut du doigt la ligne noire au centre de l'écran.

— C'est là qu'ils ont entrepris les recherches.

— D'accord.

— Sauf que ! s'écria Lam en levant un doigt. Coup de théâtre le 29 juillet, lorsqu'un morceau d'aileron de deux mètres de long appartenant à l'appareil s'est échoué sur une plage de la Réunion. À ce moment-là, les chercheurs ont tenté de reconstituer à l'envers la trajectoire de cet aileron en remontant jusqu'au 8 mars.

— Tu ne m'apprends rien, tu sais.

— La patience est une vertu, ma chère patronne. Maintenant tais-toi un peu et écoute-moi bien. S'il te plaît. Il ne suffit pas de jeter un aileron virtuel dans l'océan au large de la Réunion et de remonter en arrière pour savoir où il se trouvait cinq mois plus tôt. Ils ont donc jeté à l'eau cinq millions d'ailerons virtuels et se sont amusés à voir quel trajet ils auraient pu parcourir depuis le 8 mars.

— À partir de quelles données ?

— Ils ont fabriqué une maquette de l'aileron qu'ils ont placée dans une cuve avant de procéder à des tests. Ils ont pris en compte sa capacité de résistance au vent, le mouvement des vagues, les courants de surface, les marées, et les courants profonds. Pour couronner le tout, ils ont tenu compte du degré de perméabilité de l'aileron, de l'eau qui avait fini par s'introduire à l'intérieur à force de voguer au gré de l'océan. Ils ont modélisé le tout en affinant leurs calculs à mesure que d'autres débris de l'avion s'échouaient dans des îles diverses comme sur les côtes de l'Afrique.

— Si je comprends bien, réagit Gladstone, chacun de ces gribouillis figure une trajectoire possible ?

— Bingo.

Gladstone se plongea dans la contemplation des centaines de lignes qui s'entremêlaient.

— À la vue de cette carte, le point de départ de ces ailerons virtuels s'étend sur des millions de kilomètres carrés. C'est bien la preuve que ce test n'a pas du tout fonctionné.

— Il a tout de même montré que certaines zones étaient plus probables que d'autres. Les enquêteurs ont modifié leurs recherches en fonction de ce schéma par la suite.

— Sans retrouver le vol 370 pour autant.

— Non.

— C'est bien ce que je disais. Leur modélisation a échoué lamentablement.

— Mais comme *je* disais…

— Tu voudrais qu'on connaisse le même échec ? l'interrompit Gladstone.

— Il n'est pas question d'*échec*, se défendit Lam en levant les yeux au ciel. Tu comprends…

— Tu veux qu'on balance à la mer cinq millions de pieds virtuels et qu'on remonte la piste depuis Turner Beach pour voir d'où ils sont partis ?

Lam attendit prudemment que le stock de questions de l'océanographe soit épuisé avant de répondre.

— Eh bien, oui, figure-toi.

— Pourquoi faudrait-il que ça fonctionne pour nous alors que l'expérience a raté dans leur cas ?

— D'abord, nous possédons beaucoup plus d'éléments relatifs au golfe du Mexique qu'ils n'en avaient au sujet de l'océan Indien. Ensuite, il s'agit de retracer un périple de vingt-cinq jours, et non une dérive de cinq mois. Mais surtout, je me suis inspiré d'une idée complètement nouvelle.

Gladstone posa sur la carte un regard dubitatif.

— Laquelle ?

— Je me suis dit qu'en utilisant les diagrammes de Feynman, je serais en mesure d'éliminer les trajectoires les moins probables. Les gribouillis qui figurent sur cette carte ne sont pas tous aussi probables, certains le sont plus que d'autres. J'ai donc procédé à l'élimination des moins probables en ayant recours aux diagrammes de Feynman.

— Je ne sais même pas de quoi il s'agit.

— Là, tout de suite, je suis fatigué. Combien tu me donnes pour que je prenne le temps de t'expliquer ?

Gladstone fronça les sourcils. En dehors des maths, Lam ne s'intéressait qu'à l'argent alors qu'il n'en avait quasiment jamais.

— Je prendrai une double portion de fromage la prochaine fois qu'on commandera des pizzas. Et une double portion d'oignons. Ça te va ?

— D'accord. Le diagramme de Feynman est une représentation de la probabilité des interactions entre particules. Dans un accélérateur de particules, par exemple. J'ai transféré ce modèle sur l'océan en le considérant de façon mathématique comme un ensemble de particules et de forces interagissant entre elles. Ça implique des calculs de dingue, impossibles à réaliser sans un superordinateur. Mais une fois l'opération terminée, voici ce que ça donne.

Il désigna l'écran sur lequel s'effacèrent les unes après les autres les traînées de couleur, jusqu'à ce qu'il ne reste plus que l'arc de cercle délimitant la zone dans laquelle l'avion avait pu s'abîmer en mer. De nouveaux fils apparurent, qui partaient tous de l'île de la Réunion. Certains s'éloignaient dans un sens, d'autres partaient dans des directions différentes, mais tous convergeaient plus ou moins en un point situé le long de l'arc de cercle noir.

Gladstone secoua la tête en se demandant s'il ne s'agissait pas d'une nouvelle élucubration mathématique due à l'esprit fertile de son assistant.

— Tu veux dire que le vol 370 se trouve là ? s'enquit-elle en montrant du doigt le point de convergence des traînées sur la carte.

— Au fond de l'océan, bien évidemment.

— Tu en es sûr ?

— Tu te doutes bien que je n'en ai pas la preuve, mais le calculateur géant de l'université a procédé à plusieurs milliards de calculs.

Il renifla.

— Ce qui nous aura coûté une jolie facture, soit dit entre parenthèses.

— Combien ?

— Quatre mille dollars !

Saloperie de vacherie.

— Et tu as soigneusement omis de me demander mon autorisation ?

Il posa sur elle un regard meurtri.

— J'ai jamais pensé que ça coûterait ce prix-là.

— Passons. Pour en revenir à tes calculs, tu penses obtenir un résultat comparable avec nos pieds flottants ?

— Tu disposes de tonnes de données grâce aux expériences réalisées depuis cinq ans avec tes flotteurs. Ils en avaient infiniment moins concernant l'océan Indien. Pour obtenir un résultat valable, il me reste à déterminer le degré de flottabilité de ces pieds.

— De quoi as-tu besoin ?

— Il me faudrait deux de ces pieds et une cuve expérimentale équipée d'une machine à vagues. Je sais qu'ils en ont une au labo océanographique d'Eckerd College.

— Combien penses-tu qu'on va nous facturer ça, si tant est que j'arrive à récupérer des pieds ?

Il haussa les épaules.

— Mille dollars ?

— Putain… Et où voudrais-tu qu'on trouve tout cet argent ?

— Il n'y a qu'à demander à ce type du FBI. Il n'a pas l'air d'avoir des problèmes de fin de mois.

17

Cela faisait une demi-heure que Roger Smithback écumait les quartiers sud de Fort Myers au volant de sa Subaru. Si leur mauvaise réputation n'était plus à faire, il n'avait vu jusque-là que des immeubles résidentiels bien tenus, des écoles ordinaires, des bodegas, des pavillons, et même un club de loisirs d'allure pimpante au bord du Whiskey Creek.

Le décor n'aurait pu être plus différent de celui auquel il s'attendait.

En effectuant des recherches, il avait appris que le tatouage dont il avait pris la photo figurait un sigle de gang. L'image, une fois agrandie et améliorée, était nettement plus lisible. On y reconnaissait une croix traversée d'éclairs et surmontée de griffes. Les lettres P et N, dessinées dans la typo caractéristique des tatouages de gang, s'étalaient de part et d'autre du dessin. Le tout avait été réalisé à l'encre bleue généralement associée au monde carcéral, mais ce détail n'était pas nécessairement significatif. Le dessin avait fort bien pu être exécuté chez un tatoueur quelconque n'importe où en Amérique latine, les croix aux branches ornées de fleurs de lis comme celle-ci étant l'apanage des gangs hispaniques.

Il n'avait pu en apprendre davantage sur Internet, et ce n'étaient pas les gangs qui manquaient en

Floride. Après avoir tenté en vain de donner un sens aux initiales P et N – Panama ? Padre Nuestro ? –, il avait décidé de chercher la solution sur le terrain.

En tant que journaliste, il avait entendu parler des Latin Kings, des Surf 69 et autres bandes qui avaient vendu un temps de la drogue à Fort Myers, autant de mauvais *hombres* qui passaient leur temps à tuer les mauvais *hombres* rivaux. Les autorités locales avaient décidé d'y mettre bon ordre et les quartiers mal famés de Dunbar et Pine Manor avaient retrouvé un visage paisible. Il avait donc voulu tenter sa chance plus au sud, près du fleuve Caloosahatchee. Il comprit qu'il avait opéré le bon choix en voyant progressivement augmenter le nombre de magasins fermés et de murs tagués.

Il s'enfonça dans le quartier et se gara dans une rue peuplée de petits commerces et de pavillons délabrés. La moitié des commerces étaient fermés, leurs vitrines passées au blanc d'Espagne, leurs portes condamnées à l'aide de contreplaqué. Des poubelles cabossées moisissaient le long des trottoirs, on apercevait dans les jardins des pickups désossés et des carcasses de bateaux posées sur des parpaings. Un chien errait dans la rue, la langue pendante, au milieu d'une odeur prégnante de caoutchouc brûlé et de détritus.

Smithback descendit de voiture et se dirigea vers le pavillon le plus proche, à moitié dissimulé derrière un mur de végétation tropicale, comme souvent dans les quartiers pauvres. La façade de couleur vive avait perdu son lustre avant de s'écailler par plaques. Il appuya sur la sonnette, comprit qu'elle ne fonctionnait pas, et se résolut à toquer. Quelques minutes s'écoulèrent avant que lui parvienne un bruit de pas traînant de l'autre côté du battant. Celui-ci s'écarta légèrement.

La chaleur qui régnait à l'intérieur de la maison était plus étouffante encore que celle de la rue. Une vieille femme d'origine hispanique en robe d'intérieur le dévisagea avec curiosité.

— *Buenos días*, se lança Smithback avant d'expliquer à son interlocutrice dans un mauvais espagnol qu'il effectuait des recherches dans le cadre d'un travail universitaire.

Il montra à la vieille femme l'agrandissement du tatouage.

— *¿Has visto este antes ?* demanda-t-il.

La femme plissa les paupières et se pencha sur la photo.

— *¿Que es esto ?* insista-t-il.

La vieille femme sursauta et sa curiosité initiale laissa place au soupçon.

— *¡Vete !* s'écria-t-elle d'un air mauvais en claquant la porte au nez du journaliste.

Celui-ci toqua à plusieurs reprises, en vain, et finit par glisser sa carte sous la porte avant de regagner la rue. Apercevant quelques maisons plus loin un petit bonhomme tout sec d'une soixantaine d'années qui tondait sa pelouse, il s'approcha.

L'homme coupa le moteur de la tondeuse. Il fumait un cigarillo nauséabond et portait un T-shirt crasseux au nom d'une entreprise de jardinage.

Smithback lui adressa un signe de tête et l'autre lui répondit sur le même mode. Le journaliste se lança dans une longue explication, en anglais cette fois, mais l'homme finit par l'interrompre.

— *No hablo inglés.*

Smithback lui montra la photo.

— *¿Que significa eso ?*

L'homme jeta un simple coup d'œil au tatouage et secoua la tête, le visage impassible.

— *¿Lo has visto antes ?*

L'homme haussa les épaules.

— *No hablo inglés.*

Putain, mais il venait de lui parler en espagnol ! Voyant que l'autre continuait de secouer la tête, Smithback lui tendit sa carte, le remercia et s'éloigna. Il avait à peine tourné le dos que l'homme redémarrait sa tondeuse.

Debout sur le trottoir, le journaliste avisa un peu plus loin une femme, encore jeune et relativement bien habillée. Elle se dirigeait vers l'entrée d'un immeuble d'un étage, les bras chargés de courses. Il se précipita et lui ouvrit la porte.

— *Gracias*, le remercia-t-elle avec un sourire.

— *De nada.*

Il sortit la photo sans attendre.

— *¿Por favor, que es esto ?*

La femme avait à peine entrevu le tatouage que son sourire s'effaçait et qu'elle affichait sa peur, comme la vieille dame quelques minutes plus tôt. Elle voulut s'engouffrer dans l'entrée de l'immeuble, mais Smithback s'efforça de la retenir.

— *Por favor, por favor. ¿Quién lo lleva ?*

La jeune femme regarda les alentours d'un air inquiet, lui montra l'extrémité de la rue d'un mouvement du menton et referma la porte derrière elle avant que Smithback ait pu prononcer une parole ou lui tendre sa carte.

Il regagna sa voiture, perplexe. Putain, quelle chaleur… Jusque-là, il avait fait chou blanc, mais le mutisme et la peur de ces gens en disaient long. Il démarra et remonta la rue dans la direction indiquée par la jeune femme.

Il trouva ce qu'il cherchait au carrefour suivant : le siège en piteux état d'une amicale d'où s'échappait du rap à travers la porte ouverte. Trois jeunes en jean et T-shirt traînaient devant l'entrée. L'un d'eux avait les bras tatoués, contrairement aux deux autres. Leurs baskets onéreuses et les chaînes en or qu'ils portaient autour du cou contrastaient avec le reste de leur tenue.

Smithback se rangea le long du trottoir. Il connaissait le monde de la rue et ses dangers, ce qui l'incita à ne pas couper le moteur.

Il descendit la vitre côté passager et fit signe aux jeunes types.

— *¡Hola !*

Il lui fallut répéter la manœuvre à plusieurs reprises avant que l'un d'eux décolle son dos du mur et s'approche d'un pas nonchalant.

Smithback lui montra le tatouage.

— *¿Que es esto ?*

Le type examina la photo un bon moment, puis il se retourna vers les deux autres et leur marmonna des paroles inintelligibles. Ils s'approchèrent à leur tour et Smithback sentit monter la tension.

— *¿Quién lo usa ?* demanda-t-il en veillant à dissimuler sa peur.

Soudain, l'un des types voulut lui arracher la photo des mains. Smithback eut tout juste le temps de retirer sa main et de se débarrasser du cliché sur la banquette arrière avant d'enclencher une vitesse et de démarrer.

— *¡Vete de aquí !* lui hurla le type aux tatouages. *¡Hijo de puta !*

— *¡Pendejo !* l'insulta un autre en crachant dans sa direction.

Smithback s'éloigna à vive allure en surveillant ses arrières dans le rétroviseur. Les jeunes ne faisaient pas mine de le suivre tout en le regardant s'éloigner d'un air mauvais.

Il laissa échapper un long soupir. Le boulevard McGregor était tout près et une demi-heure à peine le séparait de son appartement de location à Sanibel.

Restait à savoir si son enquête progressait. D'une certaine façon, oui, même s'il avait bien failli se chier dessus.

18

P. B. Perelman considéra le commandant Baugh d'un autre œil lors de la réunion suivante de la force opérationnelle. Le responsable des garde-côtes avait eu le cran de s'approcher des côtes cubaines avec sa vedette, au prix d'un incident diplomatique, mais son exploit n'avait rien apporté à l'enquête. Loin de rentrer dans le rang, il semblait plus déterminé et sûr de lui que jamais. Perelman se demanda si cette assurance n'avait pas été son meilleur atout dans sa carrière.

Depuis l'incident d'El Duende, le commandant avait changé son fusil d'épaule. Il avait abandonné l'hypothèse de la prison cubaine au profit d'une nouvelle théorie, selon laquelle les pieds avaient été jetés d'un navire.

D'un coup d'œil par-dessus son épaule, Perelman constata que Pendergast occupait sa place habituelle, adossé au mur du fond, les bras croisés, son panama rabattu sur les yeux.

Baugh se racla la gorge et s'adressa à l'auditoire de sa voix rauque.

— Je souhaite vous présenter le Pr Bob Kendry, un spécialiste des courants océaniques, qui va vous expliquer les raisons pour lesquelles l'enquête s'engage sur une nouvelle voie. Professeur Kendry ?

Un homme incroyablement grand prit possession du pupitre. La soixantaine, mince et chauve, il portait un costume bleu fait sur mesure. Il avait l'allure d'une vedette de cinéma et s'exprimait d'une voix grave et posée.

— Je vous remercie, commandant.

Il tira de sa poche quelques feuillets qu'il posa devant lui.

— En l'espace de trois jours, cent vingt-deux pieds se sont échoués sur l'île de Captiva. Pour être tout à fait précis, principalement sur les côtes de Captiva puisque deux d'entre eux ont été retrouvés à Sanibel, deux sur une plage de l'île de North Captiva, un à Cayo Costa et un dernier sur l'île de Gasparilla. Le défi qu'il nous faut relever est simple : est-il possible de retracer le parcours de ces pieds humains sur une période de vingt-huit à trente jours ? La réponse est oui.

Les lumières de la pièce s'éteignirent et il se lança dans de longues explications sur les courants, les vents, les marées et les vagues, le tout illustré par des cartes projetées sur l'écran, ainsi que par une animation grossière dévoilant le trajet potentiel suivi par les pieds jusqu'à l'île de Captiva. L'océanographe s'exprimait depuis dix minutes lorsque Perelman se tourna vers Morris, assis à côté de lui.

— « La confusion a fait ici son chef-d'œuvre[1]. »

Morris leva les yeux au ciel.

— Je vous avoue avoir perdu le fil depuis un moment, moi aussi.

Kendry marqua un temps d'arrêt et Perelman retint son souffle, porté par l'espoir que l'exposé tire à sa fin.

— Pour conclure…

Dieu soit loué !

---

1. Citation tirée de *MacBeth* de Shakespeare (acte II, scène 3).

— ... nous avons réussi à retracer le périple de ces pieds jusqu'au site où ils se sont échoués, et nous sommes parvenus à la conclusion qu'ils sont partis de là.

La carte qui s'afficha sur l'écran n'était pas celle du golfe du Mexique, mais celle de la mer des Caraïbes.

— « Des mers infréquentées, des rivages inconnus », murmura Perelman[1].

— Vous avez des citations pour toutes les situations, chef ?

— Absolument.

— Il n'est jamais à court, confirma Towne.

Sur l'estrade, Kendry continuait de détailler ses découvertes.

— La zone en question, située à trois cents kilomètres à l'ouest des îles Caïmans, s'étend sur près de mille cinq cents kilomètres carrés.

— Merci, professeur, intervint Baugh en regagnant le pupitre alors que les lumières se rallumaient. Nous avons donc poursuivi notre enquête à partir des données fournies par le Pr Kendry. Fort heureusement, la zone entourée en pointillé sur la carte se trouve à l'écart des routes maritimes. Cela n'a rien de surprenant, on imagine difficilement un navire se débarrasser d'un tel chargement au vu et au su de tout le monde. À partir des relevés de transpondeurs du SIA, nous avons pu circonscrire nos recherches à quatre bâtiments qui ont traversé la zone au cours des soixante-douze heures entourant les vingt-cinq jours précédant la découverte des pieds. L'étude des images satellite de cette même zone montre la présence de deux bâtiments de moindre importance n'utilisant par le SIA. Nous avons pu identifier les six bateaux concernés.

1. *Le Conte d'hiver* de Shakespeare (acte IV, scène 4).

Towne se pencha vers son chef.

— On dirait que le commandant trouve enfin sa vitesse de croisière, lui glissa-t-il à l'oreille.

Towne s'empressa d'intervenir avant que Perelman ait pu puiser dans sa réserve.

— Je vous en supplie, chef. Épargnez-nous pour une fois.

— Béotien, répliqua Perelman, le front barré d'un pli.

— Nous avons donc quatre cargos de grande taille dotés de pavillons internationaux : le *Pearl Nori*, un chimiquier, l'*Empire Carrier* et l'*Everest*, deux porte-conteneurs, et enfin le *First Sea Lord*, un méthanier. Les deux autres bateaux sont attachés à des ports du golfe du Mexique. Le premier est un yacht baptisé le…

Il marqua une pause en fronçant les sourcils.

— … le *Rubis sur l'onde*. Le second est un chalutier de vingt-six mètres, l'*Irish Wake*.

Il observa son auditoire, paupières plissées, avant de reprendre.

— Notre prochaine étape consistera à retrouver ces six bateaux afin d'interroger leurs commandants.

Son regard se fixa sur Pendergast.

— Ah, inspecteur Pendergast ! Heureux de vous voir ici après votre absence lors de notre dernière réunion. Interroger ces commandants me paraît une mission faite pour le FBI. Je vous remercie d'avance de vous en occuper.

On aurait pu croire que Pendergast n'avait pas entendu, car il restait sans réaction.

— Inspecteur Pendergast ? Allô ?

L'intéressé restait impassible, les bras croisés, ses traits invisibles sous son chapeau. Il finit par acquiescer sèchement.

— Vos recherches dans les banques de données du NCAVC ont-elles produit des résultats ? reprit Baugh.

— Aucune affaire comparable n'y est enregistrée.

— Comment avance l'enquête sur l'origine des chaussures ?

— Fort bien, je vous remercie. Nous avons envoyé l'un de nos agents en Chine.

La façon dont Pendergast avait exprimé ses remerciements frisait l'insolence. Mais peut-être Perelman se faisait-il des idées.

Et tandis que le commandant continuait de distribuer des missions aux enquêteurs présents dans la salle, Pendergast s'éclipsa sans bruit.

19

— Je suis désolée de la comparaison, mais ce truc ressemble à... on dirait un...

Gladstone se tut, à court d'images.

— Il n'y a pas de quoi s'étouffer, réagit Lam. Ça ressemble à une chatte poilue.

Le pire, c'est qu'il a raison, pensa l'océanographe en voyant la carte du golfe du Mexique qui s'étalait sur l'écran. Des myriades de lignes noires s'échappaient de Turner Beach en s'éparpillant dans toutes les directions.

— Quel bordel, commenta la jeune femme. Tes analyses n'ont aucun sens.

— Je dois affiner mon modèle, se défendit Lam.

— Combien a coûté cette plaisanterie ?

— Euh... dans les deux mille dollars.

— Seigneur ! Mais quel est le problème ?

Lam secoua la tête.

— En gros, la plupart des solutions mathématiques se perdent dans un espace imaginaire.

— Mais encore ?

— L'analyse de la dérive des pieds produit des résultats impossibles. Tel quel, il n'y a aucun endroit dans l'océan d'où ils auraient pu partir pour s'échouer à Turner Beach.

— Il y en a forcément un.

Lam haussa les épaules.

— Que fait-on des deux sacs-poubelles qui empestent dans la réserve ?

Lam fit semblant de vomir.

— J'ai établi la liste de tout ce qui pouvait être identifiable de près ou de loin. Sans résultat.

— Tu as essayé de modéliser ces déchets ?

— Les plus pertinents seulement, mais ça ne donne rien non plus.

— Mais il faut bien que ces pieds viennent de quelque part !

Lam poussa un soupir.

— Je te le dis, c'est impossible.

— C'est forcément *possible*, s'énerva Gladstone, au bord de la crise de nerfs.

— Ne me crie pas dessus !

— Je ne crie pas, je souligne le fait que ce n'est pas impossible.

— Alors évite de souligner. Tu sais que je suis un garçon sensible.

Gladstone leva les yeux au ciel.

— Il faut absolument que tu reprennes tes calculs pour comprendre ce qui ne fonctionne pas.

— D'accord, pas de souci. Chaque fois que je me sers du supercalculateur, ça nous coûte cinq cents dollars.

Gladstone prit le temps de réfléchir quelques minutes, puis elle saisit son téléphone, composa un numéro et brancha le haut-parleur de sorte que son assistant puisse entendre la conversation.

— Bonjour, pourrais-je parler à l'inspecteur Pendergast ?

— Lui-même.

— Pamela Gladstone à l'appareil. J'avais besoin de vous joindre, nous travaillons actuellement sur la modélisation que vous nous avez demandée.

— Comment se déroulent vos travaux ?

— Euh… bien. Très bien. Nous avons établi la liste de tous les détritus qui se sont échoués sur la plage et nous affinons actuellement notre modèle mathématique. Le projet avance à grands pas.

Lam fit la grimace.

— Vous m'en voyez ravi.

— Nous avons un souci : tous ces calculs se révèlent extrêmement coûteux, l'université risque de nous envoyer une facture salée pour l'utilisation de leur superordinateur.

— Une facture de quel ordre, si vous m'autorisez une telle question ?

— Nous en avons déjà pour plusieurs milliers de dollars, il est probable que nous dépasserons la barre des dix mille à terme.

— Vous avez mon feu vert jusqu'à quinze mille dollars.

— Oh ! Je vous remercie, c'est génial. Vraiment génial.

Elle fut prise d'une hésitation avant de poursuivre.

— Euh… j'aurais un autre service à vous demander pour nous aider à mettre au point notre modèle. C'est indispensable, en fait.

— De quoi s'agit-il ?

— Nous avons besoin d'un pied. De deux, plus exactement. C'est le seul moyen de modéliser correctement leur dérive.

Un long silence s'établit à l'autre bout du fil.

— Pendant combien de temps en auriez-vous besoin ?

Elle adressa un coup d'œil à Lam, qui écarta les doigts des deux mains.

— Une dizaine d'heures.

— Je pense être en mesure de vous aider sur ce point, mais pendant un maximum de cinq heures, et en ma présence. Ces conditions vous paraissent-elles acceptables ?

— Putain de..., murmura Lam avant de hocher la tête.

— Oui. Je vous remercie. Merci beaucoup.

— Dans ces conditions, je m'efforcerai de rejoindre votre laboratoire dans l'heure. Je souhaite ardemment que les fonds mis à votre disposition vous permettent de réaliser de réels progrès. Je vous souhaite le bonjour, madame Gladstone.

Elle mit fin à la communication et posa le portable.

— Comment a-t-il deviné qu'on était au point mort dans nos recherches ?

— Je ne sais pas, mais je t'avais bien dit que ce type avait du fric.

— Ce n'est pas lui qui sort ces quinze mille dollars.

— Je n'en suis pas aussi sûr que toi.

*

Moira Crossley attendit que Pendergast ait raccroché et rempoché son téléphone.

— Veuillez m'excuser de cette interruption.

Quel drôle d'oiseau, pensa la légiste. Elle trouvait son accent doucereux et ses manières onctueuses étrangement apaisants. Son regard métallique n'avait pourtant rien de particulièrement doux.

— J'ai reçu une bonne partie des rapports d'analyse, déclara-t-elle. Je les ai fait parvenir au Bureau.

— Ils m'ont été transmis, mais une synthèse serait la bienvenue.

— Volontiers. Je vous propose de nous rendre dans mon bureau. Nous y serons plus tranquilles pour discuter.

Ils se trouvaient dans la salle d'autopsie où s'activaient plusieurs des assistants de la légiste. Ceux-ci commençaient par découper les chaussures vertes, puis cherchaient des signes d'identification potentiels au niveau des pieds, photographiaient ceux-ci, prélevaient des échantillons, au besoin disséquaient les chairs après en avoir extirpé les parasites qui s'y étaient incrustés. Pendergast, qui observait l'opération avec intérêt, reporta son attention sur son interlocutrice en s'excusant d'un signe de tête.

Elle le conduisit jusqu'à son bureau dont la fenêtre donnait sur le parking de l'Institut médico-légal. La pièce, de dimensions modestes, était méticuleusement rangée, conformément à une habitude contractée à l'époque où Crossley vivait sur une péniche amarrée dans la marina de Cape Coral.

— Asseyez-vous, je vous en prie.

Pendergast obtempéra tandis qu'elle prenait place derrière son bureau où étaient alignés plusieurs dossiers avec une précision toute militaire. Elle souleva le rabat du premier.

— Vous m'avez demandé si les pieds avaient été congelés. La réponse est oui, tout du moins en ce qui concerne ceux que nous avons étudiés. L'analyse des tissus nous apprend qu'ils ont été soumis à une température de l'ordre de moins trente degrés Celsius. C'est nettement plus froid que les congélateurs domestiques habituels, ce qui tendrait à prouver que ces pieds ont été conservés dans un congélateur industriel, ou un congélateur de laboratoire.

— Comment avez-vous pu obtenir ces détails ?

— Lors du processus de congélation, des microcristaux de glace se forment à l'intérieur des cellules et font éclater leurs membranes. L'ampleur de ce phénomène nous indique avec précision la rapidité de congélation, ainsi que la température à laquelle sont soumis les échantillons.

Pendergast inclina légèrement la tête.

— Les résultats des analyses ADN sont également intéressants, poursuivit la légiste en ouvrant le dossier suivant. De façon sommaire, la majorité des individus testés – une soixantaine à ce jour – possèdent des origines amérindiennes, de l'ordre de 70 % en moyenne, avec des proportions s'étalant de 8 à 90 %. Les apports européens sur le plan de l'ADN sont circonscrits à la péninsule Ibérique, plus spécifiquement l'Espagne, ainsi qu'à l'Europe de l'Ouest et le pourtour méditerranéen. On trouve aussi une part d'héritage africain chez certains sujets, de l'ordre de 3 à 15 % selon les cas. Un tel métissage est caractéristique des populations d'Amérique centrale : le Honduras, le Nicaragua, la Guatemala et le Salvador. Dans une moindre mesure le Panama et le Costa Rica, voire Belize, le Mexique, la Colombie et le Venezuela. Nous testons actuellement l'ADN mitochondrial afin de déterminer si certains des sujets possédaient des liens de parenté. Ces résultats devraient me parvenir demain au plus tard. En tout état de cause, la plupart de ces individus sont originaires d'Amérique centrale.

Pendergast acquiesça lentement.

— Plusieurs pieds portaient des tatouages, certains assez ordinaires, des bracelets ou autres, alors que d'autres sont des symboles religieux ou des sigles de gangs. L'un d'eux était quasiment entier, le pied ayant été amputé nettement au-dessus de la cheville.

— Voilà qui est intéressant.

— Tous ces pieds étaient ceux d'individus des deux sexes d'âge adulte, apparemment en bonne santé. Nous avons notamment relevé la présence de vernis à ongles dans plusieurs cas et nous cherchons à identifier l'origine des produits concernés grâce à leur composition chimique, sans résultat pour le moment.

Elle s'empara d'un troisième dossier.

— Autre élément, assez curieux. Dans de nombreux cas, nous avons découvert des résidus de pesticides sur la plante des pieds comme sur les semelles des chaussures. Du DDT et du chlordane, deux insecticides dont l'usage est interdit aux États-Unis depuis plusieurs décennies. On a aussi trouvé des traces non négligeables d'autres composants chimiques, en particulier de la soude caustique.

Elle se pencha sur ses feuillets et suivit la liste du doigt afin de ne rien oublier.

— Nous avons recueilli des cheveux, des fibres, ainsi que des pollens propres à la flore de Floride, et non à celle d'Amérique centrale. Leur état de conservation signale qu'ils sont récents.

— Continuez, je vous prie.

Crossley tourna une page.

— Les rapports toxicologiques sont tous négatifs. Je crois vous avoir déjà communiqué la liste des substances et des toxines recherchées.

— Absolument. À présent, si vous le voulez bien, j'aimerais revenir sur la façon dont ces amputations ont été pratiquées.

La légiste ressentit une pointe d'agacement.

— Ainsi que je vous l'ai dit, il s'agit d'amputations grossières, réalisées à l'aide d'une hachette mal aiguisée dans la plupart des cas. Le point d'amputation va de la cheville, et c'est le cas le plus fréquent, à la partie haute du mollet. On note l'absence de garrot la plupart du temps, et les rares exemples contraires signalent l'usage d'un garrot de fortune. Tout indique que la majorité des victimes sont mortes d'hémorragie.

— Qu'en est-il de l'angle des coups de hachette ?

— Ils varient entre quarante et soixante-dix pour cent par rapport à l'horizontale.

— L'orientation des coups ?

Crossley ne cacha plus sa contrariété. Elle avait déjà répondu à cette question le jour de la première autopsie.

— L'amputation a débuté systématiquement sur la face antérieure externe de la jambe inférieure. À droite ou à gauche.

— Les coups sont donnés en biais depuis le haut.

— Oui, je vous l'ai déjà expliqué.

— Absolument. À présent, docteur Crossley, si vous le voulez bien, essayez de visualiser la scène à partir des éléments que vous venez de me communiquer.

— Je ne vois vraiment pas l'intérêt, refusa-t-elle sèchement.

— Je vous assure que vous comprendrez très rapidement le bien-fondé de cette démarche, la cajola Pendergast d'une voix mielleuse. Je vais vous y aider : fermez les yeux, respirez profondément à plusieurs reprises et *regardez* le processus d'amputation comme dans un film en tenant compte de l'ensemble des éléments pertinents.

— Voilà une démarche bien peu scientifique.

— Je vous demande de céder à ma requête, s'il vous plaît, insista l'inspecteur d'une voix hypnotique. Fermez les yeux…

La légiste obéit, presque contre son gré.

— Inspirez lentement…

Elle obtempéra.

— Videz vos poumons.

Elle répéta l'opération à cinq reprises sous la direction de Pendergast et sentit son agacement s'évaporer, son corps se relâcher, son esprit s'apaiser. Son visiteur continua de lui murmurer des instructions d'une voix douce, puis il récita sur le même ton neutre les détails de l'amputation en lui demandant de visualiser le mouvement au ralenti de la hachette, les chairs entaillées, les os réduits en miettes, le pied qui se détachait, le sang qui coulait à flots… L'exercice se révélait particulièrement pénible pour elle qui avait passé des années à se convaincre que l'autopsie était un acte désincarné, pratiqué sur un objet inerte et non sur un être qui avait vécu et connu la souffrance. Son équilibre psychique était à ce prix. Pour la première fois de son existence, sous les injonctions caressantes de Pendergast, elle était capable de redonner vie à un être à l'instant précis où il subissait cette amputation.

Elle ouvrit brusquement les yeux, sous le choc.

— Mon Dieu..., balbutia-t-elle.

Elle resta longtemps sans voix, sous le regard à la fois curieux et inquiet de Pendergast.

— Ces gens se sont amputés eux-mêmes, murmura-t-elle. Ces gens se sont coupé le pied volontairement.

— C'est la triste vérité, acquiesça Pendergast. Et de la façon la plus grossière et la plus brutale que l'on puisse concevoir. Reste à comprendre pourquoi.

20

La Route 1, connue sous le nom de route des Mers, portait bien son nom. Depuis une heure qu'il avait quitté l'aéroport de Key West où il avait loué une voiture, l'inspecteur Pendergast roulait sur ce qui s'apparentait davantage à un pont qu'à une autoroute, retrouvant la terre ferme de loin en loin entre deux portions d'océan, le temps de traverser des îlots dont certains avaient la capacité d'accueillir des villages alors que d'autres se résumaient à un bouquet de palmiers.

La Route 1, après avoir enjambé la mer bleu-vert sur plusieurs kilomètres, traversa Marathon Key, Long Key et Matecumbe Key à l'approche d'Islamorada.

Les Keys de Floride bénéficient d'un climat tropical et constituent un univers touristique à part, paresseux et tanné par le soleil, loin du luxe manucuré de Palm Beach. Islamorada paraissait toutefois légèrement plus huppée que les Keys voisines et Pendergast longea toute une série d'établissements balnéaires posés le long des plages locales. La partie nord de l'île accueillait essentiellement les autochtones, ainsi que le confirmait la présence d'une école et de quelques rues résidentielles à l'écart de l'océan, ou encore celle d'une poignée de mobile homes protégés à la vue par des rideaux d'arbres.

Pendergast consulta le GPS de son portable et tourna à gauche, juste avant la sortie de l'île, sur une étroite voie au macadam à moitié recouvert de sable. L'endroit, à l'écart des résidences touristiques, n'abritait que des caravanes, des maisons plus ou moins délabrées, des ateliers de réparation de bateaux et de rares commerces aux pancartes brûlées par le soleil.

La petite route en cul-de-sac aboutissait au parking gravillonné d'une pêcherie. Pendergast se gara derrière une rangée de pickups et descendit de voiture en observant les alentours. Côté sud, les carcasses rouillées de vieilles barques de pêche gisaient sur le flanc, à la façon d'un rempart improvisé. Côté nord, à l'orée des marécages, il aperçut une étrange collection d'habitations : des appentis aux toits de tôle ondulée, de vieilles caravanes Airstream posées sur des parpaings, quelques paillottes qui n'auraient pas détonné dans un tableau de Gauguin. Ce village improvisé donnait l'impression d'avoir pris possession de la plage bon gré mal gré, à la façon de coquillages sur la coque d'un bateau. Pendergast jeta un dernier coup d'œil à son GPS et se dirigea vers les maisonnettes.

Arrivé à quelques mètres de la première, il s'immobilisa en identifiant, au milieu des effluves de diesel, de poisson mort et d'eau stagnante, une odeur âcre et acide qui aurait davantage eu sa place dans une usine chimique que sur un îlot tropical : une odeur de café brûlé, l'adjectif « brûlé » décrivant trop sommairement un café bouilli et rebouilli jusqu'à en perdre tout charme et dignité. Pendergast rempocha son téléphone et s'avança prudemment en se laissant guider par la puanteur. Celle-ci s'échappait d'une hutte érigée à l'ombre de quelques arbres, au bord d'un marécage au-delà duquel s'étendaient les eaux vertes du golfe du Mexique.

Pendergast contourna la masure, à la recherche de la porte d'entrée, et découvrit un jeune homme sale et mal rasé, étendu dans une chaise longue. Il avait sur le nez des lunettes de soleil bon marché et portait un vieux jean délavé transformé en bermuda. Torse nu, il était aussi bronzé que musclé et une cicatrice récente lui traversait l'abdomen, telle une coulure de peinture blanche sur sa peau basanée. Ses longs cheveux d'un noir de jais étaient tirés en arrière en queue-de-cheval et il portait un bandana rouge autour du cou. D'un côté de la chaise longue était posé un grand mug de café, de l'autre une bouteille de Corona glacée à moitié vide. Le grésillement d'un scanner de police s'échappait des profondeurs du cabanon.

L'homme, sentant une présence, tourna la tête et échangea un long regard silencieux avec son visiteur avant de le saluer d'un mouvement de tête.

— Kemosabe.

— Mes salutations, inspecteur Coldmoon.

— Beau temps, pas vrai ?

— Absolument superbe.

Le dénommé Coldmoon désigna à Pendergast l'un des barils de pétrole vides qui faisaient office de sièges.

— Je vous remercie, mais j'aime autant rester debout.

— Comme vous voulez. Je peux vous offrir du café ? fit-il en désignant une grande cafetière qui mijotait sur une antique cuisinière, à l'intérieur de la hutte.

Pendergast ne répondit pas.

Coldmoon but une longue gorgée de bière.

— C'est marrant. Je ne m'attendais pas à vous revoir. Pas en Floride, tout du moins.

— J'y ai été retenu contre mon gré. Mais je constate que vous avez été victime du même sort.

J'avais cru comprendre que vous étiez sorti de l'hôpital il y a une semaine. Comment se fait-il que vous soyez encore ici ?

Coldmoon haussa les épaules.

— Je suis en convalescence. Les neiges du Colorado attendront.

— Par quel hasard avez-vous atterri dans ce lieu pour le moins pittoresque ? s'enquit Pendergast en embrassant d'un geste les camping-cars désossés, les moteurs de hors-bord à l'abandon, les marécages sablonneux.

— Il faut croire que la chance m'a souri, je loue cet endroit une bouchée de pain. J'ai pris un Greyhound à destination du sud en quittant Miami, en quête d'un lieu où oublier les meurtres de M. Cœur-Brisé, et je me suis arrêté ici.

Cette décision, prise sur un coup de tête, avait compliqué la tâche de Pendergast lorsqu'il avait voulu localiser son jeune collègue.

— Je constate que vous reprenez des forces en jouant les autochtones.

— Attention à ce que vous dites, Pendergast. Vous oubliez que je suis un Sioux Lakota.

— Où avais-je la tête. N'oublions pas non plus que votre chère mère est d'origine italienne.

Pendergast savait combien Coldmoon était troublé par le fait que son patrimoine amérindien soit teinté de sang européen.

— *Non mi rompere i coglioni*, rétorqua le jeune homme en accompagnant la phrase d'un geste hérité de ses origines latines.

— J'irai droit au but, reprit Pendergast. Avez-vous suivi l'affaire de ces pieds échoués sur les plages de l'île de Captiva ?

— J'ai lu les journaux et suivi ça sur mon scanner.

Pendergast prit sa respiration.

— Je m'y intéresse de près.

— Et alors ?

— Il s'agit d'un mystère troublant. Peut-être même d'un cas unique. Puisque vous êtes toujours dans les parages, et connaissant votre désir d'enrichir votre expérience, j'ai pensé que cela vous intéresserait peut-être de prendre un jour ou deux afin d'étudier la question. De façon informelle, naturellement. En outre...

Il fut interrompu par un grand éclat de rire. Coldmoon n'était pourtant pas homme à se dérider aisément, mais il riait de façon étrangement mélodieuse. Il retrouva son sérieux, vida sa bouteille de bière dont il se débarrassa dans la terre sablonneuse.

— Très bien. Commençons par décortiquer votre petit laïus. Pickett vous a tordu le bras pour prendre en main cette enquête. Je me trompe ?

— En aucun cas, se défendit Pendergast, agacé. Il souhaitait uniquement me montrer la configuration des lieux. J'ai accepté parce que la proposition m'intéressait personnellement.

— Bien sûr, bien sûr. Et maintenant que vous y êtes empêtré jusqu'au cou, vous avez pensé que l'aide de votre vieux coéquipier Coldmoon pourrait vous être utile.

— Vous savez pertinemment que je ne travaille pas en binôme. Je vous propose uniquement d'intervenir en qualité de consultant.

— En qualité de *consultant*. Vous avez besoin de mon aide, et l'aide en question risque fort de me déplaire, à en juger par vos circonvolutions de langage.

— Vous m'accusez de duperie, et j'en prends ombrage.

— Et qui vous dit que je ne prends pas « ombrage » du fait que vous veniez interrompre mes vacances ? Sans compter que vous me faites de l'ombre en vous mettant face au soleil.

Il attendit la réaction de Pendergast, un sourcil dépassant de ses lunettes de soleil.

Pendergast laissa s'écouler quelques instants avant de se mettre de côté et de s'asseoir d'une fesse sur le baril vide qu'il avait refusé précédemment.

— Vous êtes soupçonneux et cynique de nature. En temps ordinaire, je considérerais que c'est un atout, mais dans le cas présent, je me demande s'il ne s'agit pas d'un écran de fumée pour vous laisser dorloter.

Un sourire étira les lèvres de Coldmoon, mais c'est d'un ton sec qu'il répondit.

— Me laisser dorloter ? Parce que vous trouvez qu'une balle en pleine poitrine et une morsure de serpent mocassin sont de simples prétextes pour me la couler douce ?

— Je me dis que vous prenez de mauvaises habitudes en somnolant dans cette chaise longue à boire de la bière et du café exécrable alors que vous pourriez œuvrer efficacement en qualité de consultant dans le cadre d'une enquête importante.

Le silence retomba, troublé par la rumeur de la circulation dans le lointain, les rires des mouettes et les cris des flamants roses.

Coldmoon finit par répondre.

— OK, Pendergast. Vous avez besoin de moi pour quoi ? Dites-le-moi simplement. Pas de baratin.

— Je vous l'ai expliqué : cette affaire est unique. Vous portez sur le monde un regard décalé, peu orthodoxe, qui s'inscrit en complément du mien.

— Pourquoi ne pas l'exprimer simplement ? *J'ai besoin de votre aide*.

— C'est précisément ce que je faisais, rétorqua Pendergast sur un ton glacial.

Coldmoon secoua la tête.

— Qu'en pense Pickett ?

— Il soutient pleinement ma requête.

— Et si je refuse ? Votre requête devient un ordre ?

— Il sera toujours temps d'aviser le cas échéant.

Coldmoon se tourna vers la mer.

— Très bien. Je suis curieux de savoir pourquoi tous ces pieds se sont échoués sur cette plage. Qui ne le serait pas ? Et c'est vrai, je dispose d'un peu de temps avant de rejoindre mon poste dans le Colorado, mais je refuse de jouer les faire-valoir à vos côtés. Pas question d'être un consultant *informel*. Avec vous, je sais très bien que ce que ça signifie, je serai votre boy. Si je vous apporte mon aide, nous faisons équipe à deux. À égalité. C'est à prendre ou à laisser.

— Vous connaissez mes méthodes. Je pensais à un fonctionnement plus... euh, provisoire.

— Pas question.

Pendergast ferma les yeux. Cette fois, le silence s'éternisa de longues minutes. Lorsqu'il reprit la parole, ses paupières étaient toujours closes.

— Les pieds avaient été congelés précédemment.

— C'est bizarre.

— Les amputations ont été réalisées de façon grossière, à l'aide de haches ou de machettes, sans le moindre traitement médical.

Cette annonce laissa brièvement Coldmoon sans voix.

— C'est complètement dingue.

— Je vous le garantis, cette enquête est exceptionnelle.

— Peut-être, mais je vous le répète, nous faisons équipe à deux, à prendre ou à laisser.

Pendergast rouvrit les yeux et son regard se posa sur Coldmoon.

— Très bien. Le temps que durera cette enquête.

— Ou jusqu'à ce que l'un de nous deux soit tué.

— Charmante pensée, dit Pendergast.

Il se leva, épousseta soigneusement son pantalon d'un geste félin et repartit en direction du parking.

— Je vous laisse tout le loisir de passer une éblouissante soirée dans ce cadre enchanteur, mais je vous attends sur l'île de Captiva demain à l'heure du déjeuner. Disons 13 heures.

— Où ?

Pendergast ouvrit la portière de sa voiture de location.

— Vous me trouverez à Mortlach House, à l'entrée du pont de Blind Pass, juste après la plage. J'ai loué la maison, ce n'est pas la place qui manque, ne vous inquiétez pas de trouver un logement.

Son regard s'attarda sur la paillotte de Coldmoon.

— Si vous le souhaitez, je peux vous installer quelques cageots et un matelas dans le vide sanitaire, sous la véranda.

— Ah, ah.

— Disposez-vous d'un moyen de transport ?

— Ne vous inquiétez pas pour moi, sourit Coldmoon. À demain 13 heures, *collègue*.

Pendergast se glissa derrière le volant, la mine chiffonnée. Il referma sa portière, mit le contact et partit sur le petit chemin en laissant derrière lui un nuage de poussière qui finit par retomber lentement sur les cabanons et les bateaux abandonnés.

21

Constance était allongée sur un lit à baldaquin dans l'une des chambres du premier étage de Mortlach House. Maître Mayfield avait convoqué une armée de femmes de ménage afin de donner un coup de propre et d'aérer la vieille demeure victorienne. Constance avait beau surveiller de près les murs, elle n'avait toujours pas vu de sang suinter des papiers peints, contrairement à ce que lui avait affirmé la secrétaire de l'avocat.

Les fenêtres laissaient pénétrer dans la pièce une légère brise venue du golfe et le grondement lointain des vagues sur la plage parvenait jusqu'à elle. Toutes les chambres étaient à l'étage et ses appartements se trouvaient plus près de ceux d'Aloysius qu'à leur habitude. La villa, de construction solide, ne pouvait toutefois rivaliser avec la vieille demeure de Riverside Drive qu'ils partageaient à New York. Ils avaient pris possession des lieux deux jours auparavant et elle avait entendu Pendergast se lever aux aurores, occupé à quelque mission mystérieuse. Il avait disparu jusqu'à l'heure du petit-déjeuner, lorsqu'il l'avait accueillie dans la salle à manger en lui proposant un expresso, des scones, de la marmelade de citron et de la confiture de cassis. Il ne ronflait jamais et ne dormait que d'un œil. Lorsqu'il arrivait à Constance de l'observer au moment de la sieste, il lui faisait penser à un chat, capable de rester des heures sans bouger tout en ouvrant les yeux au moment où l'on pouvait le croire plongé dans un profond sommeil.

Il était parti pour Key West en début d'après-midi et ne rentrerait pas avant 1 h 30 cette nuit, voire plus tard.

Confortablement installée sur son lit, elle suivit des yeux la course d'un rayon de lune sur le plafond. Tout comme la veille, elle n'avait pas sommeil. Elle avait appris à connaître son propre fonctionnement depuis sa naissance, une éternité plus tôt, de sorte que cette insomnie ne la surprenait nullement : tous les sens en alerte, elle attendait qu'un événement se produise.

Restait à identifier la nature exacte du mystère qui la préoccupait.

À son arrivée, elle s'était impliquée dans l'enquête d'Aloysius en procédant à des recherches sur Internet, émettant un avis sur les hypothèses qu'il lui soumettait, quitte à en suggérer d'autres, mais elle peinait à s'intéresser à cette affaire. Une centaine de pieds humains échoués sur une plage... Le phénomène était aussi étrange qu'horrible, mais il ne lui procurait pas le plaisir habituel. La mort à cette échelle relevait du génocide, et elle trouvait les réflexes génocidaires, par essence, crus et stupides. Ils ne faisaient que refléter les penchants les plus brutaux et laids de l'humanité. Enoch Leng, son premier tuteur, avait longuement étudié la question et elle en connaissait plus sur le sujet, grâce à lui, qu'elle ne l'aurait voulu[1].

Elle avait fini par avouer à Pendergast que son enquête l'ennuyait et qu'elle préférait profiter de son séjour sur l'île pour s'intéresser à d'autres sujets.

1. Lire *La Chambre des curiosités*, des mêmes auteurs.

Elle avait une seconde raison de ne pas vouloir se pencher sur cette affaire, dont elle n'avait pas touché mot à Aloysius.

À condition de consulter les registres d'état civil new-yorkais de la fin du XIXe siècle, on y apprendrait la mort d'un jeune couple, emporté par l'épidémie de choléra qui avait ravagé les taudis proches du port à l'époque. Les certificats de décès des deux intéressés ne disaient pas tout. Lorsque le mari, docker de profession, avait succombé au mal, sa femme s'était noyée dans les eaux de l'East River sous l'effet de la fièvre et du désespoir. Les deux petites filles du couple, Mary et Constance, se trouvaient sur place lorsque le corps de leur mère avait été repêché dans l'eau croupissante à l'aide d'un grappin.

Constance n'avait jamais soufflé mot à personne de ce drame, pas même au Dr Leng, mais cet épisode de son enfance la hantait à jamais et elle ne souhaitait pas que la vision de tous ces restes humains recrachés par la mer vienne raviver ses souvenirs.

Elle préférait faire du tourisme, flâner dans les rues de la station balnéaire, regarder les boutiques et visiter le musée historique local lorsqu'elle ne contemplait pas les eaux du golfe, confortablement installée dans la véranda de Mortlach House en lisant *La Promenade au phare*. Elle détestait ce livre qu'elle n'avait jamais réussi à terminer, mais elle avait choisi de s'imposer cette pénitence, au même titre que le roi Henri IV, futur empereur germanique, avait enfilé une chemise de bure devant les portes de Canossa…

Le cours des pensées de Constance s'interrompit brutalement.

Elle se figea sur son lit. Toujours le même bruit, une série de petits coups discrets. Ceux-ci ne provenaient pas du dehors, mais des profondeurs de la maison, dans le sous-sol, peut-être, que Constance n'avait pas encore exploré.

À cet instant, Constance sut qu'elle espérait inconsciemment croiser la route du fantôme de Mortlach House.

Elle se redressa en éprouvant un mélange d'excitation et de peur. Ses yeux avaient eu le temps de s'accoutumer à l'obscurité et elle tendit la main, en quête de l'antique stylet italien qui ne la quittait jamais. Elle se leva silencieusement, enfila un peignoir de soie et ouvrit la porte de la chambre avec une lenteur infinie.

Le couloir, éclairé par une seule ampoule, était désert. Son arme à la main, elle esquissa un pas et tendit l'oreille.

Un nouveau coup, suivi d'un autre, à la fois retenu et décidé. Les bruits émanaient du sous-sol, comme si une main de squelette toquait contre les murs de la villa. Elle repensa à l'Unité de psychiatrie criminelle de l'hôpital Mount Mercy dont une patiente avait un jour…

Une rafale de vent s'engouffra par la fenêtre de la chambre et la porte claqua bruyamment sous l'effet d'un courant d'air.

Constance, parfaitement immobile, attendit pendant de longues minutes sans que le bruit se reproduise.

De guerre lasse, elle retourna se coucher aussi silencieusement qu'elle s'était levée, posa la tête sur l'oreiller et se replongea dans l'observation du rayon de lune au plafond.

22

Moira Crossley avait reçu les derniers résultats d'analyse la veille, alors qu'elle s'apprêtait à quitter l'Institut médico-légal. Elle était finalement restée dans son bureau jusqu'à 21 heures avant de revenir dès 7 heures le lendemain de façon à tout synthétiser avant le rendez-vous prévu avec Pendergast. Elle trouvait ce type pour le moins étrange. On pouvait même dire qu'il la mettait mal à l'aise, elle marchait sur des œufs avec lui, de peur de commettre la moindre erreur.

L'interphone grésilla à la seconde même où la grande aiguille de la pendule se plaçait à la verticale. Il était d'une ponctualité toute militaire et Crossley se demanda comment il faisait, avec toute cette circulation. C'était à croire qu'il arrivait en avance et attendait, le doigt posé sur la sonnette, un chronomètre à la main. Pourquoi diable fallait-il qu'elle se soucie de ne pas le décevoir, elle qui se fichait de la plupart de ses semblables en temps ordinaire ?

Elle ouvrit la porte et Pendergast entra, vêtu d'un superbe costume en soie couleur citron, son éternel panama vissé sur le crâne. Il posa un doigt sur le bord du chapeau d'un geste désuet, s'en débarrassa aussitôt et l'accrocha à une patère.

— C'est une bien belle journée, docteur Crossley. Souhaitez-vous que j'enfile une blouse ?

— Ce ne sera pas nécessaire. Je vous propose d'examiner les nouveaux résultats dans mon bureau. Suivez-moi, je vous prie.

Pendergast lui emboîta le pas et ils gagnèrent sa pièce de travail dont elle déverrouilla la porte avant de lui désigner une chaise.

Elle s'approcha de son coffre, entra un code sur le clavier et récupéra ses dossiers qu'elle veillait soigneusement à enfermer le soir, conformément aux recommandations de Pendergast. Elle posa les documents sur son bureau.

— Je comptais envoyer l'ensemble au FBI ce soir, mais faisons déjà un point.

— Bien volontiers.

Elle lui tendit le premier dossier et ouvrit le suivant.

— Vous verrez que les analyses ont donné des résultats, disons... *inhabituels*.

— Excellent.

L'interphone grésilla. Crossley regarda sa montre avec agacement. 9 h 05. Il ne pouvait s'agir de Paul, puisqu'il avait sa clé. Encore un de ces fichus journalistes, probablement.

— Excusez-moi un instant, inspecteur. Le temps de me débarrasser de cet importun, quel qu'il soit.

Elle traversa les locaux de l'institut et découvrit à travers le hublot de verre grillagé de la porte d'entrée un homme de grande taille, raide comme la justice dans son costume bleu, le menton rasé de près et les cheveux coupés à ras, deux yeux d'un vert lumineux dans un visage très brun aux traits fins.

Elle comprit tout de suite qu'il ne s'agissait pas d'un journaliste.

— Qui est-ce ? demanda-t-elle dans l'interphone.

L'homme lui montra son badge à travers la vitre grillagée.

— Inspecteur Armstrong Coldmoon, FBI.

— Ah.

Contrairement à Pendergast, celui-là avait le physique de l'emploi. Elle appuya sur le bouton de la gâche électrique.

— Je m'apprêtais à examiner les derniers résultats avec l'inspecteur Pendergast. Vous êtes également affecté à l'enquête ?

— Je suis son coéquipier, répondit-il avec un sourire ravageur.

Pendergast se leva en le voyant pénétrer dans le bureau.

— Ravi de vous voir, inspecteur, le salua Coldmoon. Je vois que j'arrive au bon moment.

— Je vous attendais plus tard, à la vérité, répondit Pendergast en posant sur lui un regard aigu.

Coldmoon eut un petit rire.

— Un vieux proverbe lakota dit en substance que le monde appartient à ceux qui se lèvent tôt.

— Vous m'en direz tant. Je constate que ce penchant matinal vous a laissé le temps de renouveler votre look.

Coldmoon lissa le revers de sa veste.

— Walmart, cent vingt-neuf dollars.

Cette annonce provoqua chez Pendergast une moue douloureuse.

Coldmoon s'installa sur une chaise libre pendant que Crossley reprenait place derrière son bureau et tendait un exemplaire du dossier au nouveau venu avant de reprendre.

— Ainsi que je l'expliquais à l'inspecteur Pendergast, les résultats des tests ADN sont intéressants. Nous avions déjà pu constater que le patrimoine génétique des propriétaires de ces pieds était celui d'individus originaires d'Amérique latine. Nous avons pu affiner ces premiers résultats.

Elle déplia un schéma.

— La plupart de ces individus sont reliés entre eux, à des degrés divers. Nous avons des frères et des sœurs, quelques parents avec des enfants adultes, et une multitude de cousins plus ou moins éloignés. Ce graphique détaille ces éléments généalogiques. Le tableau est complexe, puisque le cousin germain d'untel est le quatrième ou cinquième cousin de tel autre, par exemple.

Coldmoon s'empara du document et l'examina avant de le transmettre à Pendergast.

— Nous avons l'intention de soumettre ces résultats ADN aux entreprises génétiques privées en espérant que celles-ci puissent identifier l'une ou l'autre de ces personnes. Nous agissons avec toute la diligence requise, nous ne devrions pas tarder à obtenir les premiers résultats.

Elle s'éclaircit la gorge.

— En dehors de l'ADN, six des individus concernés étaient porteurs de tatouages que nous avons étudiés. Plusieurs sont les sigles d'organisations religieuses ou criminelles présentes dans les collines de l'ouest du Guatemala. L'encre utilisée correspond aux usages en Amérique centrale. La prolifération des gangs nous empêche malheureusement d'obtenir des informations plus précises. Nous avons fait appel à un spécialiste qui étudie actuellement la question. Le vernis à ongles retrouvé sur certains pieds a pu être identifié, il correspond à des marques bon marché largement présentes en Amérique centrale, mais l'élément le plus important est sans doute le suivant.

Elle prit une photo dans un dossier et la tendit à ses visiteurs. Coldmoon la lui arracha presque des mains avant de la passer à Pendergast après l'avoir étudiée.

— Cette bague d'orteil représente la Vierge de Guadalupe dans une figuration propre aux populations mayas du Guatemala. On y trouve une inscription…

Elle donna à Coldmoon un agrandissement de la bague.

— … portant le nom de la ville de San Miguel Acatán.

— Où est-ce ? s'enquit Coldmoon.

— Il s'agit d'une bourgade proche de la frontière avec le Mexique, essentiellement peuplée de Mayas. Voilà, vous savez tout.

Coldmoon reposa le cliché.

— Tout indique que nous sommes en présence d'un groupe de migrants originaires de San Miguel Acatán.

Crossley acquiesça.

— On connaît le processus, poursuivit le jeune inspecteur. Les habitants d'un même village se regroupent souvent pour émigrer aux États-Unis, ce qui explique les liens de parenté entre ces gens. Ils ont croisé la route de gangsters quelconques qui leur ont fait subir un sort terrible et les ont amputés.

— Ainsi que me l'a fait remarquer l'inspecteur Pendergast, tout indique qu'ils se sont infligé ces mutilations eux-mêmes, remarqua Crossley.

Coldmoon afficha sa surprise.

— Putain de merde. Ils se sont tranché le pied *eux-mêmes* ?

— Oui.

— Sait-on s'ils étaient enchaînés ? Ils auraient pu agir de cette façon dans l'espoir de s'enfuir.

— La supposition serait logique, mais ce n'est pas le cas. On n'a retrouvé au niveau de la cheville de ces gens aucune marque de chaînes. Il faut chercher l'explication ailleurs.

— Pour quelle raison peut-on vouloir se trancher le pied ? demanda Coldmoon d'un air perplexe.

— Je me réjouis que l'inspecteur Coldmoon soit là pour poser cette excellente question. D'autres informations, docteur Crossley ?

— C'est tout pour le moment.

Les deux visiteurs se levèrent et prirent congé de la légiste. Cette dernière les reconduisit jusqu'à la porte, la referma derrière eux puis s'immobilisa au milieu de son laboratoire, l'air songeur. Elle avait beau se poser la même question que l'inspecteur Coldmoon, elle était incapable d'y apporter une réponse.

23

Coldmoon suivit son aîné jusqu'au parking.

— Disposez-vous d'un véhicule, inspecteur ? lui demanda Pendergast.

— Non.

Coldmoon avait soigneusement veillé à ne pas trouver de voiture pour ne pas servir de chauffeur, comme il l'avait fait lors de l'affaire Cœur-Brisé.

— Quel dommage, mais je m'en doutais, aussi ai-je acquis un véhicule qui devrait répondre à nos besoins. Non seulement il est capable de rouler partout, marais, plages et bayous, mais il est doté de tout le confort nécessaire.

Coldmoon regarda autour de lui. Il y avait bien quelques Explorer et autres Cherokee garés là, mais aucun n'avait l'allure d'un véhicule de service. Ses yeux se posèrent sur un 4 × 4 solitaire, au fond du parking.

— Non ! murmura-t-il sans dissimuler son ébahissement.

— Si, répliqua Pendergast en lui glissant une télécommande entre les doigts.

Un Range Rover flambant neuf étincelait au soleil du matin, un modèle Autobiography de couleur crème en finition mate satinée. Le SUV disposait de toutes les options nécessaires à quiconque souhaitait se rendre à une première d'opéra avant de se lancer dans l'ascension de l'Everest : phares LED, feux stop adoucis, antibrouillards arrière, moteur V8 5 litres de 558 chevaux, sans parler du reste.

Coldmoon émit un petit sifflement.

— Belle bagnole.

Profitant de l'examen poussé que faisait subir son collègue à la voiture, Pendergast s'installa sur le siège passager. Coldmoon baissa les yeux et s'aperçut seulement qu'il tenait les clés dans sa main. *Le salopard.* Au lieu de se rebeller, il posa son sac à l'arrière et prit place sur le siège de cuir crème du conducteur. En voulant se familiariser avec les fonctions de base du Range Rover, il constata que celui-ci avait 90 kilomètres au compteur. Le temps que la climatisation rafraîchisse l'habitacle, il tira du vide-poches de sa portière la facture du concessionnaire et balaya des yeux la liste interminable des options avant d'arrêter son regard sur le prix : 189 500 dollars.

Il se tourna vers son voisin, interloqué.

— Attendez une seconde. Vous voulez dire que vous venez d'*acheter* ce truc ?

— Il s'agit plus exactement d'une location-vente. Alex n'est plus là pour nous véhiculer, ainsi qu'il le faisait à Miami, et la Mustang que vous aviez empruntée était à peu près aussi confortable que les rails de chemin de fer sur lesquels on expulsait les pieds-tendres à l'époque de l'Ouest. Quand j'ai su que vous acceptiez de participer à l'enquête, j'ai pensé qu'un minimum de luxe serait le bienvenu.

Coldmoon reçut le message cinq sur cinq : Pendergast, s'il comptait sur lui pour jouer les chauffeurs, avait voulu l'amadouer en mettant à sa disposition ces trois tonnes d'opulence pure. Il haussa les épaules et poussa le levier de la boîte automatique.

— J'aimerais vous présenter à l'océanographe que j'ai personnellement engagée pour travailler sur l'enquête, poursuivit Pendergast. Elle s'efforce de retrouver le lieu où les pieds ont été jetés à la mer. Sans grand succès pour l'heure, malheureusement.

— Pas de souci, je serai ravi de la rencontrer.

— Avant cela, je vous proposerais volontiers de déposer vos bagages dans le meublé que j'ai loué. Ma pupille, Constance Greene, partagera notre quotidien, mais je ne doute pas que vous trouviez la maison spacieuse.

— Oui, bien sûr.

Cette histoire de pupille était plutôt étrange, mais qu'est-ce qui ne l'était pas avec Pendergast ?

Son passager lui ayant fourni l'adresse, Coldmoon l'entra dans le GPS de bord après s'être débattu pendant quelques instants avec les commandes de l'écran tactile.

— Air conditionné ?

— Non, je vous remercie, répondit Pendergast en descendant sa vitre, aussitôt imité par le jeune inspecteur.

Ils quittèrent Fort Myers par la 867 et Coldmoon observa avec curiosité les quartiers qu'ils traversaient. Comme souvent en Floride, un mélange de rues bourgeoises, de secteurs nettement moins reluisants et de faubourgs intermédiaires, tous abondamment peuplés. Coldmoon n'en revenait pas de la densité de cet État. Dans le Dakota du Sud, d'où il était originaire, on pouvait parcourir cent cinquante kilomètres sans apercevoir une maison.

Ils ne tardèrent pas à arriver à un viaduc qui dessinait un arc de cercle au-dessus des eaux scintillantes de la baie, de l'autre côté de laquelle on devinait l'île de Sanibel. Le Range Rover, incroyablement nerveux, accélérait sans effort et une brise tiède rafraîchissait l'habitacle en s'engouffrant à travers les vitres ouvertes. L'espace de quelques instants, Coldmoon comprit les raisons qui pouvaient inciter certains de ses semblables à habiter en Floride.

Dès leur arrivée dans l'île, il fut frappé par le nombre des villas, plus cossues à mesure qu'ils s'éloignaient du viaduc. Il ralentit en découvrant une longue file de voitures à l'extrémité nord de Sanibel.

— Je crains fort que nous ne soyons arrêtés par un barrage, remarqua Pendergast.

Le contrôle était relativement fluide et il leur suffit de montrer leur badge pour franchir le pont de Captiva. Le parking de la plage qui s'étendait sur leur gauche ressemblait à un cirque avec ses tentes, ses mobile homes, ses cabanes de chantier, et même une camionnette au toit couvert de paraboles. Deux bateaux des garde-côtes patrouillaient à distance respectable du bord.

— C'est ici que se sont échoués la plupart des pieds, expliqua Pendergast. La plage reste fermée au commun des mortels, au grand dam des autochtones.

— On peut les comprendre. Cet endroit est magnifique.

Ils atteignaient l'extrémité de la plage lorsque Coldmoon vit se découper la silhouette altière d'une villa victorienne. La vieille maison, dotée de deux tourelles et d'un belvédère, projetait une ombre interminable sur le sable. Il devina immédiatement que son compagnon avait élu domicile dans cette demeure à l'élégance surannée.

— Il s'agit de Mortlach House ?

— Absolument. Je vous propose de vous arrêter sous le portique de l'entrée.

Coldmoon remonta l'allée longeant la maison et stoppa le 4 × 4 devant une double porte munie d'ouvertures ovales.

— Ouah, dit-il en descendant de voiture. On dirait une maison hantée.

— Vous ne croyez pas si bien dire, murmura Pendergast.

Les portes s'ouvrirent et Coldmoon se figea en découvrant une jeune femme coiffée à la garçonne, vêtue d'une longue robe. Elle posa sur lui deux yeux violets à l'éclat intense.

— Vous êtes sans doute l'inspecteur Coldmoon, l'accueillit-elle de sa voix de contralto en le détaillant de la tête aux pieds. À en croire la description d'Aloysius, je m'attendais à quelqu'un de plus... informel.

La formule amusa Coldmoon.

— Ne vous inquiétez pas, j'ai enfilé ce déguisement pour tromper l'adversaire.

Un léger sourire étira les lèvres de son hôtesse. Elle respirait le mystère, avec une assurance surprenante chez quelqu'un d'aussi jeune, et une diction désuète qui évoquait de vieux films hollywoodiens.

— Auriez-vous un bagage ?

Coldmoon sursauta.

— Euh... oui, bien sûr, à l'arrière.

Il s'empressa de récupérer son sac dans le 4 × 4.

— Je vous montre votre chambre, proposa Constance en lui faisant signe de la suivre à l'intérieur de la maison.

— Je me retire dans mes quartiers. Je vous laisse avec Mlle Green, vous êtes entre de bonnes mains, annonça Pendergast avant de s'éclipser.

Coldmoon eut le sentiment d'une plongée dans le temps en découvrant la pénombre fraîche de la maison. Des odeurs d'encaustique, de vieux tissus et de bois flottaient dans la maison. Il aperçut au fond du vestibule un grand salon meublé à l'ancienne, le sol couvert d'un tapis persan. On apercevait l'océan à travers l'alignement des fenêtres donnant sur la véranda et il distingua la rumeur des vagues, soulignée par des rires de mouettes.

Constance s'engagea dans l'escalier de l'entrée.

— Par ici, inspecteur.

Coldmoon la suivit dans une aile abritant un petit salon, deux chambres et une salle de bains.

— Je vous ai installé dans l'annexe des domestiques. Vous y serez indépendant.

— L'annexe des domestiques, répéta Coldmoon sans chercher à dissimuler son ironie.

Constance le dévisagea de son étrange regard violet.

— J'avais cru comprendre que vous étiez le *jeune* coéquipier de l'inspecteur Pendergast, monsieur Coldmoon ?

L'intéressé, interloqué par la franchise de son interlocutrice, ne put que rire.

— Sans doute suis-je une sorte de domestique, en effet, dit-il en posant son sac. À propos, sentez-vous libre de m'appeler Armstrong.

Pourquoi diable lui révélait-il son prénom, ce qu'il faisait rarement ? La phrase était sortie toute seule.

— Dans ce cas, appelez-moi Constance. Votre chambre se trouve ici. La pièce voisine est équipée d'un bureau. Sentez-vous libre d'y travailler.

Une clé apparut dans sa main blanche d'une grande délicatesse.

— Voici pour vous, Armstrong.

— Merci, Constance. Euh... c'est vrai que cette maison est hantée ?

— Du moins est-ce ce que l'on dit.

— Que prétend la légende ?

Elle eut un léger sourire.

— C'est le sujet de *mon* enquête. Une fois que j'aurai assemblé tous les morceaux du puzzle, nous ferons un feu dans la cheminée et je ne manquerai pas de vous fournir tous les détails.

24

Peter Quarles avançait dans les ruelles bondées de cette cité dont il n'avait pas réussi à découvrir le nom, si elle en avait un. Il savait uniquement qu'il se trouvait dans la province du Guangdong, dans le sud de la Chine. Dongguan, une grande capitale industrielle, s'étalait à l'est, de l'autre côté de la rivière des Perles. Quant à Foshan, une mégalopole regroupant plus d'une trentaine de villes spécialisées dans l'industrie chimique, les biotechnologies et la communication, elle s'étendait à l'ouest. C'était pourtant là, dans ce fouillis d'usines et de petits commerces situé à un jet de pierre de la mer de Chine, qu'il avait élu domicile.

Curieusement, Quarles se sentait parfaitement à son aise dans cet environnement qui lui rappelait son passé. Il était là depuis un jour à peine et retrouvait les cris, la pollution et les odeurs, la façon dont la foule traînait les pieds. N'importe qui l'aurait pris pour un *gweilo* venu négocier des contrats avec les ateliers du cru.

L'inspecteur Pendergast avait financé son déplacement fort généreusement. Quarles n'avait pas été accoutumé à tant de luxe à l'époque où il vivait en Chine. Le spécialiste des chaussures n'aurait pas su dire comment son collègue s'y était pris, mais il lui avait fourni tout l'argent nécessaire pour se loger et se nourrir très honorablement, engager des informateurs sur place et soudoyer qui de droit. Quarles n'avait pas hésité à descendre au Marco Polo lors de son passage à Jinjiang, puis au Shangri-La de Wenzhou. Ses recherches n'avaient rien donné dans ces deux villes, et sa déception avait été d'autant plus grande lorsqu'il avait fait chou blanc à Dongguan. L'afflux sur le marché mondial de produits à bas prix fabriqués au Brésil avait fait des ravages dans les petits ateliers susceptibles de fabriquer les étranges chaussures vertes, mais Quarles n'avait pas tardé à s'apercevoir que les fabricants concernés, loin de disparaître, avaient émigré de l'autre côté de la rivière, à l'ombre de Foshan. Laissant derrière lui les tours du quartier résidentiel de Lunxiang, il poursuivait désormais son enquête dans les quartiers situés autour de Zhaofang Road.

Il s'arrêta un instant pour s'éponger le front et remonter sur son épaule l'anse de son sac de toile. Il avait commencé par écumer un certain nombre d'ateliers familiaux en distribuant généreusement des paquets de Dunhill, de Gauloises et de Camel. Tout en avançant au milieu de la foule, il repéra une fabrique de coton, un marchand de sirop, une école, un restaurant de poulet à l'enseigne pittoresque, « Chaque jour est meilleur ». Il aperçut quelques fabricants de vêtements, mais aucun atelier de chaussures. Quarles ne s'en inquiéta pas, sachant que les fabricants les plus modestes se contentaient de quelques pièces en étage, souvent au fond d'une ruelle.

Il poursuivit son chemin, veillant à passer largement à l'écart d'un bâtiment massif sur lequel s'étalaient les mots « Commission de discipline », puis il franchit le coude que dessinait la rue et découvrit un marché de produits alimentaires cantonais. Il navigua entre les aquariums pleins d'ormeaux, de crabes et de palourdes, les étals des bouchers vendant des morceaux nobles de chiens, chats et autres quadrupèdes. Quarles était le seul touriste en vue, les guides chinois ayant l'habitude de déconseiller tous ces plats locaux à leur clientèle occidentale. Lui-même avait appris à apprécier les recettes du cru, la cuisine cantonaise étant essentiellement réalisée à partir d'ingrédients frais, à peine cuits et très épicés. Le tout était de s'habituer à l'idée des ingrédients utilisés.

Le marché traversé, il retrouvait tout juste Zhaofang Road lorsqu'il repéra exactement ce qu'il cherchait : une minuscule échoppe dépourvue de vitrine dont l'entrée était protégée par un rideau de lanières de cuir. La masure se cachait dans l'ombre du *Seau en bois*, un établissement dont la spécialité était un potage au bœuf épicé.

Il pénétra dans la boutique en écartant les lanières. Le temps que ses yeux s'accoutument à la pénombre, il distingua un vieil homme assis derrière une longue table en bois, occupé à déposer des traits de colle sur la partie supérieure d'une chaussure puis à coller celle-ci à la semelle. Derrière lui, une femme tout aussi âgée s'activait sur une machine à coudre. Des souliers de toutes sortes étaient empilés çà et là, parmi lesquels des chaussons jetables assez proches de celui qu'il transportait dans son sac.

— Vous allez bien ? demanda-t-il poliment en mandarin.

Le vieil homme lui répondit par un hochement de tête.

Il sortit l'échantillon de son sac et le montra à son interlocuteur.

— Auriez-vous déjà vu des pièces telles que celle-ci ?

L'éclair qui traversa le regard du cordonnier confirma à Quarles qu'il était sur la bonne piste, mais l'homme se contenta de hausser les épaules, feignant de ne pas comprendre.

Une telle posture relevait du rituel en pareil cas. Le mandarin avait beau être la langue dans laquelle s'effectuaient les transactions, Quarles jugea préférable de passer au dialecte sam-yap couramment utilisé par les Cantonais. Il fouilla dans son sac, en sortit une enveloppe rouge, le *hongbao* traditionnel contenant de l'argent liquide, et posa celle-ci à côté de l'échantillon.

— Savez-vous où je pourrais passer commande de chaussures de ce genre ?

La vieille, dont la curiosité s'était manifestée à la vue de l'enveloppe, s'approcha afin d'examiner attentivement le soulier de toile, puis elle le tendit au vieillard. Quarles patienta quelques instants avant de tirer de son sac d'autres enveloppes rouges, signe qu'il avait davantage de *hongbao* en réserve.

Le vieil homme finit par reposer la chaussure après avoir fait disparaître l'enveloppe.

— Vous pouvez tenter votre chance sur Shangyou Road, suggéra-t-il en sam-yap. Près du vieux temple dédié aux ancêtres. Il reste une ou deux usines capables de produire des chaussures de ce genre.

— *M goi nei sin*, le remercia Quarles.

Il rangea dans son sac l'échantillon et les enveloppes, puis regagna la rue où il fut instantanément happé par la foule.

25

Perelman avait la tête et les épaules dans le compartiment moteur de son bateau lorsqu'il entendit des pas sur le ponton. Tout à son affaire, une clé à douille à la main, il ne tourna même pas la tête, porté par l'espoir que personne ne vienne le déranger. Son vœu fut exaucé car il ne sentit pas le bateau tanguer sous ses pieds, ce qui n'aurait pas manqué de se produire si un visiteur était monté à bord. Il reporta toute son attention sur le moteur de 700 chevaux avec lequel il se battait depuis une heure et demie.

— Je te laisse une dernière chance de sortir, gronda-t-il à l'adresse d'une bougie récalcitrante. Sinon, je t'arrose de dégrippant.

Il fut interrompu par un bruit de gorge poli derrière lui. Il étouffa un juron, sortit la tête du moteur et ne dissimula pas sa surprise en reconnaissant Constance Greene, la nièce de l'inspecteur Pendergast. Sa nièce ou sa filleule, un truc du genre. Il n'était pas près d'oublier ses yeux violets, sa silhouette gracile et sa ressemblance frappante avec Olive Thomas.

— Mademoiselle Greene, dit-il en refermant le compartiment moteur avant d'essuyer sur un chiffon ses mains pleines de cambouis.

La jeune femme hocha la tête.

— Bonjour, monsieur Perelman. Comment allez-vous ?

— Je me livre à une lutte sans merci avec un peloton de bougies.

— Quelle sera l'issue de la bataille ?

— Les bougies ont le dessus jusqu'à présent, et j'avoue que même une défaite me soulagerait à ce stade.

Elle lui adressa l'ombre d'un sourire.

— Puis-je vous inviter à monter à bord ? finit-il par suggérer en voyant le silence se prolonger.

— Avec plaisir.

Elle lui tendit la main et il l'aida à enjamber le plat-bord avant de la conduire dans la cabine du bateau où les attendaient deux fauteuils et un canapé, face au poste de pilotage. Elle le remercia, posa son sac à main et lissa sa robe démodée.

Perelman, qui allait se débarrasser du chiffon en le roulant en boule, se ravisa et le plia soigneusement. La jeune femme lui donnait l'envie de se présenter sous son meilleur jour et il se connaissait suffisamment pour savoir pourquoi. Une dizaine d'années plus tôt, juste avant de quitter son poste précédent, il était sorti avec un top-modèle. Ils formaient un couple à peu près aussi harmonieux que King Kong et Fay Wray, mais la jeune femme avait réussi à parfaire son éducation dans certains domaines durant la courte période qu'avait duré leur aventure. En dehors de ce qu'elle lui avait enseigné au lit, elle lui avait appris à distinguer le bon goût de la gaucherie. À sa suite, il s'était plongé dans la lecture de *Grazia* et de *L'Officiel* qui l'avaient familiarisé avec de nombreuses subtilités. La Floride regorgeait de gens riches et de parvenus, avoir la capacité de les distinguer constituait un atout important dans son métier. Pour prendre l'exemple de Constance Greene, il avait tout de suite remarqué que son sac à main était un modèle Hermès noir et orange. Il en avait oublié le nom, mais il se souvenait que sa petite amie lui avait dressé la liste de tout ce qu'elle aurait fait pour en obtenir un. La montre bracelet de Constance était une véritable Patek Philippe Nautilus 5711 en or blanc, dotée d'un cadran en opaline. Un bijou délicat et discret, que l'on pouvait se procurer à condition de figurer sur une liste d'attente de dix ans. Il n'aurait pas été capable d'identifier sa robe et ses chaussures, mais elle les portait avec une grâce naturelle rare.

— En quoi puis-je vous aider ? s'enquit-il.

Constance le gratifia d'un nouveau hochement de tête, sans doute appréciait-elle son côté direct.

— J'aimerais avoir quelques précisions au sujet de la maison dans laquelle nous résidons, Mortlach House.

— J'ai été heureux d'apprendre que sa démolition était retardée, approuva-t-il.

— En tant que locataire, je m'intéresse à son histoire.

— De quelle façon ? demanda Perelman prudemment.

— Je serais curieuse de connaître les détails du meurtre. L'affaire semble curieuse à bien des égards, j'espérais que vous pourriez m'aider.

— Vous aider à quoi ?

— À comprendre ce qui s'est passé. J'imagine que vous avez pris part à l'enquête ?

Perelman détourna le regard. Voyant qu'il ne répondait pas, elle poursuivit :

— J'ai cru comprendre que le corps n'avait jamais été retrouvé, mais que la quantité de sang découverte sur place avait permis de conclure à un crime. Personne n'aurait pu survivre à une telle hémorragie. Sans parler des traces d'agression à la hache.

Elle tira de son sac une fine liasse de photos qu'elle tendit à Perelman.

Il les passa en revue rapidement, à la fois surpris et mécontent de constater qu'il s'agissait de photos de police. *Où diable se les est-elle procurées ?* s'interrogea-t-il intérieurement. Mais il connaissait déjà la réponse à sa question.

— Il me semble que ces clichés sont suffisamment parlants. Je vois mal ce que je pourrais vous apprendre de plus. Comme vous le savez, le mystère n'a jamais été élucidé.

Il s'était exprimé plus sèchement qu'il ne l'aurait souhaité et une chape de silence s'abattit sur la cabine, uniquement troublée par les cris des mouettes.

— Ce bateau est extraordinaire, remarqua Constance en changeant de sujet de conversation. Est-il rapide ?

Perelman sourit, presque contre son gré.

— Comme tous les bateaux cigarettes, il va très vite.

— Un bateau cigarette ?

— Ils se sont développés à l'époque de la Prohibition, sous l'impulsion des trafiquants d'alcool soucieux d'échapper aux garde-côtes. Ils doivent leur nom à leur étrave étroite et longue, comme une cigarette. C'est cette forme qui leur permet d'atteindre une vitesse élevée.

— À quoi servent donc ces bateaux depuis la fin de la Prohibition ?

— Les courses de vitesse sont très prisées de nos jours, et ces bateaux sont idéaux pour ça. Celui-ci fait dix mètres, je l'ai acheté quelques années après ma prise de fonction ici. C'est un vestige datant des années soixante, mais j'ai craqué pour ses moteurs de voiture.

— Vous voulez dire que ce bateau est équipé de moteurs automobiles ?

— Bien sûr. La plupart du temps, il s'agit de moteurs récupérés à la suite d'un accident, et adaptés pour les bateaux de ce genre.

Il tapota le capot arrière.

— Le mien possède deux moteurs de Corvette 454 débridés pour davantage de puissance.

— J'aurais pensé que les bateaux et les autos étaient incompatibles.

— Il est très facile d'adapter ces moteurs. La conduite d'un engin tel que celui-ci est même plus facile que celle d'une voiture. Pas besoin de vitesses, expliqua-t-il en riant. Vous allumez le contact, vous mettez pleins gaz, et vous n'avez plus qu'à vous accrocher, si vous voyez ce que je veux dire.

— Je ne vois rien du tout, mais je vous sais gré de cette explication passionnante.

— Avez-vous déjà piloté un bateau ?

— Je n'ai jamais piloté le moindre engin à moteur.

— Je…

Perelman n'acheva pas sa phrase, conscient qu'elle faisait uniquement preuve de politesse en lui posant toutes ces questions.

— Ce bateau passe davantage de temps accroché à son anneau que sur les eaux du golfe. J'ai mis deux ans à le repeindre et je ne lui ai toujours pas trouvé de nom. Vous n'auriez pas de suggestions, par hasard ?

— *La Mer à Boire ?*

Il éclata de rire en se demandant si elle plaisantait.

— Désolé si j'ai pu vous paraître brusque au sujet de ce meurtre. Cette histoire est une pierre dans mon jardin. Le crime a eu lieu deux mois avant mon arrivée, j'étais impatient de faire mes preuves et je me suis lancé dans l'enquête corps et âme, sans aucun succès.

— Comment expliquer cet échec ?

— Il a bien fallu que le meurtrier entre et sorte de la maison, mais nous n'avons relevé aucune trace de son passage. Personne n'a rien vu, ni bateau, ni voiture.

— Pas de corps non plus.

— On a pensé que le coupable l'avait jeté en pleine mer, dans la mesure où il lui aurait été difficile de quitter l'île avec un cadavre sans attirer l'attention, mais l'océan n'a jamais rendu le corps. Il ne faisait pourtant aucun doute que nous étions en présence d'un meurtre, et pas seulement à cause de tout ce sang, qui était bien celui du disparu. Nous avons retrouvé un morceau de cuir chevelu de la victime au niveau d'une entaille faite avec une hache dans une chaise, ainsi que des éclaboussures de sang.

— Beaucoup de sang ?

— À peu près cinq litres. C'est-à-dire la quantité présente dans un corps humain. Même si la victime en avait perdu la moitié seulement, l'hémorragie aurait été fatale.

— Parlez-moi de cet homme.

— Un certain Randall Wilkinson. Un type proche de la cinquantaine, célibataire, ingénieur chimiste de métier, spécialiste des solvants et des lubrifiants chez un sous-traitant à Fort Myers. Il a contribué à l'invention d'un nouveau procédé, ce qui lui a permis de s'installer à Captiva où il a fait l'acquisition de Mortlach House au début des années 2000. Deux ou trois ans plus tard, il a été victime d'un accident de laboratoire qui lui a brûlé les poumons, et il a cessé de travailler à temps plein. Il menait une existence discrète, c'était un personnage courtois et solitaire qui parcourait la plage tous les soirs avant la tombée de la nuit, qu'il fasse soleil, qu'il vente ou qu'il pleuve. Jusqu'à cette nuit de juillet 2009...

Perelman conclut sa phrase en écartant les mains.

— Vous dites qu'il était célibataire.

— Oui.

— Savez-vous s'il avait contracté une assurance-vie ?

— Oui, en effet. Il s'était assuré pour un montant appréciable, mais rien d'exorbitant. Sa sœur en était bénéficiaire. La compagnie d'assurances a traîné les pieds, naturellement, mais elle a fini par payer.

— La sœur réside-t-elle dans la région ?

— Non, dans le Massachusetts, je crois. Vous n'imaginez tout de même pas qu'elle a pu tuer son frère ? Jamais l'assurance n'a eu le moindre soupçon à ce sujet, alors que ces gens-là sont méfiants de nature. Si mes souvenirs sont bons, elle menait une existence tranquille, avant de mourir d'un cancer il y a un ou deux ans.

Constance lissa sa robe.

— Lui connaissait-on des ennemis ?

— On a interrogé tout son entourage : ses collègues chimistes, tous les membres de sa famille, le type qui partageait sa chambre à l'université, ses copains d'école primaire. Ce type a toujours mené une existence sage et terne.

Constance hocha la tête.

— À la vue de photographies prises sur la scène de crime, il semble que le corps ait été traîné jusqu'à la porte.

— C'est exact, et ce détail nous a laissés perplexes. La traînée de sang menait à la porte avant de s'arrêter brusquement au niveau du seuil. Selon l'hypothèse la plus probable, le meurtrier a chargé le corps à l'arrière d'un véhicule, mais nous n'avons découvert aucune trace de pneus, et personne n'a rien remarqué.

— Je vois.

Constance dévisagea longuement son interlocuteur de son regard pénétrant. L'espace d'un instant, de façon absurde, Perelman regretta qu'elle ne fasse pas partie de son équipe.

— J'ai bien conscience, monsieur Perelman, que les affaires non élucidées ne sont jamais classées. Depuis votre arrivée ici, vous avez dû entendre toutes sortes de spéculations au sujet de celle-ci. L'une de ces hypothèses vous a-t-elle paru plus crédible qu'une autre ?

Il fut pris d'une hésitation.

— Plus j'y pense, moins je comprends. Ce n'est pas la première fois de ma carrière qu'un meurtre reste inexpliqué. En pareil cas, on fait tout son possible avant de finir par renoncer. Ce n'est pas très satisfaisant, je sais, mais c'est ainsi.

Il se leva.

— Je vais me chercher une bière. Puis-je vous offrir à boire ? À défaut de bière, j'ai une bouteille de beaujolais nouveau au frais.

— Non merci, répondit Constance en se levant à son tour. Je vous remercie de votre patience et de votre transparence.

Il regretta de s'être levé. Elle avait interprété son geste comme une volonté de mettre un terme à l'entretien. Il aurait volontiers profité plus longtemps de sa compagnie.

— Si jamais vous réussissez à percer le mystère, dit-il avec un sourire désabusé, prévenez-moi.

— Naturellement, répondit Constance en glissant les photos dans son sac. J'aurais une dernière question, si vous m'y autorisez ?

— Je vous en prie.

— Loin de moi l'idée de remettre en cause votre travail, mais êtes-vous certain qu'il s'agissait bien de sang ?

— Il est vrai que Sanibel et Fort Myers ne disposaient pas des mêmes moyens qu'aujourd'hui, mais j'ai personnellement procédé à une demi-douzaine de prélèvements d'échantillons ADN, en particulier du sang et des cheveux, que j'ai ensuite portés moi-même au laboratoire de police scientifique de Miami qui disposait à l'époque des équipements nécessaires. On les a comparés aux échantillons d'ADN de Ronald Wilkinson retrouvés à l'intérieur de la maison. L'ADN était le même, le sang était bien le sien. L'an dernier...

Il hésita.

— L'an dernier, j'ai demandé que l'on procède à de nouveaux tests, au cas où la technologie aurait évolué depuis 2009. Le résultat était identique.

Un sourire moqueur s'afficha sur le visage de la jeune femme.

— Moi qui croyais que vous aviez abandonné l'enquête ?

— Touché.

— Je vous remercie encore.

Avant qu'il ait pu esquisser un geste, Constance posa un pied sur le plat-bord et regagna le ponton d'un bond de gazelle en laissant dans son sillage une légère traînée de parfum. Un parfum très rare dont il avait oublié l'appellation, mais pas l'odeur, lorsque sa petite amie l'avait initié aux arts olfactifs en l'invitant à l'accompagner dans une parfumerie sur rendez-vous de Palm Beach. Il savait déjà qu'il peinerait à trouver le sommeil ce soir-là, à la recherche de ce fichu nom de parfum.

26

Peter Quarles ouvrit la porte vitrée permettant d'accéder à la terrasse de toit du Sofitel de Foshan. L'endroit, agréable, était volontairement minimaliste avec son plancher et son mobilier de bois blond scandinave. Quarles passa la tête à travers l'ouverture et s'assura que la terrasse était déserte ainsi qu'il l'espérait, puisqu'il était 22 heures largement passées.

Il franchit le seuil, fit coulisser la porte derrière lui et se dirigea vers les bancs aménagés le long du garde-corps en zigzaguant entre les tables et les fontaines qui gargouillaient dans la pénombre. Le vent s'était chargé de chasser vers la mer les nuages de suie et de pollution. La mégalopole du delta de la rivière des Perles s'étendait à ses pieds sur des kilomètres, le long de routes figurées par les rubans rouges et blancs des phares de voiture serpentant au milieu de quartiers sans âme parcourus de ruelles sinistres. Çà et là, des tours venaient rompre le rythme de ce paysage urbain, serrées les unes contre les autres comme pour mieux se protéger, leurs néons clignotant sans fin dans la nuit. Les cheminées des usines, matérialisées par leurs lumières rouges intermittentes et les panaches de fumée, de vapeur ou de feu qui s'en échappaient, signalaient les zones industrielles.

Quarles tourna le dos à la vue, s'assit sur un des bancs et sortit d'une poche de sa veste un téléphone jetable enfermé dans son emballage intact. Il déchira l'enveloppe de plastique, récupéra dans une autre poche une carte SIM, la glissa dans le téléphone, brancha une batterie portable dans le port adéquat, puis alluma l'appareil. Le processus d'activation terminé, il s'assura qu'il était toujours seul sur la terrasse, composa une longue série de chiffres, et colla le portable contre son oreille.

Au terme de dix secondes de silence résonna une voix qu'il aurait reconnue entre toutes, en dépit de la distance.

— Oui ?

— Inspecteur Pendergast ?

— Ah, monsieur Quarles ! Quelles nouvelles ?

Quarles passa la langue sur ses lèvres sèches.

— J'ai trouvé.

— Êtes-vous sûr de ce que vous avancez ?

— Oui. C'est le seul fabricant dont les produits répondent à tous nos critères. Mon informateur me l'avait affirmé, et j'ai pu le constater moi-même.

— Excellent. S'agit-il du même lieu dans lequel vous baguenaudiez hier ?

Baguenaudiez. Ils avaient convenu d'user de mots anodins au cas où leur conversation aurait été surprise, mais Quarles n'était pas certain que cette règle s'applique aux mots de quatre syllabes et plus.

— Oui.

— D'autres détails à me fournir ?

Quarles prit le temps de réfléchir.

— La situation est complexe. Cet établissement était beaucoup plus important autrefois, avant qu'une longue série de difficultés malheureuses l'oblige à réduire la voilure.

En Chine, le moindre faux pas politique pouvait conduire à des « difficultés malheureuses ».

— Le sujet a toutefois conservé quelques-uns de ses clients *initiaux*.

Pendergast ne dit rien et Quarles comprit que son correspondant attendait des précisions supplémentaires.

— Le sujet a fourni des produits analogues à divers clients par le passé, mais ce n'est plus le cas. Il s'agit, dans le cas qui nous préoccupe, d'une seule commande à un client unique, par l'entremise d'un intermédiaire.

Quarles se tut et conserva le silence afin d'attirer l'attention de Pendergast sur l'importance de ce qui allait suivre.

— Poursuivez.

— Comme il ne s'agit pas d'un contact direct, je ne peux rien confirmer pour le moment, mais tout indique que le client a passé d'autres commandes… bien particulières.

— Sans que vous puissiez en savoir davantage.

— Exactement.

— Pouvez-vous me fournir un nombre ?

— Trois.

Le chiffre codé correspondant à une commande de trois cents paires de chaussures jetables. Cette petite pépite avait coûté à Quarles la dernière de ses enveloppes rouges.

— Vous avez fait un travail exemplaire. Il ne nous reste plus qu'à trouver le propriétaire de la baguette chinoise.

Quarles s'attendait à cette requête. En clair, Pendergast lui demandait d'identifier l'acheteur, sans éveiller les soupçons. Pour une raison que Quarles ne s'expliquait pas, les trois employés du petit atelier de chaussures concerné s'étaient montrés peu bavards, voire hostiles. Quarles, qui avait le nez fin, se sentait suivi, et sa paranoïa n'était pas le fruit de son imagination.

— Il n'est pas certain que je puisse retrouver le propriétaire de la baguette.

Pendergast, à en juger pas sa réaction, avait perçu le malaise de Quarles :

— Si c'est votre avis, abandonnez la baguette et reprenez vos autres activités. À ce propos, avez-vous planifié une rencontre avec le spécialiste des vers à soie Tussah ?

Quarles poussa un soupir de soulagement : Pendergast venait de lui donner son feu vert pour quitter la Chine à la première alerte.

— Oui, c'est fait.

— Fort bien. N'oubliez pas que nos contacts ici ne s'intéressent qu'à la soie sauvage.

La conversation se poursuivit pendant trente secondes sur le même mode avant que les deux hommes ne se disent au revoir. Quarles jeta un nouveau regard inquiet autour de lui, puis il retira la carte SIM du téléphone, la posa dans un cendrier et y mit le feu à l'aide d'une allumette avant de jeter la boule de plastique fondu dans le vide. Il se leva, fit le tour de la terrasse en inspirant longuement ainsi qu'on le lui avait appris, jusqu'à ce que les battements de son cœur et sa respiration retrouvent un rythme normal. Il disloqua le téléphone jetable entre ses doigts, jeta les morceaux dans des poubelles différentes et ouvrit la porte coulissante. Le vent était tombé, si bien que les odeurs nauséabondes des raffineries et des tanneries reprenaient possession de l'atmosphère.

Il se glissa à l'intérieur du bâtiment en pensant à la mission délicate qui l'attendait.

27

Coldmoon s'installa au volant du Range Rover tandis que Pendergast prenait place sur le siège passager, vêtu de son costume de lin blanc dont aucun agent du FBI n'avait jamais eu l'idée de s'affubler avant lui.

Ils franchirent le pont de Blind Pass et traversèrent Sanibel avant de reprendre la route qu'ils avaient empruntée la veille. Un quart d'heure plus tard, Coldmoon se garait sur le parking de la police de Fort Myers.

— Parlez-moi un peu de ce commandant Baugh, demanda Coldmoon.

Lorsqu'il avait résumé la veille au soir à son jeune collègue les réunions précédentes de la force opérationnelle, Pendergast s'était abstenu de tout commentaire.

— Vous ne tarderez pas à le rencontrer, je vous laisse juge.

Coldmoon crut détecter un soupçon de dédain dans la voix de son coéquipier.

— C'est un enfoiré, c'est ça ?

— Quelle vilaine expression, répondit Pendergast. Je vous sais suffisamment intelligent pour chercher un autre terme dans votre vocabulaire.

— Un connard ? Un sac à merde ? Un gros nase ?

— Vous êtes décidément une mine d'expressions pittoresques.

— Et encore, vous n'avez pas entendu toutes celles dont je dispose en dialecte lakota.

— Une autre fois, si vous le voulez bien. Avez-vous déjà envisagé de valoriser votre talent oratoire en soutenant une thèse ?

Ils furent accueillis par une bouffée d'air glacial en poussant la porte du bâtiment et rejoignirent aussitôt le bureau du commandant. Pendergast toqua.

Un sous-fifre en uniforme ouvrit la porte.

— Entrez, je vous en prie, fit le planton en s'effaçant devant les deux visiteurs qui découvrirent le commandant, également en uniforme, trônant derrière son bureau.

— Ah, Pendergast ! C'est très aimable à vous de me rendre visite.

— Je tenais à vous présenter mon coéquipier, l'inspecteur Armstrong Coldmoon.

L'intéressé s'avança, mais le commandant ne jugea pas utile de se lever pour lui serrer la main.

— Votre coéquipier, dites-vous ? Heureux que vous ayez demandé du renfort.

Coldmoon sentit se hérisser les poils de sa nuque. Il observa Pendergast du coin de l'œil et s'étonna de le voir aussi impassible.

— Je vous présente mon assistant, le lieutenant Darby.

L'officier des garde-côtes était maigre et nerveux, les épaules voûtées, avec une pomme d'Adam proéminente qui s'agita lorsqu'il hocha la tête en guise de salut.

Le commandant fit signe à ses hôtes de s'asseoir et Darby prit place sur une chaise à côté du bureau de son chef, prêt à prendre des notes, un carnet et un stylo à la main.

— J'espérais recevoir votre rapport aujourd'hui. Deux des six bâtiments concernés se trouvent dans nos eaux territoriales, tout près d'ici. Je vous conseille de vous procurer les mandats nécessaires et de fondre sur eux avant qu'ils aient le temps de s'échapper.

— Nous avons requis les mandats, expliqua Pendergast, avec l'intention de nous en servir au plus vite.

— Bien. En attendant, j'aurais aimé évoquer un autre point avec vous. J'ai entendu dire que vous aviez engagé une océanographe sans m'en parler.

Pendergast se figea sur son siège.

— Qui vous l'a dit ?

— Ne vous préoccupez pas de ça. Je veux savoir si c'est vrai.

— Commandant, avez-vous déjà entendu parler de compartimentage dans le cadre d'une enquête ?

— Pour l'amour de Dieu, nous ne sommes pas à la CIA ! En tant que responsable de cette force opérationnelle, je n'ai pas l'intention de laisser le FBI agir en franc-tireur.

Pendergast observa longuement le commandant de ses yeux argentés.

— Si l'idée que je puisse ne pas vous communiquer toutes les informations dont je dispose vous déplaît, je vous suggère de vous adresser au directeur adjoint Pickett.

— Je me trompe, ou vous reconnaissez ne pas m'avoir fourni toutes les informations dont vous disposiez ? C'est parfaitement inacceptable. Je vous donne *l'ordre* de partager l'ensemble de vos découvertes avec tous les membres de cette force opérationnelle.

Coldmoon sentit déborder sa colère.

— Vous n'êtes pas habilité à *ordonner* quoi que ce soit au FBI ! explosa-t-il en faisant mine de se lever.

Pendergast modéra ses ardeurs en posant une main sur son avant-bras.

— Je vous en prie, inspecteur.

Coldmoon se rassit, furieux.

— Merci d'avoir calmé votre coéquipier, déclara le commandant en adressant un regard mauvais à Coldmoon.

N'importe quoi. Coldmoon ne supporterait pas que cet âne bâté en uniforme leur manque une nouvelle fois de respect. Il s'apprêtait à ouvrir la bouche lorsque Pendergast le fit taire d'un regard.

— Commandant, je suis tout disposé à partager avec vous mes conclusions *une fois* que j'en aurai tiré. Pour l'heure, je préfère continuer à travailler en toute confidentialité.

— Je vous préviens, Pendergast. Cette absence de coopération ne sera pas sans conséquence.

Pendergast se leva.

— Je vous remercie, commandant, répliqua-t-il sur un ton avenant. À présent, vous nous l'avez vous-même rappelé, nous avons des bateaux à fouiller.

Coldmoon attendit qu'ils aient retrouvé la fournaise du dehors pour laisser éclater sa fureur.

— Quel sale con ! Pour qui il se prend, de nous parler sur ce ton ? Et vous qui ne disiez rien ?

— Mon cher Coldmoon, un terme définit à merveille notre réaction, le mot *stratégique*. Il n'est guère *stratégique* à ce stade de livrer bataille au commandant. Vous venez tout juste de rejoindre cette force opérationnelle, il faut en accepter les inconvénients.

La colère de Coldmoon se reporta sur Pendergast, que son manque de combativité agaçait au plus haut point.

— Vous ne pouvez pas le laisser nous parler comme ça. On fait partie du FBI, bon Dieu.

— Il ne perd rien pour attendre. En attendant, il est essentiel de laisser travailler Mme Gladstone en veillant à ne pas divulguer son identité. Je serais curieux de savoir comment Baugh a été mis au courant.

— Pourquoi ? Vous croyez que ça pourrait la mettre en danger ?

— Nous sommes *tous* en danger.

— Quel danger ?

— Je n'en ai aucune idée, et c'est bien le plus inquiétant.

28

Smithback s'était posté sous un réverbère à l'ampoule cassée au volant de sa Subaru, à quelques dizaines de mètres d'un arrêt de bus. La rue était déserte, l'abribus vide.

Il consulta sa montre : 22 h 15. Putain, ce con avait déjà un quart d'heure de retard, mais il ne pouvait se montrer trop regardant, c'était la seule piste dont il disposait. La rumeur de la rue lui parvenait, comme assourdie : une dispute en espagnol, un bateau remontant le fleuve, un klaxon beuglant les premières mesures de *La Cucaracha*...

Il se demanda pour la millième fois qui avait bien pu l'appeler. Il n'avait entendu qu'une voix rauque teintée d'un fort accent espagnol. Smithback avait vécu suffisamment longtemps dans le sud de la Floride pour savoir qu'il existait des dizaines d'accents espagnols différents, mais il était incapable de les différencier. Son correspondant anonyme lui avait donné rendez-vous ce soir-là à 22 heures devant cet arrêt de bus du quartier de Fort Myers exploré quelques jours plus tôt. Son correspondant n'avait rien voulu préciser d'autre, sinon qu'il possédait des informations.

Des *informations*. Le terme était vague. Il avait reçu l'appel sur son portable, au numéro figurant sur sa carte. Il en avait pourtant distribué à peine une douzaine, la plupart des habitants du *barrio* refusant de la prendre.

Il crut voir bouger un peu plus loin. Il se tassa sur son siège et vit une silhouette traverser la rue. Smithback reconnut le vieux jardinier de l'autre jour, celui qui prétendait ne pas parler anglais. Pouvait-il s'agir d'une coïncidence ?

Le grand type s'arrêta sous l'abribus, observa les alentours et s'assit sur le petit banc en regardant droit devant lui, les bras croisés.

Smithback releva la tête afin de l'observer. À son attitude, il ne faisait guère de doute que le vieil homme n'attendait pas le bus. À l'image de tous ceux que le journaliste avait abordés, il avait refusé de s'exprimer, tout du moins en public, pour une raison évidente : il avait peur. Depuis quelques années, les gangs déferlaient sur les rues des quartiers populaires qu'ils gangrenaient à force de vendre de la drogue et de multiplier les fusillades, sans parler des immeubles tagués.

Le jardinier décroisa les bras le temps de tirer sur son cigarillo et Smithback remarqua que sa main tremblait. Il était terrorisé. Restait à comprendre pour quelle raison il courait le risque de lui parler. Le journaliste scruta les alentours afin de s'assurer que la rue était déserte, puis il mit le contact et parcourut les quelques dizaines de mètres qui le séparaient de l'arrêt de bus.

Son regard croisa celui du vieil homme et les deux hommes s'observèrent longuement. Le jardinier finit par hocher brièvement la tête. Il écrasa son cigarillo sur le trottoir, se leva, et monta dans la voiture du journaliste où il s'empressa de se recroqueviller sur le siège passager sans prononcer une parole. Smithback démarra aussitôt et la Subaru s'éloigna dans la nuit.

— *¿Adonde ?* demanda Smithback.

Son passager lui répondit par un geste vague de la main.

— Avance. *Circulo*.

Comme quoi il parlait anglais. Un peu, en tout cas. Smithback reconnut la voix entendue au téléphone.

Il avait réalisé assez d'interviews pour savoir que le mieux était d'aller droit au but.

— Pourquoi m'aidez-vous ? demanda-t-il.

— *¿Eres tonto ?* Tu es fou ? À force de poser des questions, tout le monde finira par avoir des ennuis : toi comme nous. S'ils savaient que je te parle… *ya vali madre*.

Il secoua la tête.

— Pourquoi dites-vous que je risque d'avoir des ennuis ?

— Parce que tu es comme le *pollo* qui cherche des grains de maïs devant la tanière du renard. Tu es reporter, *sí ?* Alors je vais te dire. Pas tout, mais un peu. Après tu t'en vas, tu écris ton article. Ça aidera peut-être, ou peut-être pas. Mais ne reviens jamais. *Gira aquí.* Tourne ici.

Smithback s'engagea dans une rue étroite le long de laquelle étaient garés de vieux mobile homes et des autos en état de décrépitude plus ou moins avancé. Ils passèrent devant des pavillons mal éclairés aux fenêtres desquelles flottaient les drapeaux de divers pays d'Amérique centrale.

— Quand je suis arrivé ici, il y avait déjà des gangs, expliqua le vieil homme. Comme au Salvador. Ils vendent de la *droga*, ils tiennent le *juego dinero*, la loterie clandestine. Et ils surveillent le *barrio*. Alors la police elle est venue et a mis les chefs en prison, fini les gangs. Et puis les nouveaux gangs ils arrivent. Des *pandillas* beaucoup pires. Les gangs, avant, ils sont tranquilles tant qu'on les embête pas. Mais maintenant, les nouveaux gangs, comme des guêpes, ils piquent tout le monde. Très organisés, *muy malo, muy sangrinario*. Ils se fichent des gens, la vie compte pas. Pour entrer, il faut tuer. N'importe qui.

Il désigna les habitations de l'autre côté de la vitre.

— Avant, les gens, ils sont devant chez eux le soir. Avec la musique et les chansons. Maintenant, c'est comme un cimetière.

C'était la même histoire à Miami.

— Et ce tatouage ? Celui avec les lettres P et N ?

Le vieil homme se signa aussitôt en grommelant.

— Sont-elles en rapport avec le gang sanguinaire dont vous parlez ?

Le jardinier acquiesça en marmonnant des paroles inintelligibles.

— Je vous demande pardon ?

— *Panteras de Noche*.

Panteras de Noche, les panthères de la nuit. Smithback tenait enfin la réponse qu'il cherchait. Il eut du mal à contenir sa joie.

— Ils sont *muy malo*, j'ai bien compris, mais ils s'occupent essentiellement du trafic de drogue, c'est ça ?

— *Sí, sí*. Avant, c'était... c'est quoi cette expression, déjà ? Du menu fretin ! Maintenant, c'est une seule grande famille, comme je te disais. Les drogues dures. Les feuilles de la coca, elles poussent en Colombie, au Pérou aussi, mais les *Panteras*, ils viennent du Guatemala et ils font tout... tout facile.

— Facile.

— *Sí*, facile.

— Vous voulez dire qu'ils servent d'intermédiaires ? demanda Smithback, perplexe.

— *¡Geográfico !* s'agaça l'homme. Le Guatemala, c'est le mieux pour envoyer la drogue. Par avion, en bateau, *caravana*, n'importe comment. Le Guatemala, il est très pauvre. Les *Panteras*, ils connaissent les *oficiales*, les *funcionarios*. *Reclutamiento* très simple. Souvent dans la *familia*.

Il ponctua ses explications d'un rire dur.

La rue s'achevait en T et Smithback tourna à droite sur un signe de son passager. Il se retrouva dans une artère plus animée le long de laquelle s'alignaient bodegas et petits restaurants. C'était la première fois depuis son arrivée dans le quartier que le journaliste découvrait un semblant d'animation.

Il avait décroché le jackpot avec cette information en or. Il avait eu la chance de tomber sur un habitant qui ne supportait plus de voir sa communauté se déliter et qui prenait le risque d'agir, ne serait-ce qu'en se confiant à un journaliste.

— Ce gang, les *Panteras de Noche*, où puis-je les trouver ?

Le vieil homme écarquilla les yeux.

— *¡Pinche estúpido !* T'as pas compris ce que je dis ? Tu peux rien tout seul. Tu écris dans ton journal, tu expliques que la *policía* elle fait rien. Mais d'abord, tu rentres chez toi.

— Il me faut des détails. Un nom, un lieu, n'importe quoi de concret. Sinon, on m'accusera de colporter de simples rumeurs.

— Je te dis que non ! s'écria le jardinier, loin de se calmer. Pas de noms !

— Essayez de comprendre. Jamais je ne donnerai votre nom, quand bien même je le connaîtrais, mais j'ai besoin de faits solides, pas de racontars.

— Des faits solides ? rit le vieil homme malgré sa peur. Pas de noms, mais...

Il réfléchit quelques instants.

— Je vais te montrer l'endroit où ils se retrouvent. Je te montre, et tu t'en vas ensuite. Tu t'en vas ! *¿Entiendes ?*

— *Sí.*

Le vieil homme poussa un soupir.

— Continue tout droit, c'est pas loin.

Smithback poursuivit sa route le long des restaurants devant lesquels déambulait la masse des piétons. Le quartier était nettement mieux éclairé, l'atmosphère moins glauque. Soudain, le jardinier saisit le bras de Smithback.

— Là, à droite. Après *Pollo Fresco*. Tu vois ?

Smithback aperçut l'entrée d'une petite rue coincée entre une épicerie et un restaurant à l'enseigne rouge et jaune criarde.

— *Veo.*

— Tu tournes là et tu t'arrêtes pas. Je te dirai quand on passe devant, mais tu t'arrêtes surtout pas. Tu avances lentement jusqu'au carrefour suivant, et puis *vamos*.

Smithback obtempéra. La ruelle était plus étroite qu'il ne l'avait cru, plus sombre aussi, avec des poubelles cabossées un peu partout et du linge séchant entre les façades. L'auto passa devant une première porte à peine visible et dépourvue de numéro, puis une autre.

— Comment allez-vous pouvoir…

Il n'eut pas le temps d'achever sa phrase, aveuglé par les phares d'une voiture qui venait à sa rencontre dans un rugissement de moteur. Au même instant, d'autres phares se réfléchirent dans son rétroviseur et la Subaru se retrouva coincée. Il se tourna vers le jardinier et constata avec stupéfaction que l'homme était descendu et discutait avec un géant tatoué. Smithback n'avait jamais vu quelqu'un d'aussi massif et musclé. Hébété, il vit le géant glisser des billets à l'informateur. Les deux hommes se serrèrent la main et il comprit qu'il s'était laissé piéger comme un débutant. L'instant d'après, le jardinier s'évanouissait dans l'obscurité. Le géant s'approcha et se pencha à la fenêtre de la Subaru, côté passager en regardant fixement Smithback. Ce dernier eut à peine le temps de voir le poing du monstre se serrer et s'abattre sur son visage avant de basculer dans un noir sans fin.

29

Coldmoon arrêta son regard sur le cargo rouillé, lourdement chargé de conteneurs de couleur empilés comme des Lego, qui fendait pesamment les eaux du golfe mille mètres en contrebas. Il peinait à croire qu'un bateau aussi lourdement chargé ne chavire pas. L'hélicoptère amorça sa descente et le nom du navire apparut, tracé en lettres épaisses partiellement effacées.

— Nous voici à pied d'œuvre, Coldmoon, dit Pendergast à côté de lui. Je vous présente l'*Empire Carrier*, un cargo ukrainien battant pavillon libérien, doté d'un équipage de dix-huit personnes.

— Seulement dix-huit marins ? Pour un monstre de cette taille ?

— Apparemment, c'est la règle de nos jours.

Coldmoon sentit s'exacerber son agacement à l'idée de la mission idiote qui les attendait.

— Ne m'en veuillez pas de vous poser la question, mais comment diable sommes-nous censés fouiller ce cargo ? Il mesure deux cents mètres de long et la plupart des conteneurs qu'il transporte sont inaccessibles.

— C'est exact, mais il n'est pas question de le fouiller. Je vous conseille de vous intéresser à ce conteneur isolé à côté d'une grue, à l'avant du navire. C'est le seul qui nous concerne.

— Merci de ce briefing, réagit Coldmoon sur un ton sarcastique.

— Il s'agit *effectivement* d'un briefing, rétorqua Pendergast sans s'émouvoir. Ce conteneur est un *reefer*, pour reprendre le jargon du métier. Contrairement aux autres conteneurs, il est réfrigéré, ce qui l'autorise à transporter des marchandises congelées ou des produits frais. Vous l'aurez sans doute remarqué, il n'est apparemment plus alimenté en électricité, de sorte que son contenu est abîmé, à moins qu'il n'ait disparu.

— Ce qui pourrait être le cas d'une centaine de pieds humains.

— C'est de l'ordre du possible.

Pendergast sortit de son attaché-case une liasse de documents et les tendit à Coldmoon.

— Vous trouverez ici des photos satellite de ce bâtiment. Elles ont été prises il y a quelques semaines, au moment et à l'endroit approximatifs où le commandant estime que les pieds ont été jetés dans la mer. On le voit sur ces clichés, l'équipage a effectivement répandu dans l'océan la cargaison du conteneur en question. Sur cette première photo, on voit distinctement un bateau s'approcher du cargo. Il s'agit d'une vedette des garde-côtes. L'équipage de l'*Empire Carrier* s'est empressé de se débarrasser de la cargaison en question, persuadé que les garde-côtes avaient l'intention de monter à bord et d'effectuer un contrôle. Ce n'était nullement le cas, cette vedette se trouvait là par hasard et elle a poursuivi sa route sans s'arrêter, si bien que le conteneur a été vidé pour rien.

Coldmoon passa les photos en revue avec un étonnement grandissant. On voyait distinctement la grue soulever le conteneur, placer celui-ci au-dessus de l'eau et en libérer le contenu.

— Putain de merde ! Ces salauds ont été pris la main dans le sac !

— Pas tout à fait car nous sommes en présence de deux difficultés. La première est que la cargaison de ce conteneur a coulé immédiatement alors que les pieds, s'il s'était agi d'eux, auraient flotté grâce aux chaussures.

— Hum, grommela le jeune inspecteur.

— La seconde difficulté tient au fait que notre océanographe, Mme Gladstone, à défaut de nous indiquer le lieu précis où ont été déversés les pieds, estime que la zone privilégiée par le commandant a très peu de chances d'être la bonne, à en croire ses algorithmes.

Il récupéra les photos et les rangea dans son attaché-case.

— Alors, êtes-vous prêt à un abordage surprise ?

Coldmoon sortit son Browning Hi-Power et vérifia qu'il était armé.

— Bon pour moi.

L'hélicoptère du FBI survola le porte-conteneurs et la voix du pilote résonna dans les casques de ses passagers.

— Je vois qu'ils ont une hélistation à l'arrière. Je vais m'y poser.

— Excellent. Prévenez le navire, signalez-leur que nous disposons d'un mandat et demandez au commandant de nous recevoir, puis atterrissez immédiatement, de sorte qu'ils n'aient pas le temps de réagir.

Le pilote contacta la passerelle et son correspondant protesta vivement en proférant des menaces.

— Atterrissez, lui ordonna Pendergast.

Le pilote fit décrire un arc de cercle à l'appareil. Celui-ci allait se poser lorsque plusieurs membres d'équipage se précipitèrent en agitant les bras dans l'espoir de l'en empêcher.

— Dites-leur d'évacuer l'hélistation, s'ils ne veulent pas que les garde-côtes procèdent à l'arrestation du commandant pour entrave à la justice.

Le pilote s'exécuta et les marins s'éloignèrent tandis que l'hélico se posait. Pendergast sauta à terre, suivi par Coldmoon, et les deux hommes traversèrent le pont courbés en deux alors que les pales continuaient de tourner au-dessus de leur tête. Plusieurs marins, leurs combinaisons tachées de cambouis, se tenaient à l'écart en compagnie d'un officier de pont. Celui-ci, petit et rond avec de longs cheveux gras tirés en arrière, observait les nouveaux arrivants d'un air maussade en fumant une cigarette.

Pendergast lui présenta son mandat d'un geste élégant.

— Conduisez-nous au commandant.

L'officier de pont s'empara du document, l'examina en le tournant dans tous les sens, puis releva les yeux.

— Pas parler anglais.

Pendergast le dévisagea longuement.

— Italiano, français ? 普通话 ?

L'homme secoua la tête.

— Le commandant, insista Pendergast en montrant du doigt la passerelle.

L'officier de pont les entraîna d'un pas lourd à travers la forêt des conteneurs empilés jusqu'à l'escalier permettant d'accéder au gaillard d'avant. Au terme d'une ascension pénible, les deux inspecteurs découvrirent une passerelle dans laquelle régnait une chaleur étouffante. Un personnage qui devait être le commandant se tenait à côté de l'homme de barre. Coldmoon s'étonna de ne découvrir que des manettes et des joysticks face à plusieurs rangées d'écrans sur lesquels s'affichaient des cartes marines. L'endroit était vieux et délabré, les immenses baies en plexiglas abondamment rayées. Une forte odeur de gazole et de vomi imprégnait l'air.

Les cinq membres d'équipage présents se retournèrent afin de poser sur les nouveaux venus un regard hostile. À la vue de leurs mines patibulaires, Coldmoon se demanda si l'équipée n'allait pas mal tourner.

— Commandant Yaroslav Oliynyk ? s'enquit Pendergast en sortant son badge, imité par son jeune collègue. Inspecteur Pendergast et inspecteur Coldmoon, du FBI, police fédérale des États-Unis.

L'officier de pont tendit le mandat au commandant, un homme lugubre au menton mal rasé, aux yeux chassieux et aux joues creuses dont l'haleine empestait l'alcool. Il feuilleta le document sans un mot.

— Parlez-vous anglais ? lui demanda Pendergast.

L'homme hésita à mentir avant de répondre par l'affirmative.

— Ceci est un mandat de justice nous autorisant à fouiller le navire de fond en comble, expliqua Pendergast. Au besoin avec l'assistance des officiers et des membres d'équipage du bord, sous peine d'arrestation. Je vous rappelle que ce bâtiment se trouve dans les eaux territoriales américaines et qu'il est soumis de ce fait aux lois et réglementations en vigueur aux États-Unis.

Coldmoon, qui observait la scène, remarqua que le commandant portait une arme à la ceinture.

Oliynyk prit le mandat, le déchira en deux, puis réunit les deux moitiés du document et les déchira à nouveau avant de répéter l'opération une troisième fois et de laisser les carrés de papier tomber à ses pieds.

— Allez vous faire foutre, dit-il en fixant Pendergast de son regard chassieux.

Pendergast, imperturbable, tira de la poche intérieure de sa veste un feuillet sur lequel était inscrit un numéro.

— Nous voulons examiner le conteneur dont voici l'immatriculation. Il se trouve à l'avant du bateau.

Oliynyk, sans un regard pour le feuillet, se tourna vers ses hommes auxquels il s'adressa d'une voix tranchante dans une langue inconnue de Coldmoon. Les membres d'équipage se ruèrent en avant tandis que le capitaine reculait d'un pas et sortait son arme. Pendergast, avec la vivacité d'une vipère, lui envoya son poing à la figure avant qu'il ait pu viser. La tête du commandant vola en arrière et le coup partit sans blesser personne. Deux marins voulurent s'emparer de Coldmoon qui envoya son pied dans l'entrejambe du plus proche et n'eut guère de mal à éviter le second qu'il frappa au visage à l'aide du canon de son Browning. Les deux hommes s'écroulèrent et leurs collègues se figèrent en voyant que Pendergast, un bras enroulé autour de la gorge du commandant, lui avait posé le canon de son Colt 1911 sur l'oreille.

Coldmoon ramassa l'arme du commandant, un vieux Luger, et tint en respect les occupants de la passerelle avec ses deux pistolets. En dehors du commandant, personne n'était armé parmi ses hommes.

— À plat ventre, tous ! aboya Coldmoon. Les bras écartés !

Comme aucun d'eux n'obéissait, Pendergast enfonça le canon de son pistolet dans l'oreille de son prisonnier.

— Je vous conseille de leur traduire.

Le commandant prononça une phrase et ses hommes s'exécutèrent aussitôt. Coldmoon attendit la suite, perplexe. Ils pouvaient appeler du renfort, bien sûr, mais ils se trouvaient en attendant face à un ennemi supérieur en nombre et Dieu seul savait combien de marins armés se cachaient dans les entrailles du bateau.

— Êtes-vous décidé à nous montrer ce conteneur, à présent ?

Le commandant hocha la tête.

— Bien. Dites à vos hommes de ne pas esquisser un geste. À *tous* vos hommes. Le premier que nous voyons bouger sera aussitôt considéré comme dangereux et abattu. Passez-leur la consigne.

Il relâcha son prisonnier qui décrocha un micro fixé sur le tableau de bord et passa une annonce générale par les haut-parleurs du bord. Coldmoon grimaça intérieurement, en espérant qu'il ait bien traduit les ordres de Pendergast.

— À présent, commandant, montrez-nous le chemin en évitant les gestes brusques, ordonna Pendergast avant de se tourner vers Coldmoon : Quant à vous, inspecteur, assurez-vous qu'il n'y a pas de snipers.

Le commandant franchit l'écoutille de la passerelle et descendit l'escalier de fer, suivi par les deux hommes du FBI, puis il emprunta le pont jusqu'à l'avant en longeant les conteneurs empilés. Le conteneur bleu vif repéré un peu plus tôt depuis l'hélicoptère était posé à l'écart, au pied d'une grue.

Pendergast inspecta les portes qu'il trouva cadenassées.

— Si vous voulez bien les ouvrir, commandant ?

— Ce conteneur est vide.

— Ouvrez-le.

— Je n'ai pas la clé.

— Alors demandez qu'on vous l'apporte, en veillant à ce que le marin concerné ne soit pas armé, si vous ne souhaitez pas qu'il vous arrive des ennuis.

— Ouais, comme prendre une balle, par exemple, renchérit Coldmoon en brandissant le Browning et le Luger d'un air menaçant.

Le prisonnier s'empara du talkie-walkie accroché à sa ceinture et donna un ordre. Cinq minutes plus tard, un marin tendait au commandant une clé avec laquelle il déverrouilla le cadenas du conteneur réfrigéré.

— Je vous l'avais bien dit, il est vide, dit le commandant.

Il ne mentait pas, mais une odeur difficilement supportable de poisson pourri s'échappait du *reefer*.

Pendergast renifla l'odeur à plusieurs reprises d'un air dégoûté. Il se tourna vers son prisonnier.

— À vous l'honneur, commandant. Nous vous suivons.

Oliynyk s'enfonça dans les profondeurs du conteneur. Pendergast et Coldmoon lui emboîtèrent le pas, le second à la limite de la nausée. L'immense espace métallique était répugnant, des traces brunes poisseuses maculaient les murs et le plancher. Coldmoon, qui n'avait jamais aimé le poisson, se retint de vomir.

Pendergast fit courir le rayon de sa mini-torche tout autour d'eux avant de se pencher et d'examiner l'étrange matière visqueuse ; il en préleva plusieurs échantillons qu'il enferma dans des tubes en verre munis de bouchons.

— Je vous propose de ressortir, décida-t-il enfin en se tournant vers Coldmoon, le front plissé. Et vous, commandant, vous attendrez que nous soyons dehors pour imiter notre exemple.

Coldmoon se précipita dehors et respira à plusieurs reprises l'air marin avec soulagement. Le commandant sortait à son tour, le visage en sueur, lorsque Pendergast lui adressa un regard de reproche.

— Commandant, comment avez-vous osé ? Quelle tragédie !

Le commandant ouvrit de grands yeux.

— Combien de kilos transportiez-vous ? Un quart de tonne ? Une demi-tonne ? Une tonne ? Mon Dieu, quel effroyable gâchis !

Pendergast se tourna vers Coldmoon, le visage défait.

— Inspecteur, lui annonça-t-il. Ce conteneur ne transportait pas des pieds humains, mais une marchandise frappée de plein fouet par les sanctions économiques imposées par les États-Unis.

— Je ne comprends pas.

— Sauf erreur de ma part, répondit Pendergast en brandissant les tubes de verre, ce conteneur transportait des centaines de boîtes du plus précieux caviar iranien, déversé à la mer dans un moment de panique. Mon Dieu, j'en pleurerais !

30

Pamela Gladstone ne cacha pas sa surprise en voyant l'inspecteur Pendergast arriver sans prévenir dans son laboratoire, en compagnie de son coéquipier. Du moins ce dernier ressemblait-il à l'idée qu'elle se faisait d'un agent du FBI. Pendergast procéda aux présentations avec un formalisme habituellement réservé aux têtes couronnées, et tous se serrèrent près de Lam, sur le point de procéder à une nouvelle simulation. La facture du superordinateur de l'université s'élevait déjà à neuf mille dollars, mais Pendergast ne cilla pas en découvrant ce montant.

Comme cette énième simulation se concluait par un nouvel échec, Gladstone prit la parole.

— J'en tire la conclusion qu'il nous manque un élément crucial.

— Lequel ? s'enquit Pendergast.

— Si seulement je le savais ! Pour tenter d'en déterminer la nature, j'aimerais procéder à ce qu'on nomme dans le métier un test avec un « canard de bain » dans la zone la moins bien documentée.

— À quel endroit ?

— Dans le nord du golfe de Floride. Le test consiste à lâcher vingt-cinq bouées équipées d'un émetteur GPS et d'une batterie dans des endroits bien précis et de les suivre à la trace. Je suis convaincue que cet essai nous permettrait de collecter les données qui nous manquent.

— Fort bien, approuva Pendergast d'un air imperturbable.

Coldmoon se montra nettement plus sceptique.

— Des canards de bain ?

Lam éclata d'un rire aigu et Gladstone le fusilla du regard.

— C'est le surnom que nous donnons à ces sondes flottantes parce qu'elles sont de couleur jaune. Il faut compter cent dollars pour chacune d'elles, ainsi que le plein du bateau. J'aimerais procéder au lâchage des bouées demain. Wallace a déjà déterminé les emplacements exacts qui nous font défaut. Wallace, si tu veux bien montrer à l'inspecteur Pendergast ce dont je parle ?

Lam s'escrima sur son clavier et une carte de la côte de Floride apparut à l'écran.

— Les courants sont importants tout le long de la côte, expliqua-t-il, en particulier à l'embouchure des fleuves. Ce sont essentiellement ces données précises qui nous manquent. Je propose de déposer des bouées ici, d'autres ici, là et là... Ah ! Ici aussi. En tout, cinq emplacements différents avec cinq bouées chacun, dont les émetteurs GPS nous fourniront la position.

Lam adressa à son auditoire un sourire satisfait et Gladstone en profita pour observer du coin de l'œil la réaction du dénommé Coldmoon, qui scrutait attentivement l'écran.

— Des questions ?

Coldmoon fit non de la tête.

— Ça ne servirait à rien, je suis complètement perdu.

— J'ai vraiment la conviction que ces données nous permettront de réussir, insista Gladstone en s'efforçant de paraître sûre d'elle. Nous procéderons au lâchage des bouées demain, nous avons déjà assez perdu de temps.

— J'aimerais vous accompagner lors de cette campagne, si ce n'est pas trop vous demander, dit Pendergast.

Sa requête prit de court Gladstone qui n'aimait pas s'embarrasser de terriens. Ils ne savaient jamais où se mettre ni comment s'occuper et posaient invariablement des questions idiotes quand ils ne dégueulaient pas. D'un autre côté, elle se voyait mal refuser.

— Si vous voulez, mais nous levons l'ancre très tôt, aux alentours de 5 heures. La journée sera longue, je vous préviens tout de suite, d'autant que la météo annonce une mer démontée.

— Ce ne sera pas un problème, finit par répondre Pendergast après une courte hésitation.

— Très bien. Équipez-vous en conséquence et pensez à prendre de la Dramamine.

La sonnerie du téléphone de Pendergast l'interrompit. L'inspecteur sortit l'appareil de sa poche et quitta la pièce en s'excusant.

— Comptez-vous également venir, inspecteur Coldmoon ?

Il prit une mine horrifiée.

— Non merci, sans façon. Les bateaux, la mer et moi ne nous entendons pas très bien. J'ai grandi à des milliers de kilomètres de l'océan le plus proche.

La chercheuse poussa intérieurement un ouf de soulagement. La seule chose qui était pire qu'un type dégueulant ses tripes, c'était deux types dégueulant leurs tripes.

*

Coldmoon s'étonna de trouver Pendergast aussi tendu lorsqu'il finit par les rejoindre dans le laboratoire, son coup de fil terminé. Il salua l'océanographe d'une courbette en lui donnant rendez-vous le lendemain matin à 5 heures, puis il prit congé en entraînant son coéquipier.

Il marchait si vite en quittant le bâtiment que Coldmoon peinait à le suivre.

— La légiste a réussi à identifier l'une des victimes, annonça-t-il. Plus exactement, elle hésite entre deux personnes.

— Vous voulez dire qu'elle a son nom ?

— Oui. L'un des pieds appartenait soit à Ramona Osorio Ixquiac, une femme de trente-cinq ans, soit à sa sœur Martina qui est sa cadette de deux ans. Toutes deux sont nées à San Miguel, la petite bourgade guatémaltèque dont provenait la bague d'orteil.

— Comment diable a-t-elle pu identifier la victime ?

— Grâce à une entreprise commerciale de généalogie. Plusieurs membres de la famille Ixquiac établis aux États-Unis ont fait analyser leur ADN. Par recoupement, Mme Crossley a pu déterminer que ce pied était celui de l'une des deux sœurs. De l'excellent travail de sa part.

— Où se trouvent les sœurs en question ? Ont-elles disparu ?

Pendergast lui répondit sans ralentir le pas.

— Nous savons uniquement qu'elles sont nées à San Miguel… et que ce pied appartient à l'une d'elles. Nous ne disposons d'aucune autre information, mais je ne doute pas que vous puissiez en découvrir davantage lorsque vous serez sur place.

— Attendez une petite seconde, réagit Coldmoon en stoppant net. Quand *je* serai sur place ? De quoi parlez-vous ?

— Vous vous envolez demain matin.

— Qu'on se comprenne bien : je suis venu ici pour enquêter à vos côtés. Pas pour me rendre au Guatemala. C'est hors de question !

— Votre dossier plaide pourtant en faveur d'une telle mesure. Vous parlez espagnol couramment, vous avez déjà visité le Guatemala et, plus généralement, l'Amérique centrale. Sans oublier vos origines amérindiennes.

— Oui, des origines lakotas, pas mayas ! Mais vous pensez peut-être que tous les Indiens se ressemblent ?

— Il me faut bien reconnaître que vous ne ressemblez pas à un Maya.

— Non, et je ne ressemble pas non plus à Pancho Villa.

Coldmoon se frappa le front.

— J'ai compris ! Vous aviez prévu le coup de longue date, c'est pour ça que vous m'avez fait venir.

— Je puis vous assurer…

— C'est logique ! À un moment ou à un autre, il faudrait bien que *quelqu'un* se rende incognito en Amérique centrale, alors vous avez tout naturellement pensé à moi. Comme par magie.

— Vous me méjugez, Coldmoon. Les pieds se sont échoués ici, et non au Guatemala. Il n'en demeure pas moins que les analyses ADN, la bague d'orteil, et ce nom dont nous disposons aujourd'hui nous empêchent de négliger une telle piste.

Coldmoon ne répondit rien.

— Je prendrais volontiers votre place, mais je vous laisse imaginer avec quels yeux on m'observerait là-bas. Vous êtes un candidat naturel pour ce petit détour.

Son air grave laissa place à l'ombre d'un sourire.

— À moins que vous ne préfériez effectuer ce périple en bateau à ma place ?

Coldmoon avala sa salive.

Phénomène rare de la part d'un homme aussi peu habitué à exprimer physiquement ses sentiments, Pendergast lui posa une main sur l'épaule et la serra brièvement.

— Je vous remercie, mon cher coéquipier. Je vous suis très reconnaissant.

31

Coldmoon examina avec une pointe d'agacement sa valise ouverte et les vêtements étalés sur son lit dans « l'annexe des domestiques » – une expression qui l'amusait décidément beaucoup. Il venait à peine de s'installer et voilà qu'il devait repartir. Ce n'était pas tant l'idée de voyager qui le dérangeait, que sa destination. Il connaissait le Guatemala, un pays magnifique peuplé de gens accueillants, mais une terre dure qu'il ne retrouverait pas avec plaisir. Surtout s'il devait voyager incognito en essayant de comprendre comment le pied d'une habitante de San Miguel Acatán avait pu s'échouer sur les côtes de Floride. Dieu seul savait quel *hmunga* l'attendait là-bas.

Il jura entre ses dents. Jusqu'à ce que Pendergast débarque en lui faisant miroiter le genre d'enquête à laquelle il était incapable de résister, il était en convalescence à Islamorada, sans un souci, à regarder le soleil se coucher au-dessus de la vieille pêcherie en buvant des Corona.

Coldmoon jeta un T-shirt dans sa valise d'un air dégoûté. Il s'était laissé manipuler comme un bleu. Il n'aurait jamais dû oublier le conseil de son grand-père Joe : « Tais-toi, laisse parler le visage pâle, et dis-lui non. » Dans le cas présent, l'expression visage pâle était si peu usurpée qu'elle ne pouvait passer pour une insulte.

D'un autre côté, c'est vrai que cette enquête était passionnante. Jamais il n'avait été confronté à pareil mystère de toute sa carrière. Une affaire de premier plan qui ne pouvait que lui profiter professionnellement s'il trouvait le moyen de l'élucider.

Il se demanda soudain où pouvait bien se trouver le « visage pâle ». Il était quasiment minuit et Pendergast n'était pas du style à traîner dans les bars. Coldmoon ne savait pas davantage où était Constance. Il ne l'avait pas trouvée dans la bibliothèque lorsqu'il était descendu à la cuisine se chercher un soda vers 22 heures, et aucune lumière ne filtrait sous sa porte au moment où il regagnait l'annexe des domestiques. Peut-être passaient-ils la soirée ensemble.

Obéissant à un réflexe inconscient, il avait délibérément cherché des yeux le rai de lumière sous la porte de Constance.

À quoi correspondait cette histoire de « pupille » ? Ces deux-là fricotaient-ils ensemble ? Ce ne serait pas la première fois que Coldmoon voyait un couple étrange, mais celui-là remportait la timbale. Il les trouvait mal appariés, au sens amoureux du terme, bien que Constance soit très belle fille en dépit de ses tenues guindées. Pourtant, on sentait entre eux une connivence électrique. Lorsqu'ils discutaient, c'est tout juste si Coldmoon ne sentait pas une odeur d'ozone traverser l'air, comme à l'approche d'un orage.

Il n'avait jamais croisé la route d'une femme pareille. Elle était posée, réservée, cynique, intellectuellement vive et d'une érudition extrême, mais aussi cassée quelque part. Elle était pourtant tout sauf fragile, il la sentait capable d'une violence impitoyable. Elle lui faisait penser à un félin, une panthère ou un tigre souriant de tous ses crocs sans jamais quitter des yeux la gorge de sa proie.

Pour une raison indéterminée, un souvenir associé à sa grand-mère maternelle lui revint en mémoire. La scène se déroulait un soir d'hiver sur la réserve de Pine Ridge, alors qu'il avait six ou sept ans. La vieille femme reprisait une paire de chaussons ornés de perles près du poêle lorsqu'elle avait évoqué les esprits.

— Il en existe de toutes sortes, lui avait-elle expliqué. Comme le maître des Chouettes qui garde la Voie lactée, ou encore Keya, l'esprit des tortues. Ils appartiennent à un autre monde que le nôtre, contrairement à Wachiwi. La Danseuse est une mortelle, comme nous, tout en étant différente. Elle est vieille de plusieurs siècles et possède une grande sagesse. Comme elle ne danse plus, elle se contente d'observer.

L'automne suivant, Coldmoon avait vu Wachiwi de ses propres yeux, à distance. Elle avançait lentement entre les arbres gelés, à l'heure du crépuscule, enveloppée dans une couverture. Elle avait brièvement posé les yeux sur lui, mais ce regard avait suffi pour qu'il prenne la mesure de sa sagesse.

Eh bien, Constance avait le même regard !

N'importe quoi. Voilà qu'il divaguait.

Il prit une chemise à carreaux et la jeta dans la valise, y ajouta un vieux pantalon de toile et son sac aux armes du FBI. Il allait devoir réfléchir à un plan avant d'atterrir au Guatemala. Il lui fallait tourner en avantages un certain nombre d'inconvénients : à commencer par le fait qu'on le prendrait pour un étranger, mais aussi sa grande taille, sa méconnaissance des langues et des coutumes indigènes. S'il prétendait être originaire d'Amérique du Sud, du Chili par exemple, cela expliquerait son accent espagnol particulier comme son apparence. Il n'avait pas non plus besoin de se déguiser, ses effets personnels et sa valise étaient suffisamment bon marché et miteux. Le cas échant, il lui faudrait improviser. Il s'en savait capable. Et si Pendergast y trouvait à redire, qu'il embrasse son *kokohayala*. Il entendait mener cette opération à sa guise.

Il se figea en croyant entendre un bruit. Il tendit l'oreille, haussa les épaules et reprit sa tâche. Le même bruit se fit à nouveau entendre. Un bruit étrange, comme celui d'un oiseau frappant un arbre creux avec son bec, de façon lente et obstinée. De quoi pouvait-il bien s'agir, puisque la maison était vide ? La nuit était calme, ce n'était pas une branche sous l'effet du vent. Quant à la plage, elle restait interdite au public.

À nouveau le même cognement. Les yeux de l'inspecteur se posèrent sur un tuyau au niveau du plancher. Le son s'échappait de là, ce qui expliquait la résonance. La conduite descendait à la cave où se trouvait la chaudière.

Il retourna à sa valise en soupirant. Sans doute un rat au sous-sol. Il était difficile de donner tort aux rongeurs, qui ne risquaient pas d'être dérangés par le chauffage dans cette région.

Le phénomène se reproduisit, avec une régularité telle qu'il s'agissait forcément d'un être doué d'intelligence. Coldmoon vit dans sa tête la figure de Tungmanito, le pic-vert qui visite de nuit la demeure des mourants dans l'espoir de s'approprier leur esprit avant qu'ils n'entament leur long voyage dans les prairies de l'au-delà.

Décidément, son esprit voguait de façon étrange ce soir-là. Il était temps d'oublier toutes ces superstitions et de se souvenir qu'il travaillait pour le compte du FBI. S'il y avait quelqu'un à l'intérieur de la maison, le mieux était encore d'enquêter.

Il récupéra son arme dans l'étui accroché à un dossier de chaise, la glissa dans la poche de son jean et remonta le couloir le plus silencieusement possible avant de s'engager dans l'escalier débouchant dans la cuisine.

Il ouvrit la porte permettant d'accéder au sous-sol, chercha l'interrupteur à tâtons avant de changer d'avis. Quitte à se lancer dans cette aventure, autant agir intelligemment. Il prit dans sa poche la minitorche qui ne le quittait jamais, choisit l'éclairage le plus discret et descendit les marches.

Le sous-sol de Mortlach House tenait davantage du vide sanitaire que de la cave et Coldmoon se vit contraint d'avancer tête baissée en évitant la forêt des poutres soutenant le plancher du rez-de-chaussée. Il progressa dans le labyrinthe des niches de brique qui constituaient les fondations, au milieu d'une odeur d'eau de mer, de terre et de moisissure.

Il tendit l'oreille. Les coups s'étaient arrêtés, mais il n'en fouilla pas moins tous les recoins du sous-sol en explorant les niches et les caves les unes après les autres. Ses recherches le conduisirent jusqu'à une chaudière relativement neuve. Celle-ci était arrêtée, ainsi qu'il s'y attendait. Il frappa la cuve du plat de la main à deux reprises, dans l'espoir de donner à réfléchir aux rats ou aux écureuils. Et aux pics-verts, tant qu'il y était.

Il éclaira une dernière fois le sous-sol avec le rayon de sa torche, puis il rebroussa chemin, reprit l'escalier et regagna sa chambre où l'attendait sa valise.

*

L'écho des pas de Coldmoon se dissipa dans l'obscurité et le silence reprit ses droits dans le sous-sol sans que la silhouette dissimulée dans une alcôve éloignée fasse mine de bouger. Une minute s'écoula et Constance Greene, vêtue de noir à la façon d'une veuve, glissa un œil hors de la niche afin de s'assurer que la voie était libre. Convaincue d'être à nouveau seule, elle reprit sa veille dans ce recoin invisible et attendit…

32

Roger Smithback se retourna sur le matelas crasseux qui lui servait de couche et tâta prudemment son crâne en gémissant. Deux jours s'étaient écoulés depuis son enlèvement, mais la douleur refusait de l'abandonner. Il avait un œil tuméfié, l'oreille en chou-fleur, et une tempe douloureuse. Il n'y avait pas de miroir dans le réduit qui lui servait de prison, mais il ne devait pas être beau à voir.

Deux jours. Cela faisait deux jours pleins qu'il moisissait dans cette geôle improvisée au soupirail muni de barreaux. Il faisait nuit lorsqu'on l'avait amené là, puis le soleil s'était levé, bien des heures plus tard, avant le retour de la nuit, au terme d'une journée interminable. Le soleil était ensuite revenu, puis la nuit.

Quarante-huit heures, avec pour toute nourriture des paquets de chips et des cannettes de jus de tamarin dont une provision était stockée sur une palette dans un coin de la pièce. On lui apportait ses chips une fois par jour : une voix lui criait de reculer, la porte s'entrebâillait en laissant passer le canon d'un fusil, et une main lui lançait une poignée de sachets. Le seau en tôle galvanisée qui lui faisait office de toilettes n'avait toujours pas été vidé.

Les effets du coup de poing reçu en pleine tête avaient mis longtemps à se dissiper et l'angoisse avait pris le relais.

Avait-on seulement pensé à entamer des recherches ? Depuis la mort de son frère, Smithback n'avait plus de famille, et pas de petite amie. Kraski était le seul qui puisse s'inquiéter de son absence. De là à savoir comment il réagirait… Sans doute se contenterait-il de se plaindre de son silence.

Ses ravisseurs ne semblaient pas pressés de le tuer, si bien que Smithback se demandait ce qu'ils attendaient de lui.

Malgré son violent mal de crâne, il songea aux événements qui l'avaient conduit jusque-là. Il s'était laissé piéger bêtement par ce salopard de jardinier, mais il aurait dû se méfier. Comme d'habitude, son désir de dénicher un scoop l'avait aveuglé. Il tenait un sacré bon papier à présent, mais encore fallait-il qu'il sorte vivant de ce cloaque.

Son piètre espagnol ne lui permettait pas de comprendre les conversations qui se déroulaient de l'autre côté de la porte. Il était visiblement retenu prisonnier dans l'arrière-boutique de la petite *tienda* guatémaltèque devant laquelle il était passé juste avant de s'engager dans la ruelle. Jusqu'à présent, il n'avait entendu que des voix masculines, ses deux geôliers passaient leur journée à rire grassement en se racontant des histoires grivoises. Smithback avait cru comprendre qu'ils espéraient toucher une importante récompense. Quand ils ne se vantaient pas de leurs exploits sexuels, ils parlaient de drogue, de fusillades, de contrebande. Smithback avait cru reconnaître son nom à une ou deux reprises, et ils parlaient de lui sur un ton qui lui avait donné des sueurs froides. Tout indiquait qu'ils attendaient le retour de leur chef, qu'ils surnommaient *El Engreído*.

Engreído. Ce nom le laissait perplexe. Smithback croyait se souvenir que le terme était l'équivalent de prétentieux, ou de « grosse tête ». Restait à savoir le sort qui l'attendait le jour où reviendrait Grosse Tête.

Comme par un fait exprès, un vacarme retentit dans le couloir et ses deux gardiens entamèrent un dialogue animé, auquel répondit une troisième voix, grave et autoritaire.

Smithback se recroquevilla instinctivement sur son matelas, contre le mur le plus éloigné de la porte. *Et merde.*

Une clé grinça dans la serrure et la porte s'ouvrit. Pas de canon de fusil, cette fois, mais la silhouette gigantesque du monstre tatoué qui l'avait assommé.

Le géant pénétra dans le réduit avec un sourire mauvais.

— *Flaco, cierra la maldita puerta*, dit-il par-dessus son épaule.

La porte se referma dans son dos et un plafonnier protégé par un grillage s'alluma pour la première fois depuis que Smithback avait intégré sa cellule de fortune. En pleine lumière, l'homme était encore plus impressionnant que dans la pénombre de la ruelle. Il avait le crâne rasé et une triple épaisseur de graisse lui faisait office de nuque. Son débardeur peinait à contenir son énorme torse et il était entièrement tatoué sur chaque bras, de l'épaule au poignet. Smithback frissonna en reconnaissant le logo orné d'un P et d'un N qu'il connaissait bien.

Grosse Tête tira à lui la lourde palette de cannettes de soda comme s'il s'agissait d'une vulgaire boîte à chaussures avant de s'asseoir dessus en regardant Smithback.

— Tu t'es fait bobo, *chiquito ?* demanda-t-il dans un anglais parfait.

Smithback, qui protégeait machinalement de la main sa tempe blessée, s'empressa de baisser le bras.

— Alors c'est toi qui brandis des photos de nos tatouages dans tout le *barrio ?*

— Je suis..., voulut répondre Smithback sans pouvoir achever sa phrase, coupé brutalement par son interlocuteur.

— Je sais qui tu es. Tu t'appelles Smithback et tu es journaliste.

L'espace d'un instant, la peur céda la place à la curiosité chez le prisonnier. Comment cette brute épaisse pouvait-elle savoir ça ? La réponse était pourtant simple, il avait trouvé son permis de conduire dans son portefeuille. Une recherche Google aurait fait le reste.

— Tu n'es pas vraiment chez toi par ici, Smithback. Qu'est-ce que tu fiches aussi loin de Miami ? Et pour quelle raison t'intéresses-tu aux *Panteras ?*

Smithback, la gorge serrée, essaya de se souvenir des leçons d'intégrité journalistique que défendait son père à l'époque où il dirigeait la rédaction d'un journal. *Que ferait Ernie Pyle en pareil cas ?* demandait-il systématiquement lorsqu'il était confronté à une situation critique.

— Si vous savez que je suis journaliste, répondit Smithback, vous savez que c'est mon boulot de poser des questions autour de moi.

Grosse Tête le fit taire en levant l'index.

— C'est moi qui pose les questions, pour le moment. Et toi, tu n'es plus journaliste. Tu n'es qu'une merde de chien sous ma semelle.

Il interrogea Smithback du regard.

— Tu as un problème avec ça, *mierda de perro ?*

Smithback n'en avait aucun, intégrité journalistique ou pas. Grosse Tête opina du chef.

— Je me dis parfois que ça doit être confortable d'être journaliste. Tu te balades en fourrant ton nez partout. Tu discutes avec les flics, tu papotes avec les gens dans la rue et tu en sais deux fois plus que n'importe qui en posant les questions qui t'arrangent, y compris celles qui nc te regardent pas.

Il marqua une pause avant de reprendre :

— Si j'étais un petit malin de journaliste et que j'étais tombé sur une info dont je n'aurais jamais dû être au courant, je m'empresserais de poser de nouvelles questions. Au sujet des *Panteras*, par exemple, et tout le monde estimerait que je fais mon boulot.

Au moment où Smithback s'y attendait le moins, le géant l'attrapa brutalement par le col de sa chemise. Le journaliste cria sous l'effet conjugué de la douleur et de la surprise.

— Qu'est-ce qui ne va pas, *chiquito ?* demanda-t-il sur un ton d'autant plus terrifiant qu'il était sirupeux. Je suis sûr que tu as envie de tout me raconter. Tu ne te donnerais pas autant de mal à écumer le coin nuit et jour si tu n'étais au courant de rien. Explique-moi un peu ce qui a mal tourné le jour du passage ? Que sont devenues *las mulas ?* Et à quoi servaient tous ces camions ?

Smithback avait beau réfléchir à toute vitesse en sentant la poigne de Grosse Tête se refermer sur son cou, c'est tout juste si un balbutiement de petit garçon franchit la barrière de ses lèvres.

— De quoi parlez-vous ? Je ne comprends rien à vos histoires de *mulas* et de camions.

— Ne joue pas à l'imbécile. Des gros camions, des camions de l'armée. Je veux savoir s'ils transportaient de la came. Ma came.

Nouvelle pause.

— La livraison est en retard, mon pote journaliste. Très, très en retard, et mes *hombres* ne sont pas contents. Mon *jefe* est très en colère.

Il serra plus fort encore le cou de Smithback, le souleva du matelas et lui envoya un coup de poing magistral dans l'estomac. Le journaliste se sentit transpercé par une douleur fulgurante et voulut instinctivement se recroqueviller sur lui-même en position fœtale, mais il restait en l'air, pendu par le cou, et c'est tout juste s'il parvint à replier les genoux. Grosse Tête le frappa une seconde fois au ventre avant de relâcher son étreinte et de le laisser retomber sur le matelas.

Smithback, plié en deux, vomit sur la couverture crasseuse.

Grosse Tête s'avança et le toisa de toute sa hauteur, ses jambes massives plantées de part et d'autre du journaliste.

— J'ai bien compris que tu n'avais pas la marchandise, *chiquito*, sinon tu ne poserais pas autant de questions, mais tu en sais plus long que tu ne veux bien le dire. Tu sais d'où viennent ces camions, avec leurs numéros d'identification recouverts de peinture.

Smithback, au bord de l'étouffement, les intestins en bouillie, l'entendait à peine.

— Je peux t'assurer que je te ferai parler, poursuivit Grosse Tête. Tu sais pourquoi ? Parce j'arrive toujours à faire parler les gens. Comme à l'époque où j'étais au pénitencier de Charlotte. J'aimais bien les petits nouveaux. Surtout les pédophiles. Des chiffes molles. Comme toi. Je les poussais jusqu'à ce qu'ils craquent... et ils se mettaient à parler.

Grosse Tête éclata d'un rire faussement surpris.

— Ils avouaient tout, jusqu'au moindre truc qu'ils avaient sur la conscience, dans l'espoir que j'arrête. Sauf que je m'arrêtais pas, *chiquito*. Maintenant... dis-moi tout ce que tu sais.

— C'est à cause des pieds, gémit Smithback, à l'agonie.

— *¿Qué ?*

— Les pieds, répéta Smithback, du vomi plein le menton, incapable de prononcer plus de quelques paroles à la fois. Les pieds... qui se sont échoués... sur la plage.

Grosse Tête recula.

— Les pieds ? De quoi tu parles ?

— Le tatouage... la police l'a retrouvé sur un des pieds...

— Quoi ? Tous ces pieds qu'on a retrouvés sur l'île de Captiva ?

— Je me suis procuré une photo... prise pendant l'autopsie... Je voulais me servir de ce... de ce tatouage... pour rédiger un papier.

— Ta gueule ! Ma livraison n'a rien à voir avec ces pieds ! Tu essayes de m'embrouiller.

Grosse Tête ponctua son accusation d'un juron.

— Carlos ! cria-t-il par-dessus son épaule. Flaco ! *¡Pon tus culos aquí, carajos !*

La porte s'ouvrit aussitôt et les deux acolytes de Grosse Tête se précipitèrent. À travers le voile de douleur qui l'aveuglait, Smithback constata qu'ils étaient aussi tatoués que leur chef. Le premier était grand et bien bâti, le second courtaud. Grosse Tête leur parla à voix basse en espagnol sans que le journaliste cherche à écouter ce qu'il leur disait. Il fit brusquement le lien dans sa tête. Il aurait dû y penser plus tôt, il avait fallu ce passage à tabac pour que la connexion s'opère. Le vieux jardinier, celui qui avait servi d'appât, avait lâché quelques informations pendant le trajet. Tout indiquait que le gang des *Panteras* était tombé sur un os, ce qui expliquait la volonté de Grosse Tête d'obtenir des explications. Smithback ne pouvait plus s'extirper de la tête la phrase qu'un copain flic lui avait dite un jour : *Si tu te fais enlever et que tes ravisseurs ne portent pas de masque ou qu'ils s'appellent par leurs noms en ta présence, tu peux être sûr que tu es foutu. Ils te buteront tôt ou tard.*

Il s'aperçut que le géant l'observait avec ce qui ressemblait à de l'agressivité, ou peut-être de la perplexité.

— Pas mal, l'histoire des pieds, reprit-il. Je ne sais pas si tu es un petit malin, ou bien si tu es complètement idiot. Je compte bien me renseigner à ton sujet, histoire de voir s'il y a du vrai dans ce que tu me chantes. Je repasserai te voir. Je saurai si tu mens ou bien si tu dis la vérité, auquel cas tu m'en diras davantage.

— Je vous ai dit tout ce que je savais…, commença Smithback, mais Grosse Tête ne l'écoutait plus, prêt à quitter la pièce.

Il donna ses instructions aux deux tueurs.

— N'hésitez pas à le bousculer un peu avant de l'enfermer à nouveau.

L'instant suivant, il disparaissait dans l'étroit couloir.

33

L'aube grise que laissait filtrer un ciel orageux teintait les eaux agitées du golfe d'un éclat métallique lorsque le *Leucothéa* franchit le détroit au large du phare de Sanibel. La houle s'accentua aussitôt et le bateau se mit à danser au gré des moutons, le vent couvrant d'embruns les baies vitrées de la cabine. Pamela Gladstone contourna la pointe de l'île et se dirigea vers la pleine mer.

Pendergast, équipé d'un ciré et d'un suroît jaunes, d'un pantalon de ciré et de bottes en caoutchouc, avait pris possession d'un siège à l'écart de la barre. Sa tenue portait encore l'odeur du neuf et Gladstone s'était mordu les lèvres pour ne pas rire en le voyant lorsqu'il était monté à bord.

— Sale temps pour une croisière, dit la jeune femme.

— En effet.

Elle le guetta du coin de l'œil, à la recherche des premiers symptômes du mal de mer, sans rien remarquer chez lui d'anormal. Son visage impassible restait plus indéchiffrable que jamais. Les gens au bord du vomissement sont généralement livides, mais Pendergast avait le teint si pâle en temps ordinaire qu'elle ne nota aucune différence ce matin-là.

— Nous atteindrons la première zone de largage dans une quinzaine de minutes, expliqua-t-elle à son passager. Il s'agit de l'embouchure de la baie de Charlotte Harbor, entre Boca Grande et Cayo Costa. Nous passerons ensuite au large de Manasota Key avant de larguer de nouvelles bouées à hauteur de Venice. La dernière zone de largage se trouve à une quinzaine de kilomètres plus au nord. En fait, on se contente plus ou moins de longer la côte.

— Je vous sais gré de ces explications, la remercia Pendergast sans lui demander s'il pourrait lui être utile.

C'est aussi bien comme ça, l'océanographe n'aurait pas voulu de son aide de toute façon. Elle n'avait aucune envie qu'il tombe à la mer par un temps pareil.

Ils ne naviguaient pas depuis longtemps lorsque la jeune femme remarqua la présence persistante d'un bateau sur le radar de bord, à cinq milles de distance. Le bâtiment s'était coulé dans leur sillage dès leur passage à hauteur du phare de Sanibel. Pamela Gladstone élargit le champ du radar afin de repérer l'ensemble des bateaux qui se trouvaient dans les parages, prenant note mentalement de leur position et du cap qu'ils avaient pris. Il y en avait moins qu'en temps ordinaire, le mauvais temps s'était chargé de dissuader les plaisanciers. Elle reporta son attention sur le point vert qui calquait sa vitesse et sa direction sur celles du *Leucothéa*.

— Il semble que nous soyons suivis, remarqua Pendergast qui n'avait pas desserré les dents jusque-là.

— Vous voulez parler de ce bateau cinq nautiques en arrière au 180 ? Oui, j'ai vu, mais il peut s'agir d'une simple coïncidence.

— Peut-être pourrions-nous procéder à un petit test ? suggéra-t-il dans un murmure.

— À quoi pensez-vous ?

— Je vous propose de mettre la barre à 90 degrés.

— Bonne idée.

Elle exécuta aussitôt la manœuvre et le *Leucothéa* décrivit un arc de cercle en prenant le cap 270.

— Hé ! réagit aussitôt Wallace Lam qui se trouvait à l'arrière du bateau, prêt à larguer les premières bouées. Qu'est-ce que vous foutez ? On est censés se diriger vers le nord.

— Une simple expérience, le rassura Gladstone en suivant des yeux la tache verte sur l'écran, Pendergast à côté d'elle.

Moins d'une minute plus tard, le bateau inconnu changeait de cap et se coulait dans leur sillage.

— Saloperie, gronda Gladstone.

— Le bâtiment en question a-t-il allumé son SIA ?

Elle ne cacha pas son étonnement, surprise qu'il connaisse l'existence du Système d'identification automatique.

— Non.

— Le vôtre l'est-il ?

— Oui.

D'un coup d'œil, elle vit que Lam était occupé à la préparation des bouées. Après une hésitation, elle se tourna vers Pendergast.

— Inspecteur, accepteriez-vous de gagner l'arrière du bateau avec ces jumelles et de me dire ce que vous voyez ? Accrochez-vous au bastingage, la mer est très agitée.

— Bien sûr, accepta-t-il.

Il sortit de la cabine et se planta à l'arrière du bateau. Gladstone en profita pour reprendre le cap initial et constata que l'autre bâtiment l'imitait aussitôt.

Pendergast la rejoignit, trempé de la tête aux pieds.

— On ne voit rien, malheureusement.

— Je sais, la visibilité est quasi nulle.

Qui donc pouvait bien s'amuser à les suivre, et pour quelle raison ?

— Ne serait-il pas judicieux d'éteindre notre SIA ? proposa Pendergast.

— Ça ne servirait à rien car ils nous ont enregistrés sur leur radar. En revanche, je peux contacter ces connards par radio.

— Excellente idée.

Gladstone décrocha le micro et enfonça le bouton d'émission en choisissant le canal 16.

— De *Leucothéa* à bateau non identifié, de *Leucothéa* à bateau non identifié, répondez.

N'obtenant aucune réponse, elle laissa s'écouler deux minutes avant de recommencer. En vain.

— Est-il possible que ce bâtiment ne reçoive pas votre appel ? s'enquit Pendergast.

— Il l'a forcément entendu, la loi oblige tous les bâtiments à laisser le canal 16 en veille de façon permanente. Ils refusent de répondre, c'est tout, répondit rageusement Gladstone.

Cette obstination à ne pas répondre ne signifiait rien de bon, mais ils approchaient de la première zone de largage et elle allait devoir accorder toute son attention à la manœuvre.

— Tu en es où, Wallace ? Bon pour toi ? cria-t-elle à travers la porte ouverte de la cabine.

— Prêt à larguer les balises.

— À mon signal.

Il s'empara du panier en plastique contenant les premières bouées tandis que Gladstone réduisait à sept nœuds la vitesse du *Leucothéa*. Dans leur sillage, le bâtiment inconnu adapta sa vitesse à son tour.

Les yeux rivés sur la carte, elle leva le bras et abaissa la main. À ce signe, Lam jeta à la mer la première balise, avant de répéter la manœuvre cent cinquante mètres plus loin sur un geste de la jeune femme. En l'espace de quelques minutes, les cinq bouées de la première zone étaient larguées.

Lam pénétra dans la cabine, un grand sourire aux lèvres. Il attrapa une serviette pendue à un crochet et s'essuya le visage avant de se pencher sur l'écran de l'iPad fixé à côté des instruments du bord.

— Toutes les bouées sont opérationnelles, remarqua-t-il.

— Alors je mets le cap sur Manasota Key, approuva l'océanographe.

Gladstone remit les gaz et le bateau bondit sur l'eau. Elle constata aussitôt, en consultant le radar, que son mystérieux suiveur, loin d'imiter son exemple, mettait en panne à l'endroit précis où avaient été larguées les balises. Elle fronça les sourcils.

— C'est quoi ce bordel ? s'écria Lam. Ce con vient de récupérer la première bouée !

Gladstone vit qu'il ne se trompait pas en voyant sur l'écran le point vert du bateau se fondre avec le signal GPS de la balise. Elle ralentit et décrocha le micro.

— De *Leucothéa* à bateau non identifié, de *Leucothéa* à bateau non identifié, répondez.

Le canal 16 grésilla sans qu'elle obtienne de réponse.

— De *Leucothéa* à bateau non identifié, ne touchez pas à notre matériel, où nous appelons les garde-côtes.

Mais le bâtiment inconnu avait repris sa route et se dirigeait droit vers la deuxième balise.

— Bateau océanographique *Leucothéa* aux garde-côtes, répondez.

Gladstone attendit, en vain.

— Bateau océanographique *Leucothéa* aux garde-côtes, nous sommes à 26 degrés et 68 minutes nord, 82 degrés et 34 minutes ouest, répondez.

Cette histoire était dingue ! Les garde-côtes avaient l'obligation de surveiller le canal 16 vingt-quatre heures sur vingt-quatre, ils avaient donc forcément entendu son appel. Pourquoi diable ne répondaient-ils pas ? Elle s'assura que sa radio fonctionnait convenablement et constata qu'elle émettait à une puissance de 25 watts.

— Ils ont déjà récupéré deux de nos balises, s'écria Lam. On dirait... on dirait qu'ils essayent de nous rejoindre.

L'assistant de l'océanographe avait raison. Le bateau se ruait dans leur direction à une vitesse proche de trente nœuds. La jeune femme se tourna vers Pendergast.

— Je n'ai jamais vu ça. Je n'ai aucun moyen d'échapper à ces abrutis, leur bateau est beaucoup plus rapide que le nôtre.

— Je vous suggère de les laisser venir.

— S'il s'agit de trafiquants de drogue ou de criminels, ça pourrait se révéler dangereux. Je ne comprends vraiment pas pourquoi les garde-côtes ne répondent pas.

— Tout simplement parce que ce sont les garde-côtes qui nous poursuivent.

— Quoi ?! ! De quel droit se permettraient-ils d'interférer avec cette mission ? Je dispose de toutes les autorisations possibles et imaginables.

— À votre place, je m'apprêterais à les produire.

Gladstone ne répondit pas, se contentant de laisser tourner au ralenti les moteurs du *Leucothéa* en gardant le cap. Le point vert se rapprochait inexorablement sur l'écran et elle distingua bientôt le grondement caractéristique d'un moteur alors qu'un bateau émergeait du brouillard. Pendergast ne s'était pas trompé, il s'agissait bien d'un patrouilleur des garde-côtes, reconnaissable à sa coque orange vif et sa mitrailleuse de 50 montée à l'avant.

La jeune femme s'empara de son micro.

— *Leucothéa* à patrouilleur des garde-côtes, que se passe-t-il ? Vous êtes sourds ou quoi ? Répondez.

La vedette ralentit en s'approchant à une trentaine de mètres du bateau océanographique et un avertissement s'échappa d'un haut-parleur.

— *Mettez immédiatement en panne, nous arrivons à votre hauteur pour abordage. Préparez-vous à nous laisser monter à bord.*

— *Leucothéa* à patrouilleur des garde-côtes, s'énerva Gladstone dans son micro. Au cas où vous ne l'auriez pas remarqué, la mer est plutôt agitée pour un abordage. Terminé.

Pour la première fois depuis le début de la poursuite, une voix sortit de la radio.

— Patrouilleur des garde-côtes RB-M 5794 à *Leucothéa*, je vous demande de passer sur le canal 9. Terminé.

Gladstone obtempéra d'un doigt rageur.

— Hé, les gars ! À quoi vous jouez, à récupérer mes balises ? Je suis en mission océanographique, et je vous répète qu'il serait dangereux de nous aborder par un temps pareil !

— Je répète, nous arrivons à votre hauteur par bâbord pour monter à bord. Terminé.

Elle reposa le micro, furieuse.

— Bande de trous du cul ! Wallace, descends les pare-battage à bâbord. Nous aborder avec une houle de près de deux mètres ? Ils sont cinglés.

Elle se tourna vers Pendergast.

— Vous n'avez pas l'intention de réagir ? Vous appartenez au FBI !

— Le mieux est encore de coopérer.

— Super, merci de votre soutien.

Elle mit en panne le *Leucothéa* qui dansa dangereusement sur les vagues. La vedette des garde-côtes s'approcha au plus près, l'un des membres d'équipage lança des filins que Lam s'empressa d'enrouler autour des taquets avant de se réfugier dans la cale. Les deux bateaux, retenus l'un à l'autre, se soulevaient ensemble au gré de la houle, le plat-bord gonflable du patrouilleur venant frapper brutalement la coque du *Leucothéa* à chaque nouvelle vague. L'officier qui dirigeait les opérations sortit de la cabine en tenue de pluie et Gladstone vit qu'il s'agissait d'un lieutenant en apercevant un double galon sur la manche de sa vareuse. Deux de ses hommes l'aidèrent à monter à bord du bateau océanographique avant de le suivre.

— Lieutenant Duran, Garde côtière des États-Unis, tonna-t-il.

L'homme était massif avec une moustache en brosse et des yeux bleus.

— Je vais vous demander de ne pas bouger pendant que je procède à la fouille du bateau.

— Une petite minute, l'arrêta Gladstone. Vous n'avez pas besoin d'un mandat, pour ça ?

— L'article 14 section 89 du Code des États-Unis autorise la Garde côtière à monter à bord de tout navire placé sous la juridiction des États-Unis, à tout moment et en tout lieu, en pleine mer comme sur l'ensemble des voies navigables dépendant de l'autorité des États-Unis, dans le but de procéder à toute enquête, examen, inspection, fouille, saisie et arrestation nécessaires, énonça le lieutenant de sa voix de basse.

— C'est vrai, ça ? Seigneur !

Les deux hommes qui accompagnaient Duran entreprirent une fouille en règle du navire. Ils commencèrent par fourrager dans le panier contenant les balises restantes avant d'ouvrir la trappe d'accès à la cale qu'ils examinèrent à la lueur de leurs torches, puis ils retournèrent les coussins et fouinèrent dans les placards en jetant leur contenu par terre.

— Faites attention ! s'énerva Gladstone, craignant pour son matériel.

Elle se tourna vers Pendergast.

— Vous ne leur montrez pas votre badge ?

— Ces messieurs savent fort bien qui je suis, répondit-il, le visage plus blanc encore qu'à son habitude.

La fouille achevée, Duran vint les trouver.

— Très bien, montrez-moi votre permis ainsi que l'ensemble des documents du bateau.

Gladstone récupéra les papiers demandés dans un compartiment installé près de la barre et les tendit au lieutenant qui les examina avant de les lui rendre.

— Vos autorisations de recherche ?

Elle fournit celles-ci et Duran se contenta de les feuilleter sans même les lire avant de les reposer sans ménagement.

— C'est bon, on y va, ordonna-t-il à ses hommes.

— Un instant, l'arrêta Pendergast d'une voix feutrée.

Duran le toisa durement.

— Quoi ?

— Puis-je m'enquérir des raisons de cette fouille ?

Un sourire mauvais s'afficha sur le visage du lieutenant.

— Figurez-vous qu'on vous a surpris en train de jeter des trucs à l'eau, alors on a décidé de vérifier, des fois qu'il s'agisse de détritus, de drogue, voire d'eaux usées. Allez savoir. Pourquoi ? Vous y trouvez à redire, mon vieux ?

Pendergast ne répondit pas.

Le garde-côtes le dévisagea ironiquement pendant quelques instants, puis il se tourna vers l'océanographe.

— On dirait que tout est en règle. On déposera vos balises sur le pont avant de repartir. L'une d'elles a été abîmée quand la vedette est passée dessus. Je suis désolé, conclut-il avec un large sourire.

Quelques instants plus tard, les trois intrus remontaient sans encombre à bord du patrouilleur, au grand regret de Gladstone qui n'aurait pas été fâchée que l'un d'eux tombe à la baille pendant la manœuvre.

— Larguez les amarres ! ordonna Duran.

Gladstone obtempéra et la vedette s'éloigna dans le grondement de ses moteurs.

Tandis que Lam sortait enfin de la cale, Gladstone se tourna vers Pendergast.

— À quoi rime tout ce cirque ?

— Simple manœuvre de harcèlement, répondit l'inspecteur.

— Pourquoi n'avoir pas fait valoir vos titres à ces connards ?

— Le sage dit justement : *On affronte toujours l'ennemi à ses propres conditions, jamais aux siennes.*

— Ça veut dire quoi ?

— Ils souhaitaient me provoquer en mer, où ils disposent de tous les pouvoirs, me sachant démuni.

— Et vous comptez attendre d'être à terre pour les affronter ?

— Le même sage affirme : *Fourbissez des plans aussi obscurs qu'impénétrables, et frappez comme la foudre.*

L'inspecteur conclut cette maxime par un sourire inquiétant.

34

Le vieux bus franchit un col et l'inspecteur Coldmoon découvrit San Miguel Acatán au fond de la vallée à travers la vitre crasseuse. Il lui fallait bien l'avouer, la vue était spectaculaire, entre les pics montagneux recouverts de neige émergeant des nuages et le patchwork des champs à flanc de colline.

Deux options lui étaient offertes pour mener son enquête. La première consistait à emprunter la voie officielle en ayant recours au programme de coopération mis en place dans la région par le FBI et le département d'État, ce qui prendrait des jours, sinon des semaines. La seconde, qu'il avait privilégiée, était infiniment plus simple puisqu'elle passait par l'obtention d'un visa touristique. Il serait toujours temps de régulariser la situation à son retour, une fois qu'il aurait obtenu ce qu'il voulait.

Le regard perdu dans la vallée noyée de brume, il avait le sentiment d'avoir atteint le bout du monde. Le bus descendit lentement la route à lacets dans un grincement de boîte de vitesses et finit par franchir la barre des nuages. L'inspecteur vit défiler de l'autre côté de la fenêtre des fermes aux tons pastel coiffées de toits en tôle ondulée, perdues au milieu de champs multicolores accrochés à des pentes escarpées entre lesquelles s'écoulaient les eaux impétueuses d'un torrent. Quelques minutes plus tard, l'antique véhicule arrivait sur la place principale de la petite ville, coincée entre une église à la façade badigeonnée de blanc, des bâtiments officiels de fortune, et un petit marché en plein air où se négociaient des légumes et du bétail, en pleine installation à cette heure matinale.

Il descendit du bus avec son sac à dos et inspecta les lieux. San Miguel Acatán avait réussi à maintenir toute sa dignité, en dépit de sa pauvreté, mais il n'était pas compliqué de comprendre pourquoi les gens éprouvaient l'envie de se rendre aux États-Unis. Il grimaça intérieurement en pensant au périple qui attendait les candidats à l'émigration en contemplant l'horizon infini des montagnes embrumées qui s'étendait jusqu'à la frontière mexicaine.

Sa présence n'était pas passée inaperçu, tous ceux qui se trouvaient sur la place l'observaient du coin de l'œil. Leur méfiance était palpable. Il avait beau avoir la même peau cuivrée qu'eux, il sentait combien sa grande taille et sa minceur tranchaient avec le physique râblé des populations d'origine maya.

En préparant son périple, il avait appris que les habitants de San Miguel étaient pour la plupart équipés de téléphones portables, ce qui paraissait incroyable à la lueur du fait que la ville ne comptait pas une seule ligne fixe. Il avait réussi à se procurer les numéros de douze autochtones portant le nom d'Ixquiac. Pour s'être renseigné, il savait même que ce patronyme se prononçait *Ich-ki-ak*, mais il ne disposait en revanche d'aucune adresse, tous les abonnés disposant d'une boîte postale. Le meilleur moyen de les retrouver était d'interroger les habitants.

Il s'était imaginé une couverture, conscient que la présence dans une bourgade aussi isolée d'un étranger posant des questions ne pourrait qu'éveiller la curiosité des habitants.

Il traversa la place en longeant les arbres aux troncs badigeonnés de blanc et s'avança entre les étals du marché. Il s'approcha d'une femme qui vendait des cochons d'Inde dans des cages en fil de fer et lui tendit l'une des cartes imprimées la veille.

— Je suis le *señor* Lunafría, avocat.

À cette annonce, la femme se ferma comme une huître et elle arbora un visage soupçonneux.

— Je cherche à rencontrer la *señorita* Ramona Osorio Ixquiac, poursuivit-il.

Un léger tressaillement sur le visage de son interlocutrice lui signala que ce nom ne lui était pas inconnu.

— Que lui voulez-vous ?

— Je lui apporte des nouvelles importantes.

La femme le dévisagea d'un air impassible le temps d'une éternité, au point qu'il éprouva un certain malaise.

Il se pencha vers la femme en baissant la voix.

— À défaut de lui parler, peut-être pourrais-je m'entretenir avec d'autres membres de la famille Ixquiac ?

La femme se retourna et héla une marchande voisine en s'adressant à elle dans une langue amérindienne. La marchande écarquilla les yeux et délaissa son étal pour s'approcher. Elle posa sur Coldmoon un regard insistant.

— Ramona Osorio Ixquiac, c'est moi. De quoi s'agit-il ?

Coldmoon, stupéfait de la rapidité avec laquelle il était parvenu à ses fins, réfléchit à toute vitesse. S'il se trouvait bien en face de Ramona, le pied était forcément celui de sa sœur.

— Je suis venu vous parler de votre sœur Martina.

Ramona ne cacha pas sa surprise.

— Ma sœur. Dieu soit loué ! Nous n'avons pas de nouvelles depuis des mois. Je vous en prie, *señor*, venez chez moi. Je suis impatiente de savoir comment elle va, où elle vit et ce qu'elle fait en Amérique !

Un tel mélange d'excitation et d'appréhension brillait dans le regard de la jeune femme que Coldmoon sentit son cœur se serrer. Sans doute était-il trop tôt pour lui révéler toute la vérité.

*

La maison de Ramona se trouvait au bord d'un ravin au fond duquel coulait une rivière. Elle était entourée de plusieurs petits jardins en terrasse. La brume achevait de se dissiper et un rayon de soleil commençait à percer la couverture nuageuse, dessinant un faisceau doré qui dansait sur une colline lointaine.

La maison, construite en parpaings peints en bleu pâle, était un modèle de propreté avec ses rideaux à carreaux et son bouquet de fleurs dans une cruche en terre posée sur la table de la cuisine.

Ramona proposa un siège à son visiteur.

— Vous êtes ici chez vous, dit-elle.

Coldmoon s'assit sur la chaise et son hôtesse s'affaira autour du poêle à bois sur lequel trônait une cafetière. Elle remplit deux mugs qu'elle apporta avec un bol de sucre et un pichet de lait.

Coldmoon huma l'un des mugs et une odeur acide de café brûlé lui caressa les narines.

— Du café comme je l'aime, dit-il avant d'y tremper les lèvres, heureux de trouver enfin un nectar proche de celui qu'il avait toujours connu dans la réserve de son enfance.

Ramona s'installa avec son café en face de lui et posa sur la table une assiette de pain frit.

— Parlez-moi de ma sœur.

— J'ai bien peur de ne pas vous apporter de bonnes nouvelles, se lança Coldmoon, la gorge nouée. Tout semble indiquer qu'elle a disparu.

— Martina, *disparue ?* s'écria Ramona en posant une main sur sa bouche. J'en étais sûre ! Que s'est-il passé ?

— Il semble que...

Coldmoon, pris d'une hésitation, saisit la main de son interlocutrice.

— Elle a eu des ennuis.

— Oh ! hoqueta Ramona, les larmes aux yeux. Je l'avais pourtant suppliée de ne pas partir. J'avais tellement peur pour elle !

— Nous ne savons pas précisément ce qui lui est arrivé. C'est la raison pour laquelle je mène cette enquête. J'ai besoin de votre aide pour comprendre ce qui a pu se passer.

La jeune femme se tamponna les yeux.

— Vous l'avez vu, les gens de San Miguel sont très pauvres. Ma sœur parlait toujours d'émigrer aux États-Unis, et elle n'était pas la seule. Tout le monde y pense, ici. On dit que les gens sont tous riches là-bas, qu'en étant honnête et en travaillant dur, on peut avoir une vie meilleure, que les gens mangent à leur faim, qu'ils ont une maison et même une voiture, que les enfants vont tous à l'école. Je sais bien que c'est exagéré, mais tout le monde songe à partir ici.

— Quand a-t-elle quitté San Miguel ?

— Au mois de décembre.

— Expliquez-moi dans quelles circonstances.

— Ma sœur faisait partie d'un groupe de personnes qui souhaitaient émigrer. Un jour, ils sont entrés en contact avec un passeur qui connaissait le moyen de franchir la frontière avec le Mexique. Là-bas, l'homme en question connaissait un *coyote* capable de les faire entrer aux États-Unis. Il n'est pas difficile de gagner le Mexique. Le plus dur, c'est ensuite d'entrer aux États-Unis.

— Comment se nomme le passeur en question ?

— Zapatero. Luís Obregón Zapatero. Il les a tous réunis et ils sont partis. Je me souviens, c'était la veille de Noël.

À ce souvenir, elle se tamponna à nouveau les yeux.

— Combien étaient-ils au sein du groupe ?

— Une vingtaine, mais...

Elle reprit difficilement sa respiration.

— On se doutait bien qu'il leur était arrivé malheur parce qu'ils n'ont plus jamais donné de nouvelles. Aucun d'eux n'a jamais écrit ou téléphoné. Zapatero jure qu'il les a confiés à ce coyote mexicain, mais ils se sont évaporés dans la nature.

— Combien Zapatero leur avait-il demandé ?

— Mille quetzals.

Coldmoon procéda à un calcul rapide dans sa tête... à peu près cent trente dollars.

— Ce n'est pas beaucoup.

— C'est vrai, mais ils devaient ensuite verser trente mille quetzals au coyote mexicain.

— Je comprends. Vous savez comment s'appelle ce Mexicain ?

Elle haussa les épaules.

— Allez savoir.

— Zapatero est forcément au courant.

— Il refuse de parler. Il prétend qu'ils se sont fait prendre en passant la frontière et qu'ils sont en prison aux États-Unis.

— Où puis-je trouver Zapatero ?

— Il prépare un nouveau convoi qui doit partir le mois prochain.

— Comment ces gens peuvent-ils avoir confiance après ce qui s'est passé ?

Ramona garda longtemps le silence avant de répondre.

— Ils sont portés par l'espoir. Ici, il n'y a pas d'espoir.

35

Smithback contemplait le plafond, allongé sur un matelas constellé de vermines.

Les premiers jours, il ne pensait qu'à s'évader. Il avait tout envisagé : défoncer la porte, se hisser jusqu'au soupirail, pourtant minuscule et hors de portée, tirer de toutes ses forces le canon du fusil qui se glissait dans l'entrebâillement de la porte chaque fois qu'on lui apportait sa pitance, dans l'espoir de surprendre son gardien et de le maîtriser, mais aucune de ces solutions n'était réalisable. Depuis sa « conversation » avec Grosse Tête, il préférait rester avachi sur son lit de fortune en espérant trouver le sommeil. Le géant, avec ses menaces terrifiantes, l'avait comme privé de tout espoir.

Il se reprocha pour la millième fois sa manie imbécile de partir en reportage sans dire à personne, amis ou collègues, où il se rendait. Que pouvait bien fabriquer Kraski ? Avait-il seulement appelé les flics ?

Il avait d'abord cru que le chef de gang lui avait explosé le foie ou la rate, mais les douleurs qu'il ressentait au ventre commençaient à s'estomper. Quant à son œil tuméfié, il dégonflait lentement.

Ses bobos étaient de peu de poids, de toute façon. Il savait déjà que ses ravisseurs finiraient par le tuer. *Je compte bien me renseigner à ton sujet, histoire de voir s'il y a du vrai dans ce que tu me chantes. Je repasserai te voir.* Loin de l'inciter à prendre la fuite, l'avertissement de Grosse Tête l'avait privé de tout instinct combatif.

Ce salopard n'avait pas donné de nouvelles depuis la veille. Smithback ne savait pas ce qui se tramait, mais il avait compris, à l'écoute des bribes de conversation qui lui parvenaient à travers la porte, qu'un chargement de cocaïne s'était perdu à la frontière séparant le Mexique de l'Arizona, emporté dans des camions militaires. Grosse Tête se trouvait sur la sellette depuis, sans doute s'efforçait-il de limiter les dégâts et de comprendre ce qui s'était passé.

Carlos et Flaco, ses deux gardiens, avaient reçu plusieurs visites à ce sujet. Tout indiquait que Grosse Tête avait promis une récompense à quiconque lui fournirait des informations. L'un des indicateurs, doté d'une voix rauque d'ivrogne, s'exprimait en anglais et Smithback l'avait entendu décrire les camions, des monstres à dix roues dont la remorque était bâchée. Les voyous qui gardaient le journaliste avaient recommandé au poivrot de revenir quand leur patron serait là. Persuadé qu'on cherchait à se débarrasser de lui, l'ivrogne avait haussé la voix en affirmant avoir vu les camions en question sortir d'un endroit nommé Tate's Hole ou Tate's Hell.

La visite de Grosse Tête la veille avait également produit un effet inattendu. Pour une raison indéterminée, Carlos et Flaco ne cherchaient plus à dissimuler leur visage. Il leur arrivait même de pénétrer dans sa cellule, ou de discuter avec lui à travers la porte. Et à défaut de changer son matelas couvert de vomi, ils l'avaient retourné. Ils lui apportaient désormais de la nourriture à peu près correcte, et ils étaient allés jusqu'à vider le seau utilisé pour ses besoins. Smithback n'était pas dupe. Ses gardiens n'étaient pas en train de s'humaniser, ils se contentaient de le maintenir en bonne santé en attendant que leur chef rende au prisonnier une prochaine visite. Probablement la dernière.

Faute de mieux, Smithback écoutait les conversations des deux voyous. En dépit de son espagnol rudimentaire, il les avait entendus se vanter des meurtres qu'ils avaient commis, même si le journaliste les soupçonnait de fanfaronner. Tout indiquait qu'il s'agissait en fait de jeunes gens ordinaires. Carlos, le costaud, avait travaillé dans un magasin de motos au Guatemala et ne cachait pas sa fascination pour les grosses cylindrées, à l'entendre disserter des heures durant sur les spécificités techniques des *motocicletas*. Flaco, le plus petit des deux, était grand amateur de BD. En l'absence de Grosse Tête, ni l'un ni l'autre ne faisait preuve d'une brutalité particulière envers le prisonnier : malgré les exhortations de leur chef, Carlos s'était contenté d'administrer quelques claques de pure forme à Smithback avant de retourner son matelas.

Les deux hommes éclatèrent de rire dans le couloir en se tapant dans la main. Smithback reporta son attention sur le plafond, surpris lui-même d'éprouver un semblant de pitié à l'égard de ses ravisseurs. Peut-être était-ce la preuve qu'il se résignait à son sort. S'ils étaient restés au Guatemala et s'ils n'avaient pas fait de mauvaises rencontres, sans doute Carlos travaillerait-il toujours dans un garage et Flaco... Smithback n'était pas sûr de ce qu'aurait fait Flaco. La veille, en lui apportant la pitance qui lui servait de dîner, ce dernier avait une bande dessinée coincée dans la poche arrière de son pantalon. Lorsque Smithback lui en avait fait la réflexion, il s'était empressé de déposer l'assiette en plastique sur le lit et de repartir avec un air gêné. Smithback, intrigué, s'était aperçu qu'il ne s'agissait pas d'un livre imprimé, mais d'un manuscrit illustré.

Ses *compañeros* ne voyaient probablement pas d'un bon œil que Flaco dessine à ses moments perdus.

Le soir tombait, Carlos s'était absenté et tout était calme dans l'arrière-boutique de l'épicerie. Smithback ferma les yeux en s'efforçant de ne penser à rien dans l'espoir de s'endormir. Moins de cinq minutes plus tard, la porte de sa cellule s'ouvrait en raclant le sol.

Il se redressa sur un coude, inquiet, et reconnut Flaco. Pour une raison qu'il s'expliquait mal, ce dernier paraissait nerveux. Le voyou coula un regard dans le couloir, puis entra dans la pièce, referma la porte et s'assit sur la palette de cannettes de soda qui n'avait pas bougé du coin où Grosse Tête l'avait repoussée la veille.

— Toi, commença-t-il en anglais. Tu es écrivain. *Periodista. ¿Sí ?*

Il tira de sa poche une feuille, la déplia puis la tendit à Smithback dans la pénombre. Le journaliste constata de son œil valide qu'il s'agissait de son premier article du *Herald* consacré aux pieds échoués sur l'île de Captiva. Flaco posa l'index sur la signature.

— Smithback. C'est toi, non ?

L'intéressé acquiesça. Flaco parlait mieux anglais qu'il ne l'avait imaginé.

— Tu bosses pour... pour un journal ? Pour un éditeur ?

Smithback se demanda comment Flaco s'était procuré cette mauvaise photocopie de son reportage. Il prit soudain la mesure du regard que pouvait porter sur lui un homme tel que Flaco. Sans doute celui-ci venait-il d'une bourgade guatémaltèque isolée. À ses yeux, un journaliste attaché à un grand quotidien était forcément quelqu'un d'important, un extraterrestre venant d'une autre planète. Smithback se souvint d'avoir entendu Flaco se vanter auprès de Carlos de son intronisation au sein des *Panteras*. En guise d'initiation, on lui avait donné l'ordre de tuer deux personnes : un *rata*, c'est-à-dire une balance, et sa femme. On lui avait laissé le choix de la méthode pour le mari, à condition qu'il égorge sa femme sous ses yeux. Du moins était-ce la version officielle, car Smithback le soupçonnait d'embellir la vérité, s'il n'avait pas tout inventé.

Voyant que Flaco posait sur lui un regard interrogateur, il réfléchit à la façon de tirer profit de la situation. L'étincelle d'espoir qui s'était éteinte chez lui la veille se ranima. Peut-être parviendrait-il à s'en tirer malgré tout.

— Oui, répondit-il. Je travaille pour des journaux et des éditeurs importants.

Une lueur se mit à briller dans les yeux de Flaco.

— Tu écris dans des magazines ?

— Bien sûr. *Mi mejor amigo*, mon meilleur ami faisait des dessins pour le compte du journal dans lequel je travaille. Il a monté sa propre maison d'édition. Ici, à Fort Myers.

Un pieux mensonge. Smithback ne connaissait aucun dessinateur et n'avait pas regardé les pages BD d'un canard depuis l'époque où il suivait les aventures de Charlie Brown quand il était gamin.

— Quel genre de maison d'édition il a, ton *amigo* ?

— Il publie…

Et merde, quoi lui raconter de crédible ?

— Essentiellement des BD. Des mangas.

Le visage de Flaco s'éclaira.

— Des BD ? *Sí, sí.* Et tu dis que ton copain, il est ici, à Fort Myers ?

— Oui, dans le centre-ville.

Smithback réfléchissait à toute vitesse, à la recherche de détails aguichants.

— Il commence aussi à bosser dans le cinéma. À Hollywood. Il négocie des adaptations à l'écran de ses BD.

— Et toi, tu en lis, des BD ? demanda Flaco, de plus en plus excité.

— Bien sûr. J'adore ça, je suis fan !

Flaco, encouragé par l'enthousiasme du prisonnier, tapota sa poche de pantalon.

— Je dessine des bandes dessinées.

— Tu plaisantes ? Toi, tu es dessinateur ? Arrête, c'est génial ! fit Smithback avec un mélange savamment dosé d'admiration et d'incrédulité.

— *Sí.* Depuis que je suis petit, y a que ça qui m'intéresse. Le *dibujo*, annonça fièrement le jeune voyou en dessinant dans l'air de la main droite. Mon père, il me tabassait quand il me voyait dessiner au lieu de faire mes devoirs. *No me importa.*

— Ouah ! C'est génial.

Le lyrisme de Smithback n'était pas entièrement feint. Il s'était toujours intéressé aux individus dont la créativité s'épanouissait dans des contextes inattendus. Grosse Tête n'aurait pas été heureux de savoir que les ambitions de Flaco ne se limitaient pas à vendre de la drogue et tuer les dealers rivaux. Le jeune voyou espérait davantage de l'existence.

— Euh... ça t'ennuierait de me montrer ce que tu dessines ?

Flaco, après une hésitation, sortit une liasse de feuilles cornées de la poche latérale de son pantalon militaire.

— T'as qu'à lire, tu me diras si c'est bon, dit-il en tendant les feuillets avec une délicatesse inattendue, comme s'il s'agissait d'une fleur dont il souhaitait protéger les pétales.

— *Si. Con mucho gusto.*

— Carlos rentre dans une heure. T'as le temps de le lire. Tu verras, tu vas trouver ça bien.

Tu vas trouver ça bien. La formule laissait peu de place à la moindre critique.

À l'instant où Smithback prenait les dessins, un couteau à cran d'arrêt jaillit dans la main de Flaco qui posa la lame sur le cou du prisonnier, le regard mauvais.

— T'as pas intérêt à en parler à Carlos. Ou au *jefe*.

— Non, non, je te promets, se défendit le journaliste.

— Sinon, je te fais la peau en disant que tu voulais t'évader. Tu passeras un sale quart d'heure.

Smithback n'avait pas le moindre doute sur la sincérité d'une telle promesse. Il secoua la tête du mieux qu'il le pouvait, le couteau sous la gorge.

— Je ne dirai rien à personne. C'est un secret entre nous. *Nuestro secreto*.

Flaco resta immobile un long moment, puis il éloigna la lame du cou du prisonnier en ébauchant un sourire.

— *Nuestro secreto. Sí.*

36

Coldmoon n'eut aucun mal à dénicher le bar minuscule, situé à la sortie de la bourgade, où Zapatero avait ses habitudes. Il pénétra dans l'établissement avec l'intention de repérer sa cible et de l'observer discrètement en buvant une bière, mais c'était peine perdue. À peine avait-il écarté le rideau de perles qui servait de porte à la masure de parpaings que les conversations s'arrêtaient et que tous les regards se tournaient vers lui.

À la guerre comme à la guerre, pensa Coldmoon, conscient que la manière directe était parfois la plus efficace.

— *Senõr* Zapatero ?

Le temps donna l'impression de s'arrêter pendant une poignée de secondes.

— C'est moi, finit par répondre l'un des occupants du bar.

— J'aimerais vous parler, déclara Coldmoon en espagnol. Dehors, en privé.

— C'est à quel sujet ?

— Dehors.

— Je n'ai pas l'habitude qu'on me donne des ordres comme si j'étais un paysan, *señor*.

Coldmoon se planta devant Zapatero et l'empêcha de se lever en le dominant de son mètre quatre-vingt-dix. D'un coup d'œil, il le vit poser la main sur le manche de la courte machette accrochée à sa ceinture.

— Je ne vous le conseille pas, déclara-t-il sur un ton menaçant.

La main de Zapatero se figea.

— Pourquoi débarquer ici comme un *cabrón* en me parlant mal ? Je ne vous connais pas.

Coldmoon comprit qu'il s'y était mal pris. Jamais Zapatero n'accepterait de perdre la face en public.

— Ne vous inquiétez pas, *señor*, le rassura-t-il poliment d'une voix qu'il voulait amène. Je voulais parler affaire, rien de plus. Des affaires à votre avantage. Je suis désolé si je vous ai offensé, je souhaitais uniquement m'entretenir avec vous en privé. Je me présente, je m'appelle Lunafría.

Zapatero, soudain plus détendu, serra la main que lui tendait son interlocuteur en souriant.

— Pourquoi ne pas l'avoir dit plus tôt ? Allons discuter dehors. Messieurs, si vous voulez bien m'excuser quelques instants.

Coldmoon et Zapatero sortirent du bar dont ils s'éloignèrent de quelques pas.

— *Señor* Lunafría ? Vous n'êtes visiblement pas d'ici, à en juger par votre accent.

— Je viens d'Amérique du Sud, répondit-il en espérant que Zapatero ne cherche pas à en savoir davantage.

— Dites-moi ce qui vous amène.

— Je cherche à savoir ce qui est arrivé à Martina Osorio Ixquiac. Elle faisait partie d'un groupe de migrants que vous avez conduits jusqu'au Mexique à Noël dernier.

— Que la Vierge me pardonne, mais je commence à en avoir plein le dos de toutes ces questions ! J'ai rempli ma mission en conduisant ces gens au Mexique comme prévu, je ne sais rien de ce qui leur est arrivé ensuite.

Coldmoon sortit de sa poche un billet de mille quetzals.

— J'ai besoin de renseignements et je suis prêt à payer.

Zapatero ne prit pas l'argent.

— Que voulez-vous savoir ?

— Parlez-moi un peu de ces gens. J'aimerais savoir qui ils étaient, pourquoi ils voulaient partir.

— Il suffit d'ouvrir les yeux pour comprendre. La région est en train de mourir. La terre ne donne presque plus rien, il n'y a pas de travail, il n'y a pas de médecins, le gouvernement nous oublie, sauf quand il envoie l'armée prendre notre argent et notre bétail en menaçant nos femmes et nos filles. Les gens n'ont aucun avenir ici, alors je les aide à s'enfuir. Je remplis une mission divine, *señor* Lunafría, en donnant la possibilité à ces gens de connaître une vie meilleure. Je les conduis jusqu'au Mexique. La frontière se trouve seulement à quarante kilomètres, mais il faut traverser les montagnes et comme la plupart de ces gens n'ont jamais quitté la ville, ils m'engagent comme guide.

— Que se passe-t-il une fois qu'ils ont franchi la frontière ?

— Je les conduis jusqu'à La Gloria, un village du Chiapas sur la route 190, où je les confie à un coyote professionnel qui les emmène jusqu'aux États-Unis.

— Comment s'appelle le coyote en question ?

— Je connais uniquement son surnom, El Monito.

— Il est mexicain ?

— Je crois. En tout cas, il parle avec l'accent mexicain.

— Avez-vous la moindre idée de ce qui a pu arriver au groupe dont faisait partie Martina ?

— C'est simple, *señor*. Ils se sont fait prendre à la frontière et on les a arrêtés. Ça arrive souvent. Ils ont été placés dans des camps aux États-Unis, et c'est pour ça que personne n'a plus entendu parler d'eux. Autrefois, les Américains finissaient par les relâcher, mais plus maintenant.

— Parlez-moi de ce type, El Monito.

— Il demande beaucoup d'argent, mais il n'a qu'une parole. Je ne lui confierais pas ces gens si je pensais qu'il est dangereux. S'il leur est arrivé malheur, c'est forcément aux États-Unis.

— Comment pourrais-je rencontrer El Monito ? insista Coldmoon en tendant à nouveau le billet de mille quetzals à Zapatero qui continua de l'ignorer.

— Ce sera difficile. C'est quelqu'un de très discret. Il y a quelque temps, on s'est mis d'accord pour que je lui amène un nouveau groupe de migrants à La Gloria le mois prochain. Il est censé nous attendre avec des camionnettes pour les conduire vers le nord. Je n'ai pas d'autre contact.

— Si je me rends à La Gloria, où puis-je le trouver ?

Zapatero haussa les épaules.

— Quand je vais là-bas, je le préviens de mon arrivée par l'intermédiaire de Corvacho, un type qui tient un bar, Del Charro, dans les quartiers nord.

— Je vous remercie, fit Coldmoon.

Il tendit à nouveau le billet à Zapatero, en vain.

— Je peux vous demander pourquoi vous vous intéressez à Martina en particulier ? demanda le passeur.

— Je fais mon travail, comme vous, et on m'a demandé de retrouver cette femme. Je ne peux malheureusement pas vous en dire davantage, tout en précisant que mes employeurs sont bien intentionnés.

— Alors j'accepte, finit par se décider Zapatero en prenant le billet qu'il plia soigneusement avant de le glisser dans son portefeuille. Veuillez ne pas parler de moi à El Monito, il tient à préserver son anonymat.

Coldmoon le remercia d'un mouvement de tête. Il allait s'éloigner lorsque Zapatero le retint.

— Une dernière recommandation, *señor*. El Monito a un tempérament nerveux. Les gens nerveux sont dangereux, surtout quand ils sont armés.

37

Trois quarts d'heure s'étaient écoulés lorsque Flaco se glissa dans la cellule de Smithback. Sans un mot, il dévisagea le journaliste avant de poser brièvement les yeux sur les feuillets dessinés, sans approcher. Il était clair qu'il brûlait de curiosité, tout en connaissant les risques encourus si on le surprenait en train de fraterniser avec son prisonnier.

Smithback désigna le manuscrit.

— C'est... c'est toi qui as dessiné ça ? Tout seul ?

— *Si.*

— Vraiment ? Désolé, je ne cherche pas à te traiter de menteur, c'est juste que...

Il feuilleta les pages.

— ... c'est vraiment bon.

C'était faux. Les dessins étaient corrects, sans plus, leur style lourdement influencé par celui des tatoueurs. Curieusement, les petits croquis au crayon exécutés ici et là, en attente de leur confirmation à l'encre, étaient les mieux maîtrisés. Le jeune homme avait probablement du talent.

Les textes, rédigés dans un curieux mélange d'anglais et d'espagnol avec une orthographe fantaisiste, étaient peu compréhensibles, mais rien qui ne puisse être facilement corrigé. L'histoire, en revanche, était positivement nulle. Flaco s'était lancé dans le récit « autobiographique » d'un membre de gang macho.

Son récit était truffé d'épisodes violents teintés de fantastique, de scènes de sexe aussi improbables que ridicules, le tout porté par un héros grotesque aux pectoraux saillants, décidé à triompher des forces du mal. Nullissime.

— Je dirais même que c'est brillant, poursuivit Smithback. Tes dessins possèdent une vérité et une puissance incroyables !

Il enchaîna les superlatifs en soulignant le vérisme de l'intrigue et l'originalité du héros, un personnage surnommé El Acero.

— À qui as-tu montré ce travail ? demanda-t-il en guise de conclusion.

Flaco fronça les sourcils.

— *¿Qué ?*

Smithback, voyant que son interlocuteur ne connaissait rien aux arcanes de l'édition, se lança dans une longue explication sur la complexité des démarches à entreprendre pour publier une bande dessinée : la réalisation d'un échantillon abouti, la recherche d'un agent capable de susciter l'intérêt d'un éditeur. Il lui précisa qu'il n'arriverait à rien s'il se contentait d'envoyer son travail, l'essentiel étant d'avoir des *contacts*.

— Notre chance, poursuivit Smithback en glissant habilement à la première personne du pluriel, c'est qu'un grand nombre d'éditeurs de bandes dessinées sont encore sollicités directement. Contrairement aux éditeurs littéraires, ils n'ont pas tous leurs bureaux à New York. Drawn & Quarterly se trouve au Canada et Dark Horse est installé dans l'Oregon, par exemple. Quant à la maison d'édition de mon copain, elle est implantée ici, à Fort Myers.

Smithback évoqua longuement ses bonnes relations avec cet éditeur imaginaire en choisissant de l'appeler Bill Johnson, un nom passe-partout qui ne pouvait que se perdre dans la jungle d'Internet, et se montra volontairement vague quant au nom de la maison d'édition, de peur que Flaco découvre la supercherie s'il pensait à vérifier sur Google.

— Je n'aurai aucun mal à obtenir un rendez-vous avec Bill, ce qui facilitera grandement les négociations. Sa boîte se trouve sur Kellogg Street, précisa-t-il en choisissant une des rares rues du centre-ville dont il connaissait le nom. On déjeune régulièrement ensemble, je peux obtenir un rendez-vous comme ça.

Il ponctua sa phrase d'un claquement de doigts.

— Et tu crois qu'il lirait ma BD ? réagit Flaco avec les mêmes yeux brillants que si on lui avait offert les clés de Fort Knox.

— Si c'est moi qui lui apporte, *mi amigo,* il la lira directement. Devant moi.

Flaco, dont l'excitation allait croissant depuis quelques minutes, se referma soudain comme une huître.

— Rends-moi ma BD, décida-t-il en tendant la main.

Smithback s'exécuta, Flaco rempocha les feuillets dessinés et quitta la pièce sans un mot.

Putain de merde, grimaça Smithback intérieurement. *Moi qui pensais le tenir...*

*

Dix minutes plus tard, le voyou était de retour.

— Tu mens. Tu cherches à t'évader, c'est tout.

Smithback secoua la tête.

— Où voudrais-tu que j'aille ? Tu sais comment je m'appelle, où j'habite, pour quel journal je travaille. Si tu ne me fais pas confiance, tu n'as qu'à m'accompagner.

Flaco secoua la tête.

— Le *jefe,* il revient demain après-midi. Si jamais il s'aperçoit qu'on est allés...,

Smithback comprit qu'il lui fallait sortir son meilleur atout.

— Dans ce cas, je n'ai qu'à y aller demain matin... *on* n'a qu'à y aller demain matin, rectifia-t-il précipitamment en voyant le visage du jeune homme s'assombrir. Tu m'attendras au coin de la rue. C'est mieux si Bill ne te voit pas tout de suite, que j'aie le temps de lui parler de toi.

D'un geste, il fit comprendre à Flaco que son apparence risquait de refroidir les ardeurs de l'éditeur s'il le voyait débarquer dans son bureau avec tous ses tatouages.

Flaco, indécis, finit par secouer la tête.

— Non. *Demasiado peligroso.* C'est trop dangereux.

— On n'en a pas pour longtemps. Je monte dans son bureau le temps de lui donner ton manuscrit et je redescends. Comme ça il aura tout le temps de le lire. Il ne lui faudra pas longtemps pour voir la qualité de ton travail. Tu traiteras ensuite directement avec lui, tu n'auras même plus besoin de moi.

— Pourquoi tu lui téléphones pas tout de suite ?

— Flaco, tu te doutes bien que ça ne marche pas comme ça ! C'est comme dans le milieu de la drogue, on traite les affaires d'homme à homme. Tu passerais un deal par téléphone, avec un type que tu n'as jamais vu ? Bien sûr que non.

Flaco restait dubitatif, partagé entre ses ambitions créatives et sa méfiance naturelle.

— *Peligroso*, répéta-t-il.

Smithback tenta son va-tout.

— C'est toi qui décides, mais jamais tu ne retrouveras une opportunité pareille. Mon copain connaît tout le monde à Hollywood. Avec un personnage comme ton El Acero, tu obtiendrais sans difficulté un contrat pour un film ou une série...

Il afficha une mine désolée.

— C'est dommage, parce que Bill a fait la fortune de plusieurs dessinateurs.

Flaco fit la moue en entendant du bruit dans le couloir.

— On verra. Si Carlos s'absente demain matin…

Il haussa les épaules avec une nonchalance feinte, mais il ne faisait guère de doute qu'il peinait à contenir son excitation.

— Il faudrait que je sois un peu plus présentable, insista Smithback en montrant sa tenue chiffonnée, les traces de vomi séché qui maculaient ses cheveux.

— On verra. En attendant, souviens-toi. Pas un mot à Carlos. *Mejor cierra la boca.*

Il sortit son couteau qu'il pointa sur le journaliste avant de le rempocher.

— En attendant, je t'apporte ton dîner.

Quelques instants plus tard, la porte de la cellule se refermait dans un bruit de verrou.

38

Confortablement installés dans des chaises longues à l'abri de la véranda donnant sur le golfe, Constance et Pendergast profitaient du coucher du soleil. Face à eux, les mouettes et les bécasseaux dessinaient des points noirs dans le tableau rose, bleu et doré du ciel. Le scanner de police de Coldmoon, abandonné par son propriétaire pendant son périple en Amérique centrale, grésillait doucement sur une petite table en arrière-plan, à la façon d'une musique d'ascenseur. Leur conversation, entrecoupée de silences, les absorbait depuis plus d'une heure. Ils avaient commencé par évoquer la façon dont les *Carceri* de Piranesi avaient influencé la peinture, la littérature et la géométrie. De fil en aiguille, cette allusion à la géométrie les avait amenés à débattre de leur résidence présente que sa façade symétrique, ses moulures rococo, ses plafonds à caissons et ses meneaux rattachaient à l'architecture victorienne. À deux reprises, avec la délicatesse qui le caractérisait, Pendergast avait tenté de savoir comment sa compagne occupait ses journées, mais elle avait botté en touche tout aussi délicatement.

— C'est curieux, tout de même, déclara-elle à brûle-pourpoint.

— De quoi parlez-vous, ma chère ? dit Pendergast, alors que la conversation tournait jusque-là autour des vertus comparées du Campari et de l'Aperol.

— De la façon dont le soleil s'enfonce dans la mer. Il donne l'impression de glisser vers l'abîme si langoureusement que l'on peine à voir évoluer sa course, jusqu'au moment où celle-ci s'accélère brutalement en se rapprochant de l'horizon, comme aimantée par quelque force invisible.

— Ce phénomène s'explique de façon scientifique, répondit Pendergast entre deux gorgées de Campari, mais je préfère votre idée d'une force invisible.

— Le coucher du soleil est davantage propice à l'admiration des forces invisibles qu'aux discours scientifiques.

Un léger sourire flotta sur les lèvres de Pendergast.

La sonnerie de son téléphone le ramena à la réalité. Il tira l'appareil de la poche intérieure de sa veste, chercha des yeux le nom de son correspondant sur l'écran, constata qu'il s'agissait d'un appel anonyme et décrocha.

— Pendergast.

— Parfait, fit une voix à l'autre bout du fil. Je vois que vous répondez sur votre téléphone professionnel, ma tâche s'en trouve simplifiée.

Pendergast reconnut la voix du directeur adjoint Pickett, mais ce dernier s'exprimait de façon plus tendue qu'à son habitude.

— Je viens de recevoir de mauvaises nouvelles de notre antenne dans le sud de la Chine. L'agent Quarles est mort.

Pendergast resta comme tétanisé l'espace d'un instant, puis il saisit son verre.

— Fournissez-moi les détails.

— Il a fait une chute depuis sa suite du Sofitel de Foshan, dans la province du Guangdong. Les autorités locales avaient récupéré le corps et lancé une enquête lorsque Langley s'est aperçu qu'il s'agissait de quelqu'un de chez nous. Le temps d'alerter les Chinois en passant par le canal diplomatique, ils avaient déjà pratiqué une autopsie. Nous avons tout juste eu le temps d'envoyer sur place un médecin légiste afin qu'il procède à un rapide examen du corps avant qu'il soit incinéré et renvoyé aux États-Unis.

— Qu'a-t-il découvert ?

— Le verdict officiel des Chinois, « décès lié à de multiples traumatismes », concorde avec une chute du vingtième étage d'un immeuble.

Pickett marqua une courte pause.

— Les Chinois penchent pour un suicide. L'autopsie a été pratiquée dans les règles de l'art, et notre spécialiste a mis du temps à découvrir des éléments qui contredisent cette thèse. Quarles est effectivement tombé de sa fenêtre, mais...

— Oui ?

— Notre spécialiste a relevé des traces d'abrasion au niveau de l'œsophage.

— D'abrasion, dites-vous ?

— Il s'agit du terme employé par l'expert dans son rapport.

— Puis-je vous demander de m'envoyer le rapport en question ?

— Je n'ai pas terminé. Le légiste chinois a balayé cette découverte en affirmant qu'il s'agissait d'une perforation de l'œsophage due à un carcinome.

— Rien d'autre ?

— Notre expert n'a pas été en mesure d'aller plus loin. Il a fait ce qu'il a pu avant que la dépouille soit incinérée, conformément à un usage bien commode qui permet aux Chinois de se laver les mains des étrangers morts dans des conditions douteuses.

— Disposez-vous de photos de l'œsophage ?

— Je vous envoie tout de suite des clichés encryptés.

Pendergast procéda au décryptage de l'e-mail reçu sur son téléphone et passa en revue les photos.

Quarles était méconnaissable, il n'avait plus rien du petit homme apprêté avec sa coiffure de bon élève qu'il avait croisé à l'Institut médico-légal de Fort Myers quelques jours plus tôt.

— Il est précisé ici que la muqueuse et la sous-muqueuse étaient attaquées, nota Pendergast en lisant le rapport de l'expert.

— Inspecteur, je m'y perds dans tous ces termes médicaux.

Pendergast se pencha sur la dernière photo, la seule que le légiste américain avait pu prendre de l'œsophage de Quarles.

— Blessure traumatique ou non, il n'y a là aucune cellule cancéreuse squameuse.

Pickett soupira bruyamment à l'autre bout du fil.

— Si c'est l'avis du docteur Pendergast...

— L'expert en chaussures que j'ai envoyé en Chine en début de semaine ne souffrait nullement d'un cancer de l'œsophage, je puis vous l'assurer.

— Dans ce cas, de quoi s'agit-il ?

— Je ne fais que confirmer ce que notre expert exprime en termes diplomatiques, eu égard aux circonstances. Cette lésion au niveau de l'œsophage n'a pas été provoquée par un cancer, ou par une chute, mais par des brûlures majeures.

— Des brûlures ?

— Des brûlures au troisième degré qui ont détruit l'œsophage jusqu'au niveau sous-cutané.

Pickett resta longtemps silencieux.

— Que suggérez-vous exactement ?

— Il est clair que l'agent Quarles a été torturé. On a introduit de force dans sa gorge un gastroscope d'un type particulier.

— D'un type... particulier ?

— Oui, il est possible de s'en procurer à condition de savoir où. Il s'agit d'un instrument médical qui n'est pas conçu pour guérir, mais pour blesser.

En général, les gastroscopes sont équipés d'une lumière, d'une microcaméra ou de minuscules scalpels permettant de réaliser des biopsies, mais on peut également y placer des sondes électriques conçues pour cautériser une plaie. Ce genre de torture ne laisse aucune trace, à l'extérieur tout du moins.

— Mon Dieu.

— Quarles m'a appelé avant-hier. Il pensait avoir retrouvé le fabricant de chaussures. Il s'agissait d'un modeste atelier disposant d'un nombre limité de clients. Un intermédiaire avait récemment passé commande de trois cents paires des chaussures qui nous intéressent.

— D'autres informations ?

— Oui. Cette commande présentait certaines spécificités inhabituelles. Il a cru comprendre qu'il s'agissait d'un sujet sensible et que tenter d'en apprendre davantage pouvait être problématique.

— Quoi d'autre ?

— Monsieur le directeur, Quarles était aussi à son aise en Chine que dans son laboratoire de Huntsville, mais ce n'était pas un agent de terrain aguerri pour ce genre de mission incognito. Il pensait avoir mis la main sur le fabricant et nous souhaitions évidemment identifier l'acheteur, mais je lui ai recommandé la plus grande prudence en lui conseillant de quitter la région le plus rapidement possible.

— Vous a-t-il communiqué le nom du fabricant concerné ?

— Non. Il n'avait aucune raison de m'en dire davantage par téléphone à ce stade, notamment pour des raisons de sécurité.

— Des raisons de sécurité ? Tout indique qu'il était déjà trop tard quand vous avez eu cette conversation.

— Je le crois également.

— Avez-vous réfléchi au fait que ces gens, quels qu'ils soient, s'ils ont pris la peine de torturer Quarles comme vous le pensez, ont pu obtenir les réponses qu'ils cherchaient ?

— Oui.

— Auquel cas il leur aura révélé la nature de nos recherches ainsi que le nom de la personne en charge de l'enquête, à savoir *vous*.

— Je m'interroge surtout sur la façon dont ils ont pu le démasquer, sachant que Quarles et moi-même avions pris des précautions de niveau 1.

— La question est essentielle. Comment souhaitez-vous procéder ? demanda Pickett après un silence.

— J'aimerais y réfléchir.

— Très bien. En tout cas, ce triste épisode nous fournit une indication précieuse : les gens auxquels nous avons affaire sont très bien organisés et ils ont le bras long. Je tiens à vous alerter de la façon la plus solennelle sur les risques que vous encourez. Dites également à Coldmoon de se tenir sur ses gardes.

— Je le ferai dès que j'aurai de ses nouvelles.

Pendergast mit fin à la conversation et rempocha son téléphone. Le soleil avait disparu à l'horizon en laissant dans son sillage un ciel couleur de cannelle.

— Vous avez perdu quelqu'un ? demanda Constance en reposant son verre vide.

— Je crains fort que cette formule ne décrive bien imparfaitement la réalité. À cause des instructions que je lui avais données, l'un de mes collègues a été torturé. Et tué.

Constance se contenta de lui prendre la main en silence et ils restèrent longtemps ainsi alors que le jour finissait de décliner lentement.

— Quel homme était-ce ? se résolut-elle à demander.

— Un individu courageux mort en service, répondit Pendergast, la mine sombre. C'est encore le plus bel hommage que l'on puisse lui rendre.

Il laissa s'écouler un nouveau silence avant de se tourner vers Constance.

— Je me dois de vous avertir : cette nouvelle est non seulement tragique, mais sans doute synonyme de danger pour nous.

— Oh, se contenta de réagir Constance en restant impassible. Auquel cas il est temps de penser à l'essentiel.

— Qu'est-ce à dire ?

— Il nous faut choisir un endroit où dîner. J'ai une faim de loup.

Ils se levèrent d'un même mouvement et Pendergast passa un bras autour de la taille de sa compagne d'un geste à la fois affectueux et protecteur. Ils descendirent les quelques marches de la véranda et prirent la direction des restaurants alignés sur Captiva Drive.

39

— C'est ici, annonça Smithback.

Flaco s'engagea sur Kellogg Street et Smithback sentit s'alléger le poids qu'il portait sur les épaules en voyant défiler de l'autre côté de la vitre d'anciens immeubles résidentiels transformés en cabinets d'avocats, de médecins ou de dentistes, tous annoncés par d'élégantes pancartes en bois.

Le journaliste avait passé les douze heures précédentes à réfléchir au meilleur moyen de s'en tirer, dans l'attente de ce moment. Il avait notamment suggéré à Flaco de redessiner plusieurs pages de son manuscrit avant de lui demander de mettre un semblant d'ordre dans sa chevelure. Il fallait impérativement lui faire oublier les foudres de Grosse Tête en lui laissant miroiter un avenir hollywoodien doré. À mesure que la nuit s'écoulait, Smithback avait senti croître son angoisse. Et si Flaco se dégonflait ? Et si Carlos ne s'absentait pas ? Chaque heure écoulée le rapprochait du retour de Grosse Tête.

Lorsque Flaco lui avait porté son petit-déjeuner sans un mot ce matin-là, Smithback était allé jusqu'à lui réclamer un pourcentage sur ses revenus futurs.

— Imaginons qu'El Acero connaisse un succès énorme, je préfère qu'on se mette d'accord tout de suite sur ma part. Après tout, c'est moi qui te mets en contact avec Bill. En règle générale, un agent récupère quinze pour cent, mais je ne serai pas aussi gourmand. Je pourrais me contenter de dix ou de douze, il faudra qu'on en parle sérieusement en sortant du rendez-vous.

Flaco avait posé brutalement l'assiette de tortillas et de haricots rouge sur le matelas avant de quitter la pièce sans un mot. *Espérons que ses rêves de fortune et mon intention affichée de regagner ma prison après avoir vu l'imaginaire Bill Johnson, façon syndrome de Stockholm, l'auront convaincu*, avait pensé très fort Smithback qui n'était même pas sûr que Flaco ait tout compris à ses explications.

Les deux heures suivantes avaient été les plus longues de la vie du journaliste. Et puis sa porte s'était brusquement ouverte en dévoilant la silhouette du jeune voyou.

— On y va, avait-il laissé tomber.

— Mes vêtements, mes cheveux...

— Dans la voiture, *esé*. Carlos revient à midi. Et pas question de te donner un sou.

Le geôlier musclé s'était donc bien absenté ! Smithback s'était précipité à la suite de Flaco dans un dédale de couloirs. Après avoir passé plusieurs jours prostré dans ce réduit, il peinait à marcher. Flaco avait ouvert une porte métallique et ils s'étaient retrouvés dans une ruelle inondée de soleil. Smithback avait dû s'arrêter, aveuglé par la lumière.

— *¡Date prisa !* s'était énervé Flaco à mi-voix en tirant Smithback par le bras tout en lui montrant la crosse du pistolet coincé dans sa ceinture.

Le journaliste avait reconnu la venelle où s'était déroulé le guet-apens. Une vieille Impala des années soixante trafiquée, comme les affectionnent les gangsters latinos, était garée tout près. Smithback en avait souvent vu à l'époque où il couvrait les quartiers chauds de Miami pour son journal. Il avait découvert sur le siège passager un sachet en papier contenant une brosse à cheveux, des lunettes de soleil bon marché, une boîte de lingettes, ainsi qu'un T-shirt sur lequel s'étalait le logo d'un groupe de rock hispanique. Flaco avait gagné le boulevard avant de remonter Cleveland Avenue en direction du nord pendant que Smithback se débarrassait de sa chemise dégoûtante, enfilait le T-shirt et se nettoyait du mieux qu'il le pouvait. Le miroir de courtoisie du pare-soleil lui avait renvoyé le visage effrayant d'un individu mal rasé au visage tuméfié et aux cheveux collés par le vomi. Faute d'être en mesure de se raser, du moins pouvait-il retrouver figure humaine grâce aux lingettes et à la brosse. Il avait toujours un œil gonflé, mais les lunettes de soleil s'étaient chargées de le dissimuler à la vue. Le temps de finir sa toilette, ils étaient en vue de Kellogg Street.

S'il espérait ce moment de toute son âme, Smithback ne connaissait pas suffisamment bien Fort Myers pour mettre au point un plan digne de ce nom. Il allait devoir improviser. Il n'était pas envisageable d'ouvrir sa portière et de sauter en marche, Flaco l'aurait abattu sans une hésitation avant de regagner la *tienda* sur les chapeaux de roues en s'efforçant de trouver une explication plausible à sa mort. Le mieux aurait été de repérer des flics en maraude, mais chacun sait que les flics ne sont jamais là quand on a besoin d'eux.

Il comprit qu'il allait devoir se décider en voyant défiler les rues : Nelson, Unity, Abbott. L'atmosphère du quartier changeait déjà, les immeubles miteux ne tarderaient pas à céder la place à des taudis.

Vite ! Trouver une solution !

— Ralentis, ordonna-t-il à Flaco.

— Où c'est, *cretino* ?

— Pas loin, d'accord ? Je reconnais le coin, je te dirai dès que je verrai son bureau.

Flaco ralentit et Smithback examina les immeubles des environs, au bord de la panique.

— Là ! s'écria-t-il en désespoir de cause à la vue d'un grand bâtiment. Flaco passa devant, fit demi-tour au carrefour suivant et rebroussa chemin avant de s'arrêter au pied de l'immeuble.

Smithback tendit le dos. Il avait choisi l'immeuble faute de mieux, sans prendre le temps d'en considérer les caractéristiques, avec l'impression de jouer à la roulette russe.

Grâce au ciel, plusieurs écriteaux en bois étaient fixés à l'entrée, au-dessus desquels figurait en grosses lettres le nom de l'immeuble : Flagler Building. Chaque pancarte portait un nom différent : John Kramer – Dr. en Chir. Dent., Lauren Richards – Dr. en Chir. Dent., Kenneth Sprague – Orthodontiste, Shirley Gupta – Dr. en Chir. Dent.

Seigneur, pensa Smithback. Un putain de cabinet dentaire ! Il n'aurait pas pu choisir sa cible plus mal. Il sentit le regard brûlant de Flaco se poser sur lui.

— Le Flagler Building ? déclara le voyou d'une voix menaçante, plus méfiant que jamais.

— Bien sûr. Tu n'as jamais lu les canards de BD de Bill ? répondit Smithback sans se démonter.

Après tout, rien à foutre. Il avait fait de son mieux et se trouvait à court d'idées.

— C'est le nom de sa boîte, les Éditions Flagler, en hommage à son frère mort, Flagler Johnson.

— Et tous les autres noms ? L'ortho… l'orthodon…

— Ce sont les associés de Bill. Des dessinateurs. Tu ne sais pas lire ? John Kramer, Lauren Richards et Shirley Gupta, les auteurs de *Docteur Chirdent*, un super-héros qui vient de la planète Orthodont. *Orthodontie*, c'est le nom de la série.

— Et la *película*, le film ?

— Il doit sortir à Noël, répondit Smithback.

Le mieux était peut-être de descendre de l'Impala et de s'enfuir en courant. Non, ce serait du suicide.

— Je t'accompagne, décida Flaco.

Le cœur de Smithback battait à tout rompre. Flaco venait d'avaler tout rond les bobards les plus énormes. Il se fichait désormais de ce qui pouvait lui arriver, il n'avait même plus peur.

— Mauvaise idée, décréta-t-il en désignant les bras tatoués du voyou, le bandana noué autour de son cou. On en a déjà discuté, tous les deux. Laisse-moi d'abord parler de toi à Bill et lui montrer ton manuscrit. Une fois qu'il aura pris la mesure de ton talent, il se moquera bien de ton *apariencia*, mais c'est encore trop tôt. Il ne faudrait pas que tu lui fasses peur.

Flaco resta un long moment sans réaction, puis il tendit la main vers le vide-poches de sa portière. Smithback crut un instant qu'il cherchait son arme, mais il se contenta de récupérer le manuscrit et de le tendre à son passager.

— *¡Muévete !*

Smithback acquiesça, ouvrit sa portière et mit un pied dehors, le T-shirt collé par la peur au skaï de son siège baquet.

Il se dirigea vers l'entrée de l'immeuble en réfléchissant à toute vitesse. Avec un peu de chance, le cabinet disposait d'une issue donnant sur l'arrière. Le tout était de savoir si Flaco resterait assez longtemps dans la voiture pour que Smithback ait le temps d'appeler les flics. Il gravit les marches d'un air décidé, poussa la porte et découvrit un grand hall sur lequel s'ouvraient plusieurs portes, au pied d'un escalier dans lequel il se précipita. Arrivé sur le palier, il s'approcha d'un bureau derrière lequel étaient installées deux femmes en blouse blanche.

— Puis-je vous aider ? demanda l'une d'elles en le regardant de la tête aux pieds.

— J'aurais besoin d'utiliser votre téléphone. C'est urgent.

Les deux femmes se regardèrent, mais il était déjà trop tard car un flot d'injures en espagnol venait de résonner dans le hall du rez-de-chaussée : Flaco, flairant un coup fourré, l'avait suivi dans le bâtiment.

Smithback franchit au jugé une porte entrouverte, traversa au pas de course un cabinet dans lequel officiait un dentiste, une roulette à la main, et pénétra en trombe dans la pièce voisine où un patient était allongé dans un fauteuil réglable au milieu d'une forêt d'instruments de torture. Avisant l'inscription ISSUE DE SECOURS au-dessus d'une porte, il l'ouvrit à la volée et arriva à un escalier métallique. Des cris de rage s'élevèrent dans les profondeurs du bâtiment.

Il dévala les marches quatre à quatre, poussa la barre de sécurité de la porte de secours et se retrouva dans la cour arrière de l'immeuble. Il s'arrêta un instant, le temps de se repérer. De part et d'autre se dressaient les immeubles voisins que longeait un marigot boueux. Il venait d'atteindre le chenal lorsque retentit un coup de feu dans son dos, suivi d'un hurlement sauvage. Il se jeta littéralement dans la jungle des plantes aquatiques, roula sur lui-même, bondit sur ses jambes et s'enfonça dans le marais dont la végétation ne tarda pas à l'engloutir.

Une première balle se perdit derrière lui, la suivante fit exploser une branche à quelques dizaines de centimètres de lui. S'apercevant qu'il serrait toujours le manuscrit dans sa main, il s'en débarrassa et les feuillets dessinées s'éparpillèrent dans la boue.

Au même moment, déjà loin, la voix de Flaco manifesta sa rage :

— Smithback ! T'es mort ! *¡Chinga tu madre !* Tu m'entends, enfoiré ? T'es mort ! Mort ! *Mort !*

40

P. B. Perelman espérait prendre son premier jour de repos depuis le début de l'enquête lorsque l'on sonna à sa porte ce matin-là. Le tintement du carillon lui était d'autant plus douloureux désormais que son chien n'était plus là pour accueillir les visiteurs par ses aboiements. La pauvre bête lui manquait terriblement. Il s'en voudrait éternellement d'avoir mal fermé la porte ce jour fatidique…

Il découvrit avec surprise l'inspecteur Pendergast sur le pas de sa porte. Ce type était décidément imprévisible, il apparaissait systématiquement aux moments les plus inattendus. Cette nature capricieuse constituait l'essence même de sa façon d'enquêter.

— C'est une belle journée qui s'annonce, déclara Perelman. Puis-je vous proposer une tasse de café ?

— Non, je vous remercie. J'ai rendez-vous ce matin même avec le commandant Baugh et j'espérais que vous accepteriez de m'accompagner.

La requête était pour le moins curieuse.

— Bien sûr. Entrez un instant, le temps de me préparer.

Pendergast franchit le seuil de la maison et patienta dans l'entrée pendant que le chef de la police boutonnait sa chemise et bouclait sa ceinture à laquelle était fixée son arme de service. Perelman méprisait suffisamment le commandant pour ne pas lui laisser le plaisir de se présenter devant lui en tenue négligée. Il nota que les chaussures de Pendergast étaient parfaitement cirées, contrairement aux siennes.

— Excusez-moi un instant.

Il laissait toujours dans l'entrée une brosse qu'il sortit du coffret à cirage.

— Si je puis me permettre, quelle est la raison de ce rendez-vous et pourquoi avez-vous besoin de moi ?

— L'inspecteur Coldmoon se trouve actuellement en mission en Amérique centrale. Quant à Constance, elle vaque à quelque occupation mystérieuse si bien que j'ai pensé à vous, monsieur Perelman, pour me servir de témoin.

— Un témoin, répéta ce dernier, surpris.

Il quitta la maison à la suite de Pendergast et vit avec étonnement un Range Rover flambant neuf le long du trottoir.

— Pourquoi un témoin ?

— J'ai bien peur que notre rendez-vous avec le commandant nous entraîne dans un léger contretemps. Son second, le lieutenant Darby, sera présent, je tiens à disposer d'un second, moi aussi.

— Vous en parlez comme d'un duel, plaisanta Perelman.

Son rire se tarit lorsqu'il remarqua la mine grave de son compagnon. L'inspecteur était d'humeur particulièrement glaciale, ce matin-là.

Pendergast se glissa derrière le volant du 4 × 4 tandis que son compagnon prenait place à côté de lui.

La circulation était plus fluide qu'à l'accoutumée, si bien qu'ils arrivèrent rapidement à Fort Myers, une fois franchi le viaduc.

Ils trouvèrent le parking du quartier général de la police quasiment vide. Pendergast se gara près de l'entrée et ils descendirent de voiture, accueillis par une moiteur tropicale. Perelman fronça les sourcils en voyant son compagnon armé d'une mallette. Il n'avait jamais vu l'inspecteur se promener avec un attaché-case auparavant.

Le battant s'ouvrit sur la silhouette de Darby lorsque Pendergast toqua à la porte du bureau de Baugh à 12 h 30 précises. Le lieutenant s'effaça en silence afin de laisser entrer les visiteurs.

Le commandant se leva aussitôt.

— Monsieur Perelman ! Quelle surprise. À la vérité, j'espérais avoir une conversation en tête à tête avec l'inspecteur Pendergast.

— M. Perelman prend provisoirement la place de mon coéquipier, actuellement absent, s'interposa Pendergast. Vous pouvez parler devant lui en toute confiance.

— Je vous laisse juge. Avant de commencer, je tiens à vous prévenir que ce que je vais vous dire n'est pas forcément à mettre entre toutes les oreilles, inspecteur.

Pendergast s'assit sans un mot, imité par Perelman qui s'étonna de voir Darby choisir un siège juste derrière Baugh, tel un caniche. Il tenait à la main un carnet afin de prendre des notes en sténo.

— Très bien, se lança Baugh. Disposez-vous enfin des rapports que je vous ai demandés au sujet de ces différents bateaux ?

Pendergast sortit de son attaché-case un dossier et le tendit au commandant.

— Les fouilles n'ont malheureusement rien donné. Tout indique que l'*Empire Carrier* transportait du caviar iranien de contrebande. Il s'agit à l'évidence de la marchandise qu'on le voit déverser dans l'océan sur les photos satellite. Les autres navires présentaient moins d'intérêt encore.

Le commandant laissa échapper un grognement en s'emparant du dossier et le posa devant lui sans même y jeter un coup d'œil.

— Parlons à présent de Pamela Gladstone, cette océanographe avec laquelle vous travaillez.

Pendergast lui opposa un silence polaire.

— J'espérais avoir été clair, poursuivit le commandant, mais je constate que vous n'avez pas tenu compte de mes recommandations. Pas de faux-semblants, s'il vous plaît, je suis au courant de tout. Les théories fumeuses de cette femme n'ont pas leur place dans cette enquête. Je lui ai ordonné de me fournir l'ensemble des éléments scientifiques et comptables dont elle disposait, en l'état. Je lui ai fait comprendre que toute nouvelle intervention de sa part serait considérée comme une entrave au bon fonctionnement de l'enquête, sous peine de lui retirer ses autorisations de recherche à la moindre incartade.

Nouveau silence.

— À présent, parlez-moi de ce collègue que vous avez envoyé en mission en Chine. Rien de neuf de ce côté-là ?

— Il a été assassiné.

— *Quoi ?* Assassiné ? Dans quelles circonstances, et comment se fait-il que je n'en ai pas été informé ?

— Vous n'en avez pas été informé car je suis de plus en plus persuadé qu'il y a une taupe parmi nous. Très probablement au sein de vos équipes.

— Une taupe ? Au sein de *mes équipes* ? Une telle accusation est inadmissible ! Bon sang, Pendergast, vous dépassez les bornes. J'avais espéré ne pas en arriver là, mais vous ne me laissez pas le choix.

Il se leva, le visage rouge de colère.

— En vertu des pouvoirs qui me sont conférés en tant que responsable de la force opérationnelle, je vous interdis formellement de participer à la suite de l'enquête. J'exige que vous boucliez vos valises et que vous partiez sur-le-champ. Faites-moi confiance, je ne manquerai pas de m'en ouvrir à vos supérieurs auxquels je ferai part de votre insubordination.

Pendergast se leva à son tour. Perelman en resta éberlué. L'inspecteur n'allait tout de même pas se laisser débarquer de l'enquête sans réagir ?

Comme pris d'une hésitation, Pendergast se tourna brusquement vers le commandant.

— Avant de prendre congé, je tenais à vous exprimer mes condoléances les plus sincères.

Interloqué, Baugh explosa.

— Des condoléances ? De quoi diable parlez-vous ?

— Je faisais allusion à la façon tragique dont vous avez été contraint de mettre à mort votre propre cheval, Noble Nexus.

Perelman n'avait jamais vu un visage humain virer aussi rapidement au cramoisi.

— Fichez le camp, murmura-t-il d'une voix tremblante, tête baissée.

Mais Pendergast ne semblait pas décidé à quitter la pièce.

— Il était une fois un individu qui avait acquis un superbe cheval de dressage nommé Noble Nexus.

— *Foutez-moi le camp !*

— Il serait pourtant dans votre intérêt, commandant, d'écouter attentivement ce joli conte de fées qui met en scène un cavalier et sa noble monture, ainsi que le détail de la tragédie qui a suivi.

Pendergast s'était exprimé d'une voix si froide que Perelman en eut les os glacés.

Le commandant, au bord de l'apoplexie, restait muet de saisissement.

— Noble Nexus était un pur-sang de belle lignée, élevé et dressé dans un haras connu sous le nom de Rocking Horse Farms à Georgetown, au cœur du Kentucky. Le cavalier se proposa d'acquérir Noble Nexus pour la somme de cent vingt-cinq mille dollars, au grand désarroi de ses propriétaires inquiets qui avaient observé le cavalier et constaté son manque d'expérience. Mais l'argent étant ce qu'il est, les propriétaires du haras finirent par céder à sa requête.

« Le cavalier regagna son petit ranch de Palmdale, en Floride, avec sa fière monture et entama avec lui une série de compétitions. L'intéressé, vérité soit dite, n'était pas un cavalier émérite, mais le cheval compensait ses carences par son désir de plaire à son maître, si bien qu'à défaut de briller lors de ces concours, le cavalier obtenait des résultats honorables. Cette situation poussa notre homme à se croire meilleur cavalier qu'il ne l'était, ce qui lui valut de se qualifier lors des épreuves équestres d'hiver dans sa patrie la Floride.

Du coin de l'œil, Perelman vit que Baugh était comme tétanisé. Son visage était passé du violet à la pâleur la plus extrême. Quant à Darby, carnet et stylo en main, il s'était transformé en statue de sel.

— Le jour venu, notre homme s'avança dans la lice et se lança dans la compétition, juché sur Noble Nexus. Ce dernier était un cheval fabuleux, beau, fin, racé, intelligent. Le cœur débordant de générosité, il entendait donner le meilleur de lui-même, mais son cavalier se montrait nerveux. Sous le regard de tant de spectateurs, Noble Nexus aurait aimé comprendre ce que l'on attendait de lui, mais son cavalier lui envoyait des signaux contradictoires en pesant sur son flanc de la mauvaise jambe, en se positionnant maladroitement sur son dos. Pire encore, notre homme avait bu avant la compétition dans l'espoir de calmer ses nerfs. Le cheval est un animal doué d'un odorat très fin et les effluves nauséabonds qui émanaient de son cavalier déroutaient Noble Nexus. La crise parvint à son comble lorsque le cavalier voulut engager Noble Nexus dans une manœuvre délicate, qui voit l'animal changer de trot à plusieurs reprises alors qu'il est au petit galop.

Pendergast interrompit son récit, le temps de dévisager Baugh d'un œil froid.

— Le cavalier et sa monture galopaient sur le terrain, mais Noble Nexus avait peur. Chaque fois qu'il hésitait, son cavalier lui labourait douloureusement les flancs de ses éperons, si bien que l'animal finit par réagir ainsi que l'aurait fait n'importe quel cheval : il désarçonna son cavalier sous les yeux de l'assistance.

Pendergast marqua une pause plus longue avant d'achever son récit.

— Plus de peur que de mal, le cavalier en fut quitte pour une simple chute. Seul son amour-propre se trouva blessé. Notre cavalier, faut-il le préciser, appartenait à la race de ces individus pleins d'assurance qui doivent leur ascension dans l'existence à l'ascendant qu'ils exercent sur leurs semblables. Des individus incapables de prendre la moindre distance, aux yeux desquels la faute et l'erreur sont forcément celles d'autrui. En termes clairs, des individus prêts à tout lorsqu'il s'agit de préserver l'image glorieuse qu'ils se font d'eux-mêmes. En pareil cas, un cavalier tel que le nôtre vidant les étriers devant dix mille spectateurs ne peut qu'accuser sa monture. Pire, il estimera que son cheval est *dangereux*. L'unique moyen de prouver aux yeux du monde que le coupable n'est pas lui, mais le cheval, consiste à abattre l'animal.

Pendergast se tut. Près de lui, Perelman frissonna d'horreur.

— Vous êtes un pauvre malade, Pendergast, si vous croyez m'intimider en racontant cette histoire, déclara Baugh d'une voix sourde. Ce cheval était *vraiment* dangereux et je dispose de tous les documents pour le prouver. Un entraîneur a pu en attester, ainsi que le vétérinaire qui l'a abattu. C'était la seule solution, la plus charitable aussi, afin d'éviter qu'il ne recommence avec un autre.

Pendergast tira de son attaché-case un document et le posa sur le bureau.

— Ceci est une attestation en bonne et due forme de l'entraîneur en question expliquant de quelle façon vous l'avez obligé, par la menace, à certifier que cet animal était dangereux. Il donne ici le détail des menaces proférées et affirme qu'à son avis, le cheval n'était *aucunement* dangereux et que la responsabilité de cette chute vous revenait entièrement. Il exprime en outre son regret d'avoir cautionné un tel acte, ainsi que son désir d'expier sa faiblesse.

L'inspecteur sortit de l'attaché-case une autre feuille.

— Cette autre attestation, dûment signée et notariée, émane du vétérinaire auquel vous avez fait allusion. Il avoue avoir reçu la somme de cinq mille dollars pour accepter d'abattre l'animal en le déclarant dangereux. Il explique ici que vous l'avez menacé en déclarant que son fils, je cite, « ne trouverait jamais de travail » s'il refusait de coopérer. Je précise que le fils en question venait d'entrer au sein des garde-côtes, ce qui rendait le vétérinaire d'autant plus vulnérable. Lui aussi exprime ses plus profonds regrets dans le rôle qu'il a pu jouer en exécutant un animal aussi magnifique.

Baugh était devenu plus blême encore. Dieu seul savait ce qu'il pouvait ressentir. Pour sa part, Perelman en avait mal au ventre. Cette histoire lui rappelait la façon dont il avait traité Sligo, une culpabilité dont il ne se débarrasserait jamais.

Un silence de plomb avait envahi la pièce, Baugh était dans l'incapacité totale de prononcer une parole.

— Commandant, reprit Pendergast à mi-voix. Au cours de ma carrière, j'ai croisé la route de nombreux meurtriers et autres psychopathes, mais j'ai rarement vu crime plus révoltant que le meurtre délibéré de cet animal innocent qui vous avait accordé sa confiance, au seul nom de votre ego surdimensionné.

Avec effort, Baugh s'obligea à ouvrir la bouche afin de demander d'une voix rauque :

— Comment... comment comptez-vous utiliser ces attestations ?

— Je commencerai par vous dresser la liste de mes exigences. Vous continuerez à me laisser mener mon enquête comme je l'entends, avec votre entière coopération. Vous enverrez une lettre d'excuses à Mme Gladstone, accompagnée d'un chèque de cent un dollars et vingt-cinq cents, en remboursement de la balise intentionnellement endommagée par le lieutenant Lèche-Bottes... je veux dire le lieutenant Duran. Vous n'entretiendrez dorénavant plus aucun contact avec Mme Gladstone. Vous veillerez soigneusement à préserver le compartimentage institué par mes soins afin que la taupe infiltrée au sein de vos équipes n'ait plus aucun accès au détail de mes activités. Par mesure de sécurité, je ne vous tiendrai plus informé des avancées de mon enquête... et vous vous abstiendrez de me poser la plus petite question à ce sujet.

Le commandant agita la mâchoire à plusieurs reprises avant de laisser échapper un « très bien » à peine audible.

— En ce qui concerne ces attestations, elles seront conservées en lieu sûr en cas de besoin.

Il se leva, aussitôt imité par Perelman que l'atmosphère de la pièce commençait à étouffer. Face à eux, le commandant n'était plus qu'une loque.

Pendergast se tourna vers Darby et s'adressa à lui d'une voix grinçante :

— Comment, lieutenant ? Vous n'avez pas pris de notes ? Honte à vous !

Sur ces mots, il quitta le bureau en entraînant son compagnon. Quelques instants plus tard, les deux hommes regagnaient le Range Rover. Perelman se hissa péniblement sur le siège passager. Jamais de toute son existence il n'avait assisté à une confrontation aussi impitoyable.

— Vous n'y êtes pas allé de main morte, finit-il par dire.

Un petit sourire éclaira les traits austères de l'inspecteur.

— Je vous propose de nous mettre en quête d'un restaurant où manger des crabes servis avec une bonne mayonnaise à la moutarde. Cet épisode m'a ouvert l'appétit.

41

L'autocar, bondé et imprégné d'une odeur de gazole, mit deux heures à parcourir les quarante kilomètres séparant Acatán du Mexique. Il s'arrêta dans un grincement de freins devant le triste poste-frontière et fit descendre ses passagers. Ceux-ci durent montrer leurs papiers à un fonctionnaire mexicain avant de monter à bord du car tout aussi miteux qui les attendait de l'autre côté.

Au bout d'une heure de route, le lourd véhicule atteignit la ville de La Gloria, dans l'État du Chiapas. Coldmoon ne s'étonna pas d'être le seul passager à en descendre en découvrant le décor désolé de cette bourgade perdue, sa rue centrale bordée de palmiers et de buissons rongés par la poussière. Il balança son sac sur l'épaule et regarda le car s'éloigner. Le chauffeur l'avait aimablement déposé devant Del Charro, à l'extérieur de la petite ville. Un néon solitaire aux armes de la bière Olmeca clignotait dans la vitrine et de la musique *ranchera* s'échappait du petit bar. Il traversa la rue, quasiment vide à cette heure, et poussa la porte d'entrée.

Une fraîcheur bienvenue régnait à l'intérieur et Coldmoon mit quelques instants à s'habituer à la pénombre. La pièce était déserte, à l'exception du barman et d'un adolescent assis sur un tonneau à l'extrémité du comptoir.

Coldmoon s'approcha d'une démarche nonchalante et se jucha sur un tabouret.

— Que puis-je vous servir, *señor* ? lui demanda le barman en espagnol.

— Une Olmeca, s'il vous plaît.

L'homme, un personnage débonnaire vêtu d'une chemise rayée de couleurs vives et coiffé d'un chapeau de cow-boy, déposa une bouteille devant lui.

— Un verre ?

— Pas la peine, merci, répondit Coldmoon en portant la bière à ses lèvres. Vous ne seriez pas le *señor* Corvacho, par hasard ?

— Si, c'est moi.

Coldmoon y vit un signe encourageant.

— Je cherche un ami.

— Qui exactement ?

— Il se fait appeler El Monito.

Corvacho se figea avant de répondre avec un empressement factice.

— Jamais entendu parler.

Coldmoon hocha la tête et avala une gorgée du liquide glacé tandis que Corvacho essuyait longuement le bar afin de masquer son trouble.

Tout en sirotant sa bière, Coldmoon réfléchit à la meilleure façon de procéder. Il aurait pu soudoyer son interlocuteur, mais c'était encore le plus sûr moyen de l'effrayer définitivement. Il savait aussi que la vérité, ou ce qui s'en approchait, était plus efficace que le mensonge.

— Je cherche Martina Ixquiac, une femme passée par ici en décembre dernier. Elle était originaire de San Miguel Acatán et faisait partie d'un groupe de migrants en route pour les États-Unis.

Il sortit un portrait de la jeune femme que lui avait fourni Ramona.

— Elle a disparu et je cherche à savoir ce qu'elle est devenue.

C'est tout juste si Corvacho accorda un coup d'œil à la photo.

— Je ne sais rien du tout.

Cette fois encore, il avait répondu trop vite.

— Écoutez, *amigo*, je travaille pour ses proches qui s'inquiètent à son sujet. Je m'efforce de la trouver, c'est tout. J'ai vraiment besoin de votre aide.

— Je vous le disais, *señor*, je n'ai jamais entendu parler de ce monsieur. Je ne suis pas non plus au courant des groupes de migrants dont vous parlez, dit-il d'une voix chevrotante de peur. Je suis désolé de ne pas pouvoir vous aider.

Sa phrase à peine achevée, il s'éclipsa.

Putain, pensa Coldmoon. *Le voilà qui se carapate pour prévenir El Monito.*

Par la fenêtre, il vit Corvacho traverser le parking voisin et monter dans un vieux pickup. Le barman avait décidé d'aller trouver directement le coyote afin de l'alerter, et Coldmoon n'avait aucun moyen de le suivre, faute de disposer d'une voiture. Il jura entre ses dents. El Monito en profiterait pour s'enfuir, ou alors il réunirait ses troupes avec l'intention de se défendre.

Curieusement, le pickup ne partait pas et Coldmoon comprit que le barman avait des soucis avec le démarreur. Corvacho en descendit en claquant sa portière et regagna le bar où Coldmoon l'entendit fourrager dans sa boîte à outils.

L'opportunité était trop belle. Coldmoon descendit de son tabouret et alla discrètement sur le parking. Le plateau du pickup était vide. À moins de s'accrocher au châssis, ce qui serait suicidaire étant donné l'état des routes de la région, il ne voyait pas comment il aurait pu se cacher dans le véhicule. Une idée lui venant à l'esprit, il s'approcha de la cabine et nota le kilométrage indiqué au compteur.

Il venait tout juste de reprendre sa place au bar lorsque Corvacho, muni d'une poignée d'outils, revint près du véhicule et en souleva le capot. Il serra les cosses des câbles de la batterie, referma le capot, monta à bord, mit le contact et démarra sur les chapeaux de roues dans un nuage de poussière.

Coldmoon regarda sa montre.

— Une autre bière, dit-il à l'intention de l'ado assis sur son tonneau.

Le gamin fit non de la tête.

— Je suis trop jeune pour servir de l'alcool.

— Désolé. Tu peux me recommander un hôtel, au moins ?

— Il n'y en a qu'un seul, *señor*. Le *Sol y Sombra*, sur la *plaza*.

— Merci.

Le barman revint trente-deux minutes plus tard.

— Vous êtes encore là ? s'inquiéta-t-il, tout essoufflé.

Coldmoon lui montra les deux bouteilles vides.

— Combien ?

— Cinquante pesos.

Le jeune inspecteur posa de l'argent sur le comptoir et quitta le bar. En passant à côté du pickup, il releva le compteur et vit que Corvacho avait parcouru 18,4 kilomètres. Il se pencha vers les pneus du véhicule et constata qu'ils étaient usés au point que le tracé en zigzag était à peine lisible.

Son sac à la main, Coldmoon parcourut les cinq cents mètres qui le séparaient de la petite place flanquée d'une église en adobe peinte en bleu d'un côté, et de l'hôtel mentionné par l'ado de l'autre. Il constata avec satisfaction la présence devant l'établissement d'un taxi dont le chauffeur faisait la sieste, toutes vitres baissées.

Il prit une chambre à la réception et monta à l'étage. La pièce qui lui avait été attribuée, spacieuse et ensoleillée, était équipée d'un lit, d'un bureau et d'un climatiseur, Dieu soit loué, qu'il s'empressa de mettre en route. Le wifi de l'hôtel fonctionnait par intermittence avec une lenteur désespérante. Il sortit un iPad de son sac et chercha La Gloria sur Google Maps. La grand-route la plus proche, la 190, passait cinq kilomètres à l'est, et la bourgade elle-même était desservie par une douzaine de chemins de terre menant pour la plupart à des ranchs et des fermes.

Grâce au compas électronique de l'application, Coldmoon dessina un cercle de 9,2 kilomètres de rayon à partir du bar.

Bingo ! Une seule ferme se trouvait à cette distance de Del Charro.

Constatant qu'aucun convoi d'hommes armés n'avait traversé la place en direction du bar pendant qu'il étudiait la carte sur son écran, Coldmoon en déduisit qu'El Monito avait décidé d'attendre la suite chez lui.

Il descendit au rez-de-chaussée, sortit dans la rue et réveilla le chauffeur de taxi en tapotant contre la carrosserie.

— Vous êtes libre ?

— Bien sûr, bien sûr ! Où allez-vous, *señor* ? s'enquit le chauffeur en se redressant brusquement et en mettant instinctivement le contact, surpris d'avoir un client.

— Je vous indiquerai le chemin.

— Très bien.

— Commencez par prendre à droite au bout de la place.

Sur ses indications, le chauffeur se dirigea vers l'ouest en direction des collines, laissant derrière lui des champs minuscules et des ranchs à bétail.

— Où allons-nous, *señor* ? demanda le chauffeur, de plus en plus nerveux.

— Je cherche des terres à vendre, répondit Coldmoon qui attendit de se trouver à un kilomètre de son but pour arrêter la voiture.

— Je descends ici.

— Mais… il n'y a rien !

— Si, des terres à perte de vue.

Le chauffeur, qui dissimulait mal son inquiétude grandissante, remercia son passager du généreux pourboire qu'il lui donnait avant de lui laisser sa carte en promettant de venir le rechercher au même endroit deux heures plus tard. Coldmoon, sans avoir la certitude que l'homme tiendrait parole, le jugea suffisamment terrorisé pour revenir.

Le taxi fit demi-tour et s'éloigna sous le regard de Coldmoon. Ce dernier se pencha sur le petit chemin et reconnut immédiatement le zigzag des pneus usés du pickup.

Aucune autre empreinte de pneus n'était visible sur le chemin de terre.

Il prit le temps de réfléchir à la façon d'aborder El Monito, conscient que le coyote serait très certainement armé, à l'image de tous les passeurs et autres contrebandiers. Il était également possible qu'il ne soit pas seul dans sa ferme. Ses complices, alertés par le barman, se tiendraient sur leurs gardes. En clair, il s'apprêtait à se jeter dans la gueule du loup, mais il avait effectué un trajet interminable pour arriver jusqu'à cette ferme perdue et n'avait pas l'intention de rebrousser chemin.

Il localisa sa position exacte sur Google Maps grâce à son iPad, franchit la barrière d'un champ de maïs et contourna la maison de façon à s'approcher par-derrière. Les tiges de maïs séchées lui offraient une protection idéale et il se trouva bientôt à moins de cent mètres du but. Il observa la maison, accroupi, dans l'espoir de savoir à combien d'adversaires il faisait face. La ferme elle-même était une modeste bâtisse badigeonnée de blanc et surmontée d'un toit en tôle rouge, posée à côté d'une grange de guingois à la toiture et aux murs crevés. Une vieille Ford était garée sur un parking de terre battue.

Une demi-heure s'écoula sans que Coldmoon voie le moindre signe de vie. La ferme semblait inhabitée, mais la présence de la voiture et l'absence de traces de pneus récentes lui laissaient à penser que ce n'était pas le cas. Il allait devoir observer la maison de plus près.

La grange lui permettrait de rester à couvert et il quitta le champ en courant afin de se réfugier tout contre le bâtiment, son Browning au poing. Il avança pas à pas jusqu'à la première fenêtre et coula un œil à travers un carreau crasseux. La grange était plongée dans une pénombre que traversaient les rais de lumière filtrant des trous de la toiture. Le bâtiment paraissait vide. Coldmoon se glissa vers une ouverture et traversa la grange jusqu'à la porte coulissante, restée ouverte, qui donnait sur la maison.

Il passa un œil et constata que la ferme était plongée dans un silence artificiel. Il allait devoir traverser au pas de course un espace dégagé s'il entendait s'introduire à l'intérieur. Devait-il prendre un tel risque ? Il était peu probable qu'on ait remarqué sa présence. Et quand bien même, il formerait une cible mouvante difficile à atteindre.

Il émergea de sa cachette et sprinta en zigzag jusqu'à la ferme. Des coups de feu retentirent aussitôt et des geysers de terre jaillirent tout autour de lui. En un éclair, il atteignit le mur de la maison contre lequel il se colla. Les tirs provenaient d'une fenêtre située à moins de deux mètres sur sa droite.

Saloperie de merde, il était coincé. Sans compter qu'ils devaient être plusieurs, avec tout un arsenal, alors qu'il ne disposait que de son Browning.

— *Hola,* El Monito ! cria-t-il.

Le silence lui répondit.

— Je suis uniquement venu discuter !

Une voix tremblante et aiguë s'échappa de la fenêtre.

— J'ai suivi vos instructions à la lettre. Pour l'amour du ciel, laissez-moi tranquille !

La réponse du coyote prit Coldmoon au dépourvu.

— Je n'ai aucune intention de vous nuire, je le jure.

— *¡Mira qué cabrón !* Me nuire ? Vous voulez me tuer, oui !

Coldmoon profita de la réaction de son adversaire pour se glisser jusqu'à la porte.

— Vous pouvez garder votre argent, je n'en veux pas ! cria l'homme. Mais laissez-moi en paix !

Coldmoon tendit ses muscles, se rua sur le battant qu'il défonça d'un coup d'épaule et se jeta sur l'occupant des lieux, accroupi au pied de la fenêtre. Le coyote tourna le canon de son arme dans sa direction et se mit à tirer avant d'avoir visé, ce qui permit à Coldmoon de l'aplatir au sol de toute sa masse en envoyant voler le revolver. Il éloigna ce dernier d'un coup de pied et braqua son Browning sur l'homme.

— Non ! s'écria le malheureux en se couvrant la tête des deux mains, recroquevillé sur lui-même. Je vous en supplie ! Dites-moi ce que vous attendez de moi !

Loin de se trouver en présence du passeur brutal auquel il s'attendait, Coldmoon découvrit un être chétif dont la barbiche tremblait de peur.

— Vous êtes El Monito ?

— Ne faites pas ça !

— Allons, remettez-vous ! Y a-t-il quelqu'un d'autre dans la maison ?

L'homme secoua la tête.

— Vous êtes El Monito ?

L'autre acquiesça timidement.

— Très bien. Alors écoutez-moi bien. Vous allez vous relever lentement, les mains bien en vue.

Le coyote obtempéra, les bras en l'air. Coldmoon le fouilla rapidement et le délesta de son couteau.

— Allons dans la cuisine. Passez en premier.

El Monito obéit sans rechigner.

— Asseyez-vous, lui ordonna Coldmoon, les narines chatouillées par une odeur de café brûlé, dont il aurait volontiers avalé une tasse.

Son prisonnier s'assit, tout tremblant de peur.

— D'abord, je n'ai pas du tout l'intention de vous tuer.

L'homme ne dit rien.

— Ensuite, nous avons tous les deux besoin de café, mais évitez les gestes brusques. D'accord ?

Le coyote se leva, prit sur une étagère en bois deux mugs et les remplit.

— Glissez le mien vers moi sur la table.

Le passeur obéit et Coldmoon saisit le mug dont il huma le contenu avant d'y tremper les lèvres. Il avala une gorgée du liquide fumant et faillit se brûler la bouche, emporté par son enthousiasme.

— Très bien, dit-il en reposant le mug. Vous allez répondre à mes questions sans mentir. C'est compris ?

L'autre hocha la tête.

— Commencez par m'expliquer pour qui vous m'avez pris et pourquoi vous êtes persuadé que je cherche à vous tuer.

42

Deux heures plus tard, sur le chemin de l'aéroport, Coldmoon appelait Pendergast.

— Je suis ravi de vous entendre, lui dit celui-ci. Avez-vous réalisé des progrès ?

Coldmoon fut le premier surpris de trouver rassurante la voix doucereuse de son correspondant.

— Oui, l'enquête avance.

— Excellent.

— Martina Ixquiac faisait partie d'un groupe de migrants à destination des États-Unis. Ces gens ont quitté San Miguel Acatán en décembre dernier. Un guide local les a conduits jusqu'à la frontière avec le Mexique où ils ont été récupérés par un coyote, un certain El Monito. Alonzo Romero Iglesias de son vrai nom. El Monito fait traverser le Mexique à des migrants depuis une demi-douzaine d'années. J'ai eu une longue conversation avec lui.

— Quelle méthode emploie-t-il ?

— Je commencerai en vous expliquant comment ça fonctionne *normalement*, sachant que le groupe dont faisait partie Martina a été traité de façon bien différente.

— Je vous écoute.

Coldmoon crut entendre un bourdonnement en arrière-plan, derrière la voix de Pendergast.

— En temps ordinaire, il prend en charge les migrants près de La Gloria, dans l'État du Chiapas. C'est là que je me trouve à l'heure où je vous parle, à une vingtaine de kilomètres de la frontière guatémaltèque. El Monito dispose de plusieurs camionnettes qui se dirigent en caravane vers le nord, soudoyant Rurales et policiers aux postes de contrôle. Ils traversent l'État d'Oaxaca, contournent Mexico et poursuivent leur route à travers Durango et Hermosillo jusque dans le Sonora où ils arrivent à la rivière San Pedro. Celle-ci passe du Mexique aux États-Unis au sud de Palominas, c'est là qu'ils franchissent la frontière. Le cartel de Sonora, qui contrôle la région, prélève sa dîme sur les passeurs. Il en coûte mille dollars par migrant, que notre homme est obligé de payer.

— De quelle façon pénètrent-ils aux États-Unis ?

— La frontière est fermée par un grillage, sauf au passage de la rivière qui est barrée par des hérissons tchèques au-dessus desquels il est facile de passer. La région grouille de patrouilles américaines, mais les passeurs disposent d'observateurs équipés de puissantes lunettes de vision nocturne, postés sur les collines mexicaines voisines. Les migrants patientent pendant des heures, parfois des jours, dans l'attente du moment propice.

— Et ensuite ?

— El Monito les conduit dans un ranch « ami » au nord de Palominas où ils attendent un feu vert avant de poursuivre jusqu'à la destination qu'ils ont choisie, Houston, Chicago, New York, Los Angeles, où ils ont pour la plupart des amis ou de la famille. El Monito veille à ce qu'ils ne quittent pas le ranch tous ensemble de façon à ne pas attirer l'attention, et il les embarque dans des voitures ou des véhicules de livraison ordinaires.

— Vous m'avez dit que le groupe dans lequel avait pris part Martina Ixquiac avait connu un sort différent ?

— Absolument. Au retour de son expédition précédente, El Monito a été contacté par un membre du Service de l'immigration et des douanes. Tout du moins par quelqu'un qui s'est présenté comme tel. El Monito était terrorisé à l'idée qu'on l'ait repéré, mais son interlocuteur lui a fait une proposition. Les garde-frontières souhaitaient réaliser une prise spectaculaire, de façon à obtenir du répit dans le climat politique actuel. C'est ce que le type a expliqué à El Monito en lui demandant de prendre la tête d'un groupe de migrants plus fourni que d'habitude. En échange d'une somme importante, cinquante mille dollars, il devait livrer ses migrants avant d'atteindre le ranch. El Monito n'a pas résisté à la tentation.

« Conformément aux instructions qu'il avait reçues, il a rassemblé trois groupes de vingt individus. Le premier était composé d'habitants de San Miguel, les deux autres venaient de Huehuetenango. Il leur a fait traverser le Mexique, a payé sa dîme au cartel de Sonora et leur a tous fait franchir la frontière. Tout s'est déroulé sans anicroche.

« Il était prévu que l'arrestation ait lieu en Arizona, au niveau de la Route 92. Les passeurs avaient choisi une nuit sans lune, il faisait noir comme dans un four, El Monito et ses deux complices attendaient le long de la 92 quand ils ont soudainement vu s'allumer les phares de plusieurs camions d'où sont descendus des hommes en armes. El Monito a tout de suite compris que ça clochait en voyant qu'il ne s'agissait pas de véhicules du Service de l'immigration et des douanes, mais de camions de l'US Army dont les numéros d'identification avaient été recouverts de peinture. Les soldats ont obligé les migrants à monter précipitamment dans les camions. El Monito, qui s'occupait des traînards à l'arrière du groupe, s'est aperçu qu'on embarquait également ses deux complices et il a pris ses jambes à son cou. Quelques soldats se sont lancés à sa poursuite, mais il connaît le terrain comme sa poche si bien qu'il a réussi à repasser la frontière.

— Ensuite ?

— Il a eu les jetons en voyant que des types en treillis le poursuivaient, clairement avec l'intention de le tuer. Après leur avoir échappé de peu à plusieurs reprises, il a fini par rentrer chez lui et s'est retranché dans la ferme proche de La Gloria où je l'ai retrouvé.

— Vous dites qu'il se sentait toujours menacé au bout de cinq mois ?

— Oui.

— Vous croyez à sa sincérité ?

— Totalement. Le type était terrorisé et il a vidé son sac sans difficulté en comprenant que je n'étais pas venu le tuer.

— Vous l'avez laissé sur place ?

— Il refusait de m'accompagner et je me voyais mal l'exfiltrer du Mexique contre son gré.

— Il serait gênant qu'il soit assassiné. Cet homme est un témoin clé.

— J'en ai bien conscience. Je lui ai donné quasiment tout l'argent qui me restait. Dix mille dollars. Je lui ai recommandé de s'acheter une voiture, de quitter La Gloria au plus vite et de se trouver une planque. Il n'a pas fait mystère de sa reconnaissance.

— Inspecteur, permettez-moi de vous remercier pour ce travail remarquable. En combien de temps pensez-vous pouvoir rentrer ? Ces nouveaux éléments ne me disent rien qui vaille.

— Je suis en route pour l'aéroport de Tuxtla. Je serai de retour à Fort Myers ce soir.

Pendergast ne répondit pas tout de suite et Coldmoon identifia enfin le ronronnement derrière son correspondant : un bruit de moteur.

— Vous êtes en voiture, Pendergast ?

— Oui.

L'idée même lui parut cocasse.

— Vous voulez dire que c'est *vous* qui conduisez ?

Pour toute réponse, Pendergast raccrocha.

43

Lorsque Pendergast se présenta à son laboratoire en début d'après-midi, Pamela Gladstone ne cacha pas sa gêne que le système de climatisation soit en rade, une fois de plus. La chaleur ne semblait nullement incommoder l'inspecteur qui paraissait plus frais que jamais dans son costume en lin dont il ne prit pas même la peine d'ôter la veste. Comment diable faisait-il ? On aurait pu croire qu'il appartenait à l'ordre des reptiliens, d'autant qu'il clignait à peine des yeux.

L'inspecteur s'enquit de la nouvelle modélisation des courants marins mise au point par Lam. Ce dernier eut beau se lancer dans une explication incompréhensible sur la théorie du chaos, le résultat final était toujours le même : *nada*. Les nouvelles balises avaient fourni leur lot d'informations, comme prévu, mais les résultats obtenus grâce à ces nouvelles données étaient toujours aussi peu convaincants.

— Voilà où nous en sommes, conclut Lam en écartant les mains face à l'écran sur lequel les simulations de pieds à la dérive n'en finissaient plus de parcourir le golfe du Mexique dans toutes les directions. Je n'ai rien de mieux à vous proposer, à moins que vous ne préfériez utiliser votre fameux attracteur matriciel Ramanujan à onze dimensions.

Pendergast, une expression indéchiffrable sur le visage, ne répondit pas. Il paraissait nerveux, et d'une méfiance inhabituelle. Ses yeux, rarement inactifs en temps ordinaire, fouillaient constamment l'espace. Le moindre bruit de camion dans la rue monopolisait son attention. Il avait même sorti son téléphone à plusieurs reprises afin d'en consulter l'écran, ce qui ne lui ressemblait guère. Gladstone se racla la gorge.

— Vous comprenez pourquoi nous vous avons fait venir.

— Je comptais passer de toute façon. Je souhaitais vous parler d'une contingence à laquelle nous devons nous préparer, car elle est potentiellement porteuse de risques.

Gladstone, emportée par le cours de ses pensées, ne l'entendit même pas.

— Tout ce que vous voulez savoir se trouve résumé sur cet écran. Il n'y a rien à ajouter. Nous avons tout essayé. Wallace a sué sang et eau en faisant appel à des théories dont j'ignorais complètement l'existence, mais nos modèles ne fonctionnent pas. Je suis sincèrement désolée de vous avoir coûté autant d'argent.

Pendergast médita ce verdict pendant quelques instants avant de répondre :

— L'échec est toujours riche d'enseignements.

— Cette pensée vous honore, mais je dois vous avouer que l'échec me fait suer, personnellement.

La jeune femme se laissa tomber sur son siège et tenta de s'y caler confortablement, sans y parvenir.

— L'échec nous confronte à une interrogation simple : que ne savons-nous pas que nous ne savons pas ?

— Ouah, mec ! s'exclama Lam. C'est fort, comme pensée.

Gladstone elle-même se montra intriguée.

— Comment pourrions-nous découvrir ce que nous ne savons pas ? Nous avons intégré aux calculs tous les facteurs possibles et imaginables, et on n'arrive à rien.

— Ce n'est pas exact. Il vous manque un facteur décisif, celui qui peut expliquer le phénomène étudié. Il y a *forcément* une explication, mais il nous reste à la découvrir.

L'océanographe ne pouvait pas en vouloir à son visiteur de s'entêter, surtout après avoir jeté par la fenêtre autant de fric, mais sa quête finissait par lui donner des airs de Don Quichotte.

— Je vous assure qu'on s'est creusé la cervelle. On a procédé à des simulations en intégrant toutes les données de météo marine dont on disposait, y compris les plus localisées, comme les pluies d'orage et les coups de vent isolés, par exemple.

— Les météorologues auraient-ils pu négliger un paramètre ?

Gladstone fit non de la tête.

— Impossible. Ils disposent de satellites, de sondes aériennes et de tous les relevés des bateaux qui traversent le golfe. Pas une goutte de pluie ne leur échappe.

— Vous faites allusion à la météo marine, remarqua Pendergast, sourcils froncés. Qu'en est-il de la météo terrestre ?

— Je ne comprends pas.

— Excusez ma naïveté, mais un orage au-dessus des terres peut-il avoir un effet sur les courants marins ?

— Je vois mal comment.

— En provoquant des inondations, par exemple ?

OK. Il avait décidé d'aller fouiller dans les coins.

— Une rivière en crue enverrait dans le golfe une petite quantité d'eau supplémentaire, c'est vrai, mais l'effet serait infinitésimal. Les fleuves de Floride sont lents et peu profonds, si bien que l'effet se perdrait au large des côtes. Je ne vois pas comment un tel phénomène pourrait pousser des débris jusqu'au Loop Current.

Pendergast acquiesça lentement.

— Qu'a donné l'analyse des détritus, de ce point de vue ? Êtes-vous certaine qu'il n'y a aucun renseignement à en tirer ?

La jeune femme poussa un soupir.

— Je vous l'ai expliqué au téléphone, les déchets que nous avons réussi à identifier venaient d'un peu partout.

— Attends une seconde, l'arrêta Lam. Je viens de penser à un truc.

— Quoi ? fit Gladstone.

— Tu te souviens, il y a quelques années, quand ce promoteur immobilier dans le nord de l'État s'est pris une amende pour avoir obstrué l'embouchure d'un fleuve quelconque.

Gladstone acquiesça.

— Il avait drainé un chenal tout en longueur qui avait fait entonnoir le jour où un orage violent avait provoqué une crue et entraîné dans les eaux du golfe toutes sortes de produits agricoles polluants. Toute une zone en avait été affectée, les poissons du coin étaient tous morts. Il s'était pris une amende énorme, avec obligation d'élargir le chenal par-dessus le marché.

— Où veux-tu en venir ?

— Qui nous dit que quelqu'un d'autre n'a pas commis la même erreur récemment ?

— Quelle erreur ?

— Tu es bouchée à l'émeri ? s'exclama Lam. Il suffit d'un autre chenal creusé en entonnoir et qu'une crue soudaine à la suite d'un orage fasse naître des courants dangereux susceptibles de pousser des déchets jusqu'au Loop Current.

Gladstone fit la moue. L'idée était tirée par les cheveux. Comment imaginer qu'un tel phénomène soit assez puissant pour entraîner les pieds aussi loin ? D'un autre côté, ils n'avaient plus rien à perdre, et une telle hypothèse donnerait toujours du grain à moudre à Pendergast.

— Ce sont les services du génie de l'armée qui sont censés draguer les embouchures des fleuves le long de la côte. Wallace, trouve-moi leur site et vérifie que personne n'a commis ce genre d'erreur au cours des semaines passées.

Les doigts de Lam se mirent à courir sur le clavier de son ordinateur sous les regards de ses deux compagnons, impatients de voir la bonne page s'afficher à l'écran.

— Tenez, regardez !

Gladstone se pencha au-dessus de l'épaule de son assistant. Un promoteur de Carrabelle avait été épinglé récemment pour avoir dragué sans autorisation un cours d'eau, la Crooked River, au niveau d'une marina en construction. Il avait également arraché une bonne part de la mangrove locale, ce qui lui avait valu les foudres des autorités.

L'océanographe sentit la présence de Pendergast dans son dos.

— Cela ressemble en tout point au phénomène d'entonnoir auquel vous faisiez allusion il y a un instant.

— C'est vrai, sauf que ça s'est passé très loin d'ici, à l'extrême nord de la Floride. Une telle hypothèse me paraît très improbable.

Pendergast s'éloigna de l'écran.

— Puis-je vous demander de sortir le détail des déchets que vous avez étudiés ?

Gladstone ouvrit le document sur son ordinateur et l'imprima.

— Voyez, fit Pendergast en pointant du doigt un objet de la liste. La plaque d'identification d'un panier de crabes appartenant à un pêcheur de Carrabelle s'est échouée en même temps que les pieds.

Gladstone fronça les sourcils. Elle n'y avait pas prêté attention, jugeant que Carrabelle se trouvait trop loin de Captiva. Sans compter que d'autres plaques de pêche en provenance du Texas et de Louisiane avaient été retrouvées sur la plage.

— Je ne suis pas certaine qu'on puisse en tirer des conclusions.

— Peut-être, mais souvenez-vous du facteur qui nous fait défaut. Essayons de voir si la Crooked River n'était pas en crue au moment où les pieds ont été emportés par l'océan.

Lam laissa échapper un grognement.

— Rien de plus facile.

Il s'escrima de plus belle sur son clavier et des cartes météorologiques apparurent sur l'écran.

— Ouah ! Regardez-moi ça ! Un orage maousse s'est abattu sur le parc national d'Apalachicola le 19 mars. C'est-à-dire dans le bassin pluvial de la Crooked River.

Il poursuivit ses recherches.

— Et vous aviez raison ! Le fleuve a bien débordé en détériorant des pontons et en emportant quelques bateaux. C'est à la suite de ça qu'ils ont obligé le promoteur à remettre le chenal en état.

Le cœur de Gladstone se mit à battre plus fort. Cette découverte, aussi inattendue fût-elle, était extraordinaire.

— Wallace, essaye de voir ce que donnerait ton modèle en simulant l'arrivée de chaussures au niveau de l'embouchure de la Crooked River au moment de la crue. Voyons où elles finiraient par s'échouer.

— Pas de souci.

Il pianota sur les touches à un rythme effréné.

— Tu veux vraiment que je l'envoie au superordinateur ? Ça fera monter la note.

— J'en assumerai les conséquences, évidemment, le rassura Pendergast.

Lam enfonça la touche d'envoi et ils attendirent. En règle générale, les simulations de ce genre prenaient du temps, mais celle-là leur parut particulièrement lente, au point que Gladstone entendit son assistant jurer entre ses dents d'impatience.

L'écran s'anima enfin en faisant apparaître une carte des côtes de Floride le long du golfe. Le réseau dense des lignes noires figurant des centaines de chaussures s'échappait de l'embouchure de la Crooked River, longeait Dog Island au niveau du détroit de Saint George, s'enfonçait dans le golfe du Mexique où il était happé par le Loop Current qui le menait… jusqu'à l'île de Captiva.

— Putain de merde, balbutia Lam.

Gladstone n'en croyait pas ses yeux. D'un seul coup, sa modélisation fonctionnait parfaitement alors que les lignes noires rejetées par la Crooked River finissaient toutes par converger sur l'île de Captiva au terme d'un périple de vingt-cinq jours.

— Il semblerait que les pieds n'aient pas été jetés à la mer, déclara Pendergast, mais qu'ils se soient échappés de l'embouchure de la Crooked River lors de cette crue. Nous tenons apparemment le facteur qui nous faisait défaut.

Son regard mobile se posa sur Lam.

— Monsieur Lam, vous vous étonniez il y a quelques instants de la lenteur de votre ordinateur. Est-ce inhabituel ?

— Ouais, je suppose qu'ils sont en train de faire de gros calculs à l'université. C'est comme ça depuis un ou deux jours.

Pendergast se tétanisa.

— Un ou deux jours ? répéta-t-il.

— Oui, je crois. J'ai pas vraiment fait gaffe.

— Ce phénomène est-il propre à l'ensemble du réseau ?

— Au moins celui de l'université, qu'on utilise le plus.

— Je vois. Si vous voulez bien m'excuser, réagit Pendergast en sortant de sa poche son portable avant de composer un numéro et de se mettre à l'écart.

Il murmura des paroles inintelligibles dans l'appareil, puis il se retourna et tendit le téléphone à Lam.

— C'est qui ?

— Un expert en informatique aux services duquel j'ai recours. Un spécialiste de l'encryptage et du piratage électronique nommé Mime. Il souhaite procéder à l'examen de votre matériel. Vous pouvez lui accorder toute votre confiance.

— Je veux bien, mais c'est *moi* l'expert en informatique ici, réagit Lam en prenant le portable à regret.

Gladstone, qui avait assisté silencieusement à la scène, vit son assistant enfoncer des touches sur les recommandations de son interlocuteur, puis ce dernier prit la main à distance sur l'ordinateur dont l'écran afficha de longues séries de codes. Au terme de dix longues minutes, Lam rendit son téléphone à Pendergast qui dialogua brièvement avec l'informaticien avant de mettre fin à la communication.

— Il semble que votre système ait été piraté par des spécialistes disposant de ressources de type gouvernemental ou militaire, déclara Pendergast en glissant le portable dans sa poche.

— Un piratage de quel type ?

— Mime parle d'un cocktail d'attaques de type « zero-day » et d'enregistreurs de frappe plus pernicieux encore.

— Saloperie ! s'écria Lam. Si je comprends bien, un connard me suit à la trace depuis un moment. Je ne vois pas qui aurait intérêt à piquer nos données.

— La question mérite d'être posée, en effet.

Pendergast s'était exprimé sur un ton si inhabituel que Gladstone releva la tête. La méfiance qu'elle avait cru détecter chez lui un peu plus tôt s'était métamorphosée en inquiétude. L'inspecteur dévisagea les deux chercheurs l'un après l'autre.

— J'ai bien peur que l'heure soit venue pour nous de partir.

— De partir où ? s'étonna Gladstone.

— Je ne sais pas encore, mais loin d'ici. Et *tout de suite*.

Avant qu'elle ait pu répliquer, il l'agrippait par le bras et l'entraînait hors du laboratoire.

44

Coldmoon serra les accoudoirs de son siège alors que l'avion traversait une nouvelle zone de turbulence. La voix du commandant de bord rappela aux passagers de ne pas bouger et de laisser leurs ceintures attachées. Seigneur, il détestait l'avion presque autant que le bateau. Les seuls moyens de locomotion dignes de ce nom à ses yeux étaient la marche et la voiture. Éventuellement le cheval. Tout le reste était des conneries.

Dans la réserve où il avait grandi, ce n'étaient pas les chevaux errants qui manquaient, que chacun prenait à sa convenance. La plupart étaient à moitié sauvages, doucement dingues, et même pas ferrés, un vestige de l'époque où les chevaux étaient considérés par les Lakotas comme des animaux sacrés. Les membres de la tribu les avaient gardés depuis sans véritable raison, sinon par nostalgie, ou par égard aux traditions. Coldmoon et ses copains, à l'instar de beaucoup de gamins à l'époque, s'amusaient régulièrement à attraper un cheval au lasso, lui passer un licou et lui poser une couverture sur l'échine pour se rendre dans un lieu quelconque au lieu d'y aller à pied ou en stop. À condition bien sûr de ne pas se faire jeter par l'animal. Il y en avait un en particulier que Coldmoon aimait bien, et qu'il avait surnommé Moumoute en hommage à son abondante crinière blonde. Il lui donnait régulièrement de l'avoine, lui nettoyait les sabots et le vermifugeait, sans savoir précisément à qui il appartenait. Ce n'était pas une mauvaise bête et il prenait plaisir à la monter, sans jamais avoir la nausée, comme sur un bateau ou dans un avion, en sachant qu'il en faisait ce qu'il voulait, ou à peu près. L'idée de se retrouver à dix mille mètres d'altitude dans le vide, attaché à son siège, à la merci du pilote, des contrôleurs aériens, des mécaniciens chargés d'entretenir l'appareil, des ingénieurs qui en avaient dessiné les plans, mais aussi de la météo, des oiseaux, des terroristes et, dans une certaine mesure, des autres passagers, l'effrayait autant que les abysses au-dessus desquels naviguaient les bateaux. Quelle que soit sa taille, un bateau n'avait besoin que d'un trou au niveau de la coque pour couler. Et plus ils étaient gros, plus les navires dépendaient de leur machinerie capricieuse, des incendies, des icebergs, des vagues scélérates, des pirates au large des côtes somaliennes, et de tout le reste.

Une nouvelle secousse tira Coldmoon de ses pensées morbides. L'appareil volait au-dessus des nuages, au milieu d'une forêt de cumulonimbus. Il était clair que le pilote s'efforçait d'éviter une autre zone de turbulence, ce qui n'avait rien d'évident à voir l'allure menaçante des nuées orageuses.

Charmant.

Il s'obligea à se recentrer sur l'enquête. Lors de sa conversation avec Pendergast, il avait relayé à ce dernier l'ensemble des informations recueillies au Guatemala et au Mexique. À l'évidence, cette affaire étrange était le fait d'une organisation puissante disposant d'importants moyens financiers. Restait à savoir qui se trouvait derrière et quel était le but de ses commanditaires. En un mot, le mystère restait entier. Cent vingt-deux pieds, fruits de l'automutilation de leurs propriétaires, avaient été congelés avant d'être jetés à la mer. Pour quelle raison ? Quel rapport pouvait-il y avoir entre des migrants guatémaltèques et les sinistres trophées retrouvés sur une plage de Captiva ? La première question que se pose un enquêteur est de savoir à qui le crime profite. Dans le cas présent, qui aurait pu profiter de l'automutilation de ces gens ? Pourquoi se coupaient-ils volontairement le pied, les analyses ayant montré qu'il ne s'agissait même pas de se libérer de chaînes éventuelles ?

Une secousse plus violente que les précédentes fit trembler l'avion et la voix du commandant de bord sortit des haut-parleurs, annonçant que les conditions météorologiques empêchant un atterrissage à Fort Myers, l'appareil était dérouté vers Tallahassee. Il conclut son message par les excuses traditionnelles alors que les passagers manifestaient leur mécontentement.

Tallahassee... Combien de kilomètres séparaient sa nouvelle destination de Fort Myers ? Coldmoon consulta le magazine de la compagnie et étouffa un juron en constatant que la ville se trouvait tout en haut de la Floride, à cinq heures de route au moins de Fort Myers.

Une raison de plus pour détester l'avion, bougonna-t-il intérieurement.

45

— Que se passe-t-il ? s'inquiéta Gladstone en voyant que Pendergast la poussait avec Lam vers son véhicule en épiant les alentours. Nous sommes donc en danger ?

L'inspecteur déverrouilla le 4 × 4, un Range Rover flambant neuf.

— Montez, ordonna-t-il à la jeune femme et à son assistant.

Elle prit place sur le siège passager tandis que Lam se glissait sur la banquette arrière. À peine eurent-ils refermé leurs portières que Pendergast démarra et quitta le parking.

— Nous sommes en présence d'une puissante organisation. En piratant votre système, ils auront appris que nous les avions localisés puisque nous savons désormais qu'ils opèrent sur les rives de la Crooked River. Je ne doute pas que la machine soit déjà en branle, ce qui nous met en danger immédiat. Vous allez devoir vous cacher tous les deux.

— Pourquoi ne pas appeler le FBI ou la force opérationnelle à la rescousse en leur demandant d'assurer notre protection ?

— Pour la bonne raison que les enquêteurs eux-mêmes ont été infiltrés. Nous ne pouvons avoir confiance en personne. Sans parler du facteur temps.

Pendergast se tourna vers la jeune femme.

— Je vais vous installer dans un bungalow des marais de Corkscrew. Vous y serez en sécurité jusqu'à nouvel ordre.

— C'est quoi ce bordel ? s'énerva Lam.

— Je soupçonnais depuis quelque temps l'adversaire d'être beaucoup plus redoutable qu'il n'y paraissait. Le temps passant, j'en ai eu la confirmation, en m'apercevant notamment que des informations recueillies par la force opérationnelle avaient fuité. De façon accidentelle ou non. J'ai donc veillé à vous trouver un refuge au cas où la situation tournerait mal. Vous n'avez pas à subir les conséquences de mon enquête, et je vous ai clairement mis en danger. J'ai compris trop tard que la menace se précisait. Je ne peux m'en prendre qu'à moi-même de n'en avoir pas mesuré l'ampleur lorsqu'il en était encore temps.

— Un refuge ? Il n'en est pas question, réagit Lam en voulant ouvrit sa portière.

Pendergast ne lui en laissa pas le temps. Il enfonça la pédale d'accélérateur et le 4 × 4 bondit en avant, collant ses occupants à leur siège, avant de brûler un feu et de s'éloigner de Fort Myers en empruntant la Route 41 à plus de cent soixante kilomètres-heure tandis que le soleil disparaissait derrière des nuées orageuses dans une débauche de rouges et d'orangés digne de l'apocalypse. Gladstone, que les propos de Pendergast avaient d'abord refroidie, se demanda s'il n'exagérait pas le danger. Il n'avait pas l'air du genre alarmiste, mais après tout, elle le connaissait à peine.

Pendergast quitta l'autoroute, arriva à Bonita Springs et poursuivit sur une route de campagne qui s'éloignait de la civilisation en ligne droite à travers des plantations de pin, des marécages et des bois de cyprès. La nuit finit de tomber dans une orgie de nuages rouge sang, laissant place à un crépuscule violacé.

Gladstone remarqua que Pendergast roulait toujours plus vite. D'un coup d'œil en arrière, elle vit au loin deux phares qui semblaient se rapprocher inexorablement, en dépit de la vitesse.

— Vous avez vu qu'on était suivis ? demanda Lam d'une voix inquiète.

— Oui, répondit Pendergast.

Gladstone sentit monter en elle un vent de panique en constatant qu'ils se trouvaient au milieu de nulle part. Elle tressaillit en voyant Pendergast sortir un énorme pistolet et le poser sur la console centrale.

— Putain de merde ! s'écria Lam. Vous avez l'intention de vous servir de ce truc ?

Pendergast ne répondit pas.

Comment diable avaient-ils pu être filés de la sorte ? Comment ces gens étaient-ils au courant de leur destination ? Le cours des pensées de Gladstone fut interrompu par un bourdonnement au-dessus de leur tête tandis que des phares se matérialisaient soudain droit devant eux, immobiles, au beau milieu de la route.

Pendergast ralentit brusquement, éteignit les phares du Range Rover et tourna à angle droit sur un chemin de terre. Il lui restait tout juste assez de lumière pour diriger le 4 × 4, mais il se retrouva brusquement dans l'obscurité en s'enfonçant au milieu des arbres. Le lourd véhicule cahotait dangereusement sur les nids-de-poule, Gladstone se demanda comment Pendergast pouvait s'y retrouver dans un noir pareil. Le bourdonnement se rapprocha et la jeune femme aperçut à travers une trouée un hélicoptère au-dessus de leurs têtes. L'appareil vira en se penchant de côté et accéléra dans leur direction.

— Décrochez vos ceintures, ordonna Pendergast à ses passagers.

Gladstone obtempéra d'une main qui tremblait, le cœur battant. À l'arrière, Lam peinait à respirer, en hyperventilation.

— Préparez-vous à sauter hors de la voiture. Si nous continuons à rouler à la même vitesse, veillez à ouvrir votre portière en grand avant de vous éjecter en biais en vous roulant en boule.

Pendergast quitta le chemin de terre et s'enfonça dans une zone où la végétation était plus dense encore. Il donna un coup d'accélérateur et le Range Rover dérapa sur le sol humide et boueux dans une obscurité inquiétante. L'hélico continuait de les suivre et le faisceau d'un puissant projecteur troua la nuit au milieu des arbres en faisant naître des ombres dansantes.

Une voix dure s'échappa d'un haut-parleur au-dessus des fugitifs.

— *Stoppez votre véhicule.*

Pendergast, loin d'obéir, accéléra et s'enfonça dans un secteur marécageux en projetant sur les vitres des vagues de boue.

— *Arrêtez-vous ou nous tirons.*

Gladstone, terrifiée, se recroquevilla sur elle-même, la tête dans les mains.

Le 4 × 4 vira brutalement à l'instant précis où crépitait une rafale. *Pop-pop-pop-pop !* Gladstone poussa un hurlement alors que le Range Rover évitait de justesse un arbre. Une nouvelle rafale arrosa le toit du véhicule en envoyant voler dans tous les sens des échardes de verre au milieu d'une pluie de feuilles et de branches déchiquetées. Sur la banquette arrière, Lam émit un gargouillis inquiétant.

Pendergast freina désespérément et le 4 × 4 s'immobilisa dans un long dérapage. Gladstone se retourna et vit avec horreur que son assistant avait été fauché par la rafale. La voyant tétanisée sur son siège, Pendergast ouvrit sa portière et tira la jeune femme hors du véhicule derrière lui. Il se retourna, se pencha à l'intérieur de l'habitacle et s'attarda quelques instants près du cadavre mutilé de Lam avant de s'éloigner au pas de course, entraînant Gladstone dans son sillage. Les deux fugitifs venaient de trouver refuge au milieu des broussailles lorsqu'une détonation sourde résonna dans leur dos et une gerbe de feu jaillit du Range Rover, éclairant la végétation d'une lueur jaune sinistre.

Pendergast, la main de l'océanographe dans la sienne, s'enfonça dans le bois de cyprès. L'hélico semblait avoir perdu leur trace, à en juger par la façon désordonnée dont son projecteur fouillait la végétation.

Pendergast ralentit sa course, sa compagne agrippée à sa main, alors qu'une chaude pluie d'été s'abattait sur eux. Le projecteur de l'hélicoptère s'éloigna dans une autre direction et Gladstone se prit à espérer que leurs poursuivants aient perdu leur trace. L'inspecteur l'entraîna dans une mangrove marécageuse que traversaient des chenaux d'eau croupissante dans lesquels ils pataugeaient jusqu'au mollet. Ils poursuivirent leur avance le plus silencieusement possible dans le labyrinthe du marigot. Gladstone chassa de son esprit l'image atroce du corps de Lam dans l'espoir de repousser le sentiment de panique qui la guettait, ne pensant plus qu'à leur fuite.

Parvenu à un cul-de-sac, Pendergast s'arrêta. Il se pencha et ramassa dans le creux de sa main de la boue dont il se couvrit le corps et le visage en incitant d'un geste sa compagne à imiter son exemple, en particulier sur ses cheveux blonds. Elle s'exécuta, en dépit de l'odeur pestilentielle de poisson avarié qui s'échappait de la vase, puis ils reprirent leur fuite. Le battement des rotors de l'hélicoptère se rapprocha à nouveau alors que l'appareil élargissait le cercle de ses recherches. Pendergast s'arrêta afin de couler un regard à travers la frondaison et constata que l'hélicoptère s'était placé en position stationnaire. De la cabine s'échappèrent des filins le long desquels descendirent des hommes armés. Coiffés de casques gris-vert équipés de lunettes de vision nocturne, le torse enfermé dans d'épais gilets pare-balles, ils avaient tout d'extraterrestres.

Pendergast fit signe à Gladstone de garder le silence et l'entraîna dans un marais plus profond qu'ils traversèrent penchés en deux avant de s'enfoncer dans l'étroit chenal d'une mangrove et de se réfugier dans un entrelacs de racines.

— Enfoncez-vous dans l'eau en ne laissant dépasser que votre tête, murmura Pendergast à l'oreille de l'océanographe. Recouvrez à nouveau vos cheveux d'une épaisse couche de boue.

Elle s'accroupit dans l'eau tiède et se tartina la tête de vase, inquiète de voir la pluie d'orage lui laver les cheveux plus vite qu'elle ne parvenait à les salir.

Au moment où elle pensait qu'ils avaient enfin semé leurs poursuivants, de puissantes torches traversèrent la mangrove puis s'effacèrent dans la nuit. Les nerfs tendus à craquer, elle tendit l'oreille. Des points rouges balayèrent la végétation et elle entendit les hommes s'approcher en pataugeant. La main de Pendergast se crispa autour de la sienne et il posa sa bouche contre son oreille.

— Des viseurs laser. Retenez votre souffle et plongez la tête sous l'eau.

Elle se remplit les poumons et s'enfonça complètement dans le marécage. Elle retint son souffle le plus longtemps possible et ressortit lentement la tête en biais de façon à ne laisser dépasser que le nez. Un faisceau l'aveugla.

— Ne bougez pas ! lui cria une voix. Les mains en l'air !

Elle sortit lentement de l'eau boueuse, Pendergast fit de même, et les deux fuyards distinguèrent en contre-jour une demi-douzaine de silhouettes lourdement armées.

— Sortez de là !

Ils se dégagèrent tant bien que mal de la mangrove et se trouvèrent aussitôt entourés par leurs assaillants. L'un d'eux fouilla Pendergast et le délesta de son arme, d'un couteau et du contenu de ses poches.

— Mains sur la tête. Avancez !

Les soldats les poussèrent devant eux et ils se dirigèrent sous une pluie battante vers l'îlot herbeux sur lequel était posé l'hélicoptère, le tourbillon de ses pales couchant un large cercle de végétation autour de lui.

— Montez dans l'hélico.

Les mains toujours sur la tête, ils traversèrent un chenal et s'approchèrent de l'appareil dont la porte de chargement latérale s'écarta. Une silhouette féminine apparut, qui les dévisagea longuement avant de s'exprimer :

— Monsieur Pendergast, j'imagine ? Quel déplaisir de vous rencontrer !

46

Une nuit pluvieuse s'était abattue sur l'île de Captiva, délaissée par les touristes à cause du mauvais temps et des barrages de police qui continuaient d'interdire l'accès à Turner Beach. Au loin, l'orage grondait.

À l'extrémité nord de la plage, plantée sur la dune, Mortlach House dressait sa silhouette fantomatique dans un ciel d'encre. Pas une lumière ne filtrait de ses fenêtres, pas un murmure de voix ne s'en échappait, la vieille demeure montait la garde à l'écart des villas érigées plus au nord. Seule la rumeur du ressac troublait le silence, accompagnée de loin en loin par le chuintement des rares voitures traversant le pont de Blind Pass.

Une ombre se détacha de son poste d'observation dans un recoin des dunes, celle d'un homme barbu qui se déplaçait avec la plus grande prudence, un sac de toile à la main. Enveloppé dans un imperméable gris tout fripé, il était à peine visible tandis qu'il s'approchait lentement de Mortlach House.

Il traversa une mer d'oyats et atteignit son but sans être vu. Il resta figé un long moment, tous les sens aux aguets, puis il longea la vieille maison.

Invisible sous un bouquet de palmettos, un carré de mousse de polyéthylène dont la couleur brune se confondait avec celle du sol avait été plaqué au pied de la façade nord. L'inconnu se figea à sa hauteur et tendit à nouveau l'oreille. Hormis le scanner de police, abandonné sur la véranda, qui grésillait sourdement dans l'obscurité, pas un bruit ne troublait la nuit. Le léger brouhaha du scanner, loin de déranger l'inconnu, le rassurait presque. Depuis son poste d'observation dans les dunes, il avait pu s'assurer que tout était calme dans la maison. L'un de ses deux occupants masculins avait quitté les lieux quelques jours plus tôt avec un sac de voyage et son collègue, l'homme au visage d'albâtre, était parti le matin même ; quant à la jeune femme, il avait aperçu un peu plus tôt sa silhouette derrière les voilages de l'une des chambres du premier étage où elle lisait paisiblement un livre.

L'inconnu s'agenouilla, souleva le carré de mousse de polyéthylène et fit apparaître un trou dans lequel il se glissa avant de replacer soigneusement le couvercle au-dessus de sa tête.

L'opération s'était déroulée sans bruit. Désormais à l'abri de la pluie, accroupi au fond du trou, il ne risquait plus d'être vu par un promeneur, un agent en maraude, voire l'un des occupants de la maison. Cela n'empêchait pas son cœur de palpiter. Les nombreux échecs subis depuis des années et les interminables périodes d'angoisse qui accompagnaient chacune de ses tentatives alimentaient chez lui une appréhension difficilement contrôlable. C'était ce même sentiment de crainte qui l'avait incité à repousser sa mission à ce début de soirée, et non aux heures les plus creuses de la nuit, ainsi qu'il en avait l'habitude. Il n'en pouvait plus d'attendre, tout simplement. En outre, la nuit était si sombre ce soir-là qu'il aurait pu être minuit passé.

Un boyau s'enfonçait en pente dans la terre, qui s'arrêtait au mur de fondation de la maison quelques mètres plus loin. Les parois en brique de la galerie étaient couvertes de mousse et de toiles d'araignées, et le sol constitué de marches sommairement taillées dans la glaise humide. Une odeur désagréable flottait dans ce tunnel de fortune, mais il avait appris à ne plus y prêter attention à force de l'emprunter. Le boyau avait été conçu à l'origine comme une issue de secours pour le sous-sol, mais la porte prévue à cet effet n'avait jamais été percée et le projet avait été abandonné bien des décennies plus tôt.

Le bruit des vagues parvenait moins jusqu'à lui que le léger tremblement provoqué par le ressac au niveau de la plage. Il sentit peu à peu la tension se relâcher et son cœur retrouva un rythme normal.

Il descendit dans le noir l'escalier inachevé jusqu'aux fondations de la maison, de l'autre côté desquelles se trouvait le sous-sol.

Il posa son sac de toile à ses pieds, l'ouvrit et sortit à l'aveugle les outils dont il avait besoin : un petit burin, un maillet en caoutchouc, un pic à glace, ainsi qu'un couteau de cuisine doté d'une lame parfaitement aiguisée. Il laissa provisoirement dans le sac quelques outils, notamment la pince de mécanicien dont les mâchoires évoquaient les crochets d'un serpent à sonnette, et qui lui serait utile un peu plus tard.

Il aligna ses outils sur la dernière marche, se redressa, et caressa le mur de la maison jusqu'à ce qu'il trouve ce qu'il cherchait : un joint de boue séchée remplaçant le ciment qu'il avait péniblement gratté lors de ses incursions précédentes. Il le délita avec ses ongles en veillant à récupérer dans la paume de son autre main les fragments de terre, par souci de ne pas troubler le silence.

Cette première tâche accomplie, il prit dans le sac une mini-torche, l'alluma en réglant le curseur sur la lumière la plus faible et examina les briques disposées en quinconce. Lors de ses visites précédentes, il avait réussi à retirer entièrement le ciment à l'aide du burin, sur près d'un mètre de longueur, entre six rangées de briques superposées. L'obligation de travailler sans bruit l'avait lourdement handicapé, mais il serait amplement récompensé de ses efforts lorsqu'il parviendrait enfin à s'introduire dans le sous-sol.

De peur que le mur ne s'affaisse, il avait disposé à intervalles réguliers entre les rangées de briques des cales en bois qu'il n'aurait plus qu'à retirer le moment venu à l'aide de la pince. Dans cette attente, il commença par examiner attentivement le mur à la lueur ténue de sa lampe en essuyant les dernières traces de boue et en retirant les derniers fragments de mortier avec la lame du burin afin que tout soit prêt. Ce travail terminé, il reposa le burin et sortit la pince. Le but auquel il œuvrait depuis si longtemps était enfin à portée de main.

Usant de mille précautions, il retira les cales une à une en commençant par la rangée de briques inférieure. Il recula d'un pas, le temps d'un coup d'œil, puis il passa aux rangées suivantes en procédant de façon identique.

S'il ne s'était pas trompé dans ses calculs, il ne restait plus entre les briques qu'une fine pellicule de mortier au fond des interstices, de sorte que le mur paraissait intact aux yeux de quiconque se serait aventuré dans le sous-sol de la maison. Une fois retirées les cales, il ne lui resterait plus qu'à gratter les derniers millimètres de ciment.

Prêt à passer à l'ultime étape, il s'empara d'un outil qu'il avait confectionné lui-même, une tige métallique longue de cinquante centimètres à l'extrémité de laquelle il avait soudé un rectangle d'acier aux bords acérés, grâce auquel il allait pouvoir dégager les derniers millimètres de mortier. Il l'introduisit dans l'interstice, donna un coup sec à l'aide du maillet, et entendit les débris de ciment tomber au pied du mur, à l'intérieur du sous-sol. Le bruit était presque aussi discret que celui de grains de sable à l'intérieur d'un sablier. Rassuré, il poursuivit son œuvre tout le long du premier interstice.

Cette première étape franchie, il retira les briques de la rangée la plus basse et les empila dans le petit couloir. L'opération se révéla plus simple encore avec les rangées suivantes, dont il répartit soigneusement les briques en piles séparées, puis il sortit de son sac deux étais réglables qu'il introduisit dans le trou afin d'éviter que le mur fragilisé ne s'écroule.

Un courant d'air tiède, porteur d'une odeur de poussière et de vieux papiers, s'introduisit dans le boyau à travers l'ouverture. Il reconnut l'haleine de la maison et resta quelques instants immobile. Au terme d'un labeur intense, entrecoupé de retards et d'obstacles inattendus, il arrivait enfin au bout de ses peines.

Presque au bout de ses peines, à la vérité. L'étape la plus importante, celle qu'il espérait depuis si longtemps, l'attendait dans le sous-sol.

Il tendit l'oreille, accroupi devant l'ouverture. Rien n'avait bougé à l'intérieur de la maison, personne ne se doutait de sa présence. Il était temps de se servir du reste de ses outils : le pic à glace, le maillet en caoutchouc, une corde de piano, un long tube transparent. Il tira de son sac une arme de poing de calibre 9 mm, la glissa dans sa ceinture, puis il éteignit sa lampe et se retrouva dans le noir presque complet. Il s'empara d'une torche à infrarouge Fenix 850 nm et serra autour de son front les lanières d'un dispositif de vision nocturne monoculaire au phosphore blanc. Le temps de prendre sa respiration, il alluma la torche à infrarouge, ramassa ses outils et se glissa dans le sous-sol à travers l'ouverture.

Évitant soigneusement les débris de mortier, il se redressa et jeta autour de lui un regard circulaire. La cave de la maison était plongée dans l'obscurité puisqu'il faisait nuit dehors, mais il reconnut grâce à sa lunette de vision nocturne le vieil établi, les alcôves de rangement, la chaudière... et l'escalier conduisant au rez-de-chaussée de la demeure victorienne.

Son pouls s'était mis à battre plus vite depuis qu'il avait franchi la barrière du mur et il attendit que son cœur ait retrouvé un rythme normal. Il profita de ce répit pour observer le décor qui l'entourait en cherchant des yeux ce qui l'intéressait avant tout : une large colonne qui semblait osciller lentement dans le champ verdâtre de sa lunette monoculaire. Il serra ses outils dans son poing et fit un pas en avant.

À cet instant précis, un bras gracile s'enroula autour de son cou d'un mouvement si habile et inattendu qu'il se demanda un instant s'il rêvait. À en juger par la force avec laquelle le bras lui enserrait la gorge, il s'agissait davantage d'un cauchemar que d'un rêve, d'autant qu'un second bras armé d'un stylet jaillissait avec la rapidité d'un serpent. La lame acérée brilla fugitivement dans sa lunette de vision nocturne et s'enfonça légèrement dans la peau tendre de son cou, juste au-dessus de la pomme d'Adam.

À la fois stupéfait et terrifié par ce qui lui arrivait, l'inconnu entendit une voix l'apostropher. Une voix féminine, curieusement rauque, dont la sauvagerie se teintait étrangement de courtoisie.

— Bien le bonsoir, monsieur Wilkinson. Avant de tenter quoi que ce soit, laissez-moi vous offrir le choix. Si vous jetez par terre votre arme, lâchez votre torche à infrarouge et retirez ce casque ridicule, j'éloigne cette lame de votre cou. Si vous choisissez de résister, à l'inverse, je commence par trancher les quatre muscles intrinsèques de votre langue avant de vous sectionner la carotide. À vous de décider, mais ne je saurais trop vous conseiller la première solution. Il vous sera infiniment plus aisé de m'expliquer votre présence en ce lieu si votre muscle hyo-glosse est intact.

47

Constance gravit d'un pas léger les marches de l'escalier de la cave puis referma et verrouilla derrière elle l'épaisse porte. La cuisine, à l'image du reste de la maison, était plongée dans la pénombre, lumières éteintes, telle qu'elle l'avait laissée quelques heures auparavant lorsqu'elle avait tendu un piège à l'intrus. Elle grimaça intérieurement, pour avoir espéré que Pendergast serait rentré pendant son absence et qu'elle pourrait, à la façon d'un chat, lui montrer le produit de sa chasse.

Elle s'approcha de l'évier, fit couler l'eau, saisit le savon dans son assiette de porcelaine, et se lava longuement les mains et les avant-bras. Elle tira le stylet de la poche secrète de sa robe, en déplia la lame et la nettoya tout aussi soigneusement. Elle se sécha les mains, essuya le couteau et retira la mantille noire qu'elle avait portée à chacune de ses longues veilles dans le sous-sol, la plia en quelques gestes précis et la posa délicatement sur le dossier d'une chaise. De façon inhabituelle, elle portait en dessous un pull Arc'teryx moulant gris foncé et des leggings de la même couleur qui l'autorisaient à se mouvoir aisément tout en restant invisible dans le sous-sol de la vieille maison.

En tendant l'oreille, elle perçut le murmure de la pluie et celui du scanner de police, ainsi que les cris étouffés en provenance du sous-sol auxquels elle ne prêta aucune attention. Elle s'avança dans l'arrière-cuisine, remplit de glace un verre de cristal taillé qu'elle compléta par du Lillet, y ajouta le quart d'un citron vert et s'essuya les mains sur un torchon. Elle regagna la cuisine et sortit sur la véranda arrière avec l'intention de se détendre quelques instants avant d'aller vérifier comment l'intrus avait pu pénétrer dans la maison alors qu'elle avait pris la précaution de fouiller les abords de la vieille demeure.

Elle accueillit avec bonheur et soulagement le vent humide et frais en provenance du golfe comme le crépitement de la pluie sur le toit de la véranda. La plage était déserte, les villas voisines plongées dans le sommeil. Elle s'installa confortablement sur un fauteuil à bascule, le plus loin possible de la table en osier sur laquelle reposait le scanner.

Satisfaite d'avoir capturé son « fantôme », elle se sentit enfin libre de centrer ses pensées sur son tuteur, plus particulièrement sur la nature indéterminée de leur relation. Lorsqu'il lui avait proposé de passer ensemble une semaine dans le cadre luxueux d'une île anonyme, au lendemain de l'affaire Cœur-Brisé, elle s'était prise à espérer, jusqu'à ce que l'arrivée du directeur adjoint Pickett vienne rompre le charme. Pendergast s'était envolé en la laissant seule, perdue dans le souvenir de ce qui avait été, et de ce qui aurait pu être.

Êtes-vous capable de m'aimer comme je le souhaiterais ? Par votre silence, vous avez répondu à la question[1].

Elle s'était empressée de le rejoindre à Sanibel afin de l'aider, jusqu'à ce que les détails macabres de l'enquête viennent raviver des souvenirs pénibles

1. Voir *Noir Sanctuaire*, L'Archipel, 2017 ; J'ai lu, 2018.

et qu'elle décide de prendre de la distance. Elle avait trouvé un autre mystère à résoudre, histoire de s'occuper l'esprit et d'éviter cette océanographe blonde avec laquelle Pendergast passait le plus clair de son temps. Cette aversion pour l'affaire des pieds échoués expliquait sa répulsion pour le scanner qui lui rappelait constamment, tout comme la présence de Coldmoon, une affaire qui l'avait privée de son tuteur à l'aube de leur séjour paradisiaque sur cet îlot perdu. Elle se refusait pourtant à éteindre l'appareil, de façon presque perverse.

Elle reposa son verre sans y avoir trempé les lèvres, mécontente de se laisser emporter par sa mauvaise humeur. Une telle réaction n'était pas digne d'elle.

La proximité de la mer depuis quelque temps, plus encore qu'à l'époque où elle avait arpenté les grèves d'Exmouth, dans le Massachusetts, en compagnie de Pendergast[1], avait fini par la réconcilier avec la rumeur de l'océan dont elle avait longtemps gardé la hantise. À présent qu'elle avait triomphé du mystère de Mortlach House, sans doute sa place était-elle aux côtés de Pendergast. Elle savait qu'elle pouvait lui être utile par ses suggestions, sa capacité à effectuer des recherches avec succès, sa vigilance aussi. Elle faisait preuve de faiblesse en se laissant guider par ses pulsions, au détriment de son devoir.

Elle fut tirée de sa rêverie par le scanner, alertée par un regain d'activité inattendu.

… carcasse calcinée d'un Range Rover de modèle récent… proche de la Route 41, dans une zone marécageuse riveraine d'Estero Bay… le corps brûlé d'un jeune individu de sexe masculin, tué de plusieurs

1. Voir *Mortel Sabbat*, L'Archipel, 2016 ; J'ai lu, 2017.

balles, retrouvé sur la banquette arrière du véhicule... aucune autre victime dans les environs immédiats... de nombreuses traces de lutte...

Constance bondit sur ses jambes. Un Range Rover, le même type de véhicule récemment acquis par Aloysius ? Lam, l'assistant de l'océanographe, était jeune. Pouvait-il s'agir du 4 × 4 de Pendergast ? Elle écouta attentivement la suite et le policier affecté au central précisa que la plaque d'immatriculation, après avoir fondu sous l'effet de l'incendie, était illisible.

Les papiers du véhicule n'ont pas été retrouvés... un pêcheur circulant dans les marais à bord d'un hydroglisseur a donné l'alerte... des rafales d'armes automatiques... la présence d'un hélicoptère... la possibilité d'un enlèvement... on demande à toutes les unités disponibles de se rendre sur place...

Elle sortit précipitamment son téléphone et composa le numéro de Pendergast avant de tomber directement sur sa messagerie. Elle voulut passer un appel sur un autre numéro, sans plus de résultat. Elle se précipita sur le scanner dont elle étudia les boutons en regrettant de ne pas avoir prêté davantage d'attention aux explications que lui avait données Coldmoon lorsqu'il avait installé cette fichue machine. Comment pouvait-on intervenir sur la fréquence réservée à la police ? Était-ce seulement possible avec cet appareil ? Elle tourna un premier bouton, puis un second, et ne réussit qu'à interrompre les échanges intenses qui crépitaient à un rythme accéléré. Affolée, elle s'empressa de revenir sur la fréquence initiale, mais le central se contentait de répéter en boucle les mêmes informations, sans identifier le véhicule ou la victime. Prise de rage, elle lança le scanner de toutes ses forces dans le jardin où il vola en éclats sur les dalles de l'allée.

Coldmoon n'était pas encore rentré du Mexique, Pendergast avait disparu sans laisser d'adresse, et voilà que la police parlait d'enlèvement…

Il lui fallait agir.

Elle s'assura que le stylet se trouvait bien au fond de sa poche, elle n'avait besoin de rien d'autre pour le moment. À part un Uber.

Elle venait de commander une voiture lorsque son portable sonna. La mention « numéro masqué » s'afficha à l'écran. Pendergast, peut-être ? Son cœur bondit dans sa poitrine et elle s'empressa de répondre.

— Allô ?

— Qui est-ce ? lui demanda une voix.

— Je me posais précisément la même question.

— Je suis Roger Smithback, du *Miami Herald*. J'essaye de joindre l'inspecteur Pendergast.

Roger Smithback… Constance se souvint d'avoir entendu Aloysius lui parler à plusieurs reprises de ce journaliste à l'époque où il enquêtait sur M. Cœur-Brisé.

— Comment vous êtes-vous procuré ce numéro ?

— Pendergast m'avait communiqué son numéro privé. J'ai des informations à lui communiquer.

Aloysius disposait de plusieurs portables, c'est vrai. L'un d'eux, dont il se servait uniquement lorsqu'ils travaillaient ensemble, basculait automatiquement sur celui de Constance en cas d'absence.

Elle faillit raccrocher car elle n'avait pas de temps à perdre. D'un autre côté, le journaliste disposait peut-être d'éléments utiles.

— Constance Greene à l'appareil. De quelles informations s'agit-il ?

— Constance Greene, répéta Smithback. Oui, bien sûr ! Vous êtes… Je crois me souvenir que vous travaillez main dans la main avec Pendergast, c'est bien ça ? Il ne m'en a pas dit plus sur vous, mais vous faites partie de ses très proches.

— Venez-en au fait, je vous prie.

— Figurez-vous qu'on m'a enlevé et que je suis resté enfermé pendant plusieurs jours, j'ai bien cru qu'on allait me but... bref, on a failli me tuer. J'ai besoin de lui parler de toute urgence au sujet du tatouage...

— Monsieur Smithback, si vous disposez d'informations, veuillez me les communiquer sans plus de circonvolutions.

— Euh... oui, d'accord, fit Smithback d'une voix essoufflée. Je voulais consacrer un papier à tous ces pieds échoués, et je suis tombé sur une photo où apparaissait un tatouage. Le sigle d'un gang de rue, apparemment. J'ai commencé à poser des questions dans le *barrio,* je suis tombé sur la mauvaise personne et j'ai été enlevé par un caïd du cru, un certain Grosse Tête. Je vous dis pas le type...

— Ne vous éparpillez pas, l'arrêta Constance en regardant sa montre.

Que faisait donc ce fichu Uber ?

— D'accord. Bref, les dealers qui m'ont enlevé étaient furax à la suite d'une livraison perdue. Ils risquaient gros s'ils ne remettaient pas la main sur la came, des têtes allaient tomber. La livraison en question était normalement effectuée par des mules dissimulées au sein d'un groupe de migrants, et ils se sont fait prendre en passant la frontière mexicaine. On les a emmenés dans des camions militaires dont les numéros d'identification avaient été masqués.

— Continuez, le poussa Constance tout en surveillant la rue depuis la fenêtre.

Elle crut apercevoir des phares dans le lointain, au niveau de Captiva Drive.

— Un vieux poivrot a parlé d'un convoi de camions militaires du côté de Tate's Hole, ou peut-être de Tate's Hall, je ne suis pas certain du nom…

Constance vit les phares ralentir.

— Un peu après Johnson's Fork, si j'ai bien compris. Des poids lourds à dix roues avec des remorques bâchées et des bidons soudés à l'avant, comme ceux qui transportaient les migrants. Transmettez l'information d'urgence à Pendergast, d'accord ? Et dites-lui de penser à moi le jour venu. Vous avez tout noté ?

Les phares s'arrêtèrent à hauteur de Mortlach House.

— Je vais devoir vous laisser, dit Constance qui ne voyait pas en quoi ces détails auraient pu enrichir l'enquête, tout en les remisant dans un coin de sa tête.

— À propos, où est Pendergast ? insista Smithback.

Constance raccrocha sans répondre et se précipita vers le véhicule garé devant la maison. Les cris étouffés en provenance du sous-sol, qui avaient fini par se calmer, reprirent de plus belle au son de ses pas.

Il n'en mourra pas, pensa Constance en se glissant à l'arrière du 4 × 4.

— Madame, sauf votre respect, la destination que vous avez indiquée en commandant la voiture se trouve au milieu de nulle part.

— Je vous indiquerai le chemin lorsque nous aurons atteint Estero Bay.

Elle vit le chauffeur froncer les sourcils dans le rétroviseur.

— Vous êtes sûre ? Je connais le coin, il n'y a rien le long de cette route.

— Vous verrez les gyrophares des véhicules de police.

48

— Bienvenue à l'aéroport international de Tallahassee, fit la voix de la chef de cabine sur les haut-parleurs du bord. Une fois de plus, nous vous prions de nous excuser pour la gêne occasionnée, en raison d'un problème météorologique indépendant de notre volonté. Nous nous efforcerons de...

La fin de l'annonce se perdit dans le brouhaha des passagers qui se ruaient sur leurs téléphones portables, quittaient leurs sièges, ouvraient les compartiments à bagages et descendaient leurs valises à roulettes au milieu d'une bousculade indescriptible. Coldmoon, tassé sur son siège d'un air morose, se résigna à accepter la situation. Autorisé à conserver son arme de service dans son holster au moment des contrôles de sécurité, il avait l'impression d'être encombré par un poids mort au terme de cinq heures de vol dans ce siège minuscule. Putain d'aéroport de Tallahassee. Il allait devoir se taper des heures de route sous l'orage pour rallier Fort Myers.

Une vibration le tira de ses idées noires. Son portable, dont il avait coupé la sonnerie. Pendergast, probablement.

Il sortit l'appareil de la poche de son pantalon et découvrit un numéro inconnu commençant par le préfixe 212. Celui de New York. À coup sûr, Pendergast allait lui passer Pickett pour qu'il le félicite, en bon coéquipier fidèle. Le genre de félicitations condescendantes qui lui mettaient les nerfs à vif. Le mieux était encore de décrocher.

Il colla le téléphone contre son oreille.

— Coldmoon à l'appareil.

— Inspecteur, lui répondit une voix de femme. Il…

Le reste de la phrase se perdit dans un crépitement.

— Je n'ai pas compris, qui est à l'appareil ?

La même voix ordonna à une tierce personne de remonter la vitre et le bruit cessa.

— *Mais madame*, s'éleva une voix plaintive, *je ne vois rien à travers le pare-brise.*

— *Vous baisserez à nouveau la vitre quand j'aurai raccroché.*

Coldmoon reconnut cette fois la voix de Constance Greene, occupée à se débattre avec un chauffeur.

— Constance ?

— Oui, cela fait un quart d'heure que je m'évertue à vous joindre.

— Je viens juste d'atterrir à l'aéroport de Tallahassee. Mon vol a été détourné à cause de l'orage. Où êtes-vous ?

— Aucune importance. Avez-vous reçu des nouvelles de Pendergast ?

Elle paraissait inquiète.

— *Je vous l'avais bien dit*, la coupa la voix du chauffeur. *Estero Bay va presque jusqu'à Bonita Springs. J'ai besoin de savoir à quel endroit bifurquer.*

— *Et moi, je vous ai dit que vous le sauriez en apercevant les véhicules de police !*

Constance reprit sa conversation avec Coldmoon.

— Vous a-t-il dit où il comptait se rendre ? Et quelles étaient ses intentions ?

— Non, pourquoi ?

— Je crois qu'il a été enlevé.

Coldmoon, qui allait se joindre à la longue file des passagers prêts à quitter l'avion, se figea.

— Quoi ? !!

Impossible.

— J'ai appris la nouvelle sur le scanner. Ils ont découvert un Range Rover du même modèle que le sien en train de brûler. Un témoin parle d'hélicoptères, de tirs d'armes automatiques, d'une fusillade. On a retrouvé le cadavre calciné d'un inconnu sur la banquette arrière.

Putain de merde. Coldmoon remonta lentement l'allée centrale de l'appareil en direction de la sortie.

— Quoi d'autre ?

— J'ai reçu un appel du journaliste Roger Smithback. Il parle d'une importante livraison de drogue volée lors de l'enlèvement d'un groupe de migrants en Arizona, à la frontière avec le Mexique. Le tout serait lié aux pieds retrouvés à Captiva.

— Attendez une seconde : vous avez bien dit des migrants *enlevés* à la frontière ?

— Oui. Embarqués de force dans des camions.

— Des camions de quel type ?

— Un convoi de camions de l'armée dont les numéros d'identification avaient été effacés. Des poids lourds à dix roues avec des remorques bâchées, de gros bidons fixés à l'avant.

Tout concordait avec les dires d'El Monito, jusqu'au dernier détail.

Coldmoon remonta la passerelle en direction du terminal.

— Les bidons en question sont des filtres à air installés au niveau du pare-chocs avant, côté conducteur. Tout indique qu'il s'agit de transports de troupes de type M813, équipés de bancs à l'arrière. Les cartels de la drogue n'ont pas recours à ce genre de véhicule, réservé à un usage militaire. Smithback vous a-t-il précisé quelle était leur destination ?

— Un instant.

Constance éloigna d'elle le portable afin de s'adresser au chauffeur.

— *Là-bas. Vous voyez cette lueur orangée à l'horizon ? Approchez-vous le plus vite possible.*

— *Mais enfin, madame, vous voyez bien qu'il n'y a pas de route. Je ne conduis pas un engin amphibie ! Seigneur, des gyrophares ! Sans doute les flics dont vous me parliez.*

Coldmoon reconnut un hululement de sirène à l'autre bout du fil.

— *Prenez le premier chemin de traverse.*

— *Mais ma voiture n'est pas...*

— *Je vous en achèterai une autre, de voiture !*

Constance reprit sa conversation avec Coldmoon.

— Je vais devoir vous laisser.

— Vous êtes sûre qu'il s'agit du Range Rover de Pendergast ?

— Je vous rappelle dès que je suis en possession de nouvelles informations.

Coldmoon, son portable muet à la main, perdu au milieu du hall d'arrivée de l'aéroport international de Tallahassee, contempla l'appareil d'un air perplexe.

49

Mark Macready, assureur de profession provisoirement sans emploi, n'avait jamais pleinement souscrit à la suggestion émise par son épouse de s'inscrire chez Uber et de prendre des passagers dans son Lincoln Navigator tout neuf afin d'arrondir leurs fins de mois. Il était encore plus dubitatif à présent qu'il se voyait contraint de remonter à quatre-vingts à l'heure un chemin gravillonné sous une pluie battante au milieu des marais et des pinèdes.

— Plus vite, l'admonesta de la banquette arrière la cinglée qu'il avait prise en charge. Macready lui obéit à contrecœur, au risque d'entrer en collision avec un arbre, conscient qu'il était vain de vouloir raisonner une passagère aussi infernale. Elle lui avait même promis une prime de mille dollars en plus de sa course, jetant des billets chiffonnés sur le siège avant. Sans cet argent dont il avait cruellement besoin, il l'aurait débarquée depuis belle lurette.

Le 4 × 4 vola au-dessus d'un nid-de-poule et une branche balaya les vitres du véhicule, côté conducteur.

— Je vais rayer ma carrosserie, gémit-il en ralentissant.

— Accélérez !

Un autre nid-de-poule mit la suspension à rude épreuve et Macready vit disparaître les derniers arbres de l'autre côté du pare-brise détrempé par l'orage tandis que se profilait une vaste zone marécageuse. Ils se trouvaient plus près du but qu'il ne l'imaginait, à en juger par le ballet incessant des gyrophares des véhicules de police. Heureusement qu'il faisait nuit, sinon jamais les flics n'auraient laissé approcher un véhicule civil.

— Arrêtez-vous, lui ordonna la folle d'une voix rauque.

Dieu soit loué. Macready s'exécuta avec un soulagement manifeste.

— Je vous remercie, monsieur Macready. J'ai bien conscience que vous ne vous attendiez pas à une course aussi mouvementée, dit la jeune femme. Je vous prie d'éteindre votre moteur et de m'attendre ici. J'en ai sans doute pour un quart d'heure, peut-être plus.

Elle ouvrit sa portière et le battement furieux de la pluie s'engouffra dans l'habitacle. Sans se soucier un instant de l'orage, la passagère descendit du 4 × 4 et s'approcha de la vitre du conducteur que Macready entrouvrit.

— Je ne saurais trop vous recommander de ne pas m'abandonner ici. Je ne suis pas femme à oublier un tel affront.

Il avala péniblement sa salive.

— Je... je ne bouge pas, bredouilla-t-il en coupant le contact.

Et merde ! Qu'avait-il fait au bon Dieu ? Il regarda la femme en survêtement gris disparaître dans la pluie et le vent. Il remonta sa vitre et attendit, la mort dans l'âme.

Constance s'approcha lentement en veillant à rester dissimulée derrière la végétation, puis elle s'arrêta et tendit l'oreille. Le crépitement des radios et le murmure des conversations lui parvinrent. Des torches zébraient la nuit humide et un projecteur installé un peu plus loin jetait une lumière crue sur la scène de crime.

Elle repartit en veillant à éviter les secteurs les plus boueux et un éclair traversa le ciel, ponctué par un coup de tonnerre.

Elle atteignit une zone marécageuse que plusieurs personnes avaient traversée avant elle en s'éloignant de la scène du drame, à en juger par les branches cassées, l'herbe écrasée, les nombreuses empreintes laissées dans la boue. Il s'agissait certainement des ravisseurs. Elle suivit leurs traces jusqu'à un espace dégagé dont les herbes sauvages étaient aplaties en spirale, au centre duquel elle identifia sans peine les deux lignes parallèles de patins d'hélicoptère. Si Pendergast avait bien été enlevé, c'était à cet endroit qu'il s'était envolé. Elle fouilla les alentours à la recherche de douilles, de traces de sang, de signes de lutte ou de violence. Rien.

Elle rebroussa chemin et suivit les empreintes jusqu'aux abords de la scène de crime. La lumière d'un projecteur traversait le rideau de pluie en éclairant la carcasse noircie d'un Range Rover tout autour duquel avait été tendu du ruban jaune. À moins de dix mètres d'elle, un policier trempé jusqu'aux os faisait courir sans enthousiasme le faisceau de sa torche sur les alentours. Elle l'évita soigneusement et s'approcha silencieusement de l'arrière du 4 × 4 en passant à travers des broussailles avant de se glisser sous le ruban jaune. La carrosserie portait les traces d'un violent incendie, les flammes avaient attaqué la peinture jusqu'à la porte avant, côté passager, mais le véhicule n'avait pas entièrement brûlé. Le compartiment moteur et le siège du conducteur étaient intacts. Les vitres étaient couvertes de mousse anti-incendie que la pluie battante commençait à dissoudre. Quatre policiers montaient la garde de l'autre côté du véhicule, le long du ruban jaune.

Constance observa longuement les alentours, puis longea le 4 × 4 du côté droit et découvrit une ligne en pointillé à l'endroit où des balles de gros calibre avaient frappé le véhicule. Le toit panoramique dessinait une bouche géante dont les débris de verre figuraient les dents acérées. La portière droite était ouverte et elle se glissa sur ce qui restait de la banquette.

Une forte odeur de plastique fondu, de cuir brûlé et de chair rôtie imprégnait l'habitacle. Elle eut un léger haut-le-corps en voyant le cadavre d'un individu, ses vêtements et ses cheveux réduits à l'état de cendres, les dents serrées en un sourire sans lèvre, ses membres recroquevillés de façon grotesque comme toujours en pareil cas.

Les trous de balles dans le toit du 4 × 4, à travers lesquels gouttait de l'eau de pluie, tout comme les traces de sang séchées par l'incendie autour des pieds du mort racontaient son calvaire. La victime était méconnaissable, mais Constance identifia sans peine les baskets rouges dont lui avait parlé Aloysius d'un air amusé lorsqu'il avait évoqué son passage dans le laboratoire de Pamela Gladstone. Le corps était celui de Wallace Lam, l'assistant de la jeune femme.

Sa gorge se noua. Se refusant à accepter l'évidence, elle avait voulu se persuader jusqu'au bout qu'il ne s'agissait pas du Range Rover de Pendergast. Elle détenait à présent la preuve qu'on avait réussi à enlever ce dernier.

Elle prit place sur la banquette dont le cuir calciné crissa sous son poids et prit le temps de réfléchir. Les flics de garde se trouvaient à moins de dix mètres, mais les vitres noircies par la mousse et la fumée assuraient son invisibilité. De toute évidence, ils attendaient l'arrivée du médecin légiste et des équipes de police scientifique pour enlever le corps et la voiture.

Si Lam voyageait à l'arrière et si Pendergast conduisait, il était logique de penser que Gladstone se trouvait sur le siège avant. Aloysius n'avait donc pas été enlevé seul, l'océanographe l'avait été en même temps que lui.

Un hululement de sirène troua la nuit dans le lointain. Le temps lui était compté, mais il était prématuré de repartir. La fuite de Pendergast s'était achevée là, restait à comprendre pour quelle raison on le poursuivait. Il avait forcément mis au jour des éléments cruciaux pour que ses adversaires réagissent de façon aussi drastique.

Se sachant pourchassé alors qu'il détenait des informations vitales, il aurait voulu laisser derrière lui un message qui se trouvait forcément dans la voiture, à portée de main. Plus Constance y pensait, plus elle était convaincue d'avoir raison. Restait à savoir combien de temps il faudrait aux enquêteurs pour mettre la main dessus.

Elle s'efforça de visualiser la scène. La voiture était en feu, il aurait été illusoire de laisser un petit papier qui aurait été détruit par les flammes. Il fallait donc trouver une cachette capable de résister à l'incendie, et que les enquêteurs finiraient forcément par découvrir. Le tout en l'espace de quelques secondes.

Un bruit de voix tout proche obligea Constance à se baisser. Elle entendit les flics s'éloigner tandis que les sirènes se rapprochaient. Des phares trouèrent la nuit. Elle se pencha en avant, tendit le bras et ouvrit la boîte à gants. Rien. Le vide-poches et les porte-gobelets étaient vides, les tapis de sol ne dissimulaient rien.

De toute façon, tout risquait de brûler à l'intérieur de l'habitacle. Mais alors, quelle cachette était susceptible de résister aux flammes ?

Le cuir de la banquette était en lambeaux, laissant apparaître les ressorts.

Le regard de Constance se posa sur Lam : ses vêtements réduits en cendres, sa chevelure carbonisée, ses dents étrangement blanches au milieu de son visage noirci, serrées par la chaleur intense dégagée par l'incendie…

Elle hésita brièvement. Puis, sortant le stylet de sa poche d'un mouvement fluide, elle en glissa la lame entre les dents de Lam afin de s'en servir comme levier.

Elle pesa de toutes ses forces et les dents du mort, fragilisées par la chaleur, cédèrent brusquement avec un bruit désagréable tandis que les mâchoires s'écartaient. Elle glissa la main dans la cavité buccale et sentit sous ses doigts un objet dur coincé profondément dans la gorge. Elle le retira et constata qu'il s'agissait d'un minuscule tube à essai que fermait un bouchon en caoutchouc.

Un bruit de portières claquées la rappela à la réalité. À la lueur d'une nuée de gyrophares, elle distingua à travers les vitres enfumées les silhouettes des membres de l'identité judiciaire. Elle s'empressa de fourrer le tube dans la poche de son legging, puis elle serra brièvement entre les siens les doigts racornis du mort.

— Je vous remercie, monsieur Lam, murmura-t-elle.

L'expression « la fourrière de Lipsbury[1] » lui vint curieusement à l'esprit. Comment pouvait-elle avoir une telle pensée à un moment pareil ? L'allusion avait toutefois du sens puisque le jeune chercheur, dans la mort, avait réussi à dissimuler dans la prison

1. Il s'agit d'une référence à une réplique du *Roi Lear* de Shakespeare (acte II, scène 2), le lieu Lipsbury étant un synonyme imagé de « babines ».

de sa bouche un indice qui réapparaîtrait le moment venu.

Constance regarda à droite et à gauche, prit sa respiration et se glissa hors du véhicule à travers la portière ouverte avant de s'enfoncer à quatre pattes au milieu des fourrés une fois franchie la bande de police.

*

Macready, qui surveillait de loin d'un air inquiet le regain d'activité autour de la scène de crime, crut avoir une crise cardiaque lorsque la femme se glissa brusquement sans crier gare à l'arrière du Navigator. Elle était trempée, couverte de boue et de suie, et sentait la fumée.

— Vous pouvez repartir, monsieur Macready, lui dit-elle, le souffle court. Le plus tôt sera le mieux.

Il l'observa dans le rétroviseur avec des yeux écarquillés.

— *Tout de suite*, je vous prie, insista-t-elle.

*

Constance attendit que Macready ait retrouvé la Route 41 et file à toute allure en direction du nord pour sortir le tube à essai miniature de sa poche. Elle l'examina à la lueur du plafonnier et vit qu'il contenait un morceau de papier roulé en boule. Elle retira le bouchon de caoutchouc et fit rouler dans le creux de sa main le message qu'elle déplia avec précaution. Il s'agissait d'un fragment de listing informatique sur lequel figurait une liste de noms. L'un d'eux avait été entouré à la hâte :

CROOKED RIVER

50

Elle venait de replacer le papier dans le tube à essai lorsque son téléphone sonna.

— Coldmoon à l'appareil, fit la voix du jeune inspecteur au bout de la ligne. J'attendais que vous m'appeliez. Qu'est-ce qui… ?

Elle ne lui laissa pas le temps de terminer sa phrase.

— Aloysius a été enlevé. Il se trouvait au volant de son Range Rover lorsqu'on lui a tendu une embuscade dans les marais, au sud de Fort Myers. Il voyageait en compagnie de Gladstone, l'océanographe, et de son assistant, Wallace Lam. On a mitraillé la voiture et tué Lam, le véhicule a pris feu, Aloysius et Gladstone ont été capturés.

Coldmoon accueillit la nouvelle par un court silence.

— Avez-vous une idée de l'endroit où on les a emmenés ?

— Il a laissé un indice derrière lui. Deux mots : Crooked River.

— Crooked River ? Je vérifie… Ah, voilà ! Il s'agit d'un cours d'eau dans le nord de la Floride, près de la ville de Carrabelle.

Elle entendit un moteur rugir derrière lui.

— Où êtes-vous ?

— Je m'apprêtais à monter dans une navette. Crooked River… que peut-il bien y avoir là-bas ?

— Ce n'est pas tout. Ce journaliste, Smithback, m'a parlé d'un convoi de camions.

— Oui, vous y avez fait allusion tout à l'heure, des M813.

— À en croire l'un de ses informateurs, un convoi de ce type aurait été aperçu près d'un lieu nommé Tate's Hole, ou peut-être Tate's Hall.

— Tate's Hole… attendez, j'ai une carte Google de la Crooked River sous les yeux… Vacherie ! Il s'agit de Tate's *Hell* ! Le parc naturel de Tate's Hell, le long de la Crooked River. Que vous a raconté d'autre ce Smithback ?

À l'arrière du Uber, Constance tenta de se souvenir des paroles exactes du journaliste.

— Il m'a parlé de… de Johnson's Fork. Les camions ont été aperçus à Tate's Hell un peu après Johnson's Fork.

Coldmoon s'adressa à quelqu'un près de lui avant de reprendre la conversation.

— Je ne vois pas de Johnson's Fork sur la carte. Cette vacherie de fleuve se tortille dans tous les sens, mais aucun Johnson's Fork à l'horizon.

Constance entra les mots Tate's Hell sur son propre téléphone et une image satellite s'afficha. La Crooked River déployait ses méandres à travers une immense forêt marécageuse.

— J'ai trouvé ! s'écria Coldmoon sur un ton triomphal. Johnson's Fork !

— À quel endroit ?

— À une quinzaine de kilomètres au nord de Carrabelle, juste au-dessus de Bucketmouth Crossing.

Constance se pencha sur l'écran de son portable et repéra sans mal Bucketmouth Crossing, au carrefour de deux routes perdues. Un peu plus haut se trouvait une confluence anonyme en forme de saucisse.

— Je ne vois rien.

— Faites-moi confiance, c'est bien là. Ne raccrochez pas, Constance. Je vais mettre mon téléphone en silencieux, je suis en train de louer une voiture.

Constance, profitant de ces quelques instants de répit, écuma la photo satellite sans rien découvrir d'autre que de vieux chemins forestiers et quelques entrepôts fluviaux.

— C'est bon, j'en ai encore pour quelques minutes, fit la voix de Coldmoon. Je fais la queue devant le comptoir. Si vous avez une carte satellite sous les yeux, vous voyez ce grand bâtiment à toit plat au bord de la Crooked River ? À une bonne vingtaine de kilomètres au nord-est de Carrabelle ? C'est la seule construction à des lieues à la ronde.

Il couvrit de la main son téléphone et Constance l'entendit parler à un interlocuteur invisible. Elle reconnut les mots « 4 × 4 ».

Là ! Une sorte de fabrique tapie dans une vaste clairière, protégée par une enceinte, à côté d'entrepôts alignés le long d'une série de pontons.

— De quoi s'agit-il ? demanda-t-elle. Une usine, peut-être ? On dirait qu'elle est abandonnée.

— À en croire les informations que je viens de trouver, c'est une ancienne usine de sucre de canne désaffectée depuis des années, Bonita Sugar.

Constance tapa les deux mots sur le clavier virtuel de son téléphone.

— Oui, vous avez raison. L'usine fabriquait du sucre en utilisant de la soude caustique, un composant chimique aujourd'hui interdit. La Floride a ordonné la fermeture du site en 1967.

Au même moment, le chauffeur du Uber tourna la tête.

— On est arrivés chez vous, madame.

Elle leva les yeux et reconnut l'allée de Mortlach House.

— Très bien, je descends.

Elle avait à peine refermé sa portière que Macready s'éloignait à vive allure dans un nuage de sable.

— Inspecteur ?

— Vous avez bien dit de la soude caustique ? lui dit Coldmoon, au comble de l'excitation.

— Oui.

— Les dossiers d'autopsie précisaient que de la soude caustique avait été retrouvée en quantité importante sur les pieds amputés et sur les chaussures.

Constance observa longuement la photo satellite. En dépit de l'état de délabrement avancé de l'usine, les abords avaient été nettoyés récemment et une nouvelle enceinte érigée.

— Il n'y a pas de doute, c'est là qu'on les a emmenés, déclara-t-elle.

Elle entendit claquer une portière à l'autre bout du fil.

— Où êtes-vous, inspecteur ?

— Je viens de monter dans mon véhicule de location. Mon GPS m'indique que je me trouve à moins d'une heure et demie en voiture de cette usine.

— C'est trop long. Contactez le FBI et demandez-leur d'affréter un hélicoptère.

— Aucun appareil ne prendra l'air par ce temps. Et si j'appelle le Bureau, vous savez ce qui arrivera ? La machine administrative va se mettre en route et ils voudront monter une unité d'intervention. Six heures pour planifier l'opération et six heures pour équiper et briefer les gars avant de passer à l'attaque. Mon coéquipier aura eu mille fois le temps d'être abattu.

— Votre coéquipier est également mon tuteur. Nous travaillons main dans la main.

— Il n'y a pas de « nous » qui tienne.

— Vous n'avez pas le choix. Vous ne pouvez pas réussir seul.

Elle entendit soupirer Coldmoon.

— Vous êtes folle ? Vous voulez m'accompagner ? *Vous ?*

— Bien sûr.

— C'est hors de question, et ce ne sont pas les raisons qui manquent. Primo, vous vous trouvez à cinq heures d'ici en voiture. Deuxio, la région tout entière est touchée par une tempête majeure, aucun avion ne décolle. Tertio, les citoyens ordinaires n'ont pas leur place dans une opération de cette envergure.

Constance sentit monter en elle une bouffée de rage.

— Intervenir tout seul serait de la folie de votre part ! J'exige que vous m'attendiez, et si vous ne mettez pas un moyen de transport à ma disposition, je m'en chargerai seule…

— Pas question. *Inila yaki ye.* Fin de la discussion.

La colère, la peur et la culpabilité rentrée de Constance provoquèrent une véritable explosion dans sa tête lorsqu'elle constata sur quel ton péremptoire Coldmoon lui parlait.

— Si jamais vous partez sans moi… je vous le ferai regretter d'une façon ou d'une autre… vous vous en mordrez les doigts.

Un silence pesant lui répondit, et un clic lui fit comprendre que Coldmoon avait mis fin à la communication.

Constance posa sur son portable un regard venimeux avant de relever fièrement la tête. Il lui fallait rejoindre la Crooked River au plus vite. Macready était reparti et jamais il n'accepterait de revenir. De toute façon, elle aurait mis plus de cinq heures par la route, et les aéroports étaient tous fermés.

Pendant ce temps, Pendergast était retenu prisonnier et sa vie était en danger. Il devait bien y avoir une solution. Il y avait *forcément* une solution.

Plantée devant la maison, elle attendit que retombe sa colère froide, sans succès.

Elle se remplit les poumons une première fois, puis une seconde, leva sa tête vers le ciel et un cri d'un autre monde monta de sa gorge, effrayant, interminable.

51

P. B. Perelman, trempé comme une soupe et furieux, avait initialement prévu de passer la soirée bien au chaud dans son bureau en apprenant le solo de guitare enregistré par Doc Watson en 1972 dans *Way Downtown*. Au lieu de quoi il avait dû sortir sous un déluge parce qu'un imbécile de touriste avait jugé que c'était le jour idéal pour se baigner à Redfish Pass. Le temps que l'équipe mise sur pied à la hâte retrouve l'adolescent, le ramène sur la plage, retire de ses poumons la tonne d'eau salée qu'il avait avalée et lui explique les dangers auxquels on s'expose quand on a un QI de 22, Perelman n'avait plus la moindre envie de prendre sa guitare. Il voulait juste rentrer tranquillement chez lui, se sécher et se coucher. Les orages tropicaux ne sont pas rares dans la région et Perelman en avait l'habitude, mais il en avait ras la casquette de toute la paperasse et des heures interminables enquillées dans le cadre de la force opérationnelle. Les acrobaties de ce gamin de Skokie étaient le seau qui avait fait déborder le dé à coudre.

Il franchit le pont de Blind Pass et longea la plage de Captiva tout en écoutant sa radio. À l'aller, il avait entendu de nombreux échanges relatifs à un véhicule incendié à la suite d'une fusillade qui avait fait un mort près d'Estero Bay, mais il ne s'en était pas inquiété outre mesure puisque l'incident s'était déroulé en dehors de sa juridiction. Ses collègues auraient sans doute réglé le problème à cette heure, mais il écoutait d'une oreille distraite les échanges radio lorsqu'une annonce attira son attention :

... La victime a été identifiée comme étant un certain Wallace Lam de Jacksonville...

Lam ! Il reconnut aussitôt le nom de l'assistant de cette océanographe plutôt mignonne que Pendergast avait engagée. Il sursauta de plus belle lorsque le type affecté au central annonça que le véhicule mitraillé et incendiée était un Range Rover. Putain ! Le même 4 × 4 que Pendergast. Pourquoi diable ne précisait-il pas le numéro d'immatriculation ? Il obtint la réponse à sa question en apprenant que le véhicule avait brûlé, rendant la plaque illisible.

Perelman exécuta aussitôt un demi-tour avec l'intention de se rendre sur place. Il achevait la manœuvre lorsqu'un rugissement se fit entendre dehors, masquant le crépitement de la pluie. Il reconnut un bruit de moteur, celui d'un hors-bord malmené par son utilisateur, suivi d'un choc sourd. Le moteur rugit de plus belle. Il se rangea sur le bord de la route dans l'espoir de sonder la nuit. Le bruit émanait de la petite marina où était amarré son propre bateau.

Qu'est-ce que c'était encore que ce cirque ?

Il démarra brutalement, mais au lieu de reprendre sa route, il emprunta un chemin sablonneux jusqu'à la marina et bondit hors de sa voiture en laissant les phares allumés.

Le spectacle qui l'attendait le laissa stupéfait. Ainsi qu'il le craignait, le moteur était celui de son hors-bord, dont la coque baignait dans un épais nuage d'écume. Une silhouette solitaire avait pris place au volant, qu'il lui fut impossible d'identifier tant la pluie tombait dru. L'inconnu mit pleins gaz et le bateau bondit avant de se cogner brutalement contre les piles du ponton. L'inconnu recula et endommagea cette fois la poupe du hors-bord dont l'amarre arrière n'avait pas été retirée, donnant l'impression que le bateau était un bronco furieux enfermé dans une stalle. Perelman balança entre horreur et fureur en voyant ainsi malmené ce hors-bord auquel il tenait comme à la prunelle de ses yeux. C'était un miracle que les hélices du double moteur n'aient pas encore explosé.

Il traversa le ponton en quelques bonds, sauta à bord et repoussa l'inconnu afin de reprendre le contrôle des gaz. Il mit la manette au point mort et redressa le volant.

— Bon sang ! À quoi vous...

La fin de la phrase s'éteignit sur ses lèvres lorsqu'il reconnut Constance Green, la pupille de Pendergast, dégoulinante de la tête aux pieds. La jeune femme, toujours si élégante, avait enfilé une tenue moulante couverte de boue, sa coupe à la garçonne transformée en une masse informe. Sans son étrange regard violet, jamais il n'aurait reconnu dans cette furie au regard féroce la jeune femme aux airs d'Olive Thomas qu'il avait vu débarquer d'une limousine quelques jours plus tôt.

— Monsieur Perelman, je vous souhaite le bonsoir.

Elle s'était adressée à lui avec un calme qui finit de le désarçonner.

— Pouvez-vous m'expliquer ce que vous fichez à cette heure sur mon bateau ? lui demanda-t-il sur un ton courroucé.

— Je suis heureuse de vous voir. J'ai besoin que vous m'emmeniez d'urgence quelque part. J'ai toutes les peines du monde à conduire cet engin.

Aussi lapidaire soit-elle, l'explication acheva de calmer Perelman.

— De quoi parlez-vous ?

— Aloysius a été enlevé.

— Qui est Aloysius ?

— L'inspecteur Pendergast.

Il fit instantanément le rapprochement avec la fusillade rapportée par le central.

— Il s'enfuyait à bord de sa voiture lorsqu'il s'est trouvé pris au piège. On a mitraillé le véhicule, M. Lam a été tué tandis que Mme Gladstone et Aloysius étaient enlevés.

— Enlevés ? Mais où ?

— Ils sont retenus dans une ancienne raffinerie de sucre au bord de la Crooked River, au nord de Carrabelle.

— Comment l'avez-vous su ?

Elle prit une profonde respiration.

— Ce serait trop long à vous expliquer.

— Et vous comptez vous rendre sur place à bord de mon bateau ?

— Quel autre moyen de transport avais-je à ma disposition, eu égard aux circonstances ?

— Mais enfin… il faut traverser le golfe sur quatre cents kilomètres !

Elle fit un pas dans sa direction.

— Ils ont été enlevés parce qu'ils ont découvert la vérité. Ils mourront, voire pire, si nous ne les sauvons pas.

— Mon Dieu ! Si c'est le cas, il faut commencer par prévenir la cavalerie.

— Non !

Les yeux de Constance avaient brillé avec un tel éclat que Perelman recula machinalement.

— Vous le savez sans doute déjà, reprit-elle, mais une taupe a dangereusement compromis l'enquête menée par la force opérationnelle. À la moindre alerte, ces gens tueront Aloysius sans hésiter, vous le savez bien. Il nous faut partir immédiatement et les sauver nous-mêmes.

Perelman réfléchit à toute vitesse sans la quitter des yeux. Elle avait raison à bien des égards. Baugh n'était pas à la hauteur de la tâche, ainsi qu'il avait pu s'en apercevoir. Quant à contacter Pickett, Perelman savait d'avance que le Bureau monterait une intervention dans les règles de l'art, c'est-à-dire trop lentement. Mais de là à traverser le golfe à bord de son bateau...

— Ce que vous proposez est complètement dingue.

Il ne vit même pas Constance passer à l'attaque. Avec la rapidité d'un serpent, elle récupéra le Glock qu'il portait à la ceinture et pointa le canon de l'arme sur lui en reculant de quelques pas. Perelman resta stupéfait de la vitesse avec laquelle elle avait réagi. Il n'était pas revenu de sa surprise qu'elle visait le plancher du hors-bord et tirait. Le temps donna l'impression de s'arrêter.

— Vous avez gâché une balle, laissa tomber Perelman.

Constance continua de le menacer d'une main qui ne tremblait nullement.

— Je n'avais pas imaginé qu'un simple maréchal des logis puisse se promener avec un pistolet armé.

Un silence de plomb s'installa, troublé par le rythme incessant de la pluie et le ronronnement des moteurs au ralenti. Perelman tendit la main afin de récupérer son arme et Constance, après une courte hésitation, la lui rendit.

— Vous abattre ne me permettrait pas d'atteindre la Crooked River plus vite.

Perelman rengaina le Glock.

— Si le commandant Baugh et sa cavalerie ne sont pas en mesure de sauver Pendergast, comment le pourrions-nous ?

Constance ne répondit pas immédiatement, perdue dans ses pensées. Elle finit par relever la tête.

— Pour paraphraser Sun Tzu : « Connais-toi toi-même et tu remporteras toutes les batailles. »

Perelman soupira.

— Je ne suis malheureusement pas certain que Sun Tzu nous soit d'un grand secours dans le cas présent.

— Nous perdons un temps précieux. Soit vous acceptez de m'aider, soit vous refusez. Je sais simplement que si Pendergast meurt, je mourrai aussi. D'une façon ou d'une autre. Vous savez comme moi que ce bateau est le moyen le plus rapide de rallier la Crooked River.

Cette fois, le silence qui suivit fut de courte durée.

— Et puis merde, marmonna Perelman. C'est bon, asseyez-vous à côté de moi et allons-y.

Constance obtempéra. Son compagnon vérifia les pompes de cale et s'assura d'un coup d'œil que les chocs subis par la coque n'avaient pas provoqué de fuite, puis il détacha l'amarre de poupe et s'assit derrière le volant.

— Tenez-vous bien, lui recommanda-t-il. En dehors de la pluie, la mer est relativement calme à l'heure qu'il est, mais l'orage approche et nous risquons fort d'avoir une traversée agitée.

Sur ces mots, il mit le moteur de tribord en marche arrière, manœuvra de façon à s'écarter du ponton et inversa les gaz en accélérant progressivement sur toute la longueur du chenal avant de s'élancer sur l'océan à pleine vitesse.

52

L'hélicoptère volait bas au-dessus du golfe, le visage du pilote éclairé par la lueur du tableau de bord. À l'arrière, Gladstone et Pendergast étaient menottés dos à dos, leurs chevilles entravées par des liens en nylon. La jeune femme commençait tout juste à se remettre de l'horreur des événements récents à mesure que son esprit analytique reprenait le dessus. Les conditions atroces dans lesquelles Lam avait trouvé la mort la terrifiaient et la révoltaient, mais elle s'effrayait plus encore du professionnalisme tranquille de l'organisation qui les retenait prisonniers. Il ne s'agissait pas de criminels ordinaires, leurs tenues camouflage, leurs coupes en brosse, leurs armes automatiques et leur façon lapidaire de s'exprimer trahissaient des origines militaires.

D'une façon ou d'une autre, leur enquête dérangeait en haut lieu, au point de susciter une réaction aussi massive.

La femme chargée de diriger l'opération, celle qui avait apostrophé Pendergast de façon sarcastique, n'avait pas vraiment le profil de l'emploi. Ses traits aristocratiques, sa crinière acajou, ses yeux bruns, sa tenue civile et, plus encore, son rang de perles faisaient tache au milieu des gilets pare-balles, des casques, des lunettes de vision nocturne et des fusils d'assaut de la troupe qui l'entourait.

Comment pouvait-on porter un rang de perles au cours d'une mission pareille ?

Pendergast, déjà peu loquace en temps ordinaire, n'avait pas desserré les dents depuis leur capture. Il gardait la tête baissée et elle se demanda à quoi il pensait. De son côté, elle se préparait au pire. Leurs chances d'en sortir vivants étaient quasi nulles. Ces gens ne plaisantaient pas, on les sentait sans états d'âme, et il fallait l'être pour mener des recherches secrètes en mutilant plus d'une centaine de cobayes humains. De ce côté-là, le mystère restait entier.

L'hélicoptère changea de direction en arrivant en vue des côtes, matérialisées par les lumières des rares petites villes qu'ils survolaient, et s'enfonça au-dessus d'une région plongée dans l'obscurité la plus totale.

53

L'inspecteur Coldmoon quitta le parking réservé aux agences de voitures de location de l'aéroport de Tallahassee et résista à l'envie d'enfoncer la pédale d'accélérateur. S'il connaissait sa destination finale, il devait tout d'abord regarder sur la carte le moyen le plus rapide d'y parvenir. Il se rangea sur le bas-côté, sortit son téléphone et fit apparaître l'ancienne raffinerie de sucre sur la carte. Le complexe industriel s'étalait à moins d'un kilomètre du rivage de la Crooked River, au cœur d'un parc national.

Le plus simple était de se rendre à Carrabelle, à une heure et quart de route de là, puis de bifurquer vers le nord en empruntant la 67, de contourner Tate's Hell et de s'enfoncer dans la forêt. À ceci près qu'aucune route ne figurait sur la carte, en dehors de quelques chemins forestiers inutilisés de longue date qui devaient essentiellement servir aux distillateurs clandestins du coin. L'image satellite faisait également apparaître une double enceinte et une entrée principale, sans que l'on distingue clairement où s'en allait la route d'accès à l'usine. Coldmoon allait devoir improviser.

Le moteur de la Jeep au ralenti, il se retourna et récupéra sur la banquette arrière le sac contenant sa radio, son poignard de combat, des menottes, une gourde remplie d'eau, un rouleau de corde en nylon, une torche, des jumelles et une cape imperméable. Il se délesta de sa veste en un tourne-main et vérifia que son Browning était en état de marche avant de le remettre dans son étui d'épaule, puis il glissa deux chargeurs de rechange dans le sac avant d'en retirer les menottes. Pas la peine de s'embarrasser d'un poids inutile.

Il regretta de ne pas avoir pensé à emporter une pince coupante, au cas où il lui faudrait franchir un grillage. Il eut une pensée émue pour son coéquipier en espérant qu'il soit encore en vie et se rassura en se disant que Pendergast ne manquait pas de ressources. Ce type avait neuf vies, comme les chats.

Il baissa les vitres de la Jeep et se remplit les poumons afin de s'éclaircir les idées. L'air était moite et l'orage se rapprochait, il pouvait l'éviter à condition de rouler suffisamment vite.

Si jamais vous partez sans moi... je vous le ferai regretter d'une façon ou d'une autre... vous vous en mordrez les doigts.

Les paroles de Constance tournaient en boucle dans sa tête. S'il ne s'agissait pas d'une menace, ça y ressemblait furieusement. Ce n'était pas la première fois que l'on menaçait Coldmoon, mais Constance ne parlait pas en l'air, il le sentait... Il serait toujours temps d'y réfléchir par la suite. Pour l'heure, il devait se concentrer sur la mission qu'il s'était fixée : sauver son coéquipier.

Il démarra sur les chapeaux de roues dans un nuage de gravillons et fonça dans la nuit, le visage fouetté par le vent qui s'engouffrait à travers les vitres ouvertes. Le GPS mettait Carrabelle à une heure et quart de route, mais il allait devoir faire mieux. La Jeep n'était malheureusement pas le véhicule idéal pour battre un record, ce qui ne l'empêcha pas de pousser le moteur en roulant à cent soixante.

Le paysage qu'il traversait était morne et plat à la lueur intermittente des éclairs qui traversaient le ciel. Quarante minutes plus tard, il contournait Carrabelle, longeait un immense complexe pénitentiaire et s'engageait sur une route rectiligne qui s'enfonçait au milieu d'exploitations de pins abandonnées et de marécages peuplés de cyprès. Le ciel était lourd de nuages noirs et le vent forcissait, à en juger par le balancement des pins qui dansaient sous les bourrasques.

Une pancarte aux couleurs délavées lui signala qu'il pénétrait dans le parc de Tate's Hell, un enfer de marécages inextricables. Une quinzaine de kilomètres plus loin, il se mit en quête d'un moyen de parvenir à l'ancienne usine. Il ralentit et laissa derrière lui quelques chemins forestiers fermés par des talus et des broussailles avant de découvrir ce qu'il cherchait : une route en terre qui se dirigeait vers l'ouest. Elle était fermée par une barrière métallique trop résistante pour qu'il espère l'enfoncer avec son pare-chocs, entourée de part et d'autre par un rideau de barbelés. Il s'arrêta, descendit de la Jeep et fit courir le faisceau de la torche sur le chemin qui paraissait praticable en dépit des mauvaises herbes qui y poussaient.

Il repéra rapidement un point de passage possible au-delà des barbelés, entre deux arbres. Il remonta dans la Jeep, enclencha les quatre roues motrices, puis franchit le talus bordant la route, se glissa entre les troncs et rejoignit le petit chemin qui s'enfonçait au milieu des bois.

Il jeta un coup d'œil à l'écran de son téléphone : une seule barre, le signal était faible. Le plus sage était encore de réaliser des captures d'écran de la carte tout autour de l'usine pour s'en servir en cas de besoin.

À mesure qu'il avançait, la route en terre se creusait et la pluie transformait en mares les nids-de-poule. Les herbes folles ne tardèrent pas à dépasser en hauteur le capot de la Jeep. Il conduisait aussi vite que le lui permettaient les circonstances, la lueur aveuglante des phares se reflétant sur le mur de végétation qu'il traversait. Il faillit se retrouver embourbé à plusieurs reprises, mais le 4 × 4 parvint à se jouer des trous d'eau les plus profonds. Coldmoon, pour avoir connu son lot de routes épouvantables dans la réserve de son enfance, avait appris à se tirer des situations les plus délicates. À tout prendre, ce n'était pas très différent de la conduite sur neige, l'essentiel était de ne jamais ralentir afin de bénéficier de l'élan.

Les anciennes plantations de pins cédèrent bientôt la place à des marécages peuplés de cyprès aux troncs torturés. Ainsi qu'il s'y attendait, Coldmoon se trouva rapidement hors de portée d'un émetteur et poursuivit son chemin en se guidant sur ses captures d'écran et la boussole de son portable. Chaque fois qu'il se trouvait en face d'un embranchement, il empruntait la voie la plus prometteuse en étant régulièrement contraint de rebrousser chemin lorsque celle-ci se terminait en cul-de-sac. Au moment où il s'y attendait le moins, il tomba soudain sur une route de terre soigneusement nivelée portant de nombreuses traces de pneus, à couvert sous les cyprès. Il comprit qu'il touchait au but et s'élança sur le chemin, le cœur battant, avant de stopper aussitôt. Il coupa les phares et descendit de la Jeep afin de reconnaître le terrain. Il ne tarda pas à distinguer dans le lointain une lueur diffuse. Son objectif se trouvait à moins de dix kilomètres.

Et c'était là qu'était retenu prisonnier son coéquipier.

Il reprit place derrière le volant et se mit en route à vitesse réduite, phares éteints, en s'éclairant à l'aide de la torche qu'il tenait de la main gauche, le bras passé à travers sa vitre ouverte. La lueur finit par se concrétiser sous la forme de points de lumière au-dessus des arbres. Il s'arrêta à nouveau et s'empara de ses jumelles. L'endroit avait tout d'une prison avec son mirador au sommet duquel étaient installés des projecteurs pivotants. En arrière-plan s'étalaient une série de bâtiments industriels de deux étages percés de fenêtres carrées. La gorge de Coldmoon se noua à l'idée que son coéquipier soit retenu prisonnier là. *Les salopards*.

Il ravala sa colère afin de ne pas perdre sa concentration. L'usine, très vaste, abritait forcément un grand nombre de gardes armés. Le lieu donnait l'impression d'accueillir une agence gouvernementale quelconque et il se félicita une nouvelle fois de ne pas avoir alerté Pickett. Qui sait à qui ses informations auraient été transmises ? L'espion infiltré au sein de la force opérationnelle avait déjà provoqué suffisamment de dégâts.

Il reprit sa route, sans l'aide de la torche cette fois, guidé par les lumières de l'usine. Il devait s'attendre à tomber incessamment sur un point de contrôle gardé, il allait devoir se débarrasser de la Jeep.

Il se rangea le long de la route et comprit que le seul moyen de dissimuler le véhicule aux yeux de ses adversaires, faute d'une cachette sûre, consistait à la noyer dans le marais. Après une dernière hésitation, il enclencha une vitesse en laissant sa portière ouverte et enfonça la pédale d'accélérateur afin de bénéficier d'un élan suffisant. Au moment où la Jeep pénétrait dans la vase, il récupéra son sac à dos et s'échappa par la portière ouverte. Le 4 × 4 se trouva englouti par le marais avec une rapidité stupéfiante et il s'aperçut qu'il peinait lui-même à s'extirper de la boue. Pris de panique, il se débattit et parvint à ramper jusqu'au bord du chemin de terre. Un regard en arrière lui montra la Jeep en train de disparaître dans un bouillonnement furieux.

Il se releva, se débarrassa de sa cangue de boue du mieux qu'il le pouvait et observa son objectif. Cette mission était de la pure folie, le seul fait de pénétrer à l'intérieur de l'enceinte relevait de l'exploit. Il lui fallait imaginer au plus vite un plan d'action car il serait suicidaire d'improviser.

En scrutant le mirador, il repensa brusquement à son grand-père paternel, Joe Coldmoon, qui s'était battu dans le Pacifique au sein de la 77e division d'infanterie pendant la Seconde Guerre mondiale.

— Nous sommes des guerriers, avait-il déclaré un jour à son petit-fils en lui expliquant que son propre aïeul, Visage-de-Pluie, avait tiré la flèche fatale qui avait eu raison du général George Armstrong Custer lors de la bataille de Little Bighorn.

Coldmoon avait vu une étrange contradiction entre le patriotisme du vieil homme et ce fait d'armes dont son clan était si fier, mais c'était ainsi. Dans la réserve, la plupart des gens affichaient les photos des membres de la famille engagés dans l'armée.

Nous sommes des guerriers. Lors de l'invasion de l'île de Leyte, dans l'archipel des Philippines, Joe et sa compagnie s'étaient retrouvés tapis dans des tranchées à moins de deux cents mètres des lignes japonaises. Les nuits sans lune, le grand-père de Coldmoon abandonnait son fusil, se mettait en caleçon, un couteau entre les dents, et traversait le no man's land. À son retour, une heure plus tard, ses camarades lui posaient invariablement la question : « Combien, Joe ? Combien ? » Il répondait en silence en levant un, deux ou trois doigts. Coldmoon avait demandé un jour au vieil homme comment il s'y prenait. Au terme d'un silence gêné qui avait duré une éternité, son grand-père s'était enfin décidé à lui répondre.

— Ton esprit s'envole de ton corps et tu te transformes en un fantôme que nul ne voit.

Le vieux Joe s'était tu, refusant de s'expliquer davantage.

Coldmoon observait le complexe industriel de l'ennemi lorsque ces mots lui étaient revenus à l'esprit. Il n'avait jamais vraiment compris comment on pouvait se transformer en fantôme, mais ce don lui aurait été bien utile à cette heure.

Il secoua la tête. Ce n'était pas en donnant du crédit à de vieilles superstitions qu'il s'introduirait chez l'ennemi.

Après tout, qui sait ?

Sur cette interrogation, il se mit en route.

54

Alors que son hors-bord filait en direction du nord, P. B. Perelman se demanda dans quel pétrin il s'était fourré.

Les deux premières heures de traversée avaient été calmes, une mer d'huile les autorisant à voler au-dessus de l'eau à la vitesse de soixante-quinze nœuds, mais à mesure que le ciel s'assombrissait, l'orage imminent apportait un début de houle qui n'irait pas en s'améliorant. Le bateau commençait à bondir un peu trop nerveusement sur les vagues, au risque de se retourner, et il dut réduire sa vitesse.

— Que faites-vous ? l'apostropha sèchement Constance.

— Je suis obligé de ralentir à cause du vent, répondit-il, interloqué par tant d'intrépidité.

N'importe quelle autre passagère l'aurait supplié de modérer son ardeur depuis longtemps.

— Ce n'est pas le moment de perdre les pédales.

— Je m'inquiète surtout de ne pas perdre la vie. Et la vôtre par-dessus le marché. On ne sera d'aucun secours à Pendergast si nous sommes morts.

Elle ne dit rien et le laissa naviguer à cinquante nœuds sans se plaindre. Même à cette vitesse, la coque du hors-bord s'écrasait brutalement sur les vagues, faisant rugir les hélices de façon terrifiante chaque fois qu'elles sortaient de l'eau. Perelman pria le ciel qu'ils parviennent à l'embouchure de la Crooked River avant que l'orage n'éclate et ne mette un terme définitif à leur expédition, quelle que soit leur vitesse. Ce genre d'esquif n'était tout simplement pas conçu pour affronter une tempête.

Il jeta un regard en coin à Constance. Debout à côté de lui, le visage à peine visible à la lueur rouge du tableau de bord, elle regardait la mer droit devant elle, ses cheveux courts balayés par le vent. Quelle drôle de fille elle faisait, avec sa façon désuète de s'exprimer et ses manières d'un autre temps. La dureté de son regard violet n'en trahissait pas moins sa détermination. Elle avait des yeux de tueuse, des yeux qui avaient tout vu et que rien n'étonnait plus.

L'enquête prenait soudain un tour bizarre. À bien y réfléchir, il aurait dû comprendre plus tôt que la force opérationnelle avait été infiltrée. Qui étaient donc ces gens ? Comment pouvaient-ils se permettre d'enlever un agent fédéral, à moins d'être eux-mêmes affiliés à une agence gouvernementale ? *Une agence gouvernementale...* Aussi incroyable que cela puisse paraître, c'était la seule explication possible. À bien y réfléchir, les chances que Pendergast soit encore en vie étaient minces.

L'étrave frappa de plein fouet une vague plus haute que les précédentes et le bateau exécuta un bond dans un hurlement d'hélices avant de retomber lourdement sur la mer de façon périlleuse. Perelman réduisit encore un peu plus les gaz, au grand dam de Constance qui s'empressa de le sermonner.

Elle n'avait aucune idée de la façon de conduire un hors-bord aussi puissant, mais ce n'était pas le moment de se disputer avec elle.

— Je vous conseille de vous accrocher, lui recommanda-t-il. Ce n'est que le début et ça ne va pas s'améliorer.

55

L'hélicoptère à peine posé dans la cour intérieure de ce qui ressemblait à une usine, Pendergast et Gladstone avaient été débarqués de l'appareil, toujours entravés, avant d'être ligotés dans des fauteuils roulants. Escortés par une demi-douzaine d'hommes en armes, on les avait poussés jusqu'à un ascenseur en empruntant un dédale de couloirs aux murs de parpaing. Ils s'étaient alors retrouvés dans un espace d'une grande élégance au sol recouvert de tapis persans. La pièce était meublée d'un immense bureau flanqué de deux drapeaux américains et de sièges dorés, tandis que des tableaux de maîtres ornaient les murs.

Un homme âgé vêtu d'un treillis militaire était installé derrière le bureau. La petite escorte poussa les deux prisonniers à travers la pièce et s'arrêta à cinq mètres de son occupant. Ce dernier se leva péniblement et Gladstone constata que le morceau de tissu sur lequel aurait dû figurer son nom, son rang et son arme avait été décousu de sa veste, ainsi que le montrait un rectangle plus foncé sur la toile du treillis. L'homme, qui devait avoir franchi la barre des quatre-vingts ans, affichait un visage soucieux aux joues parcourues de veinules. Les rares cheveux blancs qu'il lui restait encadraient un crâne couvert de taches de vieillesse. L'orage grondait à l'extérieur, mais c'est tout juste si le gémissement du vent filtrait à travers les épais murs de béton.

— Bienvenue, dit l'inconnu d'une voix qui n'avait rien d'amène. Je suis le général Smith.

Gladstone se garda bien de répondre, imitant l'exemple de Pendergast dont le visage d'albâtre restait imperturbable.

— Je suis désolé de ce qui est arrivé à votre assistant, madame Gladstone.

— Ce qui est « arrivé », comme vous dites, est un meurtre pur et simple.

Il laissa échapper un soupir en haussant les épaules.

— Le travail que nous accomplissons ici est d'une importance capitale. Il est parfois source de bavures regrettables.

Gladstone s'apprêtait à rétorquer lorsque le général la devança :

— Nous disposons de trop peu de temps pour la tâche qui nous attend. Je vais vous accompagner tous les deux jusqu'à notre laboratoire, ce sera infiniment plus simple.

Le vieil homme se dirigea d'un pas lent vers une porte située derrière son bureau, suivi par les soldats qui poussaient les fauteuils roulants. La petite troupe remonta un couloir et franchit une double porte donnant sur un laboratoire brillamment éclairé, doté d'équipements dignes d'une unité d'urgence hospitalière.

Deux infirmiers levèrent la tête, apparemment surpris de cette visite. Un troisième individu franchit au même moment une porte métallique aménagée au fond du laboratoire, un boîtier en plastique à la main. Une forte odeur d'alcool méthylique et de povidone iodée flottait dans la pièce.

Le général se tourna vers ses prisonniers.

— J'ai le plaisir de vous présenter le Dr Smith.

— Les Smith ne manquent pas, dans le coin, ironisa Gladstone.

— Les patronymes n'ont aucune importance.

Le médecin s'avança. Petit et nerveux, vêtu d'une blouse blanche immaculée, il portait des lunettes en écaille aux verres légèrement fumés. Il avait tout d'un lutin maléfique avec son nez retroussé et sa chevelure noire brillantinée. Un sourire impatient étira ses lèvres et il adressa une légère courbette à ses visiteurs en papillotant des yeux derrière ses épaisses lunettes, à la façon d'une chouette.

— Ravi.

— Docteur, veuillez préparer la patiente.

— Bien sûr, mon général, dit le médecin et faisant un signe à l'un des infirmiers. Apportez-moi le nécessaire.

L'infirmier récupéra dans un placard plusieurs accessoires, les déposa sur la tablette d'une potence à perfusion et le médecin se dirigea vers Gladstone. Cette dernière sentit sa curiosité se muer en peur.

— Ne m'approchez pas !

Le médecin, sourd à son ordre, entreprit de découper la manche de la jeune femme à l'aide d'une paire de ciseaux.

— Arrêtez ! Non ! s'écria l'océanographe en tentant vainement de se débattre sur le fauteuil roulant sur lequel elle était retenue.

Le médecin nettoya son avant-bras avec un coton stérile.

— Non ! hurla la prisonnière. Non !

Mais le médecin se penchait déjà au-dessus de son bras.

— Madame Gladstone, prévint le général. Si vous vous entêtez à glapir, je vous fais bâillonner. Je ne supporte pas les cris intempestifs.

Elle sentit l'aiguille s'enfoncer dans la veine et voulut à nouveau se débattre, sans succès. Le médecin enfonça le cathéter, fixa l'extrémité à une poche de perfusion puis recula. Gladstone implora des yeux Pendergast, mais celui-ci restait de marbre. Seuls ses yeux argentés brillaient d'un éclat pâle dans son visage fermé.

— Passons à l'étape suivante, décréta le général.

Gladstone vit avec inquiétude le médecin tirer de son boîtier en plastique une fiole en verre dont il aspira le contenu incolore à l'aide d'une seringue.

— Qu'est-ce que c'est ? s'entendit-elle demander.

— Madame Gladstone, encore un mot et je mets ma menace à exécution.

La jeune femme serra les dents, terrorisée, le cœur au bord de l'implosion.

Sous ses yeux exorbités, le médecin introduisit l'aiguille dans la perfusion.

— Un instant, l'arrêta le général en se penchant vers Pendergast.

— Comme vous pouvez le constater, le Dr Smith est sur le point d'administrer ce produit à votre collaboratrice. J'ai certaines questions à vous poser, auxquelles j'attends des réponses, sous peine de piquer Mme Gladstone. Vous m'avez compris ?

Gladstone consentit un effort terrible sur elle-même pour ne pas crier sa détresse. Quant à Pendergast, il garda le silence.

Le général posa les yeux sur la jeune femme avant de recentrer son attention sur l'inspecteur.

— Je suis désolé qu'il en soit ainsi. C'est d'autant plus regrettable que nous sommes du même bord.

Il soupira de l'air de quelqu'un habitué à être confronté à des béotiens.

— Il serait tellement plus simple que nous puissions nous comprendre, entre gens raisonnables.

Ce qui n'a pas été le cas de votre envoyé en Chine. Il ne s'est pas montré raisonnable du tout.

Pendergast se décida enfin à parler.

— Est-il vraiment raisonnable d'assassiner un scientifique innocent et d'en enlever une autre par la force ? Est-il vraiment raisonnable de torturer un homme de la façon la plus horrible qui soit ? Est-il vraiment raisonnable de démembrer plus de cent personnes, d'agir aujourd'hui encore avec une telle brutalité ?

— Autant d'épisodes regrettables au service d'une cause essentielle.

— Staline ne s'exprimait pas autrement.

Le vieux général balaya l'argument d'un geste.

— Assez ergoté. Les questions que je dois vous poser sont peu nombreuses, mais elles appellent des réponses précises. Qui d'autre est au courant de l'existence de ce lieu ?

Pendergast ne répondit pas.

Le général se tourna vers l'océanographe.

— Madame Gladstone ? Je vous autorise à parler si vous souhaitez répondre à ma question.

L'océanographe se plongea dans le mutisme.

— Je constate que vous avez des nerfs d'acier, remarqua le général avec une pointe d'admiration. Feriez-vous preuve d'une telle bravoure si je vous précisais que le produit du Dr Smith a des effets terrifiants ?

Il marqua un temps d'arrêt avant de poursuivre :

— À présent, inspecteur, afin d'éviter une tragédie, je vous enjoins de me dire si quelqu'un d'autre a eu vent de l'existence de ce lieu. Ou découvert la provenance des… euh, des pieds. Nous les avions conservés aux fins d'analyse, sans nous douter qu'un orage entraînerait une crue du fleuve qui endommagerait les entrepôts, à commencer par la chambre froide, et que ces pieds finiraient par se déverser dans le golfe. Nous entretenions l'espoir qu'ils se décomposent, qu'ils soient dévorés, ou même qu'ils coulent, mais cela n'a pas été le cas. Surtout, nous n'avons jamais imaginé que leur périple puisse être retracé jusqu'ici...

Il se tut à nouveau.

— Vous comprenez bien que nous ne pouvons courir le risque de voir d'autres enquêteurs parvenir aux mêmes conclusions que vous. Nous avons investi énormément d'argent dans ce lieu en veillant à ce que nos dépenses restent enfouies dans les arcanes des budgets militaires et autres lois de finance. Nos recherches sont trop avancées pour envisager de délocaliser nos laboratoires. Vous finirez inévitablement par répondre à mes questions, alors pourquoi attendre que votre associée franchisse le seuil de l'horreur ? Vous tenez donc tant à remporter une victoire à la Pyrrhus ?

Gladstone se mit à trembler de tous ses membres, stupéfaite que le vieil homme puisse évoquer le sort qui l'attendait d'un air si las, presque morne.

— Je vous en supplie, inspecteur, lui enjoignit-elle, répondez-lui.

Le général posa sur Pendergast un regard insistant.

— Vous avez entendu sa requête.

— Vous disiez il y a un instant que nous étions du même bord, se décida Pendergast d'une voix posée. Si vous nous aidiez à comprendre en quoi vos travaux revêtent une telle importance, nous serions peut-être plus enclins à coopérer avec vous.

Le général le dévisagea longuement.

La femme au rang de perles, en retrait depuis le début de l'échange, se manifesta.

— Mon général, méfiez-vous de cet homme. Ne répondez surtout pas à ses questions.

Pendergast s'empressa de reprendre la parole.

— Je constate que vous avez appartenu à l'armée, à en juger par vos trois étoiles. Cette femme, ajouta-t-il en montrant d'un mouvement de tête la femme aux perles, possède manifestement un passé militaire. Je fais donc appel à votre sens de l'honneur. Avant de recourir au pire, pourquoi ne pas tenter de nous convaincre ?

— Mon général, je vous déconseille de l'écouter, fit la femme.

Le vieillard balaya l'avertissement d'un geste agacé.

— Cette requête ne me paraît pas déraisonnable, chère madame Alves-Vettoretto. Nous sommes tous des patriotes, après tout.

Il se laissa tomber sur le siège le plus proche et réunit ses mains en pointe.

— Avez-vous déjà entendu parler du projet MK-Ultra ?

56

Le chemin qui traversait les marécages avait tout d'un tunnel sombre à l'extrémité duquel Coldmoon apercevait les lumières du poste de garde de l'usine. Il allait devoir contourner l'obstacle.

Il se glissa le plus silencieusement possible dans l'eau visqueuse et tiède du marais en s'efforçant de se transformer en fantôme, à l'exemple de son grand-père Joe. Il fut aussitôt assailli par une nuée de moustiques. Une odeur fétide de bois pourri et de méthane flottait dans l'air. Il avait aperçu des alligators un peu plus tôt en conduisant la Jeep et il préféra ne pas penser à la faune qui devait habiter ces bayous reculés. Enfant, il n'avait jamais eu peur des serpents, pour avoir appris à éviter les crotales, mais la morsure d'un mocassin dont il avait été victime moins d'un mois plus tôt lors de sa première enquête avec Pendergast lui avait laissé un goût amer et il s'était promis à l'époque de ne jamais plus s'approcher d'un marécage. Il avait notamment demandé à être muté dans le Colorado pour cette raison, et voilà à quoi il en était réduit !

On lui avait expliqué que les yeux des alligators luisaient dans l'obscurité à la lueur d'une torche, mais il ne pouvait se permettre d'allumer la sienne. Il allait devoir se laisser guider par les lumières de l'usine. Il avançait dans trente à quarante centimètres d'eau et la vase qui se trouvait au fond venait compliquer sa progression. Il avait parcouru près d'un kilomètre, s'attendant à tout instant à sentir la morsure d'un serpent ou à voir un alligator lui tendre une embuscade, lorsqu'il trouva un grillage sur son chemin. Un chenal tout juste assez large pour laisser passer un hydroglisseur avait été dégagé de l'autre côté, le long de la clôture, sans doute à l'intention des gardes. Il n'en revenait pas que les occupants de l'usine aient pris la peine de protéger de la sorte une retraite aussi isolée.

Il sortit sa lampe, en protégea le rayon de la main afin d'examiner le grillage en veillant à ne pas le toucher. Les trois fils qui couraient au sommet confirmaient que l'enceinte était électrifiée. Sans doute était-elle également placée sous alarme.

Il lui fallait trouver une solution. Le grillage courait sur plusieurs kilomètres, il était probable que les oiseaux, les animaux et autres branches mortes tombant des arbres sous l'action du vent déclenchaient fréquemment l'alarme. D'autant plus par une nuit orageuse, alors que les premières gouttes de pluie commençaient à s'écraser autour de lui. Il longea la clôture sur une centaine de mètres avant de trouver ce qu'il cherchait : un arbre mort. Il s'arc-bouta contre le tronc et l'arbre bascula sur le grillage en provoquant une gerbe d'étincelles.

Coldmoon s'éloigna de quelques mètres, s'enfonça dans l'eau et attendit.

Dix minutes plus tard, le rugissement de l'hélice d'un hydroglisseur lui parvenait et un projecteur troua la nuit. Deux gardes avaient pris place à bord du bateau, qui examinèrent les dégâts provoqués par l'arbre mort en jurant. L'un des deux hommes, équipé de cuissardes, se mit à l'eau et repoussa le tronc mort à l'aide d'une perche munie d'un crochet.

Coldmoon laissa le temps aux gardes de s'éloigner, puis il avança le long de la clôture jusqu'à ce qu'il trouve un autre arbre pourri, cette fois de l'autre côté du grillage. Le vent soufflait en rafales, les gardes ne risquaient pas de s'étonner de voir deux troncs s'abattre à quelques minutes d'intervalle.

Il sortit de son sac la corde en nylon, noua une boucle et la passa autour de l'un des isolateurs des fils électriques, puis il tira d'un coup sec et les fils s'échappèrent de leur encoche en provoquant un feu d'artifice. Cette fois, il escalada prestement la clôture en évitant de toucher les fils arrachés qui pendaient et se laissa tomber de l'autre côté avec l'intention de pousser le tronc mort sur le grillage. Malheureusement pour lui, l'arbre n'était pas aussi pourri que le précédent et il fut brièvement pris de panique en constatant que la souche refusait de bouger. Il s'entêta, animé par l'énergie du désespoir, et la partie supérieure du tronc s'abattit sur la clôture, lui laissant à peine le temps de bondir en arrière.

Il reconnut le souffle de l'hélice de l'hydroglisseur dans le lointain et s'empressa de s'éloigner dans la nuit en se demandant quelle serait la nature du prochain obstacle.

En espérant qu'il n'aurait pas à tuer quelqu'un.

57

Le hors-bord rebondissait de plus en plus dangereusement sur l'eau à mesure que les vagues gagnaient en vigueur sous les assauts conjugués du vent et de la marée. Les premières gouttes de pluie, aussi grosses que des grêlons, ne tardèrent pas à s'abattre sur les occupants du bateau.

Perelman avait branché la radio VHF du bord sur la fréquence de la météo. Les appels à la vigilance s'étaient succédé jusqu'à ce qu'il soit question d'un avis de tornade, l'obligeant à ralentir plus encore, au grand déplaisir de sa passagère. Il faisait nuit noire et le hors-bord n'était pas équipé d'un radar, Perelman pria le ciel que la tempête ait chassé les bateaux qui auraient pu naviguer le long de la côte en temps ordinaire. Il est vrai qu'il fallait être fou pour sortir en mer par un temps pareil. Le tout était d'atteindre l'embouchure de la Crooked River avant l'arrivée de la tempête. Il remercia Dieu de les avoir épargnés jusque-là en disant Baruch HaShem silencieusement dans sa tête à deux reprises. *Encore un peu de votre grâce, mon Dieu.*

Le martèlement de la mer sur la coque et le vrombissement du moteur, alliés au hurlement du vent et à la pluie qui venait frapper le pare-brise, formaient un brouhaha assourdissant. *Soufflez, vents, jusqu'à ce que joues en crèvent*[1]. Il jeta un coup d'œil au lecteur de cartes. Ils se trouvaient à dix kilomètres de Dog Island. Debout à sa gauche, Constance sondait inlassablement l'obscurité avec une expression implacable, telle une Jeanne d'Arc moderne.

Il ne resta bientôt plus que six kilomètres, mais le vent soufflait désormais en bourrasques et Perelman dut réduire encore sa vitesse, sans que Constance réagisse cette fois. Au grand soulagement du policier, les premières lumières de Dog Island se profilèrent entre deux creux alors que la mer continuait de grossir. Carrabelle apparut sur leur droite au milieu des embruns, à demi masquée par la tempête, mais Perelman ne se sentit pleinement rassuré qu'en apercevant le puissant fanal du phare de la Crooked River. Ils atteignaient enfin leur but.

Le hors-bord se glissa dans le détroit de Saint-George en se guidant sur le repère intermittent du phare qui balayait les eaux noires de l'océan. À présent qu'il naviguait entre deux côtes, le bateau était agité par un fort roulis et les vagues les plus fortes passaient au-dessus du plat-bord, noyant provisoirement le sol de la cabine de pilotage avant de s'écouler à travers les dalots. Entre deux crépitements, la radio continuait de signaler la présence d'une tornade plus au nord.

Perelman jura entre ses dents. Il leur fallait impérativement s'engouffrer dans ce satané fleuve avant qu'il soit trop tard.

Il aperçut enfin, entre deux rafales, la masse sombre de ce qui devait être une embouchure. En plissant les paupières, il parvint à distinguer les lumières clignotantes des balises signalant l'entrée du chenal et les creux impressionnants sur lesquels

1. *Le Roi Lear* de Shakespeare, acte III, scène 2.

dansait jusque-là le hors-bord cédèrent la place à un clapot écumeux que fendait l'étrave sans effort. Si jamais quelqu'un les apercevait de la rive, il se demanderait à quoi pouvaient bien jouer les occupants de cette vedette qui s'enfonçait au milieu des terres. Il penserait surtout qu'ils étaient complètement fous.

Sans doute était-ce le cas. Jamais il n'aurait dû se laisser convaincre par cette femme de se lancer dans une entreprise aussi hasardeuse.

Comme si elle avait pénétré ses pensées, Constance lui ordonna d'accélérer et il obtempéra. Sous l'effet du vent, des crêtes d'écume moutonnaient sur les eaux agitées, mais la houle avait disparu et ils laissèrent bientôt derrière eux les lumières de Carrabelle. Ils passèrent sous le pont de Davis Island et suivirent une boucle en S jusqu'à la confluence de la Crooked River et de la New River.

Sur le récepteur VHF, l'avis de tempête se précisa avec l'annonce de tornades possibles au-dessus de la forêt de Tate's Hell, leur destination.

— Vous avez entendu ? demanda Constance.

— Oui, répondit Perelman. Nous n'y pouvons rien, à moins de rebrousser chemin, bien sûr.

— C'est hors de question.

— Dans ce cas, il nous reste à prier d'être épargnés.

— Je ne prie jamais.

— Moi si, rétorqua-t-il non sans agacement, et j'espère que ça ne vous dérange pas.

Elle se contenta de regarder droit devant elle, ses traits soulignés par la lueur rouge du tableau de bord.

Ils avaient laissé la petite ville loin derrière eux et remontaient la Crooked River en passant d'un méandre à l'autre. Faute de balises, Perelman se laissait guider par le lecteur de carte, soulagé que le hors-bord ait un tirant d'eau de moins d'un mètre.

En dépit du temps exécrable, ils avançaient vite et Perelman commença à s'inquiéter de ce qui les attendait une fois qu'ils atteindraient l'usine désaffectée, la folle course du bateau à travers le golfe ayant éloigné provisoirement cette échéance de ses pensées.

— Une fois sur place, le mieux est de prendre la mesure de la situation et d'appeler la cavalerie à la rescousse. Nous n'avons pas les moyens d'affronter seuls l'adversaire.

— Je vous ai déjà expliqué pour quelles raisons cette position n'était pas tenable. Nous ne pouvons faire confiance à personne. L'enquête a été sabotée sans que nous sachions comment, pourquoi, et par qui. Mettre sur pied la charge de la brigade légère que vous préconisez prendrait beaucoup trop de temps. Pendergast se trouve probablement en danger de mort à l'heure où nous parlons, nous le condamnons s'ils apprennent que nous les avons dénoncés.

— Dans ce cas, que fait-on ? s'enquit Perelman sans dissimuler son exaspération.

— Je ne sais pas ce que vous faites, *vous*, répondit-elle. De mon côté, j'ai l'intention de m'introduire dans la place, de neutraliser les ravisseurs de Pendergast et de l'extraire de sa prison.

Le doute n'était plus permis, cette femme était une psychopathe avérée.

— Avec quelles armes, si je puis me permettre ?

Elle tira d'une poche de son legging un splendide stylet ancien qu'elle lui montra.

— Vous avez perdu la tête.

À peine eut-il prononcé la phrase que la force du vent augmenta brusquement de façon inouïe et que les arbres de part et d'autre de la rivière se mirent à trembler dans tous les sens tandis qu'une vibration terrifiante traversait l'air.

Putain de merde.

Au détour d'un méandre serré, des lumières trouèrent la nuit en faisant apparaître le long de la rive un ponton surmonté d'une grue, au pied duquel était amarrée une vedette. Un mirador équipé de projecteurs dressait sa silhouette sinistre derrière les arbres quelques centaines de mètres plus loin, en avant-poste d'un complexe industriel plus important que Perelman ne l'avait imaginé. Ils allaient devoir affronter un adversaire beaucoup trop puissant pour eux.

Au même moment, le vent se mit à rugir de façon terrifiante et il vit avec horreur un tourbillon sinueux sortir de la nuit et se diriger vers eux par tribord en déchiquetant la végétation sur son passage.

Perelman entama un demi-tour serré en accélérant, dans l'espoir d'échapper à la tornade, mais le fleuve était trop étroit, le rayon de braquage du hors-bord trop limité, et l'étrave du bateau s'enfonça brutalement dans la boue à une dizaine de mètres du bord.

— Vite ! Sautez à l'eau ! hurla-t-il.

Ils n'eurent pas le temps de s'exécuter. La tornade s'était positionnée au-dessus du fleuve et aspirait l'eau brunâtre. Au hurlement du vent succéda un grondement de fin du monde. Par un effet de ventouse, la colonne de boue emporta avec fracas le ponton dont les pylônes électriques volèrent en éclats dans une explosion d'étincelles. Perelman sentit le hors-bord se soulever sous ses pieds et tournoyer sur lui-même comme un simple jouet. Agrippé au volant, il vit le pare-brise s'envoler. Mû par un ultime réflexe, il saisit Constance et sauta dans la boue avec elle.

Le tourbillon se rapprochait à une vitesse ahurissante et Perelman crut que ses tympans allaient exploser sous la pression de l'air alors qu'il serrait sa compagne contre lui tout en pataugeant dans la vase en direction des arbres entre lesquels il espérait s'abriter. L'instant suivant, la colonne folle fondait sur eux, il sentit son corps tournoyer sans fin jusqu'à ce que son monde vire au noir.

58

— Je suis au courant du projet MK-Ultra, déclara Pendergast. Je m'étais même posé la question de savoir si cette affaire n'y était pas liée d'une façon ou d'une autre. Puisque nous discutons, ne pourriez-vous pas demander au Dr Smith d'éloigner sa seringue ?

Le général se tourna vers l'intéressé.

— Docteur, veuillez reculer jusqu'à nouvel ordre.

Le médecin retira l'aiguille de la poche à perfusion d'un air déçu, au grand soulagement de Pamela Gladstone qui sentait battre les pulsations de son cœur au niveau de la saignée. Sous l'effet de la peur, tous ses sens s'étaient aiguisés et la rumeur de la tempête lui parvenait comme assourdie, mêlée au soupir du système de ventilation de la pièce et au tic-tac d'une horloge. Le laboratoire ne disposait pourtant d'aucune fenêtre, seul un long miroir horizontal ornait la partie supérieure de l'un des murs de la pièce.

— Le projet MK-Ultra visait à manipuler mentalement les individus, reprit le général. Prendre possession de leur esprit, si vous voulez, à l'aide de composants chimiques ou en usant de techniques de modification du comportement. Il s'agissait essentiellement d'une arme destinée à embrouiller l'ennemi et le mettre hors de combat, ou bien à obtenir ses aveux. Le projet, mis en œuvre en 1953, a été arrêté en 1973 à l'initiative de bureaucrates craintifs.

Il secoua la tête d'un air dégoûté et Alves-Vettoretto en profita pour s'interposer.

— Général, j'insiste une nouvelle fois sur le danger que représente cet homme. Je m'insurge contre le fait de lui fournir de telles informations.

— Je vous en prie ! Sa requête me semble fondée. Lui répondre pourrait nous permettre d'obtenir sa pleine et entière coopération.

— Jamais il ne coopérera.

— Nous verrons bien. En attendant, où en étais-je ? Le projet MK-Ultra consistait le plus souvent à tester des psychotropes. Nous cherchions à mettre au point des composants chimiques capables de provoquer la confusion mentale, de réduire les capacités réactives des individus, de les rendre malades ou ivres, d'induire des périodes d'amnésie ou de paralysie, et ainsi de suite. En termes simples, nous cherchions à les neutraliser. Un autre secteur concerné par le projet s'intéressait parallèlement aux effets positifs de certaines drogues afin d'aiguiser l'esprit des individus concernés, doper leur force physique, ou bien réduire leur besoin de sommeil sans effets secondaires.

Il quitta son siège et entreprit une ronde à travers le laboratoire d'un pas lent.

— Certains d'entre nous ont consacré leur existence à ce projet. Celui-ci était placé sous la responsabilité de la CIA, avec la collaboration de cadres de l'armée dont je faisais partie. Nous étions chargés de fournir la main-d'œuvre et les laboratoires nécessaires, ainsi que les cobayes. Lorsque la CIA a mis un terme à l'opération, les militaires dont je faisais partie ont été anéantis. Nous savions pourtant que d'autres nations finançaient activement des programmes comparables, il était absurde que les États-Unis se retirent unilatéralement de la compétition, d'autant que nous étions à la veille d'avancées majeures. En compagnie d'un groupe de jeunes officiers, nous avons décidé de poursuivre les recherches après avoir démissionné de l'armée. Nous disposions de nombreux amis qui partageaient nos convictions, si bien que nous avons pu obtenir des financements secrets sous couvert de dépenses militaires. Grâce à cet argent, nous avons acheté cet ancien complexe industriel que nous avons adapté à nos besoins tout en le soustrayant aux regards extérieurs.

Il se tourna vers le médecin.

— Le Dr Smith a joué un rôle de premier plan dans la mise au point d'une drogue révolutionnaire. Docteur, si vous voulez bien prendre le relais ?

— J'en serai ravi, se rengorgea le petit homme avec un large sourire.

Il retira ses lunettes et les essuya longuement à l'aide d'un mouchoir blanc. Son regard vert ambré flotta tout autour de la pièce en traversant Gladstone comme si elle n'existait pas.

— Lorsque tout s'est officiellement arrêté en 1973, les chercheurs qui m'ont précédé avaient réussi à identifier un nouveau groupe de puissants psychotropes dérivés de parasites connus scientifiquement sous le nom de *Toxoplasma gondii,* dont on savait déjà qu'ils avaient sur le cerveau des effets particuliers. Et même *extrêmement* particuliers.

Il rempocha son mouchoir et replaça les lunettes sur son nez en ajustant méticuleusement les branches des montures derrière les oreilles.

— Les biologistes de l'équipe de recherches peinaient à comprendre le mécanisme de ce parasite, au point d'y avoir quasiment renoncé lorsque je les ai rejoints en 1989.

Il poussa un petit gloussement.

— Le parasite en question n'est pas rare puisqu'il est responsable chez l'homme de la toxoplasmose. Une maladie assez bénigne, aux symptômes proches de ceux de la grippe, qui touche les individus côtoyant des chats. Ce parasite nous intéressait tout particulièrement parce qu'il avait le pouvoir d'altérer le comportement des mammifères. Les souris atteintes par la toxoplasmose n'ont brusquement plus peur des chats. Plus surprenant encore, elles recherchent leur compagnie et sont tuées en conséquence par ces prédateurs. C'est la raison pour laquelle le parasite est aussi répandu chez les chats, puisqu'ils mangent des souris porteuses de *Toxoplasma gondii*. De la même façon, les études montrent un changement de comportement chez les humains touchés par la toxoplasmose. On évoque notamment le syndrome des femmes amoureuses des chats, on sait aussi que la toxoplasmose peut augmenter le goût du risque, voire être associé à la schizophrénie.

Il gloussa à nouveau et renifla de façon prononcée.

— Imaginez un peu ! Un parasite unicellulaire dépourvu d'autonomie, de cerveau et de système nerveux, capable de prendre le contrôle d'une souris ou d'un humain en lui dictant son comportement. Extraordinaire !

Il renifla de plus belle avant de poursuivre sur le ton pédant d'un enseignant donnant un cours magistral.

— Restait à comprendre comment un tel phénomène était possible, dit-il en levant un index minuscule. À mon arrivée, j'ai donné une nouvelle direction à ce programme de recherches et nous avons pu isoler un certain nombre de neurotropes libérés par le parasite. Ces composants se fixaient sur certaines lipoprotéines du cerveau et attaquaient des neurones bien spécifiques, provoquant des troubles du comportement assez inattendus, le plus souvent d'ordre compulsif. Certains individus se lavaient constamment les mains, par exemple, d'autres amassaient tout ce qui leur passait entre les mains ou bien développaient des phobies. Nous avons même constaté une propension à se ronger les ongles ou les peaux mortes, ou à l'adoption de comportements sexuels violents.

Sous l'effet de l'excitation, la voix du médecin était montée dans les aigus, au point qu'il donnait l'impression de couiner. Il se tut, le temps de reprendre sa respiration en faisant entendre son curieux reniflement.

— Lors d'une expérience, nous avons observé une réaction tout à fait inattendue. Les composants injectés provoquaient un état qualifié de TIIC, l'acronyme associé au trouble identitaire de l'intégrité corporelle. Nous avons donné le nom de H12K au produit concerné, en référence au numéro d'identification qui lui avait été attribué.

— Monsieur Pendergast, intervint le général, la notion de TIIC vous est-elle familière ?

— Non.

— Cela ne me surprend pas, le diagnostic de ce mal n'a pas encore été totalement établi par les milieux psychiatriques. Il s'agit d'un trouble psychologique très rare et assez déroutant, presque incroyable. Je n'oublierai jamais la première fois où j'en ai vu les effets sur un sujet. Au départ, nous ne comprenions pas ce qui lui arrivait. Il prétendait que sa jambe gauche, au-dessous du genou, ne lui appartenait pas. Un *corps étranger*, comme il le qualifiait lui-même. Il criait haut et fort que ce membre était nuisible et qu'il fallait l'amputer, alors qu'il était parfaitement normal. Il s'est trouvé dans les affres des jours durant, au point de nous supplier de l'aider. Nous n'avons pas pris immédiatement la mesure de la situation jusqu'à ce que nous le retrouvions en sang dans sa cellule. Il avait réussi à dévisser une pièce métallique de son lit qu'il avait aiguisée grossièrement avant de tenter de couper sa propre jambe.

Le médecin renifla triomphalement en poussant un petit gloussement.

— Nous avons alors mesuré tout le potentiel de ce produit. Un potentiel *incroyable !* s'écria-t-il.

Gladstone comprit brusquement que cette curieuse façon de glousser relevait du tic nerveux et elle en eut la chair de poule.

— Le plus beau de l'affaire, poursuivit le médecin, c'est que l'amputation est la seule cure pour les patients souffrant de TIIC. Les psychiatres confrontés à ce trouble demandent à des chirurgiens de procéder dans la plus grande discrétion à l'amputation de membres sains. Le sentiment du malade d'abriter un corps étranger est si forte qu'il est soulagé, et même heureux, de la perte de ce membre. L'opération le guérit.

— Très intéressant, commenta Pendergast d'une voix si neutre et posée que Gladstone se demanda ce qu'il avait derrière la tête.

— Et comment ! s'enthousiasma le médecin d'une voix suraiguë. Nous avons amélioré le H12K de façon à le rendre à la fois plus puissant et plus rapide. Il peut même être administré par aérosol !

Il frotta ses mains moites en émettant un horrible bruit de succion et le général prit le relais.

— Je vous laisse imaginer l'effet du H12K s'il était diffusé au-dessus de l'ennemi sur un champ de bataille, ou dans une ville. En l'espace d'une heure régnerait le plus grand chaos, les habitants se videraient de leur sang et les hôpitaux seraient débordés. Une telle arme est infiniment plus efficace qu'un engin nucléaire puisqu'elle laisse les infrastructures intactes. Elle est plus fiable que le gaz innervant, qui empoisonne une région durablement tout en étant susceptible de se déplacer au gré du vent. À l'inverse, le H12K se dissout dans l'environnement en l'espace de deux heures. Une fois administré, il suffit d'attendre une demi-journée avant de pouvoir pénétrer sans difficulté dans la zone concernée. Nos expériences nous ont toutefois montré que le produit n'agissait pas sur le long terme, le sujet n'éprouve pas durablement le besoin de se débarrasser du membre qui le gêne, mais il est pris d'une frénésie suffisamment puissante pour passer immédiatement à l'acte. De même, nous ne sommes pas encore capables de déterminer *quel membre* le sujet voudra amputer, mais ce n'est pas un problème en temps de guerre. Imaginez un peu les effets d'une telle arme si nous avions pu l'utiliser au Vietnam ou au Moyen-Orient ! Il s'agit véritablement d'une arme idéale.

— Idéale, lui fit écho Pendergast.

— Je suis heureux de voir que nous sommes d'accord sur ce point.

— J'ai cru comprendre que vous aviez recruté vos cobayes parmi les sans-papiers qui franchissent notre frontière avec le Mexique.

— Les *sans-papiers*, répéta le général en fronçant les sourcils. Je suppose que vous faites référence aux immigrants clandestins ? Ces gens conviennent à merveille à nos recherches. Personne ne cherchera à savoir ce qu'ils sont devenus et ils ne peuvent s'en prendre qu'à eux-mêmes, quand on y réfléchit. Ils ne méritent aucune considération.

— Vous n'êtes qu'un pauvre malade, s'exclama Gladstone en essayant vainement de se débattre.

— Je vous avais instamment demandé de vous tenir tranquille. Bâillonnez-la !

L'océanographe voulut résister, mais deux gardes lui enfoncèrent dans la bouche un carré de tissu qu'ils fixèrent à l'aide de gaffer.

— Mon explication vous a-t-elle convaincu de vous montrer coopératif ? s'enquit le général en fixant Pendergast.

Ce dernier garda le silence.

— Nos explications semblaient pourtant vous intéresser.

— Je trouve intéressants, en effet, les troubles psychotiques dont le docteur et vous-même êtes manifestement atteints.

— Votre position me chagrine.

— Il est remarquable que vous ayez réussi à monter une opération de lavage de cerveau massive auprès de tous ces soldats. À moins qu'ils ne soient dans l'ignorance des atrocités que vous commettez entre ces murs ?

— Je vous avais prévenu, dit Alves-Vettoretto. Cet homme est un serpent.

— Nous n'avons procédé à aucun lavage de cerveau, se défendit le général en haussant le ton. Il nous a suffi de recruter des hommes affligés par ce qu'était devenue l'armée de ce pays. Le relâchement de la discipline, l'accueil des homosexuels, le recrutement de femmes au sein des unités combattantes, la mixité raciale. Nous avons recruté de solides patriotes animés par leur foi en Dieu, capables d'obéir aux ordres sans se poser de questions, à des années-lumière des geignards rongés par le politiquement correct que l'on trouve de nos jours dans l'US Army et qui…

Il laissa sa phrase en suspens et prit une longue respiration, afin de se calmer.

— Mais je m'éloigne du sujet qui nous préoccupe. En réponse à votre question, nos hommes sont parfaitement au courant de nos travaux et les soutiennent à cent pour cent.

— Tout indique que vos hommes et vous-même êtes nés soixante-quinze ans trop tard, dans le mauvais pays.

Le général préféra ignorer le commentaire de l'inspecteur.

— Nous perdons du temps, alors que celui-ci nous est compté. Je vous conseille de répondre à mes questions si vous ne voulez pas que votre complice reçoive une dose de H12K. Docteur Smith ? Tenez-vous prêt, mais attendez mon ordre avant d'injecter le produit.

Le médecin s'empara de la seringue, l'examina puis glissa l'aiguille dans la perfusion, brûlant d'impatience.

— Je vous pose une nouvelle fois la question. Qui d'autre connaît l'existence de ce lieu ?

Gladstone lança un regard suppliant en direction de Pendergast, mais celui-ci resta muet.

— Vous savez ce qui attend cette femme. Vous en porterez la responsabilité.

Pendergast se mura dans le silence.

— En temps ordinaire, nous laissons le sujet se vider de son sang. Vous assisterez à ce triste spectacle.

— Je ne peux que vous demander instamment de ne pas commettre un tel acte, réagit Pendergast.

— Dans ce cas, répondez à ma question.

Nouveau silence.

Putain, répondez-lui ! pensa Gladstone en se débattant.

Le général adressa un signe de tête au médecin en soupirant.

— Allez-y.

— Attendez ! l'arrêta Pendergast.

Le général posa sur lui un regard interrogateur.

— C'est bon. Je répondrai à vos questions. Vous avez ma parole.

Un sourire aux lèvres, le vieil homme donna l'ordre au médecin de s'arrêter.

— Personne d'autre que moi n'était au courant de l'existence de ce lieu, reprit Pendergast. En dehors de Mme Gladstone et du regretté M. Lam.

— Personne ? insista le général en haussant les sourcils.

— C'est exact.

— Qu'en est-il de votre coéquipier ? Nous savons que vous travaillez en binôme.

— Il rentre cette nuit même du Mexique, je n'ai pas réussi à le contacter.

— Pourquoi n'avez-vous pas prévenu la force opérationnelle ?

— Vos hommes ne m'en ont pas laissé le temps. De toute façon, j'avais la certitude qu'un traître haut placé suivait l'enquête de près. Je me trouvais dans l'impossibilité d'accorder ma confiance à qui que ce soit.

Le sourire du général s'élargit.

— À présent, je serais curieux de savoir comment vous avez pu remonter jusqu'à nous.

— Grâce à un programme d'analyse des courants mis au point par Mme Gladstone et M. Lam.

— Un programme élaboré dans leur laboratoire ?

— Oui.

— Qui d'autre peut y avoir accès ?

— Personne.

— Un incendie malencontreux réglera ce petit problème. En tout cas, je suis soulagé de savoir que notre sécurité n'a pas été compromise. Pour l'heure, tout du moins. Docteur, vous pouvez retirer la seringue.

— Comment pouvez-vous savoir qu'il dit la vérité ? demanda Alves-Vettoretto.

— Excellente question ! Vous n'avez pas encore eu l'occasion d'apprécier mes méthodes, mais je puis vous assurer que nous saurons très vite si M. Pendergast nous a menti ou non.

Alves-Vettoretto, perplexe, fronça les sourcils.

— Vous vous demandez comment je peux me montrer aussi sûr de moi ? poursuivit le général. Parce qu'il va assister en direct aux effets du H12K sur un cobaye. Voyez-vous, madame Alves-Vettoretto, le Dr Smith a *déjà* injecté le produit à Mme Gladstone, au moment où il insérait l'aiguille de la perfusion. La seringue que le docteur tient à la main contient une simple solution saline. Lorsque M. Pendergast aura vu la suite... et qu'il se saura menacé par un sort identique, je puis vous assurer qu'il se montrera très bavard.

Il se tourna vers l'inspecteur avec un sourire en regardant sa montre.

— Il faut compter une heure pour que le produit agisse sur le cerveau. Quarante minutes se sont déjà écoulées depuis l'injection, le spectacle ne va pas tarder à commencer.

Il désigna le miroir fixé au mur.

— L'expérience est plutôt salissante, je vous propose donc de nous retirer dans la salle de contrôle afin d'observer la suite. Madame Alves-Vettoretto, ajouta-t-il, je ne crois pas que vous ayez déjà assisté à une expérience en direct ?

La femme au rang de perles répondit par la négative d'un mouvement de tête.

— Dans ce cas, n'hésitez pas à vous joindre à nous.

59

Parvenu à deux cents mètres du bâtiment principal, Coldmoon constata qu'aux marécages succédait un petit bois de pins chétifs émergeant d'un sol sablonneux. L'orage avait fini par éclater et une pluie battante s'abattait du ciel traversé d'éclairs, entre deux coups de tonnerre. Le vent était d'une telle violence qu'il peinait à tenir sur ses jambes, mais la fureur des éléments n'était pas pour lui déplaire. Il était trempé comme une soupe, cependant la nuit était tiède et la pluie s'était chargée de le délivrer de l'épaisse couche de boue qui collait à sa peau et ses vêtements, sans compter que personne ne s'apercevrait de sa présence dans un tel chaos.

Il traversa la pinède et s'arrêta au pied d'un mur de parpaing haut de cinq mètres, surmonté de pointes acérées. La paroi était trop lisse pour qu'il puisse l'escalader et la végétation avait été dégagée tout le long du mur sur une largeur de trente mètres.

Il allait devoir passer par le poste de garde, ce qui était regrettable… pour les gardes.

Il regagna la pinède et longea l'enceinte jusqu'aux lumières qu'il apercevait un peu plus loin. Le tout était de savoir combien d'hommes protégeaient l'entrée.

Il s'approcha avec précaution et se dissimula derrière un bosquet à une quinzaine de mètres du poste de garde. La guérite, bien éclairée, abritait un seul soldat. Il l'observa à l'aide des jumelles et vit qu'il trompait son ennui en lisant un magazine. Était-il vraiment seul ? Plusieurs caméras surplombaient la barrière. Coldmoon en compta quatre, disposées de façon à couvrir les alentours.

Il rampa jusqu'aux abords de la guérite aux vitres délavées par l'orage. Quand bien même le soldat de garde aurait prêté attention à ce qui se passait à l'extérieur, il n'aurait rien pu distinguer. Et tout indiquait que le garde était vraiment seul.

Coldmoon rampa jusqu'à la porte à côté de laquelle s'ouvrait un guichet muni d'une fenêtre coulissante. Le garde s'était-il enfermé à clé ? Profitant du fracas provoqué par l'orage, Coldmoon se colla contre la paroi métallique de la guérite, le long de la porte.

Une seule solution s'offrait à lui.

Il glissa un œil à travers la vitre. Le garde lui tournait le dos, penché au-dessus du magazine dont il feuilletait distraitement les pages.

Coldmoon ramassa un bout de bois et frappa la vitre.

Le garde fit un bond sur sa chaise, comme s'il avait été atteint par une balle, se leva précipitamment et sonda la nuit à travers la fenêtre, sans rien voir. Coldmoon attendit qu'il retourne s'asseoir, persuadé qu'une branche morte avait cogné le carreau sous l'effet du vent.

Le jeune inspecteur répéta la manœuvre, en frappant plus fort cette fois.

Le garde se leva de nouveau, s'approcha de la vitre et finit par se résoudre à sortir de la guérite d'un air intrigué.

Il avait à peine mis le nez dehors que Coldmoon l'attrapait par les cheveux et lui maintenait la tête en arrière avant de s'engouffrer avec son prisonnier dans la guérite où les caméras ne pouvaient pas les voir. Il trancha la gorge du garde dont le corps s'écroula par terre dans un jaillissement de sang.

Lui qui avait espéré ne pas avoir à tuer...

Il attendit que le cadavre se vide de son sang, puis il retira le manteau et le chapeau du garde qu'il enfila avant de prendre sa place avec le magazine, au cas où le collègue chargé de surveiller les caméras aurait vu du mouvement. Il feuilleta la revue pendant quelques minutes, puis, convaincu que personne n'avait remarqué son manège, sortit de la guérite en ouvrant sa braguette comme s'il allait se soulager.

Il franchit la barrière, longea l'enceinte et s'immobilisa dans un coin sombre, encore secoué de l'acte que les circonstances l'avaient obligé à accomplir. Il avait déjà donné la mort, mais les circonstances étaient différentes, il n'avait pas tué de sang-froid ce jour-là.

Il s'empressa de museler ses états d'âme, jugeant que ce n'était pas le moment. Il serait toujours temps d'y penser quand son coéquipier serait libre.

Il ne pouvait pas être certain que les caméras ne l'aient pas repéré, mais la pluie qui tombait à verse devait brouiller l'image. Aucune sirène n'avait retenti, en tout cas, aucune lumière ne s'était mise à clignoter. Il attendit que les battements de son cœur se soient calmés, puis il longea le mur jusqu'à une poche d'obscurité en surveillant le ballet répétitif des projecteurs, au sommet du mirador. Personne ne s'attendait à une intrusion par une nuit pareille. Il sortit ses jumelles afin d'observer les alentours.

Le bâtiment principal de l'usine dressait sa masse percée de deux rangées de fenêtres carrées de l'autre côté d'une dalle de béton rongée par les mauvaises herbes. Les fenêtres avaient été changées récemment et d'autres signes de rénovation se manifestaient un peu partout, notamment au niveau d'une unité de béton fraîchement repeinte qui se trouvait à l'écart.

Une fois franchie la barrière, la route se poursuivait en direction de l'usine jusqu'à une seconde barrière fermant l'accès de ce qui devait être une cour intérieure. On y devinait la présence de parkings.

Coldmoon, accroupi dans le noir, attendit que le faisceau des projecteurs s'éloigne pour rejoindre la cour au pas de course.

60

Constance reprit lentement conscience et chercha instinctivement des doigts son stylet, sans succès. Le souvenir de ce qui lui était arrivé lui revint d'un seul coup : le grondement terrifiant de la tornade, la sensation d'être transformée en poupée de chiffon, le trou noir…

En dehors de la pluie qui tombait sans relâche, tout était silencieux autour d'elle. Elle leva la tête, agacée de voir qu'elle était couverte de boue pour la deuxième fois cette nuit-là, mais l'eau tiède qui s'abattait du ciel la nettoyait déjà de son manteau poisseux. Elle resta allongée une minute sur la rive de la Crooked River, le temps de reprendre ses esprits. Les entrepôts alignés le long des pontons avaient été réduits en miettes, la tornade n'avait laissé dans son sillage que des carcasses sans toit et des étais solitaires. Le horsbord gisait un peu plus loin, là où l'avait abandonné le tourbillon, à moitié dans l'eau, sa coque crevée.

Où pouvait bien être Perelman ?

Elle se mit péniblement en position assise, le corps moulu. La nuit était si noire qu'elle ne voyait quasiment pas le sol, et c'est tout juste si elle vit luire faiblement la lame du stylet un peu plus loin.

— Monsieur Perelman ? appela-t-elle d'une voix faible avant d'insister, plus fort cette fois : *Monsieur Perelman ?*

— Par ici.

La réponse, à peine audible, provenait d'une poche d'ombre à moins de dix mètres d'elle. Elle se dressa sur ses jambes en grimaçant.

— Vous n'êtes pas blessée ? s'enquit le policier.

— Je ne crois pas. Et vous ?

— J'ai bien peur que si.

Elle se laissa guider par le son de la voix. À la lueur d'un éclair, elle le découvrit, allongé de tout son long sur la rive boueuse, une jambe repliée sous lui dans une position inquiétante.

Elle s'agenouilla près de lui.

— J'ai la jambe cassée. Pourriez-vous... m'aider à sortir de toute cette boue ?

— Bien sûr.

Constance lui passa un bras sous l'aisselle et le tira jusqu'à une petite clairière tapissée d'herbe au creux d'un bouquet d'arbres.

— Mon pauvre bateau.

Constance posa une main sur son front. Il avait de la fièvre. Il tomberait bientôt en état de choc.

— Je veux bien que vous preniez mon portable dans ma poche, poursuivit-il. Je dois passer un appel.

Elle obéit et découvrit l'appareil en miettes, dégoulinant d'eau. Il tira une mini-torche d'une autre poche et l'alluma.

— Oh merde ! Et votre téléphone ?

— Disparu.

— On dirait bien que nous sommes KO.

— *Vous* êtes KO, rectifia Constance. Je reste d'attaque.

— Vous ? grogna-t-il. Comment comptez-vous vous y prendre ?

Constance le délesta de son arme avec la même rapidité que la fois précédente.

— À quoi ce fichu pistolet va-t-il bien pouvoir vous servir ?

— Il sera toujours plus utile que mon stylet.

— Vous ne pouvez pas vous jeter dans la gueule du loup toute seule. Ce serait du suicide. Le mieux est de trouver le moyen de quitter cet enfer et de monter une opération massive. Ce que nous aurions dû faire dès le début.

Constance coinça le pistolet dans sa ceinture sans un mot.

— Constance, écoutez-moi, je vous en supplie. Vous n'en sortirez pas vivante. Nous devons appeler à l'aide. Contactez le patron de Pendergast au FBI. Comment s'appelle-t-il, déjà ? Pickett.

Constance veilla à enrouler le policier dans son ciré du mieux qu'elle le pouvait, puis elle se releva et contempla les lumières de l'usine au-dessus des arbres.

— Nous avons déjà eu cette discussion, il n'est plus temps d'attendre. Aloysius est retenu prisonnier dans cet endroit. Si vous appelez du renfort, ils le tueront. J'y vais seule.

— Non, réagit Perelman, incrédule. Vous ne pouvez pas, c'est de la folie.

— Je suis désolée de devoir vous laisser ici. Je ne doute pas que vous surviviez à vos blessures.

— Constance, pour votre *propre* bien, n'y allez pas.

Sourde aux suppliques de Perelman, elle se glissa entre les arbres et s'évanouit dans la nuit, emportée par la pluie et le vent.

61

Enveloppé dans le ciré encore poisseux de sang du garde qu'il avait tué, son casque sur la tête, Coldmoon se glissa dans le passage permettant d'accéder à la cour intérieure et découvrit un nouveau poste de garde truffé de caméras que protégeait une escouade de soldats. Jamais il ne parviendrait à franchir l'obstacle.

Plusieurs portes s'ouvraient le long de la façade de l'usine. Il longea celle-ci d'une démarche assurée en espérant que personne ne s'étonne de sa présence et constata que les portes, toutes verrouillées, étaient privées de poignée. Il réfléchissait à la suite, perplexe, lorsqu'il vit un garde émerger du bâtiment un peu plus loin et s'éloigner en lui tournant le dos. Il se colla dos au mur à côté de la porte dans l'espoir que quelqu'un d'autre l'emprunte. Les faisceaux des projecteurs qui trouaient la nuit tout autour du mirador balayaient à intervalles réguliers la dalle de béton en épargnant la façade elle-même.

Il attendit en priant sa bonne étoile de l'aider, mais le ciel ne semblait pas décidé à le servir car les minutes s'écoulaient, interminables, sans que personne ne sorte du bâtiment. Au comble de l'exaspération, il décida de changer son fusil d'épaule.

Il repéra au coin du bâtiment une conduite d'évacuation des eaux de pluie qui descendait du toit et se dirigeait vers un fossé d'écoulement bétonné. Il examina la conduite que de gros cavaliers, disposés à un mètre vingt les uns des autres, maintenaient le long du mur de parpaing sur toute sa hauteur. À condition de s'en servir pour escalader la façade, il pouvait atteindre l'étroit rebord qui faisait le tour du bâtiment au niveau du premier étage dont les fenêtres n'étaient pas protégées par des barreaux.

Il courait le risque de dessiner une tache sombre sur le mur s'il en entamait l'escalade, mais il se rassura en se disant que la pluie battante le dissimulerait partiellement et prit la décision de tenter le tout pour le tout, conscient qu'il s'agissait de sa dernière chance.

Il longea le mur jusqu'à la conduite et examina attentivement les alentours. En dehors des soldats qui montaient la garde au niveau de la seconde barrière, d'autres silhouettes casquées allaient et venaient tandis que les projecteurs du mirador poursuivaient leur ronde infernale, mais tous ceux qu'il apercevait avançaient d'un pas alerte, penchés en avant afin d'échapper à la pluie. Le mieux était de tenter l'aventure tout de suite, avant que quelqu'un découvre le cadavre du garde égorgé dans sa guérite.

Il s'agrippa au tuyau et se hissa jusqu'au premier cavalier avant de passer au suivant. Le métal était rendu glissant par la pluie dont il entendait gronder la rumeur à l'intérieur de la conduite. Son pied ripa et il resta un moment suspendu par les mains, le cœur battant, le temps de retrouver un appui. Quelques minutes plus tard, il atteignait le rebord sur lequel il s'avança à quatre pattes jusqu'à la première fenêtre. Grâce à Dieu, il n'avait jamais souffert du vertige, mais il devait s'infiltrer dans le bâtiment au plus vite, car quiconque aurait regardé la façade par inadvertance l'aurait immédiatement repéré.

Il coula un regard par la fenêtre et vit un couloir brillamment éclairé, mais désert. Il brisa la vitre avec la crosse de son Browning en espérant que le bruit se perdrait dans la nuit, écarta les éclats de verre, glissa la main dans l'ouverture et tourna la crémone, poussa les battants puis s'introduisit dans la pièce avant de refermer la fenêtre.

Le couloir courait sur une quinzaine de mètres avant de dessiner un coude. Tous les sens en éveil, il entendit des pas sur le linoléum et remonta le corridor en quelques enjambées silencieuses avant de s'aplatir dans le coin.

Un garde survint, qu'il fit trébucher d'un croche-pied sur la lame tendue en l'air de son poignard. Le soldat s'y empala sans avoir le temps de réagir et Coldmoon l'éventra avant de lui trancher la gorge. L'homme s'écroula en émettant un gargouillis.

Coldmoon s'assura que personne ne venait en glissant un œil dans le couloir, puis il s'accroupit, fouilla rapidement le cadavre et s'appropria la carte magnétique qu'il avait en poche, ainsi que son Beretta 9 mm. Il retira sa chemise trempée, enfila celle du mort et dissimula le corps dans un recoin sombre avant de poursuivre sa route dans les profondeurs du bâtiment. Il croisa en chemin plusieurs employés qui ne lui prêtèrent qu'une attention distraite, tout à leur tâche.

Le couloir s'arrêtait devant une porte munie d'un hublot à travers lequel il découvrit un immense espace tout autour duquel avaient été aménagées des sortes de cellules. La rumeur assourdie des voix, des cris et des gémissements propres à l'univers carcéral monta jusqu'à lui.

Il posa la carte magnétique du garde sur le lecteur, une diode verte s'alluma et la serrure émit un léger déclic.

Il poussa le battant et le niveau sonore augmenta aussitôt. Il longea les grilles qui fermaient la première rangée de cellules et constata que chacune d'elles abritait trois ou quatre personnes, des femmes et des hommes originaires d'Amérique centrale vêtus d'un peignoir d'hôpital. Tous portaient aux pieds les chaussures vertes qu'il connaissait bien. Les prisonniers étaient sales et disposaient en guise de couche d'une planche de contreplaqué dépourvue de matelas. Plusieurs d'entre eux reculèrent d'effroi en l'apercevant.

— *Lo siento de verdad*, dit-il.

Il obtint en guise de réponse des regards terrorisés.

— *Soy un amigo*, insista-t-il.

Les visages crispés par la peur restèrent sans réaction.

Coldmoon, comprenant qu'il ne pouvait rien pour les malheureux dans l'immédiat, se hâta de rejoindre l'extrémité de l'immense salle.

Arrivé devant la grille de la dernière cellule dans laquelle étaient enfermés trois hommes chaussés des mêmes souliers verts bon marché, il s'autorisa une nouvelle tentative.

— *Hola, amigos*.

Les prisonniers le gratifièrent d'un regard soupçonneux.

— Je suis un ami, poursuivit-il en espagnol. Je suis là pour vous aider.

En guise de preuve, il leur montra son badge du FBI.

Les trois hommes se regardèrent. L'un d'eux finit par s'approcher.

— L'un de vous est-il originaire de San Miguel Acatán ?

Un silence pesant lui répondit.

— Je suis un ami de la famille Ixquiac.

La réaction ne se fit pas attendre.

— Ixquiac ? s'écrièrent les prisonniers d'une même voix en se précipitant.

Coldmoon posa un doigt sur ses lèvres.

— Doucement. Ne faites pas de bruit.

Les trois hommes acquiescèrent.

— J'ai besoin d'informations, reprit Coldmoon. Que se passe-t-il ici ? Quel sort vous a-t-on fait subir ?

Ils voulurent tous répondre en même temps et Coldmoon désigna le prisonnier le plus proche.

— Comment êtes-vous arrivé jusqu'ici ?

Le migrant lui raconta son périple du Guatemala à la frontière mexicaine, la prise en charge par le coyote, la traversée du Mexique jusqu'en Arizona, les soldats qui avaient forcé tout le monde à monter dans les camions et le voyage interminable jusqu'à cet enfer. À quelques détails près, le récit était identique à celui que Coldmoon avait recueilli des lèvres du coyote.

— Pourquoi vous avoir fait venir jusqu'ici ? demanda-t-il.

— Je ne sais pas. Des expériences, je crois.

— Des expériences de quel ordre ?

L'homme haussa les épaules.

— Ils ont pris nos vêtements et nous ont donné ceux-ci à la place. Au début, on nous a placés dans un dortoir avant de nous enfermer dans ces cellules en attribuant un numéro à chacun d'entre nous.

— À quel moment ?

— Il y a cinq ou six semaines. Au moment où a eu lieu la première expérience.

— La première ?

— Oui. Ils venaient chercher quelqu'un d'autre toutes les quatre-vingt-dix minutes. Chaque fois que la dernière cellule était vide, on y mettait ceux de la cellule voisine.

— C'est vous qui vous trouvez dans la dernière cellule, à présent.

— Je sais.
— Où conduisaient-ils ces gens ?
— Je ne sais pas.
— Au bout de combien de temps revenaient-ils ?
— Ils ne sont jamais revenus.
— Vous ne savez pas ce qui leur est arrivé ?
— Un jour, on a vu passer des corps sur des civières. Des corps mutilés. Et puis des rumeurs de torture ont commencé à circuler. On parlait d'une drogue qui rend fou.
— Combien de temps a duré la première expérience ?
— Pendant quinze jours, de façon intermittente.
— Et depuis ?
— Il ne s'est rien passé jusqu'à la nouvelle expérience qui vient de commencer.
— Une deuxième expérience, donc ?
— Oui.
— Combien de personnes ont-ils emmenées ?
— Une seule pour l'instant.
— Quelqu'un qui partageait votre cellule ?
— Oui.
— Quand doivent-ils venir chercher la personne suivante ?
— À tout moment. Ils sont déjà en retard.

Et merde.

— Qui sera le prochain ?

L'interlocuteur de Coldmoon hésita, puis pointa du doigt l'un de ses compagnons.

— Luís. C'est lui qui a le numéro suivant.

Coldmoon dévisagea le dénommé Luís. Un type mince aux yeux noirs, la cinquantaine, dont le visage affichait la résignation. Il était presque aussi grand que Coldmoon.

— Reculez, s'il vous plaît. Je vais ouvrir la grille.

L'inspecteur posa sa carte magnétique sur le lecteur, la diode passa au vert et le mécanisme de la grille se déclencha. L'instant suivant, il rejoignait les prisonniers.

— Je suis venu vous libérer, mais vous allez devoir m'obéir scrupuleusement.

Les trois Guatémaltèques échangèrent un regard puis hochèrent la tête à l'unisson.

62

Les soldats quittèrent le laboratoire en poussant le fauteuil roulant de Pendergast, suivis par le général, et franchirent la porte de la salle faiblement éclairée servant de poste d'observation. Une rangée de chaises alignées le long de l'immense baie vitrée permettait aux visiteurs d'assister aux expériences à l'intérieur du laboratoire.

— Placez-le face à la vitre, ordonna le général à ses hommes.

Lui-même choisit un siège à côté de Pendergast.

— Madame Alves-Vettoretto, si vous voulez bien vous installer ici. Vous ne manquerez rien de ce qui va se passer, et l'interphone relié au laboratoire vous permettra d'entendre Mme Gladstone.

De l'autre côté du miroir sans tain, des infirmiers poussèrent le fauteuil roulant auquel était attachée Gladstone au-dessus d'une grille d'évacuation aménagée dans le sol carrelé.

— Général, je vous fais une promesse personnelle, et solennelle, dit Pendergast.

— Diable ! Laquelle ?

— Vous serez mort avant le lever du jour.

Le vieil homme balaya la menace d'un geste désinvolte, comme s'il écartait un moustique.

— Je me passe de vos clichés. Ainsi que le disait la philosophe Ayn Rand : « À travers les siècles, des hommes se sont engagés les premiers sur de nouvelles voies, armés de leur seule vision[1]. » Votre position au sein du FBI fait de vous un simple rouage d'une société embourbée dans le status quo, un représentant de la triste bureaucratie qu'est devenu le gouvernement des États-Unis dont le but ultime est de placer des obstacles sur la voie des visionnaires qu'évoquait Rand.

— Et dont vous faites partie, j'imagine.

La repartie fit sourire le général.

— Je vous laisse assister à la suite, monsieur Pendergast. J'ai des ordres à donner, mais Mme Alves-Vettoretto vous tiendra compagnie. Cela faisait quelque temps qu'elle souhaitait assister à l'une de ces expériences.

La femme aux perles hocha la tête.

— Les gardes seront également présents. Ils veilleront à ce que rien de fâcheux ne se produise.

Il se tourna vers l'un des soldats.

— Caporal, allez me chercher un parang bien aiguisé que vous déposerez dans le laboratoire. Tout de suite.

L'intéressé le salua et quitta la pièce.

— Au cours de nos expériences, expliqua le général à Pendergast avec un sourire, nous avons fourni aux sujets toutes sortes d'armes plus ou moins tranchantes. De simples pièces métalliques aussi bien que des scies, tout ce qui pourrait se trouver à portée de main d'un individu atteint de TIIC en temps ordinaire. Il leur est fréquemment arrivé de saloper le travail, avec les résultats que vous pouvez imaginer. De ce point de vue, fournir au sujet un parang aiguisé comme une lame de rasoir est la mesure la

1. Citation tirée du premier roman à succès de Rand, *La Source vive* (1943). Cet hymne à l'individualisme est l'une des œuvres préférées du président Donald Trump.

plus humaine que l'on puisse prendre. Normalement, les sujets meurent en se vidant de leur sang, lorsque nous ne leur donnons pas le coup de grâce, mais je veillerai cette fois à ce que Mme Gladstone soit immédiatement soignée afin qu'elle ait la vie sauve.

— Quel bienfaiteur de l'humanité vous faites, mon général.

— Je vais devoir vous laisser.

Pendergast reporta son attention sur le laboratoire, de l'autre côté de la vitre. Gladstone, prisonnière de son fauteuil roulant au centre de la pièce, affichait une mine terrifiée. Posté près d'elle à côté des infirmiers, le médecin attendait avec une impatience mal contenue que les premiers effets du produit se manifestent. Il trompa son attente en nettoyant une nouvelle fois les verres de ses lunettes.

Pendergast se tourna vers Alves-Vettoretto. Celle-ci posa sur lui un regard glacial.

— Que fait une personne telle que vous au milieu de toute cette soldatesque, au cœur des marais de Floride ?

La femme se contenta de hausser les sourcils.

— En refusant de me parler, je vois que vous restez fidèle aux recommandations faites à cet excellent général. J'espère que vous ne m'en voudrez pas de vous adresser quelques mots.

Alves-Vettoretto détourna le regard.

— J'imagine que vous avez été victime d'une grave trahison à un moment ou un autre de votre carrière, sinon vous ne vous seriez pas ralliée de la sorte aux vues du général, poursuivit Pendergast d'une voix douce.

Elle caressa machinalement les perles de son collier.

— J'ai cru un instant que vous aviez appartenu à l'armée, mais je me suis trompé. Je pense plus volontiers à une agence gouvernementale. La CIA ?

Très probablement. Vous avez servi en Irak, peut-être ? insista-t-il en la dévisageant avec une curiosité marquée.

Elle serra les lèvres.

— J'imagine la suite. Ils ont tous été tués, c'est bien cela ?

Pas de réaction.

— Vous étiez proches d'eux et de leurs familles.

Elle caressa ses perles de plus belle, avec une certaine nervosité cette fois.

— Ils avaient confiance en vous, et c'était réciproque. Lorsque les troupes américaines se sont retirées, Daech a pris le contrôle de la zone en tuant tous vos agents locaux et vos contacts, ainsi que leurs proches. Une histoire vieille comme le monde.

— Comment pouvez-vous savoir tout ça ? se décida-t-elle à demander d'une petite voix.

— Vous avez tenté de les sauver, mais l'administration les a abandonnés en leur refusant les visas promis, provoquant chez vous une profonde désillusion.

Elle lui montra son visage.

— Si vous n'arrêtez pas immédiatement de jouer les gourous, je vous fais bâillonner par les soldats.

— Personne à la CIA n'a levé le petit doigt. On vous a expliqué que la guerre faisait inévitablement des victimes. J'ai moi-même entendu des paroles similaires, autrefois, dans mon ancienne carrière.

— Et alors ? s'écria Alves-Vettoretto sur un ton agressif. La guerre fait effectivement des victimes. Fermez la parenthèse.

— À l'aune de l'histoire du monde, ces victimes ne comptent pas. C'est bien ce qu'on vous a répondu, non ? La guerre se gagne, ou elle se perd. La morale n'y a pas sa place.

— Bien sûr, puisque le but est de tuer.

— Ce qui m'amène à cette nouvelle arme dont nous allons bientôt voir les effets, poursuivit Pendergast. Une arme d'une simplicité remarquable, à sa façon, puisqu'elle laisse les infrastructures intactes, bien que légèrement salies.

— Quelle différence entre une mine antipersonnel qui emporte la jambe de l'ennemi et ce produit qui le pousse à s'amputer lui-même ?

— Les deux sont affligeants.

— Je suis bien d'accord, c'est pourquoi je trouve particulièrement hypocrite de jouer les vierges effarouchées en découvrant l'existence de ce produit alors que la guerre consiste uniquement à tuer, brûler et mutiler. Vous estimez peut-être que l'utilisation de ce parasite est plus néfaste que le napalm avec lequel on brûle des villages entiers ?

— Le napalm est tout aussi cruel, sinon plus, répondit Pendergast d'une voix calme, presque hypnotique.

— Alors pourquoi refuser de coopérer ? Je me suis associée à ce projet uniquement parce que ce produit mettra un terme à la guerre telle que nous la connaissons.

— C'est précisément l'argument avancé par Alfred Nobel lorsqu'il a inventé la dynamite. Vous oubliez toutefois un élément crucial.

— Lequel ?

— Chacun d'entre nous a le choix de *ne pas* participer à ce jeu cruel qu'est la guerre.

— Vous faites allusion aux pacifistes ? S'il y a bien un concept philosophique qui ne tient pas la route, c'est celui-là.

— Il n'est pas besoin de se déclarer pacifiste pour s'opposer aux inepties de la guerre. Prenons votre exemple. Vous avez le choix de vous désengager. Rien ne vous oblige à vous trouver dans cette pièce, en spectatrice de cet acte de cruauté d'une dépravation confirmée.

Elle secoua la tête.

— Vous ne me ferez pas changer d'avis, Pendergast. Vous perdez votre temps.

Dans le laboratoire, un gémissement étouffé s'échappa du bâillon de Gladstone qui se débattait tant bien que mal en agitant désespérément la tête. Pendergast fut frappé du changement intervenu dans son regard. Les yeux exorbités de la jeune femme lui glacèrent le sang.

— Puisque c'est ainsi, déclara-t-il d'une voix sourde à sa voisine, vous trouverez la prochaine demi-heure particulièrement édifiante.

Le général les rejoignit au même moment.

— Ah ! J'arrive à temps.

Il s'installa confortablement dans l'un des sièges, avec la même nonchalance que s'il allait regarder un film, puis il enfonça l'une de touches de l'interphone placé devant lui.

— Docteur, vous pouvez lui retirer son bâillon.

63

Pamela Gladstone, immobilisée par ses liens sur le fauteuil roulant, avait la bouche légèrement irritée depuis que le médecin lui avait ôté le morceau de ruban adhésif qui comprimait son bâillon. Il avait pourtant veillé à le retirer le plus délicatement possible, au grand étonnement de la jeune femme. Comment un tel monstre pouvait-il conserver les gestes doux d'un médecin ordinaire ?

Gladstone, que le bâillon traumatisait bien davantage que ses poignets et ses chevilles entravés, s'était empressée d'avaler une grande bouffée d'air afin de calmer les battements de son cœur. Son pouls commençait à s'apaiser et elle n'éprouvait plus le besoin de crier.

Au cours des dernières heures, elle avait progressivement basculé de la terreur à l'incrédulité. Tout était allé si vite. Leur fuite précipitée, cette course-poursuite effrayante à travers les marais, les projecteurs et le crépitement des mitraillettes, la mort tragique de Wallace Lam, le vol en hélicoptère… jusqu'à l'ultime épreuve qu'elle traversait.

Elle s'était toujours montrée fière de son courage et de son indépendance, ce qui l'avait incitée à afficher sa bravoure face au général et au médecin. Mais depuis cette piqûre… Elle voulait espérer qu'il s'agissait d'une ruse destinée à l'obliger à parler.

Malgré sa peur, elle avait voulu se raccrocher à la certitude que Pendergast la sauverait, d'une façon ou d'une autre. Dès leur rencontre, elle avait senti que c'était un homme d'une compétence rare. Mais voilà qu'il avait disparu, poussé par des gardes, et qu'elle restait seule avec le médecin et les infirmiers qui l'observaient en attendant la suite. Son fauteuil roulant avait été installé au centre de la pièce, au-dessus d'une grille d'évacuation des eaux usées qui s'ouvrait dans le carrelage en pente.

Elle sentit monter en elle une bouffée d'angoisse.

— Pendergast ! cria-t-elle en tendant à craquer les liens qui la retenaient au fauteuil. *Pendergast !*

Un silence lui répondit, que rompit la voix du général s'échappant d'un haut-parleur fixé à un mur du laboratoire.

— Apportez le parang et suivez le protocole habituel.

Elle fut prise d'une nouvelle crise d'hyperventilation qu'elle eut cette fois toutes les peines du monde à surmonter.

Je peux y arriver. Elle avait connu pire. Elle ne pouvait décemment pas croire que ce produit la pousserait à se couper elle-même la jambe. Elle repensa au jour où son kayak s'était retourné dans le Sitka Sound, un détroit situé le long de la côte pacifique du Canada. Ou encore à cette équipée en ski hors piste sur le glacier de La Grave, lorsqu'une fille de son groupe était tombée dans une crevasse en se disloquant l'épaule et qu'elle avait dû descendre la chercher au bout d'une corde. L'essentiel était de rester maîtresse d'elle-même.

Une porte blindée s'ouvrit au fond du labo et un brancardier s'avança en poussant devant lui une table roulante recouverte d'un drap sous lequel on devinait un objet allongé. Il plaça la table à deux mètres d'elle, bloqua les freins des roulettes, retira le drap et quitta la pièce. Elle découvrit avec surprise une sorte de longue machette dont la lame décrivait un coude. Parfaitement aiguisée, l'arme était dotée d'un manche couvert de taches grisâtres. On aurait dit une limace géante.

Le médecin adressa un signe à l'un des deux infirmiers qui se posta derrière elle et desserra les lanières de cuir qui l'emprisonnaient. Elle éprouva aussitôt la tentation de se ruer sur l'arme et de s'en servir pour s'échapper, une fois qu'elle serait libre. Elle profita des quelques instants où l'infirmier achevait de lui détacher les chevilles pour planifier jusqu'au moindre geste, mais le second infirmier ne lui laissa pas le temps de mettre son projet à exécution en lui maintenant solidement les bras. Elle tenta bien de se débattre, mais il était plus fort qu'elle. On sentait bien qu'il n'en était pas à son premier essai.

— Bande de salopards ! Lâchez-moi ! hurla-t-elle en tentant vainement de se dégager.

— Ne vous inquiétez pas, déclara le médecin d'une voix aiguë. Nous vous relâcherons bientôt. Très bientôt.

Les deux infirmiers l'obligèrent à se lever et l'un d'eux tira le fauteuil en arrière pendant que son collègue continuait de l'immobiliser d'une main de fer.

— Je vais vous libérer, lui glissa-t-il à l'oreille. Arrêtez de vous démener.

Elle se calma aussitôt et sentit l'infirmier relâcher lentement la pression avant de s'écarter d'un mouvement vif. Elle fut prise d'une ultime hésitation avant de tendre la main vers l'arme.

— *Pas encore !* lui ordonna sèchement l'autre infirmier en la menaçant avec son pistolet.

Elle se figea en voyant le médecin et ses deux sbires reculer lentement en direction de la porte blindée, le canon de l'arme toujours pointé sur elle. Au moment de quitter la pièce, le médecin l'observa avec un regard brillant de curiosité. L'instant suivant, le lourd battant se refermait derrière les trois hommes.

L'océanographe posa machinalement les yeux sur l'arme que le général avait appelée un parang. Elle comprit brutalement pour quelle raison la curieuse machette se trouvait là. Elle recula d'un pas mal assuré vers le fond du laboratoire sans parvenir à détacher ses yeux de la table roulante sur laquelle luisait la lame aiguisée. Elle voulait encore y voir un moyen de se défendre, de sauver sa peau. Elle aurait voulu s'en servir contre ses bourreaux afin de s'échapper de cet enfer, mais la partie la plus rationnelle de son cerveau lui murmurait de ne surtout pas y toucher.

— Non, prononça-t-elle à voix haute. Non, non, non... !

Elle rassembla péniblement ses pensées en s'efforçant d'éloigner d'elle la peur qui l'étreignait, histoire de prendre la mesure de la situation.

Tu dois rester maîtresse de toi-même.

Le sérum lui avait été administré trois quarts d'heure plus tôt et le médecin avait parlé d'une heure.

Mon Dieu... elle avait le plus grand mal à se concentrer.

Tout le monde était parti, elle restait seule dans la pièce. Elle arrêta son regard sur le long miroir derrière lequel on l'observait en attendant que...

Non ! Il lui fallait repousser toute pensée inutile et regarder la situation bien en face si elle espérait...

Voilà qu'elle dérapait à nouveau. Il n'était pas question d'*espérer*, mais de réussir. L'idée qu'elle puisse se couper la jambe était grotesque.

Elle s'intéressa au contenu du laboratoire et constata qu'il disposait de tous les équipements habituellement réservés à un service d'urgences. Les placards devaient renfermer des médicaments et des seringues, peut-être même des scalpels. À condition d'en trouver un, voire plusieurs, il lui suffirait de les cacher sur elle et d'attendre qu'ils reviennent... Sauf qu'ils épiaient tous ses faits et gestes à travers ce fichu miroir. Pourtant...

Elle se dirigea vers les placards et s'étonna d'avoir du mal à marcher.

Elle prit soudain conscience qu'elle boitait depuis qu'elle s'était levée du fauteuil roulant. Cinq minutes s'étaient à peine écoulées depuis qu'elle était libre de ses mouvements et elle claudiquait de plus en plus. Sans doute à cause des lanières de cuir, à moins qu'elle ne se soit blessée pendant sa fuite dans les marais.

Elle s'arrêta soudain afin de regarder sa jambe droite. Elle paraissait pourtant normale. Elle leva la jambe et opéra plusieurs rotations au niveau du genou sans ressentir de gêne ou de douleur. Elle reposa le pied par terre et s'aperçut que sa jambe pesait des tonnes. Surtout, elle éprouvait une démangeaison étrange juste au-dessus de la cheville.

Ils l'avaient blessée en lui greffant...

Elle se pétrifia, prise de terreur à l'idée d'entretenir une pensée aussi absurde. Ce pied était le sien. Elle chassa de son esprit toute autre notion et rejoignit les placards. Ils n'étaient pas fermés à clé, mais elle n'y trouva que des tenues de chirurgien, des filets à cheveux et des masques, ainsi que de la gaze.

Elle s'entêta, portée par l'espoir de découvrir, à défaut d'une arme, un tranquillisant ou un narcotique qui l'aiderait à passer le cap en attendant que le produit cesse d'agir.

Rien.

Son regard se trouva tout naturellement attiré par le parang. Une arme effrayante, avec laquelle elle n'aurait aucun mal à étriper ces salopards...

N'y touche surtout pas.

Écartelée entre la peur et la frustration, elle traversa le laboratoire en direction du miroir. Elle traînait la patte de façon plus prononcée encore. Elle ne boitait pas vraiment en fait, c'est juste qu'elle ne supportait pas l'idée de toucher le sol avec cette chose.

Cette chose. La « chose » en question n'était autre que son pied. *Tu dois rester maîtresse de toi-même.*

Elle leva les yeux vers le miroir, certaine que le général la regardait, lui aussi, sans doute en compagnie du docteur. Elle les aurait volontiers injuriés si elle ne s'était pas sentie aussi mal. Elle tituba et le parang tomba bruyamment sur le carrelage en la narguant de sa lame savamment aiguisée.

Que faisait-il là ?

Sans doute l'avait-elle saisi machinalement en passant près de la table roulante.

Elle s'en éloigna en criant.

— Pendergast ? Vous êtes là ? *Pendergast !*

Elle se reprit péniblement. Il n'allait rien lui arriver. Contrairement à toutes les victimes précédentes qui s'étaient coupé le pied, elle *connaissait* les effets du produit.

Tout en cherchant à se convaincre qu'elle était imperméable au sérum, elle se surprit à observer le pied attaché à l'extrémité de sa jambe droite. Comment avait-elle pu vivre toutes ces années sans s'étonner de sa présence ? Ce pied ne lui appartenait pas, il était infecté par des agents pathogènes qui envahissaient ses veines à la façon d'insectes minuscules, prêts à contaminer le reste de son corps...

Non !

Elle avait beau essayer de se concentrer, elle n'y parvenait pas. Tous ses souvenirs et sa capacité à conserver sa maîtrise d'elle-même cédaient sous la pression de ce membre étranger. Elle l'observa afin de comprendre ce qui n'allait pas, incapable de détacher son regard. Un peu comme ces badauds qui ne peuvent se retenir de passer devant une scène d'accident sans regarder.

C'était de leur faute. Ils lui avaient greffé cette chose à la place du pied. Une chose immonde, impossible à décrire, dont elle n'avait pas besoin et que son corps tout entier rejetait. Elle…

— *NON !*

Cette fois, le cri avait franchi la barrière de ses lèvres. Elle posa les yeux sur l'horloge murale. Plus d'une heure s'était écoulée.

Pendant ce temps-là, les autres détraqués l'observaient derrière le miroir sans tain. Elle n'avait pas l'intention de leur offrir le spectacle qu'ils espéraient. Elle prit longuement sa respiration, décidée à évacuer sa peur et son dégoût.

Ne fais pas ça. Ne fais pas ça. Ne fais pas ça.

Tout en se répétant la phrase à l'infini, elle s'aperçut que le pied l'hypnotisait.

NE FAIS PAS ÇA. NE FAIS PAS ÇA. NE FAIS PAS ÇA…

Sans qu'elle s'en aperçoive, elle avait ramassé le parang. Elle poussa un hurlement et recula précipitamment, mais son poing restait serré autour du manche de la machette. Au moment où le pied attaché à sa jambe droite toucha le sol, elle fut prise d'une violente nausée.

C'est ce foutu produit, voulut-elle se rassurer intérieurement. *C'est bien ton pied. Il est parfaitement normal, ce n'est pas du tout un morceau de viande infecté.*

Le mieux était de ne plus y penser. Au prix d'un effort surhumain, elle se remémora un jeu qu'elle pratiquait quand elle était gamine. Grande et dégingandée pour son âge en primaire, elle faisait l'objet des moqueries de ses camarades. Elle avait trouvé le moyen d'échapper à l'humiliation en se réfugiant dans un jardin imaginaire en Technicolor au milieu duquel elle évoluait sous la forme d'un cheval sauvage blanc, entourée d'une nature luxuriante.

Le subterfuge avait fonctionné lorsqu'elle était jeune, il pouvait à nouveau la sauver. À force de concentration, elle ralentit sa respiration saccadée, écarta les doigts et laissa tomber l'arme qui s'écrasa sur le carrelage avec fracas. Elle recula d'un pas et ferma les paupières, désireuse d'échapper à la lumière aveuglante du laboratoire, au quadrillage insupportable des carreaux de faïence. Elle retrouva une respiration normale, rouvrit les yeux et se tourna vers le miroir derrière lequel le général l'observait, comme une souris en cage.

— Allez-vous faire foutre ! dit-elle à voix haute. Votre truc ne marche pas !

Pas de réponse, aucune réaction. Après tout, si ça les amusait... Elle se savait capable de résister. Elle finirait par gagner. Il lui suffisait de s'asseoir dans un coin du laboratoire, le parang à la main, et d'attendre que quelqu'un vienne pour lui assener un coup de machette et s'enfuir.

Le parang était là, à portée de main. Elle le ramassa et voulut s'installer dans un coin, mais chaque pas était un supplice. Incapable de marcher normalement, elle fut obligée de s'asseoir à même le carrelage.

NE FAIS PAS ÇA. NE FAIS PAS ÇA. NE FAIS PAS ÇA. NE FAIS PAS ÇA...

Elle transpirait à grosses gouttes, le souffle court. Elle s'essuya le front et leva la lame du parang vers la lumière d'une main moite. Prise d'une nouvelle envie de vomir, elle se plia en deux de douleur, le cœur au bord des lèvres. Le pied était empoisonné, il la tuait à petit feu.

NON. NON. NON...

Elle s'obligea à repenser au cheval à la robe immaculée, au jardin magique de son enfance. C'est tout juste si le vert et le blanc se confondaient dans une brume trouble au milieu de laquelle titubait sa monture déliquescente. Sa conscience tout entière, la moindre particule de son être concentrait son énergie sur cette chose immonde greffée à son corps. Elle voulut cacher l'horrible attribut sous sa cuisse, horrifiée à l'idée que d'autres puissent le voir. Seigneur, si seulement elle pouvait en être délivrée…

Délivrée.

Elle observa la chose, la poitrine oppressée, et repéra l'endroit exact où ce parasite s'était fixé, deux ou trois centimètres au-dessus de la cheville.

Libère-toi. Libère-toi. Libère-toi…

Comment avait-elle pu ne pas s'en apercevoir plus tôt ? Elle voyait, *sentait*, la frontière invisible qui traversait sa cheville, le point précis au-delà duquel pores et taches de rousseur n'étaient plus les siens. Une vague de dégoût la submergea. C'était insupportable.

Dans sa tête, le cheval déliquescent laissa échapper un cri craintif.

LIBÈRE-TOI. LIBÈRE-TOI. LIBÈRE-TOI…

Elle sentit monter en elle une colère terrible à la vue de ce pied. Serré dans sa main, le parang brillait de mille feux. Ce n'était plus une arme, mais un ange de beauté, un instrument de libération.

LIBÈRE-TOI. LIBÈRE-TOI. LIBÈRE-TOI…

Elle caressa la peau de son mollet avec la lame, qu'elle trouva fraîche. Elle la fit glisser une première fois le long de la frontière qui séparait son corps de ce pied étranger avant de répéter son geste de façon plus décidée.

Un trait rouge apparut qui la soulagea aussitôt. Elle n'avait même pas eu mal. Le sentiment de liberté qu'elle éprouvait était irrésistible. Elle tenait la solution entre ses mains. Le mieux était encore de se débarrasser au plus vite de ce parasite. Elle s'arma de courage. En temps de crise, elle avait toujours su réagir.

Elle prit sa respiration et leva le parang au-dessus de sa tête.

Son poing se serra autour du manche. Il ne tenait qu'à elle d'être sauvée, tout reposait sur sa résolution. *Tu dois rester maîtresse de toi-même...*

À l'instant où s'abattait la lame, elle vit passer devant elle en un éclair le fier cheval blanc d'autrefois, gambadant librement dans le jardin enchanté de sa mémoire. L'instant suivant, les jambes de l'animal se brisaient comme des allumettes et il hennissait violemment sa douleur avant de disparaître dans un nuage de poussière noire.

64

Solidement attaché au fauteuil roulant, Pendergast assista à la métamorphose de Pamela Gladstone à travers la vitre sans tain. Il la vit reculer jusqu'au mur du fond, terrifiée, le haut-parleur de la salle d'observation se chargeant de transmettre sa respiration saccadée.

— Non ! s'écria-t-elle sur un ton qui trahissait une angoisse indicible. Non, non, non... !

Il aurait aisément pu se refermer sur lui-même, user de l'arsenal de techniques de méditation dont il disposait pour échapper à la réalité de l'instant présent, mais il refusa de choisir une telle solution de facilité.

Il vit l'océanographe fouiller les placards du laboratoire, sans doute à la recherche d'un outil susceptible de lui fournir une arme improvisée. En désespoir de cause, elle se retira dans un coin de la pièce en boitant.

Pendergast, qui avait associé l'océanographe et son assistant à l'enquête, se sentait responsable de leur sort. Lorsqu'il était allé les trouver, il était certes loin de se douter de la nature du complot qu'il allait mettre au jour. Mais ces derniers temps, lorsqu'il avait compris qu'une taupe s'était infiltrée dans l'entourage du commandant, il avait omis de prendre les précautions nécessaires car il avait largement sous-estimé l'adversaire.

— Pendergast !

Il tressaillit, bouleversé, en entendant s'échapper du haut-parleur l'appel désespéré de Gladstone.

Le général, qui l'observait, hocha la tête d'un air satisfait. De son côté, Alves-Vettoretto restait immobile et silencieuse, fidèle à l'attitude de retrait qu'elle avait adoptée depuis le début de l'expérience.

— Non ! hurla Gladstone dans le haut-parleur.

Le général consulta le chronomètre de sa montre.

— Une heure et douze minutes. La réaction se produit plus tardivement qu'avec le groupe précédent. Il faudra que j'en parle au Dr Smith. Le processus était censé s'accélérer, au contraire. Elle était au courant de ce qui l'attendait, il semble que l'anticipation ait retardé le processus. Si c'est le cas, il nous faudra trouver un palliatif.

Gladstone ne criait plus, mais ses halètements étaient retransmis pas l'interphone. Pendergast la vit avec effroi se saisir du parang, mais il résista à la tentation de se réfugier dans son palais de mémoire en ayant recours à la technique du *stong pa nyid*. La suite se déroula de façon incroyablement rapide. Après avoir passé la lame sur sa peau, la jeune femme abattit l'arme sur sa cheville avec une détermination et une précision inouïes. Elle émit alors un hululement aigu exprimant ce qui ressemblait à de l'exultation. Le coup n'avait toutefois pas suffi à couper le pied et ce fut seulement lorsqu'elle s'acharna à déchiqueter l'os à coups de parang que la résolution de Gladstone donna l'impression de faiblir. Elle n'en poursuivit pas moins ses efforts, ponctués par des hurlements féroces, jusqu'à ce que la lame finisse par traverser l'obstacle avant de frapper bruyamment le carrelage tandis que le pied se détachait enfin.

Le général appuya sur un bouton, coupant les cris qui provenaient du laboratoire. Il enfonça une seconde touche.

— Docteur ? Vous pouvez l'évacuer.

Pendergast se tourna vers ses voisins. Alves-Vettoretto restait pétrifiée sur son siège, les yeux écarquillés, une main sur la bouche. À l'inverse, le général le regardait fixement d'un air presque encourageant. De l'autre côté de la vitre, deux brancardiers soulevèrent Gladstone, la déposèrent sur une civière et quittèrent le laboratoire en empruntant la porte du fond pendant qu'un de leurs collègues ramassait le pied amputé et le plaçait dans un sac-poubelle.

— Laissons à nos gens le temps de tout nettoyer avant de passer à la suite, déclara le général. Ils n'en ont pas pour longtemps.

65

Les brancardiers ne tardèrent pas à revenir équipés de serpillières, d'éponges et de flacons de désinfectant. Sous les yeux du général qui les observait d'un air impassible, les bras croisés, ils évacuèrent la mare de sang en la poussant vers la grille d'évacuation avec une efficacité redoutable. Ils ramassèrent le parang, l'essuyèrent, le désinfectèrent à l'alcool et le reposèrent sur la table roulante avant de le couvrir d'un drap blanc. Sur l'ordre du Dr Smith, l'un des brancardiers quitta le laboratoire. Quelques instants plus tard, celui-ci pénétrait dans la salle d'observation.

— Le docteur a besoin du second sujet pour l'expérience suivante, dit-il.

Le général se tourna vers Pendergast.

— Avez-vous des commentaires ?

L'inspecteur ne daigna pas lui répondre.

— Vous croyez sans doute être capable de résister aux effets du produit. Votre associée a fait preuve d'une capacité de résistance étonnante jusqu'à la fin. Serez-vous en mesure de tenir plus longtemps encore ? J'avoue que l'expérience s'annonce passionnante.

Comme Pendergast se murait dans le silence, le vieil homme insista.

— Vous ne répondez pas ?

Pendergast sonda le général de son regard argenté.

— Nous savons tous les deux qu'il s'agit d'une question de pure forme. Quelle que soit ma réponse, vous testerez sur moi ce produit.

— Vous êtes bien sûr de vous.

— L'excitation manifeste du docteur ne laisse planer aucun doute à ce sujet. Sans oublier une vérité simple : vous ne pouvez en aucun cas me laisser repartir vivant d'ici.

— J'ai bien peur que ce soit le cas. Quant au Dr Smith, il est surtout impatient de passer à la phase d'expérimentation que votre arrivée intempestive est venue interrompre. Mais je suis sûr qu'il acceptera d'attendre encore un peu lorsque je lui aurai expliqué combien serait édifiante une expérience menée sur un sujet tel que vous. J'ai étudié votre dossier, je connais votre passé militaire. Administrer le H12K à un individu doté d'une volonté de fer comme la vôtre, sachant qu'il est au courant du sort qui l'attend et s'y prépare mentalement, nous fournira de précieux éléments. Si vous ne résistez pas aux effets de ce produit, nous saurons que nous avons gagné notre pari.

Le vieil homme se tourna vers les gardes.

— Conduisez-le dans le laboratoire.

L'un des soldats s'empara des poignées du fauteuil roulant pendant que son collègue lui ouvrait la porte de la salle d'observation, puis celle du laboratoire à l'extrémité du couloir. Pendergast ne tarda pas à se retrouver au-dessus de la grille d'évacuation. Un peu plus loin, le médecin discutait à voix basse dans le combiné d'un téléphone mural probablement relié à la ligne du général, dans la pièce voisine. Le médecin raccrocha et s'approcha en tenant à la main une paire de ciseaux grâce à laquelle il découpa la manche de Pendergast afin de lui dégager l'avant-bras. Cette fois, il ne prit même pas la peine de désinfecter la saignée à l'aide d'un morceau de coton imbibé d'alcool avant d'insérer l'aiguille de la perfusion et de la scotcher avec du sparadrap.

— Une fiole de H12K, je vous prie, ordonna-t-il à un infirmier.

— Je tenais à vous avertir, docteur, dit ce dernier. Il s'agit de la dernière dose du lot concerné.

— Et alors ?

— Alors, on la réservait pour le sujet 714, qui se trouve dans la salle d'attente.

— Celui-ci est plus important, rétorqua sèchement le médecin. Donnez-moi le flacon et reconduisez le 714 dans sa cellule.

— Bien, docteur.

L'infirmier ouvrit la porte d'un petit réfrigérateur, en sortit une fiole et la tendit au médecin avec une seringue stérile.

Le Dr Smith préleva le contenu de la fiole à l'aide de la seringue, leva l'aiguille verticalement et enfonça le piston jusqu'à ce que perle une goutte du liquide transparent, puis il tourna vers le miroir sans tain un visage avide.

— Pendergast ? fit la voix du général dans le haut-parleur de l'interphone. C'est votre dernière chance de parler.

Il attendit quelques instants la réponse du prisonnier, en vain.

— Très bien. Procédez à l'injection.

66

Cela faisait plus d'une heure que Coldmoon, vêtu de la tenue crasseuse de Luís sur laquelle avait été tracé au pochoir le numéro 714, avait quitté la cellule, le poignet menotté à celui d'un garde. Au terme d'un long périple dans un dédale de couloirs, il s'était retrouvé dans une petite pièce aux murs de parpaing peints en beige, meublée de deux bancs boulonnés au sol et d'une armoire à pharmacie fermée à clé. On l'avait forcé à s'asseoir sur un des bancs, toujours enchaîné au soldat. Le collègue de ce dernier avait pris place sur le banc opposé, son M16 sur les genoux, pétri d'ennui. On sentait les hommes habitués à ce rituel et Coldmoon avait feint l'abattement en traînant les pieds tout le long du chemin, à l'agacement des gardes qui l'avaient houspillé plus d'une fois.

Les minutes s'écoulèrent sans que parvienne un bruit à Coldmoon qui s'étonna d'un tel silence. L'épais battant qui s'ouvrait face à lui donnait sans doute sur le laboratoire où se déroulaient les expériences. Il n'avait aucune idée de la nature exacte de celles-ci, en dehors du fait qu'elles conduisaient les prisonniers à se couper eux-mêmes le pied. Si cette pièce était une salle d'attente, il comprenait mieux pourquoi elle disposait d'une isolation phonique aussi efficace, sachant que les expériences ne devaient pas être de tout repos.

Il lui fallait prendre une décision. Une première solution consistait à attendre sagement qu'on vienne le chercher. Les migrants qu'il avait interrogés avaient évoqué un délai de quatre-vingt-dix minutes entre deux rendez-vous. Si l'on pouvait parler de rendez-vous. Mais sans doute était-il préférable de passer à l'action dès à présent, alors que ses gardiens commençaient à piquer du nez. Jamais une plus belle occasion ne se présenterait.

Il baissa la tête d'un air las, les coudes sur les genoux, les bras ballants et bâilla d'un air résigné. Il glissa très lentement la main sous sa chemise de nuit d'hôpital et ses doigts se refermèrent autour de la crosse du Browning dont il avait attaché l'étui autour de son mollet. Il libéra l'arme sans bruit et la sortit d'un geste souple avant d'abattre à bout portant le garde assis à côté de lui. Le bruit de la détonation résonna de façon assourdissante à l'intérieur de la petite pièce dont l'un des murs se trouva aspergé de sang. L'autre soldat avait à peine relevé la tête que Coldmoon le tuait d'une balle en plein visage. L'homme s'écrasa contre le mur sous la puissance de l'impact et s'écroula lourdement sur le sol.

Les coups de feu ne pouvaient qu'attirer l'attention de ses adversaires, isolation phonique ou pas. Il délesta le premier garde de la clé des menottes afin de se libérer à la hâte, puis il récupéra le M16 du second garde et attendit que la porte s'ouvre, accroupi au sol.

Le lourd battant s'écarta brutalement et Coldmoon faucha d'une rafale le garde qui avait accouru au bruit. L'instant d'après, il se ruait dans la pièce voisine. Il découvrit un laboratoire brillamment éclairé au centre duquel il reconnut Pendergast, attaché à un fauteuil roulant, une potence de perfusion près de lui. Le médecin et les deux infirmiers debout à côté du prisonnier reculèrent de saisissement et les gardes qui surveillaient l'opération se retournèrent précipitamment. Il les abattit d'une rafale.

— Derrière le miroir ! lui cria Pendergast en lui montrant du menton la glace sans tain. *Abattez-les tous, à l'exception de la femme !*

Prenant instantanément la mesure de la situation, Coldmoon fit voler le miroir en éclats d'une courte rafale et vit un vieillard en tenue camouflage, assis à côté d'une femme. Il ne lui laissa pas le temps de se lever et l'arrosa d'une volée de balles. L'instant d'après, le corps déchiqueté du militaire basculait dans le laboratoire à travers la baie éventrée tandis que la femme prenait la fuite. Coldmoon tourna le canon du M16 en direction du médecin et des infirmiers, mais ils avaient quitté la pièce.

Une sirène retentit au même moment.

— Le parang ! s'écria Pendergast en posant son regard sur la machette.

Coldmoon le saisit au vol et s'en servit pour détacher son coéquipier. Celui-ci bondit sur ses jambes en arrachant la perfusion avant de récupérer le M16 de l'un des soldats morts.

La sirène n'en finissait plus de hurler et une lumière rouge se mit à tourner follement au plafond en clignotant.

— Il est temps de tirer notre révérence, je crois, remarqua Pendergast.

— Je ne vous le fais pas dire, répondit Coldmoon.

67

Ils venaient de franchir la porte du laboratoire lorsqu'ils tombèrent nez à nez avec Alves-Vettoretto qui avançait dans le couloir d'un pas mal assuré.

Elle releva la tête et Coldmoon constata qu'elle avait le visage en sang, blessée par les éclats de verre du miroir.

— Je n'arrive pas... Je ne peux pas croire..., hoqueta-t-elle en épongeant machinalement ses traits. Je n'avais pas idée de...

— Ressaisissez-vous, lui ordonna Pendergast d'une voix ferme. Je compte sur vous pour nous indiquer le meilleur moyen de nous enfuir de cette chambre des horreurs.

— Je n'ai pas accès à tous les secteurs, mais...

Elle chancela et Pendergast la retint de justesse avant qu'elle ne s'écroule.

— Le docteur... je l'ai vu se cacher là.

Elle tendit une main pleine de sang vers un placard.

— Il a un passe, précisa-t-elle.

— Reculez, réagit Pendergast en essayant d'ouvrir la porte du placard qu'il trouva verrouillée de l'intérieur.

Il visa la serrure, la fit exploser d'une rafale de mitraillette et écarta le battant d'un coup de pied.

Le médecin était recroquevillé sur lui-même sous une étagère, entre les deux infirmiers.

Pendergast s'avança et obligea le médecin à se relever en le tirant par le bras. Le Dr Smith se cogna la tête contre l'étagère qui s'écroula en entraînant dans sa chute une rangée de flacons de verre.

— Je vous en supplie, ne me tuez pas, geignit-il d'une voix aiguë. Je ne voulais pas, ils m'ont obligé...

Pendergast le secoua comme un prunier.

— Vous allez nous aider à quitter cet enfer.

— Oui, bien sûr ! Avec... avec plaisir ! balbutia le médecin en papillotant des paupières tout en hochant la tête d'un air servile.

Pendergast l'obligea à quitter sa cachette en laissant derrière lui les deux infirmiers terrorisés.

— Je ne vous conseille pas de jouer au plus fin avec moi, docteur. Vous non plus, ajouta-t-il à l'adresse de la femme.

— Le mieux est de passer par ici, dit le médecin avec un sourire grotesque.

Il s'élança dans le couloir, suivi par la femme et les deux évadés.

— Par ici, répéta-t-il en ouvrant une porte à l'aide de son passe électronique.

Le couloir suivant s'arrêtait sur un carrefour en T dont le médecin choisit la branche de droite.

— Où nous conduisez-vous ? s'enquit Pendergast.

— Ce chemin permet d'éviter les casernements, nous avons peu de risques de croiser des gardes.

— C'est faux ! s'exclama Alves-Vettoretto.

Pendergast et Coldmoon la dévisagèrent.

Elle paraissait la première surprise d'avoir réagi aussi spontanément. Elle prit une longue respiration, toute tremblante.

— On traverserait un nid de frelons en passant par là, s'expliqua-t-elle. Le plus sage est encore de s'enfuir par le côté, en direction du fleuve.

Pendergast pointa le canon de sa mitraillette sur le médecin.

Celui-ci hésita, puis il rebroussa chemin et s'engagea dans le couloir de gauche en lançant au passage un regard venimeux à Alves-Vettoretto. Quelques instants plus tard, il ouvrit avec sa carte magnétique une porte donnant sur une cage d'escalier.

Pendergast écarta prudemment le battant et tendit l'oreille. Des éclats de voix se firent entendre, accompagnés d'un bruit de bottes. Il glissa un œil en contrebas et vit un groupe de soldats montant les marches quatre à quatre.

Pendergast adressa un regard à Coldmoon qui hocha la tête et se pencha par-dessus la rambarde.

— Hé, les gars ! cria-t-il à l'attention des soldats. Ils sont coincés au pied de l'escalier, ils n'ont aucun moyen de s'échapper.

Cinq têtes surgirent machinalement à l'étage inférieur et Pendergast en profita pour les arroser de balles.

— Bande de crétins, gronda Coldmoon en descendant les marches quatre à quatre et en découvrant les cadavres des gardes affalés sur le garde-corps.

Il poursuivit sa descente en soutenant Alves-Vettoretto et le petit groupe atteignit le bas des marches une poignée de secondes plus tard.

— Prenons à droite, puis tout droit, conseilla le médecin. Nous passerons devant les cellules des prisonniers.

Pendergast le menaça une nouvelle fois de son arme et le médecin se recroquevilla sur lui-même de terreur.

— Je vous jure que c'est vrai !

Pendergast interrogea Alves-Vettoretto du regard et elle acquiesça.

Ils parcoururent au pas de course le labyrinthe des couloirs de l'usine jusqu'à l'immense salle où étaient enfermés les migrants. Ceux-ci se pressèrent contre les grilles de leurs cellules en apercevant les nouveaux venus.

— *¿Qué pasa ?* s'écrièrent plusieurs prisonniers. *¿Qué pasa ?*

— Vous serez bientôt libres, répondit Coldmoon en espagnol avant de poursuivre sa route avec ses compagnons tandis que s'élevaient dans son dos des cris de joie.

— Nous devons descendre à l'étage en dessous, déclara le médecin. Nous pourrons quitter le bâtiment en empruntant les issues de secours.

Sans attendre, il les conduisit jusqu'à un nouvel escalier qu'ils dévalèrent avant d'emprunter une longue suite de couloirs. Le seul garde dont ils croisèrent la route lâcha son fusil de surprise et se rendit aussitôt. Coldmoon retira le chargeur de son arme et lui recommanda le silence en posant un doigt sur ses lèvres. Quelques instants plus tard, ils étaient en vue d'une issue de secours équipée d'une barre de sécurité.

— Cette porte permet d'accéder à un parking fermé par une barrière au-delà de laquelle se trouve le chemin menant au fleuve.

Pendergast se tourna vers Alves-Vettoretto. Elle se contenta de hausser les épaules en secouant la tête. Il poussa la barre de sécurité, entrouvrit la porte et coula un regard à l'extérieur avant d'ouvrir en grand et de signaler à ses compagnons de le suivre. Le petit groupe venait de sortir à l'air libre lorsque le hurlement des sirènes redoubla.

— Vous n'avez plus besoin de moi, fit le docteur en faisant mine de s'enfuir.

Coldmoon le retint par le bras.

— Pas si vite. Vous restez avec nous.

Sur le parking étaient alignées plusieurs rangées de jeeps, de blindés et de véhicules de transport de troupes. La pluie tombait toujours aussi dru sous l'effet de violentes rafales et les éclairs zébraient un ciel d'encre, ponctués de coups de tonnerre. Les projecteurs du mirador balayaient les abords de l'usine sans relâche et ils se plaquèrent contre le mur du bâtiment en attendant que le pinceau lumineux s'éloigne.

— Vous pensez être capable d'y arriver ? demanda Pendergast à Alves-Vettoretto.

Elle hocha la tête.

— Ne me quittez pas d'une semelle, lui conseilla-t-il avant de traverser un espace dégagé en courant et de s'accroupir derrière un camion. Les autres l'imitèrent. Le rayon du projecteur les frôla et Coldmoon repéra une colonne de soldats le long de l'enceinte extérieure, l'arme au poing.

— Où se trouve la barrière dont vous parliez ? demanda Pendergast à l'adresse du médecin.

— Un peu plus loin à droite, derrière ce gros camion.

— La barrière est-elle gardée ?

— Oui, mais c'est la plus vulnérable du camp.

— Qu'y a-t-il au-delà ?

— Une cour abandonnée par laquelle on accède à la route qui mène à la Crooked River.

Pendergast et Coldmoon levèrent prudemment la tête afin de jeter un coup d'œil au-dessus du capot du véhicule de transport de troupes. Le portail, violemment éclairé, était protégé par quatre hommes sur le qui-vive. Les deux coéquipiers se baissèrent en voyant une patrouille longer l'enceinte au pas de course.

— À quelle distance se trouve le fleuve, une fois traversée la cour ?

— Moins de cinq cents mètres.

Pendergast, toujours en position accroupie, traversa un autre espace dégagé et se réfugia derrière un blindé où les autres le rejoignirent en échappant à la course folle des faisceaux des projecteurs.

Ils répétèrent l'opération à deux reprises en direction du portail.

Pendant ce temps, la patrouille aperçue un peu plus tôt s'était positionnée au milieu du parking et les soldats s'étaient disséminés entre les véhicules, armés de torches.

Pendergast fit signe à ses compagnons de ne pas bouger.

Les soldats poursuivaient leurs recherches en faisant courir le rayon de leurs lampes à l'intérieur des camions, parfois sous le châssis. Ils progressaient rapidement en communiquant entre eux à voix basse grâce à leurs radios.

Ils n'étaient plus qu'à quelques mètres de leur cachette et Coldmoon se prépara à défendre chèrement sa vie, conscient qu'ils n'avaient pas l'avantage du nombre. Il retint son souffle en entendant approcher le crépitement des talkies-walkies.

Soudain, le médecin se dressa en agitant les bras.

— C'est moi, le docteur Smith ! hurla-t-il de sa voix de crécelle. Ne tirez pas, je suis le responsable du laboratoire. J'ai des otages avec…

Deux rafales de mitraillette simultanées le cisaillèrent quasiment en deux et son torse explosa comme une papaye mûre. Les soldats de la patrouille, un instant désarçonnés, ne réagirent pas immédiatement, laissant le temps à Pendergast et Coldmoon de tuer deux hommes. Les autres se mirent à couvert.

Pendergast, jouant le tout pour le tout, contourna le poids lourd qui leur servait de protection et abattit l'un des gardes du point de contrôle.

— Vite ! À la barrière ! hurla-t-il en traînant Alves-Vettoretto par le bras.

Il n'avait pas achevé sa phrase que l'un des projecteurs se fixait sur eux et les aveuglait. Ils eurent tout juste le temps de se réfugier derrière un camion avant qu'une pluie de balles arrose l'endroit où ils se trouvaient une fraction de seconde plus tôt. Les projectiles traversèrent la tôle au-dessus de leur tête en les arrosant d'écailles de peinture et de lambeaux de bâche.

— Si nous arrivons à franchir cette barrière, nous pourrons nous réfugier dans les bois, dit Pendergast à Coldmoon. Allons-y en deux temps. Je vous couvre pendant que vous vous approchez de la guérite. Je vous rejoins ensuite avec elle dès que vous êtes à l'abri.

Il se tourna vers Alves-Vettoretto.

— Êtes-vous prête ?

Elle acquiesça.

Pendergast se releva derrière la protection du capot et tira en direction des soldats, obligeant l'ennemi à se remettre à couvert pendant que Coldmoon se ruait en avant et s'abritait derrière un autre camion, prêt à couvrir Pendergast et la femme. Le point de contrôle n'était plus qu'à deux rangées de véhicules de Coldmoon. Pendergast en profita pour abattre un deuxième garde et s'élança à son tour en entraînant Alves-Vettoretto.

Il tira une rafale en direction du point de contrôle, tua les deux derniers factionnaires et se mit à l'abri. Tous les projecteurs étaient braqués sur le poids lourd derrière lequel ils s'étaient réfugiés et des renforts accouraient de tous côtés.

— Vos munitions ? demanda Pendergast à son collègue.

Coldmoon vérifia l'état de son chargeur.

— Putain, plus qu'une balle. Et vous ?

— Moi aussi, mais la voie est libre.

Au même instant, un talkie-walkie grésilla de l'autre côté de la barrière. *Et merde*. Derrière eux, les soldats s'apprêtaient à les prendre en tenaille.

— Nous sommes pris au piège, commenta Coldmoon. Plus que deux balles, et je doute qu'ils nous laissent nous rendre.

— Vous voulez dire qu'ils vont nous tuer ? s'étrangla Alves-Vettoretto.

— À votre avis ? rétorqua Coldmoon sur un ton sarcastique.

Pendergast et son collègue échangèrent un regard en silence.

— Eh bien, déclara le premier, vous avez été un excellent coéquipier.

— Vous n'étiez pas mal non plus.

Les deux hommes se serrèrent la main.

— J'imagine que je peux compter sur vous pour ne rapporter à personne cette conversation ? s'inquiéta Pendergast.

En dépit de la situation, la question fit rire Coldmoon.

— Jamais vous ne m'auriez dit un truc pareil si vous aviez imaginé que je puisse le répéter un jour.

Une pluie de balles s'abattit sur le camion derrière lequel ils étaient accroupis, signalant l'assaut final.

— Préparez-vous, dit Pendergast en visant, non pas les soldats qui allaient les submerger, mais le réservoir du camion.

Il appuya sur la détente.

— C'est quoi ce… ?

Coldmoon, laissant sa phrase en suspens, recula précipitamment alors que des flammes jaillissaient du véhicule.

Pendergast saisit au vol le poignet d'Alves-Vettoretto et se rua vers la barrière, protégé par la fumée, suivi par Coldmoon qui tira sa dernière balle dans l'obscurité. Un cri étouffé s'éleva dans la nuit.

Ils venaient d'atteindre la cour abandonnée, sains et saufs, lorsqu'une voix s'éleva dans la nuit.

— Lâchez vos armes ! Les mains en l'air ! *Tout de suite !*

Sans le savoir, ils venaient de se jeter dans la gueule du loup : des soldats disposés en arc de cercle les attendaient de l'autre côté de la barrière. Coldmoon chercha désespérément un moyen de leur échapper, mais ils étaient pris au piège.

— Lâchez vos armes ! aboya la voix. Dernier avertissement !

Pendergast et Coldmoon posèrent à leurs pieds les mitraillettes déchargées et placèrent les mains sur la nuque. Le gradé qui venait de s'exprimer s'avança. Grand et musclé, le visage couvert de cicatrices d'acné, il avait des galons de colonel et un rectangle de toile sur sa veste de treillis indiquait son nom : Kormann.

Il dévisagea successivement Pendergast, Coldmoon et Alves-Vettoretto en affichant une expression où se mêlaient dédain et haine.

— Lequel de vous a tué Harrigan ? demanda-t-il d'un air menaçant en montrant du pouce le corps du soldat fauché par la dernière balle de Coldmoon.

— C'est moi qui ai eu cet honneur, répondit le jeune inspecteur.

Kormann se planta devant lui, un petit sourire aux lèvres. Coldmoon s'empressa de le lui rendre et Kormann lui envoya son poing en pleine mâchoire.

Coldmoon tituba sous le choc, sans s'écrouler pour autant. Il redressa la tête et le colonel lui cracha au visage avant de lui enfoncer son poing dans l'estomac. Coldmoon laissa échapper un grognement, plié en deux, et Kormann en profita pour l'achever d'une droite vicieuse.

Sans doute Pendergast chercha-t-il à s'interposer car Coldmoon, a demi sonné, entendit un cliquetis d'arme que Kormann fit taire.

— Repos ! ordonna-t-il à ses hommes.

L'ordre fut suivi d'un court silence et Kormann éclata de rire.

— C'est vous, le dénommé Pendergast ? Vous faites moins le fier, à présent.

Coldmoon rouvrit péniblement les yeux et vit le colonel se tourner vers l'un de ses hommes.

— On les ramène à la caserne, histoire de s'amuser un peu.

Coldmoon ramassa une pierre sur le chemin et se releva péniblement avec l'intention d'en frapper Kormann, mais ce dernier para le coup et le renvoya à terre d'un coup de pied, décidé cette fois à en finir avec son prisonnier.

68

Coldmoon, groggy et le visage en sang, voulut éviter le coup de grâce de son adversaire en tournant la tête. Contre toute attente, rien ne se produisit. Un silence consterné s'était abattu sur le groupe de soldats que l'on aurait pu croire paralysés par la surprise.

— Tiens, tiens ! ricana Kormann en reprenant ses esprits. C'est quoi ce délire ?

Les soldats échangèrent des murmures alors que tous les regards s'étaient rivés sur une silhouette étrange, dressée devant une arche en ruine à l'entrée de la cour.

Coldmoon battit des paupières dans l'espoir de chasser le sang qui lui brouillait la vue et n'en crut pas ses yeux en apercevant une sorte d'elfe de sexe féminin, couverte de boue. La nouvelle venue, parfaitement immobile, semblait très à l'aise, un poignard serré dans son poing.

— À qui ai-je l'honneur ? poursuivit Kormann. Catwoman est de sortie ?

La saillie provoqua l'hilarité de l'un des soldats. Curieusement, ses frères d'armes se montrèrent plus méfiants.

L'inconnue enregistra d'un regard la disposition des lieux, puis elle s'adressa au colonel.

— Relâchez ces hommes.

Coldmoon aurait été bien incapable de dire s'il avait identifié Constance Green à son regard violet, ou bien à sa voix calme et grave.

La requête de la jeune femme était si absurde, si inattendue, que plusieurs soldats éclatèrent de rire. Kormann ne fut pas de reste.

— C'est tout ?

Constance lui opposa un visage impassible.

— Par curiosité : vous êtes venue seule, ou bien vous nous avez amené Batman, en plus d'un commando marine ?

Constance répondit par la négative d'un mouvement de tête.

— Parce que je serais ravi de libérer vos amis, reprit Kormann, mais à un détail près.

— Lequel ?

— Vous avez oublié de dire « s'il vous plaît ».

Nouveaux ricanements parmi les soldats. Coldmoon se releva lentement. L'irruption inattendue de la jeune femme avait fait retomber légèrement la tension, éloignant provisoirement le danger. L'intervention de Constance, en dépit de l'effet de surprise, était malheureusement stérile. Une vingtaine d'hommes armés les entouraient, sans parler des renforts qui ne tarderaient pas à survenir. Il chercha à percer la réaction de Pendergast d'un coup d'œil en coin, mais ce dernier restait impassible, comme à son habitude.

Quant à Constance, que pouvait-il bien se passer dans sa tête pour qu'elle reste là, sans bouger, un couteau à la main ? Au mieux, elle fournirait un intermède amusant à l'ennemi avant de mourir. Il émanait pourtant d'elle un magnétisme félin, digne d'un superprédateur.

— Je n'ai pas l'habitude de supplier les lâches de votre acabit, dit-elle. Quel mérite y a-t-il à jouer les gros bras quand on est entouré d'une bande de voyous armés ?

Kormann se cabra, piqué au vif.

— Pourquoi ne pas venir rejoindre vos amis alors qu'ils s'apprêtent à quitter cette terre de façon fort désagréable ?

— Il est encore un peu tôt, rétorqua-t-elle avant de s'évanouir brusquement dans la nuit.

Sa disparition inattendue provoqua chez l'ennemi une consternation comparable à celle provoquée par son arrivée, quelques minutes plus tôt. À l'exception d'une poignée de soldats qui continuaient de menacer de leurs mitraillettes Pendergast et Coldmoon, tous les autres regardaient l'arche en ruine, les yeux écarquillés.

L'instant d'après, Constance se matérialisait à nouveau, ployant sous le poids de deux caisses de munition et d'un objet de forme allongée.

Un murmure parcourut le groupe de soldats.

Constance déposa les deux caisses de munitions, reconnaissables à leurs inscriptions tracées au pochoir à la peinture jaune, et laissa tomber à ses pieds avec un grognement ce qui ressemblait à une arme.

Coldmoon, stupéfait, reconnut une mitrailleuse hybride de type M240 sur son bipied, déjà armée.

Les soldats levèrent instinctivement le canon de leurs mitraillettes dans sa direction, l'un d'eux tira même une balle qui siffla aux oreilles de Constance.

— Halte au feu ! dit Kormann, qui ne semblait pas pressé d'abattre la jeune femme. Voilà que la fée Clochette nous apporte une mitrailleuse, à présent.

— Je l'ai trouvée en chemin, en remontant du fleuve, répliqua Constance. J'espère que vous ne m'en voudrez pas de me l'être appropriée.

Les hommes de Kormann étaient à cran, mais ce n'était pas le cas de leur chef que le culot de Constance amusait grandement.

— Dites-moi un peu, chère fée Clochette ? Vous comptez tous nous abattre avec cet engin ?

Tout en parlant, sa main s'était glissée jusqu'à l'étui de son pistolet.

— Cette mitrailleuse est déjà trop lourde pour vous, je vois mal comment vous pourriez la tenir suffisamment longtemps pour envoyer une rafale. Vous savez de quel côté se trouve le canon, au moins ? Cela dit, je vous conseille de ne pas y toucher si vous ne voulez pas qu'on ouvre le feu.

Constance, impassible, s'adressa à Pendergast.

— Je suis désolée de n'avoir pu arriver plus tôt, Aloysius.

Elle montra la mitrailleuse du menton.

— Cette brute descend visiblement tout droit de l'homme de Néandertal, mais il n'a pas entièrement tort. Cette machine est plus lourde que je ne le pensais.

Elle s'était exprimée sur un ton moqueur et Kormann, rouge de colère, se tourna vers Pendergast.

— Vous vous appelez Aloysius, c'est bien ça ? Je déduis de ce petit discours que vous connaissez bien la fée Clochette ? Cela dit, précisa-t-il en s'approchant de l'inspecteur, je la trouve bien jeune pour jouer avec des armes. À votre place, je lui collerais une fessée. Car j'imagine que vous êtes son *papa*, non ?

Pendergast ne répondit rien.

— Je vous ai posé une question !

Il leva le bras et gifla méchamment l'inspecteur d'un revers de main.

— Ne faites pas ça ! s'écria Constance.

Voyant que plusieurs de ses hommes éclataient de rire, Kormann se pencha vers son prisonnier.

— Alors ? Vous êtes son papa ? Ou bien alors son papa gâteau, peut-être ?

La seconde gifle fut encore plus cinglante que la précédente et un filet de sang s'échappa des lèvres de l'inspecteur.

— *Ne faites pas ça,* répéta Constance d'une voix qui aurait suffi à glacer un volcan.

— C'est bien ce que je pensais, ajouta Kormann en crachant aux pieds de Pendergast. Vous êtes un papa gâteau avec un goût prononcé pour les petites chattes bien tendres.

Il voulut ponctuer sa phrase d'une nouvelle gifle, mais le stylet de Constance fendit l'air tandis qu'elle se fondait dans l'obscurité.

Les soldats, stupéfaits, tirèrent quelques coups de feu au jugé et le silence reprit ses droits, comme si rien ne s'était passé. Kormann, immobile jusque-là, tituba légèrement en portant une main à son cou dont dépassait le manche du stylet, la lame enfoncée jusqu'à la garde sous la mâchoire.

Il écarta les lèvres, mais seul un gargouillis sinistre s'échappa de sa bouche. L'instant suivant, il s'écroulait sur le sol en pierre de la cour.

69

En un instant, la cour se retrouva sous un déluge de feu.

Hypnotisés par l'arche en ruine, les soldats mitraillaient l'endroit précis où se tenait Constance une fraction de seconde plus tôt. Saisissant l'occasion, Pendergast et Coldmoon tirèrent Alves-Vettoretto en direction d'un vieux mur derrière lequel ils se réfugièrent.

Coldmoon tressaillit en entendant brusquement le crépitement rauque de la mitrailleuse M240 répondre aux rafales aiguës des fusils d'assaut, semant la mort et la désolation sur la petite route. Deux soldats, mortellement touchés, basculèrent derrière le mur délabré et s'affalèrent quasiment sur les genoux de Coldmoon.

Il s'empara de l'arme de l'un d'eux et passa la tête au-dessus du mur. Tapie à plat ventre dans un creux de terrain, Constance s'agrippait à la mitrailleuse avec fureur, tressautant chaque fois qu'était éjectée une cartouche de la bande de munitions. Il comprit soudain que la jeune femme, feignant de se débarrasser de l'arme au prétexte qu'elle était trop lourde, l'avait lâchée de façon très appropriée sur un tertre qui lui offrait un poste de tir idéal.

Pendergast, qui avait imité l'exemple de Coldmoon en récupérant l'arme du second soldat mort, acheva de décimer la petite troupe prise de panique.

Des renforts venus du parking, prenant la mesure de la situation, ne tardèrent pas à s'organiser et Constance ne pouvait espérer tenir longtemps sous le feu de l'ennemi. Coldmoon et Pendergast échangèrent un regard et franchirent le muret d'un bond en tirant sur les soldats retranchés derrière des palettes de briques.

À l'instant où Coldmoon se tapissait à l'abri d'un tas de cailloux, une pluie de balles siffla au-dessus de sa tête. Constance tourna aussitôt le canon de sa mitrailleuse en direction des deux soldats qui visaient le jeune inspecteur. Ils tombèrent, fauchés par les balles de calibre 7,62 mm, telles des marionnettes secouées de spasmes. Un autre garde qui tentait de riposter fut aussitôt déchiqueté, son sang et sa cervelle tapissant le mur de la cour.

— Par ici ! cria Pendergast à l'adresse de Coldmoon, au milieu du vacarme assourdissant des combats.

Les deux hommes se réfugièrent derrière la palette de briques, à une vingtaine de mètres de l'arche en ruine, et abattirent deux autres ennemis.

De son côté, Constance enchaînait les rafales courtes en sélectionnant soigneusement ses cibles de façon à éviter que le canon de la mitrailleuse ne surchauffe. Face à elle, les soldats commençaient aussi à s'organiser et leurs tirs se faisaient plus précis. Coldmoon entendit un projectile ricocher sur l'une des caisses de munitions.

Plusieurs balles frappèrent le tas de briques et Pendergast s'empressa de tirer plusieurs rafales en direction de l'adversaire. Les coups de feu cessèrent, bientôt remplacés par une grêle de balles tirées du mirador. Pendergast leva le canon de sa mitraillette et visa la tour. Ses rafales vinrent à bout d'un premier projecteur, puis du second et la cour se trouva plongée dans la pénombre.

Coldmoon risqua un œil au-dessus des briques. Des corps gisaient dans tous les coins, contre les murs ou à même le sol entre les pierres duquel s'écoulaient des rivières de sang. Un soldat blessé s'évertuait à ramper vers un abri hypothétique en appelant à l'aide.

Le crépitement rauque de la mitrailleuse se tut, ponctué par celui des dernières douilles vides qui volaient tout autour de Constance. Coldmoon crut un instant qu'elle était morte avant de comprendre qu'elle avait épuisé les deux cents cartouches de sa bande de munitions.

Dans la cour, une bonne douzaine de soldats étaient hors de combat, mais les survivants mettaient à profit cette trêve pour choisir de meilleures positions défensives, essentiellement derrière un parapet de pierre, situé à l'extrémité de la cour, que ses créneaux et sa position en surplomb transformaient en un poste de tir redoutable.

Coldmoon crut distinguer du mouvement au niveau du nuage de fumée qui entourait la mitrailleuse. Il ne tarda pas à comprendre que Constance s'employait à insérer une nouvelle bande de munitions dans le plateau de chargement de la machine, sans y parvenir. Il serait volontiers allé l'aider, mais traverser l'espace dégagé qui le séparait de la jeune femme aurait été suicidaire.

Une rafale s'échappa d'un trou du mur et des nuages de terre s'élevèrent autour de Constance, toujours empêtrée avec la mitrailleuse.

— Couvrez-moi, glissa Pendergast à son compagnon.

Coldmoon tira une rafale en direction du parapet vers lequel Pendergast se dirigeait en zigzaguant. Les tirs des soldats s'arrêtèrent et Constance acheva de recharger le M240. Du coin de l'œil, Coldmoon la vit rabattre le couvercle du chargeur et enclencher le percuteur. Une poignée de secondes plus tard, un déluge de feu s'abattait sur le parapet dont les pierres volèrent en éclats, entraînant dans leur chute les hommes qui s'abritaient derrière.

— Vite ! hurla Pendergast qui couvrit Coldmoon à son tour.

En quelques bonds, les deux hommes atteignirent l'arche en ruine et se jetèrent à plat ventre, de part et d'autre de Constance.

Sans se soucier de leur présence, elle continuait de viser la cour dans laquelle les survivants se rendaient les uns après les autres, les mains en l'air. Pendergast, voyant que Constance s'apprêtait à faire feu, l'œil rivé à la mire, la secoua doucement par l'épaule.

— Constance ? Inutile de continuer à tirer.

Elle resta un long moment figée dans le silence retrouvé, puis elle écarta son index de la détente tandis que d'autres soldats se relevaient en tremblant, couverts pour beaucoup du sang de leurs camarades.

Si le visage de Constance restait de marbre, son regard incandescent suffisait à la transformer en un ange de la mort couvert de boue.

— On ferait mieux de partir d'ici, suggéra Coldmoon.

Quelques coups de feu retentirent dans le parking voisin et les hommes qui venaient de se rendre furent pris d'une hésitation.

Avec un geste d'une élégance parfaitement incongrue, Pendergast montra à Constance un sentier qui s'enfonçait au milieu des marécages.

— Ma chère, si vous voulez bien nous montrer le chemin ?

Ils s'éloignèrent au pas de course, protégés par la nuit. En dépit de rares coups de feu, personne ne semblait décider à leur donner la chasse.

— Où est la femme ? s'enquit soudain Coldmoon.

— Alves-Vettoretto ? Elle a disparu, répondit Pendergast. C'est une battante, parfaitement capable de se débrouiller par ses propres moyens.

— Pourquoi l'avoir emmenée ?

— J'ai estimé qu'il était possible de sauver son âme. Mettez cela sur le compte de ma faiblesse naturelle.

70

Ils rejoignirent le bord du fleuve sous la direction de Constance qui courait en tête sur le sentier boueux.

De toute sa carrière de flic, Coldmoon n'avait rien vu qui puisse s'apparenter, de près ou de loin, à l'exploit que venait d'accomplir cette femme. Il se demanda si cet ange de la mort frappé de démence, avec ses vêtements crasseux et déchirés, était réellement la « pupille » de l'inspecteur, ou bien un garde du corps assoiffé de sang formé spécialement pour le protéger. Ses pensées le ramenèrent à sa grand-mère, à la description qu'elle lui avait faite du Wachiwi, et il se remémora la Danseuse qu'il avait vue de ses propres yeux, avançant lentement entre les arbres gelés, sa fine silhouette enveloppée dans une couverture. *La Danseuse est une mortelle, comme nous, tout en étant différente.*

Pendergast avait eu la sagesse de prélever une torche sur le cadavre de l'un des soldats, et le faisceau de celle-ci se figea sur un spectacle sinistre : les dépouilles de trois gardes dans une guérite en brique, leurs corps prostrés dans diverses positions de mort.

— Serait-ce votre ouvrage, Constance ? s'enquit Pendergast.

— J'avais besoin de leurs armes.

— Comment vous y êtes-vous prise, armée de votre seul stylet ?

— M. Perelman m'a prêté son pistolet. Pas spontanément, je le précise. Il se trouve un peu plus loin, au bord du fleuve. Il a une jambe cassée. Nous avons été emportés par une tornade au moment précis où nous débarquions.

Ils poursuivirent leur chemin au milieu des arbres jusqu'à ce que Coldmoon finisse par distinguer dans l'obscurité, au-delà d'un coude du sentier, la masse noire de la Crooked River au milieu d'un agglomérat d'étais, de planches et de tôles à l'endroit où se dressaient auparavant des entrepôts le long des pontons. Constance entraîna ses compagnons vers la rive.

— Je l'ai laissé là, dit-elle en s'avançant dans une clairière.

Pendergast fit courir le rayon de sa torche autour d'eux.

— Par ici, s'éleva une voix faible un peu plus en aval.

Ils longèrent la rive et trouvèrent Perelman allongé près de la carcasse de son hors-bord. Il tenait à la main le micro de sa radio VHF reliée à la batterie du bateau.

— Je me suis traîné jusqu'ici, dit-il entre deux respirations douloureuses, le visage couvert de boue, les cheveux dégoulinant de pluie. Quand j'ai entendu les coups de feu, j'ai pensé que ça ne vous ennuierait pas que j'appelle la cavalerie.

Comme par un fait exprès, un ronronnement de rotors traversa la nuit et une file d'hélicoptères apparut au-dessus des arbres. Leur arrivée coïncida avec l'apparition de lumières et un vrombissement de moteurs sur le fleuve. Plusieurs vedettes des garde-côtes se matérialisèrent sur l'eau, précédées par le faisceau de leurs projecteurs.

— Ils ont fait vite, s'étonna Coldmoon.

— Je leur ai expliqué que des agents fédéraux avaient été pris dans une fusillade et qu'il y avait un blessé. Il n'en fallait pas plus pour mettre la machine en branle.

Perelman reposa sa tête sur le sol et posa son regard sur Constance.

— Je n'arrive pas à croire que vous ayez sauvé ces deux-là toute seule.

— Je n'ai fait que ce que je vous avais annoncé, se contenta-t-elle de répondre.

— *Que*, répéta Perelman en secouant la tête, ce qui le fit grimacer de douleur. J'espère que les secours auront pensé à apporter des antalgiques.

Coldmoon leva la tête en direction des hélicoptères. La première vedette aborda la rive au même moment et plusieurs garde-côtes des deux sexes en uniforme d'assaut bondirent à terre, torche à la main, armés jusqu'aux dents. Sa cargaison humaine déchargée, le pilote recula afin de céder la place au patrouilleur suivant.

— J'y retourne, décida Pendergast en se portant à la rencontre des nouveaux arrivants.

— Pourquoi diable ? s'étonna Coldmoon. On a fait le boulot, laissons-les nettoyer derrière nous.

— Je tiens à récupérer Mme Gladstone. Ils lui ont administré une dose du produit et elle... elle s'est amputé le pied.

— Mon Dieu..., murmura Coldmoon en avalant sa salive. Dans ce cas, je vous accompagne.

Pendergast lui adressa un signe de tête.

— Je vous remercie.

Ils rejoignirent les garde-côtes qui continuaient à débarquer.

— Par ici ! leur cria Pendergast. Suivez-moi !

Peu après, le groupe en armes s'éloignait en direction de l'usine dont on distinguait les lumières au-delà des arbres. Dans le ciel, les membres des forces spéciales descendaient en rappel depuis les hélicoptères en échangeant les premiers coups de feu avec les soldats chargés de protéger l'installation secrète.

71

À la suite des événements dramatiques de la nuit précédente, c'est un petit groupe particulièrement silencieux qui se retrouva ce matin-là dans l'Explorer de Perelman conduit par Towne, l'un de ses lieutenants. Le chef de la police, sa jambe immobilisée par une attelle, avait pris place à l'avant sur le siège passager tandis que Coldmoon, Pendergast et Constance Green se partageaient la banquette arrière. La tempête avait fini par s'éloigner, laissant place à un ciel d'un bleu limpide.

— C'est fort aimable à vous de nous déposer à Mortlach House, remarqua Pendergast sur le ton banal de quelqu'un qui rentrerait après avoir fait du shopping dans un centre commercial.

— Il n'y a pas de quoi, répondit Perelman.

Coldmoon était épuisé. Le retour en hélicoptère jusqu'à Fort Myers, la visite médicale de rigueur, le premier débriefing et toute la paperasse afférente l'avaient laissé dans un état d'hébétude avancé et il ne rêvait que de retrouver son lit. L'Explorer s'engagea sur le pont de Blind Pass et la beauté naturelle de l'île de Captiva s'offrit à lui dans toute sa splendeur, mais il était trop fatigué pour apprécier ce spectacle.

Pendergast, assis à côté de lui, gardait un visage de marbre. Quant à Constance, muette de l'autre côté de l'inspecteur, elle le laissait plus perplexe que jamais. Elle n'avait pas ouvert la bouche depuis qu'ils avaient quitté la Crooked River et il la sentait tendue chaque fois qu'il faisait mine de l'approcher. Il n'avait pas oublié l'avertissement de la jeune femme lorsqu'il avait refusé de l'emmener, espérant qu'elle ne mette pas sa menace à exécution, sans trop y croire. Peut-être parviendrait-il à convaincre Pendergast d'intercéder en sa faveur, même s'il doutait que cette femme-là puisse changer d'avis.

À l'approche de Mortlach House, la radio se mit en route.

— Explorer 1, Explorer 1, P. B. répondez.

Perelman décrocha à regret le micro fixé au tableau de bord.

— Oui, Priscilla ? De quoi s'agit-il ?

— Caspar, votre collègue de Fort Myers demande que vous le teniez au courant des derniers développements, et le commandant Baugh n'arrête pas d'appeler pour…

— Ils attendront que j'aie dormi un peu, la coupa Perelman, qui raccrocha le micro et se tourna vers Towne : J'en étais sûr. Toutes ces bonnes gens qui n'ont pas levé le petit doigt, quand ils n'ont pas merdé dans les grandes largeurs, se manifestent à l'heure de partager le gâteau.

Le lieutenant ralentit et s'engagea sur l'allée menant à la vieille maison.

— Je me demandais si vous accepteriez de satisfaire ma curiosité, monsieur Perelman, fit la voix de Pendergast à l'arrière.

— Avec plaisir.

— À quoi correspondent vos initiales, P. B. ?

Un silence gêné s'installa, que Perelman rompit en s'adressant à Towne.

— Lewis, ça vous ennuie de nous attendre dehors un instant ?

Il attendit que son adjoint ait refermé sa portière avant de se retourner vers Pendergast.

— Percy Bysshe[1].

— C'est merveilleux ! J'imagine que vos parents étaient amateurs de littérature.

— C'est atroce, vous voulez dire ! Je vous laisse imaginer l'enfer que j'ai connu quand j'avais treize ans.

— Cela ne semble guère avoir handicapé votre vie d'adulte.

— Uniquement parce que personne n'est au courant. Je prie le ciel que vous soyez capable de protéger mon secret.

Perelman ouvrit sa portière et descendit péniblement du 4 × 4, aidé par Pendergast qui lui tendit ses béquilles. Ils venaient d'entrer dans la vieille demeure en faisant craquer le plancher sous leur poids lorsque des gémissements étouffés montèrent des profondeurs de la maison.

Perelman, surpris, s'immobilisa.

— Qu'est-ce donc encore que cette diablerie ?

— Il s'agit du fantôme de Mortlach House, lui répondit Constance.

Coldmoon, stupéfait, crut entendre un grognement s'échapper du plancher.

— Si vous voulez bien me suivre au sous-sol, messieurs, je serai ravie de vous le présenter, poursuivit Constance en ouvrant la porte de la cave et en allumant la lumière de l'escalier avant d'en descendre les marches, suivie par ses trois compagnons.

Coldmoon, qui n'avait visité le sous-sol qu'une seule fois, en avait gardé le souvenir d'un lieu mal aéré à l'atmosphère étouffante.

---

1. Il s'agit des prénoms du grand poète romantique anglais Shelley (1792-1822). Sa femme, Mary Shelley, est l'auteur de *Frankenstein* dont il signa la préface.

L'endroit avait pourtant bien changé depuis son dernier passage, un trou ayant été creusé dans le mur extérieur. Au bruit, les gémissements reprirent de plus belle, si plaintifs que Coldmoon en eut la chair de poule.

Constance sortit une clé de sa poche et déverrouilla la serrure d'une épaisse porte en bois, révélant l'existence d'une alcôve. Un inconnu barbu et chevelu aux vêtements couverts de terre en sortit d'un pas mal assuré. Il observa les nouveaux arrivants d'un air hébété.

— Attendez une petite seconde, s'écria Perelman. Je le reconnais ! Il s'agit du vieux type qui vit dans les dunes de Silver Key Beach. Que fabrique-t-il ici ?

— Je vous présente Randall Wilkinson, dit Constance.

— Randall Wilkinson ? répéta Perelman, en équilibre instable sur ses béquilles. Mais enfin… c'est impossible ! Wilkinson a été assassiné dans cette…

Il laissa sa phrase en suspens.

— Exactement, reprit Constance. Il s'agit de la victime assassinée entre ses murs il y a dix ans, et dont le corps n'a jamais été retrouvé. Du moins était-ce la version officielle. La vérité est un peu plus compliquée. N'est-ce pas, monsieur Wilkinson ? Je vous invite à répéter à ces messieurs ce que vous m'avez révélé hier.

L'homme se mura dans le silence.

— Puisque vous restez muet, je prendrai la liberté de fournir moi-même les explications nécessaires.

Elle se tourna vers ses compagnons.

— M. Wilkinson occupait autrefois un poste d'ingénieur chimiste fort bien rémunéré, ce qui lui a permis d'acheter cette maison. Jusqu'au jour où un accident industriel l'a empêché de poursuivre son travail à temps plein. Son employeur, arguant du fait que l'accident était de sa responsabilité, a refusé de lui verser la moindre compensation avant de le limoger sans autre forme de procès. Les dettes de M. Wilkinson se sont accumulées au fil des années et il a compris qu'il ne pourrait pas garder Mortlach House. En désespoir de cause, il s'est adressé à sa sœur, une veuve qui avait renoncé à son métier d'infirmière afin d'embrasser une carrière de dessinatrice médico-légale. Ils ont ourdi un plan d'un commun accord. M. Wilkinson a commencé par souscrire une importante assurance-vie au profit de sa sœur. Il avait toutefois conscience que celle-ci ne toucherait la prime que si sa mort était indiscutable. Au cours des mois qui ont précédé son « assassinat », il a prélevé plusieurs litres de son propre sang, par petites doses. Sa sœur, qui vivait dans le Massachusetts, venait épisodiquement lui prêter main forte en l'aidant à procéder à des prélèvements à l'aide de matériel médical dissimulé dans un pilier creux de cette cave.

Elle se tourna vers l'intéressé.

— Je ne me trompe pas jusqu'ici ?

Comme il gardait le silence, elle enchaîna :

— Un soir, leur collecte de sang enfin achevée, ils se mirent à l'ouvrage. Sa sœur, grâce à son expérience professionnelle, possédait de solides connaissances médico-légales qui lui ont permis de créer une scène de crime crédible. Elle a habilement tapissé de sang murs et meubles avant de répandre le reste sur le plancher. La quantité sanguine était telle que la blessure supposée ne pouvait qu'être fatale. De son côté, M. Wilkinson s'est légèrement entaillé le cuir chevelu, puis il a coincé le fragment de peau ainsi prélevé dans le dos d'une chaise, à l'aide d'une hache. Il a parachevé son œuvre en brisant quelques meubles afin de prouver qu'il y avait eu lutte. Il a laissé des traînées de sang jusqu'à la porte donnant sur l'arrière de la maison, puis, son forfait accompli, il a quitté les lieux avec sa sœur à bord d'une camionnette. Les deux complices se sont séparés peu après et M. Wilkinson a recommencé sa vie sous une autre identité dans un coin reculé de l'Utah, mais sans doute s'agit-il d'un pléonasme. Quoi qu'il en soit, la compagnie d'assurances, après s'être fait tirer l'oreille comme de juste, a fini par verser la prime prévue à la sœur qui s'est partagé le magot avec M. Wilkinson. Lorsqu'elle est morte d'un cancer quelques années plus tard, les hommes de loi chargés de la succession ont mis la maison en vente et l'histoire aurait pu s'arrêter là. Il n'en a rien été.

Elle accorda un coup d'œil à Wilkinson.

— Êtes-vous bien certain de ne pas vouloir prendre le relais ?

Il se contenta de baisser la tête.

— Tout avait fonctionné à merveille. M. Wilkinson possédait une nouvelle identité et de l'argent en quantité suffisante pour ne pas être contraint de travailler, mais l'embellie n'allait pas durer. À cause de la mise en vente de la maison, à la mort de sa sœur, M. Wilkinson s'est trouvé dans les affres. Il s'inquiétait d'avoir abandonné dans le pilier creux le matériel médical qui lui avait servi à prélever son sang. Dans la bousculade de la mise en scène de sa mort, il avait oublié de s'en débarrasser. Il suffisait que ces indices refassent surface pour que tout son plan s'écroule. L'assurance avait payé à reculons et l'expert de la compagnie était un véritable requin. L'affaire pouvait tourner à la catastrophe et M. Wilkinson avait beau s'efforcer de ne plus y penser, son inquiétude ne faisait que croître. À l'image du protagoniste central du *Cœur révélateur*, la nouvelle de Poe, il devenait obsédé par son forfait. Ses craintes ont atteint leur paroxysme lorsqu'il a appris que l'acquéreur de Mortlach House, un riche New-Yorkais, avait l'intention de la rénover.

L'appréhension de M. Wilkinson prenait corps et il ne lui restait plus qu'une solution : s'introduire dans la maison et extraire du pilier creux l'*instrumenta sceleris*. Il revint donc à Captiva, muni de tout le matériel nécessaire à la soustraction des indices compromettants. Ce retour sur les lieux de son crime l'ébranla fortement. Il avait vieilli depuis les faits et se déguisait en vagabond, mais il était terrorisé à l'idée d'être reconnu. Pire, il tomba sur des squatters lors de sa première visite nocturne à Mortlach House. Il quitta précipitamment l'île, traumatisé, tandis que les squatters affirmaient avoir croisé la route d'un fantôme enchaîné.

— Voilà qui explique la source de toutes ces rumeurs, commenta Perelman.

— Nous nous accordons sur ce point. Toujours est-il que la maison fut rénovée sans que le matériel caché soit mis au jour, au grand soulagement de M. Wilkinson. Le répit fut de courte durée. Faute de pouvoir transformer Mortlach House en résidence hôtelière, ainsi qu'il en avait eu l'intention, le nouveau propriétaire new-yorkais reçut une offre alléchante d'un promoteur immobilier. Au terme d'une dispute acharnée avec la société d'histoire locale, la maison fut promise à la démolition et les craintes de Wilkinson se ravivèrent. Cette fois, on ne manquerait pas de retrouver les preuves de son crime. Il prit alors la décision de revenir sur l'île afin de les soustraire.

Elle dévisagea tour à tour les trois policiers.

— Cette fois, il prit toutes les précautions nécessaires. Il connaissait l'existence, le long de l'un des murs de la maison, d'un couloir d'évacuation en brique dont l'ouverture, donnant sur le sous-sol, n'avait jamais été percée. À quelques jours de la date prévue pour la démolition, il regagna Captiva sous son déguisement de vagabond. Je vous laisse imaginer sa consternation en s'apercevant que, à défaut de squatters, la maison était habitée par des locataires. Nous-mêmes. Dans l'incapacité de reculer, il mena ses travaux par petites étapes, le plus discrètement possible, de nuit. Malheureusement pour lui, j'avais entendu le faible grattement de son burin, et comme les esprits m'amusent davantage qu'ils ne m'effraient, j'ai décidé de mener l'enquête. Avec le résultat que vous découvrez ce matin. Messieurs, je vous présente Randall Wilkinson.

Un bref silence ponctua cette longue explication, avant que Pendergast se décide :

— Ma chère Constance, *brava !*

— Je n'arrive pas à croire qu'il ait pu être en vie durant toutes ces années, s'interposa Perelman.

— *Ecce homo*, insista Constance en désignant le mort ressuscité.

— Que proposez-vous ? finit par interroger Perelman. Ce ne sont pas les délits qui manquent à son palmarès : fraude à l'assurance, complot, évasion fiscale, faux certificat de décès... Une liste ahurissante.

Constance se tourna vers l'intéressé.

— Combien cette petite opération vous a-t-elle rapporté ?

Pour la première fois depuis que Constance l'avait libéré, il s'exprima d'une voix grave, presque mélodieuse.

— L'assurance a versé deux millions. De son côté, ma sœur a hérité de la maison et je lui ai versé cinq cent mille dollars, conformément à notre accord. Il m'est donc resté un million et demi.

— Qu'est-il advenu de l'héritage de votre sœur à sa disparition ?

— Quand elle a su qu'elle était atteinte d'un cancer, elle a commencé à envoyer régulièrement de l'argent sur un compte offshore que j'ai récupéré le moment venu, comme elle n'avait pas d'enfants.

— Votre sœur vous était particulièrement dévouée, remarqua Pendergast.

— Nous étions très proches.

— Et que vous reste-t-il ? demanda Constance.

Il fut pris d'une légère hésitation.

— Un million deux.

Constance se tourna vers le chef de la police.

— Monsieur Perelman, connaissez-vous le montant de la somme dont aurait besoin la société d'histoire pour acheter et restaurer cette propriété ?

Pendant que Perelman réfléchissait, Pendergast glissa quelques mots en latin à Constance. Sans doute s'agissait-il d'un compliment car Coldmoon la vit sourire.

— Je dirais à peu près un million, finit par répondre Perelman.

— Heureuse coïncidence, commenta Constance. Je ne serais pas surprise que M. Wilkinson fasse à la société d'histoire un don anonyme pour sauver Mortlach House, en échange de sa liberté ?

Un long silence accueillit cette suggestion.

— J'ai sué sang et eau tout au long de cette enquête, maugréa Perelman. Je ne suis pas certain d'être disposé à passer l'éponge.

— Réfléchissez à ce qu'il adviendrait dans le cas inverse, suggéra Pendergast d'une voix douce. Si vous arrêtez cet homme, l'argent reviendra d'office à la compagnie d'assurances et un immeuble d'un goût douteux prendra la place de cette superbe demeure. Captiva s'en trouvera défigurée.

Perelman, la gorge serrée, constata que tous les regards étaient braqués sur lui.

— Une telle décision ne nous rend-elle pas tous complices de fraude à l'assurance ?

— Sans aucun doute, reconnut Pendergast, mais tordre le bras de la loi est parfois bénéfique. L'assurance ne compte plus sur cet argent depuis longtemps et la ville qui vous emploie en profitera. L'essentiel sera de garder le secret. N'est-ce pas, messieurs ? Constance ?

Perelman finit par acquiescer.

— Je ne doute pas que la société d'histoire soit heureuse de recevoir un don anonyme.

— Nous conserverons votre matériel médical en attendant qu'ait lieu cette donation, décida Constance en s'adressant à Wilkinson. Vous serez libre ensuite d'en disposer comme bon vous semble.

Wilkinson joignit les mains.

— Merci, merci.

Sans doute était-ce le fruit de l'imagination de Coldmoon, mais il lui sembla que l'air de la pièce se faisait plus léger.

— Excellent, approuva Pendergast. Tout à fait excellent.

— Un dernier détail, le coupa Perelman avec l'ombre d'un sourire. Ne pensez-vous pas que la disparition du fantôme de Mortlach appelle un exorcisme ?

— Non, s'exclama Coldmoon.

— Si, s'écria simultanément Constance.

— Un petit rituel s'impose, approuva Pendergast. Mais en premier lieu, j'imagine que M. Wilkinson est fatigué et souhaite se rafraîchir.

— J'ai surtout besoin de me rendre aux toilettes, avoua le ressuscité.

— Naturellement. En conséquence, pendant que M. Wilkinson s'isole et qu'on lui offre à boire, je me mets en quête d'une cloche, d'un livre et d'une chandelle.

Sur ces mots, il remonta au rez-de-chaussée.

72

Le Bell 429 rasa les récifs coralliens qui émergeaient de l'eau émeraude et le directeur adjoint Pickett se pencha une nouvelle fois vers la vitre. L'îlot mystérieux apparut à l'horizon dans toute sa luxuriance tropicale, telle une pierre précieuse posée sur l'écrin de l'océan. À mesure que l'appareil approchait de sa destination apparurent les rangées de palmiers décoratifs, le hangar à bateaux, les allées et les bâtiments de marbre blanc au-delà desquels on apercevait deux hélistations. La plus proche était occupée par un luxueux AgustaWestland 109 Grand, capable de voler au double de la vitesse du Bell 429. Celui-ci se posa sur l'emplacement voisin et Pickett ouvrit sa porte avec le sentiment de descendre d'une Zastava garée à côté d'une Rolls.

Les deux mêmes employés que lors de sa visite précédente attendaient Pickett au pied de l'hélicoptère, vêtus de leur uniforme impeccable. Ils l'entraînèrent vers l'allée de coquillages jusqu'à l'escalier de marbre. Cette fois, au lieu d'emprunter le passage longeant la cour où il avait retrouvé Pendergast quelques semaines plus tôt, ils se dirigèrent vers ce qui ressemblait à un temple blanc, ceint de colonnes corinthiennes surmontées d'entablements coiffés d'un toit en trapèze. L'ensemble était d'une telle opulence qu'il devait s'agir de l'habitation principale.

Pendergast et Coldmoon attendaient leur visiteur, confortablement installés devant le portique du bâtiment. Une brise rafraîchissante, porteuse d'une délicate odeur de chèvrefeuille, circulait entre les colonnes, agitant les feuilles des palmiers voisins. Pendergast avait retrouvé son costume noir habituel qui faisait ressortir la pâleur de son visage et le bleu argenté de son regard. Coldmoon avait repris ses marques, lui aussi, vêtu d'un vieux jean et d'une chemise à carreaux. Les bagages des deux hommes, posés un peu plus loin, offraient un contraste identique, un sac à dos usé faisant ressortir l'élégance d'une valise Louis Vuitton. Pickett fut frappé de voir le plus jeune des deux inspecteurs aussi peu à sa place dans ce décor d'un luxe presque ridicule.

— Monsieur le directeur adjoint, fit Pendergast en se levant afin de serrer la main du visiteur. C'est très aimable à vous d'être venu nous saluer à l'heure de notre départ.

On aurait pu croire un touriste saluant un ami avant de partir en croisière. Rien dans le comportement de Pendergast n'aurait pu laisser croire qu'il venait de vivre une semaine agitée, entre les suites de l'enquête, les dépositions des témoins, l'arrestation des coupables, les mandats de perquisition et les descentes de police, autant d'opérations menées dans le plus grand secret. Pickett avait veillé à ce que le moins de personnes possible soient au courant, même au sein du FBI dont il maîtrisait à la perfection les lourdeurs bureaucratiques.

— Je me devais de vous expliquer ce qui s'est passé depuis que vous nous avez laissés pour… euh, terminer les vacances que vous aviez dû interrompre, dit Pickett.

— Je vous en sais gré. Nous sommes impatients de connaître les détails, le remercia Pendergast en lui faisant signe de s'asseoir à l'ombre près d'eux.

Pickett posa sur une table basse le journal qu'il serrait sous le bras.

— Comme vous pouvez l'imaginer, des changements importants ont eu lieu dans le comté de Lee. Le commandant Baugh a été relevé de ses fonctions, dans l'attente d'une enquête officielle au sein de la Garde côtière des États-Unis. Le chef de la police de Fort Myers a également été sanctionné et l'aide de camp de Baugh, un certain lieutenant Darby, a été arrêté pour espionnage en même temps qu'un autre officier des garde-côtes, un certain Duran. Et ce n'est que le début.

— Comment la bonne ville de Sanibel accueille-t-elle tous ces bouleversements ?

— Nous nous sommes efforcés de ne pas ébruiter l'affaire. M. Perelman s'est montré particulièrement arrangeant. Il fait désormais figure de héros dans son île. Tout le monde, sans vraiment connaître le fin mot de l'histoire, est persuadé qu'il a tout réglé, bien qu'il affirme le contraire avec l'humilité qui le caractérise, gloussa Pickett.

— Quelle est la version officielle ? s'enquit Coldmoon.

— Nous avons laissé entendre que les pieds avaient été amputés dans le cadre d'une expérience monstrueuse menée par une organisation clandestine, sans plus de détails. En coulisse, la situation est infiniment plus complexe. Il nous reste à identifier toutes les victimes, à indemniser les migrants retenus prisonniers, à gérer la suite. Un véritable cauchemar pour nous.

— Vous oubliez le leur, de cauchemar, rectifia Coldmoon.

— Bien sûr, et nous nous efforcerons de régler au mieux leur situation.

— Qu'est-il advenu d'une certaine usine tapie dans les marais au nord de Carrabelle ? demanda Pendergast.

— Elle a été entièrement vidée et fermée. Nous avons fait courir le bruit qu'un hantavirus avait été détecté dans la région, afin d'éloigner les curieux. L'isolement du lieu et la tempête ont joué en notre faveur, personne n'a rien remarqué cette nuit-là, en dehors du ballet des hélicoptères. Une fois l'enquête bouclée, l'usine sera rasée. Le Pentagone a accepté de coopérer avec nous à cent pour cent. Les huiles de l'armée sont atterrées à l'idée que cette organisation ait pu être montée par d'anciens militaires sous couvert de patriotisme. L'adjectif *ancien* est systématiquement mis en avant, les forces armées n'ont aucune envie d'être mêlées à un tel scandale.

Coldmoon, voyant que Pickett avait terminé son exposé, montra du doigt le *Miami Herald* posé sur la table basse.

— Que nous avez-vous apporté ?

— J'ai pensé que vous n'étiez peut-être pas au courant, répondit Pickett en dépliant le journal.

Un gros titre barrait la une, célébrant la consécration de Roger Smithback. Le journaliste vedette du quotidien avait été honoré par le maire de Fort Myers pour avoir mis hors d'état de nuire l'un des pires gangs de la ville, les Panteras de la Noche. Son chef, un certain Grosse Tête, avait été placé sous la protection de la police pour avoir accepté de témoigner contre les cartels de la drogue d'Amérique centrale, lesquels avaient mis sa tête à prix. Curieusement, Smithback ne s'étendait pas sur les circonstances dans lesquelles il avait réalisé son reportage.

— J'aurais une question délicate à vous poser, reprit Pickett en repoussant le journal. Mme Gladstone, l'océanographe que vous avez tirée des griffes de ses ravisseurs, se remet lentement en dépit de la perte de son pied. Les psychiatres estiment qu'elle ne devrait pas souffrir de séquelles psychologiques trop graves.

Une ombre altéra fugitivement les traits de Pendergast.

— Quelle est votre question ? s'enquit l'inspecteur.

— Elle affirme n'avoir gardé aucun souvenir de ce qui s'est passé ce soir-là. Elle se souvient d'avoir été poursuivie en votre compagnie par un hélicoptère, puis plus rien jusqu'à son réveil à l'hôpital. Il paraît incroyable qu'on ait pu la convaincre de se couper le pied.

L'expression de Pendergast s'était figée.

— Il est heureux pour elle qu'elle ait tout oublié. Vous trouverez le compte rendu précis des événements dans mon rapport. Ce composant chimique était particulièrement nuisible. En espérant qu'il appartienne définitivement au passé. Le remords d'avoir mêlé Mme Gladstone et M. Lam à cette horreur me poursuivra jusqu'à la fin de mes jours.

— Vous ne pouviez pas deviner.

Si Pendergast entendit la réflexion de Coldmoon, il ne le montra pas.

— Pour ce que cela vaut, je suis déjà en mesure de vous dire qu'une fondation avec laquelle j'entretiens des liens, Vita Brevis, propose de financer à son avantage une chaire universitaire à l'institut océanographique de son choix.

Pickett approuva d'un mouvement de tête.

— Elle le mérite amplement.

Il posa les yeux sur la valise.

— Alors, vous regagnez New York ?

— Avec le plus grand empressement.

— Et vous ? poursuivit Pickett en s'adressant à Coldmoon. Je crois savoir que votre affectation dans le Colorado a été acceptée ?

Le jeune inspecteur tapota la poche de poitrine de sa chemise.

— Je me réjouis pour vous deux. D'un certain côté, je le regrette, car je viens d'être informé d'un curieux incident qui s'est déroulé hier soir au nord de Savannah…

— Pas question, l'interrompit Coldmoon avec brusquerie, s'empressant d'ajouter : Monsieur le directeur.

Pendergast n'avait pas mieux accueilli cette proposition à peine déguisée, à voir ses sourcils froncés.

— Eh bien, soupira Pickett. Eu égard à ce que vous venez de vivre, je ne vous forcerai pas la main, mais c'est d'autant plus dommage que…

Cette fois, l'interruption vint d'un léger bruit de pas et Constance Greene sortit de l'ombre des palmiers, vêtue d'une jupe plissée blanche et d'un chemisier en lin, un grand chapeau de soleil sur la tête. Une paire de Ray-Ban Wayfarers dissimulait son étrange regard violet.

— Bonjour, monsieur Pickett, dit-elle, la main tendue.

— Madame Greene, fit le directeur adjoint en se levant.

— Je suis désolée de n'avoir pas été là pour vous accueillir à votre arrivée. Quelques détails de dernière minute à régler avant notre départ.

— Lesquels ? s'étonna Pendergast.

— Rien d'important. Je donnais un petit quelque chose au responsable de la sécurité en témoignage de notre gratitude. Figurez-vous, poursuivit-elle à l'adresse de Pickett, qu'il avait eu la gentillesse de me donner quelques conseils sur le maniement des armes après le départ d'Aloysius, au sortir de votre précédente visite. Pour mon amusement personnel, bien entendu.

Un court silence accueillit cet aveu. Pickett en profita pour adresser un coup d'œil à Coldmoon.

— Accepteriez-vous de faire quelques pas avec moi ?

Les deux hommes s'éloignèrent en direction d'un petit chemin de coquillages pilés conduisant à un point de vue.

— J'ai lu votre rapport, finit par se lancer Pickett.

Coldmoon opina.

— J'ai également lu celui de Pendergast, évidemment. Avec la plus grande attention. Je comprends qu'à la lumière de la pagaille qui régnait cette nuit-là, vos souvenirs soient confus, mais un détail me tarabuste.

— Lequel, monsieur le directeur ?

— Eh bien... c'est au sujet de Constance Greene.

Coldmoon arbora une expression que son chef ne lui connaissait pas.

— Elle est la variable dont je n'arrive pas à comprendre la fonction dans cette équation. Les premiers renforts mentionnent la présence à vos côtés d'une jeune femme en tenue de combat crasseuse. Une personne répondant à cette description se trouvait également à bord de l'hélicoptère qui vous a reconduits jusqu'à Fort Myers, mais les comptes rendus établis à l'atterrissage de l'appareil n'en font pas mention.

— Ah bon ? réagit Coldmoon.

— Ce n'est pas tout. En tentant de reconstituer votre évasion, nous sommes tombés sur une mitrailleuse dont nous nous expliquons mal la présence. Qui a bien pu s'en servir, sachant que plus de trois cents projectiles ont été tirés à l'aide de cette arme lourde ?

— Dans le chaos ambiant, j'avoue ne plus très bien savoir.

— Bien sûr. Un dernier élément. M. Perelman nous a expliqué qu'il avait voulu délivrer Pendergast en apprenant qu'on l'avait enlevé. Il se trouve que la tornade qui a réduit son hors-bord en miettes en manquant de le tuer a également provoqué chez lui une crise d'amnésie, assez différente de celle qui a frappé Mme Gladstone. Il ne se souvient plus de rien après le passage de la tornade. Il est notamment incapable de préciser s'il se trouvait seul à bord de ce bateau, ou bien s'il emmenait un passager. Au même moment, vous effectuiez un atterrissage forcé à Tallahassee en rentrant du Mexique. Avez-vous la moindre idée de l'endroit où se trouvait Mme Greene pendant tout ce temps ?

— Aucune idée. Chez elle, sans doute.

— *Bien sûr*.

Pickett admira le paysage avant de poursuivre :

— Je vous connais, Coldmoon, je connais Pendergast mieux encore, et il se trouve que j'aime bien comprendre.

— C'est bien normal, monsieur le directeur.

Pickett posa sur Coldmoon un regard empreint de curiosité. Les deux hommes furent interrompus par un bruit de voix derrière eux.

— Ce sont les employés de l'île, expliqua Coldmoon avec un soulagement manifeste. Ils portent nos bagages jusqu'à l'hélicoptère.

— Dans ce cas, ne les faisons pas attendre davantage.

Dix minutes plus tard, les pales des deux appareils brassaient l'air moite de l'héliport. Constance prit place sur l'un des sièges en cuir de l'AugustaWestland en maintenant son chapeau sur sa tête d'une main, après avoir salué Pickett. Coldmoon, que l'appareil devait déposer au passage dans l'aéroport le plus proche, d'où il s'envolerait pour le Colorado, monta à son tour dans l'appareil. Pendergast s'apprêtait à le suivre lorsqu'il se tourna vers son supérieur.

— Lors de votre dernière venue ici, monsieur le directeur, vous souhaitiez m'inviter à « jeter un coup d'œil ». J'espère que le coup d'œil en question vous aura été utile.

— Et même bien davantage, puisque vous avez résolu ce mystère.

— Dans ce cas, laissez-moi vous adresser mes adieux. L'inspecteur Coldmoon est impatient de rejoindre son nouveau poste, et je dois avouer que Constance et moi sommes impatients de regagner New York… sans délai supplémentaire.

Il avait volontairement insisté sur les trois derniers mots.

— Alors ce n'est pas moi qui vous retiendrai.

Pickett recula de quelques pas afin de laisser le personnel de l'île déposer les bagages à bord de l'hélicoptère. La portière se referma et l'appareil s'éleva avant de s'éloigner vers le nord-ouest.

Pickett suivit l'hélicoptère des yeux jusqu'à ce qu'il s'efface dans l'azur du ciel, après quoi il s'éloigna du grondement du Bell et composa un numéro sur son téléphone.

— Central 1 ? Le directeur adjoint Pickett à l'appareil. L'hélico dont je vous ai parlé est un AW109, immatriculation Z-513227… Oui, c'est bien ça. Détournez-le sur Savannah, conformément à mes instructions. Au besoin, dites au pilote de me contacter.

Il rempocha le portable et jeta un dernier regard au paradis qui l'entourait, puis il monta dans le Bell. Une minute plus tard, l'appareil s'élançait à son tour dans le ciel dans la même direction que son prédécesseur, à un train de sénateur.